1299  5,-

SUSAN JOHNSON

# FLAMME DER BEGIERDE

*Roman*

Deutsche Erstausgabe

WILHELM HEYNE VERLAG
MÜNCHEN

HEYNE ROMANE FÜR »SIE«
Nr. 04/242

Titel der Originalausgabe
SILVER FLAME

Aus dem Amerikanischen
von Annette Charpentier

Besuchen Sie uns im Internet:
**http://www.heyne.de**

*Umwelthinweis:*
Dieses Buch wurde auf
chlor- und säurefreiem Papier gedruckt.

Copyright © 1988 by Susan Johnson
Copyright © 1998 der deutschen Ausgabe by
Wilhelm Heyne Verlag GmbH & Co. KG, München
Printed in Germany 1998
Umschlagillustration: Victor Gadino / Agentur Schlück
Umschlaggestaltung: Atelier Ingrid Schütz, München
Satz: Fotosatz Prechtl, Passau
Druck und Bindung: Elsnerdruck, Berlin

ISBN 3-453-13958-5

# Kapitel 1

*Helena, Montana*
*Januar 1889*

Valerie Stewart sah ihn als erste, als er das Musikzimmer betrat. Ihre Augen wurden vor Verblüffung kugelrund: Trey Braddock-Black bei einem nachmittäglichen Klavierkonzert! Das hatte es noch nie gegeben.

Ihr überraschtes Hochzucken setzte eine hektische Kettenreaktion in Gang. Alle Köpfe drehten sich nun in diese Richtung, und Erik Satie, Emma Peabodys Neuentdeckung aus Paris, verlor einen Moment lang die Aufmerksamkeit seiner Zuhörerschaft.

Montanas begehrtester Junggeselle blieb an der Tür stehen, eine Schulter lässig an die hellgraue Wand gelehnt, die Arme vor der Brust verschränkt; seine Mundwinkel zogen sich langsam zu einem freundlichen Lächeln hoch. Er war es gewöhnt, aufzufallen — sei es wegen seines skandalösen Rufs, wegen seines gutgeschnittenen Halbblutgesichts oder wegen des beträchtlichen Reichtums seiner Familie. Trey Braddock-Black stand immer im Mittelpunkt der Aufmerksamkeit.

Nun senkte er den Kopf zu einem allgemeinen leichten Begrüßungsnicken, wobei sein langes, schwarzes Haar locker nach vorn fiel. Die Anwesenden, die sich plötzlich wieder an ihre guten Manieren erinnerten, wandten sich rasch wieder dem bärtigen jungen Mann mit dem schmucklosen Kneifer zu, der auf Emma Peabodys Flügel seine neuesten Kompositionen vorspielte. In den nächsten zwanzig Minuten mieden Emmas Gäste pflichtschuldigst offene Blicke auf Hazards berüchtigten Sohn. Doch ihre Gedanken befaßten sich eifrig damit, welche Frau Trey wohl in diesen Nachmittagssalon gelockt hatte. Es bestand überhaupt keine Frage, daß dahinter eine Frau stecken mußte. Emmas Musikzimmer war groß; die taubengrauen Wände waren mit Goldleisten verziert, der Parkettboden, mit einem Federmotiv eingelegt, stammte von denselben italienischen Handwerkern, die vor kurzem den Zarenpalast in Zarkoye Selyo renoviert hatten. Elegante Seidendamast-Diwans in hellstem Gelb mit Rosenmustern waren wie in einem Salon plaziert; bemalte venezianische Rohrstühle standen bei kleinen Tischchen, so daß alle Gäste ihr Champagnerglas in Reichweite hatten. Unter der buntgemischten Gesellschaft befanden sich zahlreiche junge Damen; von ihren Müttern — und dem Geld der Väter — herausgeputzt, saßen sie anmutig auf den gelben Seidensofas. Mit ihren langen, weiten Röcken, die sich farbig um sie bauschten, und den mit unzähligen Rüschen und Bändern besetzten Hauben wirkten sie wie ein Strauß leuchtender Blüten. Während die klaren Melodien von Saties Musik durch den Raum schwebten und dann verebbten, wanderten abschätzende Blicke über die Politiker, Geschäftsmänner und Bankiers, vorbei an den Matronen und Witwen, um wie unauffällig auf der einen oder anderen der jungen Damen zu verharren. Wen suchte er hier?

Die hübschen jungen Damen wiederum konnten ihre Augen nicht von dem hochgewachsenen, dunkelhaarigen Mann lassen, der da so selbstverständlich an Emmas Salonwand lehnte.

Als Satie endete und der höfliche Applaus nachließ, warteten die heimlichen Spione mit Spannung darauf, welcher Frau er seine Aufmerksamkeit schenken würde. Es dauerte nur einen winzigen Moment, ehe sich Valerie Stewart in ihrem dunkelroten Samtkleid, mit dem modischen Hut, geschmückt mit Seidenazaleen und Rosen, erhob und auf Trey zuging. Die Versammlung gab ein stummes ›Ahhh‹ von sich, während die jungen Damen vereint ›Verdammt!‹ dachten.

Valerie blieb sehr dicht vor ihm stehen, wie immer, dachte er, damit er ihre wohlgeformten Brüste besser sah.

»Guten Tag, mein Liebling, du siehst ... oh ...« Valerie machte eine atemlose Pause, während ihre kohlumrandeten Augen langsam über Treys muskulöse Gestalt auf- und abspazierten, voller Bewunderung über seinen Anzug, der von dem besten Schneider der Savile Row stammte.

»Nun . . .?« Ihr Satz endete mit einem kehligen, dunklen Lachen.

Er wollte sagen: »Du kannst mich doch hier in Emmas Musikzimmer mit deinen Augen nicht ausziehen, Schatz«, aber das wäre zu herausfordernd gewesen und hätte von schlechten Manieren gezeugt. So lächelte er bloß höflich und erwiderte statt dessen: »Danke. Du siehst ebenso bezaubernd aus, wie immer, Valerie.« Ihr dunkles Haar und die zarte Haut wurden durch den warmen Rotton noch unterstrichen. »Gefielen dir Eriks Kompositionen?«

Valerie machte eine wegwerfende Geste mit der behandschuhten Linken und stieß einen abwehrenden Laut aus. »Sie klingen alle irgendwie ähnlich, nicht wahr?« Valeries Ahnung von Kunst beschränkte sich darauf, bei den wichtigen Empfängen und Konzerten gesehen zu werden und die feineren Nuancen von gutem Schmuck zu erkennen.

Trey runzelte über ihr unverblümt schlichtes Urteil ärgerlich die Stirn. Er hielt ihre Bemerkung für eine geradezu grobe, hohlköpfige Unhöflichkeit. »Nein, Liebling«, murmelte er sarkastisch, »sie klingen alle bemerkenswert unterschiedlich.«

Sie blickte unter dichten Wimpern zu ihm auf, den Kopf kokett geneigt, und lenkte die Unterhaltung auf ihr Lieblingsthema — sich selbst. »Hast du mich vermißt?« flüsterte sie mit vertraulich heiserer Stimme.

»Natürlich.« Die erwartete Antwort erfolgte unverzüglich. Er stieß sich von der Wand ab und blickte über die seidenen Azaleen auf ihrem Hut hinweg auf die Gruppe, die bei Satie am Klavier stand.

»Wann können wir uns wieder treffen, Liebling?« Ihr Ton war nun honigsüß, und sie trat noch einen Schritt dichter auf ihn zu, so daß ihr Duft in seine Nase stieg.

»Später«, antwortete Trey ausweichend. Er war hergekommen, um seinen Freund zu sehen, nicht um zu flirten, und trat nun mit einer knappen Bewegung um sie herum.

Valerie hob ihren geschlossenen Fächer ein wenig und versperrte ihm den Weg. »Wann ist später?« fragte sie mit nekkischem Schmollmund.

»Valerie, Liebling«, gab Trey mit einem raschen Grinsen zurück und berührte sie leicht am Arm. »Du schmollst wirklich wunderbar, aber ich bin heute hierher gekommen, um Erik zu sehen. Komm mit«, forderte er sie unverbindlich auf. »Wir gehen zu ihm.«

«Er ist doch nur ein zweitklassiger Pianist aus einem Pariser Club«, antwortete sie verächtlich, denn ihre Werte beruhten auf Geld, Stellung und Garderobe. »Außerdem sieht er komisch und unordentlich aus ... ein Bohemien. Warum sollte ich mit dem reden?«

»Er ist ein sehr fantasievoller Komponist«, gab Trey leise zurück, verärgert über ihre seichte Einstellung. »Wenn du mich jetzt bitte entschuldigen würdest ...« Sanft schob er sie aus dem Weg.

Trey hatte Erik Satie im vergangenen Jahr zuerst im *Chat Noir* in Paris gesehen, und als er ihm Komplimente über seine Virtuosität machte, waren sie ins Gespräch gekommen. Die beiden hatten viele Gemeinsamkeiten entdeckt. Sie waren beide im selben Jahr im Abstand von wenigen Monaten geboren, liebten das Klavier, verachteten Wagner, beteten Chopin an und lehnten die Konservatorien mit ihrer traditionellen Ausbildung ab. Trey hatte sich das Klavierspielen vorwiegend selbst beigebracht und fühlte sich von dem exzentrischen jungen Komponisten, der mit seiner lockeren Krawatte, dem Samtjackett und dem weichen Filzhut tatsächlich wie ein Bohemien aussah, instinktiv angezogen. Immer wenn sich Trey in Paris aufhielt, machten sie zusammen eine Runde durch die Bars und Salons, landeten in den frühen Morgenstunden in Treys Hotel bei einem Pernod oder Brandy und spielten vierhändig Saties neueste Werke. Aufgrund von Treys begeistertem Drängen hatte er Erik Emma Peabody vorstellen können, der Vertreterin von Avantgardemusik in Helena.

Emma war eine hochgewachsene, grauhaarige Witwe, die sich aufrecht wie ein Ladestock hielt und sich nur in kurzen, bellenden Sätzen äußerte. Aber sie kannte sich in der Musik aus und war mit Trey seit dessen Kindheit befreundet. »Bist du endlich ihren Klauen entwischt«, sagte sie knurrig, als er auf sie zutrat, um sie zu begrüßen. »Du bist spät.«

»Worauf soll ich zuerst antworten«, gab Trey mit einem jungenhaften Grinsen zurück.

»Auf gar nichts«, lautete die knappe Antwort. »Kann Valerie nicht ausstehen. Hasse Zuspätkommen. Noch mehr hasse ich Entschuldigungen. Und versuche ja nicht, mich mit deinem charmanten Lächeln herumzukriegen ... dazu bin ich zu alt. Spar dir das für Flittchen wie Miss Stewart auf. Er ist gut«, erklärte sie dann abrupt mit einem temperamentvollen, ihren Nackenknoten zum Wippen bringenden Nikken zu Satie, als wollte sie ihn auf einer Auktion erstehen. »Verdammt gut.«

»Das habe ich dir doch gesagt!« Emma hatte nämlich zunächst gezögert, als Trey Satie für ihr alljährliches Konzert vorgeschlagen hatte, weil sie meinte, er sei zu avantgardistisch. Aber Treys leise Zurechtweisung klang amüsiert.

»Was weißt du schon, du junger Spund«, brummte sie. »Du bist doch noch nicht trocken hinter den Ohren.«

»Ich weiß aber genug, um Wagner nicht zu mögen«, erwiderte er freundlich.

»Klugscheißer. Der und seine verdammten falschen Sauerkrauthelden. Hat die Musik auf ein ganzes Jahrzehnt ruiniert.« Emmas Gesicht nahm stets eine kräftigere Farbe an, wenn man Wagner diskutierte, und Trey versuchte, sie besänftigend abzulenken.

»Ganz anders als Eriks Stücke. Ich fand, die *Gymnopedies* klangen besonders frisch.«

Emmas Gesicht wurde wieder normalfarben. Wagners Mängel wurden zugunsten von Saties großartigem Talent beiseitegeschoben.

»Seine Stücke sind einfach, aber irgendwie auch sehr eindringlich«, stimmte sie zu, »und außerdem sehr kühn«, fügte sie hinzu. »Und seine Passagen mit den mittelalterlichen Klängen — das kommt einem vor, als würde man in eine andere Zeit versetzt. Wie macht er das nur?«

9

»Mit Pernod«, meinte Trey mit schurkischem Grinsen. »Zu Beginn jedenfalls.«

»Du unverschämter Kerl!« Sie schlug ihm mit ihrem Elfenbeinfächer heftig auf den Unterarm. »Eines Tages mußt du diese Frechheiten ablegen.« Aber hinter den strafenden Worten lag ein Lächeln, und ihre gerunzelte Stirn spiegelte mütterliche Zuneigung.

»Solange ›eines Tages‹ in der fernen Zukunft liegt«, ewiderte Trey neckend. »Komm, ich möchte Erik jetzt begrüßen, und du kannst ihm sagen, er sei dir wegen der *Gymnopedies* noch mal fünftausend wert.«

Er schob seine Hand unter ihren Ellbogen und dirigierte sie geschickt an den Grüppchen von Musikfreunden vorbei durch den hohen Musiksaal.

»Ich zahle doch schon erheblich mehr als für Liapounoff«, protestierte Emma, als sie mit einem Kopfnicken und einem Lächeln am Gouverneur und seiner Frau vorbeirauschten.

»Na also«, griente Trey, hob ein Glas Champagner von einem dargereichten Tablett und gab es ihr. »Genau das sage ich doch. Er ist besser als Liapounoff.«

»Wenn du ihn für so teuer hältst, kannst *du* ihn ja bezahlen.« Sie leerte das Champagnerglas in einem einzigen Zug — das gehörte zu ihrem Stil, genau wie ihre Sprache und ihr Satzbau: unzeremoniell und direkt.

Trey nahm ihr das Glas ab, stellte es im Vorbeigehen in eine große Topfpflanze, wandte sich ihr wieder zu und sagte: »Von mir nimmt er nichts mehr an. Außerdem, meine süße Emma ...«, fuhr er gedehnt fort, »kannst du es nicht mitnehmen.«

Sie blieb unvermittelt stehen und blickte hoch in sein klargeschnittenes Gesicht, das von dem langen, glatten, mitternachtsfarbenen Haar umrahmt war. Knapp und in dem nüchternen, geschäftsmäßigen Ton, der ihre Bank zur besten im ganzen Gebiet gemacht hatte, fragte sie: »Was tust du für mich, wenn ich weitere fünftausend an deinen Freund verschwende?«

Er antwortete mit ruhiger, doch amüsierter Stimme: »Ich komme zu einem deiner Banketts und beschäftige mich mit

deiner Großnichte, die du mir immer schon andrehen wolltest.« Als er darauf breit lächelte und ihr zuzwinkerte, erschien er Emma blitzartig wie ein déja vue seines Vaters vor
zwanzig Jahren. Alle Frauen waren hinter ihm hergewesen,
genau wie heute hinter seinem Sohn.

»Die Ärmste, sie glaubt, in dich verliebt zu sein«, sagte sie
feixend, eine Braue anerkennend hochgezogen. »Ich gebe
dir mein ganzes Vermögen, wenn du sie heiratest. Das bekommt sie allerdings ohnehin«, fügte sie ehrlich hinzu.

»Himmel, Emma«, erwiderte Trey schockiert, aber nicht
über Emmas Offenheit, sondern beim Gedanken an die
Ehe. »Sehe ich denn aus, als müßte ich mich verkaufen? Ich
habe doch mehr Geld, als ich brauche.«

»Aber du hast noch keine Frau«, erinnerte sie ihn freundlich.

»Ich will auch keine!« Seine Stimme klang nun laut genug,
um Aufmerksamkeit zu erregen, daher zog er abwehrend
die dichten Brauen hoch und senkte die Stimme zu einem
beschwörenden Murmeln. »Komm, Emma, mach es mir
doch nicht so schwer. Gib Erik einfach noch mal fünf Riesen,
und ich verspreche beim Leben meines Vaters, so nett zu
deiner Großnichte zu sein, daß sie eine ganze Woche durch-
lächelt.«

»Du arroganter Hund. Du siehst einfach zu gut aus — genau wie dein Vater. Den kannte ich nämlich, ehe er deine
Mutter kennenlernte. Zu dem Zeitpunkt, als die Frauen in
Virginia es sich in den Kopf gesetzt hatten, liberal zu sein
und einen Indianer zum Dinner einzuladen.«

»Es geht nicht um Aussehen, Emma. Frauen wollen einfach immer das, was sie nicht haben können. Das betrachten
sie als Herausforderung«, erwiderte er achselzuckend und
wirklich bescheiden für einen Mann, der jeden Grund hatte, eitel zu sein.

»Eines Tages wirst du eine finden, die du unbedingt heiraten willst.« Emma war entschlossen, wie immer das letzte
Wort zu haben.

»Und bis dahin … sprechen wir über fünftausend Dollar.«
Eine Ehe war das letzte, das Trey Braddock-Black diskutie-

ren wollte. Dieses Thema stand auf seiner Prioritätenliste knapp hinter einem Urlaub in der Antarktis.

»Abendessen bei mir ... morgen abend.«

Er grinste und streckte ihr seine Hand hin. »Abgemacht«, grummelte er.


»Ich treffe ihn später«, verriet Valerie gerade geheimnisvoll Cyrilla Shoreham über das silberne Teeservice auf dem kleinen chinesischen Tischchen zwischen ihnen hinweg. »Falls du das unbedingt wissen willst.«

»Ich glaube dir kein Wort.«

Du gemeine kleine Hure, dachte Valerie, nur weil er dich noch nie angesehen hat. »Warum kommst du nicht mit? Ich könnte dich im Schrank verstecken«, antwortete sie mit gespielter Heiterkeit.

»Du gehst zu Trey nach Hause?« fragte Cyrilla, die Augen weit aufgerissen.

»Er hat mich zu sich eingeladen.« Valerie zupfte an der Spitzenmanschette und griff nach ihrer Teetasse. »Wir sind sehr gute Freunde«, murmelte sie und ließ kurz ihre weißen Zähne aufblitzen. »Ich dachte, das wüßtest du. Übrigens ...«, sie legte eine theatralische Pause ein, »denke ich, daß er mir bald einen Antrag machen wird.«

»Nein!« keuchte Cyrilla so laut, daß sich mehrere Köpfe neugierig nach ihr umwandten. »Ich glaube dir kein Wort!« Diesmal war ihr Zweifel nicht von Spott gefärbt, sondern von absoluter Verblüffung.

Valerie zuckte die Achseln — ein winziges, damenhaftes Heben der Schulter. »Kannst du aber«, erwiderte sie gelassen. »Er mag mich ziemlich gut leiden.«


Der Gegenstand ihrer Unterhaltung war eine Stunde später äußerst ungehalten, als er und Erik seine Stadtwohnung betraten und dort Valerie wartend vorfanden.

»Wie bist du denn hier hereingekommen?« fragte Trey stirnrunzelnd und nahm sich insgeheim vor, ein Wörtchen mit seinem Butler zu reden.

»Harris hat mich eingelassen.« Valerie lächelte anmutig.

Sie wirkte so gelassen, als würde sie jeden Tag auf Treys Bargello-Diwan ruhen. Das Problem war natürlich, daß sie im letzten Herbst mehrfach ganz nackt auf diesem Sofa geruht hatte.

Aber Trey hatte sie eine Weile nicht gesehen; er ging nie länger mit derselben Frau aus, um so etwaige weibliche Besitzansprüche zu vermeiden. »Erik, erlaube mir, dir Valerie Stewart vorzustellen«, sagte er diplomatisch und mit undurchdringlicher Miene. Die leichte Gereiztheit, so überrumpelt zu werden, war nicht zu erkennen.

»Valerie. Erik Satie.«

Valerie nickte Satie leicht zu, als er sich verbeugte, und lächelte Trey an. »Wird es lange dauern?« Ihre Frage wirkte sowohl unhöflich als auch anzüglich.

Einen brisanten Moment lang erwog Trey, grob zu reagieren.

»Falls du andere Pläne hattest ...«, begann Erik, der in einem seiner zwölf grauen Cordanzüge, die er so liebte, noch unsicherer und zerknitterter als gewöhnlich aussah.

»Nein«, unterbrach ihn Trey sogleich. »Setz dich, Erik.« Er machte eine Handbewegung zum Barschrank. »Der Pernod steht da drüben.« Dann wandte er sich wieder zu Valerie und bot ihr seine Hand. »Können wir einen Moment allein reden?«

Ihre Diskussion im Foyer war kurz.

»Erik ist nur für zwei Tage hier«, sagte er.

»Aber du hast gesagt, du wolltest mich später sehen«, antwortete sie.

»Tut mir leid, wenn du mich mißverstanden hast«, entgegnete er. »Wir wollen eine von Eriks neuen Kompositionen ausprobieren.«

»Wann kann ich dich denn dann sehen?«

Er hatte den Eindruck, es würde ihr nicht gefallen, wenn er ›nie mehr‹ sagen würde. »Wie wäre es mit einem kleinen Schmuckstückchen von Westcott als Entschädigung?«

Ihre Augen leuchteten auf, und sein Lächeln wirkte erleichtert. Er haßte Szenen.

Flüchtig strich er ihr mit einem Finger über die Wange,

mit den Gedanken bereits bei den Noten. »Lauf gleich hin und such dir was Hübsches aus. Ich rufe Westcott an und sage Bescheid, daß du kommst.«

Sie reckte sich auf die Zehenspitzen und küßte ihn. »Du bist ein Schatz«, gurrte sie glücklich.

»Danke«, erwiderte er.

Drei Tage später, nachdem Erik abgereist war, saßen Trey und seine beiden Vettern im Salon von Lilys Bar und betrachteten zwischen Drinks und angenehmer Unterhaltung die sich ballenden dunklen Wolken durch die rüschenbehangenen Erkerfenster.

»In den Bergen gibt es bald einen Sturm, sowie sich der Wind gedreht hat. Das Vieh ist heute morgen schon auf dem Weg stadtauswärts umgekehrt. Trinken wir aus und gehen wir.«

»Bleiben wir lieber die Nacht hier«, erwiderte Trey und goß sich noch einen Drink ein. »Es besteht kein Grund, heute nach Hause zu gehen.«

Seine Vettern Blue und Fox tauschten schweigend Blicke aus — resigniert und verständnisvoll. Sie wußten, warum Trey es nicht eilig hatte, nach Hause zu kommen. Bei der Gesellschaft ihrer Eltern heute abend wurde auch Arabella McGinnis erwartet, eine weitere Frau, die ihren Vetter ohne jede Umschweife als ihren künftigen Ehemann betrachtete. Nach der hartnäckigen Valerie und Emmas Großnichte war Trey absolut nicht in der Stimmung für anhängliche Frauen. Das war einer der Gründe, warum er in Lilys Bar gegangen war.

»Ihr habt doch auch keine Lust, heute abend bei Mamas Dinner nach der Pfeife einer jungen Miss zu tanzen, oder?« fragte Trey. »Ich will eine ehrliche Antwort, keine Pflichtbeteuerungen.«

Als Trey sie angrinste, lächelten die beiden zurück. Es war nicht fair, Lilys Bar, und damit Lily selbst mit den Damen beim Dinner zu vergleichen, die bei jeder Bemerkung schüchtern erröteten und kicherten, wenn sie gerade nicht erröteten.

»Du bist aber morgen für die Ausreden zuständig«, meinte Blue.

»Das ist kein Problem. Mama weiß, wie unerträglich Arabella sein kann, und wenn Vater und Ross McGinnis keine Geschäftspartner wären ...« Er zuckte die Achseln. »Dann würde ich mich mit Arabellas nerviger Verfolgungsjagd überhaupt nicht abzugeben brauchen.«

»Ich dachte, dir gefallen üppige Blondinen.«

»Das stimmt, aber mir gefällt auch ein bißchen Hirn.«

»Seit wann das denn?« lachten die beiden Männer gleichzeitig.

Trey zog leicht die dunklen Brauen hoch. Er wußte über seinen Ruf Bescheid. Sie hatten recht. Er mochte Frauen, weil sie einem eines der schönsten Vergnügen dieser Welt bieten konnten. An ihrem Verstand war er eigentlich nicht so sehr interessiert. »Geschenkt«, sagte er. »Können wir jetzt das Thema wechseln?«

»Es geht ein Gerücht um, daß Arabella mit Richter Renquist schläft.«

Trey lächelte. Mit dem also auch! Er wußte aus zuverlässiger Quelle, daß sie genügend Energie hatte, um eine ganze Armee zufriedenzustellen. Das war auch in Ordnung. Vielleicht würde sie das von ihren Hochzeitsplänen ablenken. Ihm gingen nämlich langsam die höflichen Ausreden aus.

»Es ist Dienstag, und draußen droht ein verdammter Blizzard«, sagte Trey mit der Absicht, nun wirklich nicht mehr über Arabella zu sprechen. »Warum reden wir hier über alte Männer?«

»Heute abend werden hier zwei chinesische Mädchen versteigert«,[1] sagte Blue.

»Deshalb ist es so voll, trotz dieses furchtbaren Wetters«, antwortete Trey, während sein Blick durch den Raum wanderte.

»Habt ihr schon mal eine Auktion gesehen?«

»Nein. Du?«

»Nein.«

»Wirst du mitbieten, Trey, mein Guter?« Spielerisch schmiegte sich eine kurvenreiche Brünette an ihn.

»Himmel, nein«, sagte er, setzte den Rest Brandy an und leerte den schweren Kristallschwenker.

»Ich hätte nicht gedacht, daß du gelbes Fleisch magst«, hauchte die Dunkelhaarige mit kehliger Stimme.

Grienend blickte er auf die Frau herab, die vertraut in seinen Armen lag, und Belustigung sprühte aus seinen hellen Augen. Er setzte das leere Glas ab, winkte nach einer Flasche Brandy und sagte mit einem schiefen Lächeln: »Flo, mein Schatz, du redest mit der falschen Person über Hautfarben.«

Trey Braddock-Black war stolz auf seine Abstammung von den Absarokee-Indianern, und Leute, die verächtlich auf Menschen herabblickten, die eine Schattierung dunkler waren, erinnerte er besonders gern daran, wer er war. »Ich bin Hazard Blacks Sohn«, betonte er zu solchen Gelegenheiten. »Uns gehörte einst ganz Montana.« Und zum größten Teil stimmte das immer noch, dachten einige dann kleinlaut. Das Gold aus der ersten Grube seines Vaters und die neuen Kupferreserven reichten für zwanzig Generationen; dazu kamen das Vermögen seiner Mutter, Hazard Blacks Macht, die Privatarmee der Absarokee im Rücken, die Trey seine ›Familie‹ nannte. All das verlieh dem jungen Mann eine gewisse Arroganz, der nach seinen abschließenden vier Jahren Schulzeit im Osten nun die Absicht zu haben schien, das Leben ebensosehr zu genießen, wie er schwer für das kleine Reich arbeitete, das eines Tages ihm gehören würde.

Trey und seine beiden Begleiter hatten stets in Helenas bestem Bordell getrunken. An irgendeinem dieser kalten, schneereichen Nachmittage waren sie auf Lilys importierten Mille-Fleur-Teppich gestapft. »Wir brauchen Brandy, um uns das Blut zu wärmen, Lily«, hatte Trey ausgerufen, während er seinen schweren Büffelledermantel abstreifte. »Heute schickt man doch keinen Hund vor die Tür.« Seine beiden Freunde hatten ebenfalls ihre fellgefütterten Mäntel abgestreift, während sie mit der resoluten, charmanten Besitzerin des Hurenhauses sprachen, doch die Pistolen ließen sie in den tiefsitzenden Halftern um die Hüfte stecken, und ihre Augen blickten wach.

Der gute, teure, französische Branntwein wurde erneut

serviert; inzwischen saßen die drei Männer bei der zweiten Flasche. Der graue, kalte Nachmittag ging langsam in winterliches Zwielicht über, und als es dunkel geworden war, hatte jeder der Männer eines von Lilys hübschen Mädchen neben sich. Der Salon hatte sich im Laufe des Nachmittags gefüllt, und nun mischte sich leichte Klaviermusik gefällig mit dem leisen Gemurmel der Unterhaltung, dem teuren Zigarrenrauch und dem Duft kostbarer Parfums. Lilys Etablissement war zum Vergnügen reicher Männer da: Es war gemütlich, teuer und sehr geschmackvoll im Rokokostil eingerichtet. Überall standen hohe Vasen mit Treibhausrosen. Es war vielleicht nicht so elegant wie Madame Pompadours *Petit Trianon*, aber für die windgepeitschten Prärien Montanas kam es dem Begriff von Eleganz ziemlich nahe.

Trey fühlte sich wohl in diesem duftenden, vergoldeten Raum. Dunkel und von muskulöser Geschmeidigkeit lehnte er auf seinem besticktem Sofa wie ein verwöhnter Prinz. Er war zwar ein Halbblut, hatte aber all die klassischen Züge der Absarokee-Vorfahren seines Vaters: eine schmale, schöngeformte Nase, einen so wohlproportionierten Körperbau, daß er jeden Bildhauer vor Anbetung geradezu in die Knie zwang, dunkle Brauen über tiefsitzenden, wachen Augen, die für ihre silbrige Leuchtkraft berühmt waren, und eine hochgewachsene, breitschultrige Gestalt, für die die Absarokee sowieso berühmt waren. Das alles zusammen vermittelte den Eindruck, daß hinter der eleganten Fassade ursprüngliche, wilde Kraft wohnte.

Gelegentlich wurde die konventionelle Gesellschaft von diesem Glückskind beehrt — der eigentlich zu gut aussah, als es für ihn gut war. Seit er ein Junge war, hatten ihn die reichen jungen Damen als begehrenswerten Preis betrachtet. Aber Trey besuchte zu viele verschiedene Schlafzimmer, um vorsichtigen Vätern zu gefallen. Nichtsdestotrotz bezauberte er ihre Töchter mit seinem unverdorbenen, aber auch unverbindlichen Charme. Ungeachtet seine Wildheit betrachteten ihn die Mütter sämtlicher Töchter als sehr begehrenswert.

Millionäre waren immer schon beliebte Schwiegersöhne

gewesen. Er ging jedoch lieber in Lilys ruhigen Salon, statt sich auf Techtelmechtel mit den jungen Damen der Gesellschaft einzulassen; ihm gefiel die dort herrschende offene, unbekümmerte Freundschaft, und manchmal ließ er sich mit einer der jungen Damen dort ein. Dank seines dunkelhäutigen, guten Aussehen, seines hinreißenden Charmes und einer ungewöhnlichen Fähigkeit und Ausdauer im Bett wurde er von allen angebetet.

»Verdammt, Lily«, rief ein gutgekleideter alter Mann, einer der neuen Viehbarone, und drohte der Gastgeberin scherzhaft mit leicht lallender Stimme: »Du sagst, die Auktion steigt um sieben, und jetzt ist es schon fast halbacht.«

»Beruhigen Sie sich, Jess«, erwiderte Lily gelassen. Die bemalten Lampenschirme brachten jede winzige Facette ihrer diamantenen Ohrringe zum Blitzen. Sie strich mit einer Hand glättend über die schmale Taille ihrer Worth-Robe und fügte hinzu: »»Chu verspätet sich ein bißchen. Das ist alles … Er wird schon kommen. Außerdem, Jess, mein Süßer, ist das bloß ein Angebot, um meine Kunden zufriedenzustellen. Ich bin nicht pesönlich daran beteiligt, ich verdiene weder daran noch habe ich irgendwelche Kontrolle über den Zeitplan.«

Der Verkauf von Chinesenmädchen war in China Ally verbreiteter als bei Lily, wo es selten vorkam und nur, wenn die Kunden stark danach verlangten. In China Ally war es gang und gäbe, gestützt von einer tausend Jahre alten Tradition, die den Verkauf unerwünschter Töchter nicht nur begrüßte, sondern aktiv förderte.[2]

Trey hatte von solchen Aktionen gehört, aber noch nie eine miterlebt. Er konnte sich keinen Grund vorstellen, einen Menschen kaufen zu wollen, und hatte sie daher stets gemieden.

Heute abend würde er durch Zufall eine Gelegenheit haben, so etwas zum ersten Mal mitzuerleben.

# Kapitel 2

Zehn Minuten später öffneten sich die Kassetten-Doppeltüren, und Trey wandte ohne großes Interesse den Kopf, um die beiden jungen Orientalinnen zu betrachten, die den Raum betraten. Sie waren klein und zierlich und trugen bunte, wattierte Jacken und schwarze Seidenhosen. Den Blick hatten sie gesenkt — die Unterwürfigkeit war ebenso wie die Ahnenverehrung in ihnen tief verwurzelt.

In rascher Folge und aufgeheizter Stimmung wurden sofort mehrere Gebote abgegeben.

Treys Magen verkrampfte sich leicht, auch wenn sein angenehm berauschter Zustand der Wirklichkeit die scharfen Konturen nahm. Dann zuckte er die Achseln, um dieses kurze Unbehagen zu vertreiben, und sagte sich, daß das Leben auf Jess Alveens palastartiger Ranch oder in Stuart Langleys Herrenhaus auf dem Hügel sicher besser war als eine Existenz in China Alley.

Aber als es vorbei war und tatsächlich das Geld seinen Besitzer wechselte, hob er unvermittelt Flo von seinem Schoß, erhob sich von dem Damastsofa und sagte leise: »Komm in ein paar Minuten wieder.« Dann umrundete er den Tisch hinter ihnen mit einem kurzen Nicken zu den zwei Männern im Alter seines Vaters, die dort saßen, und betrat den angeschlossenen Speisesaal.

Als Trey aufgestanden war, hatten seine beiden Cousins ihn aufmerksam mit den Blicken verfolgt. Doch als sie sahen, daß er nur in Richtung des leeren Speisesaales wollte, schätzten sie die Situation als sicher ein und wandten sich wieder zu ihren Damen. Die zwei Vettern waren nicht nur seine Freunde, sondern auch seine Leibwächter. Hazard Black hatte Feinde, und sein Sohn demzufolge ebenso. Es gab eine Menge einflußreicher Männer, die etwas gegen Hazards Macht und seinen Einfluß in dieser Ecke Montanas hatten, und die meisten von ihnen waren einem Verschwinden Treys nicht gerade abgeneigt.[3] Natürlich nur, wenn man es ordentlich hinbekam, ohne Zeugen, versteht sich. Trey war daher oft mit seinen Leibwächtern unterwegs. Er beschwerte sich über diese Unannehmlichkeit. Sein Vater hielt es aber für vernünftig, und seine Mutter hatte noch mehr triftige Gründe. Sie brauchte nur an die vier kleinen Gräber auf dem Familienfriedhof zu denken. Trey war ihr einziges Kind, das die Jugend überlebt hatte, und sie beschützte dieses Kind mit aller Macht, die ihr zur Verfügung stand.

Trey stand vor einem der großen, geschliffenen Glasfenster und sah zu, wie schwere Schneeflocken aus dem dunklen Himmel fielen. Mit leisem Unbehagen hörte er, wie Chu, Alveen und Langley das Geschäft besiegelten. Als es vorbei war, spürte er, daß er wieder normaler atmete, schüttelte ganz leicht den Kopf, wie um den Branntwein zu verscheuchen, und wandte sich dann achselzuckend wieder dem Salon zu.

Er hörte ihre Stimme, noch ehe er sie sah.

Sie sprach in raschen, kurzen Sätzen mit leichtem Akzent. Und es war kein chinesischer Akzent.

»Ich möchte das ganz klarstellen. Es stehen nur drei Wochen zum Verkauf an. Ein Pachtvertrag über drei Wochen sozusagen. Das ist alles.«

Trey stand im Türbogen zwischen den beiden Räumen, als sie den Satz beendete, und sah, wie sie einen prüfenden Blick durch den voll besetzten Salon warf.

Ihre Blicke begegneten sich einen kurzen Moment, aber ihre Augen mit den dichten Wimpern blieben unbeteiligt und wanderten durch den Raum.

Sie war gertenschlank und trug sehr unweibliche grobe Tuchhosen, abgetragene Stiefel und ein verblichenes Flanellhemd. Ihr schweres, helles Haar wirkte so wild wie ein schäumender, tosender Wasserfall, und die Augen, so kurz ihr Blick ihn auch gestreift hatte, waren wie das Grün des Frühlings. Ihre Haut schimmerte golden, offensichtlich vom häufigen Aufenthalt im Freien und in der Sonne; das paßte zu ihrer stolzen, geraden Haltung und dem feingeschnittenen Gesicht mit den ausgeprägten Wangenknochen.

Aber sie wirkte sehr jung mit dem langen, wirren Haar.

Wenn es mit einem rosa Band zusammengebunden worden wäre, hätte sie wie eine Vierzehnjährige gewirkt ... allerdings wie eine recht ausgereifte Vierzehnjährige. Denn trotz der groben Männerkleider waren ihre Formen unverkennbar.

»Ist das klar?« fügte sie hinzu und reckte das Kinn ein wenig höher — eine unbezähmbare, kleine Furie mitten in diesem warmen, satten Wohlstand.

Trey spürte, wie bei diesen Worten Wellen der Erregung durch den Salon fluteten. Sie wußte nicht, daß die drei Wochen, auf denen sie bestand, die Bieterei für alle viel einfacher machte. Noch nie zuvor war eine weiße Frau versteigert worden. Das hätte selbst in der Gesellschaft der Grenzlande als unmoralisch gegolten, und Moral war hier ein Begriff, mit dem man sehr großzügig umging. Aber mit einem so süßen, jungen Ding drei Wochen in einem diskret ausgesuchten Hotel zu verbringen — Hölle, das würde jeden Anfall von schlechtem Gewissen beruhigen.

Blue stellte sich neben Trey. »Wie findest du das?« Sein Kinn wies in die Richtung des Mädchens.

»*Itsikya-te batsá-tsk*«, entgegnete Trey leise. »Sehr nett.«

Seine hellen Augen ruhten unverwandt auf der zierlichen Frau. »Offensichtlich noch nie dagewesen.«

»Aber verdammt einträglich, denke ich«, meinte Trey, und sein Blick nahm den gleichen begehrlichen Ausdruck an wie der aller Anwesenden im Salon.

Sie war verzweifelt, deshalb stand sie hier in diesem eleganten Bordell, Zielscheibe aller Männerblicke, mit einem Herzen, das klopfte wie eine Trommel. Nachdem ihre Eltern gestorben waren, hatten die Vorräte sechs Monate lang gehalten, aber jetzt war fast alles aufgezehrt, und sie mußte ihre jüngeren Brüder und Schwestern versorgen. Vor drei Tagen war sie von Zuhause aufgebrochen und hatte die Geschwister mit genügend Vorräten für einen Monat und dem Versprechen zurückgelassen, spätestens dann mit Geld und Essen wieder zurück zu sein. Sie war die Älteste und für sie verantwortlich, und sie würde sich den Umständen beugen und nach Helena gehen, um das einzig Wertvolle zu verkaufen, das sie noch hatte: sich selbst.

Hier stand sie also, in der Hoffnung, eine hübsche Summe zu erzielen, um die Geschwister bis zur nächsten Ernte durchzufüttern. Die war erst in sieben langen Monaten. Ihre Hände ballten sich zu Fäusten. Bitte, Gott, wenn sie mich nur wollen ...

Jess Alveen, heute abend offensichtlich in Liebeslaune, begann mit einem Angebot von fünftausend Dollar — das Doppelte, was er für die orientalische Frau gezahlt hatte.

Die kleine Wilde, die nun mitten im Raum stand, riß vor Verblüffung kurz die Augen auf, aber diese Überraschung verschwand so rasch, daß Trey sich fragte, ob er sich nicht getäuscht hatte.

Die Gebote stiegen, bis nur noch zwei Bieter übrig waren: Jess Alveen und Jake Poltrain. Schweigen senkte sich über den Salon, als Jess ausstieg, ein unbehagliches, unruhiges Schweigen, denn jeder hier wußte, welche unangenehmen Freiheiten sich Jake bei Frauen herausnahm. Es gab Gerüchte, daß Alkohol und Opiumexzesse ihn impotent gemacht hatten und er statt dessen in Grausamkeiten Erfüllung suchte.

Chus scharfer Blick durchbohrte den Raum.

»Fünfundzwanzigtausend zum Ersten, Gentlemen.« Sein Blick wanderte fragend über die Menge. »Zum Zweiten.« Er hatte das Wort ›Dritten‹ auf den Lippen, und Jake Poltrain trat schon einen Schritt vor, als Trey sich von dem Türrahmen abstieß, der den Salon vom Speisesaal trennte, und ›Fünfzigtausend‹ sagte.

Schockiertes Aufkeuchen war im ganzen Raum zu hören, eine Kombination aus Erleichterung und verblüffter Anerkennung. Alle Blicke zuckten fasziniert zu Hazard Blacks kühnem Sohn. Trey war berüchtigt für seine Extravaganz, aber das hier ging weit über das hinaus, was man von ihm gewöhnt war.

Er stand gelassen da, vom glänzenden Scheitel bis zu den teuren Stiefeln, und wartete ruhig ab.

»Ich habe ein Angebot von fünfzigtausend Dollar«, sagte Chu und ließ es zu, daß die Habgier in seinem ansonsten undurchdringlichen Gesicht von einem kleinen Lächeln verwischt wurde. »Möchten Sie weiter mitbieten, Mr. Poltrain?« fragte er höflich.

Jack Poltrains Gesicht lief dunkelrot an, und wenn Blicke töten könnten, hätte man Trey für eine Holzkiste vermessen müssen. Der stämmige Mann funkelte Trey haßerfüllt an. Nicht nur, daß Trey ihm hier in die Quere kam. Sein Vater ärgerte ihn bis aufs Blut mit mehreren, erfolglosen Streitereien um Weiderechte auf Indianerland.

Gegen Hazard hatte er noch nie etwas ausrichten können. Also blieb nur sein Sohn. Einen Moment lang lastete tödliches Schweigen im Saal. Poltrain hielt seine Wut mühsam unter Kontrolle, aber die Spannung war seinem harten, verzerrten Mund und den geblähten Nasenflügeln anzusehen. Doch er hatte nicht die geringste Absicht, es finanziell gegen Hazards Sohn aufzunehmen, der, wie er sehr gut begriff, selbst einen Bankier leicht überbieten konnte. Seine Rache würde bis zu einem anderen Mal warten müssen, und er würde warten können. Jakes bullige Schulten hoben sich zu einem Achselzucken, und dann stieß er sämtliche Luft, die er angehalten hatte, in einem bösartigen, brüsken ›Nein‹ aus.

»Gut«, fuhr Chu fort, als sei es für ihn an der Tagesordnung, Frauen für fünfzigtausend Dollar zu versteigern. »Das Mädchen gehört Ihnen, Mr. Braddock-Black, für fünfzigtausend Dollar.«

Das Unbehagen legte sich sofort, als jeder erkannte, daß Jake Poltrain aus dem Weg geräumt war. Niemand hätte es gern gesehen, wenn dieses junge Ding auch nur für drei Wochen in dessen Hände gefallen wäre.

Für Hazard Blacks Sohn waren jedoch diese fünfzigtausend Dollar kein Problem. Seine Mutter allein hatte zweiundzwanzig Millionen mit in die Ehe gebracht, und das war zum Kurs des Jahres 1865 und wesentlich mehr wert als die gegenwärtigen Bundesbanknoten nach zwei nationalen Finanzkrisen in sechs Jahren. Dazu kamen die Gold- und

Kupfergruben seines Vaters, das Vieh und die Rassepferde, die er züchtete. Wenn der Verwalter morgen den Scheck einlöste, würde er nicht mal mit der Wimper zucken.

Dann wandten sich alle wieder dem ursprünglichen Zeitvertreib zu. Treys Fünfzigtausend-Dollar-Schönheit würde für eine solche Summe hübsch gefügig sein. Verdammt, sie hätten alle gewußt, was sie mit einer solchen Summe angefangen hätten, und ein paar Männer äußerten das auch laut.

»Sieht so aus, als würdest du in den nächsten drei Wochen gut zu tun haben, Trey«, erklärt Richter Renquist leicht neidisch.

»Wenn du Hilfe brauchst, laß es mich wissen«, bot ein anderer alter Bock an.

»Denk daran, ab und zu auch mal zu schlafen, Sohn, sonst wirst du nicht alt«, röhrte eine andere Stimme.

»Sie sieht ein bißchen dürr aus.«

»Eher wie ein Engel«, platzte Jess Alveen heraus, und die meisten in diesem Raum stimmten ihm stumm, aber einhellig zu.

Trey hatte das Angebot gegen Jake Poltrain instinktiv abgegeben, ohne die Absicht, das hellhaarige Mädchen auch zu seiner Geliebten zu machen. Es war ein impulsiver Akt der Wohltätigkeit gewesen, Hilfsbereitschaft vielleicht, aber auch Rache an einem alten Feind. Aber als er jetzt die deftigen Bemerkungen der anderen Männer hörte, betrachtete er das Mädchen mit neuen Augen. Ihr Haar war zwar wirr, aber seidig und reichte ihr fast den ganzen Rücken herab.

Lang genug, dachte er in einer warmen Welle der Lust, um ihre Brüste zu bedecken. Ob sie wohl erfahren war, überlegte er mit sich regender Vorfreude. Alle, die sich normalerweise bei Lily verkauften, waren ›erfahren‹. Trey sah, wie sie die zarten Hände bei einer besonders zotigen Bemerkung zusammenballte, und dachte, daß ihr Wesen sich wohl im Unterschied zu den orientalischen Frauen kaum durch selbstverleugnete Demut ausreichnete. Unvermittelt unterbrach er die anzügliche Diskussion. »Danke, meine Herren«, sagte er lächelnd, »ich glaube, ich komme auch ohne Ihre Hilfe zurecht.« Dann schaute er in die ungestümen grünen

Augen. »Vielleicht ...«, fügte er sehr leise hinzu, aber seine hellen, silbrigen Augen waren voller Belustigung. Trey mit seiner Karriere von ungebrochenen Erfolgen in diversen Schlafzimmern hatte noch nie ernsthaft an seiner Fähigkeit gezweifelt, Frauen bezaubern zu können. Selbst Frauen in Männerkleidung.

Chu hatte das Mädchen mit dem honigfarbenen Haar bei den Schultern ergriffen und schob sie nun vor sich her auf Trey zu. Beim Näherkommen sagte Chu: »Gehen wir in den Speisesaal zur Abrechnung?«

»Gut«, erwiderte Trey, warf Blue einen kurzen Blick zu, dem ein rasches, jungenhaftes Lächeln über seinen Sieg über Poltrain folgte. Alles schien in seinem vom Brandy leicht benebelten Gehirn ein faszinierendes Abenteuer zu werden. Wenn er diese ungewöhnliche junge Frau so aus nächster Nähe betrachtete ...

Nachdem sie sich an einem der kleinen Tischchen im leeren Speisesaal niedergelassen hatten, ergriff Chu als erster das Wort. »Das ist keiner von meinen normalen Verkäufen. Die Frau hat mich gebeten, als ihr Agent aufzutreten. Mein Anteil beträgt fünfundzwanzig Prozent. Der Rest gehört ihr.«

Trey rief nach Tinte und Papier, und Empress sah zu, wie er den Scheck für Chu ausstellte. Es war ihre erste Gelegenheit, Trey Braddock-Black persönlich zu betrachten. Er sah viel zu gut aus, lautete ihre erste Einschätzung. Er war umwerfend schön, so aus der Nähe, mit seinen glitzernden Silberaugen, die ein Eigenleben zu haben schienen, wie Fenster in ein geheimes Paradies. Seine Wimpern, lang wie die einer Frau, schlugen einen Moment hoch, als er Chu kurze Fragen stellte, und er bemerkte, wie sie ihn anstarrte. Er lächelte sie an, und die ungewöhnliche Wärme in seinen Augen war fast körperlich spürbar.

Er sah nicht nur gut aus, er war auch charmant. Das Leben hatte ihn freundlich behandelt, dachte sie, und senkte rasch wieder den Blick. Er war sehr gelassen — wohl daran gewöhnt, daß Frauen ihn anstarrten. Sie hätte sein Lächeln erwidern sollen, überlegte sie, aber der heutige Abend war für sie ein derartiger Horror, daß sie sich kaum auf Höflichkeiten besinnen konnte. Heute abend erlebte sie ihr persönliches Armageddon. Er stellte ein Ende dar. Und einen Anfang ... die Zukunft ihrer Familie.

Als ihr Blick sich vor seinem bezaubernden Lächeln rasch in Sicherheit brachte, blickte sie auf die feine Wolle seines Hemdes. Es war aus bestem Merino in einem dunklen Rotton. Sie hatte einmal ein Kleid aus diesem Stoff gehabt, vor langer Zeit in Frankreich. Das schien wie in einer anderen Welt zu liegen ... in ihrem Leben, ehe Grandmère starb, vor dem Duell, ehe die schweren Zeiten begannen. Sie schüttelte den Schmerz mühsam ab und rief sich in Erinnerung, daß allein die Zukunft eine Rolle spielte. Die nächsten drei Wochen hatten jetzt Priorität, und die ungeheure Summe, die sie danach nach Hause tragen würde. Chu verbeugte sich höflich und verabschiedete sich. Empress richtete sich auf und straffte die schmalen Schultern.

Die Frau hatte während der Abwicklung geschwiegen und ihn mit ihren lebhaften grünen Augen abgeschätzt. Trey fragte sich flüchtig, welches Kalkül sich hinter dieser klaren, hohen Stirn abspielte. Er wandte sich um, nachdem er sich von Chu verabschiedet hatte, und schon wurde ein Teil seiner Fragen beantwortet, denn sie sagte unverblümt: »Ich will meinen Anteil in Gold.«

Das machte ihn einen Moment sprachlos. Trotz seines Alkoholkonsums ging er rasend schnell die Möglichkeiten durch, welche Bank zu dieser Nachtstunde die erforderliche Summe ausgezahlt hätte. Das wären 37.500 Dollar in Gold.

»Nun, mein Liebling ...«, begann er und schenkte ihr zum ersten Mal, seit sie den Speisesaal betreten hatten, seine volle Aufmerksamkeit.

»Ich bin nicht Ihr Liebling.« Ihre Stimme klang leise und trotzig, die grünen Augen blitzten ihn provozierend und selbstsicher an.

Treys dunkle Brauen schossen hoch. Er musterte sie verblüfft. Doch er verkniff sich, ihr zu sagen, daß er ihr für fünfzigtausend Dollar alle möglichen Namen geben konnte.

»Verzeih mir«, sagte er statt dessen und lächelte über ihren Mut und das kleine, hochgereckte Kinn. »Hast du einen Namen?« fragte er nun sehr sanft, und seine hellen Augen glitten an ihrem Hals herab zu der verlockenden Stelle, wo sich der abgetragene Flanell mit ihrer sonnengebräunten Haut traf.

»Natürlich«, erklärte sie kühl.

Er wartete und ließ seine Augen dabei langsam wieder emporwandern — bis er auf ihren abwehrenden Blick traf. Es hatte nicht den Anschein, als würde sich diese Dame im Bett lauwarm verhalten. Sie hatte sehr Ähnlichkeit mit einer Wildkatze.

Bei dieser Vorstellung regte sich seine Lust. Alle Frauen aus seiner reichhaltigen Vergangenheit waren gierig gewesen, ihm Vergnügen zu bereiten. Sein Interesse an diesem kratzbürstigen, teuren kleinen Ding stieg. Dieses Mädchen war unabhängig und selbstsicher genug, sich ohne die weiblichen Hilfsmittel von Seide und Satin, Bändern und Schleifen zu behaupten.

Als sich das Schweigen zwischen ihnen ausdehnte, bequemte sich die junge Lady endlich zu einer Antwort.

Zögernd sagte sie: »Empress Jordan.«

Die kleine Schönheit steckte voller Überraschungen. Sie sprach den Namen aus, als verdiene sie diesen Titel und das dazugehörige Kaiserreich. Nach dem weichen Tonfall ihres Namens zu urteilen, war es ein gallisches Reich. Sein leuchtender, nachsichtiger Blick betrachtete sie. »Nun Empress«, sagte Trey leise, »die Banken sind geschlossen, und Lily hat nicht soviel Gold hier. Aber wenn du meinen Scheck nehmen willst, können wir morgen früh auf die Bank gegenüber gehen, wo Ferguson dir den Betrag in Gold auszahlen wird. Ist das in Ordnung?« Er lehnte sich in seinem Sessel zurück, betrachtete sie aufmerksam und fügte unnötigerweise hinzu: »Ich stehe dafür ein, keine Sorge.«

Selbst hoch oben in den Bergen, in ihrem abgelegenen Tal, hatte Empress von den Braddock-Blacks gehört. Wer in Montana kannte ihn nicht? Sie dachte einen Moment nach, hin- und hergerissen zwischen dringender Notwendigkeit und blindem Instinkt. Dann atmete sie leise aus und sagte: »Gut. Ich akzeptiere den Scheck bis morgen früh.«

»Danke, Liebling«, erwiderte Trey ironisch, »für dein grenzenloses Vertrauen in mich ...«

Diesmal verbesserte sie ihn nicht.

»Das ... wäre es also ...«, sagte er sehr langsam einen Moment später und reichte ihr den Scheck. Seine tiefe Stimme klang anzüglich, aber nachdem seine Finger das Papier losgelassen hatten, regte er sich eine Weile nicht, so als dächte er tief nach. Dann fiel seine Hand, deren Innenflächen mit Schwielen bedeckt waren wie die eines Cowboys, auf den Tisch zurück, und er zog die dunklen Brauen hoch. »Wollen wir?« fragte er mit einer leichten Geste zur Halle hin. Er sah, wie sie schluckte, ehe sie mit seltsam unsicherer Stimme antwortete: »Ja ... in Ordnung.« Hastig stopfte sie sich den Scheck in die Hemdtasche.

Trey erhob sich, ging um den schmalen Tisch herum und zog ihren Stuhl zurück, als sie aufstand. Als er auf die plötzlich so verängstigt wirkende Gestalt des Mädchens herabblickte, bot er ihr den Arm. Doch sie schüttelte den Kopf und wandte den Blick ab.

Taktvoll schlug er vor: »Vielleicht möchtest du vorausgehen. Es ist die zweite Tür rechts oben an der Treppe. Ich schicke eine Zofe mit dem Badewasser herauf.«

»Badewasser?« fragte Empress mit dünner Stimme. Sie spürte seine Kraft und Energie, auch wenn er sie nicht einmal berührt hatte.

»Und ein Kleid«, fügte er hinzu. »Mir gefallen deine Bauernkleider nicht besonders.«

Empress richtete sich einen Moment steil auf und wollte schon mit einer scharfen Bemerkung auf diese Beleidigung ihrer Garderobe antworten, überlegte es sich aber anders. Schließlich würde er ihr morgen 37.500 Dollar in Gold zahlen, und die Visionen, wie dieses Vermögen ihrer Familie helfen würde, erstickten ihr die Worte in der Kehle. Sie war ebenso blaublütig wie er, vermutlich sogar noch adliger, wenn Viertelverwandtschaft zählte. Aber hier im rauhen

Grenzland konnte sie das sowieso vergessen. Der Kampf ums nackte Überleben war gefragt und nicht der Stammbaum, egal, wie hoch der auch war. »Wird es lange dauern?« fragte sie, um die Unsicherheit und ihre Angst abzuschütteln.

»Nein«, sagte er mit rauher Stimme. »Ich werde dich nicht warten lassen.«

Trey ging zurück in den Salon und unterhielt sich kurz mit Lily, die sofort eine Zofe nach oben schickte. Dann nahm er gutmütig die Neckereien der anderen Männer entgegen, ignorierte den blanken Haß von Jake Poltrain und trank eine weitere halbe Flasche Brandy mit seinen Vettern, ehe er sich entschuldigte und die Treppe hinaufstieg.

# Kapitel 3

Er klopfte an die Tür, ehe er eintrat.

Empress kam gerade, in ein großes Tuch gewickelt, das die Zofe ihr gereicht hatte, aus dem Bad. Die züngelnden Flammen des Kaminfeuers vergoldeten ihre schlanke Gestalt und ließen das seidige, lange Haar aufglänzen. Trey hielt den Atem an. Ihr geschmeidiger, vollbusiger Körper wirkte, noch unterstützt durch das weiße Tuch, wie der einer Venus. Als erfahrener Mann hielt er sich eigentlich vor Überraschungen beim Anblick einer nackten Schönen sicher, aber jetzt war er wie elektrisiert von der Perfektion, die sich unter den groben Männerkleidern verborgen gehalten hatte.

Mit einem Kopfnicken entließ er die Zofe, wobei er seinen Blick nicht von der atemberaubenden Schönheit wandte. Er war wie verhext von dem Eindruck reiner Unschuld, den sie bei ihm hervorrief.

Vielleicht war es die Umgebung. Eine solche Reinheit erwartete man in einem Bordell nicht. Vielleicht war es aber auch der Duft nach weißem Flieder, der aus ihrem feuchten Haar und ihrer Haut zu ihm drang. Sie roch in dieser stürmischen Winternacht wie der reinste Frühling, so frisch, daß sie ihn auch in seinem angenehm berauschten Zustand stark an ein Kind erinnerte. Er war sich nicht sicher, warum sie ihn so anrührte, denn ihr Körper war gewiß nicht sehr kindlich, sondern vielmehr so üppig und verführerisch wie einer von Lilys extravaganten Damen. Es waren ihre Augen, erkannte er schließlich — sie wirkten verängstigt und waren vor Furcht weit aufgerissen. Daher sagte er ohne nachzudenken: »Hab' keine Angst. Ich teile nicht die gleichen Vorlieben wie Jake Poltrain.«

Diese rätselhaften Worte wirkten alles andere als besänftigend, wie er sofort feststellen mußte, denn ihre Hände begannen zu zittern. Aber das Kinn reckte sie genauso, und er erkannte dieselbe Unerschrockenheit wie vorhin. »Ich werde dir nicht wehtun«, sagte er leise. »Du bist hier völlig sicher.«

Was auch immer ihre Angst hervorgerufen hatte, sie löste sich in Luft auf, denn sie antwortete ruhig, während sie nach einem weiteren Handtuch griff: »*Sicher* muß man wohl recht großzügig auslegen, Mr. Braddock-Black. Aber warm ist mir, und sauber bin ich ganz gewiß.« Sie warf sich das Handtuch über den Kopf, beugte sich vor und begann, ihr Haar trockenzurubbeln.

Trey überwand den Abstand zwischen ihnen mit drei raschen Schritten, zog ihr das Handtuch vom Leib, warf es beiseite und sagte mit tonloser Stimme, die vor Selbstbeherrschung fast vibrierte: »Ich werde dir nicht wehtun, habe ich wirklich gemeint.«

Sie richtete sich auf, in ihrer Nacktheit völlig unbefangen, und wandte die grünen Augen zu ihm hoch. Dann sagte sie mit ironischem Tonfall: »Aber was werden Sie mit mir anstellen, Mr. Braddock-Black?«

»Trey«, korrigierte er, sich seines leichten Befehlstons nicht bewußt.

»Was wirst du mit mir anfangen, Trey?« wiederholte sie und verbesserte sich wie befohlen. Aber in ihrer Stimme und den hochgezogenen Brauen lag mehr als nur eine Andeutung von Herausforderung.

Er reagierte auf diese Herausforderung mit einem Schmunzeln. »Was immer du gern magst, Empress, mein Liebling.« So, wie er hoch über ihr aufragte, voll bekleidet und in Stiefeln, so dunkel wie Luzifer, war sie sich seiner Kraft und Macht körperlich bewußt. »Du gibst das Tempo an, Schätzchen«, sagte er ermutigend und streckte eine Hand aus, um mit einer Fingerspitze sachte ihre Schulter zu streicheln. »Aber nimm dir ruhig Zeit«, fuhr er fort, weil er seine eigene Erregung spürte. »Wir haben ja drei Wochen Zeit …« Zum ersten Mal in seinem Leben freute er sich auf drei ungestörte Wochen in der Nähe einer einzigen Frau. Es war, als hätte er seine Partnerin gerochen, ganz ursprünglich, wie ein Wilder. Während sein Verstand diesen unerklärlichen Drang noch ignorierte, kapitulierten sein Körper und sein Blut schon und gaben sich bereitwillig diesem Zwang hin.

Er senkte den Kopf und berührte ihre Lippen. Ganz leicht strich sein Mund warm über den ihren, ehe er sie sanft mit der Zunge leckte. Tief in ihrem Innern schlugen erschreckend heiße Flammen hoch und durchzüngelten sie.

Sie wich unbewußt ein wenig zurück, aber auch er hatte die Hitze gespürt, und sie erkannte in seinem verblüfften Blick, daß die Funken sie beide entzündet hatten. Trey atmete nun schneller, seine Hand umklammerte ihren Nacken fester, und er zog sie mit unwiderstehlicher Kraft näher an sich, während seine andere Hand an ihrem Rücken herabglitt.

Als sein Mund den ihren ein zweites Mal bedeckte, nun intensiv und fordernd, spürte sie, wie sein Glied an ihrem Körper hart wurde. Empress war zwar unschuldig, wenn es um Männer und Frauen ging, wußte aber, wie sich Tiere in der freien Natur paarten, und zum ersten Mal spürte sie eine sonderbare, heiße Regung in sich selbst.

Das Gefühl war gleichzeitig seltsam und glückselig, und einen kurzen, abgelösten Augenblick lang fühlte sie sich sehr erwachsen, als habe sie plötzlich das große Geheimnis des Universums entdeckt. Man braucht einen Mann nicht zu lieben, um dieses Feuer zu spüren, dachte sie. Das stand im Widerspruch zu allem, was ihre Mutter ihr je gesagt hatte. Auf unerklärliche Weise war es wie eine Entdeckung, als würde nur sie allein das Prinzip der Menschheit kennen. Aber dann wurden ihre Gedanken abrupt unterbrochen, denn sie merkte, wie sie unter dem leichten Druck von Treys Lippen den Mund öffnete.

Behutsam drang seine samtig-zärtliche Zunge in ihren Mund, erkundete ihn ausgiebig und schmeckte ihre Süße. Sein schwindelerregender Branntweingeschmack war für sie wie ein neuer Schatz, den es zu untersuchen galt. Sie reagierte zögernd wie ein Lämmchen auf unsicheren Beinen, und als ihre Zunge über seine strich und ohne Hast alles erschmeckte, hörte sie, wie seiner Kehle ein leises Stöhnen entfuhr. Er schwankte leicht gegen sie, und seine harte Männlichkit drückte sich nun noch drängender an ihren nachgiebigen Körper. Ein Feuer bündelte sich tief in ihr. Trey hielt sie mit der einen Hand am Rücken fest, als sie sich küßten.

Sie spürte, wie die hochleckende Flamme in ihr ein köstliches Lustgefühl hervorrief. Ihre Brustwarzen richteten sich auf; sein weiches Wollhemd zu berühren gab ihr ein ganz seltsames Vergnügen; Wärme schien all ihre Sinne zu durchschmelzen, und sie drängte sich enger an den starken Männerkörper.

Als ihr Mund sich nachgiebig unter seinen Lippen öffnete, hoben sich ihre Hände wie von selbst und legten sich auf seine Schultern.

Ihre völlige Hingabe brachte sein Blut in gefährliche Wallung. Insgeheim gab er ihr gute Noten wegen ihrer Kunstfertigkeit. Erst der gespielte Rückzug, nun diese leidenschaftliche Reaktion — das war erotischer als alle Tricks einer geübten Geliebten. Doch sicher war es eine Art Theaterspiel, ebenso wirksam wie die Szene ihres Verkaufs. Da hatte sie sich mehr zurückgehalten als angeboten, indem sie Männerkleider trug. Doch jeder Mann im Salon ahnte, — und wollte wissen —, was darunter war.

Ob es sich um Gerissenheit handelte, um Theater oder zärtliche Hingabe — ihr Körper schmiegte sich an seinen und machte jedes Zögern plötzlich unmöglich. »Ich glaube, süße Empress«, sagte er mit heißem Atem dicht an ihren Lippen, »du kannst erst beim *nächsten* Mal das Tempo bestimmen . . .«

Dann beugte er sich rasch herab, hob sie auf seine Arme und trug sie zum Bett. Er legte sie auf das rosafarbene Deckbett, richtete sich auf und betrachtete sie einen kurzen Moment. Wollüstig wie eine Nymphe und sehr direkt erwiderte sie seinen Blick. In seinen Augen spiegelte sich brennende Begierde. Diese Frau wirkte wie eine goldene Perle auf weichem Samt, und als sie ihm die Arme entgegenstreckte, konnte er sich nicht länger beherrschen, konnte sich nicht mehr distanziert geben wie sonst, wenn er eine Frau liebte. Er holte tief Luft trat zum Bett und ließ seinen Körper auf den ihren sinken. Mit fahrigen Fingern griff er nach den Hosenknöpfen. Seine Stiefel zerknüllten den feinen Samt, aber er merkte es nicht mehr. Sie wimmerte leise auf, als die schwere Goldschnalle seines Gürtels sich tief in ihre seidige Haut preßte, aber er küßte sie entschuldigend und mit der Absicht, sich baldigst im üppig lustvollen Körper dieser atemberaubenden Miss Jordan zu versenken. Der letzte Hosenknopf war geschafft, und seine Männlichkeit schnellte heraus. Seine noch behosten Beine drängten ihre blassen Schenkel auseinander, und nun konnte er an nichts anderes mehr denken, als daß sie ihn warm empfangen würde. Er schob sich in sie, und sie schrie unterdrückt auf.

Wahnsinnig vor Begierde stieß er zu. Diesmal hörte er ihren Schrei. »Oh, Christus«, hauchte er, während die Lust in seinen Lungen brannte, »du kannst doch unmöglich noch Jungfrau sein.« Mit Jungfrauen gab er sich nie ab. Es war Jahre her, seit er mit einer geschlafen hatte. Himmel, er war so steif!

»Es ist nicht wichtig«, antwortete sie ängstlich und verspannte sich unter ihm.

»Es ist nicht wichtig«, wiederholte er ungläubig. Das Blut pochte ihm in den Schläfen, in den Fingerspitzen und unter den Fußsohlen in seinen handgearbeiteten Stiefeln — am heftigsten aber in seiner harten Erektion, so unbezähmbar wie ein Rammbock, eine Haaresbreite vom Ort entfernt, wo er zu sein begehrte. Es ist nicht wichtig, wiederholte sein Gewissen. Sie sagt, es sei nicht wichtig, und daher ist es auch nicht wichtig — und wieder stieß er zu. Als er seinen Mund herabsenkte, um sie zu küssen, drang ein erstickter Schrei aus ihrer Kehle.

»Oh, Hölle!« Er atmete tief aus, wieder ein, stützte sich auf die Ellbogen und blickte unsicher auf sie herab. Sein langes Haar umrahmte sein Gesicht wie schwarze Seide.

»Ich werde nicht wieder schreien«, flüsterte sie. Ihre Stimme wirkte sicherer als die unendlichen Tiefen ihrer umschatteten Augen. »Bitte . . . ich brauche das Geld.«

Das war allzu fremdartig und zu unverhofft für ihn. Verdammt . . . er beutete eine Jungfrau aus und ließ sie vor Angst und Schmerzen aufschreien. Ruhe, Junge, du wirst es überleben, wenn du sie nicht bekommst, sagte er sich, aber sein bebendes Bedürfnis strafte seine hehren Gedanken Lügen. Sie drängte ihn, weiterzumachen. Und sein Körper verlangte heftig danach, sie endlich zu nehmen. »Hölle und Verdammnis!« knirschte er. Das Problem verlangte eine unmittelbare Antwort, aber er konnte nicht klar denken. Er spürte nur eine schwindelerregende Hitze, die sämtliche moralischen Überlegungen weit in den Hintergrund schob. Und er war so steif . . .

»Verdammt«, murmelte er, doch in diesem Moment gewann der rationale Verstand einen Fingerbreit Kontrolle über seine wilde Lust. »Behalt das Geld, ich will nicht . . .« Er sagte es rasch, ehe er es sich anders überlegen konnte, doch dann hielt er inne und feixte. »Das stimmt offensichtlich nicht ganz, aber ich will keine Jungfrau ruinieren«, änderte er seinen Satz.

Empress hätte den Tod ihrer Eltern und die darauffolgenden Monate, in denen sie versucht hatte, in der Wildnis zu überleben, nicht überstanden, wenn sie nicht in sich eine ungeheure Kraft entdeckt hätte. Jetzt besann sie sich zitternd, aber entschlossen darauf. »Hier geht es um kein moralisches Dilemma. Das hier ist eine Geschäftsabmachung und meine Verantwortung. Ich bestehe darauf.«

Er lachte und wirkte dabei tatsächlich amüsiert. »Hier liege ich und widersetze mich einer Frau, die darauf besteht, daß ich ihr die Jungfräulichkeit nehme. Ich muß verrückt geworden sein.«

»Die Welt ist manchmal verrückt«, erwiderte sie leise, sich der komplexen Gründe bewußt, die ihr Verhalten bestimmten.

»Zumindest heute abend«, gestand er zu, »scheint sie mehr als sonst aus den Fugen geraten zu sein.« Aber selbst für einen solch wilden jungen Mann wie ihn war die dargebotene Unschuld ein wenig zu bizarr. Es war für ihn außerdem nicht gerade schmeichelhaft, als geschäftliche Angelegenheit betrachtet zu werden.

»Schau mal«, sagte er mit offensichtlicher Beherrschung, »das möchte ich nicht. Ich bin nicht interessiert. Behalt das Geld. Ich bewundere deinen Mut.« Dann rollte er von ihr herunter und rief auf dem Rücken liegend: »Flo!«

»Nein!« rief Empress und warf sich auf ihn, noch ehe er wieder Luft holen konnte, voller Angst, er könne es sich am Morgen anders überlegen, wenn sein Kopf wieder klar war und er in Flos Armen aufwachte. Fünfzigtausend Dollar waren zuviel Geld, um sie aus einer Laune heraus oder wegen falscher moralischer Skrupel zu verlieren. Sie mußte ihn überreden, bei ihr zu bleiben, damit sie das Geld wenigstens verdienen konnte. Zumindest würde sie es versuchen.

Sie lag wie eine silbrige Zauberhexe auf seinem schlanken, muskulösen Körper und bedeckte sein Gesicht jetzt atemlos und hastig mit lauter kleinen Küssen. Dann tänzelte ihre warme Zunge in einem Anflug von Kühnheit — und von Notwendigkeit getrieben — vorsichtig an seiner Nase herab zu seinem erwartungsvollen Mund. Als die Zungenspitze leicht den Schwung seiner Oberlippe nachzog, schloß er seine Hände um ihre nackten Schultern, öffnete die Lippen und zog ihre heiße Zungenspitze in seinen Mund hinein. Sanft saugte er daran, so langsam, als hätte er ein ganzes Leben lang Zeit. Die schmalen, sonnengebräunten Schultern unter seinen Händen begannen vor Lust zu beben.

Es war, als ob sich in ihrer Magengegend ein paar Schmet-

terlinge verirrt hätten, und ein fremdartiges Sehnen veranlaßte Empress, ihre Arme um Treys Hals zu schlingen. Aber
ihr Herz klopfte so stark wie die indianischen Trommeln,
deren Lied im Sommer bis hinauf in ihr Tal drang, denn ihre
Angst war immer noch stärker als ihre Lust. Er durfte nicht
zu Flo gehen. Sie ließ die Finger durch sein weiches, langes
Haar gleiten, das sich bis zu den Schultern wellte, und strich
mit dem Mund über seine Wange. »Bitte«, flüsterte sie dicht
an seinem Ohr, denn die Vision der Hoffnung, ihre Familie
zu retten, wurde durch sein Zögern zerstört. »Bleib bei mir.«

Diese Bitte klang flehentlich. Sie unterstützte ihren
Wunsch, indem ihre Lippen die Bögen seiner Ohren nach-
malte. »Sag mir, daß jetzt alles gut ist. Sag, daß ich bleiben
kann . . .«, murmelte sie zärtlich.

Was konnte er auf diesen halb scheuen, halb kühnen Vorschlag antworten? Warum bestand sie darauf? Warum war es
ihm wichtig, daß diese Frau ihm schmeichelte?

Dann bewegte sie sich ein wenig, so daß ein Bein zwischen seine glitt — eine sinnliche, instinktive Bewegung. Sofort reckte sich seine Männlichkeit erneut. Sein Glied war
samten und heiß. Wie ein Kind, das ein neues Spielzeug
ausprobiert, rieb sie ihr Bein behutsam an seinem Schaft auf
und ab.

Treys Mund wurde trocken, und er konnte keinen guten
Grund mehr finden, warum er nicht nachgeben sollte. Stöhnend zog er sie wieder zu sich herab.

In diesem Moment klopfte es, und Flo rief seinen Namen.
Doch da schrie Empress schon: »Geh fort!« Als Flo seinen
Namen wiederholte, drang Treys Stimme klar und deutlich
durch die geschlossene Tür: »Ich komme später herunter.«

Er war steif, aber angespannt und unentschlossen. Empress zählte nun auf ihr Einfühlungsvermögen und auf das
bißchen, was sie über männliche Lust wußte, um das —
oder etwas — zu erreichen, wohin sie mit Logik nicht kam.
Als Französin wußte sie sehr wohl, daß *amour* eine heiße,
von Emotionen aufgewühlte Sache sein konnte, aber sie war
sich nicht sicher, was — und ob — Lust auch mit nüchterner
Dringlichkeit zu tun hatte.

Doch sie wußte, was in den Sekunden geschehen war, ehe sie seinen Mund schmeckte, und erinnerte sich, wie er auf ihre Hingabe reagiert hatte. Also wandte sie ihre begrenzte Erfahrung nun mit entschlossener Hartnäckigkeit an. Sie mußte das Geld bekommen. Dann wäre die Zukunft ihrer Familie gesichert. Im Vergleich damit war ihre Jungfräulichkeit wirklich eine Kleinigkeit.

»Fangen wir noch mal an«, flüsterte sie.

»Nein, lieber nicht«, ächzte er.

»Sag mir, was ich falsch mache.«

»Empress, Liebling«, murmelte er und sog scharf die Luft vor Anstrengung ein, sich zurückzuhalten, als ihr Po sich verheißungsvoll unter seinen Händen zu bewegen begann. »Du machst alles ganz richtig.«

»Du kannst mir viel beibringen.«

»Gütiger Gott! Vorsichtig«, sagte Trey. »Ich sollte aber nicht . . .«

»Besser du«, wisperte sie, »als Jake Pol . . .«

». . . train«, beendete er seufzend. »Du meinst es also ernst.«

Sie nickte, und die Strähnen ihres sonnengebleichten Haars kitzelten seine Brust. Seine Hände wanderten über ihren glatten Rücken. Jake Poltrains Name führte die Entscheidung herbei. »Du kannst jederzeit aufhören . . . bis zu einem gewissen Punkt«, sagte er. Er war unsicher, wieviel sie über Männer Bescheid wußte.

»Ich will aber nicht, daß du aufhörst.« Das war Verlokkung, süße, verderbte Verlockung.

Da holte er tief Luft. »In dem Fall, mein Schätzchen, ziehe ich mich besser aus. Zu dieser Lektion«, murmelte er, »brauchen wir ein wenig Zeit.«

»Laß mich das machen.« Sie lächelte ihn dankbar an.

Er hob fragend die Brauen. Hatte er etwas mißverstanden?

»Dich ausziehen«, antwortete sie auf seinen fragenden Blick hin.

Er zögerte einen Moment. Immerhin war sie eine absolute Anfängerin, und das konnte unangenehm werden.

»Ich werde dir nicht wehtun«, versprach sie mit einem schelmischen Grinsen.

Da warf er den Kopf in den Nacken und lachte. »Oh, du kleiner Teufel«, sagte er, »heute abend ist wirklich alles anders ... also gut, warum nicht?« Und sie war alles andere als unbeholfen. Sie war auch nicht furchtsam. Vom ersten Augenblick, als ihre Finger seine Gürtelschnalle berührten, spürte er eine stärkere Begierde als jemals zuvor. Er hob seinen Körper ein wenig an, damit sie den Gürtel herausziehen konnte, und wartete, während eine seltsame Vorfreude seine Nervenenden kitzelte. Warum wurde er bei ihrer Berührung so angespannt und voll Erwartung? ... Verlangte er so sehr nach ihr? War es die Neuheit, daß sie Jungfrau war? Erregte ihn diese seltsame, süße Unschuld, die ihn sonst noch nie zuvor gereizt hatte?

Sie griff nach dem obersten Knopf seines Hemdes und öffnete ihn langsam. Die Knöpfe waren aus glatt poliertem Bein mit einem geschnitzten Tiermuster in der Mitte. Es waren wunderschöne Stücke, jedes individuell und kunstvoll gestaltet. Empress ließ ihre Fingerspitzen über die geduckten Tierreliefs gleiten. Ein Berglöwe? Ein Puma? Es war zu dunkel, dachte sie. »Ein Silberlöwe?«

Sie hatte nicht gemerkt, daß sie das laut ausgesprochen hatte, bis Trey antwortete: »Das ist mein Glückstier.«

Sie hob den Blick, um ihn anzusehen. »Sie sind wunderschön«, sagte sie, und ihre Gedanken schlossen die warmen, silbrigen Augen mit ein, die sie anstarrten.

»Heute abend aber nimmt er den zweiten Rang ein, Liebling«, murmelte Trey, der alle Aufmerksamkeit auf ihr klassisch schönes Gesicht richtete.

Empress errötete über dieses Kompliment und über die Begierde, die wie Feuer aus seinem Blick strahlte. Mit leicht bebenden Fingern öffnete sie den letzten Knopf seines Hemdes. Sie atmete tief, um sich zu beruhigen, und rief sich in Erinnerung, warum sie hier war, und was alles auf dem Spiel stand. Schließlich überwand sie ihre mädchenhafte Scheu. Sie streifte ihm das Hemd ab und streichelte mit den Handflächen seine nackten Schultern. »Du bist sehr stark.«

»Und du bist sehr ...« Er wollte *begehrenswert* sagen, so verdammt verlockend begehrenswert, daß er sie auf das Bett stoßen und ohne jedes Vorspiel in diesem Moment noch nehmen wollte. ».... sehr gut beim Auskleiden«, lächelte er statt dessen, und seine hellen Augen blitzten golden auf.

»Ich habe einen kleinen Bruder, an dem ich geübt habe«, erwiderte sie ebenfalls leise lächelnd. Diese Bemerkung hätte die Sinnlichkeit verbreiten müssen — die Erwähnung eines Heims, einer Familie und eines kleinen Bruders —, aber seltsamerweise verlieh ihr diese Tatsache noch mehr erotisches Geheimnis, dieser zarten Schönheit, die nackt neben ihm kniete und ihn mit einer Umsicht auszog, die ebenso bewußt wie ungekünstelt war. Sie besaß eine verblüffende Unbefangenheit, und das machte diese ganze bizarre Szene noch verführerischer. Als sei eine Märchennymphe in einer verschneiten Winternacht in Montana aufgetaucht, nur um ihm zu gefallen und ihm völlig neue Gefühle zu entlocken.

»Hast du auch Brüder?« fagte sie leise, als sie seine Hemdzipfel aus der Hose zog.

»Nein.«

»Schwestern?«

»Nein.«

»Ich habe beides«, sagte sie.

Er wollte darauf eine höfliche Antwort geben oder es zumindest versuchen, aber ihre zarten Hände glitten nun über seinen Bauch und berührten sanft seine Erektion — und da hatte er vergessen, was er sagen wollte.

»Das gefällt dir, nicht wahr?« flüsterte Empress, die beobachtete, wie Trey den Rücken leicht durchbog und vor Lust aufstöhnte.

Als er die Augen öffnete, vermochte er nicht zu sagen, ob sie ihn neckte oder nur offen zu ihm war. Aber er wußte, wenn er sie in dieser Situation, die sie ein Geschäft nannte und die er im hintersten Winkel seines Gehirns als Wahnsinn betrachtete, nicht verletzen wollte, mußte er sie vorbereiten, und zwar bald. »Ich mag es sehr«, stimmte er heiser zu, während ein Lächeln über sein Gesicht huschte. »Komm her, Empress, und sag mir, was du gern hast.« Er streichelte über die weiche Rundung ihrer Brust, glitt höher und umfaßte sanft ihren Nacken, um sie herabzuziehen zu einem Kuß ... zu einem tief eindringenden, heißen Kuß, der sie verzehrte und bewirkte, wie er befriedigt bemerkte, daß sie rascher atmete.

»Ist das immer so schön?« flüsterte sie, als sich seine Lippen von ihr lösten und Wellen der Lust ihren Verstand umspülten.

»Es wird immer besser«, versprach er, »garantiert.«

Sie blickte auf ihn herab, wie er halb entkleidet neben ihr lag. »Kann ich das schriftlich haben?« Ein Hauch Verspieltheit tanzte in den Tiefen ihrer Augen.

»Natürlich«, murmelte er und blinzelte verschwörerisch. »Zusammen mit ein paar weiteren Dingen ...« Er war es gewöhnt, Frauen Lust zu verschaffen. Er wußte genau, wie man das machte.

»Sind Sie immer so selbstbewußt, Mr. Bradock-Black?«

»Trey«, flüsterte er. »Ja ...« Seine Hand paßte sich genau der Rundung ihrer Hüfte an. Er durfte nicht vergessen, ganz langsam vorzugehen, damit sie sich bei ihrem ersten Mal an die Wonnen erinnerte und nicht an den Schmerz.

»Sie sind so bescheiden«, feixte sie.

»Ja«, gab er mit entwaffnendem Lächeln zurück. »Ich glaube, wir sind ein perfektes Paar. Du bist genau so bescheiden und züchtig wie ich, nicht wahr?« Das Nacktsein war ihr offensichtlich keineswegs peinlich. Wenn man bedachte, daß sie sich vor einer Gruppe geiler reicher Männer zum Kauf angeboten hatte, war das ja wohl auch das Gegenteil von Schüchternheit und Züchtigkeit.

»Hättest du mich gern zurückhaltender?« fragte Empress nun interessiert, in ihrem Willen, ihm zu gefallen. »Ich denke, ich sollte dann ein Kleid anziehen und das Licht löschen.«

Nun lachte Trey wieder, amüsiert über die Vorstellung, wie sie sich im Dunkeln kaum finden würden. »Lektion Nummer eins, mein Schatz«, verriet er freundlich: »Im Schlafzimmer hat Züchtigkeit keinen Platz.«

»Oh gut. Dann darf ich dich jetzt wieder küssen?«

Wie jung sie aussah, als sie das sagte. Sein Blick ruhte zärtlich auf ihr. »Laß mich zuerst diese Stiefel und die Hose ausziehen, dann kannst du machen, was du willst.«

»Ich weiß nicht viel mehr.«

Er setzte sich auf, hob die langen Beine über den Bettrand und bückte sich, um die Stiefel auszuziehen. Dabei drehte er den Kopf zu ihr und lächelte: »Bis zum Morgen weißt du bestimmt mehr.«

Er begann, indem er sie küßte. Sein warmer Mund war wie der Himmel, dachte sie, als er über die Rundung ihrer Schulter glitt, über ihre Mundwinkel, ihre Augen und Wimpern, den Brustansatz, über die kleine Senke ihrer Armbeuge. Er küßte ihre Fingerspitzen und dann die glatten Sohlen ihrer Füße. Als er sich wieder langsam nach oben küßte und sich warm auf sie legte, hatte sie das Gefühl, auf einer rosa Wolke zu schweben. Die Hitze, die sich tief in ihr ausbreitete, schickte sengende Strahlen durch ihren ganzen Körper. Da küßte Trey sie auf den Mund und legte sich behutsam auf sie.

»Mir ist so warm«, flüsterte Empress.

Er blickte auf sie herab, auf den rosigen Hauch, der ihre Wangen und den Hals überzog, und nickte: »Das ist gut.« Dann schob er sich ganz langsam vor, sich auf seltsame Weise bewußt, daß er für mehr verantwortlich war als nur für ihre Lust. Irgendwie war er von ihrer Unschuld gerührt, mit der sie sich ihm hingab. Er hatte immer gern mit der Liebe gespielt, wollüstig und erfahren wie er mit den Jahren geworden war. Aber noch nie waren seine Gedanken und Gefühle beteiligt gewesen. Es war für ihn wie eine Art guter Sport, in dem Fertigkeit, Hingabe und Sinnlichkeit miteinander die schönste Beschäftigung der Welt ergaben. Heute nacht aber fügte er ein neues Element dem vertrauten Tun hinzu. Es tauchte so etwas wie Fürsorge auf ... oder vielmehr Bewunderung für ihren Mut und ihre Hingabe. Sein Spiel veränderte sich dadurch.

»Du bist ... sehr groß«, wisperte sie, fuhr mit den Fingern an seiner Brust herab zu seinem flachen Bauch und hielt kurz vor dem Gegenstand ihres Satzes inne.

»Wird es wehtun?«

Sie hob den Blick, und er merkte, wie es ihm plötzlich die Sprache verschlug. »Nein«, sagte er schließlich, fragte sich aber, ob sie ihn später für diese Lüge hassen würde. »Es tut nicht weh.«

»Ich bin froh, daß *du* mich gekauft hast«, flüsterte sie, und ihr Blick war nun weich. »Ich bin wirklich froh.« Dann bot sie ihm ihren Mund zum Kuß an, weil sie weiter auf ihrer aufregenden Wolke bleiben wollte.

»Ich wollte dich auf jeden Fall«, murmelte Trey und erkannte plötzlich, daß das die Wahrheit war. Es hätte keinen Jake Poltrain gebraucht, um sie ihm wegzuschnappen. Jeder da unten hätte das gleiche Gefühl bei ihm ausgelöst. Als Absarokee war er mit seinen Gefühlen vertraut, mit seiner persönlichen Vision und seiner irdischen Energie, und er wußte es: Sie war in sein Schicksal geschrieben, zart, seltsam, fremd und trotz ihrer Männerkleidung erotisch und anziehend. Er hatte sie einfach haben müssen.

»Ich begehre dich. Sage ich das richtig?« fragte sie mit wollüstiger Stimme. »Ich schwebe auf einer weichen, warmen Wolke. Du bist so gut zu mir«, murmelte sie und preßte sich enger an ihn.

»Rück mal, Liebling, Empress«, flüsterte Trey und fuhr mit dem Mund über ihre halbgeöffneten Lippen. »Ich steige jetzt auf deine Wolke.«

Da lag sie nun unter ihm, nach Flieder duftend, warm vor sehnsüchtiger Begierde, den Rücken leicht durchgebogen, um ihn zu spüren. Aber seine Ellbogen schützten sie noch vor seinem vollen Gewicht. Ihre harten Brustwarzen reckten sich ihm entgegen, während ihre Hände sanft seinen Rücken streichelten. Es war, als hätte sie in seinem Körper ein gewaltiges Feuer entzündet, und die Flammen sprangen bei jedem neuen Kuß und jeder sanften Bewegung so rasch hoch, daß sie noch den Wind überholten. Er konnte sich nicht länger beherrschen und sich nur an ihrer Schönheit laben. Sie würde ihn jetzt in sich aufnehmen müssen.

Sein Mund senkte sich auf ihren herab; er teilte ihre Lippen, und sie ergab sich erst seufzend, dann begierig seinem

Angriff, so, als habe sie ihr ganzes Leben auf ihn gewartet. Ihre Hände umklammerten seine Schultern, und sie hob ihre Hüften seiner Männlichkeit entgegen; sie lockte ihn, in sie einzudringen, sie bebte unter der Begierde, die in ihr von den Zehen bis zum Scheitel emporloderte. Sie sehnte sich nach ihm, verlangte nach ihm — hitzig, feucht und prall war sie für ihn bereit. Jetzt war nichts mehr für sie wichtig, außer, das Feuer zu löschen. Alle Gründe, warum sie sich überhaupt in dieser Lage befand, verschwanden und wurden von einem grenzenlosen Gefühl der Freude und Lust fortgefegt.

Trey strich über die Innenseite von Empress' Schenkeln, schob sie auseinander und drängte seine schmalen Hüften zwischen ihre Beine. Dann berührten seine Finger den feuchten, heißen Eingang zu seinem Paradies und ließen die weichen Falten aufgleiten.

Empress hielt keuchend den Atem an, während die berauschenden Gefühle wie süßer Wein all ihre Sinne erfüllten. »Mach das noch einmal«, bat sie zitternd, als die Realität wieder am Rand ihres Bewußtseins auftauchte.

Er gehorchte, und sie glaubte, vor Wonne sterben zu müssen.

»Kann man aus Lust sterben?« flüsterte sie in seine Schulterbeuge. »Woher weißt du . . .« Aber Treys Expertenfinger glitten weiter hinein, und sie stöhnte in wilder Ekstase auf.

»Du bist so schön«, sagte Trey leise und streichelte sie so sanft, daß die Welt für sie in einem goldenen Nebelwirbel versank. »Feucht und wunderschön«, fügte er mit rauher Stimme hinzu. »Ich kann nicht länger warten. Laß mich hinein, Liebste.« Er schob sich an die Stelle, die seine Finger zärtlich bereit gemacht hatten, und stieß mit einem einzigen Ruck in ihre enge, weiche Samtigkeit. Er spürte, wie sie unter ihm erstarrte, aber dann gab sie nach, und er blieb reglos in ihr, bis sie sich entspannte und der bohrende Schmerz nachließ. Seine Hände umschlossen ihre Hüften, als könne er die Schmerzen mit der Wärme seiner Finger vertreiben. Einen Moment später begann er, sich in ihr zu bewegen. Er nahm sich Zeit, denn seine erste Gier hatte sich gelegt, weil er dort war, wo er am liebsten sein wollte. Er schob sich nur vorsichtig tiefer, um sich ebenso vorsichtig wieder zurückzuziehen, murmelte Liebesworte, streichelte und küßte sie, bis er spürte, wie sie sich lustvoll unter ihm bewegte und mit leiser, flehender Stimme bat: »Mehr . . .«

Dieser Aufforderung kam er mit Freuden nach. Seinem immer schneller werdenden Rhythmus begegnete sie mit glühender Leidenschaft. Als ihr Atem unregelmäßig kam und sie unkontrolliert erschauerte, wußte er, daß sie kurz vor ihrem Höhepunkt stand. Seine Hände umfaßten ihr glattes Hinterteil und preßte sie in seinen nächsten, langsamen, mächtigen Stoß. Er spürte ihr leichtes Zucken, als er tief in sie eingedrungen war, und ließ sich schließlich selbst erfüllen von der heißen Begierde, die sie seit dem ersten Anblick in Lilys Salon in ihm ausgelöst hatte. Empress umklammerte ihn, während eine Flutwelle der Verzückung über ihr zusammenschlug, und heiser rief sie seinen Namen. Auf seinen Schultern blieben die Spuren ihrer Ekstase in Form von blutigen Halbmonden ihrer Fingernägel zurück.

Trey hatte zwar ebenfalls seinen Orgasmus gehabt, doch er war noch nicht befriedigt. Er wollte mehr von ihr, viel mehr. Zwei Wochen, sechs Tage und zweiundzwanzig Stunden, dachte er und senkte den Kopf, um ihren warmen, weichen Mund zu küssen. Er wußte, in den nächsten drei Wochen würde er sich restlos verausgaben, sie völlig erschöpfen, und sie beide würden jeden sinnlichen, heißen, flirrenden Aspekt der Liebe erkunden.

Er stellte die Tatsache nicht infrage, daß dieses Gefühl seiner Erfahrung nach von grandioser Einzigartigkeit war. Er freute sich auf die zu erwartenden Köstlichkeiten. Er hatte seine Partnerin gefunden — zumindest für ein paar Wochen — und mit größtem Appetit entführte er sie erneut auf die Wege der Liebe.

Nach dem dritten Mal keuchte Empress außer Atem: »Stop!« und schüttelte ihre Lockenmähne.

Trey hielt inne und blickte sie an, als sei sie von einem anderen Planeten.

»Du brauchst heute nacht nicht die gesamten fünfzigtausend abzuarbeiten«, prustete sie zugleich zärtlich wie auch erschöpft.

»Du bist anders«, erwiderte er, auf ihre Bemerkung nicht eingehend. Er erklärte ihr, wie anziehend er sie fand, wie unglaublich erotisch.

Sie gestand ihm nicht, daß sie sich anders fühlte. Anders als sie sich jemals in ihrem Leben gefühlt hatte. Doch sie konnte dieses Gefühl nicht benennen. Es war nicht die Entjungferung, die das auslöste. Sie wußte nur, daß diese Nacht ihr Leben auf ewig in ein Vorher und ein Nachher unterteilen würde. Es war merkwürdig — als sei sie heute nacht zum Leben erwacht, als verfüge sie nun über starke neue Kräfte, ein neues geheimes Wissen, das über die Grenzen dessen hinausreichte, was das Leben eines ehemals behüteten jungen Mädchens dargestellt hatte. »Ich bin morgen auch noch hier«, lächelte sie und strich Trey eine vorwitzige Haarsträhne aus der Stirn.

Er verzog das Gesicht. »Tut mir leid. Du hast recht. Verdammt egoistisch von mir.« Mit einem flüchtigen Kuß auf ihre Nasenspitze wälzte er sich von ihr herunter und blieb ausgestreckt auf dem Rücken liegen.

»Es braucht dir nicht leid zu tun«, erwiderte Empress, rollte sich auf die Seite und stützte sich auf einen Ellbogen. Er sah wundervoll aus, fand sie. Ihr Blick wanderte von dem gutgeschnittenen Gesicht über seine breiten Schultern, über den mit harten Sehnen überzogenen Brustkorb, zu den schlanken Hüften und seinen langen, muskulösen Beinen.

»Tut es mir auch nicht wirklich«, grinste er. Dann verschränkte er die Hände hinter dem Nacken und fügte hinzu: »Nein. Es tut mir überhaupt nicht leid. Du bist nämlich unglaublich, weißt du.«

»Danke. Ich wußte natürlich nicht ... ich meine ... konnte nicht ... obwohl, Mr. ...«

»Trey.«

»Trey, vermutlich bin ich es, die dir danken muß. Vermutlich mögen dich die Frauen ...« Sie war klug genug, um zu erkennen, daß nicht alle Männer so geschickt, zärtlich und sanft gewesen wären. So unerfahren sie auch war, wußte sie doch, daß sie nur durch ein kleines Wunder einem Mann in die Hände geraten war, bei dem Kraft und Sensibilität eine so wunderbare Mischung ergaben.

»Ich denke schon«, erwiderte der Mann, der den Ruf hatte, bei Frauen immer gut anzukommen und sowohl im Bett als auch im gesellschaftlichen Leben außergewöhnlich charmant zu sein.

»Machst du das oft?« Diese Frage war eine Mischung aus Neugier und Naivität.

Er schwieg. Was antwortet man einem gerade entjungferten Mädchen? Wie sagt man höflich: »Ich weiß nicht, was du mit *oft* meinst. Ist dein *Oft* ebenso oft wie meines?« Vermutlich war es eine von den Fragen, die ein Mann von Welt niemals beantwortet, beschloß er. Und dann erinnerte er sich an einen Rat über Bescheidenheit und Höflichkeit, den ihm sein Vater vor langer Zeit einmal gegeben hatte. Er lächelte: »Ich würde es so oft machen, wie es dir gefällt. Laß uns etwas zu essen bestellen, falls du müde bist.«

»Du hast Spaß an mir«, sagte sie mit einem leichten, entzückten Lächeln.

Er griff nach ihrer rechten Hand und sagte: »Wie klug von dir, das zu bemerken.«

Der Blick, mit dem sie ihn nun bedachte, war teils verschämt, teils erfreut.

Er drückte ihre Hand, als seien sie alte Freunde. »Bist du müde?« fragte er, um das Thema von seinen amourösen Aktivitäten abzulenken.

»Nein, eigentlich nicht. Aber könnten wir eine Weile ausruhen?« bat sie so selbstverständlich, als bitte sie um eine kurze Pause bei der Arbeit.

Trey lehnte sich zurück in die Kissen, ihre Hand immer noch in seiner. »Erzähl mir etwas über dich.«

»Erzähl du mir erst über dich«, antwortete Empress ausweichend. Sie zog es vor, anonym zu bleiben, denn wenn sie in drei Wochen wieder verschwand, wollte sie diese Phase so gut wie möglich vergessen und löschen.

Er begriff ihr Zögern, etwas über ihr Leben preiszugeben, und kam ihrer Bitte nach, obwohl ihn ihr leichter französischer Akzent neugierig machte. Sie lagen nebeneinander im Bett, die Hände ineinander verschlungen, und Trey erzählte ihr von den Absarokee und dem Clan seines Vaters, als es an der Tür klopfte — nicht zögernd, sondern kurz und fordernd. Dann fragte eine tiefe Männerstimme: »Bist du angezogen?«

Treys Stimme antwortete voller Belustigung: »Nein, aber komm ruhig herein.«

Empress schlüpfte hastig unter die Decke, als Blue eintrat.

»Sie ist schüchtern«, erklärte Trey grienend.

»Wirklich?« erwiderte Blue gespielt ironisch und dachte, daß sie auf jeden Fall nicht krankhaft schüchtern sein konnte, denn unter der Decke war sie offensichtlich nackt. Er lehnte sich gegen den Türrahmen und sagte: »Poltrain plustert sich unten ziemlich auf.«

»Dachte, du wüßtest das besser«, sagte er.

»Natürlich ist er vom Schnaps beeinflußt, aber du weißt ja, was er über dich und unsere Familie denkt. Vielleicht sollten Fox und ich heute nacht deine Tür bewachen. Er ist völlig ausgerastet, weil du ihn überboten hast, und spricht nur noch davon, daß er mit dir abrechnen will. Wegen heute und all den anderen Streitereien.«

»Mach dir keine Sorgen. Hier bei Lily wird er keine Auseinandersetzung wagen. Das sind nur alkoholische Schwachheiten. Ich weiß, wie du dich auf Kate gefreut hast. Laß dir nicht von Jake den Abend verderben. Ich sehe euch beide morgen früh.«

»Bist du sicher?«

»Absolut. Zum Teufel, hier bin ich genauso sicher wie zu Hause.«

Blues Blick glitt über den kurvenreichen Körper unter der Decke. »Wie steht's sonst?« fragte er unbestimmt.

»Gut. Alles in Ordnung.« Treys Mund verzog sich zu einem Lächeln. »Wirklich bestens«, fügte er hinzu.

Blue stieß sich vom Türrahmen ab. »Dann also bis morgen früh.«

»Aber nicht allzu früh«, meinte Trey mit einem Blick zu Empress.

47

»Vielleicht besser erst am Nachmittag?« fragte Blue grinsend.

»Das wäre nicht schlecht«, stimmte Trey zu.

»*Kindirúxúa, tsitsétse*«, meinte Blue nun mit einem ironischen Lächeln. (Denk daran, auch ein bißchen zu schlafen.)

»*Ahú cǐ a biháwim cobi céky*«, antwortete Trey vergnügt. (Wenn ich tot bin, habe ich genügend Zeit zum Schlafen.)

Trey zog die Decke zurück, als Blue leise die Tür schloß, und zog Empress in seine Arme. »Blue ist für mich wie ein Bruder. Nächstes Mal stelle ich dich vor. Er wird dir gefallen.«

Empress sah ihn stirnrunzelnd an. »Das war mir gerade sehr peinlich.«

»Hier soll niemandem etwas peinlich sein. Blue und Fox sind immer bei mir, daher . . .«

»Dann hätte ich sie doch sofort kennenlernen können.«

»Ja, da hast du recht«, stimmte er zu.

»Warum seid ihr ständig zusammen?« Sie hatte die Gerüchte über die Probleme gehört, die Hazard mit den großen Viehbaronen hatte, wußte aber nichts Genaues. Sie lebte zu abgelegen oben in den Bergen und war zu sehr mit dem eigenen Kampf ums Überleben beschäftigt, als daß sie Zeit oder Lust gehabt hätte, sich mit irgendwelchem Gerede zu befassen.

»Leibwächter.«

Ihre Augenbrauen zuckten hoch. »Dann stimmen die Gerüchte also. Wer will dich umbringen?«

»Es geht um nichts Persönliches«, antwortete er. »Ich vertrete nur die Interessen meines Vaters, und eine Menge Leute können Indianer wie meinen Vater nicht leiden, denen man ihr Land noch nicht abgenommen hat . . .« Er begann zu grinsen. »Die Weißen denken, wir sollen uns damit zufriedengeben, in den Reservaten von den Almosen der Regierung zu leben. Das heißt, falls überhaupt etwas von dem bißchen Geld durch das Netz von korrupten Beamten dringt, die die Indianerbehörde verwalten. Mein Vater hat sich halt anders entschieden. Er beherrscht unter anderem ein sehr großes Stück Land, das sich viele liebend gern unter den Nagel reißen wollten.« Er zuckte die Achseln. »Daher habe ich Leibwächter, falls ein paar Drohungen zu offen ausgesprochen werden. Das ist manchmal etwas lästig, aber . . .«

»Hast du sie jemals wirklich gebraucht, außer als Abschreckung?« Der Gedanke an Leibwächter schien in der freien Wildnis irgendwie fehl am Platz. Aber auch in diesem gut geführten Bordell. Wer sollte hier schon etwas Ungesetzliches tun?

Trey fragte sich verblüfft, ob sie erst seit kurzem in Montana lebte und die komplizierten politischen Intrigen oder den Stil der Gerichtsbarkeit an der Grenze nicht kannte. »Manchmal«, erwiderte er kurz, und sein Blick verlor einen Moment lang seine Wärme, denn zu vieles erinnerte ihn an menschlichen Verrat und Gier. Es war ein Thema, das er lieber nicht fortsetzen wollte. »Übrigens«, sagte er ablenkend, um keine Einzelheiten über Menschen preiszugeben, die hinter einem Halbblut her waren, »ziehen wir besser morgen in meine Wohnung. Da sind wir ungestörter. Außerdem brauchst du etwas zum Anziehen.«

»Ich habe doch Kleider.«

»Die lassen wir verbrennen«, sagte er liebenswürdig.

So nett er das auch meinte, für sie war es eine scharfe Zurechtweisung.

»Du bist hier der Herr«, erwiderte sie beleidigt. »Zumindest für die nächsten drei Wochen.« Dann drehte sie sich von ihm weg, setzte sich auf und starrte ihn zornig an.

Er lächelte amüsiert, weil er sie wütend genauso schön fand wie vorher, betrachtete beeindruckt die perfekten Rundungen ihrer Hüften und erklärte: »In dem Fall sollte ich von meiner Autorität Gebrauch machen. Ich kann mich nicht erinnern, jemals zuvor ›Herr‹ genannt worden zu sein. Braucht ein solcher ›Herr‹ einen Lederriemen?«

»Das würde ich nicht empfehlen«, schnappte Empress leise, aber honigsüß, und ihre grünen Augen blitzten wie die einer Eidechse.

»Gut, dann kann ich mich auch so durchsetzen. Danke, mein Schatz, daß du so verständnisvoll bist«, neckte Trey sie und rutschte ein wenig auf seinem Kissen nach unten. Dann reckte er sich, bog den Rücken durch und ließ sich wieder auf die Matratze fallen. »Ein paar Samtkleider und Kaschmirschals«, begann er, die Gegenstände an den bronzenen, schlanken Fingern abzählend. »Es ist um diese Jahreszeit immer so kalt«, fügte er mit wissendem Grienen hinzu. »Dann ein paar Seidennachthemden ... ist Seide in Ordnung, oder trägst du lieber Flanell?« fragte er die Frau, die ihn weiterhin mordlüstern anpeilte. »Und ein Pelzcape für die Kutsche. Fährst du gern Schlitten?« Die silbrigen Augen wanderten langsam an ihrem Körper herab und nahmen ihn in all seinen perfekten Formen wahr. Dann kehrten sie langsam wieder zu ihren Augen zurück. Plötzlich wurden seine Gedanken von dem erotischen Bild überwältigt, wie Empress nackt auf Pelzen in seinem rotlackierten Schlitten lag.

»Du brauchst nicht noch mehr Geld für mich auszugeben«, erwiderte sie hitzig, weil die Aufzählung der eleganten Kleider in ihren Augen wie angeberische Wohltätigkeit klang.

»Ich sähe dich aber gern wie eine Frau gekleidet. Mir zuliebe, mein Schatz.«

Lange gab sie keine Antwort, denn die weibliche Eitelkeit in ihr kämpfte mit einem sehr ausgeprägten Willen. Schließlich behielt ihr praktischer Verstand die Oberhand. Sie hatte kaum eine Möglichkeit, sich gegen Trey Braddock-Black zu wehren. »Es ist schließlich dein Geld«, antwortete sie achselzuckend.

»Stimmt«, gab er amüsiert zu. »Hast du irgendeinen Lieblingspelz? Etwas Dunkles vielleicht, bei deinem Haar ... Du siehst auf dunklem Zobel oder schwarzem Nerz vermutlich umwerfend aus ...«

»Ich dachte, der Pelz sei für die Schlittenfahrten«, erinnerte sie ihn spitz.

»Wir besorgen noch einen für danach«, sagte er mit hinterhältigem Lächeln. »Sag mir, was du am liebsten ißt«, fuhr er fort. »Ich lasse alles in die Wohnung bringen. Du brauchst nicht so dünn zu bleiben.«

Einen Moment lang starrte sie ihn mit funkelnden grünen

Augen an. Er zwinkerte vergnügt. »Ich bete schlanke Frauen an«, stellte er richtig. »Und nun zu den Blumen«, fuhr er fort. »Welche Blumen hast du gern?«

»Blumen?« rief Empress überrascht, denn das Heulen des Schneesturms draußen ließ ein Gespräch über Blumen geradezu lachhaft erscheinen. »Das kannst du nicht ernst meinen.«

Trey hatte vor langer Zeit gelernt, daß es nur wenig gab, das man nicht haben konnte, wenn man es sich einmal in den Kopf gesetzt hatte. »Kommt darauf an, was du willst. Welche gefallen dir denn?« Seine Stimme klang sachlich.

»Die kannst du mir nie besorgen«, platzte sie heraus. Als könne man in Montana mitten im Winter Forsythien bekommen! Aber als sie es ihm auf sein Drängen hin verriet, meinte er ungerührt, er wolle es versuchen.

Nun war sie völlig verdutzt. Sie hatte ihre Hingabe als ein Opfer betrachtet, das sie mit geballten Fäusten und mutig erdulden mußte, dem sie sich ohne Freude zu fügen hatte. Es war doch nicht möglich, daß sie sich nach der Wärme dieses Mannes und seinen Berührungen zurücksehnte, danach, von ihm getröstet zu werden, wie sie es schon seit fünf langen Jahren vermißte. Es hätte ein starker Konflikt in ihrem Herzen, im Kopf und in der Seele werden müssen. Statt dessen entlockte sie seinen Silberaugen das höchste Entzücken, und sie meinte, daß ihr Glück nur eine Armeslänge von ihr entfernt auf sie wartete.

»Komm her«, sagte er mit leiser Stimme, so sanft wie Flötenmusik in der Dämmerung. Er streckte ihr die Hand hin, und sie legte sich zu ihm, weil sie gar nicht anders wollte.

Einen Moment später kuschelte sie sich in seine Arme, stützte ihr Kinn auf seine Brust und wisperte: »Eine solche Verschwendung scheint irgendwie … sündhaft.« Das meinte sie nicht im moralischen Sinne. Aber die Kargheit ihrer letzten Jahre steckten zu tief in ihr.

»Wo wir gerade von Sünde sprechen«, grummelte Trey und ließ seine Hand unter ihren Rücken gleiten, »du bist so verlockend wie die Sünde selbst. Hättest du etwas dagegen …« Er lächelte sie schräg an. »Ich meine, wenn du lange genug ausgeruht hast . . . ich habe diesen unerklärlichen Drang . . .« Er hielt inne, zog eine Braue hoch und blickte sie lüstern an. »Nun, nicht gänzlich unerklärlich. Du bist so entzückend ... und ich bin ganz verrückt nach dir.« Er konnte ihr nicht erklären, daß ›unerklärlich‹ nur im Vergleich zu seinen bisherigen Liebschaften stand. Sex war für ihn immer eine wunderbare Sache gewesen, aber niemals, niemals eine drängende Macht. Daher fand er sein gegenwärtiges Begehren unerklärlich. Er wollte sie — über alle Grenzen der Erotik hinaus. Er wollte sie ohne Einschränkungen, ähnlich wie ein Junge, der zum ersten Mal die Liebe schmeckt, wie ein hartnäckiges Kind, das das Ende des Regenbogens finden will. Er wollte sie über alle Logik und jeden Verstand hinaus. Er wollte sie . . . jetzt.

Zumindest beim ersten Mal hätte sie nein sagen sollen, um ihm zu zeigen, daß er sie nicht so leicht haben konnte wie alles andere auf der Welt, daß er nicht immer das verwöhnte Glückskind sein konnte. Dadurch hätte sie ein bißchen Kontrolle über diese bizarre Beziehung haben können, was er wohl als eine verrückte Laune betrachtete.

Aber er flüsterte ihr heiße Liebesworte ins Ohr, bei denen sich das Feuer in ihr sofort wieder entzündete. Er schilderte in berauschenden Einzelheiten, was er mit ihr tun würde und wie sie sich fühlen würde und wohin sie blicken sollte, um zu erkennen, wie sehr er sie begehrte. Er streichelte sie, berührte sie zärtlich, verlangend und hingebungsvoll, und sie vergaß für eine Weile, daß die Welt da draußen nicht aus Seide, Berührungen, Luxus und Leichtigkeit bestand.

Oder war das hier die Wirklichkeit? fragte sie sich angenehm benommen. Vielleicht setzte ja auch vor lauter Wonne ihr Verstand aus, oder nicht?

Er neckte sie, nannte sie heiser seine »*Bas̀ icbiwicgye ditsirátsi*«, was er als ›mein kämpferisches Kätzchen‹ übersetzte, als sie ekstatisch nach ihm schrie. Er flüsterte ihr zu, er würde sich ihrer annehmen und ihr alle Wünsche erfüllen ... »Bleib bei mir«, murmelte er rauh, und damit meinte er nicht nur die drei Wochen. Aber sie wußte, daß er nicht nüchtern war. Sie schmeckte während des Küssens deutlich den

Branntwein, den er getrunken hatte. Morgen früh dachte er sicher anders. Aber in diesem Moment, als sein Mund an ihrem Hals herabglitt, wollte sie nicht an den Morgen denken oder an die hundert anderen Probleme in ihrem Leben. Sie wollte überhaupt nicht mehr denken.

Treys Mund glitt über ihren glatten Bauch und fuhr langsam zwischen ihre Beine. Seine Wange ruhte auf ihrem seidigen Schenkel, und er blickte zu ihr hoch. »*Baš icbiwicgye ditsirátsi*«, flüsterte er. »Zeig mir, wo ich dich berühren soll.« Er nahm ihre Hand, küßte jede Fingerspitze, saugte sanft an ihrem kleinen Finger, gab dann ihre Hand frei und führte sie zu der zwischen ihren Beinen pulsierenden Hitze. »Hier, mein kämpferisches Kätzchen?« fragte er leise, und ließ ihre Fingerkuppen über die rosigen Schamlippen gleiten, die prall vor Lust waren »Sag mir . . .«

»Oh Gott«, hauchte sie, als Wonneschauer ihren Körper durchrieselten. Es gab kein Entrinnen vor diesem Gefühl. Es war übermächtig. Sie verzehrte sich nach ihrer Erfüllung. »Bitte, Trey, ich brauche dich«, stöhnte Empress guttural.

Gemeinsam erforschten sie nun voller Hingabe den Körper des anderen, entdeckten ihre Leidenschaft und erreichten den Höhepunkt so intensiv, daß es schien, als ob der Himmel über ihnen explodieren würde.


Stunden später hielt Trey Empress völlig erschöpft in den Armen. Sie hatte schlaftrunken ›Danke‹ gemurmelt — für das Geld, für die Sicherung der Zukunft ihrer Familie und, statt Reue zu empfinden, sogar ein Danke dafür, daß sie sich wunderbar fühlte, geborgen und beschützt. Erst jetzt war ihr bewußt geworden, welch schreckliche Angst sie vor ihrem Abenteuer in Lilys Salon empfunden hatte. Doch das war vorbei. Ihr Atem wurde gleichmäßig, und sie schlief in Treys Armen ein.

Er streichelte die weichen, sonnenfarbenen Locken, die sich über ihren Rücken ringelten, bewunderte ihre seidigen Wimpern, ein wenig dunkler als ihr Haar, die wie Seidenbögen auf den Wangen lagen, und wußte, daß er noch nie eine so schöne Frau gesehen hatte.

Das war die objektive Einschätzung eines Mannes, der viele Schönheiten dieser Welt gesehen hatte — aus nächster Nähe. Und was die unerfahrene Jungfrau betraf — nun lächelte er und strich eine vorwitzige Strähne aus ihrem Gesicht —, so hatte sie alle Geschichten darüber widerlegt. »Gute Nacht, mein Kätzchen«, flüsterte er. Seine Stimme klang zärtlich, denn diese Worte bedeuteten viel mehr. Gütiger Himmel, wie müde er war! Befriedigt schloß er die Augen und versank ebenfalls in tiefen Schlaf.

# Kapitel 4

Obwohl ein paar Stunden verstrichen waren, schien es nur wenige Sekunden später, als Trey spürte, wie ihn jemand wachrüttelte. Sein erschöpfter, leicht berauschter Verstand brauchte einen Moment, um sich zu erinnern, wo er war. Dann öffnete er leise stöhnend die Augen.

Vor ihm stand Flo in leuchtend scharlachroter Seide, eine halbleere Champagnerflasche in der Armbeuge, und flüsterte mit einer Stimme, die selbst im heftigsten Sturm nicht überhörbar war: »Rück mal, Trey, mein Schatz, ich habe dir was zu trinken gebracht.«

Er warf einen raschen Blick auf Empress, die weiterschlief, entspannte sich daraufhin ein wenig und erwiderte leise: »Es ist schon spät, Süße, und ich bin sehr müde. Vielleicht ein anderes Mal.«

»Nee«, erwiderte Flo mit einer ruckartigen Kopfbewegung. »Will nich' warten. Will jetzt mit dir einen trinken.« Daraufhin setzte sie die Flasche an und nahm einen tiefen Schluck. »Hier, das is' für dich«, sagte sie mit einem beschwipsten Lächeln.

»Nein, danke«, lehnte Trey höflich ab und sah besorgt zu, wie sie neben seinem Bett hin- und herschwankte. »Mein Kopf ist noch ganz schwer von dem Brandy.«

»Bei 'nem Kater is' Champagner das allerbeste«, bemerkte sie mit anzüglichem Augenzwinkern. »Und zwei Frauen

sind besser im Bett als nur eine. Und wenn du jetzt nich'
rückst, setze ich mich auf sie drauf.«

Trey rückte mit einer raschen Bewegung beiseite, um
Empress mit seinem Arm zu schützen, gerade rechtzeitig,
um zu verhindern, daß Flo auf ihn fiel.

»Hallo, ihr da«, meinte Flo unbekümmert, als sie in einer
Wolke aus roter Seide und Spitze neben ihnen nieder-
rauschte. »Du siehst jetzt ganz munter aus. Wach auf, kleine
Maus, dann heben wir alle zusammen einen.«

Seufzend nahm ihr Trey die Flasche aus der Hand und
trank einen Schluck.

»Gib ihr auch was«, beharrte Flo mit einer einladenden
Geste zu Empress.

»Laß sie schlafen.«

»Hölle, nein. Schauen wir mal, was man für fünfzigtausend so kaufen kann. Trey, Liebling, ich will sie sehen.«

»Du bist betrunken, Flo.«

»Du auch.«

Das war er vermutlich, aber nicht so sehr wie sie — er hatte noch genug Verstand, sich nicht mit ihr anzulegen. »Guter
Champagner«, sagte er statt dessen und reichte ihr die Flasche zurück.

»Weckst du sie jetzt auf?«

Er schüttelte lächelnd den Kopf.

»Seit wann lehnst du denn ein Trio im Bett ab, Trey, Liebling?«

»Jesus, Flo!« explodierte er nun, weil er auf ihre offene Frage keine vernünftige Antwort fand.

»Ist sie was Besonderes?« fragte Flo gereizt.

»Nein«, antwortete Trey, obwohl er das Gegenteil dachte.
»Vielleicht«, gestand er sich dann doch zu. Aber dann rief
er entrüstet: »Flo, verdammt, ich weiß es einfach nicht.«

»Weiß nicht, will nicht. Immer nur Ablehnung heute
abend. Laß mich damit endlich in Ruhe. Wenn du sie nicht
weckst, dann tu ich es.«

Aber da war er schon aus dem Bett heraus, Empress auf
den Armen, ehe Flo sich mit ihren weiten Röcken, dem engen Korsett und der Flasche in der Hand aufsetzen konnte.

Da er wußte, was sie wollte, sagte er: »Bleib hier, Flo, ich bin gleich wieder da.« Schlank, geschmeidig und nackt trug er Empress in den kleinen angrenzenden Ankleideraum. Er versuchte, sie nicht im Schlaf zu stören, als er sie dort auf ein niedriges Brokatsofa legte. Als er sie warm zugedeckt hatte, schloß er vorsichtig die Tür zwischen den beiden Zimmern und griff nach seiner Hose, die er vorher auf den Boden hatte fallen lassen. Erst als er den letzten Knopf schloß, erinnerte er sich an Flo. »Verdammt«, murmelte er.

Sie war außer Rand und Band, wenn sie Champagner trank, wie er sich resigniert eingestand. Wenn er Empress ins andere Zimmer gebracht hatte, hatte Flo die Gelegenheit genutzt, sich auszuziehen. Nun lehnte sie lasziv und nackt in den spitzenbesetzten Kissen.

Sie hob die Wimpern. »Komm, küß mich, Trey, ich habe dich heute nacht vermißt.« Die Flasche war verschwunden. Ihre Stimme klang einladend, und sie lächelte hingebungsvoll.

»Flo, mein süßer Schatz ...«, begann er bittend und aus einiger Entfernung. »Es ist ... ich bin ... Blue wird vermutlich ... Blue weckt mich am Morgen sehr früh.« Das klang wohl am besten. »Und ich bin verflucht müde. Sei ein Schatz und zieh dich wieder an. Ich tauge jetzt vermutlich ohnehin nichts. Ich bin völlig erledigt.«

»Sie muß ja ein ganz heißes Gör sein.« Ihre kehlige Altstimme klang nun einen Hauch säuerlich.

»So habe ich das nicht gemeint«, erklärte er hastig. »Es ist nur einfach schon so spät.« Er hob Flo's zerknülltes Kleid auf, trat zum Bett, kniete sich auf den blauen Samt und hielt es ihr entgegen. »Wir kennen uns doch schon so lange, Liebling. Zieh dich jetzt an, und wir reden morgen früh darüber, okay?«

»Ich will aber nicht«, schmollte sie und warf mit einer raschen, schmuckklirrenden Handbewegung ihre dunkle Mähne über die Schulter.

»Dann laß mich dich anziehen«, bot Trey an.

»Klingt schon besser«, schnurrte sie.

Er würde ihr das Kleid überstreifen und sie nach unten

56

tragen, damit Lily sie ins Bett brachte. Er wollte nicht mit ihr streiten. Sie war betrunken vom Champagner und unberechenbar. Außerdem wollte er aus irgendeinem Grund, den er nicht analysierte, vermeiden, daß Empress Jordan ihn hier im Streit mit einer nackten, angeheiterten Frau vorfand, nachdem er gerade ... nun, er wußte einfach nicht, warum. Er wollte Flo einfach loswerden.

Er stand vor Flo, daher hatte er nicht gesehen, wie die Tür, die sie offengelassen hatte, sich langsam weiteröffnete und ein Gewehrlauf sich in den Raum schob. Er hielt Flo gerade das Kleid wie einen roten Seidenfächer entgegen, um es ihr über den Kopf zu streifen, als er sah, wie sie vor Schreck die Augen weit aufriß.

Er wollte gerade beruhigend sagen, daß er ihr nie etwas Böses antun könne, als ein schwacher Luftzug ihn warnte und sein Magen sich verkrampfte. Es war eine Sekunde zu spät. Noch ehe die unbewußte Warnung in seinem Gehirn angekommen war, schlug ihm etwas in den Rücken wie heiße, ätzende Säure; Schmerz explodierte in ihm und gleichzeitig hörte er den scharfen Knall eines Schusses. Wie aus einem Alptraum vernahm er vage einen unmenschlichen Schrei. Und eine Sekunde später registrierte sein ins Dunkel abtauchender Verstand, daß dieser Schrei von ihm selber stammte. Und ein zweiter von Flo. Noch ehe er das Bewußtsein verlor, schickte ihm sein Unterbewußtsein die Botschaft: eine Schrotflinte.

Er und Flo waren getroffen. Er zwang seine Augen auf, aber es strengte ihn so an, als würde er mit einer Hand einen Berg bewegen. *Mein Gott, Flo ist tot.*

Lag auch er im Sterben? *Mutter darf es nicht erfahren,* dachte er noch. Dann verschlang ihn die Dunkelheit.

Empress sah ihn als erste.

Das Dröhnen des Schusses und die gequälten Schreie brachten auch alle anderen Anwesenden im Haus auf die Beine. Doch Empress war aus ihrem Schlaf hochgezuckt, hatte die Tür des Ankleideraums aufgerissen und blieb erstarrt stehen.

In dem dämmrig beleuchteten Zimmer war es geisterhaft

still, und die gellenden Schreie hafteten nur als flüchtiges Echo in ihren Gedanken. Das Bett und die zerwühlten Laken waren von Blut bespritzt und durchweicht.

Mit vor Entsetzen weit aufgerissenen Augen registrierte sie, daß die Frau tot war. Der Schrot von dem Schuß, der Trey in den Rücken getroffen hatte, war ihr direkt ins Gesicht geflogen, und hatten es zersiebt. Empress schloß gequält die Augen und holte tief Luft, ehe sie es wagte, Trey anzusehen. Lieber Gott, betete sie stumm, laß diesen wunderbaren Mann nicht tot sein. Laß ihn atmen. Bitte, lieber Gott!

Dann öffnete sie die Augen, holte sich die Decke von ihrem Sofa, wickelte sie eng um sich und rannte, die weiße Wolle wie eine Schleppe über den blutgetränkten Teppich ziehend, zum Bett.

Die Schrotkörner hatten seinen Rücken aufgerissen und zerfetzt. Er lag auf dem Bett mit dem Gesicht nach unten in einer immer größer werdenden Blutlache. Sein langes, schwarzes Haar fiel ihm übers Gesicht; rote Rinnsale tröpfelten über die seidigen Strähnen und breiteten spinnenartige, rotschwarze Finger über seine bleichen Züge.

Sie griff nach seiner Hand, die über den Bettrand herabhing, und suchte nach seinem Puls. Vorsichtig tasteten ihre Finger sein Handgelenk ab. Nichts. Ihr Herz schlug Stakkato. Keine Panik. Versuch es noch mal, ermahnte sie sich. Und sie betete. Diesmal spürte sie nach einer vermeintlichen Ewigkeit einen schwachen Puls — einen einzigen Schlag. Bildete sie es sich bloß ein? Wünschte sie es sich so sehr, daß er lebte, daß sie den schwachen Herzschlag herbeigewünscht hatte? Sie wartete und starrte gebannt auf den Punkt dunkler Haut unter ihren Fingerspitzen. Endlich — eine Sekunde später ein erneutes schwaches Pulsieren. Tränen traten ihr in die Augen, und sie sagte ganz leise: »Danke.«

Zwei Minuten später war der Raum voller Menschen, Lärm und Verwirrung, und nach drei Minuten hatten Blue und Fox alle wieder rausgeschoben.

»Wir müssen ihn hier wegbringen«, sagte Blue, und seine

dunklen Augen streiften die beiden Fenster, die zur Straße hinausgingen. »Hier sind zu viele Leute«, fügte er hinzu und bedeutete Fox, ihm eine Decke von der anderen Bettseite her zu reichen. Dann befahl er ihm, die Büffelledermäntel zu holen, und begann, Trey in die Decke zu wickeln.

Empress war unsanft beiseite geschoben worden, als Blue ins Zimmer stürzte. Sie stand nun am Fußende und sah zu, wie seine geschickten Hände Treys verletzten Körper sanft zudeckten. »Wo bringt ihr ihn hin?«

Er warf ihr einen flüchtigen Blick zu. »Nach Hause.«

»Das geht nicht«, rief sie leise. »Mit diesen Wunden! Er verblutet, wenn ihr ...«

»Nicht bei dieser Kälte.«

»Ich komme mit, ich kann ihm helfen.«

»Nein«, erwiderte er. Er fragte nicht, warum nicht sie es war, die bei Trey im Bett lag, sondern Flo. Er war allein damit beschäftigt, Trey vollständig einzuhüllen, und beachtete die tote Frau nicht, die auf dem Bett ausgestreckt lag. Ihm war egal, was in diesem Zimmer mit den Frauen geschehen war. Er wußte nur, daß Trey hier in Gefahr war und schleunigst weggebracht werden mußte. »Wir gehen nach Hause«, flüsterte Blue in Absarokee dicht an Treys Ohr. Sein Gesicht war auf dieser Seite völlig blutverschmiert. Kein anderer hätte eine sichtbare Reaktion darauf erkannt, aber Blue bemerkte die leichte Bewegung unter den geschlossenen Lidern. »Nach Hause«, wiederholte er in ihrer Sprache, und dann hob er Trey auf wie ein Kind. Er mußte all seine Kraft aufwenden, um einen Mann hochzuheben, der ebenso schwer war wie er selbst.

Im Salon angekommen, streiften sie Trey vorsichtig seinen Büffelledermantel über und verließen trotz aller leidenschaftlichen Bitten von Lily das Haus. »Nehmt doch den Zug«, bettelte sie. Doch die Männer wußten, daß der Arrow-Paß in einem solchen Schneesturm verweht sein und der Zug erst durchkommen würde, wenn die Schienen freigeschaufelt waren. »Ich hole Dr. McFadden«, beschwor Lily sie. Aber Blue und Fox vertrauten weißen Medizinmännern nicht sonderlich.

Sie bestiegen ihre kräftigen Ponies und ritten in Richtung Norden. Blue hielt Trey vor sich, und Fox ritt voran durch die hohen Schneewehen. Es war eine übermenschliche Anstrengung für alle, auch für die Tiere, sich durch den schneidenen Wind, die eisige Kälte und den immer höher werdenden Schnee voranzukämpfen. Sie hielten sich auf dem Kamm, obwohl der Wind hier viel eisiger wehte, um die gefährlichen verborgenen Abgründe und Schluchten zu vermeiden, wo der lockere Schnee leicht ein Pferd samt Reiter begraben konnte. Sie ignorierten das seltsame Mädchen aus Lilys Bar, das wieder ihre Männerkleidung trug und ihnen klaglos auf ihrem Bergpony folgte.

Jeder war damit beschäftigt, unbeschadet durch diese weiße Hölle zu kommen. Es dauerte eine halbe Ewigkeit. Aber kaum hatten sie die Ranch erreicht, war sie es, die den Ton angab. Zierlich, blaugefroren von der Kälte, doch mit verblüffender Energie gab sie ihre Anweisungen.

Die kleine Truppe hinterließ dunkle, schmelzende Schneepfützen auf den türkischen Teppichen und in dem langen Gang zu Treys Zimmer.

Ihr Name laute Empress Jordan, verkündete sie den vor Entsetzen gelähmten Bewohnern des Hauses, die angesichts von Treys aschfahlem Gesicht nicht die Spur eines Interesses zeigten. Den Nachnamen, Jordan, sprach sie französisch aus. Trey habe sie an diesem Abend in Helena erstanden, hörten sie allerdings dann schockiert, wobei ihr leichter französischer Akzent nicht gerade zur Beruhigung beitrug.

Sie hatten jedoch keine Zeit, weiter auf sie zu achten — Trey war dem Tode nahe. Alles Erdenkliche wurde für ihn getan. Aber als Stunden später der Arzt des Hauses kopfschüttelnd aufgab, machte sich dieses zierliche Wesen mit den hellen, wirren Haaren und den abgetragenen Kleidern wieder bemerkbar.

In das bleierne, entsetzte Schweigen hinein sagte sie leise: »Ich kenne von meiner Mutter alte Hausrezepte und kann ihm vielleicht das Leben retten.«

Alle Blicke hefteten sich auf das junge Mädchen. Schock, Ungläubigkeit und gleichzeitig Spuren von Hoffnung flakkerten über die Gesichter. Treys Eltern tauschten einen verzweifelten Blick aus, und Hazard nickte dann knapp.

Blaze sprach als erste: »Er ist unser einziges Kind. Wenn du etwas tun kannst ...« Dann brach ihre Stimme, und erneut rannen ihr die Tränen über die Wangen. Sie blickte Hazard flehend an, der sie in die Arme nahm. Dann richtete sich sein dunkler, direkter Blick auf Empress.

»Alles, was ich habe«, sagte er leise, »gehört dir, wenn du ihn durchbringst.«

Und jetzt stand sie neben seinem Bett und versuchte mit all ihrem Wissen, Trey zu retten.

Der Arzt rechnete nicht damit, daß er den Morgen erlebte.


# Kapitel 5

»Ich brauche meine Satteltaschen«, bat Empress leise, woraufhin ein Diener sofort im Laufschritt losgeeilt war.

Alles andere, was sie benötigte — kochendheißes Waser, saubere Verbände und Besteck, um die Medizin und Salben zu mischen —, wurde innerhalb weniger Minuten in Treys Zimmer gebracht. Auch die bizarr klingende Bitte nach einem Dutzend Eiern, mit Sahne und Vanille schaumig geschlagen, wurde umgehend erfüllt. Sie streifte ihre nasse Jacke ab und zog die schweren Stiefel von den Füßen. Dann sagte sie so höflich wie möglich zu der versammelten Familie: »Ich arbeite lieber allein.«

Auf den Gesichtern zeigten sich Mißtrauen, aber Hazard und Blaze, die neben dem Bett ihres sterbenden Sohnes standen, zweifelten keine Sekunde an ihren Motiven. Trey schien nicht mehr zu atmen. Nur wenn man ganz genau hinsah, konnte man eine schwache Bewegung entdecken. Es schien, als würde sein Gehirn die Lungen nur noch gelegentlich daran erinnern, daß es Luft brauchte. Wenn diese Botschaft sich langsam durch die zerfetzten und beschädigten Nervenleitungen vormühte, versuchten die Reste von Treys Körper, der Anweisung zu folgen.

Hazard drückte Blazes Hand.

Sie blickte ihn an, das Gesicht naß vor Tränen.

»Sie wird sich um Trey kümmern«, sagte er und zog sie sanft in Richtung Türe.

»Er darf nicht sterben, Jon. Sag mir, daß er nicht sterben wird.« Ihr Flehen war gleichzeitig ein verzweifelter Schrei nach Bestätigung.

Hazard blickte auf sein letztes Kind, das noch lebte: Ihr Erstgeborener, der so viele Erinnerungen an ihre Liebe trug, das Baby, das von den Lakota fast umgebracht worden war, aber überlebte, das kräftige, selbstsichere Kind, das alle gefürchteten Kinderkrankheiten überstanden hatte, von denen die anderen Kinder dahingerafft worden waren. Ihr einziges Kind, das sie nicht in weißen Samt hüllen und mit einer Lieblingspuppe oder einer vertrauten Kuscheldecke in einen kleinen Sarg hatte legen müssen.

Hazard wandte den Blick wieder zu Blaze und gab ihr die einzige Antwort, die sie nicht vollständig zerbrechen würde: »Er wird es überstehen«, sagte er und dachte, falls Trey starb, daß er selbst nicht mehr viel Antrieb zum Leben haben würde. Er fragte sich, ob dies die Strafe dafür war, alles erreicht zu haben — daß alle ihre Kinder früh starben. Seine Bescheidenheit, die ihm die Erziehung durch die Absarokee eingepflanzt hatte, ließ ihn zuweilen die Notwendigkeit all seines materiellen Reichtums infrage stellen.

Sie besaßen zu viel, dachte er manchmal. Sie waren zu reich. Ihre Liebe war zu stark. Fünf schöne Kinder, Macht, Land und Wohlstand. Aber ein Kind nach dem anderen war ihnen genommen worden. Ein Sohn starb an Diphtherie, ein weiterer zwei Jahre später an der gleichen schlimmen Krankheit, obwohl sie mit jedem möglichen Mittel, jedem Gebet und von Chicago herbeigeholten Ärzten versucht hatten, es zu verhindern. Fünf Jahre später starben Chloe und Eva innerhalb weniger Stunden, nachdem sie auf dem Weg der Besserung schienen und die Lungenentzündung dann trotzdem tödlich war. Damals mußte er sich um Blazes Geisteszustand Sorgen machen. Zwei Tage lang hatte er sie in den Armen gehalten, aus Angst, sie zu verlieren, entsetzt von ihrem leeren apathischen Blick. Er hatte auf sie eingeredet, sie beschworen, sie besänftigt, ihr die Welt versprochen und ihr aus Mitleid verschwiegen, daß die beiden Töchter bereits begraben waren.

Es war Trey gewesen, der damals zu ihr durchdrang. Er war von seiner Internatsschule nach Hause geholt worden, als Chloe und Eva im Sterben lagen. Als er das elterliche Schlafzimmer betreten hatte, blickte Blaze auf; Tränen rannen ihr über die Wangen. Sie waren seit langer Zeit das erste Anzeichen gewesen, daß etwas an sie herankam.

»Ich bin wieder da, Mama«, hatte Trey gesagt und die Arme nach ihr ausgestreckt.

Wenn es also ein natürliches Gleichgewicht gab, wenn auf Verluste auch Gewinne folgten, dann hatten Blaze und er teuer für ihren Wohlstand bezahlt. Und falls Trey in dieser schlimmen Winternacht sterben sollte, dann würde er ihn fürchterlich rächen.

Jake Poltrain würde den Tag nicht überleben. Die Wut linderte seine Hilflosigkeit. Er wußte, wie nahe sein Sohn dem Tode war. Hazard hatte genügend Männer in seinem Leben sterben gesehen und kannte die Farbe des Todes. Er wußte, wie gering die Chancen waren, daß sein Sohn überlebte.

Er führte Blaze zur Tür, bereit, alles zu tun, was nötig war, um sein einziges Kind zu retten. »Wir warten draußen, falls Sie irgend etwas brauchen«, sagte er.

»Ich gehe nicht«, rief Blaze unvermittelt und wehrte sich gegen seinen festen Griff. Sie sah Empress an und dann Treys reglose Gestalt. »Ich kann helfen.« Ihre Stimme klang plötzlich fest, die Augen glänzten noch vor Tränen, wirkten aber entschlossen. »Sie können das nicht ganz allein schaffen.«

Empress überlegte einen Moment. Die schöne, flammenhaarige Frau, die nach der neuesten Mode gekleidet war, wirkte auf den ersten Blick wie ein frivoler Schmetterling. An ihrem Hals und in den Ohren funkelten große Saphire. Ihr ausgeschnittenes Samtkleid war eindeutig ein Worth-Modell, blau wie ein Sommertag, so prachtvoll wie die Robe einer Königin. Waren sie aus gewesen, oder kleidete sie sich hier draußen in der Wildnis jeden Abend zum Essen so? Die Erinnerung schien unendlich lange her, daß ihre Mutter eine Garderobe von den besten Schneidern aus Paris besessen hatte. Aber sie wußte, daß ihre eigene Mutter unter ihrem eleganten Äußeren einen starken Charakter besessen hatte. Vielleicht galt das gleiche für diese Frau. »Es ist vielleicht kein schöner Anblick«, warnte sie.

»Ich habe vier meiner Kinder sterben gesehen«, sagte Blaze leise. »Nichts kann schrecklicher sein als das. Sagen Sie mir, was ich tun kann«, fügte sie mit einem Blick zu Hazard hinzu.

Hazards Finger schlossen sich fester um die zarte Hand seiner Frau, und dann sagte er mit einem verstehenden kleinen Lächeln zu Empress: »Er ist alles, was wir haben.«

»Wenn ich etwas für Trey tun kann«, erklärte Blaze, »dann ist das … irgendwie …«, ihre Augen füllten sich mit Tränen, ehe sie mit bebender Flüsterstimme den Satz beendete, »… als würde er wissen, daß wir hier sind, und er wird nicht sterben.«

Empress verstand sie. Ihre Medizin war ein anderes Thema. Sie hatte von ihrer Mutter und Großmutter gelernt, wie man die alten Heilkräuter anwandte. Der einzige Unterschied beim Erfolg lag in der Willenskraft des Patienten, zu leben. Durch liebevolle Pflege wurde meist nicht nur der Körper, sondern auch die Seele gesund.

»Als erstes«, begann Empress, »müssen wir ihn betäuben, damit sein Körper keinen Schmerz mehr fühlt und die Wunden heilen können. Dabei können Sie helfen. Lassen Sie Eis bringen, um den Eierpunsch kalt zu halten. Den werden wir ihm die ganze Nacht hindurch einflößen.«

Empress löste die pulverisierte Schlafwurzel und das *Pipsissewa* in einer kleinen Menge des Eierpunsches auf. Dann wechselten sie sich bei dem mühsamen Prozeß ab, die Mischung in einen kleinen Trichter zu tröpfeln, der an ein hohles Schildrohr gesteckt war, das direkt in Treys Kehle angesetzt wurde. Sein Schluckreflex sorgte für den Rest. Eine Stunde später hatten sie ihm eine Tasse des Punsches eingeflößt.

»Nun können wir seine Wunden versorgen«, erklärte Empress, »denn jetzt ist er schmerzfrei.« Der Arzt hatte die Schrotkugeln entfernt — zumindest alle, die er finden konnte. Das hatte jedoch den Patienten geschwächt, denn Trey hatte dadurch noch mehr Blut verloren.

Empress nahm getrocknete, pulverisierte Schafgarbe aus der Satteltasche und vermischte sie mit heißem Wasser zu einer dicken Salbe. Hazard half ihr, Trey umzudrehen, damit sein Rücken mit dem Brei behandelt werden konnte. Vorsichtig zog Empress das schützende Tuch von der riesigen, offenen Wunde, bestrich die Verletzungen sanft mit der Salbe und umwickelte Rücken und Brustkorb mit Bandagen.

»Nun machen wir ihm einen Tee aus Schafgarbe«, sagte sie, und Blaze half ihr, mit dem kochenden Wasser eine Portion zuzubereiten. Hazard, Blaze und Empress wechselten sich ab: Sie beugten sich über den in tiefem Koma liegenden Mann und tröpfelten den Tee löffelchenweise durch den Trichter und den Strohhalm. Dies mußte ganz langsam geschehen, damit Trey sich nicht verschluckte oder versehentlich die Flüssigkeit in die Lungen bekam.

Die ganze Nacht umsorgten sie ihn: mit frischem Hagebuttentee, um ihn zu kräftigen, mit einer winzigen Menge Rittersspornaufguß, der hochgiftig war, um das Fieber zu vermeiden, mit einer weiteren Portion der Schlafwurzel in einer Tasse eisgekühlter, nahrhafter Eiermischung.

»Fragen Sie mich nicht, wie das alles wirkt«, sagte Empress irgendwann, »aber meine Mutter hat mit ihrem Eierpunsch einmal einen Mann gerettet, dessen Arm schon völlig vom Brand befallen war. Sie sagte, es regt das Wachstum von neuem Gewebe an und heilt das alte.« Eine halbe Stunde später bereitete sie eine weitere Tasse Schafgarbentee zu, der den Blutfluß verringern und die Nerven beruhigen sollte, also betäubend wirkte.

Anschließend wurde der Umschlag auf Treys Rücken gegen eine Salbe mit Bergamotteöl ausgewechselt, die antiseptisch wirke. Daraufhin folgte ein Aufguß aus *Ariaca*, um die Schwellungen zum Abklingen zu bringen und einer Infektion vorzubeugen. So ging es die ganze Nacht hindurch.

Sie arbeiteten bald wie ein gut eingespieltes Team, sprachen kaum miteinander, waren vor Erschöpfung fast am Ende, aber durch ihren Willen verbunden, Trey vor dem Tod zu bewahren.

Blaze sprach häufig und leise murmelnd zu ihrem Sohn. Gelegentlich wechselte sie in einen melodischen Singsang über, der zweimal ein schwaches Zucken von Treys Lidern auslöste.

Sie alle bemerkten die fast nicht wahrnehmbare Reaktion, denn jeder für sich beobachtete Trey aufmerksam. Hazard blickte beide Male zu Blaze. »Das war immer sein Lieblingslied«, erklärte er beim ersten Mal mit traurigem Lächeln, und als es gegen Morgen noch einmal geschah, murmelte er: »Das Volk paßt auf ihn auf. Ich spüre es.« Kurz darauf zog sich Hazard in eine dunkle Ecke des großen Zimmers zurück, setzte sich auf den Boden, schloß die Augen und blieb reglos wie in Trance dort sitzen.

»Er betet zu den Geistern«, erklärte Blaze. »Er sieht sie und hört sie. Ich wünschte, ich könnte so daran glauben wie er. Es gibt ihm unglaubliche Kraft. Er spricht in aller Ehrfurcht zu ihnen und sie mit ihm. Er sagt immer, der Geist gibt einem Mann seine Macht, nicht die Körperkraft.«

Als Hazard an Treys Bett zurückkehrte, streifte er sich eine dünne Goldkette ab, an der ein kleiner Stein mit feinem Golddraht befestigt war, und legte sie vorsichtig um Treys Hals. Das war seine wichtigste Geistermedizin, die er hatte, sein Talisman, der ihn immer vor Schaden bewahrt hatte. Und jetzt gab er dieses für ihn heilige Stück seinem Sohn, um ihn aus größter Gefahr zu retten. »*Ahbadt-dadt-deah*«, er ist in deiner Hand.

Das war der Name der Absarokee für ›den, der alle Dinge geschaffen hat‹.

Empress und Blaze waren am Rande des Zusammenbruchs und legten sich auf Hazards Drängen auf Pritschen, die man nahe an Treys Bett aufstellte. Hazard wachte, setzte sich in einen Sessel neben das Bett und beobachtete das schwache, unregelmäßige Heben und Senken seiner Brust. Er hatte den Geistern alles angeboten und versprochen.

Nun blieb er still sitzen und beschwor seinen Sohn mit seinem Willen, weiterzuleben.

Empress erwachte als erste aus einem leichten, unruhigen Schlummer, in dem sich ihr Unterbewußtsein weiterhin den Kopf über mögliche Heilmittel und Rezepte zerbrochen hatte, die Trey vielleicht retten würden. Er mußte einfach überleben!

Dieses Gefühl in ihr war so stark, daß sie sich plötzlich kerzengerade auf der schmalen Pritsche aufrichtete und die Augen öffnete. Ich verdanke ihm mein Leben, dachte sie benommen, als ihre beiden Füße bereits schon den Boden berührten. Sie würde es ihm vergelten, indem sie sein Leben rettete. Schließlich fiel ihr nun wacher Blick auf das elektrische Licht über dem Wandspiegel. Elektrisches Licht! Das hatte sie in der Aufregung der letzten Stunden gar nicht wahrgenommen und es hier in der abgelegenen Ecke der Prärie auch nicht erwartet. Aber warum auch nicht? erinnerte sie ihr logischer Verstand. Helena war stolz auf die technologische Fortschrittlichkeit der Stadt.

Die erste Straßenbeleuchtung war bereits 1882 installiert worden, und die Gruben hatten schon davor Generatoren benutzt. Die Braddock-Blacks waren reich. Also war es kein Wunder, daß sie die Errungenschaften der Zivilisation nutzten.

Damit wandte sie sich wieder ihrer größten Sorge zu, daß Trey überlebte. Dieses Ziel ließ alles andere in den Hintergrund treten. Treys silbrige Augen verfolgten sie immer noch. Sie erinnerte sich an die Leuchtkraft, den Humor und die glühende Leidenschaft, die aus ihren Tiefen geblitzt hatten. Widersprüchliche Gefühle begleiteten ihren ungewöhnlichen und schuldbeladenen Kampf um sein Leben. Widersprüchliche Gründe, die auch mit der Zärtlichkeit des Mannes zu tun hatten, mit der seltsamen Biegung seines Mundes, wenn er lächelte, der arroganten Selbstsicherheit, mit der er hoffte, mitten im Januar in den verschneiten Bergen für sie Blumen zu bekommen.

Hazard war aufgestanden, als Empress erwachte, und ans nach Osten gehende Fenster getreten. Er schob den dunklen

Vorhang auf. Das erste Morgenlicht kletterte über die verschneiten Bergwipfel und gab dem dunklen Himmel einen hellen Rand. »Es wird bald hell«, sagte er leise und zog den schweren Stoff ganz beiseite.

Seine Stimme weckte Blaze, die stumm neben ihn trat und sich an seine tröstende Schulter lehnte.

Empress wiederholte die Worte in Gedanken mit einem Sturm der Hoffnung.

Alle drei erkannten den Sieg. Trey Braddock-Black war nicht in der Nacht gestorben.

Es war ihr erster Triumph.

Kurze Zeit später betraten Blue und Fox das Zimmer, um ihre Hilfe anzubieten. Empress, Hazard und Blaze nutzten diese Zeit und zogen sich kurz zurück, um sich zu waschen und umzukleiden.

Man wies Empress eine Schlafzimmersuite zu, die größer war als ihre gesamte Hütte zu Hause. Sonnenstrahlen fielen durch die großen Fenster, die auf die Berglandschaft hinausgingen. Goldenes Licht schien auch durch die Buntglasfenster in das nebenan liegende Bad, in dem sie den Luxus einer Wanne hatte, die so groß war, daß sie sich darin ausstrecken konnte. Doch die Einrichtung registrierte sie kaum. Sie badete in großer Eile und zog sich um. Man hatte ihre Gepäckrolle hereingebracht, und ihr zweites Paar abgetragener Hosen und ein Hemd hingen in dem prächtigen Kleiderschrank. Vorsorglich hatte man ein Seidenkleid dazu gehängt, aber in dem höhlenartigen Schrank wirkten die drei Kleidungsstücke geradezu verloren. Eine Suche in mehreren Schubladen brachte schließlich ihre Unterwäsche zum Wechseln zutage. In wenigen Minuten war sie angekleidet, und ihre Füße glitten in die inzwischen getrockneten vertrauten Stiefel, die jemand glänzend poliert hatte. Ihr frischgewaschenes Haar würde Zeit brauchen zum Trocknen, obwohl im Kamin ein heißes Feuer brannte. Sie rubbelte es sich mit einem Handtuch trocken und kämmte es mit einem Elfenbeinkamm, den man mit einer passenden Bürste und einem Handspiegel auf der Kommode für sie bereitgelegt hatte. Sie strich sich das Haar aus der Stirn und steckte es mit zwei Schildpattkämmen zurück, die sie ebenfalls dort fand. Flüchtig betastete sie die vergoldeten Verzierungen auf den kleinen Kämmen, weil ihre Sinne von einem plötzlichen Gefühl der Nostalgie an frühere Zeiten überflutet wurden. Dann vertrieb sie mit einem resoluten Kopfschütteln die melancholischen Bilder, erinnerte sich mit einem trotzigen Recken des Kinns an ihre Brüder und Schwestern zu Hause, die sie brauchten, und steckte die Kämme ins Haar. Ohne einen weiteren Blick in den Spiegel verließ sie den Raum.

Sie hatte in den Schrecken und der Angst während der langen Nacht an Treys Seite vorübergehend den wahren Grund für ihr Hiersein vergessen. Er mußte überleben, nicht nur, weil sie ihn mochte, sondern weil ihr Scheck eingelöst werden mußte, damit ihre Familie überleben konnte. Treys Vater hatte gestern abend gesagt: »Alles, was ich habe, gehört Ihnen, wenn er überlebt.« Sie war nicht gierig, aber das Gold in Höhe des Schecks würde mehr als eine ausreichende Belohnung sein.

Sie mußte also dafür sorgen, daß Trey Braddock-Black einen weiteren Tag überlebte. Und dann noch einen.

Falls man eine Infektion verhindern konnte. Falls man den Brand vermied, falls man seine Temperatur niedrighalten konnte — man mußte noch mit allen möglichen Problemen rechnen. Er hatte die Nacht überlebt, aber der Kampf um sein Leben war keineswegs vorbei. Doch als Empress mit schnellen Schritten über den Gang ging, dachte sie mit einem leisen Lächeln, daß sie einen vielversprechenden Anfang gemacht hatte.

Gegen Abend konnte Trey die Flüssigkeit mit einem Löffel eingeflößt werden. Um Mitternacht öffnete er zum ersten Mal die Augen und hauchte: »Mutter«, die sich sofort über ihn beugte. Sein Blick wanderte weiter zu seinem Vater. »Vater.« Sein Mund verzog sich zu einem kleinen Lächeln. Dann wanderte sein Blick zu Empress, und seine Augen weiteten sich vor Überraschung.

»Hallo«, murmelte er. Ein prüfender Blick versicherte ihm, daß er sich in seinem eigenen Zimmer, in seinem eigenen Bett befand. »Du bist bei meinen Eltern.« Das war eher eine Feststellung als eine Frage. Unter normalen Umständen wäre er nun verlegen gewesen, seine letzte Geliebte und seine Eltern zur selben Zeit in seinem Schlafzimmer zu sehen. Aber er erinnerte sich sofort an Flos zerfetztes Gesicht, und er wußte, daß er von Glück sagen konnte, überhaupt seine Augen öffnen zu können.

Empress errötete.

»Dieses wunderbare Mädchen hat dir das Leben gerettet«, lächelte seine Mutter glücklich.

»Ich glaube«, meinte Hazard, »daß eine Flasche Champagner jetzt angebracht wäre.« Bald füllte sich der Raum mit Besuchern, die alle auf Treys Gesundheit anstießen.

Es war Empress, die die Schar nach einer Weile wieder hinauskomplimentierte, obwohl ihr leises ›S'il vous plaît‹ den Befehlston mäßigte. Trey war keineswegs außer Gefahr, und sie wollte nicht, daß diese Genesungsparty einen Rückschlag brachte. Die Kur mit frischem Eierpunsch, Medizin und Umschlägen wurde auch die zweite Nacht fortgesetzt, und am nächsten Morgen wußte Empress, daß das Risiko einer Infektion gebannt war. Die Wunden waren sauber und eiterten nicht. Treys Stirn war kühl, und er trank seinen Eierpunsch mit vollem Bewußtsein. Doch als er dann nach langem, ruhigen Schlaf vor dem Morgendämmern wach wurde, knurrte er, nun wolle er etwas Anständiges essen.

»Warte noch einen Tag«, bat Empress, aber sie bestellte ihm heiße Brühe und Milchpudding zum Mittagessen.

Am dritten Tag war der normale Ablauf im Haus fast wieder hergestellt. Hazard und Blaze halfen im Krankenzimmer, wann immer Empress sie brauchte. Blue und Fox hielten sich in der Nähe auf. Nicht nur die Diener der Ranch wollten Trey besuchen, auch Freunde und Verwandte erschienen, um ihr Mitgefühl und ihre Genesungswünsche auszusprechen. Aber man hielt sie auf Empress' Anordnung hin vom Krankenzimmer fern. »Noch ein paar Tage«, erklärte sie, »bis er kräftiger ist.«

Empress schlief immer noch auf der Pritsche, um in der Nähe zu sein, falls es ein Problem gab, aber Trey schlief jetzt die ganze Nacht ruhig durch.

Am vierten Tag verkündete Trey: »Ich stehe jetzt auf.« Er fühlte sich nach zwei Tagen, gefüttert mit Steak, Kartoffeln und Bessies Aufläufen, wieder stark genug. »Ich bin gesund.«

Einen kurzen Moment überlegte Empress, ob sie sich gegen seine Wünsche widersetzen sollte, aber als ihre Blicke sich trafen, kapitulierte sie. Sein Gesichtsausdruck war äußerst entschlossen. »Bin ich nicht deinen Anweisungen seit Tagen gefolgt?« In seiner Stimme klang eine Spur Trotz, obwohl sein Lächeln freundlich wirkte. Sie half ihm ohne Widerrede, den kurzen Weg zum Sessel am Fenster zurückzulegen. Doch sie beherrschte sich, um nicht mit: »Das hätte ich dir vorher sagen können«, rauszuplatzen, als er die Zähne zusammenbiß und vor Schmerz aufkeuchte, als er sich langsam niederließ.

»Du bist ein Engel«, murmelte er einen Moment später. Alle Farbe war aus seinem Gesicht gewichen, und winzige Schweißperlen standen auf seiner Stirn.

Empress hob fragend die Brauen.

»Weil du nicht gesagt hast: ›Ich habe es doch gleich gesagt‹.«

»Ich kenne dich noch nicht lange«, erwiderte sie, erstaunt darüber, daß er ihr Zögern bemerkt hatte, »... aber lange genug, um zu wissen, daß ich mich mit dir nicht streiten möchte.«

Er lächelte. »Du bist eine kluge Frau.« Dann lehnte er sich vorsichtig im Sessel zurück. Die Farbe und sein jungenhaftes Grinsen kehrten in sein Gesicht zurück.

Sie lächelte. »Das denke ich auch.«

Mit einem Mal wirkte er ungeheuer männlich in seinem blaugestreiften Nachthemd, das seine dunkle Haut und die festen Muskeln am Hals freigab. Seine bronzenen Hände, die die Armlehnen umklammerten, waren stark und groß. Der Platzwechsel vom Krankenbett zum Sessel schien ihm seine Stärke wiedergegeben zu haben.

Empress wich, beunruhigt von seiner kraftvollen Ausstrahlung, zurück, lehnte sich gegen die Fensterbank und
umklammerte sie hinter ihrem Rücken mit beiden Händen.
Vielleicht ist es sein Lächeln, was mich aus der Fassung
bringt, dachte sie. Sein Lächeln war wölfisch und verlockend zugleich. Ob er diesen umwerfenden Charme eingeübt hatte oder ob er ihm einfach angeboren war? Er war
über alle Maßen reich, wenn die Gerüchte stimmten, und
mit einer körperlichen Vollkommenheit ausgestattet, die auf
den ersten Blick bereits betörte. Er war so schön, daß man
zweimal hinsehen mußte, um sich zu vergewissern, daß
man keiner optischen Täuschung zum Opfer gefallen war.
Er war in doppelter Hinsicht vom Glück verwöhnt, dachte
sie — abgesehen von seinen Feinden. Jedes Paradies hatte
offensichtlich seine Schlange.

»Und begabt«, sagte er gerade.

Einen Moment war sie nicht sicher, was er meinte, weil sie
in den eigenen Gedanken versunken war. Sein Blick wirkte
nun ernst, als er sie anblickte. »Ich verdanke dir mein Leben, hat man mir gesagt.« Das mußte sie sofort richtigrü-
ken.

»Und ich dir meins«, erwiderte sie in aller Aufrichtigkeit.

»Da ging es doch nur um Geld«, gab er achselzuckend zurück.

»Aber du warst großzügiger als nötig«, bemerkte sie leise.
Da blitzte es plötzlich in seinen Augen auf. Er hatte etwas
gegen Feierlichkeiten und rührselige Szenen. »Soll ich vielleicht«, grinste er, »einen Teil meiner Zahlung zurückhalten?«

Dieses freche Grinsen gefiel ihr fast noch besser als sein
Lächeln, und nach dem letzten halben Jahr voller Mühsal
und Sorgen flog sie geradezu auf solche Scherze. »Versuch
es mal«, erwiderte sie nun selbst feixend und klopfte auf den
Scheck, den sie zusammengefaltet in der Hemdtasche trug.

»Verführerisch«, murmelte er angesichts ihrer üppigen
Brust unter der Hemdtasche. »Sehr verlockend . . .«

Sie errötete unter seinem Blick und erinnerte sich zu spät
an den Inhalt ihrer Vereinbarung.

»Welcher Tag ist heute?« fragte er nun leise, und sie wußte, daß sie beide an dasselbe dachten.

Empress stotterte, ehe sie damit herausplatzte: »Heute ist der fünfte Tag«, eine Feststellung, für die sie sich hätte ohrfeigen können. Sie hätte antworten sollen: Dienstag, der fünfzehnte Januar oder so ähnlich, aber keinen so plumpen Hinweis auf ihr Dreiwochen-Arrangement bringen.

»Du hast deine Kleider noch nicht bekommen.« Das war eine nüchterne Bemerkung, die aber irgendwie ein Versprechen an die Zukunft trug.

»Ich brauche sie nicht. Wirklich nicht«, wehrte sie ab, als sein Blick von den Zehenspitzen ihrer frischpolierten Stiefel, über die fransigen Hosen und das ausgeblichene Hemd zu den Locken ihrer wilden, honigfarbenen Mähne glitt.

»Mutter hat bestimmt etwas für dich.«

»Nein.«

»Ich spreche mit ihr«, fuhr er fort, ihre Ablehnung völlig ignorierend.

»Mir gefallen meine Sachen.«

»Trägst du jemals richtige Kleider?« Diese Frage klang beiläufig.

»Manchmal.« Sie konnte ihm nicht verraten, daß sie schon im vergangenen Jahr aus ihrem letzten Kleid herausgewachsen war und nicht das Herz hatte, sich eins von ihrer Mutter umzuändern.

»Vielleicht kannst du dir eins leihen?« Empress wollte protestieren, daher beendete er den Satz eilig: »Für die Besucher. Mama sagt, sie stehen schon Schlange, und wie würde es aussehen, wenn die Wunderheilerin, die mir das Leben rettete, Sachen trägt, die schon durch drei Hände gegangen sind?«

Empress' Unterlippe begann zu zittern, und sie wandte den Blick ab, damit er die Tränen in ihren Augen nicht sah. Dachte er denn, daß sie gern so zerlumpt aussah? Es lag doch nur daran, daß Guy, Emilie, Geneviève und Eduard auch Kleidung brauchten. Sie hatten dazu noch nicht einmal genügend Geld gehabt, geschweige denn für hübsche Sachen.

»O Herr, jetzt habe ich etwas Falsches gesagt«, entschuldigte Trey sich sofort. Er streckte die Hand aus, erwischte ihre Gürtelschlaufe, zog sie näher zu sich und strich mit dem Daumen über ihre schlanken Finger. »Du siehst wunderbar aus, nur ... oh, Teufel, du weißt schon, wie altmodisch manche Frauen hier sein können. Du hast mir das Leben gerettet. Ich bin dir überaus dankbar. Meine Eltern ebenfalls«, setzte er hinzu. »Wir wollen dich einfach als meinen Schutzengel präsentieren.« Er grinste. »Gott weiß, daß die Leute schon seit Jahren meinen, daß ich dringend einen brauche. Was meinst du, wenn dir Mama ein paar Kleider leiht, um ... äh, den Gerüchten vorzubeugen?«

Sie fuhr herum zu ihm und starrte ihn stirnrunzelnd an.

»Man wird dich«, erklärte Trey ruhig, »als die Krankenpflegerin vorstellen, die mir das Leben rettete. Niemand wird es wagen, Fragen zu stellen.«

»Was wissen die Leute?« fragte sie vorsichtig.

Er antwortete nicht sofort, sondern überlegte erst, wie er es am besten formulierte. »Du stammst nicht aus der Gegend, oder?«

Sie schüttelte den Kopf.

»Ich wüßte es auch, wenn ich dich schon einmal gesehen hätte«, sagte Trey, mehr zu sich selbst als zu ihr. »Hier kennt jeder jeden«, erklärte er.

Ihre grünen Augen musterten ihn ausdruckslos.

»Und Lily ist ... nun, vielen Bekannten und Freunden meines Vaters bekannt, sowie einigen von mir.« Dann stieß er einen leisen Seufzer aus, ehe er fortfuhr. »Fünfzigtausend sind, sagen wir, mehr als die übliche Summe für Chus ... Handelsware. Das heißt ...« Er hielt inne, weil er nicht so recht wußte, wie er sich ausdrücken sollte.

»Fast jeder in Helena weiß über dich und mich Bescheid — und über die fünfzigtausend Dollar«, beendete Empress trocken seinen Satz und entzog ihm ihre Hand.

Trey fuhr sich mit den Fingern nervös durchs Haar, doch die Bewegung verursachte sofort Schmerzen, und er ließ rasch die Hand wieder fallen. »Ich weiß aber nicht genau, wie viele.«

Empress sah ihn stumm an.

Er wich ihr nicht aus. »Was zum Teufel hast du erwartet? Kühn wie du bist, mein Schatz«, fügte er mit einem Lächeln hinzu. »Dir muß doch klar sein, daß das kein normales Geschäft war.«

Sie ignorierte seinen Vorwurf. »Warum muß ich überhaupt jemandem hier vorgestellt werden?«

Er sagte nicht, daß sie das Zentrum aller Aufmerksamkeit bei dieser Schießerei gewesen war, um seine eigene Rolle dabei zu vertuschen. Er sagte auch nicht, daß er keine Absicht hatte, sie gehen zu lassen, bevor die drei Wochen vorbei waren. Er sagte nicht, daß er ernsthaft überlegte, sie überhaupt jemals wieder gehen zu lassen. Das letzte war allerdings ein wenig schwieriger zu arrangieren. Dazu mußte er wieder auf den Beinen und der Aufmerksamkeit seiner Eltern entzogen sein. Statt dessen sagte er ohne weitere Betonung: »Kennst du dich mit Mauerbau aus?«

Sie blickte ihn verblüfft an.

»Vielleicht gibt es den Ausdruck im Französischen nicht«, murmelte er und zuckte die Schultern. »Das ist der Stil der Braddock-Blacks. Man tut einfach so, als sei nichts geschehen. Wie sonst kann man einen Skandal auch überleben?«

Ihre Brauen hoben sich fragend. War das eine Beleidigung oder ein Verhör?

Interessiert fuhr er fort: »Du hast also noch keine Skandale erlebt?«

»Natürlich nicht..«

Für eine Frau, die sich bei Lily selbst anbot, hatte sie erstaunlich flexible Maßstäbe, dachte er vergnügt.

»Bisher nicht.«

Er konnte sich diese Bemerkung nicht verkneifen.

»Und vielleicht erlebe ich nie einen«, gab sie würdevoll zurück. Na, das war eine Spur zu keck, selbst für seine großzügige Einschätzung der Situation. »Zu spät, mein Kind, würde ich sagen. Zumindest in Helena. Aber Montana ist ja groß.«

»Ach?« Ihre Stimme klang kühl.

»Vielleicht willst du meinen Scheck zurückgeben«, schlug

er leichthin vor, »dann könnten wir so tun, als sei nichts geschehen. Obwohl das Ignorieren der Löcher in meinem Rücken ein bißchen schwierig werden würde.«

Da flammte plötzlich Wut in ihren Augen auf. »Die Summe schuldest du mir, verdammt.«

Trey erkannte sofort, daß er mit seiner Neckerei zu weit gegangen war. »Du hast ja recht, Verzeihung«, sagte er rasch. Das Geld war ihm egal, und um die Skrupel der Gesellschaft oder das Gerede anderer Leute scherte er sich normalerweise auch keinen Deut. Aber aus irgendeinem Grund wollte er, daß sie bei ihm blieb. Es gelang ihm in kürzester Zeit, ihren Zorn zu besänftigen und obendrein ihr das Versprechen zu entlocken, wenigstens ein paar Kleider anzuprobieren. Der erste Schritt war getan.

Nun war er die Zuvorkommenheit selbst, umsichtig mit jeder Bemerkung, schmeichelnd, großzügig, freundlich. Er wußte bestens, mit Frauen umzugehen. Zu verdammt gut, wie einige empörte Väter in der Gegend schimpften. An diesem Nachmittag aß er besonders gut und nahm alle seine Medikamente ohne Murren, um seine Pflegerin nur ja nicht zu ärgern.

Er brauchte all seine Energie für den zweiten Schritt. Außer daß er auf dem Weg der Besserung war, hatte er nur noch einen einzigen Gedanken: Empress wieder in sein Bett zu bekommen.


# Kapitel 6

Als Blue und Fox ihn später besuchten, nutzte Empress die Gelegenheit, nach unten zu gehen, um mit Hazard zu reden. Treys Zustand stabilisierte sich, und sie wollte die Geldangelegenheit mit ihm besprechen.

Sobald Empress den Raum verlassen hatte, fragte Trey seine Vettern zum ersten Mal nach Jake Poltrain.

Blue berichtete, daß der Sheriff eingeschaltet sei, Hazard aber eigene Nachforschungen anstelle.

»Wie sicher ist man sich denn, daß es Poltrain war?« wollte Trey wissen.

»Vermutlich war es einer seiner Männer«, erwiderte Fox. »Poltrain selbst macht sich nicht die Finger schmutzig.«

»Und was ist mit Flo?«

»Sie ist gestern beerdigt worden.«

»Ich möchte etwas für sie tun. Hat sie Familie?«

»Scheint niemand zu wissen.«

»Sagt Lily, daß sie sich darum kümmert.« Trey schloß kurz die Augen und sah wieder das blutige Bild vor sich. »Wenn ich an dieser Stelle gelegen hätte«, sagte er, unter der schrecklichen Erinnerung erschaudernd, »dann läg ich heute nicht hier.«

»Das ist Schicksal«, erklärte Blue.

»Der Stamm paßt auf mich auf.«

»Das hat er schon immer getan«, meinte Fox. Alle waren sich einig, daß Hazard und Trey von starken Mächten beschützt wurden.

»Gott sei Dank war es eine Schrotflinte und kein Gewehr. Ich bin bald wieder auf den Beinen.«

»Bleibt die Frau hier?« fragte Blue neugierig.

Trey grinste. »Ich habe doch für sie bezahlt, oder?«

Empress saß Hazard gegenüber an dem großen, auf Hochglanz polierten Schreibtisch. Die Bibliothek war klein und gemütlich. Im steinernen Kamin brannte ein Feuer. Die Regale, vom Boden bis zur Decke, waren verglast und glänzten im Nachmittagslicht. Es roch vertraut nach altem Leder, genau wie in der Bibliothek ihres Vaters. Wer hätte vor fünf Jahren gedacht, daß sie, die Tochter des Grafen Jean-Louis Charles Maximilian Jordan in den abgelegenen Bergen Montanas ihre Entjungferung als geschäftliche Angelegenheit besprechen würde? Sie gestand sich nur selten den Luxus von Selbstmitleid zu. So etwas hatte einfach keinen Zweck. Rasch fegte sie den Anflug von Trauer beiseite.

»Sie wissen, wie sehr wir in Ihrer Schuld stehen, Miss Jordan«, begann Hazard. »In tiefer Schuld«, fügte er leise hinzu, lehnte sich in dem zierlichen Sheraton-Sessel zurück

77

und blickte sie unter seinen dichten, dunklen Brauen gerade an. »Zuallererst möchte ich Ihnen sagen, daß ich jedes Wort ernst gemeint habe, das ich an dem Abend zu Ihnen sagte, als man Trey herbrachte.« Er versuchte, es ihr leichter zu machen, weil er sich der ungewöhnlichen Umstände ihrer Beziehung zu seinem Sohn durchaus bewußt war. Dann schwieg er, um ihr die Gelegenheit zum Sprechen zu geben.

Empress hatte die Hände eng im Schoß gefaltet und zerbrach sich den Kopf über die beste Formulierung ihres Wunsches. Wie genau bittet man den Vater des Mannes, der dich in einem Bordell gekauft hat, dir 37.500 Dollar in Gold auszuzahlen?

»Kann ich Ihnen irgendwie helfen?« fragte Hazard. Mit einem Mal durchzuckte ihn ein schlimmer Gedanke. »Geht es Trey schlechter?« fragte er besorgt.

»Nein, nein. Es geht ihm gut«, versicherte Empress rasch. »Bemerkenswert gut, wenn man bedenkt, wie kurz ... alles erst her ist«, stotterte sie, holte tief Luft und setzte an: »Der Grund, warum ich mit Ihnen sprechen möchte, Mr. Black«, sagte sie rasch, ehe sie völlig die Nerven verlor, »... ist ... nun ... es geht um ...« Sie zögerte.

»Geld?« warf Hazard hilfsbereit ein, weil er Mitleid mit der nervösen jungen Frau bekam.

»Oh, ja, ich meine ... es ist schrecklich unkonventionell ...«

»Ich weiß über die Abmachung bei Lily Bescheid«, unterbrach Hazard die junge Frau, die da in derber Kleidung vor ihm saß, die er nicht einmal seinem geringsten Pferdeburschen zumuten würde. »Und ich habe meinem Sohn schon früher ... aus der Patsche geholfen ...«

»Sie meinen, er hat schon früher Frauen gekauft?« rief Empress.

Hazard lächelte, und Empress begriff, von wem Trey sein umwerfendes Lächeln geerbt hatte. »Nein, eigentlich nicht«, erwiderte er freundlich. »Sie sind die erste.«

Es war so schrecklich peinlich, hier zu sitzen, so verflucht unangenehm, um Geld zu bitten. »Ich möchte nicht, daß Sie denken, ich mache so was immer ...«

»Miss Jordan«, unterbrach sie Hazard sanft, »lassen Sie mich Ihnen versichern — niemand hier verurteilt sie deswegen. Ich weiß nicht, wie lange Sie schon in Montana leben, aber die gesellschaftliche Etikette hier verlangt nichts weiter als die Angabe des Vornamens. Darüber hinaus braucht niemand etwas zu wissen. Westlich des Red River stellt man keine Fragen.«

Er war wirklich ein wunderbar verständnisvoller Mann, der über die gleiche Sanftheit zu verfügen schien, die auch Trey auszeichnete. Ihr Blick war nun direkt, und sie atmete tief durch, bevor sie sagte: »Ich würde Sie lieber gar nicht um das Geld bitten, aber, wissen Sie, ich habe bestimmte Verpflichtungen ...« Sie hielt inne. »Da, wo ich herkomme, äh ... ich weiß nicht, wie schnell Trey wieder auf den Beinen sein wird, und falls das länger dauert als ... äh ... die Zeit, die ich mir zugestanden hatte ...« Den Rest brachte sie in einem Satz hervor: »Mir wäre es lieber, das Geld gleich zu haben.«

Ohne zu zögern und nachzufragen und mit völlig neutralem Gesichtsausdruck erkundigte sich Hazard: »Wieviel wollen Sie?«

»Nur, was Trey mir schuldet, Sir«, beeilte sich Empress zu sagen, griff in ihre Brusttasche nach dem Scheck und reichte ihn herüber. »Das ist mehr als genug. Es ist sogar unendlich großzügig, und wenn meine Umstände es erlaubten, Sir, würde ich nicht erwarten, daß Sie eine so hohe Summe einlösten, aber ...« Jetzt ging ihr die Luft und die Kühnheit aus, und plötzlich fühlte sie sich in dieser Welt sehr allein.

Tränen stiegen ihr in die Augen, und sie ballte die Hände so fest zusammen, bis der Schmerz ihre Gedanken ablenkte und es ihr gelang, sich vor diesem mächtigen, einflußreichen Mann, dem ein großer Teil Montanas gehörte, nicht völlig daneben zu benehmen.

Hazard warf einen flüchtigen Blick auf das Papier und dachte, daß das zwar eine hohe Summe für den vorübergehenden Kauf eines hübschen Mädchens darstellte, aber einen niedrigen für das Leben seines Sohnes. »Ich habe Ihnen sehr viel mehr geboten, Miss Jordan. Seien Sie nicht schüchtern.« Dann wartete er erneut auf ihre Antwort. Er stand zu seinem Wort, war aber auch neugierig, ob sie ihm die Motive ihres Tuns verraten würde.

Man sah ihr die Erleichterung an, als sie sich entspannte, die Hände öffnete, das Rückgrat nicht mehr ganz so durchgedrückt war und ihr nervöser Gesichtsausdruck verschwand. »Das ist mehr als genug, Mr. Black«, antwortete sie mit hörbarem Aufatmen. »Und sobald es Trey besser geht«, fuhr sie mit einer Höflichkeit fort, die ihn an ein Kind erinnerte, das sich gerade wieder an seine Manieren erinnerte, »werde ich gehen.«

»Unsinn«, erwiderte Hazard gleichzeitig höflich und aufrichtig. »Meine Frau und ich bieten Ihnen unsere Gastfreundschaft an, solange Sie mögen.« Einen kurzen Moment fiel sein Blick auf seine eigenen Hände, die er vor sich auf der polierten Tischplatte gefaltet hatte. Seine Augen glänzten vor ungeweinten Tränen. »Wir stehen auf immer in Ihrer Schuld.« Seine Stimme klang nun tief und rauh vor Bewegung. »Wenn wir jemals etwas für Sie tun können, Miss Jordan«, fuhr er fort, »dann brauchen Sie sich nur an uns zu wenden. Treys Leben ist für uns unbezahlbar.«

Empress begriff, was in seinem Herzen vorging. Obwohl sie Trey nur sehr kurz kannte, war sie schon in seinen Bann geraten — geschweige denn, wie sehr ihn seine Eltern lieben mußten.

Hazard räusperte sich und fuhr fort: »Ich lasse das Gold sofort für Sie zurechtlegen und in Ihr Zimmer bringen. Können Sie das alles in Ihren Satteltaschen unterbringen?«

Empress nickte. »Ja, danke.« Sie dachte an die neuen Stiefel, die sie allen mitbringen würde, und an das Essen. Außerdem würde sie den Kindern noch Weihnachtsgeschenke kaufen, denn die vergangenen Christfeste waren sehr spartanisch ausgefallen. Doch alle waren sie tapfer und verständnisvoll gewesen, und dafür sollten sie jetzt belohnt werden. Ein Lächeln huschte über ihr Gesicht — über ihren neugewonnenen Wohlstand und den großäugigen, dunkelhaarigen Mann, der ebenso freundlich war wie sein Sohn. »Ich danke Ihnen aus ganzem Herzen«, sagte sie.

Zuerst lehnten Hazard und Blaze die zahlreichen Besucher für Trey ab. Dann fragten sie Trey, ob ihm nach Gesellschaft sei. Doch letztendlich wurde es Empress überlassen, ob der Patient Leute empfangen sollte oder nicht.

Empress hörte aufmerksam zu, bei welchen Namen Trey aufstöhnte und bei welchen er erfreut nickte.

»Könnten wir nicht einfach eine Auswahl treffen?« wollte er wissen. »Auch bei bester Gesundheit würden einige von denen einem total die Laune und die Lust am Leben verderben. Als Invalide habe ich doch sicher das Recht auf bestimmte Privilegien?«

»Zum Beispiel?« wollte Blaze wissen.

»Zum Beispiel all diese langweiligen jungen Damen aus Helena, die mir bestickte Taschentücher geschickt haben. Habt Mitleid mit mir.«

»Ich weiß nicht, mein Sohn«, erwiderte Blaze und blickte Hazard hilfesuchend an. »Ich bin eher der Meinung, daß du entweder alle hereinläßt — oder niemanden.«

Trey stöhnte. »Warum habe ich den Eindruck, daß ich hier nichts zu sagen habe?«

»Sie brauchen ja nicht lange zu bleiben, und es ist ein ziemlich langer Weg hierher, um unverrichteter Dinge fortgeschickt zu werden.«

»Kann Trey in seinem Zustand täglich etwa eine Stunde lang Besucher empfangen?« fragte Hazard Empress.

Empress hatte beobachtet, mit welch verbissener Entschlossenheit Trey an diesem Morgen zu seinem Sessel gegangen war. Mit dieser Kraft würde er auch ein paar Besucher gut überstehen. »Wenn es nicht allzulange dauert, wird er keinen Rückfall erleiden. Aber die Betonung liegt auf kurz«, warnte sie.

»Sehr kurz«, bekräftigte Trey. »Erspar mir Arabella McGinnis und Fanny Dixon, und um Himmels willen auch ihre Mütter!«

»Sei nicht unhöflich, Trey. Dein Vater und ich haben Umgang mit diesen Leuten«, erinnerte ihn Blaze, und obwohl ihre Stimme sanft klang, duldete ihr Tonfall doch keine weiteren Einwände.

Hazard grinste. »Ich muß ihm bei Miriam Dixon recht geben. Vielleicht wird die für jeden zuviel, Liebling«, sagte er zu seiner Frau. »Selbst bei bester Gesundheit ist es eine Zumutung, ihren frommen Sprüchen zuzuhören.«

»Doch nur, weil sie ein Auge auf dich geworfen hat, mein Lieber, und wohl denkt, du bist ihre Mühe wert. Ich beobachte euch immer ganz genau, wenn sie dich in eine Ecke gedrängt hat, damit sie dich nicht einfach klaut.« Blaze lächelte verschmitzt.

Hazards Augen weiteten sich vor gespielter Überraschung. »Gütiger Gott, das kannst du doch nicht ernst meinen!« Nicht, daß ihm die Aufmerksamkeit der Frau nicht bewußt war, aber Miriam Dixon! Die hatte er noch nie als Frau betrachtet. Sie wirkte eher wie ein Automat, der für jeden Anlaß einen Spruch wußte.

»Jetzt weißt du, wie das ist«, sagte Trey, »und Fanny ist kaum anders, obwohl sie ein bißchen besser aussieht als ihre Mutter«, endete er mit breitem Grinsen.

»Dein Vater weiß sehr gut, wie das funktioniert«, machte Blaze der Diskussion ein Ende, »um niemanden vor den Kopf zu stoßen, sorgen wir dafür, daß die Schreckschrauben nicht zu lange bleiben. Wie klingt das?«

»Versprochen?« fragte Trey schwach.

»Darauf hast du mein Wort«, antwortete Blaze erheitert.

»In diesem Fall ... schick sie alle hoch. Niemand kann einen gesellschaftlichen Anlaß besser steuern als Mutter«, erklärte Trey Empress. »Sie ist eine Meisterin der Diplomatie.«

»Das kommt davon, daß ich die ganzen Jahre immer deinen unberechenbaren Vater unter Kontrolle halten mußte«, erwiderte Blaze mit unterdrücktem Lachen. »Im Vergleich dazu ist der Rest der Welt einfach.«

»Ich halte es für meine Pflicht«, sagte Hazard sanft, aber mit blitzenden Augen, »dafür zu sorgen, daß dein Leben nicht zu langweilig wird.«

»Wie nett von dir«, murmelte Blaze und tauschte mit ihrem Mann einen liebevollen Blick.

»Denk nur daran«, bat Trey, »daß man Miriam Dixon nicht

ohne die Begleitung der gesamten Familie hier reinläßt, damit sie mir keine Predigt hält.«

»In Ordnung«, versicherte Blaze. »Findest du zehn Uhr zu früh?« Sie blickte Empress fragend an.

»Zehn Uhr ist gut.«

# Kapitel 7

Duncan Stewart butterte mit unendlicher Präzision seine Toastscheibe, während er in scharfem Tonfall mit seiner Tochter sprach. »Wenn du darauf bestehst, dich mit unpassenden Männern ...«, hier hielt er inne, um die Butter sorgfältig in alle Ecken zu verstreichen, »... abzugeben, schlage ich vor, daß du dir einen suchst, der genügend Geld hat, dich auszuhalten, falls es dazu kommen sollte.«

»Aber Daddy, du hast doch genügend Geld für uns beide«, antwortete Valerie Stewart unbeeindruckt, löffelte sich Zucker in die Teetasse und hob gelangweilt die seidigen, schwarzen Wimpern, um ihren Vater ungerührt anzusehen.

»Genau wie deine Mutter!« sagte er empört und biß eine ordentliche Ecke von seinem Toast ab. »Du hast keinerlei Ahnung von Gelddingen.«

»Eigentlich ... ich bin genau wie du, Daddy. Die arme Mama dachte, daß das Geld immer regelmäßig mit der Post verteilt würde. Ich weiß das besser. Es ist das Geld meines Großvaters, aber ich weiß auch, daß du das Geld verdient hast. Ich frage mich allerdings, da du heute morgen so übler Stimmung bist, ob eines von deinen Geschäften mit dem Indianeragenten schiefgelaufen ist?«[4] Die hübsche junge Frau mit den dunklen Ringellocken, die kunstvoll auf ihrem Kopf hochgetürmt waren, blickte ihren Vater mit ihren himmelblauen, aber eiskalten Raubtieraugen an. Wenn er seinem Toast eine derartige Aufmerksamkeit schenkte, war er gereizt. Dann lächelte sie und schmeichelte: »Erzähl es mir. Gibt es jemanden, den man nett und freundlich ... zu etwas überreden könnte?«

83

»Nein, verdammt«, knurrte der Vater. »Ich wünschte, es wäre so leicht. Man redet in Washington über eine neue Untersuchung. Hölle und Verdammnis, ein paar Indianer gehen drauf, und man könnte denken, es sei von jemandem die Lieblingstante gestorben.«

»Daddy, nimm es nicht so schwer. Du weißt sehr gut, daß sich das Geschrei nach einer Weile wieder legen wird. Ein paar Schlagzeilen in den Zeitungen regen ein paar Besserwisser auf, aber das dauert nie lange. Wenn die Untersuchung tatsächlich beginnt, verliert sich alles auf den verschiedenen Ebenen der Bürokratie, und niemand schert sich einen Deut darum.« Schon vor dem Tod ihrer Mutter war Valerie die Vertraute ihres Vaters gewesen. Priscilla Wyndham Stewart hatte ihren eleganten, unsteten Ehemann nie richtig verstanden. Aber er war einer der jüngsten Obristen, die im Bürgerkrieg eine hohe Offiziersstelle bekamen, und als er nach Ohio zurück auf Urlaub kam, hatte er sie im Sturm erobert. Es war die Uniform, wie sie sich immer zärtlich erinnerte. Ihr Vater, Richter Wyndham, war nie recht mit dieser Verbindung einverstanden gewesen. Zumindest hatte er aber seiner einzigen Tochter bis vor ihrem Tod vor drei Jahren Geld geschickt. Sie war nie bei guter Gesundheit gewesen, hatte man gesagt. Doch Valerie schrieb das Opium, das ihre Mutter für ihre ›zarten‹ Nerven einnahm, ihrem frühen Tod zu.

Duncan Stewart war mit dem Geld seiner Frau nicht verschwenderisch umgegangen und hatte durch geschäftliche Transaktionen sogar ein bescheidenes Vermögen erwirtschaftet. Das Problem war, daß er mehr wollte. Er nahm gelegentlich an Pokerspielen im Montana-Club teil. Aber er konnte nicht jeden Abend in der Woche einen sechsstelligen Scheck ausstellen. Und das war Voraussetzung, in den inneren Kreis gebeten zu werden.

Helena, Montana, hatte im Verhältnis mehr Millionäre als alle anderen Städte der Welt. In der kleinen Bergstadt lebten fünfzig Millionäre. Einige von ihnen erzielten jeden Monat von nur einem einzigen ihrer Bergwerke eine Million Dollar Profit. Hunderte von englischen Staatsbürgern, darunter ein paar Söhne reicher Väter, die irgendwie in Ungnade gefallen waren, hatten sich ebenfalls in Helena niedergelassen. Sie warteten ab, daß der Skandal zu Hause nachließ und die Familien sie wieder heimriefen. In der Zwischenzeit gaben sie sehr viel Geld aus. Die Gesellschaft war adlig und äußerst extravagant — und sehr liquide.

Eine der Gastgeberinnen hatte einmal verraten, daß sie ihr Personal immer ausgesucht höflich behandelte, weil man nie genau wußte, ob nicht einer von ihnen eine Woche später Mitglied der oberen Gesellschaft sein würde. Man konnte in den Silber-, Gold-, Kupfer- und Kohlegruben immer noch über Nacht ein Vermögen machen — und außerdem mit Holz, Eisenbahnbau oder Landspekulationen. Überall in der Welt herrschte der Aufbruch. J.P. Morgan hatte gerade die Herrschaft über die Stahlindustrie und die Eisenbahnen im Osten an sich gerissen. Es war die Zeit der Riesenverluste — und der Riesengewinne.[5]

Duncan Stewart und seine Tochter Valerie fühlten sich hier zu Hause, befanden sich in bester Gesellschaft und vertraten die für sie logische These, daß vor allem persönlicher Gewinn wichtig sei.

»Und was einen Ehemann angeht, da habe ich mir schon einen ausgesucht.«

Ihr Vater blickte überrascht hoch. Dann legte er die Gabel beiseite und fragte neugierig: »Jemand, den ich kenne ... oder kennenlernen möchte?« fügte er hinzu, sich der Neigungen seiner Tochter wohl bewußt, sich mit unpassenden Männern einzulassen. Seine Wahl wäre der jüngste Sohn des Herzogs von Sutherland gewesen, aber Valerie fand ihn zu fett und behandelte ihn nicht einmal höflich.

»Trey«, erwiderte sie. »Ist der vielleicht anständig genug?« Ihr feingeschwungener, üppiger Mund verzog sich zu einem Lächeln.

»Hah«, platzte Duncan heraus, »es gehen Wetten um im Club, daß der Junge niemals heiratet. Seine Gunst verteilt dieser Zuchtstier ja sehr freigiebig, aber nicht seinen Namen.«

»Ich habe die Absicht, ihn mir zu angeln.«

85

Duncan Stewart dachte nicht zum ersten Mal, daß seine Tochter so unverschämt war wie eine Straßenhure. Aber auch sehr geschickt. »Und wie?« wollte er wissen.

»Er wird mich heiraten, wenn ich ihm weismache, daß ich von ihm schwanger bin.«

»Nein, wird er nicht. Selbst Carl Morses Gewehr brachte ihn nicht dazu. Auch nicht Blair Willard. Die Braddock-Blacks treten auch dann keinen Schritt zurück, wenn man sie schiebt. Sie bleiben stehen und greifen nach der Knarre. Es gehen ohnehin Gerüchte um, daß er weder bei Carls Tochter der erste war noch bei den anderen. Das ist ihm lieber so. Weniger kompliziert. Sie haben Carl Morse und Blair Willard und Gott weiß wen noch ausbezahlt. Es werden eine Menge Geschichten erzählt, seit dieser junge Hengst von der Schule wieder zurück ist. Er legt es darauf an, sich einen Namen zu machen, meinen einige. Denk dir also lieber etwas anderes aus, Schatz, wenn du von Trey Braddock-Black einen Ehering haben willst.«

»Und wie wäre es . . .«, sie hielt inne und fuhr dann mit einem verschmitzten Gesichtsausdruck fort ». . . wenn du seinem Vater erzählst, daß Gray Eagle und Buffalo Hunter hängen werden, weil sie mich vergewaltigt haben. Dann wird er mich heiraten.«

Duncan zögerte, aber dann schüttelte er den Kopf. »Nein, das reicht auch nicht. Nicht bei Hazard. Bist du von ihm schwanger?« fragte er, als ihm aufging, was sie da eben gesagt hatte.

»Nein.«

»Gott sei Dank.«

»Nicht von ihm jedenfalls.«

»Jesus, von wem dann?«

Sie runzelte die Stirn. »Ich bin nicht sicher.«

Der Vater schlug mit beiden Händen auf die Tischplatte und explodierte. »Wie kannst du nur so verdammt achtlos sein!«

»Weil ich die Absicht habe, Trey zu heiraten«, erwiderte sie achselzuckend. »Natürlich mit deiner Hilfe«, fügte sie hinzu.

»Dazu braucht man eine ganze Menge mehr als meine Hilfe«, tobte der Vater. »Hazard Black verhandelt nicht über Verluste.«

»Daddy, er verliert doch nichts«, antwortete sie mit einem besänftigenden Lächeln. »Er gewinnt eine hübsche Schwiegertochter, rettet den Hals von zweien seiner Neffen vor der Schlinge und wird dazu noch stolzer Großvater.«

»Du hast bei dieser idealen Inszenierung vielleicht eine Kleinigkeit vergessen. Wenn Trey nun seine Verletzungen nicht übersteht?«

»Alles spricht dafür, Daddy. Er ist auf dem Wege der Besserung. Und jetzt sag doch mal ehrlich, würde es dir nicht gefallen, in eine solche Familie einzuheiraten? So sehr du den Gedanken an einen Indianer wie Hazard Black haßt, der Millionen gemacht hat, aber du wärest ein Narr, wenn du das ignoriertest. Denk auch an die politische Macht ... es heißt, Hazard kennt die Hälfte aller Kongreßabgeordneten in Washington. Wir können das schaffen, Daddy. Sei nicht so pessimistisch.«

Als Duncan darüber nachdachte, fand er, daß Valeries Plan gewisse Vorteile bot. Ja, und sie hatte recht, was Hazards Sorgen um seine Stammesbrüder betraf. Er hatte in den verschiedensten Kontroversen im Laufe der Jahre immer deren Seite vertreten, oft ganz allein, und bezahlt, wenn es unumgänglich schien. Darüber hinaus hatte Duncan gute Freunde in der örtlichen Gerichtsbarkeit. Wenn sie eine Verfügung gegen die zwei Indianer erwirkten oder den Fall in Richter Clancys Bereich übertragen könnten, war eine Beeinflussung durchaus möglich. »Wann«, sagte er mit der Andeutung eines Lächelns, »möchtest du das Ganze denn starten?«

»Es besteht überhaupt keine Eile, Daddy. Wir geben Trey noch eine weitere Woche, um gesund zu werden, und die Gerichtssitzungen fangen ohnehin erst nächste Woche wieder an. Wenn Hazard in den Saal kommt, hast du vielleicht eine Gelegenheit, mit ihm zu reden. Es würde auch nicht schaden, Livingstone beim *Mountain Daily* zu informieren. Du kennst seine Haltung gegenüber den Indianern. Da fällt mir ein: Warum gehe ich nicht einfach selbst mal bei ihm vorbei?«

»Wenn ich mit Richter Clancy zu Mittag esse, kann ich das Thema mitanschneiden. Seit Hazard dafür sorgte, daß Clancys Sohn seine Stelle bei der Indianerbehörde verlor, ist der Richter hinter dem Blut der Familie her, vorzugsweise dem von Hazard selbst.« Duncan begann mit seine Uhrkette zu spielen, wie immer, wenn er über einen neuen Plan nachdachte.

»Sei aber diskret, Vater«, warnte ihn Valerie, weil diese bekannte Gewohnheit in ihr ein wenig Furcht hervorrief, denn Duncans Intrigen übertrafen zuweilen seine Intelligenz. »Wir wollen doch nicht, daß Hazard irgendwie Verdacht schöpft.«

Die Finger des Vaters hielten inne und blieben auf der ausgedehnten Fläche seiner bestickten Weste liegen. Dann seufzte er, weil ihm die Ungeheuerlichkeit seiner Aufgabe bewußt wurde. »Mit oder ohne Warnung, deine Idee hat vielleicht keinen Erfolg.«

»Sei nicht so mutlos«, erwiderte Valerie milde lächelnd, denn solche Pläne waren für sie das Salz in der Suppe des Lebens. »Wenn wir Livingstones Vorurteile schön aufgeheizt haben und dafür sorgen, daß Joe Clancy die Gelegenheit bekommt, Hazard Black zu demütigen, haben wir eine gute Chance.«

Duncan schnaubte wie immer, wenn er nicht wußte, was er sagen sollte. »Und wenn es schiefgeht?« knurrte er. »Was hast du dann mit dem Balg vor?«

»Dann heirate ich jemand anderen.« Sie senkte die Wimpern und setzte hinzu: »Vielleicht. Vermutlich mache ich aber eher einen ausgedehnten Urlaub in Europa. Für ein paar Pennies kann man in Frankreich ... oder England ein Kind auf dem Land großziehen lassen. Möchtest du noch einen Kaffee, Daddy?«

# Kapitel 8

An diesem Morgen verschlief Empress und wachte erst von der leisen Unterhaltung auf, die aus Treys Schlafzimmer drang. Seit die Krise vorbei war, schlief sie im Ankleidezimmer, aber immer noch dicht in seiner Nähe, falls sie gebraucht wurde. Es war auch auf dem weichen Sofa bequemer als auf der schmalen, harten Pritsche. Das Zimmer war klein und mit Spiegeln verkleidet, ein schmaler, länglicher Bereich, eher wie ein breiter Gang zwischen seinem Schlafzimmer und dem modernen Bad mit dem wunderbaren Luxus von heißem und kaltem fließenden Wasser. Der riesige Gasgenerator am Hang hinter den Ställen, der die Stromversorgung der Ranch betrieb, dröhnte durch die Morgenstille.

Mit sinkendem Mut fiel ihr ein, daß von heute an Besucher im Krankenzimmer zugelassen waren. Wäre es möglich, einfach in diesem gemütlichen Zimmerchen außer Sichtweite von allen zu bleiben, um den neugierigen Blikken zu entgehen? Ihr Auftauchen mit Chu an jenem Abend bei Lily hatte sie vielleicht abenteuerlustig erscheinen lassen, aber das war eher ein Akt der Verzweiflung gewesen, der überhaupt nicht zu ihrem sonstigen Wesen paßte. Trey pfiff wohl auf die Meinungen der anderen, zumal er ›Mauerbau‹ zu einer Kunst perfektioniert hatte. Doch das galt nicht für sie. Es würde für sie sehr schwierig werden, sich den neugierigen Besuchern zu stellen.

Vielleicht morgen, beschloß sie mutlos und vergrub sich tiefer unter die Decken. Doch dann merkte sie, daß sie zu unruhig war, warf einen Blick auf die Uhr und sah, daß es erst neun Uhr war. Es war noch zu früh für Besucher, also konnte es wohl nur die Familie sein. In diesem Fall würde sie sich ankleiden und sich später in dieses Zimmer zurückziehen, ehe die ersten Fremden eintrafen.

Als sie aufstand, um sich anzuziehen, bemerkte sie mehrere Kleider an den Haken der Wand — einfache Tageskleider aus Wolle und Samt. Zuerst schaute sie an ihnen vorbei wie ein armes Kind an einem Laden für Süßigkeiten: sehnsüchtig, aber ohne stehenzubleiben. Doch die Farben schienen ihr zuzulachen, und so trat sie näher heran und berührte vorsichtig ein tiefgrünes Samtkleid. Sanft strich sie darüber. Das luxuriöse Gefühl weckte all ihre Sinne, die Versuchung war unwiderstehlich, und einen Moment später hielt sie es sich an und betrachtete sich in einem der Spiegel. Das tiefe Grün betonte ihr schimmerndes helles Haar und ihren goldenen Teint. In üppigen Falten fiel der Stoff auf den Boden. Als sie sich im Spiegel betrachtete, erinnerte sie sich an ihre Kindheit, wenn sie mit der gleichen Sehnsucht und glucksendem Vergnügen Verkleiden gespielt hatte. Einen Augenblick konnte sie in ihrer Fantasie zu einem Märchenwesen werden. Doch heute war ihr Spiel nicht, sie sei erwachsen. Heute war ihr Spiel eher, wieder zu einem Kind zu werden, das in der Vergangenheit zu rasch gezwungen worden war, erwachsen zu werden. Das Kleid gaukelte ihr vor, wieder jung und unbeschwert zu sein.

Empress zögerte, weil sie wußte, daß es nicht wichtig war, was ein Mensch anzog, sondern wie er charakterlich war. Doch dann siegte die Unvernunft. Ein fröhliches Blitzen strahlte aus ihren Augen. Wie würde es sein, wieder ein so teures Kleid anzuziehen? Es war schon so lange her.

Sie streifte das geliehene Nachthemd ab und zog das Kleid über den Kopf. Der schwere Stoff glitt wie Seide über ihren glatten, nackten Körper. Es roch schwach nach Rosenblättern, wie Treys Mutter. Sie schlüpfte in die langen Ärmel, zupfte den Rock über den Hüften zurecht und begann, die zahlreichen Knöpfe von der Taille bis zum Hals zu schließen. Über ihren schmalen Hüften und der Taille ließ es sich leicht schließen, doch ihre vollen Brüste sperrten sich gegen den Versuch, das Kleid weiter zuzuknöpfen — wie sehr sie auch an dem Stoff zog. Es war für eine zierlichere Frau gemacht, ebenso wie die Länge, was mit nackten Füßen aber kaum auffiel.

Doch das Oberteil war für sie unmöglich. Vielleicht paßte ein anderes Kleid in einem anderen Stil besser. Sie versuchte sich gerade zwischen dem preußisch-blauen Wollkleid und einem dunkelroten Hänger zu entscheiden, als Trey rief: »Empress, Empress! Komm her!« Seine Stimme klang erregt, und Panik überfiel sie. Er hatte gestern nicht aufstehen dürfen. Verdeckte die offensichtliche Besserung vielleicht eine schlimme Infektion? Lieber Gott, vielleicht hatte er angefangen zu bluten ...

In einer Wolke aus grünem Samt rannte sie zur Tür, verhedderte sich in dem weiten Rock, der sich um ihre Beine wickelte, fluchte leise, raffte den Rock mit der einen Hand hoch und griff nach dem Türknauf. Dann riß sie die Tür auf und hetzte in Treys Schlafzimmer.

Man hörte ein entsetztes Aufkeuchen, einen leisen Schrei, und Empress, die zwei Schritte weit in den Raum geeilt war, erstarrte. Ihre nackten Füße und Beine waren deutlich zu sehen, ihre Brüste quollen aus dem nur halb geschlossenen Oberteil. Sie ließ den Rock fallen und klammerte hastig das Mieder zusammen. Ihre Blicke suchten panisch nach Trey, dem einzigen Menschen in diesem Zimmer voller Fremder, den sie kannte.

Da lag er im Bett — ausgeruht, fast gesund und in keinster Weise krank wirkend. Seine breiten Schultern lehnten an einem bequemen Kissen, und er lächelte ihr zu. Als ihre Blicke sich trafen, wußte sie, daß ihre panische Angst unnötig gewesen war. Seine hellen Augen glühten genauso verlangend wie damals, als sie an jenem Abend in Helena bei Lily aus dem Badezimmer gekommen war. Einen Herzschlag lang spürte sie, wie seine heiße Begierde ihre Sinne erregte. Er liebkoste mit seinem Blick ihre vorwitzigen Brüste. Doch voller Scham war sie sich sofort der Gegenwart der Fremden gewahr, deren Mißfallen weniger durch ihre unpassende Kleidung hervorgerufen wurde, sondern durch die ungezügelte Begierde, die über Treys Antlitz flackerte.

Eine korpulente Frau in einem enggeschnürten Korsett völlig in Schwarz hatte die Finger fest vor dem ausladenden Busen verschränkt und starrte Empress mit empört aufgerissenen Augen an. Eine sehr kleine junge Frau in Hellrosa, das ihre Blässe noch unterstrich, sah aus, als wolle sie in Ohnmacht fallen.

Hazard lehnte am Bettpfosten und unterdrückte seinen Impuls, aufzulachen, während Blaze gelassen Kaffee eingoß.

Meine Güte, ist sie schön, dachte Trey, einfach bezaubernd. Er hatte Empress noch nie in einem Kleid gesehen. Der tiefgrüne Samt betonte ihre lebhaften Augen, ihre sonnengebräunte Haut, den rosigen Hauch auf ihren Wangen, die seidigen, runden Brüste, die so unfreiwillig enthüllt waren. Sein erster, selbstsüchtiger Gedanke war, wie rasch er sie ins Bett bekommen könnte.

Blaze machte dem peinlichen Schweigen ein Ende. »Empress, meine Liebe«, sagte sie mit gezielter Höflichkeit, »darf ich Sie Mrs. Bradford Dixon und ihrer Tochter Fanny vorstellen?« Es war wichtig, daß die Position der Braddock-Blacks ganz deutlich wurde. Gerüchte und Geschwätz wurden hier im Keim erstickt. Das Mädchen hatte Trey das Leben gerettet. Sonst war nichts wichtig. Sie verdankten ihr alles.

Empress trat ein paar Schritte vor. Ihre Wangen waren feuerrot, ihr Herz pochte wild, aber der verächtliche Blick in Miriam Dixons Augen forderte zehn Generationen von Jordanscher Arroganz heraus: Sie hob energisch ihr Kinn, trat barfuß auf den Teppich und blieb zwei Fuß vor den sitzenden Frauen stehen.

»Miriam und Fanny, ich möchte euch Empress Jordan vorstellen, die wunderbare Pflegerin, der Trey sein Leben verdankt«, verkündete Blaze nun, als stelle sie Empress in vollem Hofstaat Königin Viktoria vor — und nicht gerade eben halb bekleidet im Schlafzimmer ihres Sohnes. »Wir sind, wie ihr sicher verstehen werdet«, fügte sie hinzu, »über alle Maßen hinaus dankbar.« Miriam nickte knapp in Empress' Richtung, öffnete die schmalen Lippen nur soweit, um ein ›Guten Morgen‹ herauszuquetschen, und ließ sie wieder zuschnappen. Fannys Blick zuckte zwischen der Mutter und Empress hin und her, ehe sie ein fast unhörbares ›Guten Morgen‹ murmelte und dann den Blick auf ihre Fußspitzen lenkte.

»Das Kleid«, bemerkte Blaze nun mit einem erheiterten Zwinkern, »muß wohl ein wenig geändert werden.« Sie wandte sich den beiden ihr gegenübersitzenden Damen zu und erklärte im Plauderton: »Miss Jordans Gepäck ist nämlich verlorengegangen, daher müssen wir ein wenig improvisieren.« Sie hätte ebensogut sagen können: ›Sie ist gestern vom Mond gefallen‹, und niemand hätte ihr widersprochen.

»Ach wirklich?« dachte Miriam Dixon empört. Diese Straßengöre tut so abgebrüht, als könne sie nichts erschüttern. Der Skandal bei Lily hatte in Helena die Runde gemacht und wurde mit unterschiedlichem Interesse und Empörung diskutiert. Wie kann sie es wagen, so auf mich herabzusehen, dachte Mrs. Dixon außer sich vor Wut.

Aber die Braddock-Blacks waren zu mächtig, als daß man sie offen beleidigen könnte. Deshalb erschien der Hauch eines Lächelns in ihren verkniffenen Mundwinkeln, als sie hölzern knirschte: »Es ist immer problematisch, im Winter zu reisen.« Ihr Blick war feindselig. »Planen Sie eine baldige Rückkehr?«

Treys nachdrückliches »Nein!« fiel gleichzeitig mit Empress' »Ja.«

Es war ihm egal, was die Miriam Dixons dieser Welt dachten. Darum hatte er sich noch nie gekümmert und würde auch nicht damit anfangen. Und wenn Empress solche gesellschaftlichen Anlässe nicht gewohnt war, würde er ihr helfen. Er konnte sie beschützen.

Aber noch ehe er etwas äußern konnte, warf sein Vater erklärend ein: »Was bedeutet«, meinte er mit offener Zuneigung, »daß Miss Jordan dann wieder nach Hause zurückkehrt, wenn Trey vollständig wieder genesen ist. Wie Sie sehen, ist Miss Jordan voller Optimismus hinsichtlich Treys Gesundheit. Sie ist wunderbar ...«, sein Blick fiel auf Trey und seine Frau, »da sind wir uns alle einig.«

Trey lächelte alle der Reihe nach unverbindlich an. Absolut wunderbar, griente er im stillen, im Bett und anderswo. Wenn er diese Leute nur überreden konnte, zu gehen, dann könnte er seine Genesung mit einer zärtlichen Untersuchung von Miss Jordans Vorzügen auf die Probe stellen.

Es ist ein Wunder, dachte Miriam Dixon verbiestert, daß dieses Flittchen nicht völlig nackt hier steht. Fanny saß nach wie vor stumm vor Entsetzen wie angewurzelt auf ihrem Stuhl.

»Möchten Sie eine Tasse Kaffee, meine Liebe?« fragte Blaze in das Schweigen, das auf Hazards Bemerkung gefolgt war, und lächelte Empress zu.

»Nein, danke.«

»Ein Hefebrötchen?«

»Danke, nein.«

Miriam Dixons Gesichtsausdruck spiegelte absolute Ablehnung, und als sie Luft holte, um eine wohlformulierte Gemeinheit loszulassen, beschloß Trey, diese Unannehmlichkeit im Keime zu ersticken.

»Oh«, stöhnte er theatralisch, »ich spüre einen scharfen, stechenden Schmerz!« Dann keuchte er mitleidsheischend und griff sich an die Brust.

Empress warf ihm einen erschrockenen Blick zu, beruhigte sich jedoch sofort. Der Mann hatte keinerlei Scham. Sein silbriger Blick begegnete vergnügt dem ihren, und wieder ächzte er geräuschvoll.

Blaze erhob sich und verkündete ihren Gästen mit ungerührter Miene, daß der arme Junge gelegentlich solche Krämpfe erleide. »Bitte entschuldigen Sie uns. Vielen Dank für Ihren Besuch.« Sie begleitete die beiden Frauen zur Tür, schob sie elegant hinaus, schloß die Tür hinter ihnen und lehnte sich an das dunkle Holz der Türfüllung. »Trey, du hast wirklich absolut keine Skrupel.«

»Und bist wohl der schlechteste Schauspieler, den die Welt je gesehen hat«, vollendete sein Vater.

»Aber losgeworden bin ich sie, oder?« erwiderte Trey unschuldig.

»Miriam sah aus, als stünde sie kurz vor einer Explosion, Liebling«, gluckste Hazard.

»Das stimmt«, prustete Blaze. »Sie ist das Abbild einer alten Hexe. Wie bringen wir das Ganze nur einigermaßen würdevoll hinter uns?« fragte sie dann leicht seufzend.

»Papa und ich kümmern uns darum«, schlug Trey grinsend vor. »Wir sind viel gnadenloser als du.«

»Jagt mir nur keinen Schrecken ein«, sagte Blaze amüsiert. »Eine Sterbeszene am Tag reicht, mein Lieber.«

Die drei brachen in befreiendes Gelächter aus.

Empress fühlte sich einen Moment ausgeschlossen. Während Eltern und Sohn sich über diesen gelungenen Streich gemeinsam freuten. Ihre Beziehung zueinander war etwas Besonderes — vertrauensvoll ohne Einschränkung.

Im nächsten Moment wurde sie jedoch in die Verschwörung einbezogen. »Verzeihen Sie, mein Kind«, giggelte Blaze, »aber Miriam Dixon ist eine solche Zumutung, daß wir uns, wenn sie wieder fort ist, immer wie Kinder fühlen, die schulfrei bekommen. Sie ist schrecklich unangenehm, aber man hat Mitleid mit der armen Fanny. Deswegen halten wir Miriam um ihretwillen aus. Danke, daß Sie das so gelassen über sich ergehen ließen. Sie ist ziemlich gemein. Und jetzt müssen wir uns um Ihre Garderobe kümmern. Ich lasse Mabel holen, sie ist sehr geschickt im Ändern.«

»Bitte machen Sie sich keine Mühe«, erwiderte Empress unbehaglich, weil sie plötzlich der Mittelpunkt war, und umklammerte den grünen Samt über ihren Brüsten noch fester. »Da sind ... die anderen passen vielleicht«, stammelte sie verlegen.

»Da fällt mir ein, Mutter«, warf Trey nun geschickt ein, »warum warten wir mit weiteren Besuchern nicht, bis Empress' Kleider ... geändert sind?« Treys Blicke waren nicht von Empress gewichen, seit sie den Raum betreten hatte, und sein größtes Interesse bestand nun darin, sie endlich allein für sich zu haben. Mit solchen Problemen, endlich ungestört zu sein, hatte er sich seit Jahren nicht mehr befassen müssen.

»Ich mische mich in diese Diskussion um etwaige Besucher nicht mehr ein«, sagte Hazard grienend. »Das überlasse ich deiner Diskretion, Schatz. Sie sehen wunderbar aus, Empress. Ignorieren Sie Miriam oder ähnliche Leute einfach. Sie ist der lebendige Beweis für den Satz, daß die besten Menschen immer zu früh sterben. Und du, strapaziere das Mitgefühl deiner Mutter nicht allzusehr«, setzte er hinzu, als er seinem Sohn scherzhaft mit dem Finger drohte. Auf dem Weg zur Tür informierte er seine Frau: »Ich bin draußen in den Ställen mit Blue und der Stute, die bald fohlen wird ... falls ich gebraucht werde. Aber alles andere, außer einer nationalen Krise, müßt ihr ohne mich bewältigen.« Damit schloß er die Tür hinter sich.

»Ich fühle mich sehr erschöpft«, log Trey nun überzeugender.

»Oh, du meine Güte«, erwiderte Blaze, ganz mütterliche Sorge. »Vermutlich waren Miriam und Fanny wirklich zuviel für dich. Diese ganze Besucherdiskussion ist lächerlich«, beschloß sie dann unvermittelt, denn sie war sich nicht ganz sicher, wieviel Trey flunkerte — oder ob er wirklich noch nicht in der Lage war, Leute zu empfangen.

»Wir behalten sie einfach unten, und dabei bleibt's«, entschied sie.

»Du ruhst dich aus, mein Lieber, und ich versorge die Besucher.«

»Danke, Mutter«, erwiderte Trey mit genau der schwachen Stimme, die Empress an ihren jüngeren Bruder Eduard erinnerte, wenn der versuchte, ihr etwas abzuschwatzen. »Kann Mabel noch warten?« hauchte er dann schwach und kuschelte sich tiefer unter die Decke.

Heiliger Strohsack, seine Schauspielkunst läßt tatsächlich zu wünschen übrig, dachte Empress.

»Natürlich, mein Schatz«, antwortete aber seine Mutter gütig, trat zu ihm und legte ihm eine Hand auf die Stirn. »Ist dir ein wenig heiß, mein Engel?«

»Ja, ein bißchen«, gab er mit leidender Stimme zurück. Heiß, sehr heiß, dachte er, ich brenne vor gierigem Verlangen nach Empress, die in der Raummitte stand und ihm aus wachen Augen einen prüfenden Blick zuwarf.

»Empress«, fragte Blaze nun alarmiert, »was meinen Sie, was der Grund ist?«

Egoismus, dachte Empress, und zu viel Übung, sich bei den Eltern durchzusetzen. »Ich mische ihm einen Trank gegen Fieber«, sagte sie beruhigend und beschloß, daß sie Trey die Meinung sagen würde.

»Bitte nicht diesen grausamen, schalen Saft«, protestierte Trey sofort mit überraschend kräftiger Stimme.

»Du willst doch wieder gesund werden, oder?« schnurrte Empress.

»Ich möchte auch gern mein Frühstück bei mir behalten«, murmelte Trey.

»Wenn du Fieber hast, brauchst du das Getränk«, erwiderte Empress honigsüß.

»Wirklich, Junge«, meinte nun seine Mutter. »Es ist doch zu deinem Besten. Tu, was Empress für richtig hält, und ich lasse dich nun in Ruhe.«

Da lächelte Trey — ein breites, zufriedenes Lächeln. »Du hast recht, Mama«, stimmte er mit tugendhaftem Gesichtsausdruck zu. »Ausgedehnte Ruhe bringt dieses Fieber schon herunter.« Endlich die Ungestörtheit, die er brauchte, um Empress ganz für sich alleine zu haben. Mit einem raschen Blick schätzte er die Zeit bis zum Mittagessen ab, sah, daß es reichte, und fügte hinzu: »Sorg doch dafür, daß mich bis zum Mittag niemand stört.«

»Das ist sehr vernünftig«, lobte Blaze. »Ist er nicht ein gehorsamer Patient?« fragte sie zu Empress gewandt, um ihren mütterlichen Stolz mit ihr zu teilen.

Trey lehnte in den Kissen, der helle Blick pure Unschuld, und wartete belustigt auf Empress' Antwort. Er merkte, wie verhalten sie auf seine schauspielerische Leistung reagierte, und freute sich nun an ihrem Dilemma. Würde sie seiner Mutter widersprechen oder höflich zustimmen? Würde sie es wagen, ihn herauszufordern? Würde sie ohne Widerstand in seine Arme sinken? Wie lange würde es dauern, bis er sie auf sein Krankenlager bekam?

»Wenn Trey verspricht, seinen Fiebertrank zu schlucken, habe ich keine Klagen«, erwiderte Empress mit süßer Boshaftigkeit.

»Das wird er selbstverständlich, nicht wahr, mein Junge?« meinte Blaze, sicher, ihr Sohn würde gehorsam sein.

»Ich tue alles, damit es mir besser geht«, antwortete Trey zweideutig, aber seine eigenen Vorstellungen, wovon es ihm besser ginge, deckten sich nicht mit denen von Empress und seiner Mutter.

Empress wurde sofort mißtrauisch. Sein Tonfall klang zu artig, sein Blick war zu frech, seine Antworten waren viel zu vage.

»In diesem Fall überlasse ich dich Empress' geschickter Pflege.« Blaze küßte ihn leicht auf die Stirn und verließ den Raum.

Gespanntes Schweigen erfüllte das Zimmer.

Sie würden bis zum Mittagessen ungestört sein.

Mit dem Jägergespür für eine gute Gelegenheit, betrachtete Trey nun ausgiebig die dürftig bekleidete Frau vor ihm. Ihre üppigen Brüste fielen fast aus dem Mieder. Durch den Farbton des tiefgrünen Samts wirkten sie von barocker Schönheit und waren sehr hell.

»Komm her«, befahl er heiser. Seine Stimme war zwar freundlich, aber der Tonfall autoritär.

Empress blieb reglos, fast starr stehen und spürte, wie seine heißen Blicke sie genußvoll verschlangen. Gegen ihren Willen begann sich tief in ihr die Sehnsucht zu regen. Es war verrückt, daß ein Blick und zwei Worte eine so plötzliche, aufflammende Hitze in ihr erzeugen konnten. Resolut wehrte sie sich gegen diese unverständliche Begierde.

Es war, als müsse er ein scheues Fohlen anlocken, dachte Trey, und als er wieder sprach, klang seine dunkle Stimme sanft. »Jetzt sind alle fort, du brauchst dich nicht mehr zu bedecken. Für mich ist das lediglich ein Kleid, das nicht paßt, kein Zeichen für mangelnden Anstand. Übrigens«, fügte er mit weichen, zärtlichen Worten rasch hinzu, »siehst du einfach zauberhaft aus.« Er richtete sich in seinen Kissen gerade auf, ein Bild männlicher Kraft, und keineswegs aussehend wie ein Kranker.

Sie versuchte, nicht auf seine starken Arme zu achten, die aus den Ärmeln seines Nachthemds blitzen, versuchte, nicht zu bemerken, wie sein dichtes, dunkles Haar verführerisch in seine hohe Stirn fiel, wie sein weißes Hemd über dem Brustkorb offenstand, dessen Bandagen eher seine muskulöse Gestalt unterstrichen, statt seine Verletzung zu betonen. Seine Präsenz drang auf ihre sämtlichen Sinne ein, und seine heiße Begierde war fast körperlich spürbar. Aber er wollte sie nicht zwingen, was sie widerstrebend bewunderte. Doch wie oft hatte er mit den vielen anderen Frauen geübt, eine solch charmante Mischung anwenden zu können? Seine Methode begann zu wirken. Es war albern, sich in der Ungestörtheit eines Zimmers so zu zieren, wenn sie bereits größte Intimitäten miteinander genossen hatten. Und irgendwie war sie nach Miriam Dixon für seine Komplimente und die Freundlichkeit dankbar, weil sie ihr Selbstvertrauen wieder aufrichten konnte. Ihre Finger ließen den Samt los, und die Brüste sprangen hervor. Nur der äußerste Rand ihres Busens war noch von dem weichen Stoff bedeckt. Trey erinnerte sich wollüstig, wie ihre schweren Brüste sich in seinen Händen anfühlten, an ihren Geschmack, wie Empress hingebungsvoll gestöhnt hatte, als er jede einzelne, harte Spitze gestreichelt hatte. Unter den dichten Falten ihres Samtrocks schauten die nackten Zehen hervor und gaben ihr trotz der üppigen Oberweite etwas Elfenhaftes.

»Du bist noch nicht stark genug«, sagte sie leise in das erwartungsvolle Schweigen.

»Stärker als du denkst.«

Sie erschauderte bei dieser Andeutung, und die kleine Flamme in ihrer Magengrube schlug hell empor. »Du könntest dir wehtun.« Ihre Warnung klang leise, war ein Zugeständnis an ihr Gewissen, aber ohne die nötige Überzeugung in der gehauchten Stimme.

»Es tut schon sehr weh«, erwiderte er leicht grienend, denn seine Männlichkeit war aufgerichtet und pulsierte. »Daher will ich ...«, er hielt inne, um seine Worte genau zu wählen, »... daß du herkommst und mir hilfst.«

Unter anderen Umständen hätten diese Worte unschuldig klingen können. Aber die sehnsüchtige Forderung, die durch dieses sonnenüberflutete Zimmer schwebte, war nicht zu überhören.

Es dauerte einen Moment, ehe sie darauf reagierte, weil sie überlegte, wie sie geben konnte, was er verlangte, ohne ihn zu verletzen. »Wenn du zuerst deine Medizin nimmst«, erklärte sie in der Rolle als Pflegerin, die alle Gefühle beiseite schiebt.

»Schnell.« Seine Stimme klang drängend und heiser.

War das eine Antwort? Sie war nicht sicher. »Ja?« fragte sie noch einmal nach. Er nickte. Es war abgemacht.

Empress mischte ihm einen Schlaftrunk, aber nicht aus Boshaftigkeit, sondern aus Rücksicht. Trey war noch nicht gesund, und was er begehrte, konnte seine Genesung beeinträchtigen. Er selbst begriff die Folgen vielleicht nicht recht, aber sie um so besser.

Sie reichte ihm die Medizin in einer kleinen Tasse und lächelte ihn offen an. »Würdest du das Kleid bitte selbst ausziehen?« bat er dann in höflichem Umgangston. »Um meine Kräfte zu schonen?«

»Während du das hier trinkst, werde ich mich ausziehen«, antwortete sie. »Soll ich die Vorhänge zuziehen?« Sie trat ans Fenster und griff nach der Vorhangschnur, weil sie meinte, in einem abgedunkelten Zimmer würde er besser schlafen.

»Das ist mir egal.« Er hob die Tasse an den Mund und fragte: »Ist es dir im Dunkeln lieber?« Leise Belustigung färbte die Worte.

Sie wirbelte herum und warf ihm einen drohenden Blick zu.

»Hat man dir schon jemals gesagt, was für ein verzogener, verwöhnter Bengel du bist?«

»Nein, außer dir niemand«, erwiderte er grienend und trank die Tasse leer.

Empress schnalzte mißbilligend mit der Zunge, wandte sich wieder zu den Fenstern und sperrte die Morgensonne aus.

»Keine weiteren Verzögerungen, Liebling. Zieh das Kleid aus und komm zu mir.«

Sie warf einen raschen Blick auf die Tasse und erwiderte: »Ich bin sofort wieder da.« Dann betrat sie das Ankleidezimmer, schloß die Tür und blickte auf die kleine Uhr auf der Kommode. Sie gab der Medizin fünf Minuten, bis sie wirkte.

Ruhig öffnete sie alle Knöpfe und ließ das Kleid zu Boden fallen. Sie trat darüber hinweg, hob es auf und schüttelte den schönen Stoff leicht aus, um ihn zu glätten. Es war wunderbar verarbeitet, alles mit Seide gefüttert und mit so kleinen Stichen genäht, daß man sie kaum erkennen konnte. Ihre Mutter hatte ein Reitkleid im gleichen moosgrünen Samt gehabt. Wie elegant sie immer ausgesehen hatte, wenn sie mit Papa ausgeritten war! Das alles schien in einem anderen Leben stattgefunden zu haben. Den Reitanzug hatte sie vor drei Wintern in eine Überdecke verwandelt, die nun Guy und Eduard in ihrem Bett im Speicher warm hielt.

Sie öffnete eine der Spiegeltüren und hing das Kleid zu einer Reihe von gebügelten Hemden, die ordentlich nach Farben sortiert waren. Neugierig öffnete sie alle anderen Spiegeltüren der Schränke, die in dem Ankleidezimmer ringsum eingebaut waren: Anzüge, Jacketts, Mäntel, Hosen, weitere Hemden und Regale voller Schuhe, Stiefel und Pullover. Ein Dutzend Seidenjacketts, einige davon wattiert für den Winter, Seidenkrawatten in allen Farben des Regenbogens. Sie sah vor sich eine vollständige Garderobe, die den vorwiegend aus England stammenden Etiketten nach zu urteilen maßgefertigt war. An der Seite gab es noch eine breitere Tür, die sie als letzte öffnete. Voller Erstaunen blickte sie auf den Inhalt: Leder — mit Perlen, Fransen und Federn bestickt, mit Wolfsfell und Hermelin besetzt —, die wohl feinste Lederkleidung, die sie jemals gesehen hatte. Sie berührte die bunten Federbesätze in komplizierten Mustern, die so glatt waren wie Satin. Ihre Finger glitten durch die langen Fransen, vergruben sich bewundernd in die dichten Wolfsschwänze, glitten genußvoll über den reinweißen Hermelin: Kleider für eine andere und aus einer anderen Welt, und obwohl sie sich Treys Abstammung bewußt war, hatte sie ihn nie anders gesehen als den verwöhnten Sohn aus begütertem Hause. Wie paßte der Reichtum dieses Hauses in die Welt der Indianer? Wie anders würde er wohl in diesen Kleidern wirken?

Sie nahm ein besticktes Hemd aus beigem Leder hervor, das mit Reihen von blauen Perlen bestickt war, und hielt es an ihre Schultern. Das Leder war glatt und samtig auf ihrer Haut.

Sie starrte sich mit dem Gewand im Spiegel an. Der fransengesäumte Rand ging ihr fast bis zu den Knien. Über beide Ärmel verlief ein geometrisches Muster aus Federn — sehr männlich und eindrucksvoll. Ob sie es wagen durfte, es anzuprobieren? Was bedeutete diese Kleidung für Trey?

Würde sie damit zu weit in seine persönliche, geheimnisvolle Welt eindringen?

Aber sie hatte noch nie etwas so prächtiges gesehen; es war wie ein Kunstwerk. Sicher schlief Trey in der Zwischenzeit schon, daher würde er nicht merken, wenn sie das Hemd rasch überziehen würde. Sie würde es auch ganz schnell wieder an seinen Platz im Schrank hängen. Dann wollte sie nach dem Patienten sehen, ob er gut zugedeckt war, und wenn er aufwachte, würde sie sich für die Täuschung mit dem Schlaftrunk entschuldigen. Die Medizin war zu seinem Besten, rechtfertigte sie ihr Tun. Sie wußte schließlich, was für seine Gesundheit nötig war.

Sie hob vorsichtig das schwere Hemd über den Kopf, schlüpfte hinein, rückte es auf den Schultern zurecht und bewunderte sich ausgiebig im Spiegel. Da tönte plötzlich eine Stimme hinter ihr: »In der dritten Schublade ist ein Halsband mit einer Bärenklaue, das du vielleicht dazu anlegen möchtest.«

Sie zuckte herum.

Trey lehnte im dunklen Türrahmen, die eine Schulter lässig gegen den Pfosten gestützt.

»Du müßtest doch ... warum bist du nicht ...« Sie brach ab, weil ihr klar wurde, wie verwirrt sie klang. »Du solltest eigentlich schlafen«, fuhr sie dann ruhiger fort. Aber seine Größe machte sie innerlich klein, und ihre Stimme klang mutiger als sie sich fühlte. Er trug einen grauen Seidenmorgenrock und wirkte auf sie wie ein Todesengel. Seine Stimme stand jedoch im krassen Gegensatz zu seiner geradezu unheimlichen Erscheinung. Sie klang leicht und liebevoll. »Ich hatte etwas anderes vor«, lächelte er.

Das Lächeln war einfach hinreißend. Es kam unerwartet und strahlend. Empress wurde dabei leicht schwindelig und zwang sich zum Ausatmen. »Die Medizin?« flüsterte sie.

Er hob die Hand in einer vagen Bewegung. »Wieder in der Tasse, fürchte ich.«

»Du vertraust mir nicht.« Sie hatte ihre Stimme wiedergefunden.

»Müßte ich das?« fragte er sanft, stieß sich vom Türpfosten ab und trat in den hellen Raum. Die Außenwand, von großen Fenstern durchbrochen, ließ die Morgensonne mit ihren funkelnden Strahlen ein. Behutsam schloß er die Tür zum Schlafzimmer und die erste Spiegeltür und umrundete langsam den Raum, wobei er alle Schranktüren wieder zuschob, die Empress geöffnet hatte, bis er schließlich neben dem letzten Schrank stand, in dem seine Indianerkleider hingen. »Wenn es dir gefällt, kannst du es haben«, sagte er mit einer Geste zu dem eleganten Lederhemd, das Empress trug. »Es steht dir viel besser als mir.«

»Das geht nicht … es ist zu kostbar«, antwortete sie mit einem Gefühl des Unbehagens, weil er sie erwischt hatte, wie sie in den Sachen von jemand anderem herumschnüffelte. Sie war sich aber auch Treys beunruhigender Nähe bewußt und unerklärlicherweise von der perlgrauen chinesischen Seidenrobe fasziniert, einer verlockenden Hülle für seine offensichtliche Männlichkeit, seine tiefbronzene Haut.

War es etwa normal, die glatte graue Seide an seinen Ärmeln berühren zu wollen, um seine muskulösen Arme darunter zu spüren? War es üblich, den Blick wie gebannt auf den achtlos geschlungenen Gürtel um seine schmale Taille heften zu müssen? Sie zwang den Blick fort und hob ihn zu Treys gutgeschnittenem Gesicht, das wie gemeißelt wirkte. Er lächelte.

»Ich sollte dich strafen«, sagte er leise. Als ihre Augenbrauen sich abwehrend zusammenzogen, setzte er milde hinzu: »Wegen der Täuschung.« Die Sonne ließ sein langes, dunkles Haar aufglänzen und lag golden auf den Spitzen seiner dichten Wimpern.

»Es war zu deinem eigenen Besten«, erwiderte Empress sofort. »Du bist noch zu schwach.«

»Wenn ich ohnmächtig werde«, gab er leise zurück, trat noch einen Schritt näher, und ein feines Lächeln umspielte seine Mundwinkel, »dann klingele einfach nach dem Diener, daß er mich ins Bett trägt.«

»Bist du immer so … entschieden und scherst dich keinen Deut um die Folgen?«

»Selten«, murmelte er sanft.

Überraschung spiegelte sich in ihren Augen. »Das hätte ich nicht gedacht. Ich habe bisher nur erlebt, daß Trey Braddock-Black immer das bekommt, was er will.«

Fragend zog er die Brauen hoch. »Stört dich das?«

»Nicht besonders ... ich kenne viele Männer wie ...« Gerade eben rechtzeitig fiel Empress ein, daß die Einzelheiten ihrer Vergangenheit gewahrt bleiben mußten. Sie hatte sagen wollen, daß die Freunde ihres Vetters Claude ebenso selbstsüchtig dem Vergnügen nachjagten wie Trey. Wenn das Duell, in das ihr Vater vor sechs Jahren verwickelt gewesen war, nicht in der falschen Provinz vor Gericht verhandelt worden wäre, würde sie immer noch in der dortigen prächtigen Welt leben. Solche Männer, die nur ihren Spaß kannten, waren ihr deshalb nicht fremd. Provinzgerichte hantierten stets mit Vorurteilen. Der Mann, den ihr Vater getötet hatte, war der Sohn eines ansässigen Herzogs gewesen und mächtiger als die Grafen de Jordan. Man hatte ihn verurteilt, und ihre Welt war zusammengebrochen.

Großmutter hatte fast ein Jahr lang alles versucht, um dagegen Einspruch einzulegen, denn sie kannte eine Menge Menschen, die ihr einen Gefallen schuldeten. Doch als sie starb, fanden diese alten Freunde die Verpflichtungen gegenüber dem Sohn nicht mehr so zwingend, der ja immerhin den einzigen Sohn des Herzogs von Rocheford getötet hatte. Der Grund für das Drama war eine alte, bittere Fehde, bei der es ursprünglich um Mama ging. Als Mama an jenem bitteren Tag auf dem Rennplatz verleumdet wurde, wußte jeder, daß Papa darauf reagieren mußte.

Mama war als unverheiratete junge Dame in Begleitung des britischen Botschafters nach Paris gekommen, und ihre atemberaubende Schönheit hatte sofort jeden Mann in Paris hingerissen. Sie war in jenem Winter *La belle Anglaise* und wurde überall gefeiert und angebetet. Bei einem Ball von Kaiserin Eugénie hatten sie und Papa sich ineinander verliebt — der Skandal der Saison. Sie wurde von ihrer Familie enterbt, und so zogen die beiden sich auf das Landgut in Chantilly zurück, wo sie ein glückliches, ruhiges Leben führten. Bis zu dem Tag des Duells.

Trey hatte bei der erstaunlichen Antwort, die so unvermittelt abbrach, die Augen zusammengekniffen. »Das würde ich gern wissen.« Er wußte natürlich, daß sie in jener Nacht bei Lily Jungfrau gewesen war, aber er kannte sich auch mit den sexuellen Abweichungen mancher Männer aus. Sie hatte zwar vor ihm mit keinem anderen Mann geschlafen, aber eventuell hatte sie Erfahrungen auf anderen Gebieten mit Männern?

Treys sexuelle Erfahrung war ausgedehnt. Er beteiligte sich nicht an solch ausgesprochen unkonventionellen Varianten, aber er kannte Männer, die so etwas liebten. Sie benutzten Frauen auf alle mögliche Weise, nur nicht auf die übliche. Er kannte diese Sorte von Männern — und hier flammte plötzlich sein Zorn auf. Er fragte sich, ob ihn diese unschuldig wirkende junge Frau hereingelegt hatte und das krasse Gegenteil von Unschuld war, daß sie sich vielleicht in Dingen auskannte, die einem Mann gefallen, an die er nicht einmal gedacht hatte.

Er bezähmte sein aufflackerndes Temperament und betrachtete diese schöne junge Frau mit ihrer wirren, honigblonden Mähne, gekleidet in sein Lederhemd, das ihr so gut stand. Und sie hatte sein Leben gerettet.

Empress scheute vor Treys notdürftig gezügelter Wut zurück und antwortete mit ausdrucksloser Stimme: »Das brauchst du nicht zu wissen.«

»Ich habe genug bezahlt«, gab er verbissen zurück, »daß meine Fragen beantwortet werden.«

Empress drückte ihren Rücken steil durch, und auf beiden Wangen erschienen rote Flecken der Wut. »Dein Geld kann meine Vergangenheit nicht kaufen«, erwiderte sie knapp. »Und meine Zukunft auch nicht.«

»Du wirst mir also keine Antwort geben?«

»Nein.«

»Dann werde ich allein herausfinden müssen, was du von all den Männern gelernt hast, die du vor mir gekannt hast«, drohte Trey. »Wir hatten in jener Nacht bei Lily nicht genügend Zeit, um …« Er hielt inne und verwarf die groben Worte, die ihm in den Sinn kamen, »… die Vielfalt deiner Erfahrung zu erkunden«, lächelte er wölfisch. »Ich freue mich auf die Lektion.«

»Und wenn es dich umbringt?« schnappte Empress voll Ärger über seine Vermutungen, seine allzu große Bereitschaft, das Schlimmste von ihr zu denken.

»Ich bin sehr neugierig«, knurrte Trey nun und verstand bewußt ihre Antwort falsch. »Ich habe ja nicht geahnt, was für eine faszinierende Vorliebe für Exzesse du hast. Fangen wir an?«

»Du bist verrückt!« Sie trat einen Schritt zurück.

Seine Stimme klang nun beherrscht und sanft. »Wohl kaum«, murmelte er, »aber in freudiger Erwartung, das gebe ich zu.« Er kam auf sie zu, und Empress wich zurück. Sie stand nun mit dem Rücken an der kühlen Spiegelwand.

»Wie charmant«, hauchte Trey und freute sich über ihren erschreckten Gesichtsausdruck. »Die unternehmungslustige junge Dame, die sich bei Lily zum Kauf anbot, hat eine Neigung zu Dramen.« Er streckte eine Hand aus, um sie auf ihre Schulter zu legen, »gehört dieser erschrockene Ausdruck zu den bestimmten Vorlieben der Männer, die du früher gekannt hast?«

»Verdammt«, knirschte Empress. »Denk was du willst, aber ich bin nicht dein Besitz.«

»Ich weiß«, antwortete Trey sanft und rieb ihr goldenes Haar zwischen seinen Fingern. »Für bloße fünfzigtausend Dollar bringe ich dich nicht in meinen Besitz. Dafür ist deine Haut zu zart. Aber ich habe dafür bezahlt, dich zu benutzen . . .«

Er betonte das Verb bewußt. »Und zwar drei Wochen lang. Sind wir da einer Meinung?« Seine Finger griffen so fest zu, bis er an der Strähne riß.

Empress zuckte zusammen und überlegte, ob sie sich wehren sollte. Aber aus einer verwirrenden Vielzahl von Gründen, von denen viele von dem Feuer beeinflußt wurden, das von dem hochgewachsenen Mann auszugehen schien, lehnte sie sich vor, bis das Zerren nachließ und sie gegen die graue Seide und den starken muskulösen Körper sank.

»Du hast unrecht«, erklärte sie leise und hob das Gesicht, um in Treys zynisch blickende Augen zu sehen.

»Sind es keine drei Wochen?« fragte er sarkastisch, aber seine Lippen senkten sich bereits auf ihre, und als sie leicht über ihren vollen Mund strichen, murmelte er: »Über Zahlen streiten wir uns später.«

Sie biß in wütender Vergeltung in seine Lippen, so daß er unter dem plötzlichen Schmerz aufstöhnte und seine Hände ihre Schultern fester umklammerten: für einen Schwerverletzten war seine Kraft ungeheuerlich. Dann preßte er heftig seinen Mund auf ihren und nahm für den Biß Rache, bis sie wenig später spürte, wie sich seine Männlichkeit regte.

Es war Wahnsinn, so zu reagieren, sagte sie sich, verrückt, eine solche Hitze zu spüren, die ihren gesamten Körper ergriff, diesen unwiderstehlichen Impuls zu haben, mit seinem Körper zu verschmelzen. Nun glitt seine Zunge an der Innenseite ihrer Oberlippe entlang, fuhr sacht über ihre glatten Zähne und tastete zärtlich weiter, bis ihre Zunge ihm begegnete und sie ihrerseits seine Mundhöhle erforschte.

Ihr leises Stöhnen war nur in einem hingehauchten Atemzug zu vernehmen.

Da begannen seine Hüften sich in langsamem, sinnlichem Rhythmus gegen ihren willigen Körper zu drängen, und seine Erregung erinnerte sie sofort an alle Gefühle, die er in ihr wecken und alle Lust, die er ihr schenken konnte. Nein, dachte sie, ich lasse mich nicht von einem so arroganten und zynischen Mann verführen. Nein, niemals, aber da spürten ihre untreuen Sinne seine warme Zungenspitze, die an ihrer Wange bis zum Ohr fuhr, erinnerten sich ganz genau, wie lange er diese Lust ausdehnen konnte, bis ihr gesamter Körper vor Wonne erschauderte. Seine Berührung war wie ein Zauber, seine hitzigen Worte, die er ihr ins Ohr flüsterte, waren eine Einladung in sein ganz besonderes Paradies, und sie erzitterte in Vorfreude, schlang die Arme um seinen Nacken und ließ die Finger über den glatten Stoff gleiten.

Was immer sie war, dachte Trey von seiner ungeduldigen Libido angetrieben, sie war exquisit und sehr leidenschaftlich. Sie spricht vielleicht von Widerstand, aber das war vielleicht eines ihrer Spielchen. Zumindest wirkte es. Denn als er ihre Umarmung spürte und den leisen, schmelzenden Seufzer hörte, reagierte er, egal wie ihre Absicht war. Warum sie hier war, war ihm gleichgültig, er wußte nur, daß er sie haben mußte, und zwar sofort, sonst würde er sich wie ein unerfahrener Schuljunge blamieren, noch ehe er in sie eingedrungen war.

Sie gehorchte, als er sagte: »Zieh das Hemd aus.« Doch er zuckte kurz vor Schmerzen zusammen, als er seinen Morgenmantel ablegte. Er konnte auch die Arme nicht sehr hoch heben, sich nicht allzuschnell bewegen und sich nicht bükken, aber seine Beine waren in Ordnung, seine Hände konnten zugreifen, und die wilde, pochende Erektion in seiner Mitte sprach von bester Gesundheit.

Einen Moment später stand Empress nackt vor ihm. Ihre Wangen waren gerötet, und ein rosiger Hauch überzog Hals und Brüste. Ihr Atem ging unregelmäßig. Er strich ihr sanft über die Wange, dann über den Mund und die Kehle und anschließend zart über die Brustwarzen. Er spürte, wie sie sich hart aufrichteten, sah die Lust auf ihrem Gesicht, als er über sie rieb. Sie hob die Hand, umschloß sein Handgelenk und zog ihn wortlos näher. Der Zeitpunkt war perfekt, denn er war schon zu lange ohne Frau und wollte nicht länger warten. Er küßte sie leicht und murmelte: »Mach mich gesund, mein Kätzchen.« Dann preßte er sie gegen die Spiegelwand, beugte die Knie, um in sie eindringen zu können, und glitt mit einem heftigen Stoß aufwärts in ihr heißes, samtenes Fleisch.

Der Rhythmus seiner Begierde war fiebrig, intensiv und machtvoll, und Empress lehnte gegen den kühlen Spiegel gepreßt und ließ sich von der Lust überspülen, die in feurigen Spiralwellen in ihr aufwallte. Sie wurde durch die heftigen Bewegungen des harten Glieds in ihr von einer Leidenschaft erfaßt, die ihr klarmachte, daß man vor Liebe sterben wollte.

In diesem Augenblick wurde ihr Körper angehoben; brennende Glut durchzuckte ihr Inneres. Dann schwand das heiße, wollüstige Gefühl — gerade dann, als sie es am stärksten brauchte, und sie keuchte unwillig: »Nein!« während ihre Hände sich um Treys Nacken krallten, um ihn näher an sich zu ziehen. Er hatte in plötzlichem Schmerz die Augen geschlossen, als ihr kräftiger Griff seine Verbände auf dem Rücken preßte, aber sein erstickter Schrei war kaum hörbar.

Aber Empress merkte sofort, was sie getan hatte. »Es tut mir leid … bitte verzeih mir …«, jammerte sie leise und ließ die Hände fallen, als hätte sie sich verbrannt. »Oh, mein Gott, bist du in Ordnung?«

Trey öffnete die Augen und nickte. Er war mit köstlicheren Gefühlen beschäftigt, die den kurzen, scharfen Schmerz vergessen machten. »Ich will nur nicht ohnmächtig werden«, murmelte er mit laszivem Lächeln. »Nicht in den nächsten Minuten.« Er umklammerte ihre Handgelenke und plazierte ihre Finger tief an seinen Rücken, während er flüsterte: »So … halt mich dort ganz fest, Liebling.« Dann setzte er seine leidenschaftliche Invasion fort, hob sie hoch, damit sie sein Glied aufnehmen konnte und spießte sie mit aller Macht auf. Beide verloren erneut die Beherrschung und wurden von unendlicher Ekstase fortgetragen.

In diese überirdische Sinneslust drang plötzlich ein störendes Geräusch.

»Trey, Trey, wo bist du?«

In der darauffolgenden Schrecksekunde realisierten die beiden die Stimme von Treys Mutter, die das Zimmer nebenan betreten hatte.

Doch in diesem Moment hätte man einen Revolver an seine Schläfe setzen können, er hätte nicht aufgehört. Seine Leidenschaft stürmte unaufhaltsam ihrem Höhepunkt zu, und er spürte, wie seine Lust sich der Explosion näherte. Trey fühlte es eher, als daß er es hörte, wie Empress beunruhigt aufstöhnte, und seine Arme umklammerten sie noch fester. Er beugte den Kopf, fuhr mit den Lippen über ihre Wange, streifte an ihrem Ohr entlang und hauchte: »Ignoriere sie«, einen knappen Pulsschlag, ehe er sich aufbäumte und einen pulsierend weißglühenden Orgasmus in die erschrocken Frau hineinjagte, die nun starr in seinen Armen lag.

Einen Moment später ertönte der zweite Ruf: »Trey, bist du da drinnen?«

Und Trey, wechselhaft wie Quecksilber, entzog sich Empress nach vollendetem Orgasmus und antwortete nach einem tiefen Atemzug mit ruhiger, beherrschter Stimme: »Ich komme sofort, Mutter.«

Empress lag zitternd in seinen Armen, denn ihr eigene Begierde war noch unerfüllt. Treys Rückzug war zu unverhofft und abrupt gewesen, und der unerwartete Aufschub wirkte wie ein eisiger Hauch. Doch ihre Lust flammte weiterhin ungebrochen, und obwohl sie wußte, daß sie keine Zeit mehr hatte, flüsterte sie rauh: »Geh nicht fort.«

Er zögerte, als er nach seinem Morgenmantel griff, der auf dem Boden lag, richtete sich wieder auf und sagte mit weicher, besänftigender Stimme: »Rühr dich nicht vom Fleck. Ich bin sofort wieder da.«

Er schlüpfte mit einer kurzen Schmerzgrimasse in den Mantel und band den Gürtel zu.

In ihrer pochenden Lust, die unverändert ihre Sinne durchraste, sah Empress, wie Trey warnend eine Hand hob, als er die Tür öffnete, und sagte: »Empress ist eingeschlafen, Mama. Sie hat zu schwer gearbeitet ... Nein, es geht ihr gut. ich habe sie nur gerade zugedeckt.« *Und gedeckt*, fügte er in Gedanken hinzu, *und das werde ich wieder tun, sobald du, liebe Mutter, überredet werden kannst, zu gehen.*

In zwei, höchstens drei Minuten würde er wieder zurücksein. Bei diesem Gedanken durchzuckte Erregung seine Sinne. Empress hatte sich nicht vom Fleck bewegt. Nicht weil Trey es ihr befohlen hatte, sondern weil sie sich nicht bewegen wollte. Das alles war für sie sehr neu, diese heiße, wundervolle Begierde, die sie so köstlich schwach machte. Sie hatte nie gewußt, daß ein solches Gefühl überhaupt existierte — wenn alles andere unwichtig wurde, wenn nichts mehr eine Rolle spielte, außer Treys Berührung, wenn Entzücken und Erregung sich zu einem wollüstigen Glühen vermischten, das den Körper durchflutete und den Verstand fortbrannte.

Sie sah, wie er die Tür versperrte, hörte das leise Geräusch, als der Schlüssel sich im Schloß drehte — und ein heißer Schauer der Vorfreude lief ihr den Rücken herab. Ihre Blicke trafen sich durch den funkelnden, sonnenüberfluteten Raum. Mit heiserem Flüstern fragte Trey: »Bist du bereit?«

Sie stand an derselben Stelle, wo er sie zurückgelassen hatte, die Hände an den Seiten, den Rücken an den Kristallspiegel gelehnt, rosig überhaucht von der inneren Hitze und mit klebriger Feuchtigkeit zwischen den Beinen, wo es immer noch in stetigem Rhythmus pulsierte. Sein Sperma floß in winzigen Rinnsalen über die glatte Haut ihrer Schenkelinnenseiten. Er konnte die milchigen Tropfen an ihrem linken Schenkel erkennen, den rechten Schenkel nur im Spiegel auf der gegenüberliegenden Seite. Ihre Gestalt war dort im Profil zu sehen, das sich in den Reihen von Spiegeln aus verschiedenen Perspektiven die ganze Wand entlang wiederholte. Ihre Brüste waren groß und fest, saßen jugendlich hoch und hatten vorspringende Warzen: hell und rosig, wie Edelsteine. Sie war immer noch höchst erregt, verriet ihm seine Erfahrung, und unbefriedigt. Ihre Augen waren halb geschlossen unter dem Ansturm der Gefühle, und sie war angespannt, erhitzt und bereit für alles, was er vorhatte.

Ihre Leidenschaft erinnerte ihn wieder an seine Vorbehalte hinsichtlich ihrer früheren Erfahrungen. War sie wirklich, wie sie angab, ein Neuling auf diesem Gebiet, oder eine geübte Expertin, die geschickt genug und mit seltenem Talent die zarte Unschuld spielen konnte? Während er seinen Mantel aufband, dachte er, daß es faszinierend sein müßte, die Antwort herauszufinden.

Die Tür war nun versperrt, und Empress war eindeutig für ihn bereit. Sie war sein Besitz, daher konnte er ohne Hemmungen seinen fleischlichen Appetit befriedigen und die Antworten auf ihre sexuelle Vorgeschichte herausfinden.

Empress sah ihm zu, wie er seinen Morgenrock ablegte und dann vor ihr stehenblieb. Wirre Haarlocken rahmten ihr erwartungsvolles Gesicht. Ihre Augen, die seinem Blick begegneten, sprühten vor Sehnsucht.

»Verzeih mir«, sagte er leise, »dich zurückgelassen zu haben.« Seine bronzene Hand berührte sanft ihre hochgereckten Brustwarzen, worauf sie unkontrolliert zu zittern begann. »... so unbefriedigt«, beendete er flüsternd den Satz. Seine Lenden regten sich erneut. Sie war heiß und bereit und stand so kurz vor einem Orgasmus, daß sie auf ihn geradezu quälend verlockend wirkte.

»Sieh in den Spiegel«, sagte er, umfaßte sanft ihr Kinn und wandte es zu der reflektierenden Wand. »Möchtest du den in dir haben?« Seine Erektion war prachtvoll und erhob sich bebend direkt vor ihrer pulsierenden Weiblichkeit. Ihr entfuhr ein bebender Seufzer, und er drehte ihr Gesicht zu sich. Warm lagen seine Finger auf ihrer Wange. »Du klingst interessiert«, hauchte er. »Was würdest du tun, um ihn in dich hineinzubekommen?«

Ihre Augen sahen ihn von Leidenschaft verschleiert an, aber sie rang um Beherrschung. »Das ist nicht fair«, erklärte sie mit atemloser Stimme.

»Bist du nicht an solche Spielchen gewöhnt, mein Schatz! Immerhin hast du doch schon so viele Männer gekannt, da muß es doch ein paar Spiele gegeben haben. Und nachdem du Jungfrau warst ... müssen diese Spielchen sehr interessant gewesen.« Diese Anschuldigung brachte Trey mit leiser, angeekelter Stimme vor.

»Du hast unrecht«, antwortete Empress, deren Sinne nach ganz anderen Dingen als nach einer Rechtfertigung standen.

»Sag mir, worin ich unrecht habe«, beharrte Trey.

»Ich kann ... mich nicht selbst berühren«, antwortete sie gequält von ihrer Lust. »Du mußt mich berühren«, befahl sie in einem Ton, der so lebendig von gewohnter Macht klang, daß es ihn einen Moment lang verblüffte — die Sicherheit, die Autorität, paßten irgendwie nicht zu der bebenden, sexuell erregten Frau. Mit seinen Fingern zwang er ihr Kinn noch ein klein wenig höher. »Und wenn ich es nicht tue?«

Empress griff nach unten und berührte ihn. Ihre zarten Finger legten sich um die glänzende Kuppe seiner harten Männlichkeit. Langsam glitt sie mit leichten Fingern an ihm herab und wieder hoch. Mit starkem, sicherem Druck. Und dann gurrte sie: »Vielleicht willst du es jetzt«, während er seinen Griff an ihrem Kinn lockerte.

Er wartete, bis sein köstliches Lustgefühl etwas nachließ. Dann lachte er leise, bezaubert von dem raschen, geschickten Wechsel in der Unterhaltung.

»Da ich jetzt deine volle Aufmerksamkeit habe«, schnurrte Empress zärtlich, »und wir uns darauf konzentrieren, können wir uns vielleicht gegenseitig helfen. Ich reagiere immer ausgesprochen unwillig auf Befehle.« Sie zog zwischen ihnen eine imaginäre Linie. »Komm mir auf halbem Weg entgegen«, murmelte sie, »und ich führe dich ins Paradies ...«

Er gluckste. »Ein charmanter Vorschlag«, flüsterte er, und die Worte klangen wie Samt. »Wie kann ich mich da weigern?« Sein Blick schätzte den Abstand zwischen ihnen ab, und dann senkte er den Kopf, Belustigung in seinen silbrigen Augen, aber gleichzeitig eine seltsame Wachsamkeit. Es war der stumme Kampf zwischen zwei starken Willen, und dann ...

... lächelte sie.

Und er lächelte.

Und ihre Lippen trafen sich genau auf halbem Weg zwischen Sklavin und Herrscher.

Sie küßten sich ausgiebig und lange, bis jegliche Unstimmigkeit verschwunden war und sich nur noch Glückseligkeit breitmachte.

Trey fragte sich allerdings erregt, ob seine Wunden es wohl aushielten, wenn er sich hinlegte, damit Empress auf ihm sitzen konnte. Sein Wunsch war so dringend, daß er alle Bedenken über Bord warf und murmelte: »Komm«, nahm ihre Hand und führte sie zum dem Sofa.

Ihre Schenkel waren noch klebrig vom Sperma und glitten bei den paar Schritten feucht gegeneinander. »Das ist verrucht«, hauchte sie, weil sie wollte, daß er wußte, was sie fühlte, wollte, daß er die Intensität begriff. Als er sich kurz umdrehte, weil er sich über diese Bemerkung wunderte, deutete sie auf die glänzende Schicht an ihren Schenkeln.

»Ist diese Verruchtheit angenehm?« fragte er heiser.

Als sie nickte, sagte er: »Ich kann dir mehr geben ... ich

kann dich mit ... Verruchtem anfüllen ...« Er zog sie an sich und strich mit den Händen langsam über ihren Körper: von der feuchten Stelle zwischen ihren Schenkeln über den flachen Bauch, über die weiche Rundung ihrer Brüste und zu der anmutigen Kurve ihres Halses. Als Treys Hände nach oben wanderten, stieg die Hitze in Empress' Körper an wie die Temperatur an einem Nachmittag in der Wüste. Sie schloß die Augen und verbrannte schier in den lodernden Flammen, bis er leise befahl: »Sieh mich an.«

Langsam hoben sich ihre dicht bewimperten Lider, als sie aus ihrem Zauberland in die Wirklichkeit zurückkehrte.

»Ich werde dich befriedigen«, murmelte er, »werde dich sättigen, dich erfüllen ...«, ein Finger glitt zärtlich über ihre Kehle, »... bis hierher.«

Für einen Körper, der vor unerfüllter Leidenschaft bebte, war das ein unwiderstehliches Versprechen.

»Wie wunderbar«, flüsterte Empress, reckte sich auf die Zehenspitzen und leckte einen warmen, feuchten Pfad über seinen Hals. Es war sehr viel mehr als nur wunderbar, dachte sie einen Moment später, als sie auf dem Sofa lagen. Treys Zunge glitt ohne Hast über die glatte Haut ihrer Schenkel, bewegte sich mit solch aufreizender Langsamkeit aufwärts, daß ihre Ekstase keine Grenzen mehr kannte und sie dem Paradies so nahe war, daß sie vergaß, wo und wer sie war. Ihre Finger gruben sich in sein schweres, dunkles Haar, das einen exotischen Duft verströmte, der sie flüchtig an Karawanen in fernen Ländern denken ließ. Sie spreizte die Beine weit, als Treys Handflächen sie nach außen drückten, und erbebte, als seine Zunge in ihre warme Feuchtigkeit glitt.

Er leckte und knabberte und saugte, bis sie um Gnade flehte.

*Ich werde nicht kommen*, dachte sie. *Das ist einfach zuviel.* Aber sie wurde immer heißer vor Begierde, vermischte die eigenen Säfte mit denen Treys, und ihr Herz schlug so wild, daß es ihr erhitztes Blut durch jede Nervenzelle ihres Körpers jagte.

Nun hob Trey den Kopf, hob sie mühelos an und schob sie etwas höher gegen die Rückenlehne des Sofas, so daß sie mit weit gespreizten Beinen halb saß. Er legte sich zwischen ihre offenen Schenkel, streichelte ihre stimulierten, sensiblen Brustwarzen mit sanften Fingern. Dann hielt er ihre Brüste in seinen Händen, berührte jede Knospe abwechselnd mit seinen Lippen, saugte und knabberte leicht an ihnen und strich mit der Wange über die aufgerichteten harten Hügel, bis sie flehte: »Das ist wie eine Folter.«

Er hob fragend seine Augenbrauen.

»Bitte«, hauchte sie.

»Warte«, flüsterte er.

»Nein!« Das war eine scharfe, nachdrückliche Forderung.

»Nein?« Seine Frage klang erstaunt.

»Verdammt!« drohte sie guttural. »Ich vergifte dich!«

»Das klingt ernst«, erwiderte er mit gespielter Beunruhigung. »Aber vielleicht«, sagte er jetzt stirnrunzelnd, »möchtest du mir erst ein bißchen mehr über die anderen Männer erzählen?«

Sie zögerte einen Moment angesichts dieser unverschämten Erpressung, war aber vor Begierde so angespannt, daß ihr Widerstand dahinschmolz.

»Es gibt keine.«

»Und was sollte diese Bemerkung?«

»Mein Vetter, verdammt. Ich sprach über meinen Vetter und seine Freunde. Ich bin mit ihnen großgeworden und weiß, wie sie sich verhielten.«

»Bist du sicher?« Trey rieb langsam über ihre Brustwarzen, und bei jeder Berührung durchfuhr sie eine Hitzewelle.

»Gift und Galle«, zischte sie drohend.

Er betrachtete sie noch einen kurzen Moment und nickte dann zufrieden: »Das wird nicht nötig sein, mein kleines Kätzchen. Ich werde dich gerne zufriedenstellen.«

Als er Sekunden später in sie eindrang, gelangte sie, noch ehe er voll in ihr war zum Orgasmus, und als er tief in sie hineinstieß, spürte er an seinem Schaft die Krämpfe und Zuckungen, hörte den langgezogenen Schrei ihrer Entspannung und hielt sie in seinen starken Armen, bis sie mit einem leisen Seufzer befriedigt liegenblieb. »Danke«, wisperte sie und legte die Wange an seine muskulöse Schulter.

Trey blickte auf sie herab, wie sie warm und erfüllt in seinen Armen lag, und murmelte: »Danken kannst du mir später ...«, er grinste jungenhaft, »... wenn ich es verdiene.« Er war immer noch hart in ihr und hatte die Absicht, Empress auf viel intensivere Art zu befriedigen. Er lächelte dankbar. Ich lebe, dachte er. Und das möchte ich genießen. Er war auf dem Weg der Besserung, seine Schmerzen waren erträglich, es war ein wunderbarer, sonniger Wintermorgen.

Sein Blick fiel auf die Uhr auf der Kommode — und bis zum Mittagessen waren es noch anderthalb Stunden. Empress lag weich und willig unter ihm, eine Einladung, die er nicht abschlagen wollte. »Sag mir, mein Liebling, kannst du mich da besser fühlen?« Er glitt in ihr heißes, schlüpfriges Inneres und vernahm genüßlich das leise Stöhnen. »Oder ist dein Höhepunkt intensiver, wenn ich das tue?« Eine Hand glitt unter ihr Hinterteil, und er hob sie an, um hart und tief in sie hineinzustoßen.

»Oh, Gott!« keuchte sie. Als er nun langsam mit den Hüften kreiste, um alle bebenden Winkel ihres pulsierenden Fleisches zu berühren, stöhnte sie: »Noch nicht ... es ist zu früh ... ich kann nicht.« Ihre zitternden Finger preßten sich gegen den Brustverband.

Aber er hörte nicht auf sie. »Zu früh ist es nie«, flüsterte er und bewegte sich mit einer trägen Intensität in ihr, die bewirkte, daß die Reizüberflutung nachgab und sie die Hände wieder entspannt um seinen Nacken legte. Flüchtig glitten ihre Hände über seinen goldenen Anhänger und umfaßten dann seine Schultern.

»Siehst du«, sagte er, als ihre Hüften sich ihm ungeduldig entgegenbogen, »du kannst doch schon wieder.«

Diesmal konnte sie beim Höhepunkt einen langen, heiseren Schrei nicht unterdrücken. Trey hörte das mit mit zufriedenem Lächeln. Und zog alle Register seiner Verführungskunst.

Die folgende Stunde verlief stürmisch und exzessiv. Empress anfängliches Staunen über Treys Ausdauer machte grenzenloser Lust Platz.

Aber Trey mußte sich noch schonen, und so lagen sie

schließlich in angenehmer Erschöpfung auf dem Boden ausgestreckt. Trey den Kopf auf Empress' Schenkel gebettet.

Er lächelte sie an und sagte: »Schatz, wenn ich mehr Energie hätte, würde ich mich herumrollen und deine Zehen küssen. Es war wundervoll.« Dann überlegte er es sich anders und beugte sich über ihre Füße. Doch da schrie Empress auf: »Trey, mein Gott, dein Rücken blutet!«

»Das macht nichts«, beruhigte er sie in seiner wohligen Mattheit.

Aber sie ließ ihm keine Ruhe, bis er sich von ihr in einer Wanne voll heißen Wasser die Wunden säubern ließ.

Trey lag mit zurückgelehntem Kopf in der Marmorwanne und hielt sich für einen äußerst glücklichen Mann, der zwar momentan befriedigt war, aber schon ans nächste Mal dachte, wenn er seine schöne Gefährtin wieder in den Armen halten konnte.

»Bist du sicher, daß du in Ordnung bist?« fragte Empress nervös.

»Großartig«, murmelte er.

»Und die Schmerzen?«

Er öffnete amüsiert halb die Augen. »Machst du Witze? Mir ist es noch nie besser gegangen.«

»Es sieht aus, als sei es nur eine oberflächliche Blutung«, beruhigte sie sich selbst.

»Gut«, erwiderte er uninteressiert und glitt tiefer in die Wanne.

»Ich glaube, es wäre sehr therapeutisch …«, sie sprach die Worte mit leicht gallischer Betonung aus, »wenn du jeden Tag ein heißes Bad nähmst.«

Er sah sie grienend an. Sein Haar klebte in feuchten Strähnen an seinen Wangen und Schultern. »Ich überlege es mir …«

»Sei bitte nicht aufsässig.« Das war der Befehlston einer Krankenschwester, begleitet von einem trotzigen Schmollen ihrer üppigen Unterlippe.

»Unter einer Bedingung«, antwortete er unerschrocken.

»Darauf gehe ich nicht ein«, entgegnete sie sofort, weil sie ahnte, was da kam.

»In ein paar Tagen werde ich dich wieder tragen können. Wollen wir's auf einen Kampf ankommen lassen?« gluckste er.

»Denk daran, was deine Eltern sagen.«

»Sie fahren morgen nach Helena. Gestern haben die Gerichtssitzungen begonnen, und der einzige Grund, warum sie so lange hier geblieben sind, war ihre Sorge um mich. Was sagst du dazu? Ich würde sagen, du hast kein Chance.«

Da durchrann ein heißer Strom der Erregung ihren Körper. Nein, so konnte man das Gefühl eigentlich nicht beschreiben: es war eher ein Himmel auf Erden, Regen nach fünfjähriger Dürre. Das kam dem schon näher. Treys sanfte Hände auf ihrem Körper, sein Mund warm und weich auf ihrem, die quälend köstlichen Gefühle, wenn ihre Körper sich berührten. Aber das war alles nicht von Dauer, wie sie sich schlagartig erinnerte. Sie war die vorübergehende Gespielin eines reichen Mannes. Daher erwiderte sie beherrscht: »Ich kann mich wohl kaum wirklich gegen dich wehren.«

»Das ist sehr vernünftig von dir, da ich viel kräftiger bin als du.«

»Du bist ein Tyrann.«

»Das mußt du gerade sagen. Wer zwingt mir denn schon seit Tagen die abscheulichsten Getränke die Kehle hinab?«

»Das ist nur zu deinem Besten.«

»Das, was mir vorschwebt, auch.« Seine Stimme vibrierte lustvoll.

Sie spritzte ihn strafend naß, aber er schnappte sich ihre Hand, zerrte sie zu sich und zog sie geschickt zu sich in die Wanne.

Kreischend und lachend landete sie auf seinem Bauch, und er demonstrierte ihr die Vorzüge einer Wasserkur auf das Köstlichste.

# Kapitel 9

Hazard und Blaze fuhren am nächsten Morgen nach Helena ab. Die Gerichtsbarkeit in diesem Gebiet war eine Brutstätte der Manipulation, wo ganz offen und ungestraft Einfluß genommen wurde und jeder nur auf seine Vorteile bedacht war. Hazard nahm genügend Geld mit, um alle zu beeinflussen, die seiner Sache dienlich sein könnten.

Seit Jahren schon versuchte man, die Indianerreservate zu verkleinern. Im letzten Jahr allein hatte man das Schwarzfuß-Reservat im Norden Montanas von etwa 10 Millionen Hektar auf 2 Millionen verkleinert, weil die Viehbarone verzweifelt mehr Weideland brauchten.[6]

In diesem Jahr wurde ein Gesetz vorgelegt, auch das Absarokee-Gebiet zu verkleinern, und Hazard war entschlossen, sich dem zu widersetzen. 1879, 1882 und 1884 waren ähnliche Gesetze vorgelegt worden, konnten aber mit ungeheurem Einsatz und viel Geld abgeschmettert werden, größtenteils mit Hilfe von Hazard Blacks persönlichem Vermögen und Einfluß. Er stand auf vertrautem Fuß mit verschiedenen Kongreßabgeordneten in Washington wie auch mit Beamten im Innenministerium. Wenn es nötig war, bezogen er und Blaze ihr Haus in Washington und setzten sich ausschließlich dafür ein, gegen jene Gesetze zu arbeiten, die den Interessen seines Stammes zuwiderliefen.

Bisher war das Absarokee-Gebiet unangetastet geblieben, aber Jahr für Jahr nahm der Druck der Viehbesitzer, der Eisenbahnen und der Holzindustrie zu, und in diesem Jahr war die Einflußnahme besonders stark. Das Land der Braddock-Blacks und ihre Anteile an den Minen war beträchtlich und für ihren Clan mehr als genug, denn sie waren seit über zwanzig Jahren wirtschaftlich erfolgreich. Aber die anderen Clans im Gebiet brauchten Unterstützung, und Hazard und Black verbrachten deshalb die Monate für gewöhnlich in Helena, wenn dort das Gericht tagte.

Die Politik in Montana hatte nichts mit Demokratie zu tun. Diejenigen mit dem meisten Geld und dem größten Einfluß brachten ihre Gesetze durch. Die einzige Begrenzung war die gelegentliche Ablehnung durch den Kongreß in Washington, der das letztendliche Entscheidungsrecht gegenüber den Territorialregierungen hatte. Aber der Bund nahm nur selten Einfluß auf die Gebietspolitik und beschränkte sich auf Themen, die nicht von örtlichem Interesse waren. Daher waren die Gerichtssitzungen in Helena nepotistisch, hart umkämpft und voll monopolistischer Absichten.[7]

Diese gewinnsüchtige Haltung gegenüber der Regierung herrschte aber nicht nur in Montana vor, sondern wurde ebenfalls von anderen skrupellosen Kapitalisten der amerikanischen Industrie vertreten. Es waren die Jahrzehnte von J.P. Morgan, Carnegie, Rockefeller, Forbes — eine Phase des unregulierten industriellen Wachstums und einer sozialdarwinistischen Politik, daß ›die Mittel den Zweck heiligen‹. Diese Kapitalisten äußerten zwar Hymnen über die Wunder der freien Wirtschaft, handelten aber gleichzeitig Monopole aus, die genau diese Prinzipien verletzten. Standard Oil begann damals, Butte, Montana, insgesamt aufzukaufen, um den Kupferpreis weltweit festsetzen zu können.

Harzard Blacks Kampf in Montana bestand darin, für seine Absarokee zu retten, was zu retten war. Es war nur ein kleineres Scharmützel in einer ungeheuren Schlacht. Aber Geld spielte auf jeden Fall eine wichtige Rolle. Geld kaufte Wählerstimmen, Land, um die Grenzen zu schützen, Aktien von Gesellschaften und mit diesen Aktion Einfluß.

Sie fuhren also mit ihrem Privatzug los und versprachen, am Ende der Woche wieder da zu sein.


Valerie besuchte an diesem Morgen Hiriam Livingstone — unter dem Vorwand, eine Anzeige für den alljährlichen Wohltätigkeitsbasar der Kirche in die Zeitung zu setzen. Da sie sein Interesse an Frauen und sein Desinteresse an seiner Gattin kannte, kleidete sie sich in ein violettes Samtkostüm mit Hermelinbesatz. Das Violett brachte ihre Augen am besten zur Geltung, und sie fand schon immer, daß Hermelin den Impuls förderte, die Trägerin berühren zu wollen.

Hiriam war auch von Valeries Geschmack sehr angetan und verkündete es gleich, als er sie in sein Büro bat. »Mit diesem Hermelin wirken Sie wie eine Königin, mein Liebe«, meinte er anstelle seiner unanständigen Gedanken, die sich eher mit denen von Valerie deckten.

Mit kokettem Lächeln dankte sie ihm in ihrer Kleinmädchenstimme, die bei diesen alten Burschen immer wirkte. Bei einem Tee, den der Sekretär hereinbrachte, diskutierten sie die Anzeige für den Kirchenbasar. Aber als Valerie zu seinem Vorschlag, daß sie Kuchen backen solle, ›liebend gerne‹ sagte und seinem Blick ein wenig länger als nötig begegnete, begann Hiriam Livingstone an andere Dinge zu denken als an ein Geschäft mit der hinreißenden Miss Stewart. Er war zwar weit über sechzig, aber von stämmigem Körperbau und mit der festen Absicht, über neunzig zu werden wie sein Vater. Genau wie sein Vater, der mit seiner dritten Frau noch Kinder zeugte, als er weit in den Siebzigern war, erfreute sich der Besitzer und Verleger des *Mountain Daily* eines gesunden sexuellen Appetits. Gott sei Dank gab es Lily, denn seine Frau, mit der er seit über vierzig Jahren verheiratet war, zog ihn schon seit Jahrzehnten nicht mehr an. Abigail war dick, neigte zu Diskussionen über spirituelle Themen und befaßte sich ausgiebig mit ihren verschiedenen körperlichen Gebrechen, die ihr kaum Zeit für andere Dinge ließen. Sie hatten vier Dienstmädchen, eine Haushälterin, zwei Gärtner und drei Burschen. Sie war gut versorgt. Und seine Freizeit ging niemanden etwas an.

»Sie sagten gerade, meine Liebe, daß Sie kein kulinarisches Talent hätten, solche hübschen kleinen Kuchen zu backen. Ehrlich gesagt, finde ich es erstaunlich, daß Sie so etwas herstellen möchten.«

»Nun, Sir, muß nicht jede junge Frau fähig sein, einmal ihren Mann zu versorgen?« Valerie hob bei dem Wort ›versorgen‹ den Blick, der eindeutig Sinnlichkeit ausstrahlte.

Hiriam beugte sich über den kleinen Tisch vor und tätschelte ihre Hand, die einladend auf der portugiesischen Spitzentischdecke lag. »Miss Stewart«, sagte er, eindeutige Anzüglichkeit in der rauhen Stimme. »Ich bin sicher, es gibt keinen Mann, der annimmt, ›Versorgung‹ habe bei Ihnen etwas mit häuslichen Talenten zu tun.«

Valerie zog ihre Hand mit aufreizender Langsamkeit unter seinen Fingern fort. Dann lehnte sie sich in ihrem Sessel zurück und lächelte bescheiden.

»Das ist sehr süß von Ihnen, so etwas zu sagen, Mr. Livingstone.« Ihre Stimme war kaum mehr als ein heiseres Flüstern. »Aber Mama hat mir beigebracht, daß der Weg zum Herzen eines Mannes durch den Magen geht.«

Hiriam mußte einmal schwer schlucken, ehe er wieder normal atmen konnte, da ihm bei ihren gehauchten Worten ein Bild vor Augen schwebte, das nicht die Spur mit Essen zu tun hatte. »Mütter wissen nicht immer so genau, meine Liebe«, antwortete er, »was Männer wollen.«

»Und was wäre das, Mr. Livingstone?« fragte Valerie schelmisch.

Er räusperte sich, ehe er antwortete: »Warum diskutieren wir das nicht bei der nächsten Versteigerung auf dem Basar?« Er war zwar einer der Gemeindevorsteher der Presbyterianischen Gemeinde, versprach aber nun mit einem breiten Lächeln, alle anderen Teilnehmer bei der Versteigerung ihrer Beiträge auszustechen.

»Darauf freue ich mich schon, Mr. Livingstone«, gurrte Valerie, »aber was wird Mrs. Livingstone dazu sagen?«

»Es ist doch für einen guten Zweck«, versicherte er ihr mit onkelhafter Herzlichkeit, aber sein Blick war pervers unonkelhaft. »Abigail geht es in der letzten Zeit nicht sonderlich gut, daher wird sie nicht kommen.«

»Wie christlich von Ihnen, Sir, die Familie bei dem Basar zu vertreten.«

»Junge Dame, wir versuchen stets, unseren christlichen Pflichten nachzukommen.«

»Wie selbstlos«, schnurrte Valerie.

»Betrachten Sie mich als Ihren Diener, meine Liebe.« Hoffentlich sehr bald, setzte er stumm hinzu.

»Wie fantastisch ritterlich, Mr. Livingstone. Da fällt mir ein kleines Problem wieder ein, das ich neulich hatte. Vielleicht können Sie mir einen Rat geben, wie ich mich da am besten verhalte ... ich meine, an wen ich mich mit meiner Beschwerde wenden muß.« Sie senkte schüchtern den Blick

und sagte dann: »Ich fürchte, es ist ein wenig peinlich.«
Aber dann schob sie das Kinn vor, und ihre Lippen zitterten
leicht in rührender Ängstlichkeit, als sie hauchte: »Es war
sehr erschreckend, Sir.«

»Was denn, mein Kind?« wollte Livingstone wissen.
»Wenn ich irgendwie behilflich sein kann . . .«

»Nun, sehen Sie, Sir . . .« Sie faßte an den obersten Knopf
ihres Jacketts, als wolle sie prüfen, ob sie auch bedeckt sei.
»Ich ging auf der Syracuse-Straße an den Leihställen vorbei,
als mir ein Indianer in den Weg trat. Er tauchte wie aus dem
Nichts auf. Aus der Gasse zwischen dem Stall und der Lei-
chenhalle von Bonners . . . und . . . er . . . beleidigte mich«,
fuhr sie mit bebender Stimme fort. »Er hat mich an der Brust
berührt . . .« Dann versagte ihr die Stimme, um das volle
Ausmaß des schockierenden Angriffs wirken zu lassen.

Livingstones Gesicht flammte auf. »Den hängen wir!«
donnerte er. »Würden Sie ihn wiedererkennen?« Hiriam Livingstones christliche Nächstenliebe erstreckte sich nicht auf
Indianer, Schwarze oder Orientalen, mit Ausnahme der
weiblichen Minderheiten, unter anderem Miss Rogers, die
Chorleiterin, die er Mittwochnachmittags in der Wohnung
traf, die er in der Stadtmitte unterhielt.

Valerie seufzte leise und strich sanft über den Besatz der
Leinenserviette auf ihrem Schoß. »Ich fürchte nicht, Sir. Alles geschah so rasch . . . ich meine, ich schrie und bin fortge-
laufen. Ich glaube, mein Schreien hat ihn verscheucht . . .
und ich bin erst wieder stehengeblieben, als ich zu Hause
ankam.«

»Ihr Vater muß den Namen des Schurken herausfinden,
damit Gerechtigkeit walten kann!« Der *Mountain Daily* war
nur eine von vielen Zeitungen im Westen, die mit schrillen
Schlagzeilen und flammenden Leitartikeln für die ›Endlö-
sung‹ der Indianerprobleme eintraten.

»Oh, nein, Sir, bitte! Ich habe den Vorfall Papa gegenüber
nicht erwähnt. Er ist sehr dagegen eingestellt, daß sich Indianer außerhalb ihrer Reservate aufhalten.«

»Und zwar zu recht. Scheußlich, diese schmutzigen Wilden!« rief Livingstone. Sein Gesicht war hochrot vor Wut.

»Er muß bestraft werden. Hängen, sage ich! Wann man diesen Wilden keine Lektion erteilt, bedrohen sie weiterhin mit immer größerer Unverfrorenheit unschuldige weiße Frauen!«

»Oh, Sir, ich wollte den Skandal nicht an die Öffentlichkeit bringen. Bitte, Hiriam ...« Der bewußte Gebrauch seines Vornamens erzeugte eine Intimität, die geradezu greifbar war. »Es wäre unendlich peinlich, wenn diese Geschichte in der Stadt ihre Runde machte. Bitte ... Es war meine *Brust*, die er berührte, Hiriam ...« Sie ließ den Satz einladend und anzüglich in der Luft hängen.

»Dafür muß der Schurke zahlen«, knurrte er. »Hier ist kein Raum für Empfindsamkeiten. Die verdammten Wilden müssen auf ihren Platz gewiesen werden«, fuhr er erhitzt fort. »Die schmutzigen Helden!«

»Ich bitte Sie, Hiriam«, flehte Valerie ganz entzückend und ließ ihre Stimme ein wenig atemlos klingen. »Sie müssen mir versprechen, daß das nicht an die Öffentlichkeit dringt.« Dann ließ sie eine einzige Träne die Wange herabrollen. »Es ... tut mir leid, es Ihnen anvertraut zu haben ... nur, sehen Sie, ich dachte, Sie kennen vielleicht eine Behörde, wo ich diskret eine Beschwerde einreichen könnte . . .« Sie wischte die Träne mit den Knöcheln fort wie ein kleines Mädchen und ließ die Zungenspitze zögernd über die Oberlippe gleiten. »Bitte ...«, murmelte sie.

Livingstone reagierte auf diese sinnliche Unschuld wie ein Wolf auf eine Schafherde. »Natürlich, Valerie ...« Nun nahm auch er sich die Freiheit, sie beim Vornamen anzureden. ». . . wenn Sie wollen, daß dies unter uns bleibt, dann wird es das auch.« Dann griff er in die Tasche, nahm ein Taschentuch heraus und reichte es ihr. »Ihr Diener, meine Liebe.«

»Sie sind so verständnisvoll«, erwiderte Valerie dankbar und betupfte ihre Augen mit dem Tuch. Einen Moment später lächelte sie etwas getröstet und sagte: »Ich fühle mich viel besser, weil ich über diese schmutzige Affäre sprechen konnte. Bei Ihrer unendlichen Güte ...«, fuhr sie fort, und steckte das Taschentuch bewußt in ihren Beutel, als suche sie eine spätere Gelegenheit, es zurückzugeben, »müssen

Sie von Frauen geradezu überrannt werden, die Sie um Ihren Rat ersuchen.«

»Aber keine ist so reizend wie Sie, meine Liebe«, erwiderte Livingstone galant und zählte insgeheim schon die Tage bis zu dem Basar. »Betrachten Sie mich in allen Angelegenheiten als Ihren Freund und Berater.« Was für eine befriedigende Kette von Ereignissen, dachte er. Miss Stewart im Bett zu haben und dazu noch einen wertlosen Wilden aufzuhängen.

»Wie wunderbar von Ihnen«, erwiderte Valerie und erhob sich in einer Wolke aus duftigem Samt. »Ich verlasse mich auf Ihre Zusage, bei der Wohltätigkeitsveranstaltung für meinen Beitrag zu steigern.«

»Dessen können Sie sicher sein, meine Liebe.«

Sie erlaubte ihm, sie durch die Büros zum Haupteingang hinauszugeleiten, die Hand an ihrem Ellbogen, und als sie sich an der Tür zu einem Lebewohl umwandte, sorgte sie dafür, daß ihre Brust seine Hand streifte.

Später an diesem Nachmittag verglichen Valerie und ihr Vater bei einem Glas Sherry den Erfolg ihrer verschiedenen Bemühungen.

»Hiriam Livingstone ist gezielt scharfgemacht«, freute sich Valerie mit übermütigem Lachen. »Gütiger Gott, Papa, er fing praktisch an zu geifern … nicht nur wegen mir, sondern auch bei der Vorstellung, einen Indianer zu hängen.« Dann fuhr sie mit drollig zusammengezogenen Brauen fort: »Ich weiß nicht genau, wem er den Vorzug geben würde — meiner angenehmen Gesellschaft oder dem Schauspiel, einen Wilden hängen zu sehen. Wer weiß, ob er sich nicht für letzteres entscheidet.«

Duncan hob das Glas und prostete seiner Tochter zu. Er war nun hinsichtlich des Erfolgs ihres Unterfangens zuversichtlicher als anfangs. Inzwischen hielt er es für möglich, daß der Plan aufging. Hazards Millionen glänzten wie eine Goldgrube vor seinen Augen. »Mein Kompliment. Er ist also auf deiner Seite?«

»Nicht nur auf unserer Seite, sondern auch begierig, die

Initiative zu ergreifen und voranzugehen. Ich konnte ihn gerade noch zurückhalten, sofort schrille Schlagzeilen über vergewaltigte weiße Frauen zu drucken, indem ich ihn tränenreich daran erinnerte, wie peinlich mir das sein würde. Aber ...«

Duncan lehnte sich auf dem Sofa zurück. »Aber ...?« fragte er grinsend.

»Aber ... ich könnte mich aufgrund der Umstände, beispielsweise eine brutale Vergewaltigung durch zwei Indianer«, antwortete sie feixend, »überzeugen lassen, meine persönliche Verlegenheit im Interesse einer Zukunft zurückzustellen, in der wehrlose weiße Frauen vor barbarischen Indianerübergriffen sicher sein müssen. Und Hiriam würde die Speerspitze dabei bilden und nach einem Lynchmob schreien.«

»Hiriam?« Der Vater hob fragend die Brauen.

»Wir reden uns mit Vornamen an, Daddy.«

»Er ist ein alter Lüstling«, knurrte der Vater.

»Aber ein nützlicher alter Lüstling ... ein nützlicher alter Lüstling mit blindem Haß auf Indianer und den Mitteln, diesen Haß zu unseren Gunsten zu schüren.«

»Hast du dir schon mal überlegt, Tochter«, meinte Duncan nun nachdenklich, »ob im Vergleich mit der offensichtlichen Leichtigkeit, mit der Livingstone manipuliert werden kann, Trey wirklich gefügig die Rolle eines Ehemannes annehmen wird — sollte dieser Plan tatsächlich fruchten?«

»Aber das, Daddy, ist doch mein Spezialgebiet.« Valerie war voller Vertrauen in ihre Fähigkeit, Treys Interesse zu fesseln — vielleicht zu zuversichtlich, wenn man Treys Glückskind-Mentalität in Betracht zog. Sie hatte stets bekommen, was sie wollte, und sah keinerlei Probleme voraus, wenn sie Trey erst mal eingewickelt hatte. Diese Sicherheit beruhte auf ihrer großen Erfahrung. Doch sie hatte es bisher noch nie mit einem so harten Brocken wie Trey Braddock-Black zu tun gehabt. »Zerbrich dir nicht den Kopf über Trey«, sagte sie siegessicher. »Erzähl mir von deinem Mittagessen mit Richter Clancy. War das ebenso erfolgreich wie meine Unterhaltung?«

126

»Glücklicherweise hat Joe eine ausgesprochene Abneigung gegen die Indianer im allgemeinen und Hazard Black im besonderen. Abgesehen davon, daß sein Sohn einen äußerst einträglichen Posten verloren hat, wurden Entscheidungen des Richters Dutzende von Malen verworfen, wenn Hazard damit zu einem höheren Gericht zog.«

»Daher wird er einer Verhaftung nichts in den Weg stellen, falls das nötig wird.« Valerie nickte begeistert.

Duncan klopfte auf die Innentasche seines Rocks. »Es kam sogar noch besser. Er hat schon einen Haftbefehl ausgestellt und die Namen freigelassen, so daß wir sie einfach nur einzusetzen brauchen. Sagen wir, die beiden Burschen, an die du dabei denkst, hätten sich in die Berge verzogen, nun ... dann können es ebensogut zwei andere Namen sein.«

»Wie einfallsreich ... wie ein *lettre de cachet*.«

»Ja, so ungefähr. Aber wir können sie natürlich nicht *unbegrenzt* festsetzen.«

»Das ist bei zwei Indianern unter der Anklage der Vergewaltigung auch nicht sehr wahrscheinlich, oder? Das *unbegrenzt* meine ich.«

Sie lächelte kühl, weil sie an die sieben Indianer dachte, die vor kurzem in Mussleshell pauschal abgeurteilt und gehängt worden waren. »Ich möchte sagen«, fuhr sie dann zufrieden fort, »daß wir uns in einer sehr guten Ausgangsposition befinden.«

»Nicht schlecht«, erwiderte ihr Vater, aber weniger überzeugt als seine Tochter. Denn er hatte schon früher mit Hazard zu tun gehabt. Und ehrlich gesagt war ihm sein Leben lieb. Hazard hatte besonders in seinen jüngeren Jahren den Ruf gehabt, gewalttätig zu sein.

»Nicht schlecht? Daddy, wir sind abgedeckt, gut gesichert und bereit, zuzuschlagen! Wirklich, Daddy, du brauchst jetzt nur noch mit Hazard zu reden!«

»Es bleibt immer noch ein Risiko.« Duncan Stewart hatte plötzlich die Vision, wie Hazard ihm in einer wütenden Auseinandersetzung eine Kugel in den Kopf jagte.

»Daddy, Daddy«, schalt Valerie sanft. »Es besteht überhaupt kein Risiko!«

»Er ist ein Killer, Valerie«, entgegnete Duncan mit leiser, tonloser Stimme. »Vergiß das nicht.«

Die folgenden Tage waren für Trey und Empress geradezu idyllisch. Er wurde jeden Tag kräftiger und widmete sich mit Freude und Energie ganz allein ihrer Unterhaltung.

Als Empress eines Morgens aufwachte, war das Schlafzimmer voller blühender Forsythien, die so frisch dufteten wie der Frühling selbst — hellgoldene Blüten, die die Kindheitserinnerungen an Chantilly zurückbrachten.

Tränen stiegen in ihren Augen auf, und sie flüsterte zu diesem hinreißenden Mann, der auf einen Ellbogen aufgestützt neben ihr im Bett lag, zärtlich: »Du hast es dir gemerkt?«

»Gefallen sie dir?« sagte er nur, daran gewöhnt, sich an alles zu erinnern, was Frauen gefiel, vertraut mit großzügigen Gesten, glücklich, daß sie glücklich war.

»Oh, ja«, und sie wünschte sich, sie könnte ihm erzählen, wie sehr sie das an Mamas Ecke im Garten mit dem Wasserfall und an warme Frühlingstage in der Sonne erinnerte. »Es ist wie eine Laube im Frühling«, erklärte sie inbrünstig; dieser Satz war allgemein genug, bedeutete aber für sie etwas ganz Besonderes.

»Im Ankleidezimmer stehen noch mehr.«

Ihre Augen wurden kugelrund vor Staunen, und sie wirkte sehr jung in ihrem Nachthemd mit der Lochstickerei und dem rosigen Hauch auf ihren Wangen. Sie schluckte schwer und sagte leise: »Danke.« Die Geste war liebevoll und sehr extravagant. Noch nie hatte ihr jemand soviel Luxus geboten — noch nie.

»Ich glaube, die in der Badewanne schlagen bald Wurzeln«, erklärte er neckend.

Wie das Kind, an das sie ihn an diesem Morgen erinnerte, sprang sie aus dem Bett und rannte ins Zimmer nebenan. Als sie zurückkam, lehnte er am Kopfende des Bettes: elegant, bronzefarben, atemberaubend gutaussehend. »Sie sind fantastisch!« rief sie voller Freude.

»Wie du«, erwiderte er leise.

»Wie hast du das geschafft?« wollte sie wissen, verdutzt, wie so etwas im tiefen Winter möglich war.

»Mit einem Lieferwagen, tonnenweise Sägemehl und einem Schnellzug«, erwiderte Trey grienend. »Damit mein Kätzchen glücklich wird.«

»Du verwöhnst mich«, sagte sie hingerissen.

»Das genau habe ich vor«, antwortete er.

Blaze hatte zwar Anweisungen für Mabel hinterlassen, die Kleider zu ändern, aber es wurde immer wieder verschoben, denn Trey sah Empress lieber ohne Kleider. Die Diener redeten natürlich über Trey und seine schöne Pflegerin, die niemals ihr Schlafzimmer verließen, denen alle Mahlzeiten nach oben geschickt wurden, die sich nur jeden Tag von den Dienstboten die Laken wechseln und kurz das Zimmer säubern ließen. Blue und Fox hatten Hazard und Blaze nach Helena begleitet, und so waren die Liebenden in ihrem Privatparadies völlig ungestört.

Sie schliefen lange, und wenn sie erwachten, taten sie das langsam, mit sinnlichen gegenseitigen Berührungen und stets aufflammenden Begierden. Wenn ihnen nach Abwechslung zumute war, liebten sie sich in dem verspiegelten Ankleidezimmer oder in der großen Marmorwanne.

Empress blühte in der Erfüllung ihre Leidenschaft, die sie in Treys Armen fand, auf wie eine Sommerblume. Manchmal schalt sie sich, so bereitwillig Treys charmanten Forderungen nachzugeben. Aber die Würfel waren, erinnerte sie sich immer wieder — an jenem Abend bei Lily gefallen. Sie hatte ein Opfer für die Familie gebracht, und das Geld lag sicher in ihren Satteltaschen. Es hätte gar keinen Sinn, so zu tun, als sei Treys Hingabe etwas Schlechtes. Im Gegenteil, sie war noch nie so glücklich gewesen. Sie wurde verwöhnt und geliebt, und das war für sie eine Atempause nach fünf Jahren härtesten Existenzkampfes. Sie wäre eine Närrin gewesen, diese himmelhochjauchzenden Freuden abzulehnen.

Ein Brief von Blaze erinnerte sie daran, daß sie zum Wochenende wieder da sein und Gesellschaft erwarten würden. Daher rief Trey am Dienstag Mabel herauf, damit sie sich um Empress' Kleider kümmern konnte.

Trey lehnte lässig an der Fensterbank im Ankleidezimmer, während die verlegene Empress pflichtschuldigst stillstand und Mabel abstecken und heften ließ und sich mit ihr über ausgelassene Säume und verlängerte Röcke unterhielt. Blaze, die wußte, wie unbeholfen Männer hinsichtlich weiblicher Kleidung sein konnten, hatte der Briefsendung weitere Kleider dazugepackt. Es ging jetzt nur darum, daß sie für Empress abgeändert wurden.

Netterweise benahm sich Trey vor Mabel anständig. Ganz verkneifen konnte er sich allerdings nicht, immer wieder über deren Kopf hinweg Empress anerkennende Blicke und ein zärtliches Lächeln zuzuwerfen. Ansonsten unterhielt er sich sowohl mit Mabel als auch mit Empress über unverfängliche Dinge wie das Wetter oder das Leben auf der Ranch und machte Mabel Komplimente über ihre Geschicklichkeit.

Nur eine persönliche Bemerkung gestattete er sich — als Empress ein Kaschmirkleid mit einem hohen weißen Kragen und einer großen Taftschleife anprobierte. Ihr honigfarbenes Haar wallte über ihren Rücken herab, und ihr Gesicht war rosig gefärbt. »Du siehst aus wie dreizehn«, sagte er. »Fast«, fügte er hinzu, die Augen auf dem gespannten Stoff über ihren Brüsten. »Mabel, hol doch bitte mal Mamas Kameebrosche, und wir schauen, wie sie zu dem Kleid aussieht.«

Als Mabel das Zimmer verließ, sagte Trey: »In dem Kleid siehst du so unschuldig aus wie ein Schulmädchen.«

»Und du wirkst so verrucht wie der Teufel, wie du da in der Sonne lehnst mit deinen dunklen Haaren, der dunklen Haut und in der schwarzen Seide.« Trey trug eine Brokatrobe mit exotischem Muster, die seine wie gemeißelten Züge noch betonte.

»Wie angemessen. Ich habe einen teuflischen Wunsch, mit dir Schule zu spielen. Meinst du, wir haben dazu Zeit, bis Mabel wieder zurückkommt?« Er trat schon einen Schritt vor.

»Wage es ja nicht, mich in Verlegenheit zu bringen.«

»Ich schließe einfach ab.«

»Trey, sie ist jeden Moment wieder da!«

»Wenn du mir versprichst, mit mir Schule zu spielen, schließe ich nicht ab.«

Empress sah ihn aufgebracht an. Seine lässige Eleganz und dunkle Schönheit standen im Gegensatz zu seinen amüsierten hellen Augen — ein verwöhnter junger Mann, den zu besänftigen sie nicht im Sinn hatte.

Im nächsten Moment erschien Mabel.

Treys begegnete Empress' Blick. »Nun?«

Als er aufreizend nähertrat, antwortete sie rasch: »Gut.«

Er lächelte, wandte sich dann mit einem strahlenden Lächeln zu Mabel und sagte: »Danke, Mabel. Versuchen wir die Brosche unter dem Kragen.«

Alle drei stimmten bewundernd überein, daß sie exzellent zu dem Karostoff in Lavendel und Moosgrün paßte. Dann drängte Mabel: »Wenn die Lady das Kleid morgen tragen will, muß ich gleich anfangen mit den Änderungen.«

»Warum trägst du morgen zum Tee nicht das beige Wollkleid«, schlug Trey vor, »und das smaragdgrüne Pannesamtkleid zum Essen?«

Unerklärlicherweise ärgerte sich Empress, daß er so genau über die passenden Gewänder für die verschiedenen Gelegenheiten Bescheid wußte. Pannesamt? Wie viele Männer kannten schon den Unterschied zwischen den Samtarten? Offensichtlich war es nicht das erstemal, daß Trey an einer Anprobe teilnahm. Und als er Mabel fragte: »Wo hat meine Mutter noch mal diesen Moiré gefunden?« konnte sie ihren Zorn kaum bremsen. Vermutlich war es seine Gewohnheit, Dutzende von Malen in der Woche teure Gewänder für seine Frauen auszusuchen. Verdammt!

Mabel begann eine lange Erklärung, wie die Brautausstattung von Elizabeth Darlingtons Tochter auf dem Weg in die Flitterwochen nach Europa teilweise abhanden gekommen war. Als die Koffer nach Montana zurückfanden, hatte man in New York schon neue Kleider gekauft, damit Barbara auf der Auslandsreise keinen Mangel zu leiden hatte. So blieb

Elizabeth Darlington auf Kleidern im Wert von sechzigtausend Dollar sitzen, die altmodisch sein würden, wenn ihre Tochter nach einem Jahr Europa wieder zu Hause sein würde. Außerdem war es mehr als wahrscheinlich, daß Barbara dann schwanger sein würde. Und dann würden die Kleider gänzlich nutzlos für sie sein, denn jeder wußte, wie das Kinderkriegen der Figur schadete. Trey hörte sich die Endlosgeschichte mit wohlerzogener Aufmerksamkeit an, sagte: »Wie faszinierend«, als Mabel endlich geendet hatte, und erteilte dann die Anweisungen für die Garderobe. »Das beige Wollkleid und das Pannesamtkleid für Freitag. Das schwarze Moiré und den smaragdfarbenen Serge für Samstag. Den Rest entscheiden wir später. Danke.« Das brachte er alles mit größter Selbstverständlichkeit und geübtem Charme hervor. Und Mabel war entlassen.

»Offensichtlich hast du so was schon oft gemacht«, bemerkte Empress mühsam beherrscht, als sich die Tür hinter Mabel geschlossen hatte.

»Noch nie in meinem ganzen Leben«, protestierte er fröhlich.

»Pannesamt, Moiré — ist das normales Männervokabular?«

»Mein Schneider ist sehr redefreudig.«

»Trägst du denn oft Pannesamt?«

»Ich habe mich seinen Bemühungen bisher erfolgreich widersetzen können — mit Ausnahme von meinem scharlachroten Morgenmantel.« Er hatte nicht die geringste Absicht, sich in einen Streit über die Frauen seiner Vergangenheit einzulassen.

»Ich glaube dir kein Wort.« Empress wehrte sich gegen jeden Versuch, diesem eifersüchtigen Streit aus dem Weg zu gehen.

»Ich bin vernichtet!« erwiderte er theatralisch.

»Blödsinn!« schnappte Empress und betrachtete den hochgewachsenen Mann empört, der alles andere als vernichtet aussah. »Hilf mir aus diesem Ding heraus. Es ist viel zu eng.«

Er lächelte, lehnte aber nach wie vor in seiner lässigen

Haltung an der Fensterbank. »Ich dachte, wir hätten eine Abmachung?«

»Ich habe nicht die geringste Absicht«, knirschte Empress, »mit dir Spielchen zu treiben. Hilfst du mir jetzt, das Ding aufzuknöpfen?«

Vor der hellen Sonne wirkte die Silhouette seines hochgewachsenen Körpers sehr dynamisch — ein dunkler Engel, umrahmt von Sonnenstrahlen. Seine hellen Augen wurden von den dichten, schwarzen Wimpern beschattet. »Ich glaube nicht«, griente er.

»Na gut«, erwiderte Empress ungeduldig. »Dann tue ich es eben selbst.« Sie wirbelte herum und betrat das Schlafzimmer nebenan. Das erste Problem stellte sich mit der Brosche. Es war ein römisches Original in einer modernen Fassung, aber aufgrund ihres hohen Werts hatte sie ein sehr kompliziertes Sicherheitsschloß. Außerdem saß sie zu dicht unter ihrem Kinn, und sie schaffte es nicht, sie vor dem Spiegel zu öffnen. Das Sicherheitsschloß bestand aus einer dünnen Kette an einem Schraubverschluß, und nach mehreren Minuten mit entnervenden Versuchen wandte sie sich um, um Trey anzusehen, der im Türrahmen stand und stumm ihren vergeblichen Bemühungen zusah.

»Brauchst du Hilfe?« schnurrte er.

Sie weigerte sich, ihm zu antworten.

Da trat er näher und wiederholte leise: »Möchtest du, daß ich dir helfe?«

»Wie du siehst, kann ich das Ding nicht losbekommen.« Das war vage genug, keine hilflose Bitte.

»Ich brauche zuerst einen Kuß.«

»Na gut.« Sie hob ihm kühl die Lippen entgegen.

Trey küßte sie sehr sanft, die Hände auf dem weichen Kaschmir ihrer Hüften. Es war ein langer, hingebungsvoller Kuß, ein Kuß, der sie auf sachte, prickelnde Weise erregte — wenn die Zeit keine Rolle spielt und man ohne Hast an den Rändern der Leidenschaft knabbern kann.

Winzige Funken sprühten an Empress' Rückgrat herab, ganz winzige.

»Du fühlst dich so gut an«, murmelte sie. Ihre Hände

glitten über die schwarze Seide seines Rückens, und ihre Gereiztheit verschwand.

»Du fühlst dich so schmal an«, flüsterte Trey, während seine Finger ihre enge Taille umspannten.

»Das sind die Korsettstangen in diesem Kleid«, kicherte Empress, »es ist zu eng.«

Er schob sie von sich, die Hände fest auf ihren Armen, und betrachtete sie ausgiebig. Die engen eingenähten Korsettstangen preßten ihre Figur von der Hüfte bis zur Brust zur modischen Wespentaille und betonten die weiblichen Kurven. Die Stangen schoben die Brüste hoch, so daß sie sich ungestüm gegen den weichen Wollstoff drängten. »Ist es hier zu eng?« fragte er und strich sanft mit den Fingern über ihre Brustwarzen, die sich deutlich unter dem enganliegenden Stoff abzeichneten.

»Hmmm«, hauchte Empress entzückt. Wellen der Lust wanderten jetzt durch ihren Körper.

»Du siehst aus wie ein Schulmädchen in einem Kleid, das dir zu klein geworden ist«, flüsterte er, und seine Finger rieben behutsam die Brustwarzen, bis sie hart und prall vorstanden. »Der Stoff ist wie durchsichtig«, murmelte er und streichelte die kleinen harten Knospen weiter. Er hatte recht, der Stoff war so fein und weich, daß er nichts verbarg, und die schwellenden Brüste waren so deutlich zu erkennen, als seien sie unbedeckt. »Wenn du ein Schulmädchen wärest und ich dein Lehrer, würde ich denken, du forderst mich heraus. Man dürfte dich in einem solchen Kleid nicht vor die Tür lassen«, flüsterte er und senkte seine Lippen auf ihren halbgeöffneten Mund, während er weiter ihre Brüste liebkoste. Mit einem lustvollen Keuchen öffnete sie ihren Mund vollends. Bedächtig drang seine Zunge ein, tanzte mit ihrer, wagte sich tief hinein bis zu ihrer Kehle. Sie klammerte sich an ihn, während lodernde Hitze sie durchfuhr. Aber er umarmte sie nicht; seine Finger spielten mit ihren steifen Brustwarzen, und seine Zunge erforschte gierig ihre Mundhöhle.

Schließlich hob er den Kopf und flüsterte: »Das ist aber nicht recht, wenn ein Schulmädchen den Lehrer küßt.«

Sie gab keine Antwort, sondern zog seinen Kopf zu einem weiteren Kuß herab.

Da lösten sich endlich seine Hände von ihren Brüsten und hielten ihre Arme fest. Mit gespielter Strenge fragte er: »Versuchst du etwa, deinen Lehrer zu verführen?«

Sie murmelte: »Nein«, und drängte sich dichter an ihn.

»Warum machst du dann so unanständige Annäherungsversuche? Du wirfst dich mir doch offensichtlich an den Hals, und das hat vermutlich Folgen. Verstehst du, was ich meine?« Seine Stimme klang rauh und neckend, und er drückte ihr einen kleinen Kuß auf die Wange.

»Trey, bitte, dieses Kleid ist zu eng, und ich will doch so sehr . . .«

»Du willst dieses enge Kleid ausziehen?« Seine Handflächen glitten über ihre schwellenden Brüste.

»Oh, ja, bitte, es tut richtig weh.«

»Dann mußt du tun, was man dir sagt, mein Schatz.«

»Ja, alles«, stimmte sie atemlos zu. Ihre Gefühle wurden durch die Einzwängung des Körpers in das enge Korsett so intensiviert, daß der Druck ihre Haut überempfindlich machte und zusätzlich die Lust in den erregten Brüsten steigerte.

»Ich nehme zuerst die Brosche ab«, kündigte er in aller Ruhe an.

»Schnell!«

»Geduld, meine Liebe«, sagte er und öffnete sorgfältig das Schmuckstück. Er legte es ab, wandte sich ihr wieder zu, drehte sie um und öffnete die ersten beiden Knöpfe auf dem Rücken, damit der einengende Ausschnitt weiter wurde. »Ist das besser?« fragte er wie unbeteiligt.

»Nein.«

»Nein?« Er legte ihr die Hände leicht auf die Schultern und drehte sie erneut um, um sie zu betrachten. »Du bist aber nicht sehr dankbar«, mahnte er.

»Es tut mir leid. Oh, Trey, ich bin verrückt nach dir«, stöhnte sie und streckte die Hände nach seiner Erektion aus.

Er schob ihre Finger beiseite und hielt sie fest. »Das sollten wir zuerst mal diskutieren, meine Liebe . . .« Seine Stimme

135

klang gespielt entrüstet. »Diese Frühreife. Dein Benehmen ist sehr unangemessen. Setz dich doch mal auf meinen Schoß, damit wir über diesen Mangel an Prinzipien bei dir sprechen können. Würde dir das gefallen?« Als sie nickte, führte er sie zu einem Stuhl am Fenster, setzte sich und zog sie auf seinen Schoß.

Sie spürte seine Männlichkeit durch die Seidenrobe und den feinen Kaschmir ihres Kleides hindurch und rückte leicht näher, um mit ihrem Hinterteil seine Härte zu spüren.

»Schamlos, meine Liebe.« Er umfing ihre Hüften und hielt sie fest. »Du mußt solche unnatürlichen Begierden bezähmen, sonst weichst du vom Pfad der Tugend ab. Du mußt still sitzen.«

Sein Lächeln wirkte nicht sehr lehrerhaft. Es war wissend und erfahren. Und wolfsähnlich.

Empress war über alle Vernunft hinaus wild entschlossen. Sie spürte Treys Erektion — hart und lang und bereit für sie. Ihre Brüste waren geschwollen und heiß-empfindsam von seinen Liebkosungen. Sie konnte nur daran denken, wie es sich anfühlte, wenn er tief in sie hineinstieß, wenn seine prachtvolle Männlichkeit sie erfüllte ... und er ihre rastlose Begierde befriedigen würde.

»Da ich dein Lehrer bin«, hörte sie ihn nahe an ihrem Ohr murmeln, während seine Finger durch ihr honiggoldenes Haar kämmten, ihr die dichten Strähnen hinters Ohr strichen und die wirren Locken auf dem Rücken glätteten, »üben wir nun unsere Lektion. Ich fange sehr langsam an, dann kommst du leichter mit, und wenn du alles kannst, gebe ich dir ein Geschenk.« Seine Hände umfaßten ihre Brust und drückten sie sanft. Die Fingerspitzen massierten sachte das weiche, geschwollene Fleisch und die harten Knospen, und als sie meinte, die Schauer der Erregung nicht mehr ertragen zu können, fragte er leise: »Möchtest du jetzt ein Geschenk?«

Empress hob den Kopf, und er beugte sich herab, um sie zu küssen. »Du weißt, was für ein Geschenk das ist, nicht wahr?« raunte er, ehe ihre Lippen sich trafen. Und als sie ›Ja‹ in seinen Mund hineinflüsterte, küßte er sie leicht — ein flüchtiger, verspielter Kuß, ehe er hinzufügte: »Aber du mußt sehr artig sein.«

»Ich verspreche es«, hauchte sie, und das Pulsieren tief in ihr steigerte sich zu verzehrender Glut.

»Dann wiederhole: Tugend ist ein Preis an sich.« Er drehte ihren Kopf mit dem Zeigefinger, bis sie ihn ansah.

»Tugend ist ein Preis an sich«, murmelte sie.

»Sei so tugendsam wie Eis und so rein wie Schnee.«

Sie wiederholte den Satz, ihn fest anblickend, doch die Hitze ihrer Lust konnte selbst arktische Eiskappen wegschmelzen. Ihre Stimme klang kehlig vor Leidenschaft.

»Sehr gut. Du bist eine gelehrige Schülerin.« Dann belohnte er sie mit einem tiefen, innigen Kuß für ihren anzüglichen Tonfall. »Hast du schon einmal mit einem Mann geschlafen?«

»Ja.«

»Das ist schändlich. Schamlos!« Er kniff die hellen Augen zusammen und starrte sie prüfend durch die dunklen Wimpern an. »Hat es dir gefallen?«

»Ja.«

Er zog die Brauen hoch wie ein indignierter Sittenwächter. »Und hat er ...«, diese Frage erfolgte zögernd und nachdenklich, während seine Hand unter ihren Rock glitt, »... dich hier berührt? Du trägst ja keinen Schlüpfer.« Seine Stimme war nun die perfekte Mischung aus Faszination und Staunen. »Wie unartig. Wartest du vielleicht darauf, daß ich dich da anfasse?« Seine Finger streichelten ihre feuchten Falten, glitten leicht hinein, und als sie die Augen in Ekstase schloß, befahl er: »Antworte.«

»Ja«, hauchte Empress mit einem langgezogenen Seufzer und bog den Rücken durch. »Oh ja.«

»Und fühlt es sich gut an, wenn ein Mann dich so berührt?« Seine Finger stießen nun so weit wie möglich in langsamem, sie verzehrenden Rhythmus in sie hinein, wieder hinaus.

»O ja«, keuchte sie mit geschlossenen Augen.

»Sieh mich an.« Gehorsam öffnete sie die Augen. »Schläfst du gerne mit Männern?«

»Ja.«

»Sag es.«

Sie flüsterte: »Ich schlafe gerne mit Männern.«

»Brav. Möchtest du gerne einen Kuß?« Als sie nickte und ihm den Mund darbot, küßte er sie hart und fordernd, während seine Finger weiterhin in sie drangen. Als er sie einen Moment später zurückzog, jammerte sie leise auf.

»Man muß seinem Lehrer gehorchen«, verlangte Trey. »Sonst erlaube ich nicht, daß du dieses enge Kleid ausziehst und gebe dir kein Geschenk. Sag jetzt: Ich will mit meinem Lehrer schlafen.«

Sie fügte sich.

»Und ich werde keinen anderen Mann lieben.«

Sie wiederholte es leise und streckte sehnsüchtig die Arme nach ihm aus.

»Und wer war dein Lehrer in allen Dingen?« Das war eine reine Männerfrage, die sowieso keine Diskussion zuließ.

»Du«, hauchte sie.

Da lächelte er zufrieden. »Du bist eine gelehrige Schülerin. Du darfst noch einen Moment auf meinem Schoß sitzenbleiben.«

Bei diesen heiseren Worten spürte Empress, wie das Pochen in ihr stärker wurde, so als sei er bereits in sie eingedrungen. Trey schob ihre Unterröcke und die üppigen Falten des Kleides beiseite und hob sie auf sein steifes Glied, so daß sie seitlich auf seinem Schoß hockte und die Beine fest zusammenpreßte. »Kannst du das fühlen?« murmelte er und stieß sich leicht in ihr hoch.

Das Gefühl übertraf alles, was sie bisher erlebt hatte, und Empress rutschte behutsam hin und her, um diese überwältigende Empfindung auszukosten. Sie drehte sich zu Trey, um ihn zu umarmen.

»Nein«, sagte er und nahm ihre Arme von seinen Schultern. »Du mußt ganz still sitzen. Wenn du dich bewegst, darfst du das Geschenk nicht behalten.«

Sie blieb wie angewurzelt sitzen.

»Ihr Zeugnis wird ausgezeichnet sein, Miss Jordan«, lobte Trey und streichelte ihre vorspringenden Brustwarzen, die hoch über das enge Korsett hinausragten. »Sag mir, wie du das hier fühlst.« Er zwirbelte heftig ihre Brustwarzen, und sie keuchte auf. Starke Krämpfe rasten von dort aus durch ihren Körper, und sie wand sich unter diesem schier unerträglichen Lustgefühl.

»Beweg dich nicht«, warnte er sie knapp, und als er das nächste Mal ihre Brust liebkoste, blieb sie reglos sitzen, während köstliche Begierde sie durchrann. »Ihre Wangen sind gerötet, Miss Jordan«, raunte Trey. »Ist Ihnen warm?«

»Ja«, murmelte sie und gab sich der glückseligen Verzauberung hin; durchflutet von heißen Wellen der Leidenschaft verschwanden alle rationalen Gedanken.

»Ja . . . und?«

Sie zögerte.

»Ja, mein Lehrer«, und er wartete, bis sie es ihm nachgesprochen hatte.

»Möchtest du, daß ich dieses enge Kleid ein wenig öffne?« Seine Hände fuhren über ihre prallen Brüste, die nach wie vor durch das Mieder eingezwängt waren, und drückten sie leicht, während er sich gleichzeitig in ihrer schwellenden Hitze nach oben schob.

Sie erstickte ein gieriges Stöhnen und flüsterte: »Ja, ja«, wobei sie wie befohlen bewegungslos blieb, um genau zu tun, was er ihr sagte, damit sie diese prachtvolle Härte tief in ihr nicht verlor.

Langsam öffnete er ein paar der Perlknöpfe auf dem Rükken, was ihren Schultern mehr Bewegungsfreiheit gab. »Ist das besser?« fragte er leise.

»Ein wenig«, antwortete sie zögernd.

»Ist es immer noch zu eng?« Seine gespreizten Finger glitten um ihre schmale Taille und die Hüften, wo die dünnen Fischbeinknochen in den Stoff eingenäht waren und unter seinen Fingern nachgaben. Sie preßten Taille und Hüften zusammen, formten ihre Figur, drückten die Brüste in prachtvoller Übertreibung ihrer ohnehin üppigen Rundungen nach oben. Da thronten sie keck wie sinnliche, verbotene Früchte.

»Ja, schon.«

139

»Das ist alles, was ich bis zur nächsten Stunde für dich tun kann, aber wenn du den Anweisungen brav folgst, lasse ich deine Brüste frei. Tun sie weh, wenn sie so nach oben gepreßt werden?«

»Ja, ein bißchen.«

»Ich denke, wenn du aufstehst, wird es bequemer.«

Sie regte sich nicht.

»Steh auf«, verlangte er.

»Ich will nicht«, flüsterte sie.

»Möchte deine lustvolle kleine Möse weiter so erfüllt sein?«

Sie nickte hingebungsvoll.

»Aber Sie müssen gehorchen, Miss Jordan, sonst werden Sie mich nie wieder spüren. Sie müssen stets folgsam und unterwürfig sein.« Damit hob er sie von seinem Schoß und stellte sie vor sich hin. »Eigenwillige junge Damen sind ein Greuel«, fuhr er mit ironischer Prüderie fort. »Sie müssen Gehorsam lernen, Miss Jordan, dann werden Sie mich immer bereit finden. Möchten Sie, daß ich stets für Sie bereit bin?«

Empress sah verzaubert auf Treys emporgereckte Männlichkeit herab, gerahmt von dem elegant gemusterten schwarzen Brokat. Das Glied war von prachtvoller Form, fähig, ihr die unglaublichsten Vergnügen zu schenken. Er stand auf, hielt sie bei den Schultern, beugte sich zu ihr und küßte sie sanft. »Sie sind hübsch artig, Miss Jordan, das ist bei jeder jungen Dame ein Vorzug.« Dann strichen seine Finger über ihre Schultern, unter ihr Kinn, bis er ihr Gesicht leicht umfaßte. »Fühlen Sie sich innerlich jetzt ganz leer, Miss Jordan? Möchten Sie, daß Ihnen der arme Lehrer die Belohnung schenkt?« Seine Worte klangen wie ein Versprechen, kehlig und rauh — ein Vorgeschmack auf sinnliche Ausschweifungen.

Dann legte er seine Hände auf ihre Schulter und befahl: »Knie nieder!« Sie ließ sich vor ihm ohne zu zögern auf die Knie fallen.

Als sie zu ihm hochblickte, fielen ihr die dichten Locken in schimmernden Wellen den Rücken herab. »Wenn du das hier gut machst, schenke ich Ihnen die Erfüllung, nach der Ihr heißer Körper verlangt. Aber Sie müssen es richtig machen, Miss Jordan. Nehmen Sie mich, Miss Jordan. Öffnen Sie den Mund. Sie werden Ihre eigene klebrige Süße an mir schmecken.« Seine Hände ruhten leicht auf ihrem Haar, als sie willig folgte und seinen harten Schaft in ihren Mund führte. Dabei preßte sie die Knie eng zusammen, weil die pulsierende Begierde zwischen ihren Schenkeln fast überfloß. »Und jetzt müssen Sie Ihren Kopf sehr langsam bewegen, damit er ganz nach hinten an Ihre Kehle gleitet … und dann wieder heraus, bis die Lippen ihn fast verlieren. Wenn Sie diese Anweisungen ordentlich ausführen, dürfen Sie mich wieder von innen spüren. Wenn nicht, wird all diese heiße Sehnsucht unerfüllt bleiben. Verstehen Sie?«

Sie nickte und ließ die Zunge über die geschwollene Kuppe seiner Männlichkeit flattern, spürte, wie sie anschwoll. Sein Glied fühlte sich so fest, heiß und groß an, daß die Aussicht, es wieder in sich zu spüren, in all ihren Sinnen einen bebenden Schauder der heftigsten Sehnsucht auslöste. Wenn sie ihn nicht mehr bekam, würde sie sterben, und wenn sie ihn so leicht auf eine so ungeheuerliche Länge bringen konnte, bedeutete es höchste Lust, sich sein Angebot auch nur auszumalen.

Trey schloß unter dem Ansturm der elektrisierenden Gefühle die Augen. Er blieb sehr still, während Empress' weiche Lippen und ihre verspielte Zunge sich immer und immer wieder rhythmisch an ihm auf und ab bewegten, wie er es ihr befohlen hatte. Die süße, quälende Tortur war fast mehr, als er aushalten konnte, und ehe es zu spät war, bückte er sich und zog sie hoch. »Bist du bereit?« Seine Stimme klang heiser und barg das Angebot der Erfüllung.

Empress hatte vor Leidenschaft die Augen halb geschlossen. Ihre vollen Lippen glänzten feucht, und die Beine hatte sie unter den Röcken noch enger zusammengepreßt, um dem Ansturm der Begierden standzuhalten. Sie nickte auf seine Frage, wiegte sich einladend in den Hüften und stöhnte atemlos auf.

»Meinen Sie, daß Sie schon feucht genug sind, Miss Jor-

141

dan? Spreizen Sie die Beine, Miss Jordan, und lassen Sie mich nachsehen.« Sie wollte nicht, weil sie fürchtete, das großartige Gefühl zu verlieren, aber er wiederholte streng: »Gehorchen Sie«, worauf sie ihm zögernd folgte. Er hob ihre Röcke an, so daß sie nackt von der Hüfte abwärts vor ihm stand: die schlanken Beine leicht gespreizt, das enggeschnürte Oberteil in erotischem Gegensatz zur dargebotenen Nacktheit. »Sie scheinen einigermaßen erregt, Miss Jordan. Ist das für Sie normal ... diese übertriebene Darbietung Ihrer zwingenden Bedürfnisse?«

Die Feuchtigkeit tropfte bereits auf ihre Schenkel. Er stieß zwei seiner langen Finger in sie und erweiterte den Eingang, um einen dritten Finger hineinzubohren. Dann bewegte er sie ruckartig nach oben und sagte: »Sie sind mir ganz vertraut, junge Dame, stimmt das?« Sein Tonfall war rauh und anzüglich, eine Mischung aus versteckter Lust und Züchtigkeit.

»Oh, nein«, murmelte sie, »niemals«, und drückte sich auf seine Finger, die sich mit gespielter Empörtheit in sie hineinschoben.

»Ah, das ist die richtige, züchtige Antwort«, knurrte er, die gespielte Moral befriedigt. Die Finger seiner anderen Hand tupften über die milchige Flüssigkeit, die an ihren Schenkeln hinunterrann, und fuhren dann leicht über den geschwollenen, erweiterten Eingang ihrer Weiblichkeit. »Fühlt es sich für Sie feucht genug an?«

Sie seufzte und nickte, zu sehr in ihre bebende Ekstase versunken, um aktiver zu reagieren.

Er zog seine Finger aus ihrer Mitte, ließ ihre Röcke fallen und hob mit feuchten Fingern ihr Kinn an. Der Duft ihrer Lust stieg ihr in die Nase. »Sag: Ja, Sir«, beharrte er und drängte sie wieder, die Lust, die ihre Gedanken überspülte, zu unterdrücken.

Sie zwang sich zurück in die Wirklichkeit und flüsterte: »Ja, Sir.«

»Und Sie meinen, Sie seien feucht genug, um mich aufzunehmen, wo sie mich mit Ihrem Mund gehorsam so hart gemacht haben?«

»Oh, ja«, hauchte sie und verbesserte sich rasch: »Ja, Sir.«

»Wollen Sie zuerst Ihr Kleid geöffnet haben, damit Ihre Brüste frei sind?«

»Bitte, Sir.«

Er griff auf ihren Rücken und öffnete endgültig den Rest der Knöpfe, streifte ihr das Kleid von den Schultern und zog den Stoff von den Brüsten. Sie bebten leicht, als sie von den steifen Korsettstangen befreit wurden. »Sie müssen jetzt Danke sagen.«

»Danke, Sir«, flüsterte sie.

»Ihre Brüste wirken sehr einladend, Miss Jordan. Versuchen Sie vielleicht schamlos, meine Aufmerksamkeit zu erlangen?«

»Oh, nein, Sir, so vorwitzig würde ich nie sein, Sir. Das wäre sehr keck.«

Trey berührte einen hochstehenden Nippel, und es stockte ihr der Atem. Jeder Nerv ihres Körpers strebte der Erfüllung zu, die geschwollenen Brüste waren rosa vor Erregung und die Knospen steil aufgerichtet. »Sie haben ein sehr einnehmendes Wesen, Miss Jordan. Ihre Brustwarzen recken sich geradezu danach, berührt zu werden.«

»Oh, Sir. Wenn Sie es wünschen, aber ich würde es nie wagen, es selbst vorzuschlagen.« Einladend schob sie die volle Unterlippe vor wie eine gefügige Kokotte.

»Vielleicht würde eine weitere Lektion in Gehorsam Ihren Charakter noch verbessern. Bieten Sie mir Ihre Brustwarzen an, Miss Jordan.« Er legte die Hände um ihre Brüste, hob die eine Brust hoch und nahm die harte Spitze in seinen Mund. Als er leicht in die nächste sich ihm verlockend dargebotene Knospe biß, zitterten ihre Knie unter dem stechenden Lustgefühl.

»Wenn Sie mich ihre Brüste streicheln lassen, Miss Jordan, mich an den dunklen Brustwarzen saugen lassen, könnte man sagen, daß es Ihnen vielleicht an Anstand mangelt. Das ist für eine junge Dame kein anständiges Betragen. Sie sollten keinen Mann mit ihren Brüsten spielen lassen. Ihre großen Brüste werden nie wieder in das Schulkleid passen, wenn Sie es zulassen, daß Männer sie so reizen. Ihre Begeisterung ist sehr unanständig. Sie verstehen, wenn jemand erführe, daß Sie Ihren Lehrer in sich hineinlassen, müßte ich alles abstreiten. Ich habe an meinen Ruf zu denken, Miss Jordan. Ich habe eine Stellung in der Gemeinde. Und obwohl ich bereit bin, mich eifrig um Ihre Erziehung zu kümmern, ist Ihre Neigung zu körperlicher Stimulierung wirklich ganz unmäßig. Jetzt sagen Sie: ›Saugen Sie an meinen Brüsten, Sir‹, und ich sorge dafür, daß Sie nicht nur eine Eins in Betragen bekommen, sondern auch meine ungehinderte Aufmerksamkeit für Ihre Erziehung.«

Es war eine leidenschaftlich heiße, verspielte Tändelei, in der Paradoxe und Moral sich mit lustfeindlichen Konventionen vermischten, bei der zwei Erwachsene die Grenzen der Freuden ausloteten ... und übersprangen, als sie sie erreichten.

»Wenn Sie mir eine Eins geben, Sir«, schnurrte Empress einen Moment später mit vibrierender Stimme, »dann werde ich dafür sorgen, daß Sie diesen Wintertag Ihr ganzes Leben nicht mehr vergessen ...« Die Ekstase in ihren Augen kam seiner gleich, und das Spiel strebte der Erfüllung zu.

Das Kleid wurde zusammen mit der Brokatrobe hastig abgestreift, und dann machten sie sich beide die Stunden dieses Vormittags zu einem unvergeßlichen Erlebnis der gegenseitigen Hingabe. Und verdarben dabei irreparabel den Samtbezug des Sofas.


Am folgenden Nachmittag begann das Haus sich mit Gästen zu füllen, und Trey und Empress wurden aus ihrem privaten Elysium vertrieben. Trey wurde zum Abendessen nach unten vorsichtshalber getragen, informell mit schwarzen Hosen und einem losen Seidenhemd bekleidet. Empress begleitete ihn in ihrem smaragdgrünen Pannesamtkleid, das nun passend geändert war. Sie saßen nebeneinander, durften sich aber nicht berühren. Der sinnliche Nachhall ihrer himmlischen Woche der Ungestörtheit schwang jedoch in ihrem Bewußtsein, und jeder Blick fachte die süßen Erinnerungen wieder an. Nur mit Mühe plauderten, lächelten und scherzten sie mit anderen, obwohl ihnen nicht danach zumute war. Es war eine Qual, einander mit Dutzenden anderer Menschen teilen zu müssen, die ihre geheimsten Gedanken schlichtweg störten.

Man sprach viel und anerkennend über Treys rasche Genesung, und Empress als seine Retterin war gezwungen, von allen Seiten Lob entgegenzunehmen. Sie akzeptierte alles schüchtern und bescheiden. Sie kannte keinen dieser Menschen und wußte noch weniger, was sie wirklich dachten. Ihr war es egal, warum sie hier waren. Die Unterhaltung drehte sich fast ausschließlich um Politik. Die hitzigen Debatten setzten sich nach dem Essen im Salon fort, aber Empress hörte dankbar gegen zehn Uhr, wie Trey behauptete, müde zu sein. Blue und Fox trugen ihn wieder in seinem Sessel nach oben — eine vertane Kraftanstrengung, da Trey schon gut wieder gehen konnte … Aber seine Mutter sorgte sich, daß ihr Sohn nicht genügend Rücksicht auf sich nahm. Daß jemand mit der Ausdauer für ein mehrstündiges Liebesspiel auch kräftig genug war, eine Treppe hinauf und wieder hinunterzugehen, konnte Trey ihr natürlich nicht verraten. Trey wehrte sich auch nicht, als Blaze darauf bestand, daß ihm oben jemand ins Bett half.

Empress hatte von Eifersucht geplagt die drei jungen Damen beobachtet, die ihre Eltern zu dem Wochenendbesuch begleitet und den ganzen Abend mit Trey geflirtet hatten. Da man Empress als Treys Pflegerin vorgestellt hatte und man allgemein über ihre pikante Identität Bescheid wußte, wurde sie von den reichen jungen Damen als unwichtig eingestuft. Es war frustrierend, daß einen ganzen Abend nur über ihren Kopf hinweggeredet wurde. Während Hazard und Blaze sie herzlich und freundlich behandelten und damit ein Beispiel für die anderen Gäste setzten, hatten die verwöhnten jungen Damen nur schnippisch auf die warnenden Blicke der Eltern reagiert.

»Verbringst du mit solchen albernen Gänsen sonst deine Zeit?« explodierte Empress, als sich die Tür hinter Blue und Fox geschlossen hatte.

»Ignoriere sie«, meinte Trey wegwerfend, während er sein

Seidenhemd aufknöpfte. »Frauen wie Arabella, Lucy und Fanny sind zu uninteressant für ein Gespräch.«

»Sie waren sehr unhöflich«, erwiderte Empress wütend.

»Wirklich?« Trey betrachtete sie verwundert. »Es tut mir leid. Das ist mir nicht aufgefallen.«

»Das ist dir nicht *aufgefallen?*« wiederholte Empress erregt. »Gütiger Gott! Ich habe noch nie so überhebliche Schwachköpfe gesehen!«

»Das sind halt einfach reiche junge Damen. Die sind alle so.« Man mußte Trey diese unglückliche Bemerkung verzeihen, denn er hatte ja keine Ahnung von Empress' Vergangenheit. Schließlich hatte er sie nur in den abgetragenen Sachen eines Stallburschen gesehen — ohne Geld und ohne Familie.

»Normal? Ist es etwa normal, unhöflich zu sein?« Empress schien sich mehr über den Abend aufzuregen, an dem sie von diesen Emporkömmlingen geschnitten worden war, statt über Treys Bemerkung.

»Himmel, Empress«, sagte Trey nun und blieb mit halboffenem Hemd vor ihr stehen. »Es ist doch nicht meine Schuld, daß die so blöd sind.«

»Aber du hast Umgang mit solchen Frauen«, stellte sie anzüglich fest. Schon der Gedanke, wie Trey sich diese übertriebene Anbetung hatte gefallen lassen, brachte sie in Rage.

»Was meinst du mit Umgang?« fragte er stirnrunzelnd.

»Ich meine, du führst sie aus, tanzt mit ihnen auf Gesellschaften, nimmst sie mit ins Theater, zu Konzerten, was immer ihr zum Teufel hier in den Grenzgebieten so macht.«

Erleichtert hörte er der vorwurfsvollen Aufzählung zu. Das war nämlich nicht unbedingt sein gewohnter Umgang mit der holden Weiblichkeit. Der war meist sinnlicher und unkonventioneller. Was er angesichts ihrer gegenwärtigen Stimmung nicht zugeben konnte. »Manchmal«, erwiderte er daher unverbindlich — dieser Mann, der seit seinem achtzehnten Geburtstag der begehrteste Junggeselle in ganz Montana war ...

»Wie hältst du das bloß aus?«

»Schlecht«, erwiderte er lächelnd, ließ sein Hemd auf den

Boden fallen und sagte: »Komm, meine Süße, vergiß sie. Sie haben insgesamt das Gehirn eines Spatzen.«

Durch diese Antwort besänftigt schmiegte sie sich in seine Arme und fragte, ganz weiblich: »Wirklich?«

»Ehrenwort. Ich mag sie allesamt nicht.«

»Na, du gefällst ihnen aber ganz sicher«, grummelte Empress an seiner Brust und fühlte sich plötzlich wieder allein. Sie hatte nichts gemein mit den Fremden da unten, den Frauen, die hinter Trey her waren, der freigiebigen Zurschaustellung des Reichtums, den Treys Familie so genoß. Ihr eigenes dürftiges Zuhause und die Kinder, die auf sie warteten, tauchten beklemmend in ihren Gedanken auf. Trey war nun außer Gefahr, aber die erkaufte Zeit war noch nicht abgelaufen. Trotz des Goldes in den Satteltaschen mußte sie die Vereinbarung einhalten. Aber sie machte sich nichts vor, es fiel ihr schwer. Und das war Treys Schuld.

»Das ist doch nicht wichtig«, antwortete er ausweichend. »Klingel nach einem Mädchen und laß etwas von der Meringuetorte heraufbringen. Ich möchte sie von deinem Bauch essen.«

Sie blickte ihn stirnrunzelnd, aber fasziniert an. »Du bist unersättlich«, gluckste sie dann.

»Und einfallsreich«, meinte er grinsend und küßte sie auf den verlockenden Mund.

Man ließ sie bis zur Teezeit am nächsten Nachmittag in Frieden. Dann traf man sich im Westsalon. Blaze ließ Tee servieren und gehaltvollere alkoholische Getränke für die Männer.

Ein großer Teil Montanas war von Südstaatlern besiedelt worden, die entweder durch den Goldrausch von 1863 angelockt oder vom Bürgerkrieg aus der Heimat vertrieben worden waren. Sie bevorzugten Bourbon oder Whisky mit oder ohne Wasser und stimmten für die Demokraten. Die Männer hatten schon etliche Gläser geleert, als Trey und Empress auftauchten, und die Angriffe auf die Republikaner waren bereits temperamentvoll und aggressiv.

»Wenn Saunders denkt, er könne Carlyle als Bundesanwalt durchsetzen, falls wir Bundesstaat werden, dann hat er sich getäuscht. Er hat viel mehr gesetzt, als er an politischen Vorteilen jemals wieder einholen kann.«

»Trey, was hältst du von Carlyles Chancen, wenn wir Doyle als Kandidaten haben?« Damit wurde Trey zu der Männergruppe gelockt, die sich um den Kamin geschart hatte.

Blaze kam sofort Empress zur Hilfe und führte sie nach einem Kompliment für das elegant geschnittene Sergekleid, das ihre grünen Augen so schön zur Geltung brachte, zu den teetrinkenden Damen — darunter auch jene drei ›Strohköpfe‹, über die sich Empress so aufgeregt hatte. Man saß auf bestickten Stühlen, die Blaze von der letzten Reise nach Paris mitgebracht hatte. Das Ensemble war ursprünglich von Avril für Marie-Antoinette angefertigt worden und ein Meisterstück an Einlegearbeiten und Vergoldung. Empress nippte höflich an ihrem Tee und lauschte der Unterhaltung der Damen, die sich vornehmlich um Kleider und Einkäufe drehte. Blaze warf Empress einen entschuldigenden Blick zu und beantwortete eine Frage von Mrs. McGinnis über die neue Inneneinrichtung bei Worth.

Darauf entwickelte sich eine lebhafte Unterhaltung über die ungewöhnlichen grünen Seidenwände und ob es nicht schrecklich aufregend sei, von einem Couturier eingekleidet zu werden, der die Königlichen Hoheiten Europas ausstaffierte.

Zuweilen wurde Empress von Blaze in die Unterhaltung einbezogen, aber jene drei jungen Damen weigerten sich nach wie vor, direkt mit Empress zu sprechen. Ihre Mütter, die den Einfluß der Braddock-Blacks auf ihr Leben besser begriffen, unterhielten sich zwar mit Empress, aber nur mit mühsamem Interesse.

Trey war sich bewußt, daß Empress der gnadenlosen Stupidität der Damen hilflos ausgeliefert war und erinnerte daher nach einer halben Stunde daran, daß es Zeit sei für seine Medizin. Doch Owen Farell versuchte seine geplante Flucht mit Empress zu verhindern, indem er vorschlug: «Hölle, Trey, laß die Kleine doch die Medizin hierherbringen. Wir spielen gleich Billard, und wenn das für dich noch zu anstrengend ist, kannst du uns einfach zusehen.«

Trey sah seinen Vater hilfesuchend an, aber Hazard erklärte gerade die Reservatgrenzen am Roaring River, die unangetastet bleiben mußten, und hatte Owens Einwurf nicht gehört. »Ich kann auch warten«, lenkte Trey ab, plante aber, mit Empress zu entkommen, sobald die Männer sich ins Billardzimmer verzogen hatten.

»Unsinn, Sohn, du brauchst deine Medizin, damit es dir bald wieder gut geht. Hey, kleine Dame«, brüllte Owen durch den Raum. Trey knirschte mit den Zähnen.

Die Frauen blickten auf, als Owen sein Whiskyglas in Empress' Richtung schwenkte. »Sie kleiner Schutzengel in Grün! Trey sagt, er braucht seine Medizin. Dafür sind Sie doch zuständig. Vielleicht können Sie ein Mädchen nach allem schicken, was er braucht.«

Trey zog die Augenbrauen zusammen, als sich alle Blicke auf ihn richteten. »Wirklich, Owen, das kann warten.«

»Nein, mein Junge, wir wollen dich wieder sobald wie möglich gesund sehen.«

Bei Owen reichten schon zwei Drinks, um ihn außer Rand und Band zu bringen, und das Glas, das er nun in Empress' Richtung schwenkte, war sein viertes.

Trey zuckte die Achseln, gab seinen Plan, den Raum zu verlassen, auf und lächelte Empress resigniert an. Empress begriff, was Trey versucht hatte, und beschloß, die Gelegenheit zu nutzen, sich eine Weile zu entfernen. »Ich hole sie selbst«, antwortete sie rasch, dankbar für einen Vorwand, sich kurz dem oberflächlichen Geplauder entziehen zu können. Ehe der beschwipste Owen noch weiter protestieren konnte, war sie schon unterwegs. »Ich bin sofort wieder da«, sagte sie mit einem bezaubernden Lächeln.

Sie blieb viel länger oben als nötig war, weil es sie keineswegs zu den geisttötenden jungen Damen und ihren noch faderen Müttern zog. Sie verstand, wie nötig es für die Braddock-Blacks war, Gesellschaft zu haben, aber sie konnte mit diesen Leuten nichts anfangen. Als ihr schließlich klar wurde, daß ihre Abwesenheit unangenehm auffallen würde, gab sie eine kleine Menge des stärkenden Hagebuttensaftes in ein Glas, holte tief Luft und verließ ihre Zuflucht, um

149

sich wieder den aufgeblasenen weiblichen Besuchern aus Helena zu stellen.

»Empress Jordan — klingt wie der Name eines Tanzmädchens.«

Bei diesen Worten, denen ein spöttisches Lachen folgte, blieb sie wie gebannt stehen — gleichzeitig fasziniert und schockiert. Sie hatte die Hand bereits auf dem polierten Geländer, blieb aber nun reglos auf dem obersten Treppenabsatz stehen. Eine andere Stimme lispelte zischend: »Still, Arabella, man könnte dich hören.«

»Sei doch selbst still, Fanny. Die Männer sind alle im Billardzimmer, und unsere Mütter trinken die dritte Tasse Tee. Du bist immer schon eine schreckhafte Maus gewesen.«

»Um Himmels willen, Arabella, denk an deine Manieren. Aber eigentlich hast du ja keine«, warf eine dritte Stimme resignierend ein. Das konnte nur Lucy sein.

»Sprich du nicht über Manieren, Lucy Rogers. Du bist doch diejenige, die uns trickreich aus dem Salon gelockt hat, damit wir dein neues Kleid angeblich bewundern können. Als wüßten wir nicht alle, was du wirklich bewundern willst.«

»Na, du willst ihn doch auch sehen, daher brauchst du gar nicht so scheinheilig zu tun.«

»Er ist so schön wie ein griechischer Gott«, flüsterte Fanny ehrfürchtig in einer Lautstärke, die mühelos im obersten Stockwerk gehört werden konnte.

»Schöner«, meinte Arabella entschieden. »Und das weiß er auch.« Jede von ihnen beobachtete ständig mit Argusaugen, wie Trey sein Aussehen und seinen Charme gekonnt einsetzte.

»Aber er ist gar nicht eitel, Arabella. Er ist der süßeste ...«

»Erpar uns deine kindlichen Ausbrüche, Fanny. Das wissen wir doch alles. Obendrein ist er noch zu haben.«

»Wenn man durch die Menge der Frauen, die ihn ständig umlagert, einmal durchkommt«, meinte Lucy.

»Zumindest heute abend sind es nicht viele«, sagte Arabella sachlich — eine sehr praktisch veranlagte junge Frau. »Wer von uns ist nun die erste, die das Billardzimmer betritt?«

fragte Lucy mit furchtsam bebender Stimme. »Ich weiß, daß mein Daddy mich auf jeden Fall anfauchen wird.«

»Dann tue ich es eben. Ihr Angsthasen könnt ja dann nachkommen.«

»Vielleicht spricht er nicht einmal mit uns«, sagte Arabella. »Es ist doch kein Geheimnis, daß er einen schlechten Ruf hat. Ihr wißt, daß Männer wie Trey immer irgendwelche Frauen haben. Was kann man auch erwarten, wenn er für diese eine allein fünfzigtausend bezahlt hat? Natürlich will er soviel wie möglich an Gegenwert zurückbekommen.«

»Du meinst nicht, daß er es ernst meint?« Das war die lispelnde Fanny. »So wie er diese ... diese Empress ansieht ... das ist schon anders.«

»Sei nicht albern«, schnappte Arabella. »So ist er immer, der gute alte Trey. Der spielt doch nur. Ernst meint der es nie. Besonders nicht bei Flittchen.«

»Fünfzigtausend Dollar könnten der Anfang sein, daß er es ernst meint, hat Daddy zu Mama gesagt.«

»Fünfzigtausend sind für Trey überhaupt nichts. Soviel verliert er manchmal beim Kartenspiel.«

»Ich weiß nicht«, warf Fanny furchtsam ein. »Ich habe gesehen, wie er sie letzte Woche in seinem Schlafzimmer angeschaut hat, als wir ihn besuchten. Und Mama sagte, das würde nur wieder beweisen, daß er immer auf dem Sprung sei, selbst auf dem Krankenlager. Der Blick hätte jeden Kaffeetopf in Montana einen Monat lang zum Sieden gebracht, sagte sie.«

»Dann hat deine Mama noch nicht gesehen, wie Trey andere Frauen ansieht. Diese Silberaugen sind berühmt für ihre Intensität. Das ist nichts Neues. Es heißt, noch nie hätte sich ihm eine verweigert. Und jetzt sollten wir aufhören, uns darum Sorgen zu machen«, beschloß Arabella. »An dem Tag, an dem Trey Braddock-Black von einem Flittchen, das er in einem Hurenhaus gekauft hat, etwas anderes will als Sex, stürzt wohl der Himmel ein.«

»Genau das hat mein Daddy auch gesagt«, stimmte Lucy zu. Sie fühlte sich besser, da Treys Liebschaft damit endgültig außer Frage stand.

151

»Ich weiß nicht«, beharrte Fanny jedoch. »Wenn ihr den Blick gesehen hättet ...«

»Halt den Mund, du alberne Gans. Wenn du erst älter bist, wirst du erkennen, daß solche Blicke normal sind. Kommst du jetzt mit uns, oder bleibst du hier stehen und debattierst weiterhin die Zukunft von irgendeiner Hergelaufenen?«

»Du bist nicht die einzige, die ihn sehen will«, gab Fanny trotzig zurück. Der Streit hatte sie aus ihrer Reserve gelockt.

»Was würdest du wohl mit ihm anfangen, sollte es dir wirklich gelingen, ihn einzufangen, Fanny? Du würdest doch vor Angst sterben.«

»Das würde ich nicht, Arabella McGinnis. Glaub ja nicht, daß du die einzige bist, die weiß, was man zu einem Mann sagt.«

»Wenn ihr beide aufgehört habt, euch über Treys zerschossenen Körper zu streiten«, warf Lucy boshaft ein, »können wir jetzt alle ins Billardzimmer gehen und den Schatz höchstpersönlich betrachten. Und ein Disput über die verschiedenen Methoden oder fesselnden Dialoge sind völlig unnötig, wenn es um Trey geht. Man weiß ja wohl in diesen Teilen Montanas überall, daß das einzige Wort, um mit Trey wunderbar auszukommen, *ja* lautet.«

»Ja, aber nur«, meinte Arabella boshaft, »wenn er dich überhaupt bemerkt.«

»Ich werfe mich ihm zu Füßen«, hauchte Fanny.

»Dann beeil dich aber, denn da liegen schon ein paar andere. Es heißt, er sei unersättlich, daher ist die Schlange ziemlich lang.«

»Ich bekomme einfach sein Kind. Dann wird er mich heiraten, und wir leben glücklich bis ans Ende aller Tage.« Fannys Augen glühten angesichts dieser romantischen Fantasie.

»Dann frag mal Charlotte Tangen, Louisa oder Mae oder die anderen, die alle in den vergangenen Jahren in letzter Minute mit bezahlten Männern vor den Altar getreten sind, wie die Chancen stehen«, trumpfte Arabella auf, vergaß aber zu erwähnen, daß diese Mädchen alle nicht als tugendhaft galten. Aber ob keusch oder nicht, Treys Verantwortung

152

wurde mit höheren Summen in Verbindung gebracht, nicht mit einer Ehe. Auf diese sachliche Art entging er allen Vorwürfen, und die Freundschaft wurde gewahrt.

»Nein!« hauchte Fanny entsetzt.

»Ja und noch mal ja. Du gehörst noch ins Kinderzimmer, Fanny, so naiv bist du. Der heiratet nie.« Arabella klang altklug und schadenfroh.

»Na, du kleine Klugscheißerin«, biß Fanny zurück, »was schlägst du denn vor, um ihn zu bekommen? Du läufst doch schon seit Jahren hinter ihm her.«

»Mein Daddy wird, wenn es an der Zeit ist, eine geschäftliche Verbindung vorschlagen. Dann wird unsere Heirat ein Vorteil sein, und zwar ein profitabler ...«, sie betastete ihre blonden Ringellöckchen, ». . . sowohl für die Braddock-Blacks wie auch für uns. Weißt du nicht, wie man so was arrangiert? Es geht doch nicht um Romantik, du Gans. Es geht um Geld. Und mein Daddy hat fast ebensoviel wie Treys. Du siehst, wie vorteilhaft das sein wird ...«

»Und inzwischen«, warf Lucy sarkastisch ein, »gehe ich ins Billardzimmer. Ich glaube, er ist immer noch frei, denn ich habe noch keinen Verlobungsring an deinem Finger gesehen, Arabella.«

Damit verloren sich die Stimmen in der Halle.

Empress war wie betäubt von der plötzlichen Erkenntnis. Was sie belauscht hatte, war keine erstaunliche Enthüllung. Es war nur die klare Bestätigung, die sie sich geweigert hatte, einzugestehen. In der Wärme von Treys Umarmung, wenn seine Zärtlichkeiten und die bebende Lust in ihr alle Sinne betäubten, wenn Treys Großzügigkeit sie faszinierte und bezauberte, war es leicht, die kalten, harten Tatsachen zu vergessen. Sie hatte sich getäuscht, hatte romantischen Vorstellungen erlaubt, ihre eher nüchtern denkende Natur zu besiegen. Sie hatte in einem goldenen Traum gelebt.

Aber nun blickte sie der nackten Wahrheit ins Auge, ohne die Verkleidung durch zauberhafte Gefühle: sie war gekauft worden. Er hatte für sie Geld bezahlt. Und das verbannte sie in den Augen der Welt in eine bestimmte Kategorie. Egal, wie ihre persönlichen Gründe dafür waren, ihr Bild war in der Öffentlichkeit festgelegt. Sie hatte die Folgen von Anfang an gewußt.

Es war Trey gewesen, sein Lächeln, seine Wärme, seine verführerisch angebotenen Reisen in sein Paradies, das sie dieses Bild hatte vergessen lassen. Der blendend aussehende Trey, der niemals irgend etwas vergaß, das ihr gefiel, nicht einmal ihre Lieblingsblume, obwohl sie sie nur ein einziges Mal erwähnt hatte. Der charmante Trey, der immer freundlich zu ihr war. Immer. Und so schön, daß sie ihn tausendmal am Tag berühren wollte. Aber das galt wohl auch für alle anderen Frauen, die ihn kannten. Die brutale Unterhaltung, die sie belauscht hatte, hallte ihr in den Ohren. »... Flittchen ... fünfzigtausend Dollar ... Hergelaufene ...«

Für ihn war das ein altbekanntes Spiel — es bedeutete kein Wunder an Liebe und Leidenschaft wie für sie, kein Traum, der in Erfüllung gegangen war. Für Trey war es bloß vorübergehende Lust mit einer weiteren bereitwilligen Frau. Sie könnte tausend Entschuldigungsgründe erfinden — aber im Endeffekt würde es immer aufs selbe herauskommen: sie war nur ein Zeitvertreib.

Ihr nächster Impuls hieß fliehen ... sofort und unmittelbar. Aber dann siegte ihr Gewissen über ihre Feigheit, und sie zählte die Tage, die bis zur Beendigung ihres ›Dienstes‹ noch blieben. Waren es fünf oder sechs? Oder weniger? Für sie war es gleichzeitig ein kurzer Augenblick als auch ein ganzes Leben. Wenn sie jetzt flüchtete, würde man sie vermissen? Würde man sie verfolgen? Wer würde das tun und zu welchem Zweck?

Verwirrung und Fragen schwirrten durch ihren Kopf, bis sie sich zwang, die Sache logisch anzugehen. Sie konnte jetzt nicht fort, nicht in einem Haus voller Gäste. Denn falls man sie verfolgte, würde ihre Flucht publik werden. Treys Eltern und ihre Gäste würden am Sonntagnachmittag nach Helena zurückkehren. Also konnte sie erst verschwinden, wenn Trey am Sonntagabend eingeschlafen war. Dann würde man sie erst am Montagmorgen vermissen, was ihr einen Vorsprung von sechs, sieben Stunden gab. Trey war nicht kräftig genug, um längere Zeit im Sattel zu sitzen, und da Blue und Fox mit Blaze und Hazard nach Helena zurückkehrten, würden alle entscheidenden Personen außer Trey in Helena sein.

Sie hatte ein paar Bedenken, das Gold mitzunehmen, ohne ihre Pflicht ganz abgedient zu haben, rechtfertigte ihren Plan aber, indem sie sich an das ursprüngliche Angebot Hazards an dem Abend erinnerte, als sie Trey sterbend hierhergebracht hatten. Sicher war das Gold, das sie ihren Brüdern und Schwestern mitbringen würde, viel weniger, als Hazard zu zahlen bereit gewesen war.

Das — ihr Entschluß und die Rechtfertigung dafür — machten es leichter, wenige Augenblicke später das Billardzimmer zu betreten. Trey trank seine Medizin ohne Widerspruch, grinste sie an, als er ihr das Glas zurückreichte, und murmelte: »Fast hätte es geklappt.«

Das Lächeln, das Empress ihm zurückgab, war gezwungen, aber bei der lauten Unterhaltung und dem dichten Zigarrenrauch fiel es Trey nicht auf. Die letzte Woche war eine Oase des Glücks und der Befriedigung für ihn gewesen, einzigartig selbst im Vergleich zu seinen sonstigen sinnlichen Aktivitäten. Wie konnte er auf die Idee kommen, daß seinen faszinierenden Freuden eine drastische Änderung bevorstand?

Er ahnte nichts.

Und Empress spielte gewissenhaft ihre Rolle, war freundlich, wenn sie angesprochen wurde, sogar liebenswürdig in Gesellschaft der verächtlichen Frauen, eine Tatsache, die Trey wohlwollend zur Kenntnis nahm. Als Arabella eine einzige unfreundliche Bemerkung machte, wurde sie von ihrem Vater sofort gerügt. Unbeeinflußt von der spitzen Moral der Damen waren die Männer von der charmanten Miss Jordan allesamt sehr eingenommen.

Irgendwie gelang es Empress, das Abendessen zu überstehen. Irgendwie gelang es ihr, in dieser Nacht in Treys Armen zu liegen, ohne bittersüße Tränen zu weinen. Irgendwie nahm der Sonntag mit einem qualvollen Mittagessen und Tee seinen Verlauf.

Erleichtert sah sie, wie der königsblaue, vergoldete Salonzug von der kleinen Privatstation abfuhr.

Sie war erleichtert, aber auch ängstlich — denn nun war sie allein mit Trey. Ihre Rolle wurde nun nicht mehr von lebhaften Unterhaltungen und zahlreichen Gästen in den Hintergrund gedrängt. Während des Abendessens wurde sie sehr nervös, und als sie auf eine simple Frage, welche Speisen sie bevorzuge, mit langen, ausschweifenden, völlig überflüssigen Sätzen antwortete, blickte Trey sie über den kleinen Tisch hinweg an, den man oben für sie am Kamin aufgestellt hatte. »Stimmt etwas nicht?«

»Nein«, erwiderte sie zu rasch und zu atemlos, so daß er sie scharf ansah.

»Bist du sicher?« fragte er ernst und fügte dann hinzu: »Du darfst dich von diesen Wochenendgästen nicht beeinflussen lassen. Wenn eine Entschuldigung die Dummheit dieser verfluchten Weiber wegwischen könnte, dann betrachte dies als eine solche.« Er lächelte. »Dreifach.« Er griff über das schneeweiße Leinen und nahm ihre Hand. »Wenn nicht das Gericht jetzt tagte und ich nicht noch krank wäre, wären sie nie hierhergekommen. Sag mir, daß du das verstehst und wieder fröhlich bist.«

Sie mußte alle Kraft aufbieten, um ihre Tränen zu unterdrücken. Wie konnte er so lieb sein? Kein Wunder, daß ihn alle Frauen anbeteten. Dieser Gedanke bekämpfte die aufsteigende Traurigkeit. Sie war halt nur vorübergehend die letzte in einer langen Reihe dieser Frauen. Ihr gelang ein Lächeln von glaubwürdiger Heiterkeit. »Oh, das verstehe ich selbstverständlich. Es beeindruckt mich auch eigentlich gar nicht mehr. Ehrlich. Es ist alles in Ordnung. Vermutlich habe ich zu viel Wein getrunken. Ich rede dann immer zu viel und zu schnell. Meinst du, daß es heute nacht schneien wird?«

Trey antwortete höflich, obwohl ihr plötzlicher Themawechsel ebenso beunruhigend wirkte wie ihr nervöses Geplauder.

Vermutlich liegt es an dem anstrengenden Wochenende, dachte er.

Er liebte sie an diesem Abend mit doppelter Zärtlichkeit, weil er sich ihrer Unruhe bewußt war. Als er sie später umfangen hielt und sie einschliefen, bemerkte er die Tränen nicht, die zwischen ihren Wimpern glänzten.

# Kapitel 10

Empress wartete bis Mitternacht, ehe sie vorsichtig aus dem Bett kroch und sich anzog, was kein Problem bedeutete. Ihre alte Kleidung war schnell übergeworfen. Nun brauchte sie nur noch die Satteltaschen greifen und nach unten schleichen. Sie benutzte die Dienstbotentreppe und schlüpfte aus der Küchentür ins Freie.

Als sie nach draußen trat, schlug ihr die Kälte entgegen wie ein eisiger Vorhang. Die Nacht war klar, und es war Vollmond, daher herrschte starker Frost. Glücklicherweise wehte kaum Wind, denn der würde sie rascher erfrieren lassen als die trockene Kälte.

Sie wollte nicht durch ein Licht Aufmerksamkeit erregen und blieb daher so lange im Dunkeln stehen, bis sich ihre Augen daran gewöhnt hatten. Clover freute sich, sie zu sehen, und stieß Empress wie ein Hundejunges mehrfach mit den Nüstern an, während sie das Pony sattelte und die Taschen aufschnallte. Sie entschied sich nach kurzem Überlegen, ein zweites Pferd mitzunehmen. Das war kein Diebstahl, redete sie sich ein, nur eine Leihgabe. Wenn sie Vorräte für den Winter mitnehmen wollte, brauchte sie ein Packpferd.

Zehn Minuten später führte Empress die beiden Bergponies vorsichtig aus der Scheune und ging als weitere Vorsichtsmaßnahme noch eine halbe Meile zu Fuß, ehe sie Clover bestieg. Sie ritt und lief die ganze Nacht abwechselnd, damit ihre Füße nicht erfroren, und war am Morgen nur noch eine Stunde von Cresswell's Kreuzung entfernt. An dieser Stelle gabelte sich der Fluß, und vor Jahren war hier ein Handelsposten errichtet worden. Diese Einrichtung war der nächste Laden für alle Siedler, die sich in den fruchtbaren Bergtälern niedergelassen hatten.

Cresswell's Laden war so weit von ihrer Berghütte entfernt, daß sie mit ihrem Vater nie hierhergekommen war. Aber sie hatte von ihm gehört und plante, hier für ihre Familie einzukaufen. Mit dem Gold bekam sie alles Nötige: Mehl, Zucker, Kaffee, Tee, Speck, getrocknete Äpfel und Dosenmilch. Und Stiefel für die Kinder und neue Kleider. Dazu ein paar Geschenke, die sie entbehren mußten, seit sie so arm waren.

Es war kaum hell, als sie Cresswell mit ihrem Klopfen aufweckte. Er versuchte mehrfach, mit Fragen etwas aus ihr herauszulocken, während sie ihre Waren aussuchte. Er wollte herausfinden, wer die Frau war, die da so umsichtig und sparsam einkaufte, diese Frau, die abgetragene Männersachen trug, aber mit Gold bezahlte, diese Frau, die wohl die ganze Nacht geritten war, um zu dieser frühen Morgenstunde hier aufzutauchen. Aber Empress gab ihm nur knappe Antworten, und Ed Cresswell lebte schon lange genug in dieser abgelegenen Berggegend, um zu wissen, daß die meisten seiner Kunden nicht gern über sich sprachen.

Dann wurden die Pferde umsichtig bepackt und jedes kostbare Bündel achtsam festgebunden, und als Empress losritt, richtete sie sich vorsichtshalber nach Nordosten. Ed Cresswell sah ihr nach, bis sie sich in dem Nadelgehölz am Fluß verlor.

Als sie außer Sichtweite des Ladens war, lenkte Empress Clover scharf nach rechts und ritt nach Nordwesten auf das versteckte Bergtal zu, das ihre Heimat war.

Immer wieder dachte sie an Trey, schob diese Gedanken aber beiseite und unterdrückte sie, doch dann stahlen sie sich wieder in ihr Bewußtsein — nur deutlicher als vorher. Sie erinnerte sich daran, wie er sie morgens geweckt hatte, mit einem Lächeln und einem Kuß, wie er ihr am Frühstückstisch gegenüber saß — dunkelhäutig und entspannt, und wie er mit einem Appetit aß, mit dem sie ihn immer aufgezogen hatte. Sie erinnerte sich an das Gefühl, wenn er sich über sie beugte und sie die Finger durch sein seidiges schwarzes Haar gleiten ließ. Es war dicht und schwer, und stets hatte er dabei gelächelt. Mit einem scherzhaften Seufzer erkannte sie, wie sehr sie sich in ihn verliebt hatte. Aber das war wohl vergeblich, so wie Trey Frauen einschätzte, vergeblich angesichts der Anzahl der anderen Frauen, die um ihn herumschwirrten.

Das Belauschen der widerlichen Unterhaltung war zu ihrem Besten gewesen, beschloß sie. Andernfalls wäre die Versuchung, zu bleiben, jeden Tag stärker geworden. Und die Bereitschaft, sich von Trey verzaubern zu lassen, hätte ihr das Herz gebrochen. Er liebte zu viele Frauen. Lieber jetzt ein kurzes Herzeleid als einen demütigenden Zusammenbruch später. Sie gratulierte sich stumm zu ihrer Vernunft. Trey Braddock-Black war nicht an Dauerhaftigkeit interessiert.

Aber ihr einsamer Monolog konnte sie nicht darüber hinwegtrösten, ihn verlassen zu haben. Ihre Brust schmerzte, und sie hatte das Gefühl, einen mächtigen, kratzenden Kloß in ihrer Kehle zu haben.

In dem Moment, als Empress gerade nördlich an Cresswell's Laden vorbeiritt, fluchte Trey lauthals und brüllte zwischendurch Befehle, während er das Wollhemd in seine derben Tuchhosen stopfte. Er trug zwei Paar Socken in den pelzgefütterten, kniehohen Mokassins, und einer der Diener war davongerannt, um seinen Büffelfellmantel zu holen.

Der Alarm, der das Haus in völlige Panik versetzte, war etwa um halbneun am Morgen erfolgt, als Trey sich träge in seinem großen Bett umgedreht hatte und statt des warmen Körpers von Empress nur kühle Laken fand. Sein Gebrüll hatte alle Diener des Hauses in Angst und Schrecken fallen lassen und nur die mutigeren waren nach oben gestolpert, um zu sehen, was seine Wut ausgelöst hatte.

Er brauchte nur zwei knappe Fragen zu stellen, und ein Diener bestätigte ihm nach einem raschen Blick auf die fehlenden Pferde, daß sein amouröses Abenteuer ein Ende gefunden hatte. Niemand wagte Trey zu widersprechen, der sich trotz seiner noch nicht vollständig verheilten Verletzungen anschickte, die Verfolgung durch die verschneiten Berge aufzunehmen.

Zehn Minuten später saß Trey zu Pferde, den Patronengürtel um seinen schweren Wintermantel geschnallt, die Winchester bereit in der Satteltasche, die Miene mörderisch. Empress hatte mehrere Stunden Vorsprung, aber die Spuren im sonnengleißenden Schnee vor ihm waren wie eingebrannt.

Er wollte keine Begleiter, bellte er. Er wollte allein sein, wenn er sie fand. Er wollte sie für sich allein, dachte er zähneknirschend, als er zum letzten Mal die Riemen an seinem Packpferd überprüfte. Ungestüme Wildheit vernebelte seine Gedanken. Sie hatte es gewagt, ihn zu verlassen! Er war explosivster Laune und wußte nur eins — daß er sie zurückhaben wollte. Die Gründe dafür waren bruchstückhaft und verschwommen. In seinem gegenwärtigen Zustand war er nicht in der Lage, sie zu rationalisieren. Aber er wollte bei ihrer Begegnung keine Zeugen, daher lehnte er alle Hilfsangebote ab und log alle an. Er behauptete, sie lebe bloß zwanzig Meilen weit nördlich in den Bergen, und er würde in drei Stunden dort sein. Das sagte er mit so tödlicher, kalt beherrschter Stimme, daß niemand seine Aussage bezweifelte.

Schon halbzwei war er bei Cresswell's Laden, weil er sein Reittier den ganzen Weg zum Galopp angetrieben hatte. Er ließ Rally dort füttern und tränken, während er den Besitzer ausfragte. Er fand heraus, was Empress hier gekauft hatte. Trey bezahlte Cresswell für seine Antworten mit Gold, weigerte sich aber, auf dessen Fragen zu reagieren. Angesichts seiner vom vielen Gebrauch abgenutzt wirkenden Colts im Gürtel und der unverkennbaren Wut in seiner Stimme stellte Cresswell keine weiteren Fragen mehr.

Trey brauchte nur zehn Minuten, um herauszufinden, wo sie abgebogen war, und ritt ihr hinterher.

Unten am Elbow-Paß griff Empress zum zehnten Mal nach unten, um zu fühlen, ob die Puppe für Geneviève in dem kleinen Päckchen, das sie an den Knauf gebunden hatte, noch heil war. Dann überzog ein andächtiges Lächeln ihr

Gesicht. Die Kinder würden über ihre Geschenke außer sich sein vor Freude. Geneviève war acht und hatte noch nie eine richtige Puppe gehabt. Empress erinnerte sich an ihre eigene Sammlung von porzellangesichtigen *mademoiselles*, die sie hatte zurücklassen müssen, als ihre Familie gezwungen war, in aller Eile aus dem *chateau* zu fliehen.

Der letzte Einspruch war abgelehnt worden, und man wollte ihren Vater wegen Rocheforts Tod ins Gefängnis stecken. Sie waren mit nur dem Nötigsten geflohen: Mit dem wenigen Geld, an das sie in der Eile gelangen konnten, mit ein paar kostbaren, rasch eingepackten Gegenständen und dem Schmuck ihrer Mutter. Das war nun fünf Jahre nach ihrer Flucht alles fort ... Die ersten beiden Jahre hatten sie in Montreal verbracht. Als sie dort die Nachricht erreichte, daß Rocheforts Detektive nach dem Grafen de Jordan gefragt hatten, flüchteten sie weiter über die ungesicherte Grenze, in eine Gegend, in der man sich gut verstecken konnte.

Vorsichtshalber waren sie weiter nach Montana gezogen und hatten vor zwei Jahren mit den letzten Mitteln die Farm gekauft. Sie war wunderschön gelegen in der majestätischen, wilden Berglandschaft, aber keiner in der Familie war an harte Arbeit gewöhnt, keine kannte sich in der Landwirtschaft aus. Ihr Vater hatte sich zwar alle Mühe gegeben, entwickelte aber nie das dazu notwendige Geschick.

Das Gold in den Satteltaschen würde reichen, um die Extrapferde für die Frühjahrsbestellung der Äcker zu kaufen. Ein Pferd allein reichte nicht aus, um die Krume zu brechen, und wenn nur Clover im Geschirr ging, mußten sie alle zusätzlich den Pflug schieben. Mit dieser vereinten Anstrengung hatten sie im letzten Frühling drei Hektar bestellt und eingesät. Aber in einem Land, wo Gespanne von vier oder sechs Pferden die Regel waren, stellte das einen jämmerlichen Versuch dar. Drei Hektar würden sie außerdem nie ernähren.

Das Geld in ihren Satteltaschen würde außerdem mehr für sie tun, als nur den Kauf von Pferden zu ermöglichen. Es würde ihnen ihr Leben zurückgeben. »Danke, Trey«, murmelte sie in die kalte Luft. »Für alles«, fügte sie innig hinzu. Dann schob sie die allzu süßen Erinnerungen beiseite und richtete ihre Gedanken entschlossen auf die Zukunft. Sie trieb Clover mit den Fersen an und betrachtete die Wolkenbänke, die sich im Westen auftürmten. Für erneuten Schneefall waren sie zu weit weg, und wenn die Verwehungen in den Tälern unterwegs nicht zu tief waren, würde sie vor dem Dunkelwerden zu Hause sein.

Sie sahen sie, als sie den schmalen Bergkamm überquerte, denn Guy, von der gleichen systematischen Denkart wie sein Vater, hatte in den letzten beiden Tagen einen Wachposten eingerichtet. Dort hatte er selbst die meiste Zeit verbracht, denn die jüngeren Kinder konnten kaum länger als ein paar Minuten stillsitzen. Ihr Freudengeheul erfüllte nun die kleine Hütte, und die beiden Fenster zum Tal hin rahmten glücklich lachende Kinder, die ungeduldig ihre ältere Schwester erwarteten.

Guy trat allein vors Haus, um sie zu begrüßen. Er trug die großen Stiefel seines Vaters und faßte Clover am Zügel. Seine Augen glänzten vor Tränen, obwohl er sich große Mühe gab, männlich zu wirken. Es gab nur noch dieses eine Paar Stiefel, und das wurde abwechselnd von den Geschwistern getragen. Daher scharten sich die anderen Kinder barfuß im Türeingang und riefen und winkten ihr Willkommen. »Du bist wieder da! Du bist wieder da!« Emilie und Geneviève schrien und tanzten vor Aufregung auf und ab, während sich Eduard an Emilies Rock klammerte und mit seinem dünnen Stimmchen immer wieder »Pressy! Pressy! Pressy!« quietschte, bis die Hühner zu gackern anfingen.

Empress hörte die Hühner mit großer Erleichterung. Dann hatte das Essen wohl gereicht. Sie hatte den Kindern Anweisung gegeben, die Hühner zu schlachten, falls es nötig sein sollte, aber nur als letzten Ausweg, weil sie die Eier dringend brauchten.

Empress sprang von Clovers Rücken und nahm Guy lange in die Arme, ehe sie zur Tür rannte und Emilie und Geneviève fast erdrückte. Geneviève begann zu weinen. »Du hast uns nicht vergessen!«

Empress nahm ihr kleines Gesicht zwischen die Hände. »Still, Liebling, ich würde euch nie vergessen. Schau mal, was ich euch alles mitgebracht habe.« Das brachte den Tränenstrom sofort zum Versiegen, und begeistert stürzten sich die größeren Kinder auf die Pakete und Satteltaschen, von denen Guy schon einen Teil abgeladen hatte. Dann bückte Empress sich, um den brüllenden Eduard auf den Arm zu nehmen. Jetzt liefen auch ihr Tränen über die Wangen, als Eduard immer wieder in die dicken Händchen klatschte und »Pressy! Pressy!« rief. Er lag so warm und rund in ihren Armen, daß sie zum ersten Mal, seit sie Trey so heimlich verlassen hatte, wußte, daß sie das Richtige getan hatte. Sie hatte sich immer um ihre Geschwister gekümmert. Die Kinder brauchten sie, die ältere Schwester, die sie tröstete, neckte, schalt und liebte. Sie brauchten die Nahrungsmittel, die sie ihnen einige Tage früher als erwartet brachte. Trey Braddock-Black würde die paar Tage, die sie ihn vor Ablauf der vereinbarten drei Wochen verlassen hatte, sicher problemlos verschmerzen können.

Sie schloß einen Moment die Augen und umarmte den kleinen Bruder fest. *Lebwohl, Trey,* sagte sie stumm. *Bei allen Freuden, die du mir geschenkt hast, war es schwer, dich zu verlassen.*

Da bekam sie einen schmatzenden Kuß, und als sie die Augen wieder öffnete, waren die süßen Erinnerungen verweht. »Ich habe Geschenke für euch!« rief sie fröhlich, und das Geschrei wurde geradezu ohrenbetäubend. Den Hühnern war der Lärm suspekt, und sie protestierten mit kreischendem Gegacker. Man konnte sein eigenes Wort nicht mehr verstehen.

»Seid leiser, sonst legen sie nicht mehr«, übertönte Guy warnend den Radau, denn er sorgte sich ständig um ihre zur Neige gehenden Vorräte.

»Laß sie meinetwegen die ganze Nacht krakeelen«, erwiderte Empress vergnügt und gab Eduard noch einen Kuß, den dieser sofort geräuschvoll und feucht zurückgab. »Es ist alles in Ordnung. Ich habe ganz viele Vorräte mitgebracht.«

Da legte sich unvermittelt andächtiges Schweigen über die

kleine, ausgelassene Gesellschaft, und das machte alles, was sie für das Gold ertragen hatte, tausendmal wett. Aber es stimmte sie auch traurig, daß für ihre Geschwister allein nur Lebensmittel schon wichtig geworden waren.

Sie reichte Eduard an Geneviève weiter und wandte sich an Guy. »Laßt uns die Pferde vollständig abladen. Emilie, deck den Tisch und stell' Mamas Silberleuchter darauf.« Das war der einzige Wertgegenstand, den sie noch nicht verkauft hatten, das einzige Erinnerungsstück an ihre Mutter. Der Leuchter war zu einem Symbol der Hoffnung auf bessere Zeiten geworden, zum Zeichen des Feierns und der Erinnerung an ihr früheres Leben. Nur der kleine Eduard war zu jung, um sich an das *chateau* bei Chantilly erinnern zu können.

Empress nahm sorgfältig die goldgefüllten Satteltaschen an sich und verstaute sie unter ihrem Bett. Anschließend schleppten Guy und sie alles andere in die Hütte. Während Guy die Pferde in die Scheune brachte, um sie abzureiben und zu füttern, packte Empress die Lebensmittel aus. Fast ehrfürchtig halfen die Kinder, sämtliche Tüten und Pakete zu verstauen und auf den Regalen am Ofen und über dem Spülstein aufzubauen. Dann wuschen sich Empress und Emilie die Hände und begannen zu kochen, während Geneviève sich um Eduard kümmerte und ihm eine Geschichte aus dem abgegriffenen Märchenbuch vorlas. Sie sangen einen heiteren Kinderreim, während der Geruch von Speck und Kuchen, von Kartoffelpüree und Apfelmus durch die Küche zog. Guy brachte einen Eimer warmer frischer Milch aus der Scheune herein.

Kurz darauf setzten sie sich unter lebhaftem Geplauder und Gelächter zum Essen, und jeder versuchte, die Ereignisse der letzten Wochen der Schwester auf seine Weise zu beschreiben.

»Guy hat uns immer herumkommandiert«, klagte Geneviève, und noch ehe Guy sich dagegen verteidigen konnte, bat Geneviève mit dem nächsten Atemzug: »Kann ich mehr Apfelmus haben?«

Empress lächelte ihre achtjährige Schwester an, die mit

ihrem schwarzen, dichten Lockenkopf, der so gut zu ihrem übermütigen Gesicht mit der Stupsnase paßte, ihrem Vater am meisten ähnelte. »Du kannst soviel Apfelmus haben wie du willst. Außerdem haben wir Orangen zum Nachtisch und Schokolade.«

»Schokolade!« riefen sie alle ehrfürchtig.

»Einen Kasten voll mit einer rosa Schleife.«

»Zeigen«, verlangte Emilie ungeduldig, die die gleichen hellen Haare wie Empress hatte.

»Habt ihr alle genug gegessen?« fragte Empress nun liebevoll, während vier paar Augen sie satt und zufrieden ansahen.

»Was ist Orange?« fragte Eduard und stellte sich auf seinen Stuhl. »Ich Orange sehen.«

Jeder bekam nun eine Orange, die mit heller Begeisterung verzehrt wurde. Und danach konnten sie sich kaum über den schönen Konfektkasten beruhigen, ehe sie bedächtig eine Praline nach der anderen verzehrten und lebhaft die Vorzüge und Feinheiten jeder einzelnen diskutierten.

Später setzten sie sich auf den Boden vor das Kaminfeuer, und Empress verteilte die Geschenke. Es gab für alle Schuhe oder Stiefel, dazu neue Mäntel und Handschuhe — alles Notwendigkeiten, die sie bisher entbehren mußten. Während des fortgesetzten dankbaren, fröhlichen Lärms fuhr sich Empress vor Rührung rasch mit dem Handrücken über die Augen und schluckte den Kloß in ihrer Kehle hinunter. Dann gab es die richtigen Geschenke: Für Eduard einen Clown, der die Arme und Beine bewegen konnte, für Geneviève eine Puppe mit echtem Haar und einem bemalten Porzellangesicht und für Emilie einen Spiegel mit Kamm und Bürste in vergoldetem Silber. Guy konnte sein begeistertes Indianergeheul nicht zurückhalten, als er das Päckchen mit dem Revolver öffnete. Die Waffensammlung ihres Vaters hatten sie in Chantilly zurücklassen müssen, und hier hatte er nur ein Gebrauchsgewehr erstanden. »Er hat einen geschnitzen Griff«, sagte Guy dann und fuhr mit den Fingern beeindruckt über das polierte Holz.

»Du mußt mir aber versprechen, immer vorsichtig damit

umzugehen«, warnte ihn Empress, bekam aber dafür nur
den verächtlichen Blick eines Sechzehnjährigen.

»Ich kann schießen«, war alles, was er entrüstet von sich
gab — sehr erwachsen. Guy war seit dem letzten Jahr mehrere Zentimeter gewachsen und überragte Empress inzwischen. Es ist an der Zeit, dachte Empress, der seine Ähnlichkeit mit dem Vater auffiel, zurückzugehen und den Anspruch auf Vaters Titel und Erbe anzumelden. Papa war tot,
und ihnen drohte kein Gefängnis. Wenn ihre Finanzen es erlaubt hätten, hätte sie die Familie gleich nach dem Tod der
Eltern zurück nach Frankreich gebracht. Vielleicht konnten
sie das mit ihrem verdienten Gold nun planen? Vielleicht
war es aber vernünftiger, noch ein paar Jahre in diesem
friedlichen Tal zu bleiben, wo Guy zum Mann heranwach-
sen konnte, ehe er Anspruch auf den Titel Graf de Jordan erhob.

Ihre Gedanken wurden von Eduard unterbrochen, der an
ihrem Arm zog und seine neuen Schuhe aufgebunden haben wollte. »Zu eng«, verkündete er sehr nachdrücklich und
setzte sich neben sie auf den Boden. »Beschenkschuhe zu
eng.«

Empress lächelte ihren kleinen Bruder an, der sein ganzes
Leben lang barfuß gelaufen war. Sie hätte ihm besser weiche
Mokassins für seine Füßchen kaufen sollen. Der Gedanke
an Mokassins rief umgehend lebhafte Bilder von einem
hochgewachsenen, bronzehäutigen Mann mit langem,
schwarzem Haar wie Seide in ihr wach, und sie wandte sich
mit einem Schauder zu Emilie und fragte rasch: »Haben wir
noch Pralinen übrig?«

Viel später, als die kleineren Kinder im Bett lagen, die Geschenke fest im Arm, saßen Guy und Empress noch am Feuer. Guy hatte vor einer Stunde nach den Tieren gesehen und
sie für die Nacht versorgt.

»Es wird sehr kalt heute nacht«, hatte er festgestellt, als er
in seinen neuen Stiefeln wieder hereingestampft war. »Der
Himmel ist ganz klar mit einem fantastischen Nordlicht. Es
sind bestimmt zwanzig Grad minus. Gegen Morgen wird es
noch eisiger.«

Wenn der Mond nicht fast voll gewesen wäre, hätte er der Spur in der Nacht nicht im gleichen Tempo folgen können. Empress war nicht vorsichtig gewesen, außer bei Cresswell's Laden, und ihre Spuren von den schwerbeladenen Pferden waren deutlich zu erkennen.

Es herrschte eine trockene, windlose Kälte in dieser Nacht, in der die Temperatur tief fallen würde und man erst merkte, daß einem das Gesicht erfror, wenn es schon zu spät war. Wenn er nicht bald sein Ziel erreichte, müßte er Schutz für Rally finden, sonst würde er ihn verlieren. Er konnte in seinem Büffelledermantel über der Kapuzenfelljacke und den pelzgefütterten Mokassins jede Kälte aushalten, aber sein Pferd machte bald nicht mehr mit. Reif hatte sich an seinen Nüstern gebildet, wo sein Atem gefror. Glücklicherweise hatten Empress' zwei Pferde schon den Weg durch den Schnee gebahnt, aber an manchen Stellen, auf den hohen Kämmen, wo immer ein Wind ging, waren die Spuren zugeweht.

Seine eigene Erschöpfung mochte Trey nicht zugeben, weil Wut seinen müden Körper weitertrieb. Wie oft in den letzten Stunden hatte er sich einzureden versucht, er müsse ihr Tun akzeptieren — ihr Fortschleichen mitten in der Nacht wie eine Diebin. Empress hatte wohl guten Grund, sagte er sich.

Natürlich. Doch Zweifel nagten an ihm. Warum hatte sie sich ihm nicht mitgeteilt? Und ungebeten wiederholte sich immer wieder der Satz in seinem Hinterkopf: Einer Frau, die sich in einem Bordell anbietet, kann man nicht trauen ... kann man nicht trauen ... kann man nicht trauen ...

Aber seine Wut war im Grunde rein egoistischer Natur. Ihm war etwas versagt worden, was er wollte. Das war eine neuartige Erfahrung in seinem Leben, das bisher ungewöhnlich glatt verlaufen war.

Da stolperte Rally, fing sich aber wieder, und Trey fluchte. Verdammte Empress, es gab keinen Grund, hier mitten in einer eisigen Winternacht herumzuirren, erschöpft, und seit einer halben Stunde mit halb erfrorenen Fingern. Er ignorierte die Tatsache, daß niemand ihn gezwungen hatte, ihr

167

zu folgen. Er war in übelster Stimmung, als die Spur den Kamm der nächsten Kuppe überquerte.

Und da sah er die Lichter der kleinen Hütte tief unten in der Talsohle. Sein Pferd bäumte sich leicht auf, als er die Zügel heftig herumriß. »Heureka!« rief er und blickte mit zusammengekniffenen Augen über den im Mondlicht gleißenden Schnee. Es war kein Zweifel, daß er seine Beute gefunden hatte. Er tätschelte sein Reittier beruhigend zwischen den Ohren, um sich für seinen Unmut zu entschuldigen. Der mit Perlen gestickte Puma auf seinen pelzgefütterten Handschuhen glänzte im Mondlicht auf, und er hob die Hand und küßte den schimmernden Talisman kurz. »Wir haben sie«, knurrte er.

Trey schätzte die kleine Farm so sorgfältig ab, wie man es ihm als Spurensucher beigebracht hatte. Er betrachtete das Land, lauschte auf Wachhunde und versuchte festzustellen, ob sich dort bewaffnete Männer befanden. Er nahm seine Colts aus den Halftern und überprüfte, ob die Kammern sich in der Kälte noch leicht drehen ließen. Dann öffnete er das Gewehr und überprüfte das Magazin. Anschließend preßte er Rally leicht die Fersen in die Flanken und begann den Abstieg ins Tal.

Guy hatte Empress gerade gefragt, wo sie das Geld her hatte. Er hatte es schon wissen wollen, seit sie mit der Ladung aus großzügigen Geschenken und Lebensmitteln wiedergekommen war. Doch sie wich der Antwort aus, und er bekam langsam Angst vor einer Erklärung. Sie war damals so ernst und entschlossen losgeritten ...

Empress sah Guy an. Sie saßen auf den stabilen Sesseln, die ihre Mutter um die halbe Welt mitgeschleppt hatte. Sie wußte, daß sie Guy eine Antwort auf seine Frage geben mußte. Sie holte tief Luft und begann: »Ich wollte mich in Helena verdingen, um genug Geld für Essen und Saatgut zu verdienen.«

Das war eine Halbwahrheit, aber sie klang gut. »Als ein Mann angeschossen wurde, war ich zufällig dabei ...« Wieder eine Halbwahrheit, aber sie brauchte nicht zu erklären, wie nahe dabei sie war und in welchem Zustand. »Ich konnte ihm helfen, daß er überlebte. Seine Familie ist sehr reich. Sie gaben mir das Geld als Belohnung, weil ich ihm das Leben gerettet habe.«

»Wie wurde er angeschossen? War es ein Duell?« Guy war noch jung genug, um sich für die Dramen zwischen Revolverhelden zu begeistern.

»Nein, nichts Ehrenwertes«, antwortete Empress und erinnerte sich an das brutale, blutige Bild von Trey und Flo in dieser Nacht. »Er wurde in den Rücken geschossen.«

»Wie feige!« rief Guy voll Abscheu. Seine Überzeugungen waren von jugendlichem Idealismus geprägt. »Haben sie den Täter gefangen?« fragte er gespannt »und aufgehängt?«

»Guy, wirklich, du bist aber blutrünstig«, schalt ihn Empress milde. »Nein, sie haben ihn nicht gefaßt. Das werden sie aber.«

»Wie kannst du da sicher sein? Wenn er entkommen konnte, finden sie ihn vielleicht nie?«

Empress dachte an die Unterhaltung, die sie eines Morgens mitangehört hatte, als Blue, Fox, Hazard und Trey über Jake Poltrain und die Möglichkeit sprachen, ihn wegen der Schießerei vor Gericht zu bringen. Sie waren einer Meinung, daß sie die Sache selbst in die Hand nehmen würden, wenn die Zeit reif war und man mit dem Gesetz allein nicht weiterkam. Ihre Pläne waren eindeutig: Jake Poltrain würde für die Sache bezahlen, so oder so. Am meisten hatte sie an dieser Unterhaltung nicht der Plan selbst schockiert, sondern die Übereinkunft, daß die Rache an Jake Poltrain etwas Unvermeidliches war. Hazards Stimme hatte unheimlich geklungen, als er sagte: »Ich bin nicht für Selbstjustiz, daher geben wir dem Gesetz erst einmal eine Chance. Wir leben ja angeblich in einem zivilisierten Land. Aber wenn es nicht gelingt, Jake Poltrain zu verurteilen und zu hängen ...« Die unausgesprochenen Folgen waren sonnenklar.

»Diese Familie«, erklärte Empress, »ist halbindianisch, und alle Männer sind sehr gute ...« Sie suchte nach dem passenden Wort. »... Spurensucher.«

»Echte Indianer?« rief Guy, fasziniert von der Vorstellung

einer Revanche der Wilden. »Werden sie ihn skalpieren, wenn sie ihn finden?«

»Gütiger Gott, Guy, du bist ja wilder als ein Indianer. Heutzutage wird niemand mehr skalpiert.«

»Die Schwarzfuß-Indianer tun das immer noch. Das hat mir Papa erzählt. Er sagte, er hätte es unten im Tal gehört.«

»Das war bloß ein Gerücht. Niemand skalpiert heutzutage mehr«, log sie. Sie wußte es jedoch besser. Trey hatte berichtet, daß man für Indianerskalps einen hohen Preis zahlte, obwohl es illegal war. In Deadwood, Süd-Dakota, hatte man vor ein paar Jahren über zweihundert Dollar dafür bezahlt. Die von Frauen erzielten die höchsten Preise. Das Bild von den vier Männern in Treys Zimmer an jenem Morgen trat ihr wieder vor die Augen: ihr schulterlanges Haar, die wie gemeißelten Wangenknochen, die klassischen Züge, ihre leise Diskussion um Jake Poltrains Tod. Das Bild strafte ihre Versicherung Lügen.

»Papa sagte, sie verlassen die Reservate, um auf die Jagd zu gehen, und er hat einmal eine ganze Gruppe auf dem Kamm gesehen. Aber sie sind weitergeritten. Papa sagte, sie rauben oft Pferde.«

»Ich weiß nicht viel über Indianer — und du eigentlich auch nicht, abgesehen von Gerüchten. In den zwei Jahren hier haben wir nie Probleme gehabt. Nicht ein einziges Mal. Daher gehe ich davon aus, daß die Indianer nicht an Clover interessiert sind.«

»Das andere Pferd ... das schöne Pony«, Guys Stimme hob sich um eine halbe Oktave, »ist das ein Indianerpferd? Hast du das auch von der Halbblutfamilie?«

»Es muß wieder zurück. Ich habe es nur als Packpferd geliehen.«

»Wann bringst du es zurück? Kann ich dann mitkommen?«

Wie schön es wäre, nächsten Sommer das Pferd zurückzubringen und zu sagen: »Danke.« Sie könnte Trey wiedersehen. Aber dann erinnerten sie die Stimmen der Frauen daran, was sie für Trey bedeutete. Es war vorbei. Sie konnte nie wieder zurückgehen. In ein paar Tagen würde er sie in den Armen einer anderen vergessen. Es war schlimmer, als sie

170

gedacht hatte. Er war ständig in ihren Gedanken. »Ich weiß
es nicht«, sagte sie seufzend. »Vermutlich bringen wir es
doch nicht zurück.« Das war die Wahrheit. Sie hatte zwar
bewußt das Wort *geliehen* benutzt, aber keine Ahnung, wie
sie es anstellen sollte, es zurückzubringen.

Während Trey in der Scheune nachsah, wie viele Pferde
dort standen, und Empress und Guy auf ein unverfängli-
cheres Thema überwechselten, kehrte Duncan Stewart von
einem Galaabend der Montana-Gesellschaft zurück, einer
Gruppe geldgieriger Männer, die jeden Holzbestand des
Landes fällen wollten und bereit waren, die zuständigen Behörden dafür großzügig zu beschenken.

»Dein *Zukünftiger* ist verschwunden«, erklärte Duncan, als
er unsicher zum Bartisch stolperte und den Stöpsel aus der
Glasflasche mit dem Bourbon zog. Er goß sich ein Glas voll
und nahm einen tiefen Schluck, ehe er sich seiner Tochter
zuwandte, die sich weigerte, auf diese Bemerkung einzugehen. Sie lehnte in voller Abendgarderobe auf dem silbernen
Satinsofa, weil sie selbst erst vor kurzem von einem Abendessen zurückgekehrt war. Sie nahm einen Schluck Champagner und setzte ihr Glas behutsam auf einem Tisch ab,
ehe sie ihren Vater gelassen ansah. »Die Nachricht hat schon
die Runde durch die ganze Stadt gemacht.«

»Machst du dir Sorgen?«

Sie zuckte die Achseln, wobei die violette Tüllrüsche um
ihren tiefen Ausschnitt bebte. »Würde das etwas nützen?«
fragte sie unbeeindruckt.

»Du reagierst vielleicht abgebrüht!«

»Kein Grund zur Eile.«

»Und wenn er da draußen erfriert? Der Mann ist kaum
vom Totenbett wieder auferstanden.«

»Wirklich, Daddy, denk doch mal nach. Er ist ein halber
Indianer. Der weiß, wie man im ... äh ... Freien überlebt.«

Beim letzten Wort machte sie eine wegwerfende Geste mit
der schlanken, perfekt manikürten Hand.

»Es heißt auch, es ist dieselbe Frau, die sich bei Lily zum
Kauf angeboten hat. Hältst du das vielleicht für Konkurrenz?

Ich nicht. Und du Daddy, wirst als Mann doch sicher den Unterschied begreifen.«

Ihr Vater nickte, räusperte sich und staunte wie so oft, wie zynisch seine Tochter das Leben betrachtete. »Jedenfalls wird nach ihm gesucht.«

»Und ich bin sicher, daß sie ihn finden werden«, erklärte Valerie seelenruhig. »Was hältst du übrigens von einem Gespräch mit Hazard in etwa einer Woche? Offensichtlich ist Trey nach seiner Krankheit wieder munter genug. Ich finde, du solltest seinem Vater einen kleinen Vorschlag machen und ihm ein bißchen Zeit geben, sich an den Gedanken zu gewöhnen. Er wird natürlich die Geschichte mit Gray Eagle und Buffalo Hunter überprüfen müssen.«

»Wenn Hazard Black nicht so sehr hinter seinem Clan stünde, würde dieser Plan sowieso nie klappen, das weißt du wohl.«

»Wenn Hazard Black nicht so sehr hinter seinem Clan stehen würde, müßten wir uns etwas anderes ausdenken, nicht wahr? Aber so ist die Sache nun mal, und darum geht es jetzt. Ich spiele die Rolle der empörten Jungfrau vor Gericht vermutlich recht gut. Wir beide wissen doch, wie das Gesetz hier draußen mit den Indianern umspringt. Letzten Monat haben sie gerade wieder vier in Missoula gehängt. Und dazu die sieben in Mussleshell. Ging es da um Vieh?«

»Um Pferde.«

»Du siehst, wie leicht die Sache wird, Daddy.« Sie prostete ihm lächelnd mit dem Champagnerglas zu.

Zuerst flackerte die Paraffinlampe auf dem Kaminsims, dann spürten sie den kalten Luftzug. Empress und Guy drehten sich im selben Moment zur Tür.

Schneeflocken wirbelten in das Zimmer und legten sich in dünnen Spuren auf den Bretterboden. Treys hohe Gestalt füllte den schmalen dunklen Türrahmen aus. Sein Kopf streifte fast den niedrigen Balken, und der schwere Büffelledermantel gab seiner Gestalt etwas Riesenhaftes. Seine Fellkapuze war zurückgeschoben, ebenso reifüberzogen wie seine Wimpern. Er trat ein. Seine Mokassins verursachten auf den Dielen keinen Laut. Dann schob er die Tür mit dem Arm zu. »Du schuldest mir noch sechs Tage«, sagte er.

Guy war von seinem Stuhl aufgesprungen. »Wer ist das, Pressy? Wer ist das? Was meint er mit den sechs Tagen?«

Trey warf einen Blick auf den Jungen, dann blickte er wieder Empress an. »Soll ich es ihm sagen?« drohte er leise. Sein silbriger Blick wanderte aufmerksam durch den kleinen Raum. Er hatte bereits in der Scheune nachgesehen und von außen in die von der Lampe erhellte Hütte geblickt. Es schien, daß die beiden allein waren, aber es schadete nicht, vorsichtig zu sein.

»Was meint er, Pressy?« platzte Guy heraus. »Sag es mir.«

Treys Blick fuhr wieder zu Empress, und er hob fragend die dunklen Brauen.

»Nein«, flehte Empress entsetzt. »Guy, ich möchte dir jetzt den Mann vorstellen, von dem ich dir vorhin erzählt habe.«

Trey runzelte überrascht die Brauen.

»Den Mann, dem ich das Leben gerettet habe«, erklärte sie mit fester Stimme.

»Und zwar mit unglaublicher Geschicklichkeit«, fügte Trey bestätigend hinzu.

»Der Mann, dessen Familie mir das Gold als Belohnung gab. Weil ich ihm das Leben gerettet habe«, fügte Empress noch einmal nachdrücklich hinzu.

Treys Lächeln blitzte auf. Er breitete die Arme aus. »Mit allem, was dazugehört.«

Empress warf ihm einen verzweifelten Blick zu. Seine Unverfrorenheit verblüffte sie immer wieder.

»Guy«, fuhr sie atemlos fort, »das ist Trey Braddock-Black. Trey, das ist mein Bruder Guy.«

Trey trat zu Guy, zwinkerte Empress aber dabei zu. Er streckte die Hand aus und sagte feierlich: »Es ist mir ein Vergnügen.«

»Guten ... guten Abend, Sir«, stammelte Guy und rief sich eilig seine Manieren ins Gedächtnis. Er starrte wie gebannt auf den riesigen Mann mit den Doppelrevolvern in den locker hängenden Halftern. »Sie sind das Halbblut«, platzte

173

er heraus, errötete aber sofort über diese Ungeschicklichkeit und stotterte eine Entschuldigung.

Trey erlöste ihn aus seiner Verlegenheit. »Ist schon gut, Guy«, griente er. »Daran bin ich gewöhnt. Mir ist übrigens die väterliche Seite meiner Familie lieber.«

»Pressy sagte, Sie würden den Mann verfolgen, der Sie in den Rücken geschossen hat. Werden Sie ihn aufhängen oder an einen Pfahl fesseln und Ameisen auf ihn setzen?«

Trey sah ihn belustigt an und warf dann einen amüsierten Blick zu Empress. »Hat dir das deine Schwester erzählt?«

»Oh, nein, Sir ...« Rasch eilte Guy Empress zur Hilfe. »Ich dachte nur ... weil Sie ja halbindianisch sind und ...«

»Das mit den Ameisen gefällt mir«, stimmte Trey zu. »Würdest du mir gerne helfen, wenn ich den Schurken finde?«

Guy riß vor Aufregung die Augen auf und schnappte nach Luft.

»Trey, das reicht«, mahnte Empress. »Guy, bring Mr. Braddock-Black nicht mit deinen verrückten Ideen in Verlegenheit.«

»Sind das Sechsschüsser?« fragte Guy nun, von der Ermahnung seiner Schwester völlig unbeeindruckt. Er hatte noch nie einen Revolverhelden gesehen. Und das war sicher einer.

Trey nickte.

»Sonderanfertigung?«

»Ja.«

»Pressy hat mir einen Colt mitgebracht, aber einen ganz normalen.«

»Alle Colts sind verdammt gute Waffen.«

»Kann ich einen von Ihren mal ansehen?« Guy starrte wie gebannt auf die Perlmuttgriffe der Revolver.

»Sicher, du kannst auch mal einen ausprobieren.« Trey schnallte seinen Revolvergürtel ab und reichte ihn Guy.

»Ich unterbreche zwar ungern dieses wichtige Männergespräch«, meinte Empress nun spitz, weil Treys Charme sie ärgerte. Jedermann mochte ihn sofort leiden. Das war zu viel.

174

*Jedermann,* nicht nur Frauen. »Aber vielleicht kannst du mir sagen, was du hier suchst, Trey.«

»Das habe ich doch schon«, antwortete er gedehnt. Er sah sie warm an. Seine Wut war verflogen.

»Trey, schauen Sie, er paßt.« Guy hatte den Gürtel in das letzte Loch geschnallt, und die schweren Halfter baumelten nun tief an seinen schlanken Hüften. »Kann ich damit schießen?« fragte er voller Aufregung.

»Nicht jetzt«, verbot Empress streng, wandte sich wieder an Trey und fragte: »Ich möchte deine Pläne wissen.«

»Bitte«, bettelte Guy.

»Guy!«

»Später, Guy«, sagte Trey ruhig. »Wir gehen später nach draußen. Der Mond ist fast voll. Wenn du uns jetzt einen Moment Zeit gibst, denn ich möchte mit deiner Schwester allein sprechen.«

Guy sah Empress' gefurchte Stirn und ihren lodernden Blick. »Oh, klar. Ich bringe Ihr Pferd in die Scheune.«

»Das habe ich schon getan. Aber du könntest es füttern und meine Schlafrolle hereinbringen.« Er hatte bei seinem überhasteten Aufbruch trotzdem noch rasch und gezielt gepackt, eine Gewohnheit, die er von seinem Vater auf den sommerlichen Jagden gelernt hatte: Kleidung zum Wechseln, ein Paar Mokassins, die nötige Munition — alles in seinen Schlafsack eingerollt. »Und ich hätte gegen etwas zu essen auch nichts«, fügte er hinzu.

»Oh, Essen haben wir genug, nicht wahr, Pressy?« antwortete Guy. »Pressy macht Ihnen etwas zurecht, und ich helfe, wenn ich das Pferd versorgt habe. Ich bin ein ganz guter Koch geworden ... wenn wir Zutaten haben«, fügte er hinzu. »Ehe Pressy wiederkam, hatten wir allerdings dreimal am Tag Haferschleim. Mit Eiern«, setzte er stolz hinzu. »So schlimm war's nicht, nur Eduard verstand das nicht. Aber es war toll für uns, als Pressy wieder ins Tal zurückkam. Habe ich Ihnen schon meine neuen Stiefel gezeigt?« plapperte Guy, während Empress vor Verlegenheit fast in den Boden versank.

»Ich bin sicher, daß Mr. Braddock-Black sich nicht für

deine neuen Stiefel interessiert«, sagte sie, aber es war zu spät, denn Guy hatte bereits seine Hosenbeine hochgezogen, um seine glänzenden neuen Stiefel vorzuzeigen.

»Sie sind sehr schön«, lobte Trey, dem durch den Sinn schoß, daß er sich noch nie Gedanken über neue Stiefel hatte machen müssen.

»Wir hatten nur noch ein altes Paar von Papa, nachdem er gestorben war, und ... es war schwierig, wenn wir alle nach draußen wollten ...« Hier brach Guy unvermittelt ab, weil er endlich den wütenden Blick seiner Schwester bemerkt hatte. »Ich kümmere mich jetzt besser um Ihr Pferd«, murmelte Guy und verdrückte sich.

»Er redet zuviel«, sagte Empress in die Stille, nachdem sich die Tür hinter ihrem Bruder geschlossen hatte.

»Wie alle Kinder«, lächelte Trey. »Das macht ja ihren Charme aus.«

»Er betrachtet sich nicht mehr als Kind. Ich fürchte, er sieht sich als Erwachsenen, seit ...«

»Seit euer Vater starb?«

»Ja.«

»Und eure Mutter?« fragte Trey mit einem Blick auf das Doppelportrait über der schmalen Kommode.

»Sie starb drei Tage später.«

»Wann war das?«

»Letzten Sommer.«

»Das tut mir leid. Und deshalb habe ich dich bei Lily gefunden?«

Sie nickte. »Und deswegen mußte ich unsere Abmachung einhalten, als ... na ja, du weißt schon.«

»Du hättest das Geld auf jeden Fall behalten können.« In seiner Stimme lag großes Mitgefühl.

»Ich konnte mir aber nicht sicher sein.«

»Gut für mich.« Nun wurde sein Lächeln verlockend. »Da wir gerade beim Thema sind, vielleicht können wir besprechen, wie genau wir ... eh ... die restlichen Tage arrangieren, die du mir noch schuldest, wenn Guy und Eduard hier rumlaufen.« Sein Zorn war verraucht, seit er sie gefunden hatte. Und die restlichen Tage waren nur ein Vorwand, falls er einen brauchte, oder sie eine moralische Rechtfertigung. Empress war sonst unerfahren mit Männern, und ihr vorzeitiges Verschwinden hatte vielleicht etwas mit ihrem Gewissen oder Moral zu tun. Falls sie eine Entschuldigung brauchte, würde er sie ihr liefern.

»Vergiß dabei nicht Emilie und Geneviève«, fügte Empress mit spitzbübischem Lächeln hinzu.

»Hier gibt es noch mehr Kinder?« Entsetzen schwang in seiner Stimme, aber im nächsten Augenblick hatte er sich wieder gefaßt. »Ach ja, du sagtest an dem Abend bei Lily, du hättest auch Schwestern.«

Er war an Kinder nicht gewöhnt, geschweige denn damit vertraut, jemanden in der Nähe zu haben, wenn man ihn absolut nicht brauchen konnte.

Empress hatte die Irritation, aber auch seine darauffolgende gute Haltung bemerkt. Dafür bewunderte sie ihn. Im übrigen befand sich Trey nun allerdings auf ihrem Territorium. Das bedeutete für ihn eine gänzlich andere Lage als auf der Ranch. Dort konnte er tun und lassen, was er — und wann er es wollte … Hier, mit ihren vier Geschwistern und den sehr beengten Verhältnissen, war es unmöglich, die Welt zu seiner Zufriedenheit zu gestalten. Doch es stand völlig außer Frage, daß sie den überwältigenden Impuls hatte, sich in seine Arme zu werfen, ein Impuls, gegen den sie sich hartnäckig wehrte. Zahlreiche innere Monologe und die qualvolle Grübelei der letzten Tage hatten für eine sehr realistische Wahrnehmung dessen gesorgt, wie ihr Platz in Treys hektischem Leben aussehen würde, ob mit oder ohne Liebe.

»Vier insgesamt. Brüder und Schwestern«, erläuterte Empress. »Ich fürchte, deine Reise hierher war reine Zeitverschwendung.« Während sie diese Worte herausbrachte, begann allerdings ihr Puls zu rasen, denn Trey hatte begonnen, seinen Büffeledermantel aufzuknöpfen. Seine hellen Augen, die sie so oft an Mondlicht erinnerten, blitzten sie an.

»Ich habe fast mein Pferd auf dem verdammten Weg hierher umgebracht, daher sind vier Geschwister oder vierzig …« Er öffnete die Felljacke, die er unter dem Mantel trug, und ließ den Satz mit einem Zucken seiner schwarzen Brauen enden. »Es ist nur eine Sache ...«, grinste er dann jungenhaft und zärtlich, »der Organisation.«

Damit schälte er sich aus seinem Mantel und der Felljacke und reichte sie ihr, mußte ihr aber sofort helfen, weil sie unter dem plötzlichen Gewicht wankte.

»Großer Gott, so was trägst du?« keuchte Empress. »Du mußt kräftiger sein, als ich dachte.«

»Und du schwächer«, erwiderte er leise und hielt sie fest in seinen starken Armen. »Eine schöne Kombination, wenn ich mich recht erinnere ...«

»Still, Trey, die Kinder können dich hören«, warnte Empress und blickte hoch zum Speicherboden. Nervös fuhr sie sich mit der Zunge über die Lippen. Als er aus der eisigen Dunkelheit in ihre Hütte getreten war, hatte sie unerklärlicherweise gedacht, daß ihr Leben aufs Neue begann. Und jetzt, da seine Arme sie umschlungen hielten, setzte er ihren Körper wieder in Flammen. Es war, als befände sie sich im Auge eines Hurrikans.

»Gib mir einen Kuß, mein Kätzchen«, flüsterte er. »Das ist leise genug.« Er hob sie mitsamt dem Büffelledermantel an seinen Mund und küßte sie mit immer noch kalten Lippen.

»Nein«, protestierte sie, als er sie wieder hinstellte. »Das darfst du nicht«, so als würden die Worte die vertraute Sehnsucht hinwegwischen, die Treys Küsse jedes Mal bei ihr wachrief. Als würde ein einfaches Nein die aufflackernde Begierde ersticken, die ihre sinnlichen Erinnerungen auslöste. »Du hättest nicht herkommen sollen«, sagte sie.

Er nahm ihr den Mantel ab und warf ihn mit einer Hand auf einen Stuhl. »Du hättest mich nicht verlassen dürfen«, erwiderte er mit weicher, tiefer Stimme. Sein Wollhemd war hellrot und so weich, daß es aus Kaschmir und Seide sein mußte, der wohl wärmsten Mischung gegen die Kälte. Sie fand sich im Vergleich zu ihm schäbig; selbst mit ihrem neuen Reichtum war der Gegensatz zwischen ihnen krass. Auch mit dem guten Einkommen eines Grafen hatte sie nie die Mittel und den Wohlstand genossen, woran Trey gewöhnt war. Vielleicht beruhte seine Selbstsicherheit auf diesem

Reichtum. Doch der war gleichzeitig das größte Hindernis für ihre Beziehung. Seine Privilegien und sein Vermögen standen ihren eigenen Zukunftswünschen im Weg.

»Ich mußte fort«, antwortete sie in dem Wissen, daß er ihr niemals gehören würde. »Du hättest mich einfach vergessen sollen.« Sie wich vor ihm zurück.

»Ich mußte aber kommen«, sagte er so leise, daß die Worte wie ein heiserer Hauch klangen.

Er steht viel zu dicht vor mir, überlegte sie beunruhigt, gefangen zwischen der Kommode und dem Bücherregal, den Rücken an der Wand.

Sein Duft stieg ihr in die Nase, als er die Hände auf ihre Schultern legte. Er hat noch nie ein Nein akzeptiert, dachte sie, als sein dunkler Kopf sich zu ihr beugte.

Sie sieht ebenso schön aus, wie ich sie in Erinnerung hatte, dachte er: zierlich, weich, mit Sehnsucht im Blick, selbst wenn sie sich mir verweigert. Dann berührten sich ihre Lippen. Empress' Mund war halbgeöffnet in ihrer ungekünstelten Hingabe, die er stets so verlockend fand, und seine Erektion dehnte schon den weichen Stoff seiner Hose. Sie spürte sein Glied hart an ihrem Bauch und stöhnte auf. Ihre samtene Zunge tastete gierig nach seiner, da hörten sie Guys unmelodisches Pfeifen vor der Tür.

Empress löste sich hastig von Trey, duckte sich geschickt unter seinen Armen hindurch und stand in der Raummitte, als ihr Bruder zur Tür hereintrat.

»Trey, wie heißt Ihr Pferd?« fragte der Junge und stampfte den Schnee von den Füßen. »Es ist sehr rassig!« Er war ein Abbild jugendlicher Begeisterung, wie er da breit grinsend, Treys Schlafsack auf der Schulter, in der Tür stand.

Trey schluckte schwer, um seine Stimme normal klingen zu lassen und um der brennenden Begierde Herr zu werden, die noch in ihm tobte.

»Es heißt Rally«, antwortete er schließlich. »Er hat als Einjähriger das Rennen in Helena gewonnen und seitdem jedes Pferd westlich von Sheridan besiegt. Du darfst ihn morgen mal ausprobieren«, bot er großzügig an.

»Jippie! Da ist ein Versprechen! Wo wollen Sie den Schlafsack hinhaben? Können wir jetzt schießen gehen?« Guy hatte hier in seinem eigenen Haus einen echten Westernhelden, und er wollte es ihm so angenehm wie möglich machen, damit er nur ja auch blieb.

Trey wußte genau, wo er seinen Schlafsack ausrollen wollte, aber der Junge war zu kindlich, um das zu verstehen. Daher sagte er ablenkend: »Wir sollten deiner Schwester beim Kochen helfen.«

Empress hatte inzwischen nervös mit Tellern und Töpfen geklappert und wirkte wie kurz vor einer Explosion. Da er ihr Temperament kannte, versuchte er, sie zu besänftigen und zu beruhigen. »Außerdem«, meinte er leise zu Guy, »können wir morgen schießen gehen. Ich bleibe ein Weilchen hier, wenn du nichts dagegen hast.«

»Ich etwas dagegen haben?« wiederholte Guy hingerissen. »Hast du das gehört, Pressy? Trey will bleiben! Ist das nicht großartig? Er läßt mich mit seinen Spezialrevolvern schießen und sein Pferd reiten und ... Pressy, ist das nicht wunderbar?« Guy war in einem Alter, in dem man leicht zu beeindrucken ist und männliche Leistungen und Heldentum wichtig und aufregend waren.

Es war der Himmel, dachte Empress. Es war genau das, was sie nie zu träumen gewagt hatte. Das Paradies lag zum Greifen nahe. Trey lächelte sie an, berührte sie, küßte sie, webte seinen verführerischen Bann um sie, damit ihr Glück vollendet würde, und löschte alle Zweifel aus. Der schönste Mann aller Kontinente wollte bei ihr bleiben.

Es würde die Hölle werden. Denn in der Welt draußen hatte sich nichts geändert, in der Welt außerhalb des Zauberkreises, der sich um sie schloß, wenn Trey sie in den Armen hielt. In dieser realen Welt war sie überflüssig. In der Welt, in der Liebe für Trey nur ein Spiel war. In der Welt, in der ihr von der Liebe zu Trey immer nur ein gebrochenes Herz bleiben würde.

Empress' Stimme klang schärfer als beabsichtigt: »Wunderbar. Und jetzt hilf mir beim Kartoffelschälen.«

»Klar, Pressy«, stimmte Guy rasch zu. Seine Stimme klang glücklich genug für sie beide. »Sieh mal, wie schnell ich das

jetzt kann. Seit du weg warst, bin ich richtig gut geworden.«
Als Trey seine Hilfe anbot, klang ihre Weigerung weniger
scharf als die Antwort an Guy, weil sie sich schuldbewußt
zusammennahm. Guy war so froh über die männliche Gesellschaft — sie durfte ihm diese Freude nicht verderben. Es
war für ihn auch nicht gerade leicht gewesen, die Welt der
Bequemlichkeiten und des Komforts zu verlassen und im
Alter von elf Jahren Pflichten und Verantwortung zu übernehmen, die weit über seine Fähigkeiten hinausgingen. Irgendwie hatten sich Empress und er besser angepaßt als
ihre Eltern, waren widerstandsfähiger gegenüber den unver-
trauten Pflichten und der harten körperlichen Arbeit.

Trey erkannte den verkniffenen Zug um ihren Mund, als
sie sein Angebot ablehnte und drängte sich nicht weiter auf.
Er wollte weitere Mißhelligkeiten vermeiden. Das Gefühl ihrer weichen Lippen auf seinen, die Sinnlichkeit ihres
schlanken Körpers an seinem hatten seine Lust geweckt.
Und Streit war das letzte, was er wollte. Er wartete im Sessel
am Feuer auf das Essen — und war in wenigen Minuten eingeschlafen. Schiere Willenskraft hatte ihn bisher aufrecht
gehalten, aber nun war er erschöpft. Sein noch nicht vollständig geheilter Körper war bis an seine Leistungsgrenzen
getrieben worden. Und als würde sein unbezwingbarer Wil-
le begreifen, daß er endlich in Sicherheit war, daß er dort
war, wo er am liebsten sein wollte, konnte er endlich entspannen und ihn schlafen lassen.

»Still«, schalt Empress Guy einmal, als dieser zu laut
sprach. »Laß Trey schlafen.« In ihrem Blick, der den schlafenden Mann am Feuer betrachtete, lag Zärtlichkeit. Sie
wußte, welche Anstrengung es ihn gekostet haben mußte,
ihr bis hierher zu folgen, welchen eisernen Willen er gebraucht hatte, um die siebzig Meilen bei scharfem Frost zu
reiten, wo seine Gesundheit doch gerade erst mal knapp
wieder hergestellt war. Verdammt sei die unsichere Zukunft,
dachte sie spontan, und verdammt seien blöde Gänse wie
Arabella McGinnis! Sie wollte ihn, und vielleicht bedeutete
die Tatsache, daß er mitten im Winter siebzig Meilen hinter
ihr hergeritten war, daß er sie mehr wollte als die Arabellas

181

und Lucys dieser Welt. In diesem Augenblick war nichts weiter wichtig, als daß er da war. Sie ließ ihn fast eine Stunde lang schlafen, ehe sie ihn weckte, und er lächelte sofort, als er sie sah, genau wie sie sich erinnert hatte, und rieb sich die Augen wie ein kleines Kind nach einem Mittagsschlaf. »Ich bin so froh, daß ich dich gefunden habe«, murmelte er, und ihr schwoll das Herz vor Glück.

Das Essen verlief ruhig und harmonisch, während die Paraffinlampe ihren warmen, goldenen Schein über den Tisch und die Gesichter der drei jungen Menschen warf. Es schien fast so, als wären sie vollständig allein in der Welt, hoch oben in den Bergen in der schwarzen Nacht. Empress hatte sich entspannt zurückgelehnt und sah zu, wie Trey systematisch und mit dem üblichen guten Appetit aß. Sie strahlte wie Guy, als Trey den beiden Köchen ein Kompliment machte. Er nahm sich von allem zweimal und sagte mit verführerischem Lächeln: »Ja, bitte«, als sie fragte, ob er eine heiße Schokolade wollte. Warum kann die übrige Welt nicht einfach verschwinden, dachte sie, sein Lächend erwidernd, und wir könnten alle für immer hier bleiben?

Als Trey schlief, war Guy von Empress gewarnt worden, dem Gast kein Loch in den Bauch zu fragen. Daher beherrschte er sich sehr, Trey nicht die Ohren vollzuschwatzen, sondern stellte nur bescheidene Fragen nach Indianern und Skalps und blutigen Rachezügen. Trey beantwortete alles sachlich und ernst. Sie verabredeten, am nächsten Morgen Zielschießen zu üben.

»Wenn nicht der Blizzard bis dahin zuschlägt«, gab Trey zu bedenken.

»Meinst du wirklich?« wollte Empress wissen. »Der Himmel ist doch so klar.«

»Der Wind hat aber zugenommen und sich gedreht, als ich herabritt. Es roch nach Schnee.«

»Vielleicht haben wir Glück«, erklärte Guy mit kindlichem Egoismus, »und wir schneien richtig ein!«

»Vielleicht«, lachte Trey und goß sich ein wenig Sahne über sein Apfelmus.

»Oh, nein«, wehrte Empress ab. Sie schwankte zwischen

Hingabe und Ablehnung, zwischen nüchterner Vernunft und Liebe. »Wir waren im ersten Winter hier eingeschneit, und das hat über zwei Monate gedauert.« In ihrer gegenwärtigen Situation konnte sie sich nicht vorstellen, so lange mit Trey hier eingeschlossen zu sein.

»Diesmal wird das nicht so schlimm, Pressy«, erinnerte sie Guy. »Du hast doch genug Vorräte mitgebracht.« Er war sich der Unruhe nicht bewußt, die den Seelenfrieden seiner Schwester störte. Für ihn war die Vorstellung von ein paar Monaten in Treys Gesellschaft einfach fantastisch.

»Aber du kannst doch unmöglich so lange bleiben«, platzte sie heraus, merkte aber, wie unhöflich das klang und fügte stotternd hinzu: »Deine Familie würde sich Sorgen machen.«

»Ich habe nichts dagegen, eingeschneit zu werden«, entgegnete Trey mit einem Lächeln, so warm wie ein Sommertag. »Und meine Familie weiß, wo ich bin.« Das stimmte zwar nicht so ganz, aber sie wußten zumindest, wohin er geritten war — nur halt nicht genau, wo er sich befand. Seine Mutter würde sich vielleicht Sorgen machen, aber sein Vater wissen, daß er sehr gut allein zurechtkommen würde.

»Hast du das gehört, Pressy? Trey hat auch nichts dagegen.«

Guys Gesicht strahlte. »Können Sie mir beibringen, mit Pfeil und Bogen zu schießen? Können Sie mit Pfeil und Bogen umgehen? Ich wette, das können Sie auch«, sagte er und beantwortete damit seine eigenen Fragen.

»Wir haben Zeit für alle möglichen Dinge«, erwiderte Trey grinsend. »Als erstes sollten wir jedoch, ehe der Sturm hereinbricht, Schneeschuhe machen. Habt ihr Schneeschuhe?« Er hatte die Panik in Empress' Blick gesehen, als sie davon sprachen, eingeschneit zu werden, und hatte Mitleid mit ihrer Angst.

»Nein, haben wir nicht«, antwortete sie. »Papa hat es versucht, aber . . .«

»Kein Problem. Wenn wir sie fertighaben, spielt der Schnee keine Rolle mehr. Wir brauchen uns darüber keine Sorgen zu machen. Wie klingt das?« fragte er aufmunternd.

»Sehr gut«, sagte Empress leise, die bei einem längeren Aufenthalt von Trey in ihrer Hütte um ihr Seelenheil fürchtete. Er strahlte soviel Glück und Zuneigung aus, daß es sie erwärmte wie ein Sommertag. Er bedeutete ihr schon viel zu viel. Sie würden sich ernsthaft über sein Bleiben unterhalten müssen. Später, wenn Guy eingeschlafen war.

Aber Trey schlief noch vor Guy im Sessel am Feuer ein, weil der anstrengende Zwölfstundenritt nun seinen Tribut forderte.

Sie deckte ihn zu, und als Guy zu Bett gegangen war, blieb sie noch lange sitzen und betrachtete den schlanken, bronzehäutigen Mann, der ihr aus ganz offensichtlichen Gründen gefolgt war. Es würde für längere Zeit nie gutgehen, dachte sie, und starrte auf die perfekten Linien seines Gesichts. Es wäre die Spitze meiner Dummheit, mich in den reichsten, begehrenswertesten Junggesellen Montanas zu verlieben. Es war absurd, nur daran zu denken, daß er mehr von ihr wollte, als pure körperliche Erfüllung. Ihre ganze Beziehung war von Anfang an zum Scheitern verurteilt. Er hatte sie sich als Sklavin gekauft! Warum war ihr Herz so voller grenzenloser Zuneigung, warum flüsterte sie leise: »Bleib nicht zu lange bei uns auf dem Winterberg ... denn er läßt dich vielleicht nie wieder los.«

Einen Moment später lächelte sie bitter über ihre Anmaßung. Als ob sie einen Mann wie Trey jemals einfangen könnte!

Trey wachte am nächsten Morgen steif, aber ausgeruht auf. Er sah sich in dem kleinen Raum um, erblickte Empress, die gerade Holz in die Kochstelle schichtete, und sagte leise: »Guten Morgen.«

Sie drehte sich um und lächelte ihn an.

Sein Lächeln flog zu ihr zurück.

Dann dehnte und reckte er sich und fragte: »Wo hast du geschlafen?«

»Da drüben«, antwortete sie und deutete auf das Bett, das in die dunkle Ecke unter den Speicherboden eingebaut und bereits mit einer bunten Steppdecke zugedeckt war.

Er gähnte genüßlich und grinste. »Ich glaube nicht, daß ich heute abend wieder in diesem Sessel schlafe.«

»Du kannst das Bett mit Guy teilen.« Empress machte eine Handbewegung über die Schulter zur gegenüberliegenden Wand. »Das ist das Bett unserer Eltern, groß genug für zwei ausgewachsene Männer.«

Als Trey Guy erspähte, der dort in einem Gewühl von Decken schlief, senkte er die Stimme, streckte die Arme aus, und flüsterte: »Guy scheint einen guten Schlaf zu haben.«

Empress blickte ihn über die kurze Entfernung hinweg an. Sie trug die üblichen Hosen und ein Flannellhemd und wirkte sehr frisch und jung. »Mach dir ja keine Hoffnungen, Trey.«

»Die habe ich schon, mein Liebling.« Seine hellen Augen spazierten bedächtig an ihren schlanken Beinen und dem kurvenreichen Körper entlang bis zu ihren hellgrünen Augen. »Zu spät.«

»In dieser engen Hütte befinden sich außer dir und mir vier weitere Menschen, und die haben alle große Ohren und Augen, und sie sind sehr neugierig. Denk daran.«

»Das verspreche ich«, sagte er mit hintergründigem Lächeln. »Ich bin doch immer ganz diskret.« Dann legte er die Decke beiseite, erhob sich, fuhr mit den Fingern durch sein verstrubbeltes Haar, streckte die Arme hoch und blickte sie aus glühenden Augen zärtlich an. »Ich habe dich vermißt«, murmelte er.

»Das sagst du zu allen Frauen«, warf Empress ihm vor. Sie versuchte an diesem Morgen ernsthaft, Trey auf Abstand zu halten. Das hatte sie im ersten Licht dieses kalten Morgens beschlossen: Erstens, sich nicht von Treys Schönheit und Charme einwickeln zu lassen (leicht gesagt, wenn er nicht da war). Zweitens, sich kühl distanziert zu verhalten (genauso schwer, wenn er sie so anlächelte). Und drittens, ihn sobald wie möglich fortzuschicken, denn er machte ihr Leben zu kompliziert. Unmöglich kompliziert.

»Niemals«, widersprach er leise. »Du bist die allererste.«

Seine tiefe, rauhe Stimme und seine unerwartete Antwort schickten ihr einen Schauder den Rücken herab, und alle sorgfältig gefaßten Vorsätze lösten sich in Wohlgefallen auf. Es dauerte eine ganze Weile, bis Empress' Vernunft wieder die Oberhand über ihre spontane Reaktion gewannen. »Bitte verzeih, wenn ich das unglaubwürdig finde«, erklärte sie mit fester Stimme. Die Unterhaltung, die sie mitbekommen hatte, und Arabellas Hohn fielen ihr in aller Schärfe wieder ein ... alle Männer, die bei den Frauen so beliebt waren, droschen solche charmanten Phrasen.

Trey trat an dem groben Holztisch mit den nicht zusammenpassenden Stühlen vorbei auf sie zu. Er wußte, er konnte sie überzeugen, wenn er sie an sich drückte. Ihre Reserviertheit, ihre Vernunft verschwanden sofort, wenn er sie küßte oder ihr süße Liebesworte zuflüsterte.

Es gab keinen Grund für ihre Zurückhaltung. Die Schatten ihrer Vergangenheit waren gelüftet — die Brüder und Schwestern, die unendliche Armut mit den deutlichen Zeichen an eine wohlhabendere Vergangenheit, wie den Familienportraits, dem einsamen silbernen Kerzenleuchter und dem Offiziersschwert, das über dem Kamin hing. Was sonst hatte sie zu verbergen? Überall in Montana — und sonstwo im Westen — gab es unzählige Familien, die in die Grenzlande geflüchtet waren. Warum also machte sie solche Schwierigkeiten? »Warum bist du so kühl, mein Schatz? Ich habe das ernst gemeint. Ich habe dich wirklich sehr vermißt.« Aber als dann seine Hand ihre umfassen wollte, trat sie drei Schritte zur Seite, so daß der Tisch wieder zwischen ihnen stand.

Wie reagiert man auf einen Mann, dessen Schlafzimmer größer ist als dein ganzes Haus, dein Bruder vermutlich ein paar Schritte weiter angestrengt lauscht und auch die anderen Kinder alles mitbekommen? Wie sagt man: »Ich bin keine Hure, und obwohl ich bei Lily war, bin ich nicht käuflich — jedenfalls nicht meine Seele.« Und wie sagt man jemandem, der sich mit Frauen so gut auskannte wie Trey: »Ich bin einfach nicht für Spielchen zu haben?« Arabella und Lucy zufolge waren Liebeleien für Trey etwas sehr Häufiges und Normales. Vielleicht war es nur eine liebe Gewohnheit von ihm ...

Aber ihre Gefühle für Trey waren schon zu ernst, als daß sie nur das kleinste Spielchen mit ihm treiben könnte. Sie mußte stark bleiben. Das war sie bisher gewesen, und sie würde es weiterhin sein. Sie hatte die volle Verantwortung für die junge Familie übernommen, als die Eltern starben. Daher gab sie Trey nun eine neutrale Antwort, die ihre Gefühle nicht preisgeben und sie nicht in Verlegenheit bringen würde, falls die Kinder lauschten, und die sie außerdem schützen würde. »Wir sind hier nicht ungestört. Sei vernünftig.« Aber ihre Emotionen ließen sich nicht so leicht unterdrücken, und daher hörte sie, wie sie unfreiwillig hinzufügte: »Ich habe dich auch vermißt.«

»Um die Kinder kümmere ich mich«, sagte Trey nun sehr leise. Er erkannte, wie rasch ihr Puls unter der zarten Haut ihres Halses schlug, und erinnerte sich daran, wie es war, die hellgoldene Haut nahe dem Ohr zu küssen. Er wußte, daß sie genau das gleiche dachte wie er. »Wir werden schon Zeit für uns finden.«

»Nein«, protestierte sie, aber bei diesen Worten überhauchte dunkles Rosa ihre Wangen, weil ihre untreuen Sinne seine Bemühungen allzusehr begrüßten. »Das geht nicht.«

»Doch«, sagte er sanft, »ich kann es.«

Er versuchte nicht, sie wieder zu berühren, aber seine Worte waren ebenso wirksam, als hätte er sie an Ort und Stelle splitternackt ausgezogen. Sie erschauderte. Er lächelte. »Hilfst du mir beim Frühstückmachen?«

Trey verhielt sich an diesem Tag wie ein geborener Gentleman, obwohl er seinen leidenschaftlichen Blick, den er ihr ab und zu zuwarf, nicht ganz zügeln konnte. Dann hatte Empress das Gefühl, man könne das Donnern ihres Herzens bis nach Helena vernehmen. Er benahm sich ansonsten vorbildlich und wurde vom ersten Moment an von den erstaunten Kindern geradezu angebetet, die beim Erwachen über den Fremden gestutzt hatten. Als er sie nämlich fragte: »Wollt ihr Kuchen zum Frühstück?« war das Eis sofort gebrochen.

Empress hatte nicht geahnt, daß er kochen konnte, und als sie das verwundert erwähnte, wurde sie mit einer erstaunt hochgezogenen Braue bedacht: »Warum denn nicht?« sagte er, was nun gar nichts erklärte. Sie hätte ihn am liebsten geschüttelt und gefragt, wo er denn etwas so Kompliziertes wie Apfelkuchen gelernt hatte. Bisher hatte sie nur gesehen, wie er den Finger rührte, um nach einem Diener zu klingeln. Nachdem die Kinder fröhlich beim Kuchenbacken geholfen und dann gegessen hatten, schlug Trey vor, daß sich alle warm anzogen und er mit ihnen im Schnee spielte.

Er wurde sofort zu einer Mischung aus Idol, bestem Freund und Lehrer — eine bemerkenswerte Leistung, wenn man bedachte, daß er mit Kindern keinerlei Erfahrung hatte. »Ich hoffe, daß die Kinder mich bitten, zu bleiben«, raunte er, als er die Kleinen aus der Tür schob und sich von Empress zwinkernd verabschiedete.

»Am liebsten würde ich dir jetzt etwas an den Kopf werfen«, knirschte sie. Seine Selbstsicherheit heizte ihr Temperament an.

Das durch die Fenster einfallende Sonnenlicht betonte seine klaren Züge, die perfekte gerade Nase und die ausgeprägten Wangenknochen, unterstrichen das neckende Funkeln in seinen Augen. »Habe ich dir eigentlich jemals etwas abschlagen können, mein Schatz?« fragte er mit ausgebreiteten Armen.

Aber seine Reflexe waren ausgezeichnet. Er war bereits draußen und hatte die Tür lachend hinter sich zugeknallt, als der Kessel, den Empress in seine Richtung geschleudert hatte, gegen das Holz krachte.

Er war ebensosehr Kind wie die anderen, dachte Empress, als sie ihnen zusah, wie sie im Schnee herumtobten. Sie fragte sich, wer wohl den meisten Spaß hatte. Später wurde sie aus dem Haus gelockt, um beim Kampf um das gebaute Iglu mitzumachen, und obwohl Treys Seite verlor (denn er hatte Guy und Eduard gesagt, daß man Damen immer gewinnen lassen müsse, was sie resigniert akzeptierten), hatte er Empress zugeflüstert, daß er eigentlich gesiegt habe. Er würde ihr deshalb bei den Übergabefeierlichkeiten des Iglus einen Kuß abjagen.

Dieser Kuß hatte sie beide zutiefst durcheinandergebracht. Es war eine flüchtige Berührung, die mitten unter den lärmenden, lebhaften Kindern unter einer hellen Wintersonne ausgetauscht wurde. Aber es war wie ein Kuß durch die Gitterstäbe eines Gefängnisses. Es war eine hypersensitive Detonation — elektrisierender Magnetismus.

Trey wandte sich danach abrupt um und ging fort, Empress lehnte die Wange kurz gegen die Eisburg und versuchte, ihre Fassung wieder zu erringen.

Am Nachmittag begann sie, Schneeschuhe für alle herzustellen. Treys Erfahrung und Geschicklichkeit darin war nach den unzulänglichen Versuchen der Eltern einfach umwerfend. Seine langen Finger bogen und formten das durch Dampf geweichte Holz, flochten die Tierhäute und klebten sie mit glatten, gleichmäßigen Bewegungen zusammen, obwohl er häufig von kleinen dicken Fingern und willigen, aber unfähigen Lehrlingen unterbrochen wurde, die alle etwas dazu beitragen wollten. Er reagierte darauf freundlich und gutmütig, lobte jeden kleinen Erfolg und duldete zahllose Patzer. Er verbesserte jedes einzelne Paar so, daß es Ähnlichkeit mit dem ursprünglichen Standardmodell bekam. Gelegentlich trafen sich seine und Empress' Blicke über den Köpfen der Kinder. Dann durchrasten Ströme der Begierde ihr Blut. Er lächelte dann so lasziv, wie sie es in Erinnerung hatte, was ihr erneute Wollustgefühle durch die Adern jagte. Es ist nur eine Frage der Zeit, schien sein Lächeln zu sagen, für sie ebenso deutlich, als hätte er es laut ausgesprochen.

Als der Wind bei Anbruch der Nacht aufzufrischen begann, sagte Trey: »Na, da kommt endlich der Sturm, der sich seit gestern abend schon zusammenbraut.«

# Kapitel 11

Am nächsten Morgen war das ganze Tal zugeschneit, und Treys Clansbrüder, die vierzig Meilen weit entfernt nach ihm suchten, gaben auf. Seine Spuren waren schon am ersten Tag fast verschwunden, und der Sturm gestern nacht hatte sie völlig verweht. Die Gruppe, die ihn suchte, war drei Tage lang in Cresswell's Laden eingeschneit, ehe Wind und Schnee nachließen. In achtundvierzig Stunden fielen an die sechzig Zentimeter Schnee, und als am dritten Tag der Sturm noch zunahm, wurden die Schneewehen an manchen Stellen mannshoch.

Durch Fragen an Cresswell hatte Blue herausgefunden, daß Empress und Trey mit nur wenigen Stunden Abstand hier vorbeigekommen waren, einen ganzen Tag, ehe der Schnee gefallen war. Blue kannte Treys Fähigkeiten als Spurensucher und war sicher, daß er sie gefunden hatte. Falls sie ihr Ziel erreicht hatte, ehe Trey auf sie gestoßen war, so hoffte Blue, daß Empress' Familie nichts gegen seinen ›Besuch‹ einzuwenden hatte. Falls Trey sie unterwegs eingeholt hatte, so hatten sie sich wohl vor dem Sturm in ein Schneeloch eingegraben. Auch dazu war Trey fähig — Überlebenstechniken waren bei Hazard Blacks Ältestem ausgezeichnet ausgebildet.

Doch wenn der Sturm sich gelegt hatte, sollte die Suche weitergehen. Blue schickte ein paar Männer zurück zur Ranch, um zusätzliche Vorräte und Pferde zu holen, während er und Fox die Rancher rund um Cresswell's befragen wollten, um festzustellen, welche Richtung Trey eingeschlagen hatte. Aber niemand hatte ihn gesehen.

Während die Suche nach Trey weiterging, verbrachte Jake Poltrain immer mehr Zeit in Li Sing Koos Freudenhaus. Er plante mit Inbrunst seine blutige Rache an den Braddock-Blacks, und in seinen Opiumträumen ging alles immer gut aus — er siegte. Das war der Hauptanreiz des Opiums: der überzeugende Triumph und das Gefühl von Euphorie, Hazard Black schließlich doch zu schlagen. In seinen Träumen mußte er nie zurückweichen wie in Wirklichkeit, wie letztes Mal, als die Zäune niedergerissen worden waren, die er errichtet hatte, um seine Quelle zu schützen. Da hatte Hazard überlebensgroß mit seinem verdammten Sohn und seiner verdammten Privatarmee dagestanden — die Hände locker an den Seiten, die Colts, mit einem ebenso berüchtigten Ruf wie ihre Besitzer, auf den Hüften. Hazard hatte gehofft, daß Jake nach seinem Gewehr greifen würde. Dieser verdammte, arrogante Indianer. Er wußte genau, daß niemand schneller zog als er. Und sein Sohn, so unverschämt wie der Teufel und das Ebenbild des kaltblütigen Alten, sollte mit dem Colt noch blitzartiger reagieren können als dieser. Es ging das Gerücht um, daß er die Rekorde des Vaters noch übertraf. Damals hatte Hazard mit seiner tödlich ruhigen Stimme gesagt: »Du befindest dich auf dem Land der Absarokee. Die Wasserrechte gehören uns.« Als wäre er Gott selbst! Jake nahm einen weiteren Zug aus der Opiumpfeife, und sein ungeheurer Groll löste sich auf wie Kräusel auf einem Teich. Noch ein Zug, und er träumte wieder von seinem Triumph.

Jake hatte den Mann kaltblütig erschossen, den er angeheuert hatte, um Trey bei Lily abzuknallen. In der Nacht, als der Texaner sich mit ihm getroffen hatte, um die zweite Hälfte seines Lohns in Empfang zu nehmen, stand Treys Leben auf der Kippe, aber der Killer wußte nicht, daß auf ihn das gleiche zutraf. Jake war kein Narr und wußte mit der Gnadenlosigkeit eines Raubtiers, daß Zeugen entbehrlich sind. Die Derringer, die er zwischen seinen behandschuhten Fingern versteckt gehabt hatte, waren daher selbst für den Revolverhelden aus Texas eine Überraschung gewesen.

Sein erstarrter Körper wurde eine Woche später von einem Rancher auf der Suche nach einem streunenden Pferd gefunden. Niemand kannte seinen Namen — außer der Crew von Jake Poltrain, wo er einen Monat lang gewohnt hatte. Die Männer dort gaben an, er habe sich Waco genannt.

Eine weitere Kette von Verdachtsmomenten lief ebenfalls bei Jake Poltrain zusammen.

Eine Woche, nachdem Trey aufgebrochen war, um Empress zu verfolgen, verließen Hazard und seine Anwältin das Büro des Sheriffs in Helena.

»Sieht nicht allzu hoffnungsvoll aus«, sagte die Anwältin zu Hazard. Der Sheriff hatte ihnen mitgeteilt, daß die Beweise gegen Jake Poltrain nicht ausreichten. Nichts war hieb- und stichfest genug, um Anklage zu erheben. Hazard hatte die Stirn gerunzelt, und der Sheriff beeilte sich, hinzuzufügen: »Wir führen die Untersuchung auf jeden Fall weiter.«

»Das schuldet er mir auch«, knurrte Hazard, als sie durch das hohe, reichverzierte Portal des Gerichtsgebäudes hinaus in den sonnigen Wintertag traten. Der kalte Wind zauste sein Haar, das bis auf den Pelzkragen herabfiel, und er blieb stehen, um sich den Mantel zuzuknöpfen. Warum, überlegte er, machte er sich solche zivilisierte Mühe? Er sollte Jake Poltrain einfach eine Kugel in den Körper jagen, und damit wäre die Sache erledigt. Man hatte ihm schon in der Kindheit beigebracht, wie man Rache an seinen Feinden nimmt. Dann seufzte er genervt.

»Martin gibt sich Mühe«, sagte die Anwältin und deutete Hazards Miene richtig. »Aber wir haben leider keine Zeugen.« Die Rechtsanwältin vertrat die Haltung des Sheriffs mit der für sie typischen Vernunft. »Niemand war zu dem Zeitpunkt bei Lily in der Eingangshalle, niemand hat den Killer kommen und gehen gesehen.«

»Entdecke ich da eine gewisse Sympathie für Martin? Er ist ja ein netter junger Bursche, wenn man etwas für altmodische Manieren übrig hat. Sieht auch gut aus. Gefällt er dir? Ich könnte ...«

»Sag ja nicht, daß er uns einen Gefallen schuldet, Vater«, entgegnete seine Tochter, die Anwältin, ausdruckslos und sah ihn mit ihren großen, dunklen Augen ablehnend an. Hazards Tochter Daisy, die geboren wurde, ehe er Blaze kannte, richtete sich steil auf. »Kann ich nicht ein einziges Mal eine sachliche Bemerkung über eine Rechtssache machen, ohne daß es gleich als alberne Vorliebe für einen Mann gedeutet wird? Es gibt keine ausreichenden Beweise für eine Anklage, Vater, ob dir das gefällt oder nicht.«

»Reg dich nicht auf, Daisy«, lenkte Hazard ein, aber Daisy

wirkte mit den hochgezogenen Brauen, die den seinen in Form und Linie ähnelten, verärgert. »Ich habe nicht deine Urteilskraft in Rechtsangelegenheiten in Frage gestellt«, entschuldigte er sich sofort. Er dachte an ihre jahrelange Ausbildung auf dem Vassar-College in Chicago. Sie hatte den besten Abschluß geschafft, den je eine Jura-Studentin gemacht hatte.[8] Das gab seiner Tochter größtes Selbstvertrauen. Er war sehr stolz auf sie. »Ich schätze nur ein wenig mehr Eile und Einsatz.«

»Du kannst nicht jedem eine Kugel in den Kopf schießen, der nicht deiner Meinung ist, Vater.« Die Worte klangen streitsüchtig, aber ihr Gesichtsausdruck widersprach dem. Sie hatte ein wunderschönes Lächeln, das einen Hauch sinnlich wirkte — genau das hatte ihre Mutter so anziehend für ihn gemacht.

»Ich versuche, mich zivilisiert zu benehmen. Ist das in Ordnung?«

»Spiel bei mir ja nicht die Rolle des edlen Wilden. Du weißt genau, daß du viel zivilisierter bist als die meisten anderen hier in Montana.«

»Na, wie wäre es denn, wenn wir beide Martin ganz zivilisiert zum Essen einladen? Würde das deiner komplizierten Etikette entsprechen?« fragte Hazard und grinste.

»Bring mich nicht in Verlegenheit, Vater.«

»Nenn mich nicht immer Vater, das klingt, als hätten wir uns erst vor zwei Tagen kennengelernt.«

»Na gut«, sagte Daisy und unterließ jegliche Anrede, denn Namen wie Papa, Dad oder Daddy waren ihr viel zu formlos. Selbst als kleines Mädchen war sie schon sehr ernst und streng gewesen, hatte die Welt aus nachdenklichen, konzentrierten Augen betrachtet und ihre Meinungen nur nach Abwägen aller möglichen Alternativen zum Ausdruck gebracht. Sie hatte die ideale Persönlichkeit für ihren Beruf.

Hazard bemerkte die sorgfältig unterlassene Anrede und sagte: »Dann schon lieber ›Vater‹ als gar nichts.« Dabei zupfte er verschmitzt die Federn ihres lila Samthuts.

Sie duckte sich und fuhr mit der Hand glättend über den teuren Kopfputz. Dann erwiderte sie sein Lächeln. Sie trug

Kleider von einem Pariser Modehaus, und der Hut von Virot wirkte ausgesprochen elegant. Daisy Black hatte die strahlenden, großen Augen des Vaters, war aber gleichzeitig ebenso lieblich wie ihre Mutter. »Keine Sorge, Vater, ich werde mein Leben nicht als alte Jungfer beenden.«

Das glaube ich auch, dachte Hazard mit einem erfahrenen Blick für weibliche Schönheit. Aber seine Antwort berücksichtigte Daisys Einstellung zur Gleichberechtigung. »Mir ist alles recht, Daisy, wenn du glücklich dabei bist. Wenn du allerdings Martin Soderberg willst, dann laß uns verdammt noch mal etwas dafür tun.«

»Laß *uns* ist nicht das richtige Wort, Vater. Darum kümmere ich mich schon auf meine eigene Weise.« Ein Lächeln huschte über ihr Gesicht, und sie nahm seine Hand und drückte sie.

Hazard dachte an die verängstigte Zwölfjährige vor Jahren, die gerade ihre Mutter und ihren Stiefvater bei einem Reitunfall verloren hatte und im Arbeitszimmer auf ihn wartete. Sie wirkte damals so still und ernst, daß er nicht wußte, ob sie die Tragweite des Geschehens begriff. Aber als er seine Hand ausgestreckt und gesagt hatte: »Komm, Daisy, schauen wir mal, ob dein Zimmer noch dasselbe ist«, hatte sie ihre Hand vertrauensvoll in seine gelegt. Ab dieser Minute war sie zu einem dauerhaften Bestandteil seines Lebens geworden, nicht nur ein Sommergast wie vorher.

Hazard zuckte die Achseln, lächelte und wechselte das Thema.

Kaum hatte er jedoch sein Stadthaus betreten, suchte er Blaze auf, die an ihrem Schreibtisch in der Bibliothek saß. »Lade doch bei der nächsten Dinner-Party Martin Soderberg ein, Schatz. Für Daisy.«

Blaze blickte überrascht von ihrem Brief hoch. Hazards Bitte klang so dringend wie selten.

Er grinste.

»Hat mich ebenfalls höllisch verdutzt, aber so sieht es nun mal aus.« Er zog seinen Seidenschal mit einer raschen Bewegung vom Hals und warf ihn auf einen Sessel. »Gib einfach eine große Gesellschaft, damit Daisy keinen Verdacht schöpft. Sie hat mir sehr deutlich klargemacht, daß ich mich nicht einmischen soll.«

»Ach ja, und du folgst dem wie immer.« Ihre blitzeblauen Augen wirkten ebenso amüsiert wie ihr Tonfall.

»Ich folge doch nie Befehlen, wie du weißt, *bia*.« Damit trat er zu ihr und küßte sie sanft auf die Wange. »Mit einer Ausnahme«, murmelte er, sein Atem warm auf ihrer Wange. Dann richtete er sich auf, und blickte mit jungenhaftem Grinsen auf sie herab. »Du weißt, daß ich alles tue, was du mir sagst.«

Blaze blickte lächelnd zu ihm hoch. Er zog gerade seinen Mantel aus und sie fand, daß er genauso attraktiv aussah wie am ersten Tag, vor all den Jahren, an dem sie ihn zum ersten Mal sah. Sie wußte, daß auch sein Körper so trainiert und schlank war wie damals. Das kam vom Reiten und der Schulung mit den Pferden, was er immer noch besser konnte, als jeder andere. Feixend antwortete sie: »Du *tust zwar vielleicht*, was ich sage, Jon, aber zuerst muß ich dich immer lange und kräftig bearbeiten.«

Hazards Blick leuchtete, als er sich auf eine Ecke des Schreibtischs setzte und die Beine baumeln ließ. »Du bist auch die einzige, die das kann.« Dann sah er auf die Schreibtischuhr und grinste. »Haben wir vor dem Mittagessen noch Zeit?« Die hochgezogenen Brauen seiner Frau brachten ihn zum Lachen.

»Nur, wenn du einen neuen Rekord aufstellst, Liebling«, sagte sie. »Und wie du weißt, bin ich an Tempo nie sonderlich interessiert gewesen. Dennoch ...«, fuhr sie mit dieser gutturalen, lüsternen Stimme fort, die er so anbetete, »wenn wir die langweiligen Politiker später alle rasch wieder loswerden, bin ich bereit, den Rest des Abends mit dir zu verbringen.«

»Mit einer Flasche Champagner beim Feuer?« schlug Hazard vor.

»Und offenen Vorhängen, damit wir die Sterne sehen können?«

»*Unsere* Sterne, wie in der Berghütte.« Hazard und Blaze fuhren jedes Jahr einmal zu dem Haus, in dem Trey im ersten Winter ihrer Ehe zur Welt gekommen war, und blieben so lange wie möglich. Es war für sie eine Zeit des Friedens, fern ab von aller Hektik dieser Welt. »Wir müssen doch nicht unbedingt zurück, oder?« fragte Blaze oft, wenn die Abfahrt bevorstand. Dann sagte Hazard jedesmal ›Nein‹ und hielt sie eng umschlungen. Das war natürlich eine glatte Lüge, an der aber beide ihre Freude hatten — wie Kinder, die versuchen, Geister mit Märchen zu vertreiben.

»Lange nicht so schön wie auf der Hütte, aber damit müssen wir uns hier in der Stadt zufriedengeben. Elf Uhr?« Sie lächelte ihn liebevoll an.

»Abgemacht, *bia cara*. Es wird die kürzeste Dinnerparty in der Geschichte Helenas werden.«

»Ach, du liebe Güte«, gluckste Blaze, »sei aber nicht zu unhöflich.« Hazard hatte gelegentlich die Neigung, alle Regeln des Anstands völlig zu mißachten.

»Nein, Liebling. Du weißt, wie leicht mit mir zurechtzukommen ist.« Er malte mit einer Fingerkuppe ihre fedrige Braue nach. »Du hast bis halb elf Zeit, sie höflich rauszuwerfen, natürlich mit meiner Hilfe. Später kann ich für keinerlei Manieren mehr garantieren.«

»Du bist unverbesserlich, Jon, aber ich bete unverbesserliche Männer an.«

»Bitte im Singular, Schatz. Damit ich niemanden umbringen muß.« Seine dunklen Augen sahen sie begehrlich an, und er dachte, wie glücklich er sei, die einzige Frau in der ganzen Welt gefunden zu haben, die er bis zum Tod lieben würde. Das brachte ihn wieder auf Daisy. »Wie findest du Martin?« fragte er, seine Krawatte und die obersten Hemdknöpfe lockernd.

»Er scheint sehr nett zu sein. Wenn er Daisys Ansprüche erfüllt, muß er sogar netter sein als er aussieht. Sie ist sehr wählerisch.«

»Ich weiß nicht, ob ich auf diese Bemerkung beleidigt reagieren sollte. Bist du das vielleicht nicht?« fragte er entrüstet.

»Um Himmels willen, nein«, erwiderte Blaze grübelnd. »Ich bin überhaupt nicht wählerisch. Das einzige, das ich verlange, ist, daß mein Mann mich mehr als alles andere in der ganzen Welt liebt.«

»Daher kommen wir wohl so gut aus«, konstatierte Hazard befriedigt.

»Wenn ich dich jemals dabei erwische, daß du so was zu einer anderen Frau sagst, bringe ich dich um.« Blaze schaute gefährlich, aber ihr Herz war erfüllt von ihrer gegenseitigen Liebe, die im Laufe der Jahre sogar noch gewachsen war.

»Da ich weiß, wie gut du schießen kannst«, erwiderte Hazard mit gespielter Ängstlichkeit, »passe ich sicher gut auf.«

Kurze Zeit später, als sich Blaze und Hazard zum Dinner umkleideten, wurde Fox angekündigt und sofort hereingelassen.

»Hast du ihn gefunden?« fragte Blaze. Aus ihrer Stimme und wie sie nach Hazards Hand griff, war ersichtlich, wie besorgt sie war.

Fox unterrichtete sie über die Suche, die bisher bei Cresswell's Laden geendet hatte, beantwortete Hazards knappe Fragen über den Zeitpunkt, die Versorgung und die Schneehöhe und wurde eingedeckt mit weiteren Anordnungen, die an Blue weiterzugeben waren, der am folgenden Tag wieder in die Berge zurückkehrte.

Blaze war beunruhigter als Hazard. Hazard hatte großes Vertrauen in Treys Fähigkeiten, da draußen zu überleben. Trey hatte jede Menge Vorräte, versicherte er Blaze. Aber ihre Sorge galt der geschwächten Gesundheit des Sohns. Mütter, dachte Hazard, übersahen oft so Kleinigkeiten, wie die Berichte über Trey und Empress' Zweisamkeit. Als er die Gerüchte hörte, stellte er zufrieden fest, daß das nicht gerade das Verhalten eines schwachen jungen Mannes war.

Hazard machte sich daher keine Sorgen um Treys Gesundheit, und wenn Blaze solche gesundheitsfordernden Aktivitäten übersah, wäre er nicht so dumm, sie auf ihren mütterlichen Irrtum hinzuweisen.

# Kapitel 12

Trey schaufelte gutgelaunt und kraftvoll einen breiteren Weg zur Scheune. Es war schon nach Mitternacht, und der Mond stand nach dem Sturm zum ersten Mal wieder hell am Himmel. In der Hütte schlief schon alles tief und fest.

Die vergangenen Tage mit den Kindern waren wunderbar gewesen. Die Schneeschuhe waren fertig, sie bastelten nun an Pfeilen und Bögen, und vor dem Abendessen hatten sie in dem pulvrigen, hohen Schnee getobt. Guy und er hatten mehrere Eimer Wasser hereingeschleppt, damit sie alle baden konnten. Man hatte zwei große Eisenkessel auf den Herd gestellt, das Wasser erhitzt und in eine Wanne gegossen. Dann wurde ein Vorhang vor der Wanne angebracht, und einer nach dem anderen konnte sich ungestört dahinter waschen.

Beim Essen saßen sie dann alle peinlichst sauber und fröhlich um den Tisch — ein friedliches Bild, das Trey sobald nicht aus dem Kopf ging. Anschließend sang Trey mit den Kindern Lieder in Französisch und Englisch, die er noch nie zuvor gehört hatte, und als Empress ›danke‹ flüsterte, ehe sie die Kleinen nach oben brachte, wollte er eigentlich sagen: »Das Vergnügen war ganz meinerseits.« Aber das klang zu glatt. Ihr Mißtrauen gegenüber seiner Herzlichkeit war nicht zu übersehen. Oft störte es ihn, wenn sie sich zu freuen schien, sich dann aber unvermittelt zurückzog, als habe sie sich verraten. In diesen Momenten unterschied sie sich gewaltig von der spontanen Empress, die er Zuhause kennengelernt hatte. Diese seltsame Scheu konnte er nur auf die Tatsache schieben, daß die Kinder ständig um sie waren.

Deshalb schaufelte er in dieser Nacht so eifrig den Schnee beiseite, weil er vorhatte, allein mit Empress zu sein. Er hatte auf dem Heuboden bereits ein warmes Bett für sie beide bereitet und zwei dicke Decken tief im duftenden Heu vergraben.

Tief in ihren Träumen gefangen murmelte Empress im Schlaf etwas Gurrendes, Zärtliches. Unbewußt hob sie das

Kinn ein wenig und suchte den warmen Mund über ihr. Sie fand ihn, und dann spürte sie, wie eine heiße Welle ihren Körper durchflutete. Ihre Lust nahm Gestalt an, war überraschend kühl auf ihren Lippen, ihren Wangen, an der zarten Haut ihres Halses. Wieder gurrte sie kehlig, ein zufriedener, katzenartiger Laut, auf den sofort eine Flamme tief in ihrer Magengrube aufloderte ...

Ihre Arme reagierten wie von selbst — und schlangen sich um einen festen, kräftigen Nacken. Ein männliches, tiefes Brummen ließ ihr inneres Feuer höher schlagen.

Wenn jemand das junge Paar in den vergangenen Tagen beobachtet hätte, hätte er leicht vorhersagen können, daß ihre versteckte, unterdrückte Leidenschaft bald zum Ausbruch kommen mußte.

Empress erwachte, als er sie auf die Arme hob, spürte aber kaum die Kälte, als er sie nach draußen trug, so erhitzt waren ihre Sinne. Sie war in Decken und seine Arme gehüllt und knabberte zärtlich an seinem Ohrläppchen, während er sie über seinen freigeschaufelten Pfad geradewegs in den Himmel auf den Heuboden trug.

Rasch und geschickt legte er sie auf das weiche Lager, zog ihr das Nachthemd aus und bedeckte sie mit einem schweren Federbett. Sie sah, wie er sich hastig auszog. Für sie war in dieser Nacht eine unerklärliche Zauberkraft am Werk. Sämtliche peinigenden Gedanken waren verschwunden.

Er hockte sich auf die Fersen und starrte sie an. Sein muskulöser Körper wie der eines heidnischen Gottes — mit breiten kraftvollen Schultern, die Silberaugen wie Edelsteine. Als sich das Schweigen ausdehnte, spürte sie den starken Drang, seinen Namen auszusprechen. »Trey.« Ihre Stimme vibrierte vor Liebe und Zuneigung.

Das war wieder die Frau, die er begehrte und brauchte — die zauberhafte Frau aus der Vergangenheit. Er streckte die Hände aus, und sie sah, daß sie zitterten. »Ich fühle mich wie ein kleiner Junge vor einem Honigtopf. Solche Wirkung hast du auf mich.« Er lächelte sie schief an. »Daran bin ich nicht gewohnt.« Dann legte er seine Hände fest auf die angespannten Muskeln seiner Schenkel und nahm einen tiefen

Atemzug. »Du darfst mich nie wieder verlassen.« Sein Gesicht verzog sich zu einer Grimasse.

Empress konnte ihm nicht die Antwort geben, die er hören wollte. Ihre Wünsche waren zu unterschiedlich. Nur heute nacht, in dieser Minute, wollte sie nichts außer ihm.

Ihre Hand kam unter der Decke hervor und streckte sich Trey entgegen. In dem Sekundenbruchteil, ehe er seine hob, schien es, als hätten sie sich noch nie berührt, als sei ihre Leidenschaft ganz neu. Trey hatte das Gefühl, als würde er die Zeit anhalten oder den Mond mit den Händen greifen können.

»Komm, du mußt frieren«, flüsterte Empress, deren Blick über die athletischen starken Arme und seinen muskulösen Brustkorb glitt. Treys feingliedrige Finger ruhten immer noch auf seinen Schenkeln. Es war eisig kalt, und er war nackt. Und trotzdem:

»Ich friere nicht«, murmelte er. »Mir ist so heiß.« Er fühlte sich, als sei er aus einer Schwitzhütte in die kalte Nacht hinausgetreten. Dann spürte er die Kälte auch nie. Aber es war mehr, das wußte er, auch wenn sie das nicht verstand. Sein Körper glühte von innen heraus. »Fühl doch«, sagte er und hielt ihr die Hand hin, wobei der Siegelring aufblitzte.

Empress wartete, als habe sie ihr ganzes Leben auf seine Berührung gewartet, sah seine schlanke, kräftige Hand auf sich zukommen und merkte, wie die Sehnsucht ihren Körper erfüllte, bis sie unter der Heftigkeit der Gefühle fast erstickte. Ihre Lippen brannten noch von den Küssen, die sie geweckt hatten, und das körperliche Verlangen, das in den letzten Tagen in der kleinen, engen Hütte unterdrückt und verdrängt gewesen war, brach nun wie ein Sturm aus, rücksichtslos, gewaltig und sämtliche Selbstkontrolle sprengend.

Treys Fingerspitzen berührten ihre Hand, verschränkten sich mit ihren Fingern, und ihre Handflächen preßten sich gegeneinander. Seine Haut brannte heiß, so heiß, daß ihr erster Gedanke war: »Er wird mich warmhalten.«

»Du bist so kalt«, flüsterte er. »Hast du Angst?«

*Ich bin außer mir vor Angst*, wollte sie antworten, daß du mich mit deiner flammenden Leidenschaft verschlingst, die

200

du so unbekümmert verschenkst. »Ich habe vor nichts Angst«, sagte sie statt dessen, und seine Zähne blitzten im Dämmerlicht des Heubodens hell auf.

Er umklammerte ihre Hand fester, und man hörte das Lächeln in seiner Stimme. »Ich hatte vergessen, wie erregend du bist. Die Liebessonnette kann ich mir schenken, denn mein Kätzchen ist in Form.«

Da zuckte ihre Oberlippe amüsiert, und sie sagte mit halbgeschlossenen Augen: »Ich verschlinge dich bei lebendigem Leib.«

Ein freudiges Glitzern trat in seine Augen, ehe er ihre Hand an den Mund zog, ihre Finger öffnete und sie an seine Lippen drückte.

Sie erbebte, und heiße Lust durchfuhr all ihre Sinne.

»Wir werden schon sehen, wer was mit wem macht. Wenn ich mich recht erinnere«, flüsterte er heiser, während seine Zunge über ihren weichen Daumenballen tänzelte, »sind wir gleich stark.« Und da kamen alle Erinnerungen wie ein verzehrender Feuerstrahl zurück. Er hatte fast vergessen, daß sie ebensooft wie er das Tempo bestimmt hatte, daß sie gleichermaßen ihre Lust erkundet hatte. Er hatte bei dem erzwungenen sittsamen Familienleben schier vergessen, daß Empress Jordan ihm den Atem verschlug, wenn ihre Leidenschaft aufflammte.

Er legte sich auf die Ellbogen gestützt auf sie. Nur die dicke Decke trennte sie noch. Treys Lippen waren dicht über ihren, und er lächelte. »Sag mir Bescheid«, griente er, »wenn dir warm genug ist, damit wir die Decke fortnehmen können.« In seinen Augen funkelte Belustigung. »Dann bestimme ich, ob ... und wann ...«, schloß er nach einer kurzen Pause mit leiser, rauher Stimme.

In dieser klaren, mondhellen, sternenübersäten Nacht, während sie der Duft des Heus an den Sommer erinnerte, gaben sie einander mit innigster Freude, was sie hatten — alles an Liebe und Zärtlichkeit, zu denen sie fähig waren.

Die folgenden Tage waren wie ein Märchen. Die Kinder beteten Trey an, und sie lebten wie eine glückliche, große Familie. Empress war so selig, wie sie es nie für möglich gehalten hätte. Sie hatte alle Menschen, die sie liebte, in ihrer Nähe. Und die Freude der Kinder über Treys Gesellschaft war wie ein Geschenk.

Emilie blühte unter Treys scherzhaften Komplimenten auf, während Geneviève ihn schlicht als ihren persönlichen Roland betrachtete. Sie las gern über die Welt der mittelalterlichen Höfe und Ritter und deren Heldentaten, und Roland, der Paladin, der Frankreich bei Roncevaux rettete, war immer ihr Lieblingsheld gewesen. Trey bildete für sie eine perfekte Mischung aus Sage und Wirklichkeit.

Guy sah zu Trey auf wie zu einem geliebten älteren Bruder, und Eduard verbrachte jede Minute, wenn er nicht schlief, auf Treys Armen, auf dessen Schoß oder auf seiner Schulter.

Empress entschuldigte sich für diese Belästigung, obwohl ihr klar war, daß sie ihren kleinen Bruder wohl irgendwo anbinden müßte, um ihn von dieser neuen Angewohnheit abzubringen. Trey aber lächelte nur und sagte: »Wir kommen doch großartig miteinander aus, nicht wahr Eddie?« Dafür bekam er einen klebrig-warmen Kuß.

»Er vermißt Mama und Papa«, erklärte Empress. »Er war noch so klein, als sie starben. Er konnte nicht verstehen, daß sie plötzlich weg waren.«

»Ich habe zwei Brüder und zwei Schwestern verloren, die jünger waren als ich. Ich weiß, wie schrecklich der Tod ist, wenn man noch klein ist. Eddie ist kein Problem für mich. Ich mag seine feuchten Küßchen.« Dabei lächelte er zweideutig.

Empress errötete, weil ihr die heiße Liebesnacht wieder einfiel. Sie hatten ihren versteckten Heuboden das Nest genannt, weil es genauso sicher, warm und gemütlich war.

Eine Woche verging so in ihrer abgelegenen Berghütte — und in ihrem Paradies süßer Begierden. Sie sprachen von den Tagen und Wochen, die vor ihnen lagen, und Empress wagte es zum ersten Mal, die Liebe Treys als etwas Dauerhaftes zu betrachten. Jede Nacht flüsterte er ihr zu, daß er sie liebe, und tagsüber half er Guy beim Bauen und Reparieren der Zäune und Stallgebäude. »Wenn der Frühling kommt«, sagte er mit einem Blick über das verschneite Tal, »schaffen wir weitere Pferde herauf und bringen die Saaten ein.«

Empress' Herz war voller Zufriedenheit. Er sprach von der Zukunft — ihrer gemeinsamen Zukunft.

»Und wenn der Frühling kommt«, murmelte er mit heiserer, warmer Stimme in der Nacht, während er sie eng umfangen hielt, »dann zeige ich dir, wo die ersten Krokusse aus der Erde sprießen, und dann mache ich dir ein Bett aus Alpenrosen und lege dich mitten hinein ...«

Als Empress zu fiebern begann, hielt sie es zunächst für eine leichte Erkältung. Aber gegen Abend brannte sie innerlich und als sie sich übergeben mußte, geriet Trey in Panik.

Er hatte keine Ahnung von Heilkräutern und konnte nur ihren Anweisungen folgen und ein paar Blätter zu einem Tee mischen, der ihren Magen beruhigen und das Fieber senken sollte. Gegen Morgen ging es ihr aber schlechter, nicht besser, und Trey war zu Tode erschrocken. Jedes Jahr starben viele Leute hier an den Winterfiebern. Seine eigenen Geschwister waren durch Krankheiten, die ebenso harmlos begannen, dahingerafft worden.

Der nächste Arzt wohnte siebzig Meilen weit weg. Wenn Empress schwächer würde, wäre es in einem oder zwei Tagen zu spät, sie herabzubringen.

Er weckte die Kinder früher als sonst, als er eine Entscheidung getroffen hatte. Empress ließ er weiterschlafen. Er bat die Kinder, sich anzuziehen und zu packen, sie würden auf Schneeschuhen losziehen, weil er Empress zum Arzt bringen wollte. Er machte ihnen Haferbrei und Brote und sorgte dafür, daß alle genug aßen und sich warm anzogen. Dann hob er Eduard von dem selbstgebauten Kinderstuhl, wickelte ihn in seine Kleider und eine Decke und setzte ihn in den Rucksack. Die beiden Mädchen zogen sich die Mützen und Ohrenschützer über.

Guy ließ genügend Heu in dem kleinen Pferch für die Pferde und die Kuh zurück; das Futter für die Hühner ließ man offen stehen. Als alle fertig angekleidet dastanden, wickelte Trey Empress in eine Steppdecke und knöpfte sie in seinen Büffelledermantel ein. »Wir gehen zurück zur Ranch«, sagte er, als sie sich gegen die zusätzliche Wärme wehrte. »Du bist sofort draußen.« Sie glühte vor Fieber, und ihre Augen glänzten unnatürlich. Die dunkle Angst seiner Kindheit krallte sich in sein Herz. Wenn sie nun nicht wieder gesund wird? Die Ärzte hatten seinen Brüdern und Schwestern auch nicht helfen können. Da schloß er kurz die Augen und sprach ein Gebet an seine Geister. *Hört mich, Ahbadt-dadt-deah, sie darf nicht sterben. Hört ihr mich? Gebt ihr Kraft.* Das klang weder demütig noch ängstlich. Trey war kein zaghafter Mann — seine Bitte war ebenso machtvoll wie er selbst.

Dann hob er Eduard in seinem Rucksack hoch, setzte ihn auf die Schultern, rückte die Felljacke unter den Riemen zurecht und legte sich das Tragband um die Stirn. Dann trat er zu Empress' Bett, nahm sie hoch, verließ die Hütte und prüfte noch einmal, ob die Kinder alle bereit waren. Er schlüpfte als letzter in seine Schneeschuhe und sagte lächelnd: »Halt dich gut fest, Eddie.« Dann ging er mit Empress auf den Armen der kleinen Gruppe voran durch das verschneite Tal. Es waren vierzig Meilen bis zur nächsten Hütte. Von dort aus konnte Trey nach Hilfe schicken.

Die Kinder waren anfangs unsicher auf ihren Schneeschuhen, obwohl sie in den letzten Tagen schon ein wenig geübt hatten. Sie kamen nur langsam voran. Obwohl Trey voranging und die Spur trat, mußte er sein Tempo wegen der Kinder drosseln, oft anhalten und mittags eine Rast zum Essen einlegen. Er fegte mit einem Schneeschuh eine Stelle frei und machte ein Feuer. Dann schnitt er Zweige ab und baute für Empress eine Pritsche, auf der sie neben dem Feuer liegen konnte. Die Kinder aßen das, was sie in kleinen Päckchen mitgenommen hatten, und Trey versuchte, Empress zu füttern. Er flehte sie an, zu essen, aber sie war seit dem Morgen schwächer geworden und brachte nur wenig herunter. Bei dem Tempo, mit dem sie vorankamen, würden sie Swensons Hütte heute nicht mehr erreichen, wie Trey gehofft hatte. Die Kinder konnten einfach nicht so schnell gehen wie er. Sie müßten die Nacht durchwandern. Empress fiel nun in eine Art Dämmerzustand, aus dem er sie kaum noch wecken konnte. Sie mußten ohne Pause bis zu Swenson weitergehen. Sie hatten keine andere Wahl.

Sie mußten noch öfter anhalten. Die Kinder gaben sich große Mühe, Schritt zu halten, aber sie wurden immer langsamer. Er hielt erneut an, machte ein kleines Feuer, ließ alle ausruhen, und dann beschwor er sie, weiterzugehen. Alle Muskeln in seinem Körper schmerzten, und nur mit äußerster Willenskraft konnte er seinen Körper weiter antreiben. Diejenigen Körperteile, die nicht völlig überanstrengt waren, waren taub vor Kälte und der Belastung durch Empress und Eduard, die er ja beide trug.

Glücklicherweise war Eduard vor kurzem eingeschlafen, daher bewegte sich das Bündel auf seinem Rücken zumindest nicht mehr. Zweimal war er fast gestürzt, als der Kleine sich unvermittelt nach irgend etwas umgedreht hatte, ohne ihn zu warnen.

In einer Viertelstunde würde es dunkel sein, und es war klar zu erkennen, daß die Kinder kurz vor dem Zusammenbruch standen.

Geneviève war erst acht, und Guy hatte sie die letzte Stunde schon vorangezogen. Aber sein Gesicht wirkte nun weiß vor Anstrengung. Lange konnte er das nicht durchhalten. Geneviève hatte irgendwann am Nachmittag zu weinen begonnen, aber ihr Bruder und ihre Schwester hatten sie beruhigt. »Pressy ist krank«, hatte Guy gesagt, »und wir müssen weitergehen. Wenn du nicht mehr kannst, trage ich dich auf dem Rücken.« Emilie hatte auf sie eingeredet: »Sei stark, Genny. Trey trägt doch schon Eduard und Pressy. Weine nicht, dann schenke ich dir mein Buch von Roland.« Geneviève hatte geschluckt, geschnieft und war tief seufzend weitergezogen.

Trey war selbst nach Weinen zumute, weil noch eine so ungeheure Strecke vor ihnen lag und er große Angst hatte. Jedesmal, wenn er auf Empress herabblickte, atmete sie noch unregelmäßiger und gab heisere Laute vor sich.

Die ungeheure Tapferkeit der drei kleineren Kinder hinter ihm, die in ihrem kurzen Leben schon so viel mitgemacht hatten, rührte ihn fast zu Tränen.

Doch Tränen waren keine gute Lösung. Aber welche Lösung gab es für ihr Problem? Die Kinder konnten nicht mehr weiter. Er konnte sie auch nicht allein in der Wildnis lassen. Empress hatte seit dem Mittag kaum den Kopf gehoben. Das beunruhigte ihn zutiefst, und er wäre am liebsten weitergegangen. Aber er mußte ein Lager aufschlagen und die Kinder schlafen lassen, um früh am nächsten Morgen wieder aufzubrechen — und beten, daß Empress dann noch am Leben war.

»Wir gehen bis zur Dunkelheit weiter«, sagte er zu den Kindern. »Noch eine Viertelstunde. Schafft ihr das?«

Trey bekam zur Antwort ein dreifaches tapferes Lächeln und eine matte Bestätigung von Guy. Er schluckte den Kloß in seiner Kehle herunter.

Am Ende des Feldes, das sie gerade überquerten, erhob sich im Dämmerlicht ein dichter Hain aus schwarzgrünen Zedern. Aber in der weißen Landschaft täuschten die Entfernungen. Es war nicht so nahe wie es geschienen hatte, doch dort konnten sie für die Nacht bleiben. Entschlossen richtete er den Blick auf den dunklen Rand der Hochweide und setzte automatisch immer weiter einen Fuß vor den anderen. Mit wehem Herzen betrachtete er den Zedernhain. Vielleicht würde Empress dort ihr Leben beschließen. Er hätte schreien wollen vor hilfloser Wut.[9]

Da tauchten aus dem Wäldchen sieben Männer auf. Ihre Pferde hatten Mühe, sich durch den tiefen Schnee zu graben. Beim Anblick von Trey und seiner kleinen Gruppe stutzten sie und trieben dann ihre Reittiere stärker an. Trey blieb wie angewurzelt stehen: Blue und seine Männer! Es gab doch einen Gott, der auf ihn achtgab.

Blue, der erkannte, wie mühsam Trey sich nur noch aufrecht hielt, beeilte sich, ihm Empress aus den verkrampften Armen zu nehmen, sobald er ihn erreicht hatte. Trey streifte das Band von seiner feuchten Stirn und gab den schlafenden Eduard an einen anderen Reiter weiter. Da der Suchtrupp gut ausgerüstet war, schlug Blue vor, die Nacht hier zu campieren. Trey weigerte sich jedoch.

Blaß und schwach vor Erschöpfung sagte er: »Bleibt ihr hier mit den Kindern. Ich bringe Empress zum Arzt.« Da Blue seine Dickköpfigkeit kannte, er aber in diesem Zustand mit seiner Last nicht mehr weit kommen würde, entschieden sich die Männer, die kleine Gruppe auf ihre Pferde zu verteilen.

Trey hielt Empress vor sich auf dem Sattel und sprach auf sie ein, während sie weiterritten. Aber sie antwortete nicht mehr, nicht einmal mit dem leisesten Flüstern. Sie war den Tag über immer schwächer geworden, hatte nichts gegessen, nur wenig getrunken, obwohl Trey sie angefleht hatte. »Laß mich schlafen«, waren ihre letzten gemurmelten Worte gewesen. Das war drei Stunden her.

Es war zwei Uhr morgens, als sie in den Hof der heimatlichen Ranch ritten. Man hatte einen Reiter vorausgeschickt, damit alles vorbereitet werden konnte. Deshalb war der gesamte Haushalt auf den Beinen, um den erschöpften Trupp in Empfang zu nehmen.

Trey erteilte Anweisungen, sich um die Kinder zu kümmern, und stellte Guy vor, der als einziger aus Empress' Familie noch wach war. Eduard, Emilie und Geneviève schliefen in Büffelhäute gewickelt und wurden von drei Männern aus dem Suchtrupp ins Haus getragen. Man legte sie gleich in die Betten der ehemaligen Kinderstube. Guy folgte Trey nach oben zusammen mit dem Arzt, der schon auf Empress wartete.

Hazard und Blaze waren informiert worden, und sie hatten alles Nötige in die Wege geleitet.

Nachdem man Empress zu Bett gebracht hatte und der Arzt und eine Pflegerin aus Helena die Versorgung übernommen hatten, half Trey Guy, sich für die Nacht zurechtzufinden.

»Sie wird wieder gesund«, sagte Trey. Er mußte den Jungen beruhigen, der schreckliche Angst hatte, die Schwester zu verlieren — obwohl die gleiche Furcht auch Treys Gedanken beherrschte. Sie hatte nicht auf seine Stimme reagiert, als er sie in sein großes Bett legte, war leichenblaß und reglos gewesen, und er bot jetzt größte Selbstbeherrschung auf, um dem Jungen Mut zu machen.

Seine erste Reaktion war es gewesen, den Arzt bei den Schultern zu rütteln und grob zu verlangen, sie zu heilen. Seine zweite Reaktion war, ihn offen zu bedrohen. »Ich bringe dich um«, wollte er brüllen, »wenn sie stirbt.« Nur ein Quentchen Erziehung verhinderte, daß er die Kontrolle verlor.

Aber die Diener, die ihn gut kannten, ahnten, wie dicht er vor einem Gewaltausbruch stand. »Ich komme wieder«, hatte er mit zusammengepreßten Zähnen geknirscht, als der Arzt meinte, man solle alles ihm überlassen.

Blue hatte Trey sanft aus dem Raum geschoben. »Guy fällt fast um, Trey. Hilf doch dem Jungen ins Bett.«

Man hatte in der Bibliothek ein spätes Essen aufgetragen, und als Trey herabkam, nachdem er Guy zu Bett gebracht hatte, stellten seine Eltern die Fragen, die am unverfänglichsten waren.

Trey machte sich offensichtlich um Empress Sorgen. Er war erschöpft und hatte dunkle Ringe unter den Augen. Die Anstrengung des Marsches zeigten sich nun deutlich, als er zusammengesunken im Sessel saß. Er war nervös und äußerst reizbar. Seine Stimme schwankte zwischen Erregung und erschöpftem Fatalismus, und die Eltern hatten nicht das Herz, ihm die beunruhigenden Neuigkeiten mitzuteilen, die Hazard von Duncan Stewart erhalten hatte.

Trey hatte genügend Sorgen. Da mußte er nicht auch noch mit Duncans bedrückenden Informationen belastet werden. Sie blieben die ganze Nacht auf, denn Trey dachte nicht einmal an Schlaf. Er verbrachte die meiste Zeit an Empress Bett und kam gelegentlich zu einem Kaffee nach unten. Der Arzt und die Pflegerin arbeiteten die ganze Nacht hindurch, um Empress' Fieber mit Eispackungen zu senken. Sie hatten Angst, daß die Patientin durch die Temperatur Krämpfe bekam.

208

Trey saß mit müden Augen an ihrem Bett und beobachtete die ärztlichen Bemühungen wie ein dunkler Racheengel. Die Pflege unter diesen gefährlichen Blicken klappte ausgezeichnet, und gegen Morgen ging Empress' Atem weniger mühsam, ihre Temperatur war gesunken, und Trey schlief in seinem Sessel ein, die Finger um Empress' Hand geschlungen.

»Was machen wir nur?« fragte Blaze erschöpft. Sie lag warm an Hazards Brust gekuschelt auf dem Sofa am Kamin. »Trey liebt Empress, das kann ein Blinder sehen. Blue sagte, er habe den Arzt fast bedroht. Wie sicher war sich Duncan über ...« Ihre Stimme verhallte unsicher. Die Tatsache, daß Valerie Trey als den Vater ihres Kindes nannte, war für sie immer noch zu schockierend, um es auszusprechen.

»Es spielt keine Rolle, *bia*, ob jemand sicher ist oder nicht.« Hazard war sofort ins Dorf gegangen, um den anderen Anschuldigungen nachzugehen, die Stewart vorgebracht hatte: Die angebliche Vergewaltigung durch Gray Eagle und Buffalo Hunter, falls Trey sich weigerte, Valerie zu heiraten. Beide Männer waren mit Valerie intim gewesen, aber sie hatten keinen Zwang ausgeübt — im Gegenteil, Valerie Stewart war äußerst großzügig mit ihren Reizen umgegangen. Aber das spielte keine Rolle, wie Hazard nur zu gut wußte. Wenn eine weiße Frau einen Indianer der Vergewaltigung beschuldigte, gab es nicht die geringste Chance, daß er davonkam. Die Männer konnten natürlich verschwinden, aber Duncan und Valerie hatten Hazard mit kultivierten Stimmen und ohne jegliche Verlegenheit über diese Erpressung informiert. Valerie würde einfach die Namen anderer Clansbrüder nennen, wenn diese beiden verschwinden sollten. Das war ihnen egal. Hazard massierte mit sanftem Druck Blazes Schulter, was die Verspanntheit in ihrem Nacken linderte. »Mach dir keine Sorgen, Schatz, es gibt sicher einen Ausweg.« Aber die Worte klangen hoffnungslos, als er sie aussprach.

Eine Stunde später stürmte Trey ins Zimmer und war wie ausgewechselt. »Ich rasiere mich jetzt und bade«, verkündete er strahlend. »Empress hat die Augen geöffnet. Ich glaube, sie weiß, wo sie ist. Ich habe ihr gesagt, daß die Kinder alle noch schlafen, und sie hat gelächelt. Sie sieht schrecklich aus — aber gleichzeitig wunderbar!« Seine Erklärungen hören sich an, als seien sie von ungeheurer, weltweiter Bedeutung. »Ich muß mich beeilen.« Er winkte ihnen zu und verschwand.

Seine Eltern lächelten einander zärtlich zu. »Das ist Liebe, hundertprozentig«, nickte Hazard. »Der Junge war vor ein paar Stunden selbst reif für den Arzt. Ich habe ihn noch nie so erschöpft gesehen. Und jetzt …« Sein Lächeln erstarb wie das Ende seines Satzes, und er seufzte. »Ich habe das Gefühl, wir bekommen etliche Probleme.«

»Du mußt etwas unternehmen, Jon. Trey wird nie auf Duncan Stewarts Forderungen eingehen. Das ist genau wie bei den Drohungen von Carl. Du weißt noch, was Trey dazu zu sagen hatte. Er war weder der erste noch der einzige. Charlotte Tangen hatte noch andere Liebhaber. Ihr Kind war seins oder auch nicht. Es ist ein ähnlicher Fall, nur noch komplizierter.«

»Da hast du recht, mein Liebling. Wir haben das alles schon einmal gehört.« Er hatte es sogar mehrere Male gehört, obwohl Blaze nur über Charlotte Bescheid wußte. Die Situation hatte sie damals so aufgeregt, daß Hazard ihr die anderen Fälle verheimlicht hatte. Manchmal gelangten Gerüchte an ihr Ohr, aber er tat sie jedesmal als Kleinstadtgeschwätz ab. »Mach dir keine Sorgen, *bia*, ich kümmere mich schon darum.«

»Ich will, daß er glücklich wird.«

»Ich glaube, darum brauchst du dir keine Sorgen zu machen«, entgegnete Hazard trocken. »Er verfolgt das Glück schon seit Jahren sehr eifrig.« Er wußte, wieviel Trey für Blaze bedeutete. Er war ihr einziges Kind, und er liebte Trey ebensosehr wie sie. Aber Blaze war sein Ein und Alles, sein Leben, und er haßte es, sie unglücklich zu sehen. »Überlaß es mir«, sagte er sanft und beugte den Kopf zu einem Kuß. »Wir schaffen das schon.« Irgendwie, dachte er grimmig. »Zuerst muß Empress wieder gesund werden«, fuhr er fort.

210

»Dann kann sich Trey auf ein anderes Problem konzentrie-ren. Ich halte Stewart ein paar Tage lang hin. Niemand weiß bisher, daß Trey wieder da ist. Wenn ich Anweisungen ertei-le, können wir die Nachricht noch einen Tag lang geheim-halten.«

Doch Hazard war Realist. In einem Haushalt mit mehre-ren Dutzend Dienern war die Anwesenheit von Trey im Höchstfall für zwei Tage zu verbergen. Dann wußte ganz Helena Bescheid, daß Trey wieder da war.

# Kapitel 13

Die Kinder benahmen sich beim Frühstück geradezu per-fekt, mit Ausnahme von Eduard: Er ignorierte fröhlich Ge-neviéves gezischte Befehle und wiederholte mit seiner ho-hen durchdringenden Stimme immer wieder: »Pipi im Haus. Pipi im Haus!« Trey erklärte seinen Eltern, daß Eduard restlos begeistert und fasziniert von den sanitären Anlagen sei. Der Kleine hatte eine ganze Stunde lang immer wieder die Wasserspülung der Toilette der Kinderstube betä-tigt und seine älteren Schwestern in tödliche Verlegenheit gebracht. Die drei Älteren saßen mit hochroten Gesichtern um den Tisch, weil sie Eduard nicht stoppen konnten. Doch Hazard und Blaze überspielten die Situation mit interessier-ten Fragen nach ihrer Bergfarm, und als man Eduard mit dem Anblick von gezuckerten Zimtbrötchen abgelenkt hatte, wurde sein Beitrag zur Unterhaltung erträglicher.

Nach dem Frühstück marschierten sie alle nach oben, um Empress zu besuchen. Sie war zwar noch sehr schwach, aber es ging ihr viel besser. Ihre Temperatur war drastisch gesunken, und sie konnte ein wenig Hühnerbrühe bei sich behalten. Doch sie war immer noch sehr bleich, und Treys riesiges Bett betonte ihre Zartheit noch.

Treys Eltern waren froh, sie wiederzusehen und die Gele-genheit zu haben, ihre Familie kennenzulernen. Empress war in ihrer Schwäche noch sehr empfindlich und brach bei dieser Freundlichkeit fast in Tränen aus, wurde aber von Eduards nicht versiegenden Kommentaren über die sanitären Anlagen im Haus abgelenkt — sie kicherte. Geneviéve stellte empört fest: »Eduard, du benimmst dich wie ein Baby.« Worauf Trey die Möglichkeit ausmalte, wie intensiv sich Eduard in diesem Haus weiterbeschäftigen konnte — bei zehn Badezimmern!

Nach ein paar Minuten begann die Krankenpflegerin, sich zu räuspern und deutliche Blicke auf die Uhr zu werfen. Blaze schlug vor, mit den Kindern in deren Zimmer zu gehen, um zu sehen, ob sich noch brauchbares Spielzeug dort befand. Innerhalb weniger Sekunden war das Krankenzimmer geräumt. Selbst Guy und Emilie, die sich manchmal schon als erwachsen betrachteten, waren fasziniert von dem vielen Spielzeug, das ordentlich auf den Regalen im Kinderzimmer aufgebaut war. Nach einer weiteren Minute hatten Treys Blicke die Schwester aus dem Krankenzimmer gescheucht.

»Du hast doch nichts dagegen?« fragte er und zog einen Stuhl an ihr Bett. »Ich wollte mit dir allein sein. Diese Krankenschwester ist zwar sehr tüchtig, sieht aber aus, als hätte sie sich schon einen Platz in der Gruft von Notre Dame reservieren lassen. Mir würde sie soviel Grauen einjagen, daß ich schnell wieder gesund würde, das sage ich dir.« Er legte sanft seine Hand auf Empress' Finger und lächelte sie an: »Aber ihre Arbeit scheint sie gut zu machen. Dir geht es doch besser?«

Empress war gerührt über seine Fürsorge und Zartheit, mit der er ihre Hand hielt. Wie kostbares Ming-Porzellan. »Viel besser, und meine Hand zerbricht bestimmt nicht.«

Um ihr zu zeigen, wie objektiv er ihren Zustand betrachtete, drückte er ihre Hand, aber das hätte nicht einmal die Daunen eines Kükens bewegt. »Ich weiß, meine Liebe. Ich habe mir nur solche Sorgen um dich gemacht.«

»Es tut mir leid, soviel Umstände zu bereiten. Die Kinder betrachten das Ganze wohl wie ein Abenteuer, seit sie hier sind. Wenn du nicht diese Schneeschuhe gemacht hättest ...«

»Dann hätten wir uns etwas anderes ausgedacht.«

Er sagte zwar höflich *wir*, aber Empress wußte, daß keiner von ihnen ohne Trey die Hütte verlassen hätte. Das Fieber wäre vielleicht irgendwann wieder gesunken, aber sie war Trey unendlich dankbar, daß er Guy die Verantwortung abgenommen hatte. Mit sechzehn war er zu jung, solche Sorgen zu übernehmen. »Ich stehe tief in deiner Schuld«, sagte sie leise und ernst.

»Das höre ich aber nicht so gern«, erwiderte Trey grinsend. »Sonst klingst du nie so zahm.«

»Das muß das Fieber sein«, antwortete Empress, und ein Lächeln hellte ihre grünen Augen auf.

»Egal, was es ist«, meinte Trey, nun wieder ernster, »ich bin froh, daß es dir besser geht. So ... hilflos habe ich mich noch nie gefühlt. Ich wußte einfach nicht, was ich tun sollte.«

»Du solltest besser selbst aufpassen. Dieses Fieber hat Mama und Papa letzten Sommer dahingerafft, und es ist noch nicht lange her, seit du wieder auf den Beinen bist.«

Trey zuckte mit den Achseln. »Ich werde nie krank.« Das stimmte. Mit Ausnahme der Schießerei bei Lily und gelegentlichen Erkältungen als Kind war Trey immer bemerkenswert gesund gewesen.

»Sei nicht so hochmütig«, rügte ihn Empress. »Das habe ich früher auch immer gesagt, und sieh mich jetzt an.«

»Du warst erschöpft, nachdem du mich gesund gepflegt hast, und dann der lange Weg nach Hause. Es war alles zu viel. Du darfst jetzt an nichts anderes als an dich denken. Viel essen, schlafen und ausruhen. Die Kinder kannst du mir überlassen.« Er grinste. »Wie dir vielleicht aufgefallen ist, kommen wir ... einigermaßen gut zurecht.«

»Dieser Mann hat nicht ein Gramm Bescheidenheit an sich.« In ihren Augen funkelte die Freude, und ein Hauch Farbe rötete ihre schmalen Wangen.

»Du tust mir weh«, beschwerte sich Trey. Er sah in seinen weichen Ziegenlederstiefeln, der blauen Wollhose und einem lockeren Hemd in Blau und Dunkelrot sehr elegant aus. »Strahle ich Bescheidenheit nicht geradezu aus?«

»Nie im Leben.« Plötzlich fragte sie sich, wie er als Kind ausgesehen hatte, als Jugendlicher, ehe er so unbekümmert und selbstbewußt geworden war.

»Du bist auch nicht gerade die Demut selbst, Gräfin.« Trey wußte nun über Empress' aristokratische Abstammung Bescheid, kannte die Geschichte von dem Duell, ihrer Flucht und die harten Jahre darauf in Kanada und Montana.

»Wenn ich unterwürfig wäre, würdest du dich zu Tode langweilen.«

»Stimmt«, feixte Trey. Er wußte, daß er noch nie so glücklich gewesen war, wußte, daß Empress ungeheuer wichtig in seinem Leben geworden war, wußte auf dem langen Weg zurück, als er um ihr Leben fürchtete, daß sein Leben ohne sie sehr einsam sein würde. »Hast du dir schon mal überlegt ...« Er hielt inne, weil er erkannte, daß er etwas äußern wollte, was er seit Jahren vermieden hatte. »Ich meine ...« Wieder stoppte er. Seine jahrelange Erfahrung in solchen Sachen weckte seinen Widerstand. »Wir kommen so gut aus«, formulierte er dann vorsichtig und blickte sie zärtlich und liebevoll an.

»Ja, das stimmt«, nickte Empress und sah ihn ebenfalls zärtlich an. Da sie schon immer unabhängig gewesen war, akzeptierte sie ihre neu gefundene Sexualität als eine große Bereicherung ihres Lebens.

»Daher ...« Trey räusperte sich, und nun merkte Empress, daß diese Unterhaltung kein leichtes Gerede war. Ihr Herz setzte einen Schlag aus. War es möglich, daß Treys Gefühle ebenso intensiv waren wie ihre? War es möglich, daß der begehrteste Junggeselle westlich des Red River keine Spielchen mehr trieb? »Ich habe gedacht ...«, fuhr er fort.

Sie hätte es ihm leichter machen können, aber wenn sie sich irrte, würde es schrecklich peinlich, daher blieb sie stumm, obwohl ihr Puls raste.

»Du brauchst doch wirklich Hilfe mit den Kindern«, sagte er nun. Diese Bemerkung wich vom Thema ab, und Empress dankte ihrer Vorsehung, daß sie nicht mit ihren leidenschaftlichen Gefühlen für ihn herausgeplatzt war.

»Und ich schätze deine Hilfe sehr«, erwiderte sie höflich,

von Melancholie überwältigt. Trey Braddock-Black war ein Frauenheld, und sie war eine Närrin, das zu vergessen. Er betete Frauen an, aber nicht auf Dauer, und nur alberne Gänse merkten das nicht.

Er hörte die Kühle in ihrer Stimme. »Das habe ich nicht so gemeint«, sagte er, verstärkte aber die Verwirrung damit nur.

»Trey, ehrlich, du brauchst mir nicht zu helfen. Ich erwarte nicht, daß du dich mir irgendwie verpflichtet fühlst ...«

»Oh, zum Teufel«, sagte er frustriert, ließ ihre Hand fallen und stand unvermittelt auf. Er ging zum Fenster, spreizte die Hände an dem geschnitzten Rahmen und starrte grübelnd hinaus in die Winterlandschaft.

»Ich schätze alles, was du für mich und meine Familie getan hast«, sagte Empress leise. »Aber du brauchst dich nicht verantwortlich zu fühlen, und sobald es mir besser geht, ziehen wir zurück auf den Winterberg.«

»Es geht hier nicht um Verantwortung«, sagte Trey. Er hatte sich steil aufgerichtet, entsetzt bei der Vorstellung, daß Empress in ein paar Tagen aus seinem Leben verschwinden könnte.

»Da hast du recht.« Empress unterdrückte ihren Schmerz und zwang sich zur Höflichkeit. Sie war eine hoffnungslose Träumerin, zu denken, sie sei irgendwie anders als die Unmengen anderer verliebter Frauen in Treys Vergangenheit. »Ich bin in ein paar Tagen wieder auf den Beinen, dann werden wir eure Gastfreundschaft nicht länger in Anspruch nehmen.«

Trey stieß sich von der Fensterbank ab und wandte ihr mit einer abrupten Bewegung den Rücken zu. »Verflucht, ich kann das einfach nicht«, sagte er.

Oh Gott. Wie konnte das sein, daß sie ihn so sehr wollte, wenn jedes Wort von ihm das Gegenteil ausdrückte? Sie starrte auf die angespannte Gestalt vor dem Fenster und sammelte sämtliche Reserven, die sie an Stolz besaß. Ruhig antwortete sie: »Ich verstehe. Niemand erwartet von dir ...«

»Ich habe so was noch niemals zuvor gedacht«, sagte er, als habe er sie nicht gehört. »Ich habe es sogar immer ganz bewußt vermieden.«

215

Empress wollte nichts mehr hören. Was immer er sagen wollte, würde sie verletzen. »Trey, du brauchst wirklich nicht . . .«

»Und es hat auch nichts mit den Kindern zu tun«, fuhr er fort. Seine Stimme klang nun leicht verärgert. »Aber«, fügte er rasch hinzu, als würde er seinen Worten lauschen und erkennen, wie streng er nun klang. »Ich mag sie sehr gern«, endete er. Er schien sich zu besinnen, und im nächsten Augenblick sah er die Panik in ihrem Blick. »Bist du in Ordnung?« Mit plötzlich aufflackernder Angst war er wieder neben ihr, und die Erinnerung an die Gefahren der letzten Stunden, ehe sie die Ranch erreichten, stand wieder vor seinen Augen. Er setzte sich mit einer hastigen Bewegung neben sie, die seine Angst spiegelte, und legte ihr eine Hand auf die Stirn. »Soll ich den Arzt rufen? Ist dir heiß?«

»Mir geht es gut.« So gut, wie es jemandem geht, der sich gerade in einen Abgrund stürzt.

»Bist du sicher?«

»Ich bin ein wenig müde«, sagte sie, weil sie wollte, daß er ginge und die unglückliche Unterhaltung ein Ende fand. »Ich will mich um dich kümmern«, sagte Trey nun sehr leise, und seine Finger strichen ihr zärtlich das helle Haar aus dem Gesicht.

»Das ist nicht nötig. Das meine ich ernst. Wir haben uns alle schon viel zu sehr aufgedrängt.« Empress dachte an die riesige Geldsumme, die er ihr gegeben hatte, genug, um ihrer Familie einen neuen Anfang zu ermöglichen. Wie er sich mit den Kindern befaßt und sie alle in Sicherheit gebracht hatte. Je eher sie aufhörte, ihn zu belasten, um so besser.

»Ich will mich aber um dich kümmern.«

»Ich kann das sehr gut allein«, erwiderte Empress ein wenig brüsk. Ihre Gefühle lagen in Scherben.

»Sei doch nicht so empfindlich.«

»Ich bin empfindlich, wann ich es will.«

»Natürlich«, entgegnete er freundlich.

»Danke«, sagte sie so undankbar wie möglich.

»Aber gewiß.« Nun lächelte er. »Ich weiß, wie gereizt einen das Fieber machen kann.«

»Bitte, Trey, sei nur nicht so verdammt verständnisvoll.«

»Ich bin aber immer verständnisvoll.«

»Und ich bin die Königin von Saba. Wenn du nichts dagegen hast, würde ich jetzt gerne schlafen.« Und mir die Augen ausheulen, dachte sie.

»Da habe ich vermutlich keine andere Wahl.«

»Du könntest natürlich bleiben und mir beim Schlafen zusehen. Aber ich bin sicher, daß du Besseres zu tun hast.«

»Ich werde dich einfach geradeheraus fragen«, fuhr Trey fort — von Empress' Antworten unbeeindruckt.

»Nein, nicht jetzt. Ich habe Kopfschmerzen«, erwiderte Empress mit boshafter Freundlichkeit, weil ihr Groll über Treys ausschweifenden Lebensstil ihre Traurigkeit überwunden hatte.

»Willst du mich heiraten?«

Ja! War ihre erste Reaktion, ein lauthals geschrienes ›Ja!‹ Vom höchsten Berggipfel gebrüllt: Bedingungslos und ohne zu zögern. »Hast du dich vielleicht bei mir angesteckt?« sagte sie statt dessen.

»Beantworte meine Frage«, sagte Trey. Er wollte die Antwort, die er sich wünschte. Trey Braddock-Black, die Verkörperung von Reichtum und Macht, wollte Zustimmung. »Antworte!« drängte er leise, und umfaßte ihre Handgelenk mit seinen warmen Fingern. Er wollte nicht, daß sie ihn jemals wieder verließ.

»Bist du sicher?« fragte Empress verblüfft, weil seine Frage so unvermittelt und ohne Verzierung erfolgt war. Treys Finger umklammerten jetzt ihre Handgelenke wie zwei Eisenzwingen. Das war nicht so, wie junge Mädchen es immer träumen — das war kein Heiratsantrag aus dem Märchen.

Er zögerte einen Sekundenbruchteil, ehe er ›ja‹ antwortete. Immer noch keine heißen Liebesschwüre, nur eine rätselhafte Pause und ein einziges Wort. Wenn Empress Jordan eine praktisch veranlagte Frau gewesen wäre, hätte sie ohne weitere Umschweife akzeptiert. Doch das war sie nicht. Sie war so unpraktisch, daß sie zumindest ein Minimum einer Liebeserklärung wünschte. »Liebst du mich?« fragte sie daher, die großen Augen fragend aufgerissen. Ihre Vergangen-

217

heit, die frühen Jahre der Privilegien und des Reichtums waren durch die letzten harten Jahre nicht vergessen. Vermutlich war das der Grund für ihre Frage. Ihre Gefühle sagten ja, aber während andere Frauen ohne zu zögern Trey allein wegen seines Vermögens und seiner Position akzeptiert hätten, wollte Empress, daß sie gleichermaßen geliebt würde.

Trey blickte sie an, sah die zarte Schönheit ihres Gesichts, das trotzig vorgereckte Kinn, die Augen, die ihn offen und ehrlich anblickten. Da lächelte er trotz all der verwirrenden Bilder von vertaner Unabhängigkeit und fühlte sich mit einem Mal befreit. »Oh, wie ich dich liebe«, gestand er. »Ich liebe dich so sehr.«

Da erwiderte sie sein Lächeln mit einem aufblitzenden Strahlen. »Willst du denn gar nicht wissen, ob ich dich liebe?«

Dieser Gedanke war ihm noch gar nicht gekommen. In seiner Vergangenheit war es noch nicht vorgekommen, daß weibliche Wesen nicht liebten. Aber er zügelte seine Arroganz, entschuldigte seine Vergeßlichkeit und wartete auf ihre Antwort.

»Ich liebe dich«, sagte sie sehr zärtlich und ein wenig scheu. »Mehr als Clover.«

»Was mehr«, erwiderte er prompt, und sein dunkler Kopf neigte sich mit der Anmut eines Höflings, »könnte ein Mann verlangen?« Dann gab er ihr Handgelenk mit einer schwungvollen Geste frei, als sei ihr Pakt beschlossen, und er brauche sie nicht länger zu zwingen. »Ist morgen zu früh — oder möchtest du lieber eine große Hochzeit?« Jetzt gewann seine Ironie wieder die Oberhand.

»Bist du immer so anmaßend?«

»Das macht die jahrelange Übung.« Es lag überschwengliche Freude in seiner Stimme.

»Sind wir denn in Eile?«

Wieder das Herzrasen, ehe er antwortete, das entnervte Zögern, die versperrte Tür. *Ja, heirate mich, ehe ich in Panik gerate und es mir anders überlege. Ich habe das noch nie im Leben gesagt, habe geschworen, es niemals zu tun, zumindest nicht für die nächsten zehn Jahre. Heirate mich morgen, ehe all meine Logik wieder erwacht ist.* Seine Gefühle waren zu neu für ihn, die alte Gewohnheit, einer Ehe aus dem Weg zu gehen, immer noch stark. Es war, als müsse er ein eingeborenes Vorurteil überwinden. »Nein, natürlich nicht«, sagte er.

»Dann möchte ich lieber warten, bis es mir wieder besser geht. Damit ich bei meiner Hochzeit auch stehen kann.«

»Ich will nicht warten«, sagte er nun sehr leise. »Aber ich verstehe.« Dann holte er tief Luft, vor Angst oder Erleichterung, das wußte sie nicht … aber seine hellen Augen schimmerten hingerissen — zumindest dessen war sie sich sicher. »Soll ich es den Kindern sagen, oder möchtest du das tun?«

»Wir sagen es ihnen zusammen. Sie werden außer sich sein vor Freude.«

»Das beruht auf Gegenseitigkeit«, erwiderte Trey ehrlich. Er war so froh, sie gefunden zu haben — für die Gegenwart und für all die freudigen, hinreißenden folgenden Tage seines Lebens.

Das helle Morgenlicht betonte Empress' Blässe. Ihre Augen wirkten dunkel wie Tannenwälder und riesengroß vor der hellen Haut. Sie ruhte matt in den weichen Kissen, das Batisthemd von reinem Weiß, die Laken und Decke perlfarben, die Decke aus kostbarster Wolle mit einem Hauch Elfenbein. Nur ihr Haar bot Farbe, vergoldetes Krokusgelb und Zitrone — ein melodramatischer Kontrast. Das Fieber hatte es feucht gelockt, und feine Strähnchen ringelten sich um ihr Gesicht. Der Rest war hinter die Ohren gestrichen und lag ausgebreitet auf dem irischen Spitzenkragen.

Im Vergleich zu Empress' zarter Figur in dieser weißen Umgebung wirkte Treys dunkle Kraft wie ein krasser Gegensatz. Seine schlanke, muskulöse Gestalt und seine bronzene Haut schienen die Natur selbst zu verkörpern. Als er langsam wieder nach ihrer Hand griff und ihre schmalen Finger völlig umschloß, dachte er mit plötzlicher Angst: Ich habe sie fast verloren. Der Tod hat beinahe die Falle zuschnappen lassen. Sein Mund wurde trocken. Ihn durchflutete das starke Gefühl, sie beschützen zu müssen. Das war völlig neu für ihn. Vor Empress wollte er sich noch nie eines anderen

Menschen annehmen, und zum ersten Mal begriff er, welchen starken Beschützerinstinkt sein Vater seiner Mutter gegenüber fühlte.

Wie oft hatte er seinen Vater sagen hören: »Ich will nicht, daß deine Mutter traurig ist«, wenn wieder eine seiner Eskapaden ans Licht kam, »und dein Benehmen wird sie sicher sehr traurig machen.« Hazards Ermahnungen waren immer mit ruhiger Stimme vorgetragen worden, nie als Befehl, aber die Botschaft war eindeutig: Trey sollte sich in dem fraglichen Punkt zusammennehmen.

»Dann heiraten wir also nächste Woche?« Wieder klang Ungeduld in seiner Stimme. »Ist das in Ordnung?« fügte er hinzu, sich an seine Manieren erinnernd.

Empress lächelte. »Nächste Woche ist in Ordnung.«

»Gut«, sagte er und gab ihr einen leichten Kuß auf die Nasenspitze. »Ich schicke Mabel mit dem Stoff für ein Hochzeitskleid rauf. Sie wird sofort mit dem Schneidern anfangen müssen, wenn ...«

»Trey«, unterbrach ihn Empress. »Ich will keine große Hochzeit. Ich brauche auch kein besonderes Kleid.« Sie wollte etwas Schlichtes, Intimes, keine große Schau.

»Unsinn.« Dieser Einwand kam von einem Mann, der es gewohnt war, die Welt nach seinem Geschmack zu formen. »Du bist meine schöne Empress und sollst entsprechend gekleidet sein. Du brauchst eine Schleppe, Brillanten ... oder hättest du lieber Saphire? Unsere Gruben fördern die schönsten ... sie haben einen Schimmer von Lavendel.«

Empress entzog ihm ihre Hand und reckte das Kinn vor. »Trey, das brauche ich nicht.« Ihre Stimme klang leise, aber fest. »Ich will nur dich.«

Rasch legte er ihr die Hände auf die Schultern, und sein dunkler Kopf beugte sich so dicht zu ihr, daß ihre Gesichter sich fast berührten. »He ... he«, flüsterte er. »Es tut mir leid ... ehrlich. Was immer du dir wünscht. Und du bekommst mich ...«, seine hellen Augen umfingen sie, und sie sah tief innen die Zuneigung, Sorge und ein überwältigendes Verlangen, »... auf immer.«

Wahre Liebe, dachte sie. Es würde schon reichen, ihn nur

für einen Moment zu besitzen ... aber er würde ihr auf immer gehören. »Ich liebe dich«, murmelte sie mit Tränen in den Augen, und plötzlich war die Welt zu klein für all ihr Glück. Sie hatte ihren Herzenswunsch erfüllt bekommen, und nun brauchte sie das gesamte Universum, um ihr Glück zu fassen.

Treys Hände glitten über ihre Schultern an ihrem Hals vorbei und umfaßten behutsam ihr Gesicht. »Weine nicht, ich werde dich immer beschützen«, sagte er leise, »dich und die Kinder. Du bist mein Leben.« Dann berührten seine Lippen die ihren mit großer Selbstbeherrschung, denn sie war immer noch von der Krankheit geschwächt. »Später«, sagte er zärtlich, als er sich aufrichtete und auf sie hinabblickte, »wenn du wieder bei Kräften bist, kannst du mich küssen.«

»Das werde ich«, versprach Empress, seliger als sie es je in ihrem Leben gewesen war. »In unserem gemeinsamen Leben.«

Es schenkte ihm unermeßliche Freude, sie glücklich zu sehen. »In unserem gemeinsamen Leben«, wiederholte er mit einer Entschiedenheit, die sie noch nie an ihm gehört hatte. Das war wohl der Ton, mit dem er vor Gericht seine Standpunkte vertrat.

»Wenn du den Titel für Guy beanspruchen willst, nehmen wir uns die besten Anwälte Frankreichs. Wenn du auf dem Winterberg bleiben willst, bauen wir da ein neues Haus und eine größere Scheune, legen einen Obsthain an und bringen Geräte herauf für eine richtige Farm. Aber wenn du unter Palmen in Tahiti leben willst«, sagte er lächelnd, »dann tun wir das. Was immer du willst«, gelobte er leise und entschlossen, »werde ich dir geben.«

Tränen stiegen ihr in die Augen. Daß Trey ihr bei der hohen Verantwortung für die Kinder helfen würde, daß er ihre Stütze sein würde und sie sich auf seine Kraft verlassen könnte! Diesen schönen Mann, den sie über alles in der Welt liebte, für sich zu haben! »Du brauchst mir nichts zu schenken«, flüsterte sie, und ihre volle Unterlippe bebte vor Rührung.

Sie ist immer noch sehr blaß, dachte Trey, und hat auch

schwachblaue Ringe unter den Augen ... und ist unendlich kostbar für mich. Ihr Körper schenkte ihm eine Erfüllung und ein Entzücken, die ihn vollständig entwaffneten. Aber er hatte nicht nur in den gefährlichen Stunden ihrer Krankheit, sondern erneut heute morgen erkannt, wieviel mehr sie ihm bedeutete. Er wollte ihr alles geben. Er wollte sie kleiden und nähren und ihr Haar bürsten. Er wollte ihr alle Schätze der Welt und ewiges Glück darreichen. Er wollte ihr Kinder schenken. Er war jung und zum ersten Mal in seinem Leben verliebt, und wenn er sie nicht bei sich hatte, dann würde sein Leben unendlich leer sein.

Zärtlich tupfte seine Fingerspitze eine Träne von ihren Wimpern.

»Ich will dir aber alles geben. Ich will, daß du unendlich glücklich wirst. Aber am meisten will ich, daß du mein wirst.«

»Das bin ich sowieso schon«, erwiderte Empress ehrlich, und der Duft, die Berührung und das Gefühl des Paradieses umgaben sie wie ein sonniger Traum. »Aber wenn ich dich liebe«, fuhr sie gespielt streng fort, »mußt du mich ebensosehr lieben.«

Er lächelte und dachte, wie oft und in welchen Variationen er ihr seine Liebe zeigen würde, sobald sie wieder gesund war. »Ich bin mehr als bereit«, antwortete er mit einem Funkeln in den Augen, »dich zu lieben, bis alle Meere ausgetrocknet sind.«

»Gut«, erklärte Empress, und ihr Antwortlächeln war sehnsüchtig und amüsiert zugleich, mit dieser Andeutung verführerischer Verlockung, die Trey stets so reizvoll fand. »Weil ich nämlich keineswegs die Frau bin, die man so ohne weiteres kriegen kann.«

Sein Lächeln, dachte sie, konnte die ganze Welt in schimmernden Glanz tauchen. »So dumm würde ich nie sein«, protestierte Trey leise. »Ich habe dich nach deinem Auftritt bei Lily gefunden, ich habe Rally und mich auf der Suche nach dem Winterberg fast umgebracht — da wäre ich wohl der letzte Mann auf der Welt, der dich als selbstverständlich betrachten würde. Du bist nicht gerade der häusliche Typ, den die Männer schnell überdrüssig werden.« Der Spott in seinen Augen paßte zu seinem stahlenden Lächeln.

»Es gibt jede Menge unterwürfiger Frauen«, erwiderte Empress mit einem leicht verächtlichen Schnauben. Graf Jordans Tochter war nicht zur Unterwürfigkeit erzogen; in Frankreich gab es viele, die meinten, man habe den Jordans schon seit den Kreuzzügen systematisch Selbstbewußtsein eingeimpft. Das Familienmotto hieß: ›Tritt beiseite‹, und ihr Symbol von Schwert und Blitz verinnerlichte die Tradition von Aggressivität und Spontaneität.

Trey stöhnte auf, weil er sich an viele der Frauen erinnerte, die ihm auf der Fährte waren. »Stimmt«, erwiderte er grinsend. »Vermutlich Dutzende.«

»Ich werde aber nie unterwürfig sein.« Die Worte klangen zwar überzogen, aber ihr entschlossener Blick unter gesenkten Wimpern her unterstrichen die Worte noch.

Nein, dachte er und erinnerte sich an die zahlreichen Situationen, in denen sie ihn an ein lebendiges Feuer erinnert hatte. »Zum Glück, mein Schatz«, grummelte er.

»Noch eins«, erklärte Empress jetzt lebhaft und mit freudig funkelnden Augen. »Du mußt mich auf immer und ewig lieben.«

»Euer Diener, Madame«, erwiderte Trey mit heiserer Stimme und zog Empress in seine Arme.

In diese Glückseligkeit hinein ertönte ein Klopfen an der Tür.

Trey umarmte sie nur noch fester. »Geht weg«, rief er.

»Ihr Vater möchte Sie sprechen, Sir.« Das war Timms.

Trey hob ein wenig die Brauen. Das war ungewöhnlich. Warum schickte man keinen Hausdiener, wie Charlie oder George ... Timms überbrachte sonst keine Botschaften.

»Das ist ein königlicher Befehl«, meinte er ironisch und lehnte Empress wieder in ihre Kissen. »Ich bin gleich wieder da.«

»Geh nicht fort ... ich will dir noch sagen, wie sehr ich dich liebe«, neckte sie und fuhr mit einem Finger über seine perfekte, gerade Nase.

»Und das sollst du in alle Ewigkeit, mein Liebling, sobald

ich wieder da bin«, erwiderte er lächelnd. Dann beugte er sich über sie und berührte sanft ihre Lippen. »Geh ja nicht fort«, flüsterte er.

Als Trey die Tür öffnete, stand Timms wartend auf dem Gang. Er hauchte Empress noch einen Kuß zu, schloß die Tür hinter sich und hob fragend die Brauen. »Steht eine Exekution bevor, Timms?« scherzte er.

»Ihr Vater hat mich nicht ins Vertrauen gezogen, Sir.« Aber Timms verstand ebenfalls, daß man unter normalen Umständen einen anderen Diener losgeschickt hätte, um eine Botschaft Hazards zu überbringen. Und es war ganz deutlich zu erkennen gewesen, daß Mrs. Braddock-Black geweint hatte.


# Kapitel 14

»Das ist unmöglich!« explodierte Trey wütend. »Völlig unmöglich!«

Hazard blickte Trey über seinen Schreibtisch hinweg an. Sein Sohn war zornig aufgesprungen und ragte nun außer sich vor Wut vor ihm auf. Seine rasch pulsierenden Halsschlagadern waren deutlich zu sehen.

»Sag der Schlampe, sie solle sich einen anderen Sündenbock suchen«, rief Trey voll Groll. »Besser noch, wenn ich es ihr selbst sage.«

»Sie drohen damit, Gray Eagle und Buffalo Hunter oder andere Absarokee anzuklagen. Duncan hat mir in aller Deutlichkeit gesagt, daß es ihnen völlig egal sei, wen sie damit hineinziehen«, erinnerte Hazard Trey leise. Sein Herz war schwer vor Verzweiflung. Seit zwei Tagen hatte er versucht, einen Ausweg zu finden; er hatte Duncan Stewart ein Angebot gemacht — genügend Geld, um einen gewöhnlichen Erpresser außer sich vor Glück zu machen, aber offensichtlich waren sie auf weitaus mehr aus. Als Treys Frau würde Valerie dessen gesamtes Vermögen teilen, und bei dem Gedanken sank Hazard das Herz.

224

»Es muß einen Weg geben. Gütiger Gott, *sie* war es doch, die die beiden verführte.«

»Sie ist aber weiß.«

Trey begann, im Zimmer auf und abzumarschieren, weil er sich genau wie sein Vater der vollen Bedeutung dieser beiden Worte bewußt war. »Es würde nicht mal eine Gerichtsverhandlung geben, nicht wahr?«

»Die Indianer in Mussleshell wurden ohne Verhandlung aufgehängt.«[10]

»Und Geld will sie auch nicht?«

»Das habe ich bereits versucht.«

»Verdammte Hure. Das Kind ist mit Sicherheit nicht von mir.« Seine Stimme klang schneidend vor Verachtung.

»Bist du sicher?« Diese Frage klang taktvoll, aber die Antwort war sowieso nicht wichtig. Es ging allein um die Tatsache als solche, denn Hazard würde seinen Sohn unter allen Umständen unterstützen. Doch es schadete auch nicht, die volle Wahrheit über die Umstände zu wissen.

Trey blieb vor seinem Vater stehen und blickte ihn reumütig an. »Also, ich weiß, wie man allgemein über meine Frauengeschichten denkt, aber entgegen der allgemeinen Überzeugung bin ich kein rücksichtsloser, wahlloser Lüstling. Ich kann Alkohol sehr gut vertragen, und das letzte Mal, als ich darauf achtete, beeinträchtigte der Verkehr meine Sinne auch nicht. Mir ist daher stets klar, was ich tue und wo ich bin und ... ich bin seit vier Monaten nicht mit Valerie zusammen gewesen. Selbst in der fraglichen Nacht bin ich eingeschlafen ... daher sind es mehr als vier Monate her. Man muß schon sagen, die hat Nerven!«

»Ich glaube, da sind wir uns alle einig.«

Trey warf sich wieder in den Sessel gegenüber seinem Vater und ließ die Schultern sinken. Dann hob er den Blick und sagte: »Ich habe Empress gebeten, mich zu heiraten.«

Hazard blieb die Luft weg, und es dauerte einen Moment, bis er wieder antworten konnte. »Ich werde morgen früh die Richter Henry und Pepperell aufsuchen. Vielleicht kann man sie überreden.«

»Das klappt nicht«, erwiderte Trey leise, denn ihre Beziehung zu den Richtern war angespannt, seit die Sache mit den Wegerechten für die Eisenbahn durch eine höhere Gerichtsinstanz zu ihren Gunsten abgelehnt worden war. Henry und Pepperell hatten mit diesen Wegerechten spekuliert und eine Menge Geld verloren.

»Ich versuche es trotzdem«, erwiderte Hazard mit fester Stimme.

»Und wenn sie ablehnen — mit großer Befriedigung ablehnen, würde ich meinen?«

»Dann erhöhen wir das Angebot an Duncan.«

»Und wenn der ablehnt?«

Hazard blickte seinen Sohn direkt an. »Dann probieren wir etwas anderes.«

»Diese Scheißhure!« knurrte Trey, weil er wußte, daß sie nur begrenzte Möglichkeiten hatten, und ihm ebenso klar war, daß Valerie und ihr Vater sich dessen bewußt waren. Wenn irgend jemand die schmutzige Seite von politischen Intrigen und gesellschaftlicher Ächtung besser kannte als die Stewarts, dann war Trey ihnen noch nicht begegnet.

Hazard schob das antike Tintenfaß zur Seite und wieder zurück. Er zögerte, Trey die nächste Frage zu stellen. Dann seufzte er zweimal, nahm den Obelisken in die Hand, der Streusand enthielt, befingerte ihn und fragte mit Abscheu in der Stimme: »Würdest du Valerie heiraten, falls das unumgänglich wäre?«

»Du kennst die Antwort«, sagte Trey tonlos. »Natürlich.« Er war mit Gray Eagle und Buffalo Hunter zusammen großgeworden. Sie hatten als Kinder gemeinsam reiten und jagen gelernt. Sie waren zur selben Zeit auf die Visionssuche aufgebrochen, hatten gefastet, waren zusammen auf den Berg gestiegen und hatten die legendären Wesen am Nachthimmel gesehen. Sie waren durch das Band der Bruderschaft im Herzen miteinander verbunden. Ihre Treue galt in erster Linie dem Clan. Es bestand kein Grund, ihn daran zu erinnern. »Wie lange muß ich mit ihr verheiratet bleiben?« hieß seine nächste kalte, berechnende Frage.

»Bis das Kind da ist. Nicht länger.«

»Und das Kind?«

»Ich denke, die Stewarts werden um sein Erbe verhandeln.«

»Stimmen wir da zu?«

»Ehrlich gesagt haben wir da wohl keine andere Wahl. Entweder zahlen wir jetzt, was sie nicht akzeptieren, oder wir zahlen später. Zumindest ist der Clan dann in Sicherheit. Sie wird in Zukunft nicht mehr in der Nähe des Dorfes geduldet. Falls nötig, heuern wir weiße Wächter an.«

»Es besteht aber die Möglichkeit, daß Valerie eine Scheidung nicht akzeptiert.«

»Ich kann den Richter überreden, eine Scheidung auszusprechen, wenn wir die nötigen Gründe angeben. Die Scheidungsgesetze sind beeinflußbar. Aber nicht die Strafe eines Indianers, der eine weiße Frau vergewaltigt haben soll. Schlimmstenfalls bekommen wir die Scheidung anderswo durch.«

»Das ist aber nicht sicher.«

»Nichts ist sicher, außer daß Gray Eagle und Buffalo Hunter nicht gehängt werden, wenn du sie heiratest. Aber wir versuchen es zuerst mal mit den Richtern und dem Geldangebot.«

»Ich werde mit ihr reden.«

»Das wäre einen Versuch wert.«

»Könnten Valerie und ihr Vater nicht einfach verschwinden — ich meine nicht auf Dauer, obwohl die Versuchung groß ist. Aber sagen wir, auf zehn Jahre nach Europa?«

»Das wäre möglich gewesen, als ich noch jünger war«, seufzte Hazard. »Rache an einem Feind galt als akzeptabel. Aber sie ist eine Frau. Damals wie heute schafft das andere Bedingungen. Man führt keinen Krieg gegen Frauen und Kinder.«

Dann lehnte er sich in seinem Sessel zurück und schloß die Augen. »Wir versuchen«, murmelte er, »mit diesen Leuten umzugehen, wie es Weiße tun würden.« Dann hob er den Kopf, öffnete die Augen, und seine Stimme nahm eine schneidende Entschlossenheit an, die viele Menschen fürchteten. »Ich verspreche dir, die Ehe wird nur von kurzer Dauer sein.«

»Und wenn die Scheidung nicht freundschaftlich geregelt werden kann?« Trey saß immer noch zusammengesunken in seinem Sessel. Die scharfe Stimme seines Vaters hatte nicht ihm gegolten, aber der Inhalt erregte jeden Nerv seines Körpers und seiner Seele.

»Wie bei Jake Poltrain wird man dann mit den Stewarts nach Absarokee-Tradition fertigwerden. Du verstehst . . .« Hazard rieb sich mit dem Handrücken über die Augen, und ein schmerzvoller Seufzer erfüllte den Raum. »Die Entscheidung liegt bei dir . . . dieses Opfer an den Clan. Aber wenn du deine Pflicht erfüllt hast, verspreche ich dir bei meinem Kriegereid, daß wir wie Absarokee handeln, wenn die Methoden der Gelbaugen nicht klappen, um die unerwünschte Frau wieder loszuwerden.«

Trey verstand, daß sein Vater ihn nicht zwang, Valerie zu heiraten. Er begriff auch, daß seine Ehre es verlangte. Grey Eagles und Buffalo Hunters Leben standen auf dem Spiel. »Ehe ich es Empress sage, möchte ich Valerie selbst sprechen. Morgen früh. Vielleicht ändert sie ihre Meinung.«

Das war ein automatischer, instinktiver Impuls, der nichts mit einem Vernunftmotiv zu tun hatte. Er war von brennendem Haß getrieben. »Vielleicht kann ich sie doch noch überzeugen«, fügte er hinzu, und nichts an ihm regte sich — außer dem drohenden Blitzen in seinen silbrigen Augen. »Vielleicht überlegt sie es sich anders.«

»Das hoffe ich«, sagte Hazard. Seine Stimme klang mit einem Mal dünn vor Erschöpfung.

Valerie empfing Trey freundlich und charmant, als er früh am folgenden Morgen in ihren Salon geführt wurde — so, als seien die erpresserischen Drohungen nie gefallen. »Du bist aber früh auf den Beinen«, gurrte sie verführerisch. »Hast du schon gefrühstückt? Möchtest du Kaffee?«

Trey blieb mit dem Rücken zur Tür stehen, die er fest hinter sich geschlossen hatte. »Ich möchte deinen Kopf auf einem Silbertablett, Valerie«, knurrte er bedrohlich. »Würdest du mir den Gefallen tun?«

»Mein Lieber, du hast aber einen makabren Sinn für Humor«, schalt sie mit ihrem süßen, langgezogenen Südstaatenakzent, dessen sie sich gelegentlich bediente. »Komm und setz dich, und sag mir, wie es dir geht. Man sieht auf den ersten Blick, wie wunderbar du dich von dieser ... eh ... Begegnung bei Lily erholt hast.« Ihre blauen Augen wanderten ausgiebig über Treys Gestalt entlang. Er war ganz in Schwarz, abgesehen von den flaschengrünen Seidenrevers seines Jacketts und dem glänzenden Gold seines Talismans. Sein langes, rabenschwarzes Haar war hinter die Ohren gestrichen, was seine hohen Wangenknochen und die Klarheit seiner Züge betonte. Seine silbrigen Augen blickten kalt.

Sie ignorierte seine drohende Haltung und Miene. Sie fühlte sich sicher. Sie hatte alle Trümpfe in der Hand. Er war zu ihr gekommen.

»Komm, setz dich«, wiederholte sie und klopfte einladend auf das hellblaue Seidensofa neben sich, auf dem sie sich niedergelassen hatte. Ihr pfirsichfarbenes Wollkleid wirkte auf diesem glatten Blaugrün besonders anmutig, fand sie. Sie hatte recht: Sie wirkte fast nackt.

Leider war dieser fantasievolle Auftritt ihrerseits bei Trey verlorene Liebesmüh. Es war nötig, daß er hergekommen war. Es war nötig, sein Spiel bis zum Ende durchzuhalten, dachte er zornig. Er schätzte seine Chancen nicht optimistisch ein, seit das letzte, ausgezeichnete Angebot seines Vaters abgelehnt worden war. Aber er mußte sich dieser Qual unterziehen, daher stieß er sich nun von der Tür ab, trat auf den Stuhl Valerie gegenüber zu und ließ sich nieder.

»Kaffee?« fragte sie noch einmal. »Tee? Oder vielleicht etwas Stärkeres?« fügte sie mit der Stimme einer perfekten Gastgeberin hinzu.

Sie war immer noch schlank, wie er mit einem raschen Blick auf das pastellfarbene Gewand bemerkte. Und seine Stimmung hob sich. Es war vier Monate her, seit er mit ihr zum letzten Mal im Bett gewesen war. »Nein, danke«, sagte er und lehnte sich mit gespielter Lässigkeit zurück.

»Keinen Kaffee, keinen Tee und keinen Schnaps? Wenn dies kein normaler Besuch ist, was ist es dann?« schnurrte sie liebevoll.

»Es ist eine Weile her, Valerie, und ich dachte, ich schaue einmal bei dir vorbei und sehe, wie du ...«, er hielt inne, »... aussiehst.«

»So lange ist es auch nicht her, Liebling«, erwiderte Valerie ungerührt. »Erinnerst du dich an letzten November?«

»Ich erinnere mich«, erwiderte er gedehnt. »Wichtiger noch ist, daß ich mich genau erinnere, daß nichts passierte.«

»Woher willst du das wissen?« entgegnete sie schelmisch. Sie hielt die Hände locker im Schoß verschränkt. »Du bist doch ohnmächtig geworden.«

»Ich bin eingeschlafen. Das ist ein Unterschied. Ich weiß genau, was passierte — oder besser, was nicht passierte. Und seitdem habe ich dich nicht gesehen, Valerie. Das ist vier Monate her. Du und ich, wir wissen beide, daß das Kind nicht von mir ist.«

Ihr Lächeln blieb bei dieser Erklärung ungerührt freundlich. »Dann steht dein Wort gegen meines, nicht wahr?« erwiderte sie im Plauderton. »Und jeder kennt deinen ...«, hier hob sie leicht die Brauen, »... faszinierenden Ruf. Im Gegensatz dazu«, fuhr sie fort und glättete mit einer eleganten Handbewegung ihren Rock, »... bin ich die unschuldige Miss Stewart. Ich gebe Unterricht in der Sonntagsschule, mein Schatz.« Ihr Blick hob sich von der kurzen Beschäftigung mit den Falten ihres Gewands und begegnete seinem mit einstudiertem Liebreiz.

»Und schläfst mit zahlreichen Männern«, setzte Trey betont grob hinzu, ohne auf ihren dramatischen Ausdruck zu achten. »In deiner Freizeit. Buffalo Hunter, Gray Eagle und ... etwa ein weiteres Dutzend? Dunkle Haut erregt dich, nicht wahr? Vielleicht könnten wir von deinen Indianerliebhabern ein paar eidesstattliche Aussagen zusammenstellen.«

»Niemand würde ihnen glauben«, erwiderte sie ruhig. »Sie sind Indianer. Lieber Mann, sie leben in Hütten!«

Treys Augen wurden noch kälter. »Aber sie sind gut genug zum Vögeln.«

Sie lächelte. »Nicht so gut wie du, Liebling. Aber das hast du bestimmt schon ein paarmal gehört, nicht wahr?«

Er ignorierte ihr Kompliment und sagte sehr leise: »Warum gerade ich, Valerie?«

Sie tat nicht so, als wüßte sie nicht, was er mit dieser Frage meinte. Ihr schönes Gesicht wirkte so offen, wie er es schon öfter bei ihr beobachtet hatte. »Ich liebe dich und will dich heiraten, Trey. So einfach ist das.«

»Du weißt doch nicht, was Liebe ist, Valerie. Du willst doch nur Mrs. Braddock-Black werden.«

»Besteht da ein Unterschied?«

Er wahrte sich gegen den überwältigenden Impuls, sie mitten in ihr schadenfrohes Gesicht zu schlagen. »Wie viel, Valerie?« fragte er leise, sich mühsam wieder unter Kontrolle bringend. »Um einen anderen Vater zu finden oder eine ausgedehnte Reise zu machen? Nenn mir deinen Preis.«

Ihre üppigen Lippen, an die er sich nur allzugut erinnerte, schürzten sich in gespielter Beleidigung. »Du bist manchmal richtig barbarisch, Trey. Und so langweilig wie ein Händler.«

»Aber immer noch höflich genug, dich nicht so zu beschimpfen, wie ich es gern würde, Valerie. Ich will dich nicht heiraten.«

»Aber ich will dich heiraten.«

»Du kannst das Geld doch ohne mich haben.«

»Alles?« fragte sie interessiert.

»Hure!« flüsterte er. Sein Kinn war verspannt vor Zorn.

»Du hattest ja immerhin nichts dagegen, sehr häufig mit mir zu schlafen, wie du dich vielleicht erinnerst.«

Er starrte sie nun angewidert an. »Wenn ich gewußt hätte, daß der Preis dafür eine erzwungene Ehe ist, hätte es nicht ein einziges Mal gegeben.«

»Das Leben ist für dich immer zu leicht gewesen, Trey. Du hast immer bekommen, was du wolltest. Alle Frauen, ungeheuren Reichtum.« Sie blickte ihn unter den gesenkten Lidern her an und lächelte. »Ich dachte, ich wollte ein solches Gefühl von Überfluß auch einmal genießen. Als deine Ehefrau.«

»Du hast Nerven«, knurrte Trey. »Das muß ich schon zugestehen. Aber ich werde einen Ausweg finden.«

»Träum nicht, Liebster. Du denkst doch wohl nicht ernsthaft, daß dieser Antrag eine spontane Entscheidung war. Ich denke, daß du vielmehr bald dahinter kommst, daß es keinen einzigen Ausweg gibt.«

»Wessen Kind ist es?« fragte er brüsk.

»Ich würde es dir auch nicht verraten, wenn ich es wüßte. Für die Akten ist es natürlich deins.« Kleopatra, die Mark Anton von seiner bevorstehenden Vaterschaft unterrichtete, hatte kaum friedfertiger aussehen können.

»Es wird nicht geschehen«, knurrte Trey. Seine Augen wirkten wie Eisfunken.

»Du bist der reichste, bestaussehendste Junggeselle in Montana«, erklärte Valerie mit schadenfroher Sicherheit. »Ich bin die schönste Frau. Wir sind doch ein perfektes Paar.«

Er sah sie an und bemerkte ihre Schönheit — aber auch eine kalte, gnadenlose Frau, so raubgierig wie eine hungrige Tigerin.

»Nein!« bellte er.

»Ich hätte die Hochzeit gern in der Kirche auf dem Berg . . . in etwa drei Wochen? Das reicht, um die Einladungen auszusenden. Ich lasse eine Anzeige in die Zeitung setzen. Man muß den Bischof unterrichten. Was den Empfang angeht, so ist das Hotel vielleicht nicht groß genug . . . man müßte Claudios Ballsaal reservieren . . . ja, Claudio wird perfekt sein.«

»Niemals«, knirschte Trey und stand abrupt auf. Er war nicht sicher, ob er seinen Impuls länger beherrschen konnte, sie zu schlagen. Er hatte immer gewußt, wie skrupellos Valerie war. Aber das volle Ausmaß ihrer ungeheuerlichen Absichten hatte er nicht geahnt.

»Mit französischem Champagner . . .«, hörte er gerade noch, als er die Tür öffnete. Mit kaum einem halben Dutzend Schritten war er aus dem Haus, wütender, als er je in seinem Leben gewesen war.

Hazards Treffen mit den Richtern verlief kaum besser. Sie hatten zwar nach der Sache mit dem Wegerecht kein Mitgefühl für Treys Problem, wären aber andererseits gerne bereit gewesen, einen ›Beitrag für ihre Kampagne‹ anzunehmen. Beide waren ganz offen enttäuscht, daß sie Hazards großzügiges Angebot ablehnen mußten. Aber wenn Valerie tatsächlich eine Anklage wegen Vergewaltigung erhob, würde der öffentliche Aufschrei alle richterlichen Entscheidungen über eine Freisetzung oder eine Verhandlung hinwegfegen. Die Indianer würden vermutlich das Ende der Woche nicht erleben, und kein Richter, der Indianer unterstützte, würde jemals wiedergewählt. Sie konnten nichts für Hazard tun.

Vater und Sohn trafen sich zum Mittagessen in einem Separee des Montana-Clubs und erstatteten einander Bericht.

»Unsere Bemühungen hatten alle kaum eine Chance«, gab Trey erschöpft zu und leerte sein Whiskyglas.

»Wenn es um etwas anderes ging als Vergewaltigung«, meinte Hazard seufzend.

»Und wenn wir nicht Indianer wären«, fügte Trey hinzu. Seine Stimme klang zynisch.

»Es gibt eine Menge Wenns und Abers«, nickte Hazard.

»Wenn du nicht soviel Geld hättest ...«

»Und wenn Valerie nicht so geldgierig wäre ...«, murmelte Trey. »Sie spricht schon von der Hochzeit in der Bergkirche.«

»Gütiger Gott!«

»Das entspricht genau meinen Gefühlen. In drei Wochen übrigens.«

Hazard blickte seinen Sohn düster an. »Und Empress?«

»Ich werde es ihr erklären müssen.«

»Es tut mir so leid«, sagte sein Vater. »Deine Mutter erwartet von mir, daß ich die Sache regle.«

»Sie ist realistisch. Sie weiß, daß Gray Eagle und Buffalo Hunter oder wen immer sie beschuldigen, keine Chance haben, falls Valerie sie anklagt.«

»Wir könnten aber«, sagte Hazard, nachdem er sich nachdenklich am Ohr gezupft hatte, »Valerie und Duncan entführen und in die Berge bringen. Bei ihrem Verschwinden wird sich zwar ein großes Geschrei erheben, falls noch jemand anders in diesen Erpresserakt eingeweiht ist. Aber wir könnten dadurch ein wenig Zeit gewinnen und hoffen, daß sie es sich anders überlegen. Doch gleichzeitig ist das eine vergebliche Hoffnung, wenn man an ihre Gier denkt. Duncan betrügt schon seit Jahren die Regierung mit seinen Armeekontrakten. Er ist nicht der Typ, dem Vernunft zugänglich ist.«

»Valerie weiß nicht mal, was das Wort bedeutet. Die Ehe würde maximal sechs Monate dauern, vielleicht sogar kürzer.«

Trey zuckte die Achseln. »Wir haben keine andere Wahl. Jetzt muß ich mir nur noch überlegen, wie ich das Empress beibringe.« Er ließ sich noch tiefer in seinen Sessel sinken. »Ich brauche noch einen Drink.«

Sein Vater schenkte seinem Sohn nach. »In sechs Monaten«, sagte er, »stoßen wir auf deine Scheidung an.«

Trey hob das Glas und lächelte grimmig. »Sofern ich sie nicht vor Ablauf dieser sechs Monate erwürge. Gehen wir das Ganze noch mal durch. Könnte nicht der gesamte Clan vorübergehend Montana verlassen?« fragte Trey ironisch, aber seine Stimme klang verzweifelt.

»Sicher würde eine Wanderung von Indianern samt ihrer Pferdeherden überall in Amerika mit offenen Armen begrüßt«, erwiderte Hazard sarkastisch. »Die Regierung empfiehlt uns ja jetzt schon praktisch, uns in der Wüste anzusiedeln.«

»Und wenn wir sie umbringen?« sagte Trey — zum ersten Mal in vollem Ernst.

»Duncan hat uns davor besonders gewarnt«, antwortete sein Vater. »Denk daran, daß das nackte Überleben schon seit Jahren für Duncan eine Hauptsorge ist, bei all den ausgehungerten Indianern in den Reservaten. Später vielleicht«, fügte er dann leise hinzu. »Im Extremfall.«

»Können wir uns überhaupt auf sie verlassen?« fragte Trey als nächstes und schenkte sich noch mal nach. »Ich meine, werden sie die Drohungen nicht wiederholen?«

»Diese Zusicherung haben wir in dreifacher Ausfertigung«, antwortete Hazard erleichtert. »Das Dokument würde sogar vor dem Bundesgericht standhalten.«

Trey blickte seinen Vater über das Glas hinweg an. »Es gibt bestimmt ein ›Aber‹.«

»Es ist vordatiert.«

»Auf wann?« Eine kurze Frage nach der Länge einer Strafe.

»Acht Monate von jetzt an, und selbst dafür habe ich mehrere Stunden verhandelt«, antwortete Hazard knapp. »Anfangs wollten sie fünf Jahre.«

»Meinen Glückwunsch«, meinte Trey lakonisch und leerte sein Glas.

»Ich habe zweimal nach meinen Colts gegriffen«, erklärte der Vater mit trockenem Lächeln. »Und das schien zu helfen.«

»Duncan war noch nie für sein Rückgrat bekannt. Aber diese Schlampe von einer Tochter macht das mehr als wieder wett.«

»Sie hat wirklich ein unerschütterliches Selbstvertrauen«, erklärte Hazard trocken. »Als ihr Vater einmal kurz den Raum verließ, machte sie mir sofort einen unsittlichen Antrag.«

»Ich würde mich nie mehr allein mit ihr in einem Raum aufhalten«, meinte Trey angeekelt.

»Sie schien aber beleidigt, als ich sagte, sie sei für meinen Geschmack zu alt.«

Trey grinste. »Diese Undankbarkeit hat dich vermutlich eine weitere Million gekostet.«

»Sie wirkte ein wenig bekümmert«, feixte Hazard. »Das blieb den Rest der Verhandlungen so.«

»Also«, meinte Trey gedehnt, »wir können sie also nicht verloren gehen lassen und weder umbringen noch abwimmeln.« Er lehnte sich in seinem Sessel zurück, griff automatisch nach der Whiskyflasche und sagte: »Ich bin auf acht Monate verkauft worden. Topp!« Dann füllte er sein Glas bis zum Rand und hob es prostend seinem Vater entgegen. »Betrachten wir die Sache so … es könnte schlechter stehen. Sie könnte wirklich die Mutter meines Kindes sein.«

»Und du bist sicher, daß sie es nicht ist?« hakte Hazard noch einmal nach.

»Das ist die einzige Sicherheit, die ich in diesem machiavellischen Spiel habe«, erwiderte Trey mit einem tiefen Seufzer. »Und das rettet mir den Verstand.«

# Kapitel 15

Die Kinder hatten sich alle um Empress geschart, als Trey nach Hause kam. Daher mußte er sich eine ganze quälende Stunde lang unterhalten, allen zuhören, was sie den Tag über getrieben hatten, und den unzähligen Ideen für ihre gemeinsame Zukunft lauschen, da Empress ihnen in ihrer Begeisterung die Hochzeitspläne verraten hatte. Es war die schlimmste Stunde seines Lebens.

Empress erkannte die Angespanntheit in ihm, als die Kinder sich endlich beruhigten, und schickte sie hinaus, damit sie sich fürs Essen umzogen.

Trey erhob sich abrupt, ging zum Fenster und kam wieder zurück.

»War deine Fahrt nach Helena nicht sonderlich erfolgreich?«

»Das kann man wohl sagen«, murmelte er und spielte mit der Haarbürste auf der Kommode.

»Möchtest du darüber reden?«

»Ich würde am liebsten überhaupt nichts sagen.«

»Das tut mir leid«, entschuldigte sich Empress. Treys unübersehbar schlechte Laune war ungewöhnlich. »Ich wollte nicht neugierig sein.« Gerade, als sie dachte, sie sollte ihn lieber in Ruhe lassen, änderte sich seine Stimmung wieder.

Trey blickte die Frau an, die er gerade erst zu lieben gelernt hatte, die einzige Frau, die er jemals lieben würde. Sie hatte heute wieder rosigere Wangen und sah zum ersten Mal seit Beginn ihrer Krankheit nicht mehr so blaß aus. Sie wirkte frisch und gesund, und das helle Haar kringelte sich in wilden Locken um ihre schmalen Schultern. Mit der Häkelspitze am Nachthemd und dem bebänderten Oberteil wirkte sie unendlich jung. Ihre Augen strahlten in dem lebhaften, klaren Grün einer regenfeuchten Wiese und blickten ihn vertrauensvoll an. Der Gegensatz zu Valerie war krass und scharf.

»Was ich sagen muß ...«, begann Trey mit gequälter Stimme. Dann seufzte er und fuhr leise fort: »... muß ich sagen.«

Empress' Magen verkrampfte sich, und ihre Finger klammerten sich um den Leinenbezug. »Ich wußte, daß etwas nicht stimmte.«

»Es hat mit uns zu tun«, sagte Trey und ließ sich auf einen Stuhl neben dem Bett fallen. »Nichts daran ist deine Schuld«, fügte er rasch hinzu, als er die Enttäuschung auf ihrem Gesicht sah. »Es ist teilweise meine Schuld«, sagte er, lehnte sich auf dem Stuhl nach hinten und streckte die Beine aus. »Und hauptsächlich Valerie Stewarts Schuld. Du kennst sie nicht ...« Wieder seufzte er. »Aber ich habe sie leider ... gut gekannt.«

»Sprich weiter«, bat Empress leise, weil sie wissen wollte, wohin dies führte, obwohl sie bereits ein grauenvolles Gefühl überkam. Treys Mund war nur noch eine dünne, verkniffene Linie.

»Was würdest du sagen, wenn wir die Hochzeit um ein halbes Jahr verschöben?« fragte Trey ausdruckslos.

»Ist das alles?« erwiderte Empress froh und erleichtert. So schlimm war das nicht. Das war keine Katastrophe. Ihre verzweifelte Furcht legte sich. »Ich habe nichts dagegen. Der Sommer ist sehr schön für eine Hochzeit.« Dann lächelte sie Trey an. »Sei nicht so bedrückt. Wir ändern einfach unsere Pläne. Ich liebe dich, und ob wir diese Woche heiraten oder in sechs Monaten, bringt uns doch nicht um.«

Trey aber erwiderte ihr Lächeln nicht, und Empress erkannte, daß da noch mehr hintersteckte.

»Ich habe dir das Schlimmste noch nicht gesagt«, stöhnte er.

Ihre Erleichterung hatte sich an den ersten besten Strohhalm geklammert, doch ein Blick auf Trey verriet ihr nun, daß eine Katastrophe auf sie zukam.

»Ich muß Valerie Stewart heiraten.«

Es war tausendmal schlimmer, als sie erwartet hatte. Es war die Zerstörung ihres Traums, eine vollständige Vernichtung allen Glücks, das sie sehr vorsichtig gerade erst ernstzunehmen begonnen hatte. Es vergingen mehrere Augenblicke, ehe Empress schließlich den Mut fand, zu fragen: »Warum?«

»Um zwei meiner Vettern vor dem Erhängen zu retten.«

Dann lauschte Empress entsetzt und voll Abscheu der Geschichte, während ihre Zukunft mit Trey in Schutt und Asche fiel. Er war traurig, aber letztendlich optimistischer als sie. Empress hatte aber das starke Gefühl, daß man Frauen wie Valerie Stewart nicht so leicht nach einem halben Jahr wieder loswürde. Jemand, der gerissen genug war, die Braddock-Blacks zu erpressen, wäre kaum so naiv, diese Beute rasch wieder freizugeben. Trey hatte ihr allerdings nicht die Pläne verraten, die man im Extremfall umsetzen würde. Für Empress war deshalb die Welt zusammengebrochen.

»Ich weiß nicht, was ich tun soll, was ich sagen soll«, endete Trey unglücklich. Er fühlte sich vom Pech verfolgt und von seinem guten Stern verlassen.

»Du hast keine andere Wahl. Heirate sie. Die Kinder und ich gehen zurück auf den Winterberg, und du kannst im Sommer zu uns kommen.« Empress zwang ihre Stimme, ruhig zu bleiben, während sie in Wirklichkeit vor Schmerz aufschreien wollte. »Ich werde es den Kindern sagen ...« Doch da brach ihr die Stimme. Sie schluckte hart und fuhr dann resolut, aber mit Tränen in den Augen fort: »Ich weiß noch nicht, wie, aber irgend etwas wird mir einfallen. Sie lieben dich doch so sehr.«

Trey sprang sofort auf, als ihre Tränen zu fließen begannen. Er hob sie auf die Arme, trug sie zum Ledersofa neben dem Kamin, setzte sich mit ihr auf dem Schoß nieder und wickelte sorgsam das lange Flannellnachthemd um ihre nackten Füße. »Es wird nicht lange dauern«, flüsterte er.

Verzweiflung senkte sich in seine Seele, und er umarmte Empress so fest er konnte.

»Der Sommer kommt, ehe wir es uns versehen«, erwiderte Empress vernünftig, wobei ihr die Tränen über die Wangen strömten. »Weine nicht ... bitte weine nicht«, flehte Trey und strich die Tränen mit seinen Fingern fort. »Oh, Gott«, wisperte er. Er wollte sie trösten, wünschte, es gäbe eine Rettung, einen Zauber, sie beide vor dieser Hölle zu bewahren. »Du darfst nicht fort«, flüsterte er zärtlich, küßte ihr Haar, ihre Wangen, die salzigen Tränen. »Es gibt keinen Grund, warum du zurückgehen solltest.«

Der Gedanke, sie sechs Monate lang zu verlieren, war unerträglich.

»Bitte mich nicht, zu bleiben. Das kann ich nicht«, antwortete Empress unglücklich. »Nicht, wenn du mit einer anderen verheiratet bist.«

»Es ist nur eine Hochzeit. Keine Ehe«, stellte Trey richtig. »Ich werde nicht mit ihr leben.«

»Ich kann trotzdem nicht bleiben«, schluchzte Empress. Sie konnte ihm nicht erklären, daß der Gedanke, daß eine andere Frau mit dem Mann verheiratet war, den sie liebte, für sie keine sachliche Abmachung darstellte. Irgendwie lag darin ein schrecklicher Besitzanspruch und eine sehr reale Verpflichtung im rechtlichen Sinne, egal wie ablehnend Trey das betrachtete. Valerie Stewart klang nicht wie eine Frau, die es tolerant dulden würde, daß ihr Ehemann mit einer anderen lebte. Wenn Treys Pläne aufgingen und Valerie einer Scheidung zustimmte, dann hätte diese erzwungene Trennung aber bald ein Ende. Wenn Empress die Tage dieser sechs Monate abzählte, konnte sie diese furchtbare Situation überstehen. Aber nicht hier, nicht, wenn sie Trey täglich sah, nicht so nahe, daß sie tatsächlich Valerie begegnen könnte, die dann Mrs. Braddock-Black sein würde. So stark war sie nicht. »Wir gehen nach Hause, sobald ich die letzte Strecke auf Schneeschuhen zurücklegen kann.«

»In Ordnung«, stimmte Trey zu, weil er nicht mit ihr streiten wollte. Aber er würde sie nicht gehen lassen. So oder so, er würde sie zum Bleiben zwingen.

Die Umstände kamen Trey zur Hilfe, und er brauchte keine überzeugenden Argumente aufzubringen, um sie zum Bleiben zu überreden. Die Kinder litten eines nach dem anderen am gleichen Fieber, das Empress so bedroht hatte. Als Empress sich gerade eben wieder kräftiger fühlte, klagte Geneviève über Halsschmerzen. Fünf Tage später erwischte es Guy, und so ging es reihum, bis das Haus wie eine Krankenstation wirkte. Drei Wochen lang machte man Umschläge und verabreichte Medizin, besänftigte man unruhige Kinder und ging mit Eduard auf dem Arm hin und her, der vor Ohrenschmerzen schrie, die er mit dem Fieber bekommen hatte. Trey trug ihn die meiste Zeit, aber die langen Nächte verlangten allen ihre Kräfte ab. Doch irgendwie war es auch ein Segen, daß die Tage vor Treys Hochzeit so vergingen und erfüllt waren von der Sorge um fiebrige Kinder und besetzt mit schlaflosen Nächten, in denen man den Tod mit allen möglichen Mitteln bekämpfte, betete, beruhigte und Liebesworte murmelte.

Sie überlebten alle. Empress war überaus dankbar dafür. Ihr fiel kaum auf, als Trey das Haus am Tag seiner Hochzeit verließ. Sie war gegen Morgen in erschöpften Schlaf gesunken, und Trey hatte sich fortgeschlichen, ohne sie zu wecken. Erst am Nachmittag wachte sie wieder auf, denn die Pflegerinnen hatten strikte Anweisung, sie schlafen zu lassen. Erst da fiel ihr die ungewöhnliche Stille im Haus auf. Und dann erinnerte sie sich an den Grund dafür.

An diesem Abend weinte Empress trotz aller anstrengenden Versuche, gelassen zu bleiben, und als Geneviève sie fragte, was sie habe, sagte sie bloß: »Ich bin so müde, und ich will nach Hause.«

Sie hatte die Schurkerei von Valerie und ihrem Vater den Kindern nicht erklären können. Sie hatte ihnen nur gesagt, daß sie nach Hause zurückgingen, sobald es allen wieder gut ging. Trey würde im Sommer nachkommen. Und dann würde geheiratet. Sie bewahrte Stillschweigen über Treys Hochzeit mit Valerie. Trey hatte Empress nicht offen widersprochen, als sie den Kindern die Änderung ihrer Pläne mitteilte, aber er hatte vor, sie auf seine Weise zum Bleiben zu überreden.

Die Kirche war bis auf den letzten Platz gefüllt, obwohl bei weitem nicht alle Braddock-Blacks erschienen waren. Die meisten Verwandten fielen vielmehr durch ihre Abwesenheit auf. Valerie hatte allerdings an die halbe Stadt Einladungen verschickt, und alle kamen, angelockt vom Spektakel einer sehr eiligen Hochzeit von zwei Menschen, die einander schon längere Zeit nicht gesehen hatten. Man schloß Wetten ab über die Gründe, warum Trey Valerie schließlich nachgegeben hatte oder wie Valerie das Unmögliche erreicht hatte.

Doch alle, die den Grund zu erraten meinten, wußten gleichzeitig, daß die wahren Motive vermutlich nie bekannt würden.

Man hatte zwei Wagenladungen mit weißen Rosen aus Kalifornien hergebracht, und die Kirche ähnelte eine duftenden Wolke, so dicht waren die Blüten gestreut. Der Bräutigam dachte allerdings eher an eine Beerdigung — je nach Standpunkt. Valeries acht Brautjungfern, alle in rosa Organdy, bildeten die bauschigen Gegensätze zu den duftenden Rosen, während die Braut in ihrem venezianischen, perlbestickten Spitzenkleid mit der sechs Meter langen Schleppe prachtvoll aussah — es gab keinen anderen Ausdruck.

Trey fühlte sich wie ein Gefangener, und man sah es ihm nur zu deutlich an.

Das Hochzeitsmahl war von einzigartigem Luxus. Zehn französische Küchenchefs waren dafür verantwortlich. Man tischte riesige Mengen französischen Champagner auf, und die Gäste merkten, daß der Bräutigam mehr als ihm guttat, trank. Sofort nach dem Essen begann die Kapelle zu spielen, aber hier weigerte sich der Bräutigam, seiner Pflicht nachzukommen und den ersten Tanz mit der Braut zu tanzen. Er zöge es vor zu trinken, beharrte er.

Die Eltern des Bräutigams blieben gerade eben so lange, um den Schein zu wahren. Hazard sei nicht glücklich über die Verbindung, hieß es. Der Klatsch wollte es, daß die Braut schwanger sei, und es gab Gerede, daß man den Jungen zur Ehe gezwungen habe. Im Grunde genommen, hatten es ja alle gewußt, daß es mit Trey einmal so enden würde. Mit seinen Schlafzimmerrekorden war das bloß eine Frage der Zeit und des Drucks der betroffenen Familie gewesen.

Würde die Ehe den Frauenhelden Trey nun zähmen, fragten sich alle mehr neugierig als überzeugt. Die Frauen, die beim Hochzeitstanz mit ihm flirteten, glaubten es nicht. Es gab ja auch noch seine neueste Eroberung, die sich auf der Ranch, am Busen der Familie, behaglich eingerichtet hatte. Er war ein verwöhnter Bengel.

Als sich die glückliche Braut und der mürrische Bräutigam zurückzogen, um sich umzuziehen und angeblich in die

Flitterwochen zu fahren, trug Treys Gesicht einen Zug von Bedrohlichkeit. Ein Gast bemerkte süffisant, daß Trey nicht gerade aussah, als sei er zu einem friedlichen Eheleben bereit. Darauf erwiderte sein Nachbar: »Trey hatte noch nie etwas gegen Häuslichkeit, allerdings nur in kleinen Dosierungen und mit den verschiedensten Frauen. Valerie wird gut zu tun haben.«

»Die hübsche Kleine, die er bei Lily gekauft hat«, raunte ein anderer, »wartet schon auf der Ranch.« Boshaftigkeit blitzte in vielen Augen auf. »Vielleicht vermißt er sie schon.«

Verdrossen begleitete Trey Valerie zu deren Haus, das sie mit seinem Geld gekauft hatte. Daß er mit ihr nicht wegfahren würde, hatten sie vorher schon geklärt. Nun blieb er stumm am Eingang zum Salon stehen, während sie ihren Samtumhang der Zofe reichte und dem Butler befahl, das Essen aufzutragen. Er war müde und hatte Kopfschmerzen von dem Champagner. Vielleicht lag es auch daran, daß er vor all den Menschen seine Wut so unter Kontrolle halten mußte. Valeries triumphierende Ausgelassenheit hatte ebenfalls ihren Anteil daran, daß es hinter seiner Stirn so höllisch pochte. Diese verlogene Hure! Sie hatte die Rolle der strahlenden Braut bis zur Perfektion gespielt.

Valerie entließ die Diener, drehte sich in einer Wolke aus scharlachroter Seide herum und machte eine ungeduldige Handbewegung. »Liebling, zieh doch den Mantel aus und mach es dir gemütlich.«

Er hatte sie zwar geheiratet, aber er hatte sehr klare Vorstellungen, was er für sie zu tun bereit war. »Ich bleibe nicht hier«, sagte er. Er hatte nicht die geringste Absicht, sie zu berühren und das Risiko einzugehen, sich von ihr umgarnen zu lassen. Das Kind war nicht von ihm. Aber es hätte sehr gut der Fall sein können. Jetzt wollte er nur dafür sorgen, daß dieser Fall niemals eintrat.

Valerie war einen Moment lang sprachlos. Mit einer Weigerung, bei ihr zu bleiben, hatte sie nicht gerechnet. Sie hatte sich sicher gefühlt, da sie nun endlich mit ihm verheiratet war.

»Natürlich bleibst du«, sagte sie aufgebracht. »Wir sind verheiratet. Das ist unser Zuhause.«

»Das ist dein Haus«, erwiderte Trey mit eisiger Höflichkeit. »Nicht meins. Sag mir Bescheid, wenn das Kind geboren ist.« Damit wandte er sich zum Gehen.

Sie starrte ihn an — den hochgewachsenen, gutaussehenden Mann, für den sie sich so angestrengt hatte. Einen kurzen Augenblick lang verlor sie fast die Beherrschung und hätte gerne geflucht und geschrien. Aber mit solchen Ausbrüchen würde sie niemals weit kommen. »Was werden wir den Leuten sagen?« knirschte sie.

»Ich bin sicher, dir fällt etwas ein«, sagte Trey von der Tür her. »Gute Nacht.«

Empress hörte Blaze und Hazard nach Hause kommen, aber sie blieb auf ihrem Zimmer und hoffte, daß niemand zu ihr hereinschauen würde. Sie war nicht sicher, ob sie sich mit ihnen unterhalten konnte, ohne in Tränen auszubrechen. Die letzten Stunden waren qualvoll gewesen. Es war sehr still.

Die Kinder lagen im Bett und sie war ganz allein auf sich gestellt. Sie begriff zwar, wie unvermeidlich Treys Hochzeit war. Trotzdem belagerte ein angstvolles Verlustgefühl alle vernünftigen Gedanken. Was er wohl jetzt tat, dachte sie voll Tränen. Lächelte er seine junge Braut an? Lächelte sie ihn an? Waren die Gäste begeistert von der Verbindung? Sah Valerie als strahlende Braut glücklich aus? Hielt er sie eng umfaßt beim Tanzen?

Warum, überlegte Empress verzweifelt, war ihr Leben in den letzten fünf Jahren von einer Katastrophe nach der anderen heimgesucht worden? Wurde sie für irgendeine Missetat bestraft? Wieviel mehr mußte sie ertragen, wieviele weitere Belastungen würden ihr aufgebürdet, ehe sie darunter zusammenbrach?

Dann weinte sie, einsam und jammervoll, schlief ein und träumte schreckliche Dinge, die Trey und seiner Frau in den Flitterwochen zustießen.

Trey kam spät am Abend zur Ranch zurück. Grüblerisch und mißgelaunt betrat er sein dunkles Schlafzimmer. Der Mann, der den ganzen Tag lang beherrscht und kühl gewirkt hatte, ließ sich nun zitternd in einen Sessel neben dem Bett fallen. Langsam gewöhnten sich seine Augen an das Dämmerlicht, und er betrachtete stumm die schlafende Empress. Er hatte seine Pflicht getan. In seiner Bitterkeit und Niedergeschlagenheit angesichts der kommenden Monate fand er Trost, indem er einfach die Frau betrachtete, die er liebte.

Sie lag zusammengerollt in einem Nest aus Decken und Kissen und wirkte auf der riesigen Fläche des Bettes wie verloren. Eine Hand hatte sie schützend über den Kopf gelegt wie ein kleines Kind. Ihr helles Haar umfloß sie wie Bäche aus Mondlicht.

Trey empfand eine plötzliche, quälende Angst in dieser schlimmsten Stunde seines grauenvollen Hochzeitstages, daß Valerie und Duncan es irgendwie schaffen könnten, ihn und Empress zu entzweien. Doch diesen dämonischen Gedanken schüttelte er entschieden ab. Sicher waren es die späte Stunde und seine bedrückte Stimmung, die solche schwarzen Ideen aufkommen ließen.

Er sah, wie Empress langsam die Augen öffnete und dann aufriß, als sie seine dunkle Gestalt erblickte. Abrupt richtete sie sich auf, während die Seidendecken wie Wasser an ihr herabfielen.

»Trey«, rief sie, die Stimme zärtlich vor Glück, und beugte sich spontan zu ihm, bis ihr wieder einfiel, was an diesem Tag geschehen war. Da zuckte sie zurück und fragte sich, was er hier suchte. Und ob sie noch einen einzigen Moment weiterleben könnte, ohne ihn zu berühren. Er trug immer noch seine Tageskleider und hatte nur das Jackett aufgeknöpft.

»Es ist meine Hochzeitsnacht«, sagte er und war erfüllt mit eisiger Kälte. Verzweiflung schwang in seiner Stimme.

Da tropfte eine Träne über Empress' Wange, rasch gefolgt von einer weiteren. Ist man noch unmoralischer, wenn man einen verheirateten Mann liebt? Was bedeutete überhaupt unmoralisch? Sie wußte es nicht, und es war ihr auch egal.

Sie breitete die Arme aus.

»Danke«, sagte Trey leise, stand auf und setzte sich neben sie auf das Bett. Wortlos hielt er sie umfangen und ließ sich von der Wärme ihres Körpers trösten. Ihre Wange ruhte an seinem Samtrevers, ihre Hände waren um seinen Nacken geschlungen. Beide blieben stumm. Es reichte, daß sie ihn in den Armen hielt. Jenseits davon lag eine erschreckende Zukunft, und wenn sie sich zu dicht an den Rand vorwagten, konnten sie in den Abgrund stürzen. Da saß er also, ein großer, kräftiger Mann, der der Welt stets mit unerschrockenem Mut begegnet war, und hielt wortlos eine zierliche, goldhaarige Frau in den Armen. Vor seinem dunkelgrauen Anzug wirkte die Frau so zerbrechlich wie eine Blüte vor einer drohenden Sturmwolke. Aber es war ihre Liebe und Wärme, die seine Seele durchdrang und die umbarmherzige Kälte vertrieb.

Am nächsten Morgen kursierten die ersten Gerüchte über die Frühstückstische, wurden im Laufe des Tages in den Clubs deutlicher und bei Lily und in den Schenken schließlich boshaft: Der widerspenstige Bräutigam hatte auf seine Hochzeitsnacht verzichtet. Er war nach Hause auf seine Ranch gegangen. Das bewies doch wieder mal, daß man sich für beste Ware eigentlich nur auf Lily verlassen konnte.

Valeries Butler hatte ein aufmerksames Ohr an der Tür gehabt. Der einzige Diener, der noch wach war, als Trey unerwartet auf der Farm ankam, hatte seine Nichte in der Stadt schon um sechs Uhr in der Frühe geweckt — unter den Dienstboten verbreiten sich Nachrichten immer schnell.

Das boshafte Geschwätz kam Valerie schon zu Ohren, noch ehe ihr das Mittagessen heraufgebracht wurde. Es war ein Anruf von einer ›Freundin‹, die sensationslüstern meinte, sie müsse es ›zu ihrem Besten‹ wissen. Valerie hatte die ganze Nacht Zeit gehabt, sich eine plausible Erklärung zu überlegen; daher fiel ihr die Lüge leicht. Auf der Ranch hatte es eine Krise gegeben, sagte sie, und Trey habe unbedingt sofort nach Hause gemußt. Nein, sie wüßte nicht genau, wann er wiederkommen würde. Es hing von den Umständen ab. Was für eine Krise? Ach, sie wüßte es nicht genau, weil Trey von Kilowatt und Energie und Stromanlagen gesprochen habe. »Ja, sicher«, gab sie zu, »er ist nicht der einzige, der in der Lage ist, sich um eine solche Sache zu kümmern, aber du weißt ja, wie verantwortungsbewußt er ist, wenn es um die Familie geht. Natürlich bin ich glücklich, Eunice. Wärest du das nicht, wenn du Trey geheiratet hättest?«

Es dauerte nur wenige Stunden, bis Valerie die Stellung ihrer Rivalin genauestens analysiert hatte, und einen weiteren halben Tag, um sich einen Plan gegen besagte Rivalin zurechtzulegen.

Sie hatte nicht die geringste Absicht, sich abgerackert zu haben, diesen größten Coup westlich des Mississippi zu landen, um dann die Beute als Phantom-Ehemann zu akzeptieren. Sie hatte zwar nun sein Geld und die Stellung als Mrs. Braddock-Black. Aber sie wollte auch einen Mann. Es war ihr ja auch nicht nur um das Vermögen gegangen oder um dummes Gerede zu vermeiden. Trey war, wie sie aus etlicher Erfahrung wußte, im Bett der Beste. Und es ärgerte sie, daß er diese kleine Hure ihr vorzog.

Valerie hielt sich für eine kluge Frau. Wichtiger noch, sie hielt sich für eine schöne Frau. Wenn sie ihre Schönheit unterstrich und die Klugheit wohlweislich verbarg, konnte sie sich gewöhnlich alle selbstsüchtigen Launen erfüllen. Selbst Trey, der schwerer als andere Männer zu verführen war, hatte schließlich angebissen. Daß er sich nicht lange von ihr hatte umgarnen lassen, war zu erwarten gewesen. Er war halt nicht wie andere Männer. Und sie war klug genug, das einzuschätzen. Sie hatte ihrem Vater gegenüber nicht erwähnt, daß sie die ganze Zeit geplant hatte, Trey zu heiraten. Ihr Vater war ein skrupelloser Mann, aber nicht allzu gescheit. Da sie Trey nun als Ehemann hatte, ärgerte es sie maßlos, daß er ihr zu entwischen schien. Lag das an der anderen Frau? War es seine Wut gegen die Falle, die sie ihm gestellt hatte? Sie würde sich zuerst mit der Frau befassen.

Es war unvermeidlich, daß sie eine weitere Woche zur Vorbereitung investierte, ehe sie das ›Kaufobjekt‹ ihres Gat-

246

ten auf der Ranch inspizierte. Valerie beauftragte zwei Männer, denen ihr Vater vertraute, Trey eine Woche lang nachzustellen, und vier weitere Männer, die Gewohnheiten seiner Familie auszuspionieren. Sie mußte die Gelegenheit einer Konfrontation genau planen. Sie wollte Treys Geliebter allein gegenübertreten, ohne irgendwelche Braddock-Blacks in der Nähe. Da die Frau die Ranch offensichtlich nie verließ, mußte Valerie zu ihr gehen. Es war eine Sache des richtigen Zeitpunkts — also wenn Trey und seine Eltern zu den Gerichtssitzungen in die Stadt fuhren.

Trey hatte Empress in der vergangenen Woche fast überzeugt, wie unnötig es für sie und die Kinder sei, auf den Winterberg zurückzukehren. Seine Heirat war nichts weiter als eine lästige Zeremonie gewesen, und sie würde sein Leben in keiner Weise beeinträchtigen. Es war eine geschäftliche Abmachung, nichts weiter. Außerdem war es gefährlich, in das verschneite Tal zurückzukehren. Selbst wenn der Rückweg gut verlief, konnten weitere Schneestürme die Familie in Gefahr bringen. Er wollte sie nicht ungeschützt allein dort wissen. »Bitte«, hatte er gefleht — dieser Mann, der noch nie um irgend etwas gebeten hatte. »Bleib doch hier.«

Zögernd und von Zweifeln zerrissen war sie dennoch geblieben. Vielleicht hatten die Kinder den Ausschlag gegeben. »Wir finden es hier so schön«, hatten sie gebettelt.

»Zurückgehen? Den ganzen Weg? In dieser Kälte?« Trey hatte wie unbeteiligt getan, um sein lebhaftes Interesse an ihrem Dableiben zu verstecken. »Von Papa Trey weg?« hatte Eduard empört gequietscht, war zu Trey gerannt und hatte ihm die knuddeligen Ärmchen entgegengestreckt.

Trey hob ihn entzückt hoch, und als sich Eduards dunkler Lockenkopf an seiner Schulter verbarg, tat sein eigenes Herz vor Freude einen Sprung. Dann fragte er hoffnungsvoll: »Es ist also abgemacht?«

Ihre Abende in dieser Woche, wenn Trey aus der Stadt nach Hause kam, waren sehr glücklich. Und wenn die Kinder zu Bett gegangen waren, genossen sie die Stunden der ungestörten Zweisamkeit.

# Kapitel 16

Am Montagmorgen, nach einem Wochenende, an dem Hazard, Blaze und die Kinder sich mit einer Eislaufpartie vergnügt hatten, sagte Trey wieder: »Siehst du, wie glücklich die Kinder sind?« Empress hatte aus dem Fenster in den strahlenden Wintertag gesehen — Zufriedenheit im Herzen.

Trey fuhr früh an diesem Morgen mit seinen Eltern in die Stadt. Am Nachmittag stand eine wichtige Abstimmung an, und die noch schwankenden Gesetzgeber mußten unterstützt werden — mit welchen Mitteln auch immer.

Empress und die Kinder saßen noch im Frühstückszimmer, als ein völlig verlegener Timms Mrs. Braddock-Black ankündigte.

Die Ranch hatte jede Menge Personal, und Empress und ihre Familie waren bei allen Dienern sehr beliebt. Timms, der Butler, mochte Empress besonders gut leiden, weil sie stets hilfreich zu seiner Frau war, die an Arthritis litt. Er hatte versucht, Valerie am Haupteingang aufzuhalten, aber es war ihm nicht gelungen. Sie folgte ihm dicht auf den Fersen, in der zähneknirschenden Absicht, sich nicht abweisen zu lassen. Valerie hatte eine Woche voller Aufregungen und Wut hinter sich, eine Woche, in der sie mit neugierigen Besuchern fertig werden mußte, die alle darauf brannten, zu hören, wo denn ihr Gatte sei. Es waren ärgerliche, schlimme Tage voll Lügen, indiskreten Fragen und unverschämten Bemerkungen gewesen — ein Alptraum, den sie nicht eingeplant hatte. Nun war sie auf Rache aus. Sie war entschlossen, ihren Mann so oder so in ihr Haus zu locken, und dieses Gespräch mit seiner Geliebten bildete den Anfang dazu.

Timms hatte kaum ihren Namen ausgesprochen, als Valerie sich schon an ihm vorbeidrängte und hochmütig in den sonnenüberfluteten kleinen Salon stürmte. Das Zobelcape schleifte sie mit majestätischer Gebärde hinter sich her. Als ihre blauen Augen Guy entdeckten, meinte sie: »Der kann nicht von Trey sein. Er ist zu alt. Obwohl ...«, schnurrte sie süßlich, »... die Haarfarbe könnte stimmen ...« Beim Anblick Eduards kniff sie die kohlumrandeten Augen zusammen:

248

»Ah, der Kleine, der muß von Trey sein.« Dann drehte sie sich um, so daß sie vor Empress zu stehen kam, »… und von Ihnen?« Das war es also, dachte Valerie schadenfroh: die Antwort auf eine unerklärliche Situation. Trey hatte mit dieser Frau ein Kind!

Offensichtlich hatte er sie an dem Abend bei Lily nicht erstanden, um eine neue Frau auszuprobieren, sondern um sie zu besitzen. Valerie hatte nicht gewußt, wie ungern Trey etwas teilte. Wenn das für ihn eine solche Schwierigkeit war, würde sie an einem Kind von ihm für den Bestand ihrer Ehe nicht herumkommen.

Empress war bei Valeries Überfall erstarrt. Sie warf Timms einen raschen Blick zu, der entrüstet im Türeingang stehengeblieben war, überspielte ihren Schock dann mit einem Durchsetzungsvermögen, das sich auf zehn Generationen adliger Vorfahren stützte, und gab die Anweisung: »Bitte führen Sie die Kinder hinaus, Timms.«

Der entschiedene Ton und ihr sicheres Auftreten erschütterten Valeries Bild von der Hure ihres Mannes leicht. Diese hellhaarige Frau — viel zierlicher, als sie erwartet hatte — war nicht so gewöhnlich, wie man sie sonst bei Lily fand, obwohl Lily sich ja stets ihrer Qualität rühmte. Diese Frau, über die alle Welt sprach, nicht nur, weil sie sich selbst zum Kauf angeboten hatte, sondern auch, weil sie wie ein Cowboy gekleidet war, sah weder wie eine Schlampe aus noch wie ein Bauernmädchen. Darüber hinaus sprach sie mit elegantem Akzent, der sie irgendwie auf eine höhere Ebene setzte. Ihr direkter Blick verstärkte dieses Bild noch.

Doch dann tat Valerie Empress' ungewöhnliche Eigenschaften mit einem Achselzucken ab. Die Frau konnte ihretwegen wie eine kleine Kaiserin aussehen — sie war trotzdem eine Bauernmagd, die sich trotz ihres Gehabes in einem Bordell verkauft hatte. Kaum der Typ Frau, den Valerie als Bedrohung empfand. Valerie war ein Produkt ihrer Klasse, die davon ausging, daß Reichtum gleichzeitig Überlegenheit verleiht. Ihr engherziger und selbstsüchtiger Charakter bestärkte diese Einschätzung noch, daher stand in ihren Augen Empress weit unter ihr. Allein aufgrund dieses Prinzips brauchte sie sie nicht als Rivalin zu betrachten. Da Valerie aber etwas gegen Unsicherheiten hatte und noch mehr gegen Gerüchte, daß Trey in diese Unterklassenfrau verliebt sei, mußte sie die Frau mit einem kurzen Gefecht aus dem Feld räumen.

Empress stand auf, sobald die Kinder den Salon verlassen hatten, und preßte die Hände auf den Tisch, damit sie nicht so zitterten. Ihr schlimmster Alptraum war Wirklichkeit geworden. Sie stand nun Auge in Auge mit Treys *Frau*. »Was wollen Sie?« fragte sie knapp.

Valerie starrte Empress herausfordernd an. »Ich wollte Sie einfach nur kennenlernen, meine Liebe. Regen Sie sich ja nicht auf. Es ist nicht ungewöhnlich, daß Treys Frauen einander begegnen.« Sie zuckte die Achseln, so daß ihr Zobel unter der Bewegung aufschimmerte. »Es bestand immer schon große Nachfrage nach ihm. Fragen Sie ihn nur mal nach dem Betrieb in seiner Stadtwohnung.« Sie lächelte boshaft. »Das sind hübsche kleine Geschichten.« Sie sieht wie ein Kind aus, dachte Valerie, in diesem rosa Wollkleid und dem Haarband. Die ungewöhnliche, jugendfrische Unschuld dieser Frau versetzte ihr einen unangenehmen Stich, denn diese Eigenschaften konnte sie mit ihrem Stil und ihrer Schönheit niemals heraufbeschwören, daher färbte Gereiztheit die klebrige Süße ihrer nächsten Worte: »Wir können doch alle Freundinnen sein«, sagte sie schmeichelnd wie eine Katze, die zum ersten Mal spielerisch die Pfote in einen verletzten Vogel schlägt.

»Ich habe weder Interesse an Freundschaften, noch interessiere ich mich für Treys Vergangenheit. Sie sind hier nicht willkommen«, sagte Empress beherrscht. »Bitte verlassen Sie das Haus.« Sie versuchte ihre Stimme ruhig klingen zu lassen. Sie brauchte nicht an Treys Ruf erinnert zu werden, nicht von dieser glamourösen Frau, die ihn viel länger kannte als sie.

»Ich bin im Haus meines Ehemanns nicht *willkommen*?« gab Valerie gedehnt zurück. »Da nehmen Sie sich aber zu viel heraus. Ich bin seine *Frau*.« Ihr Blick richtete sich direkt auf Empress, ehe sie stolz hinzufügte: »Ich trage sein Kind.«

250

»Ich will mich nicht mit Ihnen streiten«, antwortete Empress, auf die die Sicherheit in Valeries Stimme katastrophale Wirkung hatte. »Trey wird erst zum Abendessen wieder hier sein. Wenn Sie mich bitte entschuldigen wollen ...« Sie begann, den Tisch zu umrunden, um den Raum zu verlassen. Das Herz hämmerte ihr in der Brust. Valeries geschmeidige, selbstbewußte Worte zerrten an ihren Nerven. Selbst wenn sie sich immer wieder sagte, daß Trey sie liebte, wenn sie sich alles wieder ins Gedächtnis rief, was Trey ihr über die Verderbtheit dieser Frau erzählt hatte, trafen sie die schrecklichen Worte: ›Ich trage sein Kind‹ mitten ins Herz. Die Anspielungen auf seine Liebeseskapaden in der Stadt und wie lässig Valerie sie erwähnte, lösten eine weitere Welle der Angst aus. Konnte Trey wirklich seinen früheren Lebensstil aufgeben? Wenn sie ihn nur besser kennen würde ... nicht besser, nur länger.

»Ich glaube nicht, daß Trey heute abend zurückkommt«, schnurrte Valerie. »Er hat mir gesagt, ich könne ihn gegen acht zum Essen erwarten.« Diese krasse Lüge sollte Empress am Verlassen des Raumes hindern.

Sie verfehlte ihre Wirkung nicht.

»Das stimmt nicht«, erwiderte Empress scharf. »Er wird nicht zu Ihnen kommen.« Das war ein vernichtender Schlag, und obwohl sie versuchte, Fassung zu bewahren, war ihre Betroffenheit deutlich sichtbar. Er konnte nicht zu dieser Frau zum Essen gehen! Aber warum behauptete sie es dann? Wie konnte sie so lügen — den ganzen Weg hierherkommen, nur um zu lügen?

»Meine Liebe, wie naiv Sie sind«, lächelte Valerie honigsüß. »Hat er Ihnen das etwa nicht gesagt?«

Empress beschlichen Zweifel. Trey war in Liebesintrigen sicher sehr geübt. War er einfach zu seinem alten Leben zurückgekehrt und waren alle seine zärtlichen Liebesschwüre nur leere Worte gewesen? Hätte diese Frau sonst soviel Nerven und Haltung?

Valeries Kopf wies zum Fenster. »Hier draußen auf dem Land kann man leicht Täuschungen unterliegen.«

Ihre Stimme klang nun spöttisch.

251

»Trey ist ein verwöhnter Bengel. Das müßte Ihnen doch klar sein. Er will uns beide.«

Empress kämpfte gegen die aufschießende Eifersucht an, zwang sich jedoch zu Gelassenheit und erwiderte: »Er hat Sie doch seit der Hochzeit nicht gesehen.« *Das sind alles Lügen, Sie sind eine Lügnerin, er hat Sie nie besucht*, schrie sie stumm. Aber ihre Skepsis und Unsicherheit wurden durch die unbeirrbare Selbstsicherheit von Valerie immer stärker.

»Ach, du liebe Güte, wie schade, mein Kind, daß dem nicht so ist.« Dann neigte sie in gespieltem Mitleid den Kopf. »Er besucht mich jeden Tag.« Nach dem leisen Aufkeuchen von Empress streute Valerie noch Salz in die Wunde. »Ich bin wirklich eher aus Neugier als aus anderen Gründen heute morgen hergekommen.« Wie leicht es ist, dachte sie, dieses kleine Bauernmädchen zu verunsichern. Ohne Zweifel glaubt sie an Gott und ewige Liebe und all die anderen schönen Märchen. »Sie wissen natürlich«, fuhr sie mit bewußt melodischer Stimme fort, um dieses unglaublich naive Ding endlich aufzuklären, »Treys Liebesleben ist immer skandalös gewesen. Ich kenne ihn seit Jahren und habe das ... nun, äh ... realistisch betrachtet, ehe ich ihn heiratete. Männer sind eben Männer.«

Sie lächelte, und einen Moment konnte sie die Boshaftigkeit in ihren Augen nicht unterdrücken. »Ich rate Ihnen, dafür zu sorgen, daß Trey jetzt Ihre Zukunft sichert, solange die Leidenschaft noch brennt. Treys Geliebte halten sich nie lange, daher sollten Sie praktisch denken. Wenn man sich allerdings diesen kleinen Jungen ansieht, dann wissen Sie das vielleicht besser. Ich gratuliere Ihnen zu dieser Zeitdauer. Das ist sicher ein Rekord für Trey.«

*Hör auf*, wollte Empress flehen. Es ist nicht wahr. Keines der spöttischen Worte dieser verächtlichen Frau ist wahr.

»Trey kann Sie unmöglich besucht haben und wird es auch nicht«, entgegnete Empress, deren Herz sich in ihrem Blick zeigte. »Tagsüber ist er in der letzten Woche oft mit seinen Eltern bei den Gerichtsverhandlungen gewesen, und abends ist er, wie auch heute, immer hier.«

Valerie stieß ein wohltönendes Lachen aus. »Wirklich,

meine Liebe! Treys Eltern lieben ihren Sohn über alles. Wenn er sagt, er sei mit seinen Eltern zusammen, würden sie das immer bestätigen. Diese Ausrede hat er wohl sehr häufig benützt. Denn statt im Gericht zu arbeiten, verbringt er seine Tage bei mir«, erklärte sie vergnügt. »Und zwar auf sehr erfreuliche Weise, wenn ich das erwähnen darf.«

»Sie lügen!« Mit zerrissenem und verzweifeltem Herzen schleuderte Empress diese Worte der schönen, eleganten Frau entgegen.

Wie schön, einen so leidenschaftlichen Ausbruch zu sehen! Valerie legte mit einstudierter Geste einen Finger ans Kinn und sagte: »Denken wir mal nach: Trey trug am Freitag seinen blauen Anzug mit einem graugestreiften Hemd, am Donnerstag hatte er seine Ranchkleidung an und verbrachte mehrere Stunden mit Judd Parker beim Mittagessen.« Die Aufzählung klang triumphierend.

Empress' Glaube zerbröckelte. Trey hatte über seinen Lunch mit Judd Parker und ihre Diskussion über dessen unglückliche Neigung, beim Poker zu verlieren, gescherzt. Trey hatte Empress erzählt, daß er Judd Unterricht in den Feinheiten des Spiels angeboten habe. Frauen waren im Montana-Club nicht zugelassen, daher konnte Valerie ihn nicht zufällig dort gesehen haben.

»Möchten Sie noch mehr hören?« bot Valerie freizügig an, die ihren Sieg spürte. Nun stürzten ihre Worte in übertriebener Herzlichkeit heraus; dem armen Ding war fast sämtliche Farbe aus den Wangen gewichen. »Am Dienstag hatte er ein paar Flecken auf dem Hemd — oder war das am Mittwoch?« fuhr sie mit dramatischer Betonung fort. Sie spürte eine Welle von Machtgefühl, wie immer, wenn sie jemanden besonders gut attackiert hatte. Dann wurde ihre Stimme so volltönend wie ein ganzes Orchester. »Aber die Dienstmagd ist gehörig gescholten worden, da können Sie sicher sein, weil sie sein Hemd verdorben hat. Es ist praktisch unmöglich, heutzutage noch vernünftiges Personal zu bekommen«, klagte sie mit gespieltem Stirnrunzeln.

Was sonst noch, dachte Empress mit bitterem Geschmack im Mund, kann mir diese Frau enthüllen ... vielleicht, wie lange ihr Liebesspiel sich hinzieht? Sie hatte Trey wegen des Fleckens auf dem Hemd aufgezogen, und er hatte das mit einer flüchtigen Geste abgetan. Ohne Zweifel würde er alles andere, was sie ihm vorwerfen würde, genauso abtun. War es möglich, meldete sich eine verzagte, hoffnungsvolle Stimme, daß das alles nicht der Wahrheit entsprach? Daß an den schrecklichen Behauptungen nichts, aber auch gar nichts stimmte? Empress mußte sich eingestehen, daß Trey immer ein ungezügeltes, verwöhntes Leben geführt hatte, in dem er von Frauen umlagert gewesen war. War sie halt nur die letzte in einer langen Reihe und würde schließlich wie alle anderen verlassen? Oder war er bei ihr wirklich ehrlich und Valerie nur ein schrecklicher Alptraum, der sich bald in nichts auflösen würde?

»Wenn Sie mir nicht glauben«, fuhr Valerie mit blitzenden Augen und kalter Stimme fort, »fragen Sie doch Trey. Unglücklicherweise wird er allerdings ja nicht hierher zum Essen kommen, weil er heute abend mit mir speist.«

Valerie hatte von ihrem Vater gehört, daß ein Zusatz zu den Gesetzen über die Weiderechte als politisches Manöver kurz vor Schluß vorgelegt werden würde, und es bestand die Möglichkeit, daß Trey gezwungen war, länger zu bleiben. Diese Lüge war zwar ein kalkuliertes Risiko, aber Valerie war sich ziemlich sicher. Sie war stolz auf ihre gründliche Vorbereitung ... Risiken waren ihr ein Greuel.

»Oh, Trey hat die hier vergessen«, sagte sie mit größtem Bedauern und zog ein Paar lederne Handschuhe aus der Innentasche ihres Capes. Mit einer eleganten Handbewegung ließ sie sie auf den polierten Mahagonitisch fallen. Die schwarzen aufgestickten Silberlöwen auf dem feinen Leder glänzten auf.

Wenn bisher eine Möglichkeit für Empress bestanden hatte, alles zu erklären, so machten die Handschuhe jeden Versuch dazu zunichte. Trey hatte sie an dem Tag getragen, als er in seiner Ranchkleidung in die Stadt gefahren war. Empress starrte verzweifelt auf die hellen Lederhandschuhe und dann zu der kostbar gekleideten Frau, die so gelassen ihr Leben in Scherben schlug. Treys Frau war viel schöner,

als sie gedacht hatte. Der Kontrast zwischen ihrem reinweißen Teint und dem schwarzen Haar war ebenso umwerfend
wie ihre makellose, hochgewachsene Figur. Das granatfarbe-
ne Kleid stammte aus einem Pariser Modehaus, ebenso wie
der Zobel. Die Perlen um ihren Hals sahen teuer aus —
zweifelsohne ein Geschenk Treys. Er hatte Valerie immer als
unwichtig abgetan, aber sie war nicht der Typ Frau, die ein
Mann übersehen würde. Und das hatte er ja auch nicht. Er
hatte zugegeben, daß sie ein Liebespaar gewesen waren,
und als diese betörende Frau nun vor ihr stand, erkannte
sie, warum. Valerie zufolge waren sie das immer noch.

Sie war eine Lügnerin, redete sie sich ein, intrigant und
egoistisch und hinter seinem Geld her. Empress wollte Trey
glauben. Aber sie mußte auch seiner Frau — diese schreckliche Tatsache — und ihren intimen Kenntnissen von Treys
Aktivitäten in der Vorwoche Glauben schenken ... das waren verdammende Beweise. Wenn sie alles ignorieren wollte,
was Valerie gesagt hatte, wenn sie alles als Lügen bezeichnen und Trey glauben wollte — dann konnte ihr wundes
Herz immer noch nicht die Lederhandschuhe übersehen.
Sie lagen auf dem Tisch wie Fehdehandschuhe. Schöne In-
dianerarbeit. Und sie hatten noch leicht die Form von Treys
Fingern, die sie umhüllt hatten. Trey hatte sie vergessen,
hatte Valerie behauptet, so als wollte sie sagen: »Möchten
Sie lieber erhängt oder erschossen werden?« Diese unerträg-
liche Selbstsicherheit! Falls es irgend etwas nützen würde
und sie Trey dadurch unwiderruflich an sich binden könnte,
dann würde sie Valerie jetzt Stück für Stück auseinanderrei-
ßen. Aber würde er sie dafür stärker lieben oder ihr treu
sein, dachte sie benommen. Es würde überhaupt nichts nützen. Die Grenzlande im Westen bildeten eine eigene Welt,
die auch ihre Moral großzügiger auslegten als andere Staaten. Trey wie auch Valerie waren offensichtlich gelehrige
Schüler dieser Lebensweise.

Hin- und hergerissen zwischen Verzweiflung und Hoffnung dachte Empress an seinen Heiratsantrag. Konnten all
seine innigen bezaubernden Worte Lügen gewesen sein?

»Ich hoffe nicht, daß Sie denken, daß er Sie heiraten

wollte«, sagte Valerie nun leichthin, als könne sie hinter Empress' Stirn lesen. Sie lächelte gütig, wie zu einem Kind, das einen peinlichen Patzer gemacht hat. »Aber, aber, meine Liebe, Trey steht auf vertrautem Fuß mit hübschen Gefühlen und kennt sich in falschen Liebesschwüren und Verführungen gut aus ... er hat viel Erfahrung. Das streite ich nicht ab. Aber heiraten würde er Sie nie.«

Falsche Liebesschwüre nannte Valerie das. Wie angemessen für einen Mann, der soviel Übung in Liebesdingen hatte. Er verbrachte seine Tage also fröhlich bei seiner Frau und die Abende mit dem dummen Gör, das er bei Lily gekauft hatte. Sie war naiv gewesen, zu erwarten, daß er sie anders betrachtete. Er genoß sie einfach auf seine Weise, mit seinem glatten Charme, behandelte die Kinder freundlich, teilte mit ihnen seinen unbegrenzten Reichtum und beschwichtigte sie mit falschen Liebesschwüren, wenn ihre ›hübschen Gefühle‹ besänftigt werden mußten.

Ihr wurde schwindlig vom Wahnsinn dieser spöttischen, zersetzenden Worte Valeries, und ihr erster Impuls war, sich die Beleidigungen zu verbitten und Trey zu glauben, damit ihre Welt nicht zerbrach. Aber die bestickten Handschuhe, die hell auf dem dunklen Holz lagen, zogen ihren Blick magnetisch immer wieder an. Er war ihr untreu! Und nun staunte sie insgesamt über ihre unendliche Gutgläubigkeit. Wen betrog er überhaupt? Oder war er einfach so untreu wie eh und je? Sie empfand Scham und verletzten Stolz über ihre alberne Naivität. Erfahrene Männer wie Trey genossen die Freuden mit einer Frau ohne Skrupel oder Bedenken. Selbst Valerie, dachte Empress in einem Anflug von Rachsüchtigkeit, wird irgendwann keinen Grund mehr haben, schadenfroh zu sein. Denn obwohl Trey vielleicht noch ihre Gesellschaft sucht, verachtet er doch den Stand der Ehe. Oder etwa nicht?

Ihr wurde schwindelig angesichts dieses Lügengewebes und sie wußte nicht mehr, wem oder was sie glauben konnte. *Wie dumm, wie abgrundtief dumm von mir,* hallte es betäubend durch ihren Kopf. Und als sie aufblickte, sah sie nur noch Valeries scharlachrote Lippen, die über ihre Beschränktheit lächelten. Plötzlich war ihr übel, und bevor sich Empress vollständig vor dieser kühlen, schönen Frau demütigte, drängte sie sich an dem lächelnden Mund und dem Zobelcape vorbei und stürzte aus dem Raum.

Valerie blickte hinter der fliehenden Frau in dem rosa Wollkleid her, das das helle Haar in einer lockigen Mähne hinterherwehte, und murmelte mit befriedigtem Lächeln: »Lebwohl, kleines Bauernmädchen.«

Auf der Schlittenfahrt zurück nach Helena gratulierte sich Valerie vergnügt zu der siegreichen ersten Runde. Die Handschuhe waren ein unerwarteter Glücksfall gewesen. Trey hatte sie an dem Tag vergessen, als er mit Judd Parker zu Mittag gegessen hatte, und ihr Diener, der Trey auf Schritt und Tritt gefolgt war, hatte sie eingesteckt. Nun brauchte man nur abzuwarten, wieviel Widerstand diese zarte, unglaublich naive Frau aufbieten würde. Valerie rechnete mit dem Instinkt eines Raubtiers damit, daß dieser Widerstand bald gebrochen würde.

Der einzige Aspekt, der ihr leichtes Unbehagen bereitete, war die große Wahrscheinlichkeit, daß der kleine Junge von Trey stammte. In diesem Fall würde die Situation durch eine Bindung beeinflußt, die stärker war als seine gewöhnlich oberflächlichen Gefühle. Schon der Anblick von Treys Geliebter im Kreis von Kindern war ungewöhnlich. Valerie hätte Trey, den genußsüchtigen Stadtmenschen, nie in einem solchen Umfeld erwartet. Sie war jedoch praktisch veranlagt, verwarf einen Moment später alle unnötigen Spekulationen über Treys Neigungen und konzentrierte sich auf dringlichere Themen. Sie brauchte eine glaubwürdige Ausrede, warum sie die Ranch aufgesucht hatte, falls Trey ihr das vorwerfen sollte. Wie beim Schachspiel war es nützlich, dem Gegner immer mehrere Züge voraus zu sein.

Endlich erreichte Empress die Ungestörtheit ihres Zimmers und schloß die Tür hinter sich. Wie benommen blieb sie stehen. *Er liebt mich nicht, er liebt mich nicht*, raste es immer wieder durch ihren Kopf, und bei jeder Wiederholung drehte sich ihr der Magen um und wollte sich übergeben. Hatte sie nicht vernünftigerweise ein Ende erwartet? Hatte sie nicht von Anfang an gewußt, daß ihr Glück zu groß war, um andauern zu können? Hatte sie Treys Neigung nach Zerstreuung unterschätzt?

*Du wirst es überleben*, ermahnte sie sich energisch. *Man stirbt nicht an unerwiderter Liebe.* Sie zwang sich, sich in einen Sessel zu setzen. Sie legte die Arme auf die Lehnen und kämpfte gegen die Übelkeit an.

Er hatte sie verlassen, um zu Valerie zu gehen ... hatte sie verlassen.

Sie konnte ihr Zittern nicht unter Kontrolle bringen. In ihrem Kopf wirbelte alles wild durcheinander. Keine vernünftige Überlegung kam durch. Es war, als würde eine tollwütige Bestie in ihrem Innern wüten.

Eine Stunde später saß sie immer noch in derselben Haltung da. »Es ist vorbei«, flüsterte sie. »Alles, alles vorbei.«

Trey kam zum Essen nicht nach Hause, und das Flämmchen der Hoffnung, das alle Logik und Verzweiflung überdauert hatte, verlöschte. Er speiste heute bei Valerie. Empress bekam beim Abendessen keinen Bissen herunter, bewahrte allerdings eisern eine gelassene Haltung den Kindern gegenüber. Diese spürten jedoch ihr Leid. Sie waren ebenfalls von Valeries Besuch erschüttert und stellten vorsichtige Fragen nach Mrs. Braddock-Black. Diese verblüffende Entwicklung konnte Empress nicht mehr leugnen. Daher tischte sie den Geschwistern eine stark zensierte Version auf — wie Treys Clansbrüder bedroht worden waren und daß Trey deshalb mit dieser Frau, die am Morgen im Frühstückszimmer aufgetaucht war, verheiratet sei.

Sie fügte schwach hinzu, daß das nur ein vorübergehender Zustand sein würde. Als die Kinder sie mit aufgeregten Fragen bedrängten, klang Empress' Stimme wenig überzeugend und noch weniger hoffnungsvoll. Und zum ersten Mal, seit sie Trey begegnet war, erwähnte sie vor den Kindern die Möglichkeit, nach Frankreich zurückzukehren, um für Guy den Adelstitel zu sichern. »Vielleicht ist jetzt ein guter Zeitpunkt, während Trey noch verheiratet ist, die Probleme um Papas Erbe zu klären«, zwang sie sich zu sagen, als würde die Welt ringsum nicht in Stücke zerfallen, als sei eine spontane Reise nach Frankreich die vernünftigste Idee.

Die Kinder schwiegen, als sie diesen Plan erwähnte, weil die Kleinen nur die amerikanische Wildnis kennengelernt hatten. Guy und Emilie waren unschlüssig, ob ihnen Frankreich gefallen würde, weil sie nur unklare Erinnerungen an Frankreich hatten. Niemand erwähnte Trey. Aber er war für sie wichtig und beherrschte deutlich ihre Gedanken.

»Wir überlegen es uns«, meinte Empress in das Schweigen hinein, weil diese Idee für sie eine Rettungsleine darstellte. Der Gedanke, abzufahren, wegzulaufen, ging ihr ununterbrochen durch den Kopf. Sie mußte heraus aus dieser ungewöhnlichen Situation, fort von allem Lug und Trug. Wenn sie hierbliebe, würde sie vielleicht sogar vor lauter Liebe in die Versuchung kommen, solange zu bleiben, bis Trey sie nicht mehr wollte.

Doch sie mußte an die Kinder denken. Sie wurden jeden Tag anhänglicher, was Trey betraf. Sie mußte die Zukunft der Geschwister sichern. Sie verdienten Besseres als ein Leben im Chaos, in dem ihre Schwester die Geliebte eines reichen Mannes war. Sie hatte dank Trey genug Geld, um nach Frankreich zurückzukehren. Mangel an Großzügigkeit konnte sie ihm nicht vorwerfen, obwohl sie nur eine von vielen war.

Dann aber dachte sie sehnsüchtig wie ein Kind, das an Wunder glaubt: *Wenn er mich liebt, wenn all diese furchtbaren Nachrichten Lüge waren, für die es eine gute Erklärung gibt, wenn alles nur ein schrecklicher Irrtum war ... dann wird er hinter mir herkommen.*

Nachdem sie die Kinder ins Bett gebracht hatte, setzte sie sich allein in ihr Zimmer. Ihre Gedanken kreisten jetzt nur noch um die Rückkehr nach Frankreich. Ihre Gründe klangen alle plausibel und praktisch: Sie konnte nicht hierbleiben, die Kinder brauchten Sicherheit. Aber ihr Leid überdeckte die Logik, und Trauer trieb ihr die Tränen in die Augen.

Wenn Trey an diesem Abend nach Hause käme, hatte sie

259

die Absicht, ihm in aller Ruhe zu erklären, daß sie und die Kinder beschlossen hätten, nach Frankreich zurückzukehren. Doch die guten Absichten verwandelten sich im Laufe des Abends immer mehr in Groll und Wut. Bilder von Trey und Valerie schossen durch ihr Gehirn, und ihre Verfassung geriet in ein Wechselbad von Melancholie, tiefer Betroffenheit — und glühenden Zorn.

Als Trey spät in der Nacht seinen Ledermantel abstreifte und sich mit einem erfreuten Lächeln zu ihr hinunterbeugte, flüsterte er: »Ich habe dich so vermißt«, und küßte sie leicht auf die Wange.

Empress versuchte, ebenfalls zu lächeln und normal zu wirken, aber sie konnte nur daran denken, daß er gerade einen gemütlichen Abend mit Valerie verbracht hatte. »Es ist spät«, sagte sie ruhig, obwohl ihr eigentlich nach Schreien zumute war.

»Die Opposition hat um fünf Uhr nachmittags noch einen überraschenden Antrag gestellt, als die meisten schon gegangen waren oder gehen wollten. Sie hatten gehofft, die Sache so durchzuziehen, aber es gelang uns, die Angelegenheit zu verschieben und unsere Leute wieder zusammenzutrommeln. Die Halunken der Gegenseite haben mit zwei Stimmen verloren. Es war verdammt knapp. Fast hätten sie es geschafft, weitere fünfhunderttausend Hektar von den Reservaten abzukappen.« Trey warf das Jackett, das er noch in der Hand hielt, auf den nächsten Stuhl und ließ sich samt seinen Stiefeln erschöpft aufs Bett fallen. Manchmal belastete ihn die Verantwortung stark. »Wir haben sie abgeschmettert«, sagte er mit der spöttischen Ironie eines Mannes, der den ganzen Tag mit heißen, politischen Debatten verbracht hat und erschöpft war. »Wieder mal.«

Wenn man zynisch dachte wie Empress in diesem Augenblick, dann klangen solche Erläuterungen zu perfekt, so, als seien sie eingeübt.

»Valerie war heute hier«, sagte Empress, und wenn Trey nicht in seiner Hast, zu Empress zu gelangen, an Timms vorbeigestürmt wäre, hätte der Butler ihn schon darüber aufgeklärt.

Er richtete sich kerzengerade auf. »Wohl, um Unruhe zu stiften«, sagte er verärgert.

»Sie hat mir ein paar interessante Neuigkeiten . . .«

»Glaub' davon kein Wort«, unterbrach sie Trey. »Sie ist eine passionierte Lügnerin. Das weiß ich nur allzugut.«

»Sie sagte, du seist bei ihr zu . . .«, Empress schluckte und suchte nach Worten, ». . . Besuch gewesen«, endete sie und spürte, wie die Wut in ihr aufloderte.

Trey runzelte die Stirn. Verdammt. Valerie wurde anstrengend.

»Ich habe sie seit der Hochzeit nicht gesehen, wie ich dir gesagt hatte.« Sie war noch grausamer und gefährlicher, als er gedacht hatte. Er würde sie morgen eindeutig warnen müssen.

»Sie behauptet aber das Gegenteil«, keifte Empress, und sowohl ihr Tonfall als auch die Worte machten ihn stutzig.

Trey schwang die Beine über den Bettrand und richtete sich auf.

»Willst du mir damit sagen«, fragte er mit unheimlich sanfter Stimme, »daß du an mir zweifelst?« Er lehnte sich gegen den mächtigen geschnitzten Bettpfosten und sah Empress scharf an.

Empress seufzte über den gefährlichen Unterton in Treys Frage.

»Ihre Geschichten klingen glaubwürdig.« Sie senkte einen Moment die Lider, weil er sie so starr ansah.

»Sie wußte von deinem Mittagessen mit Judd Parker«, berichtete sie und fragte sich, wie er das abstreiten wollte oder ob er sich überhaupt die Mühe machen würde, »und von dem Flecken auf deinem Hemd. Und sie hat das hier zurückgebracht . . .« Sie schob die Handschuhe, deren Anblick sie den ganzen Abend gequält hatte, auf Trey zu und beobachtete dabei sein Gesicht.

Trey warf einen Blick auf die Handschuhe, die auf dem kleinen Tisch neben Empress' Sessel lagen, und zischte: »Gottverdammt!« Das war für Empress soviel wie ein Geständnis. Er trat zu dem Tischchen und berührte die bunten Blüten um den gestickten Silberlöwen. »Immerhin hat die

261

Hure sie zurückgebracht«, murmelte er, weil er nicht wollte, daß das geehrte Totemtier seines Vaters, sein Glücksbringer, mit Valerie in Kontakt geriet. »Sie muß jemanden hinter mir hergeschickt haben.«

»Das klingt ein bißchen weit hergeholt.« *Gütiger Gott,* wollte sie schreien. *Fällt dir nichts Besseres ein? Jemand hinter dir herschicken!* Ihr Blick glitt über die symmetrischen Bögen seiner dunklen Brauen, die pfeilgerade Nase, das kühne Kinn und blieb am leuchtenden Silber seiner Augen hängen. Sie fragte sich, ob er jeder Frau die gleichen Leidenschaft bot.

»Für Valerie ist nichts zu weit hergeholt. Die Frau hat keinerlei Hemmungen. Schau mal«, fuhr er fort, nach seinem langen Tag nun wirklich überanstrengt und Valeries Machenschaften total überdrüssig. »Ich habe die Handschuhe letzte Woche irgendwo verloren. Ich habe Valerie seit der Hochzeit nicht gesehen, und das ist die Wahrheit.«

Damit hob er die Handschuhe auf und betrat das Ankleidezimmer.

*Ach ja, irgendwo,* dachte Empress bitter. Sie sah ihm nach, wie er sich entfernte. Für ihn war das Thema beendet. Er hatte ihre Vorwürfe mit einer nichtssagenden Bemerkung von sich gewiesen. Empress bekam eine Gänsehaut vor Wut. Sie sprang auf die Füße und folgte ihm ins Ankleidezimmer. »Egal, wie die Wahrheit aussieht«, sagte sie zu Trey, der hinter einer halboffenen Spiegeltür stand und ihr den Rücken zuwandte. Ein Bild von Valeries herausfordernder Miene blitzte vor ihren Augen auf. »Es ist eigentlich völlig egal, wo du deine Handschuhe verloren hast.«

Mit kaum unterdrücktem Widerwillen fuhr er herum. »Was zum Teufel soll das bedeuten?« wollte er wissen. Seine Stimme klang eine Spur zu sanft.

»Ich versuche dir seit Wochen zu sagen, daß ich mich hier nicht wohl fühle«, sagte sie und dachte an die Handschuhe, die zweifelsohne eine andere, ihm ergebene Frau angefertigt hatte. »Der Besuch deiner *Frau*«, fuhr sie gereizt fort, »und ihr faszinierender Bericht über deine Liebesgeschichten haben mich gezwungen, klar zu erkennen, in welchem Maße.«

»Ich wußte nicht, daß du dich unwohl fühlst«, gab Trey spöttisch zurück. »Das hätte ich nie gemerkt. Und eine *Frau* habe ich nicht«, fuhr er erregt fort. »Ich habe acht Monate Sicherheit vor einem Lynchmob in einer Gesellschaft, die dein Leben nach deiner Hautfarbe einstuft. Verdammt«, sagte er, nachdem er tief Luft geholt hatte, und fuhr mit merklich leiserer Stimme fort: »Hör doch nicht darauf, was sie über mich erfindet. Ich will keinen Streit. Das ist aber genau das, was sie will. Bitte laß uns nicht streiten. Ich muß die paar Monate durchhalten, bis ich sie wieder los bin.«

Seine letzten Worte klangen plötzlich kalt und egoistisch, als sei nichts wichtiger als seine eigenen Gefühle, und Empress fragte sich unwillkürlich, ob Trey wohl in ein paar Monaten das gleiche über sie sagen würde. Vor sechs Monaten hatte er womöglich Valerie erzählt, daß er sie anbetete. »Ich glaube, die Kinder und ich werden diese Zeit woanders verbringen«, sagte Empress leise. Ihre Gefühle waren in stärkstem Aufruhr.

»Das will ich aber nicht«, sagte er.

»Ich aber.«

Ihre Entschiedenheit überraschte ihn. »Laß nicht zu, daß sie das schafft«, sagte Trey nun leise und sehr ernst. »Bitte nicht. Es ist genau das, was sie will.«

Selbst diese Worte bargen heute abend eine Zweideutigkeit, so als hätte Valerie recht, als sie sagte: Er will uns beide. Stimmte das? War Trey nur an seinem eigenen Vergnügen interessiert, unfähig wie ein Kind, sich zwischen zwei verführerischen Dingen zu entscheiden?

Sie liebte ihn, aber alle Frauen in seinem Leben liebten ihn. Diese Tatsache war heute zum ersten Mal durch Valeries Besuch unzweifelhaft bestätigt worden. Und die Unterhaltung der drei jungen Mädchen, die sie belauscht hatte, hatte den gleichen Inhalt gehabt: Trey war ein notorischer Frauenheld. »Ich will es auch nicht«, erwiderte sie schließlich mit einem Gefühl, als würde ihr Herz in tausend Stücke zerspringen.

»Glaubst du ihr etwa?« fragte er tonlos.

Empress zögerte, und in diesem Moment flammte Treys

Wut auf. Diese ganze Geschichte mit Valerie, sein verdammtes Opfer an die Pflicht, das Aufgeben seiner Freiheit zugunsten seines Clans, die Einschränkungen, die in den folgenden sechs Monaten nötig waren, damit seine *liebe Frau* kein weiteres Mittel fand, ihn unter Kontrolle zu bringen, das überwältigende Gefühl, in der Falle zu sitzen — all das kam plötzlich zum Ausbruch. »Ach so«, knurrte er hinter zusammengebissenen Zähnen.

»Ich weiß nicht mehr, was ich überhaupt noch glauben soll«, antwortete Empress wahrheitsgemäß. Aber für diesen Mann, der gegenwärtig über alle Maßen frustriert war, wäre eine diplomatische Lüge besser gewesen.

»Gut«, sagte er barsch. Seine Nasenflügel bebten. »Glaub irgendeiner Fremden, der du noch nie zuvor begegnet bist, einer Fremden, wie ich hinzufügen muß, die ich dir in allen Einzelheiten als eine Lügnerin und Betrügerin beschrieben habe. Und ich danke dir für deine ungeschminkte ...«, sein Mund verzog sich voller Abscheu, »... Ehrlichkeit. Ich hatte nicht damit gerechnet, daß deine Liebesbeteuerungen so kurzfristig sein würden. Ich hatte gedacht, daß du mich tatsächlich liebst.«

»Aber ich liebe dich.«

»Und ich dich, Madam«, erwiderte Trey mit einer knappen, spöttischen Verbeugung. »Da wir uns jetzt gegenseitig unserer unsterblichen Liebe versichert haben, würdest du mich bitte entschuldigen. Ich möchte mich für die Nacht zurückziehen. Es war ein langer Tag«, sagte er beherrscht und kühl. »Und morgen verspricht es, ebenso hart zu werden, um die gierigen Pfoten von den Indianergebieten fernzuhalten. Ich vergaß allerdings«, sagte er dann mit einem bitteren Lächeln, »daß ich angeblich den Tag mit meiner *liebevollen Frau* verbringe. Nun, egal wie, verzeih meine Erschöpfung. Gute Nacht.«

Sie hatten heute den bisher härtesten Kampf im Gerichtsausschuß sehr knapp gewonnen. Es wurde Jahr für Jahr schwerer, die Reservate vor den Interessen anderer zu schützen. Jedes Jahr kämpfte man länger darum, waren die alten Argumente weniger überzeugend. Jeder schien nur noch an

Geld interessiert. Land bedeutete Geld. Und die weiten Landstriche der Indianerreservate stellten verlockende Belohnungen dar. Irgendwie hatte Trey nun das Gefühl, ihm würde das alles zu viel, wäre sinnlos und endlos. Man gewinnt dieses Jahr, heute, aber nur, um morgen und im nächsten Jahr in einen neuen Kampf verwickelt zu werden. Es schien, als würden er, sein Vater und ihr Clan versuchen, die Räder der Zeit allein festzuhalten. Er wurde müde, zynisch, bitter, und nun mußte er sich noch mit Valerie auseinandersetzen. Wieder einmal. Und Empress wollte getröstet und von seiner Liebe überzeugt werden. Wieder einmal. Morgen — morgen würde er sich um alles mit frischer Kraft kümmern.

Trey wachte früh auf. Heute würde ein Angriff auf die Reservate der Schwarzfußindianer erfolgen. Gütiger Gott, hörte das denn nie auf? Er küßte Empress im grauen Dämmerlicht und lächelte über ihre kindliche Schlafhaltung. Dann stand er auf und kleidete sich rasch an. Er legte einen Brief mit einer Entschuldigung auf das Kissen neben ihren Kopf, in dem er schrieb, er liebe sie mehr als Rally und Clover *zusammen* und würde heute abend, wenn er aus Helena zurückkam, alle Zweifel hinsichtlich Valeries ausräumen.

Trey kämpfte wie ein Löwe und errang einen großen Erfolg über die Gegner, die das Schwarzfuß-Land beanspruchten. Als Hazard ihm zu seiner unermüdlichen Energie und seinen geschickten Manövern gratulierte, erwiderte Trey: »Ich mußte so handeln. Ich muß heute abend früh nach Hause zurück. Da gilt keine Entschuldigung. Außerdem muß ich noch einkaufen. Bis morgen.«

Einkaufen? dachte Hazard und sah seinem Sohn nach, der die Marmortreppe hinabsprang. Das war wohl das allererste Mal.

Trey kam früh zurück auf die Ranch, beladen mit Geschenken für Empress und die Kinder, doch ihm trat ein erstaunter Timms entgegen. »Sie sind fort, Sir«, sagte er. »Haben Sie sich nicht in Helena getroffen? Miss Jordan und die Kinder sind heute morgen um elf fortgefahren, um Sie in der Stadt zu treffen. Haben Sie sich verpaßt?«

Trey erstarrte. Dann holte er tief Luft. »Wie ist sie nach Helena gekommen?« fragte er knapp.

»Mit dem Schlitten.« Timms schluckte. Die Stimme seines Herrn klang bedrohlich. »Rudy hat sie gefahren.«

»Ist er wieder da?« Tonlose, knappe, abgehackte Worte, die wie eine tödliche Waffe wirkten.

»Ja, Sir.« Schweißtropfen erschienen auf Timms Stirn. »Er kam um vier zurück.«

»Bring ihn her«, drängte Trey und legte die Päckchen auf dem Tisch in der Diele ab — die Geschenke, die er selbst ausgesucht hatte, statt es Timms zu überlassen wie sonst immer. Timms und Bolton, der Verwalter seines Vaters, kannten die Adresse jeder begehrenswerten und nicht so begehrenswerten Frau im Umkreis von hundert Meilen. Und sie waren stolz auf ihren Geschmack bei Schmuck. »Sofort«, fügte Trey hinzu und runzelte mit einem Blick auf die Uhr die Stirn. »In die Bibliothek.«

Er trug noch seinen Mantel und die Handschuhe, als der Bursche fünf Minuten später den Raum betrat. Trey saß kerzengerade hinter dem Schreibtisch, die behandschuhte Rechte auf der Tischplatte. »Wohin hast du Miss Jordan gebracht?« fragte er ohne ein Anzeichen von Wut, die Miene ausdruckslos.

»Zu Irwins Warenhaus, Mr. Braddock-Black. Sie sagte, sie würde Sie dort treffen.«

»Um wieviel Uhr?«

»Als wir dort ankamen?«

Trey nickte.

»Etwa halbzwei, Sir.«

Trey fuhr ein katastrophaler Gedanke durch den Kopf. Um zwanzig nach zwei ging der Union Pacific-Express nach Laramie ab. Sein nächster Gedanke beschwichtigte den ersten. Das würde sie nicht tun. Wie lange, fragte er sich im nächsten Augenblick, würde es dauern, bis er ihre Spur entdeckte? Sie brauchte doch nicht fortzugehen. Nie. Verdammt sei Valeries schwarze Seele. Er war schon aufgesprungen und auf halbem Weg zur Tür, ehe ihm Rudy wieder einfiel. Er hielt mitten im Schritt inne und drehte sich um.

»Danke«, sagte er. »Sag dem Ingenieur, ich fahre in zehn Minuten zurück nach Helena.«

Er rannte die Treppe in vollem Lauf hinauf und riß die Schlafzimmertür so heftig auf, als würde seine Wut sie vor seine Augen zaubern. Der Raum war absolut still und seltsam leer, weil er sich inzwischen an ihre Gegenwart gewöhnt hatte. Sein Blick fuhr über die Leere, nach einer Erklärung suchend, in der Hoffnung, einen vernünftigen Grund für ihre Abwesenheit zu finden.

Als er den Brief neben seiner Notiz auf dem Kissen sah, wurde ihm übel. Er trat zum Bett und starrte lange darauf, um den zu erwartenden Hieb hinauszuzögern. Zuerst nahm er seinen Brief und drehte ihn um, um zu sehen, ob sie den Umschlag geöffnet hatte. Das war geschehen. Dann ließ er ihn fallen und griff sehr langsam nach dem zweiten weißen Umschlag mit seinem Namen auf der Vorderseite.

Es war weder ein kurzer Brief noch ein wütender. Empress teilte ihm in ihrer kleinen Handschrift mit, daß sie sich entschieden habe, fortzugehen — Worte, die er gestern abend bereits gehört hatte. Sie habe das Gefühl, es sei für alle Beteiligten besser, wenn sie woandes auf ihn wartete.

Erleichtert las er, daß sie ihn liebe. »Wir gehen nach Frankreich zurück«, schloß sie, »um uns um Guys Erbe zu kümmern. Ich schicke dir unsere Adresse, wenn wir wissen, wo wir leben. In tiefer Liebe, Empress.« In einer Nachschrift bat sie ihn, sich um Clover und die anderen Tiere auf der Farm zu kümmern.

Er fuhr aber trotzdem nach Helena zurück, aus der schwachen Hoffnung heraus, daß sie sich noch in der Stadt aufhielt.

Ein Telefonanruf hätte das gleiche bewirkt, aber aus unerfindlichen Gründen mußte er sich selbst überzeugen. Er eilte zunächst zum Bahnhof, und danach war es nicht mehr nötig, in den Hotels nachzufragen. Der Schaffner erinnerte sich genau an die junge Dame mit den vier Kindern. Sie habe Karten nach New York erstanden und mit Gold bezahlt.

Die Satteltaschen mit Empress' Gold waren nicht mit zurück auf die Ranch geschafft worden, weil sie zu schwer waren. Ohne Packpferde wäre keiner stark genug gewesen, die beiden schweren Taschen zu tragen. Trey hatte schon Empress und Eduard geschleppt und Guy hatte nicht die Kraft für eine zusätzliche Last. Trey hatte in der letzten Woche darauf bestanden, ihr das Gold vorzustrecken, weil er wollte, daß Empress sich unabhängig von seiner Familie fühlte und nicht von ihm ausgehalten wurde. Was für ein Narr er war. Ein bißchen weniger Großzügigkeit, und sie wäre noch hier. Er lächelte schief über diesen Anflug von Geiz, denn wenigstens hatte Empress nun genug Geld für die Reise.

Er blieb auf dem Bahnsteig stehen und starrte in den sinkenden Abend. Ein kalter Nordwind zerrte an seinen Kleidern, ein Wind, der ebenso düster war sie seine Gedanken. Tausendmal verdammte er Valerie. Zum ersten Mal in seinem Leben dachte er an Mord, und wenn Valeries Tod Empress zurückgebracht hätte, so hätte er sich voller Freude ihrer entledigt.

Die beißende Kälte ließ seine Finger und Zehen erstarren und zwang ihn zurück zum Wagen ... zu seinem Leben, das nun plötzlich unendlich leer war. Leise murmelte er in den schneidenden Wind und die schwarze, stille Nacht: »Du bist nicht auf immer fort ... nicht wahr, mein kleines Kätzchen?«

Doch es erfolgte darauf keine beruhigende Antwort, nur der Nordwind heulte und ein paar Schneeflocken wirbelten durch die Luft. Am Ende des langen hölzernen Bahnsteigs blieb Trey neben dem Bahnhofgebäude stehen und holte tief Luft. Überwältigt von Enttäuschung holte er aus und schlug mit der Faust gegen die solide Mauer. Vor Schmerz laut fluchend hielt er inne und rannte dann unvermittelt die Stufen herab zu seinem wartenden Wagen. Nachdem er das Stadthaus seiner Eltern als Ziel angegeben hatte, ließ er sich in das kalte Lederpolster sinken und rieb seine schmerzende Hand.

Seine Eltern hielten sich während der gesetzgebenden

Versammlungen fast ausschließlich in Helena auf, und nur Trey war jeden Abend mit dem Zug nach Hause gefahren, um bei Empress zu sein. Dazu bestand jetzt keine Notwendigkeit mehr. Einen flüchtigen Moment überlegte er, hinter Empress herzufahren und sie zurückzuzwingen oder anzuordnen, daß man sie aus dem Zug herausholte. Im nächsten Augenblick jedoch verwarf er diese übereilten Gedanken.

Vielleicht hatte sie recht, zu gehen, wenn es ihren Gefühlen entsprach. Empress war den vernichtenden Urteilen der Gesellschaft viel stärker ausgeliefert als er. Ihr war unwohl, seine Geliebte zu sein, und die ganze Welt wußte darüber Bescheid. Er hingegen hatte immer nur getan, wonach ihm zumute war, und man war daran gewöhnt. Seufzend kletterte er vor dem Haus in der Homer Street aus dem Wagen, dankte dem Fahrer und stieg die sauber gefegten Granitstufen hinauf. Inzwischen schneite es leicht. Durch die Salonfenster sah er die Gesellschaft, die seine Eltern heute abend gaben. Er betrat das Haus durch einen Nebeneingang und erreichte seine Suite über die Dienstbotentreppe. Heute abend war er nicht in der Stimmung für leichte Plaudereien.

Er trat an seinen Schreibtisch in einem Erkerfenster, nahm einen messinggerahmten Kalender in die Hand, ging zum Bett und legte sich nieder. Die Schneeflocken auf seinem Haar und den Schultern schmolzen in der Wärme, und er spürte, wie das Gefühl kribbelnd wieder in seine Zehen zurückkehrte. Er stellte den Kalender auf seine Brust. Das schwere Gewicht sank tief in den schwarzen Bibermantel. Dann zählte er die Monate durch, als könne er Trost darin finden: sechs Monate. Sechs Monate, bis er Empress wieder sah. Er hielt den Juli hoch und blickte stirnrunzelnd auf den August. Wann im August? Er hatte Valerie nie gefragt, wann das Kind zur Welt kommen würde. Vorher hatte es keine Rolle gespielt, aber nun war es wichtig. Er stand auf, ging zum Schreibtisch zurück und griff nach dem Telefon.

Es kostete ihn Nerven, bei der Vermittlung nach Mrs. Braddock-Black zu fragen. Er hatte es bisher gemieden, sie mit diesem Namen anzureden.

Als der Butler antwortete, wurde er unmißverständlich an

269

die Realität seiner Ehe erinnert. »Braddock-Black«, sagte der Mann. »Wen darf ich melden?«

Trey konnte sich nicht dazu durchringen, sie förmlich und offiziell als Mrs. Braddock-Black zu verlangen. Er fragte nach Valerie, und als der Butler hochmütig seinen Namen wissen wollte, ärgerte es ihn, ihn zu nennen.

Sogleich wurde er mit einer speichelleckerischen Phrase durchgestellt. Warum auch nicht, dachte Trey. Ich zahle ja schließlich sein verfluchtes Gehalt.

»Guten Abend, Liebling«, flötete Valerie erfreut. Wenn er nicht dringend die Information benötigt hätte, hätte er bei diesem Schmelz sofort aufgelegt.

Ohne Vorrede fragte er knapp: »Wann ist das Kind fällig?«

»Aber Liebling, das hast du doch nicht etwa vergessen? Doch wenn wir nicht wollen, daß jeder in der Stadt es erfährt, sollten wir es nicht am Telefon besprechen«, sagte sie anzüglich. Ihr war klar, daß die Vermittlung über alles immer genau Bescheid wußten.

»Hölle«, fluchte er leise und überlegte kurz, ob es wichtig war. Aber alles im Zusammenhang mit dieser erzwungenen Heirat blieb am besten innerhalb der Familie. Er wollte seine Scheidung durch nichts behindern. »Gut«, sagte er knapp und hing auf.

Rasch ging er die zwei Blocks weiter zu Valeries neuem Haus, einem rosa Sandsteingebäude im gleichen teuren Wohngebiet auf dem Hügel. Es sei seine Hochzeitsgabe an sie, hatte sie selbstgefällig erklärt, als sie es ausgesucht und den Scheck dafür entgegengenommen hatte.

Die Möglichkeit, daß sie Gäste haben könnte, war ihm nicht in den Sinn gekommen. Seine Gedanken drehten sich fast ausschließlich um Empress. Er hätte es aber besser wissen sollen. Valerie war ein sehr geselliges Wesen, und mit einem eigenen Haus und einer so großzügigen Unterhaltssumme war sie alles anders als eine Einsiedlerin geworden.

Er weigerte sich, angekündigt zu werden, und sagte dem Butler, er wolle Valerie unverzüglich im Arbeitszimmer sprechen. Beim Warten schritt er erregt auf und ab. Dann goß

270

er sich einen Whisky ein und beobachtete die Uhr. Diese Hure, typisch. Sie wußte, daß er die Information dringend brauchte, und auch, daß er nicht an ihrer Gesellschaft teilnehmen würde.

Drei Drinks später öffneten sich die Doppeltüren, und sie stand dort in einem golden schimmernden Gewand im gleißenden Licht der Dielenlüster. An den Ohren funkelten Brillanten, und er dachte kurz, wie schade es sei, daß hinter einer solchen Schönheit soviel Korruption steckte.

»Wie süß von dir, vorbeizuschauen, Trey«, gurrte sie.

»Die Süße ist nicht beabsichtigt, Valerie.« Sein Gesicht blieb reglos. »Ich komme wegen des Datums.«

Sie trat in den Raum und zog die Türen hinter sich zu. Dann blieb sie in dem vergoldeten Türrahmen stehen, ignorierte seine Bemerkung und sagte: »Ich hörte, daß die Frau, und ihre Familie, die du *beherbergt* hast ...«, das Wort dehnte sie genüßlich, »mit dem Zug zur Ostküste unterwegs sind. Hatte sie den Winter im Gebirge satt, oder war es ihr auf der Ranch zu einsam?«

»Du bist eine erstklassige Hure, Valerie«, erwiderte Trey knapp, nun in der Gewißheit, daß Valerie ihn und die Ranch beobachten ließ. Gerüchte verbreiteten sich in einer Stadt dieser Größe zwar rasch, aber die Nachricht von Empress' Abreise hätte sie sonst noch nicht erreichen können.

»Du hattest schon immer ein wundervoll hitziges Temperament, mein Liebling«, schnurrte sie und spielte auf ihre heißen Momente beim Liebesspiel an. Valerie liebte solche stürmischen Bettgeschichten und war bei Trey voll auf ihre Kosten gekommen.

»Ein Temperament, das bei dir an seine Grenzen gelangt ist. Ich würde es in Zukunft schätzen, Valerie, wenn du keinen meiner Freunde mit deinem Besuch belästigst.«

»Aber wir haben so viele gemeinsame Freunde, Schatz. Das ist in dieser kleinen Stadt praktisch unmöglich. Und wenn du auf die Kleine anspielst, kann ich sie doch gar nicht mehr besuchen, nicht wahr?« Die Brillanten an ihrem Hals fingen das Licht ein. Sie waren riesig. Wieviel, fragte sich Trey, dem immer stärker Gedanken an ihren gewaltsamen Tod durch den Kopf schossen, wieviel haben sie mich gekostet? Aber vielleicht waren sie nützlich, um sie zu erwürgen.

»Valerie«, knirschte er. »Weißt du eigentlich, wie dicht zu davor stehst, erwürgt zu werden?«

»Sie war nicht dein Typ, Trey«, erwiderte Valerie seelenruhig. Ihr Machtgefühl stieg. Ihre einzige Rivalin saß inzwischen im Zug zur Ostküste. »Sie war viel zu gefügig. Spätestens im Frühjahr hätte sie dich unendlich gelangweilt.«

»Eines Tages«, knurrte Trey, »werde ich es dir heimzahlen, daß du dich in mein Leben eingemischt hast.«

»Du solltest mir danken, Schatz, diese Hergelaufene fortgeschickt zu haben.«

»Du bist die einzige Hergelaufene, die ich kenne.«

»Liebling, du vergißt, daß ich weiß, welchen Anteil der weiblichen Bevölkerung Helenas du vernascht hast.«

»Ich wiederhole«, erwiderte Trey mit eisigem Blick.

»Wirklich, mein Lieber, ich wußte nicht, daß du eine solch moralische Ader hast. Du hattest doch immer Spaß an Lust ohne Einschränkungen. Ist es denn so reizvoll, wenn jemand anständig ist?«

»Falls ich jemals die Absicht habe, mit dir über Moral zu diskutieren . . .«, seine Worte klirrten wie Eis, »lasse ich es dich wissen. Wenn du mir jetzt bitte die gewünschte Information geben würdest. Anschließend werde ich wieder gehen.«

»Judd Parker ist heute abend hier, und Bo Tamage. Warum ziehst du nicht den Mantel aus und trinkst noch einen mit?« Valerie reagierte so gelassen, als würde sie mit dem Butler die Speisenfolge für die kommende Woche besprechen. Sie genoß es, an diesem Tag einen großen Sieg errungen zu haben. Sie hatte Treys Freundin, die einzige Frau, mit der er jemals zusammengelebt hatte, nach einem einzigen Besuch und mit nur wenigen ausgefeilten Sätzen aus der Stadt vertrieben. Valerie triumphierte: Sie trug nicht nur Treys Namen, sondern hatte auch einen hübschen Anteil an seinem Vermögen und die Befriedigung, in Zukunft freie Bahn zu haben. Miss Jordan war überraschend leicht zu schlagen gewesen. Trey hingegen würde sie nur mit Mühe unter Kontrolle bringen. Aber sie war optimistisch.

»Du hast es geschafft, mich zu heiraten, Valerie, aber bekommen wirst du mich trotzdem nicht. Meine Pflicht gegenüber dem Clan hat Grenzen. Ich habe nicht die geringste Absicht, an deiner Gesellschaft teilzunehmen. Bitte gib mir jetzt den Geburtstagstermin des Kindes, und ich halte dich nicht länger von deinen Gästen fern.«

»Warum«, platzte sie unverblümt heraus, »willst du das wissen?« Da sie von Natur aus mißtrauisch war, hieß ihr erster Impuls, sich zu widersetzen.

»Ich plane gerade die gesellschaftlichen Anlässe für den Sommer, Liebling, und ich möchte hier sein, um den jüngsten Braddock-Black-Sproß zu begrüßen.« Seine Stimme troff vor Sarkasmus.

»Ich weiß nicht, ob ich es dir sagen will«, erwiderte sie, nun gereizt von der offenen Feindseligkeit des Mannes, den sie geheiratet hatte.

Da holte Trey tief Luft und strich mit der Hand über das glatte Fell seines Mantels, als würde ihn diese Bewegung im Zaum halten und es sich nicht mit mörderischem Impuls auf sie stürzen. »Hör zu, Valerie«, sagte er mit mühsam kontrollierter, leiser Stimme. »Diese Schwangerschaft hat überhaupt nichts mit mir zu tun. Aber ich habe mich von dir erpressen lassen, der Vater dieses Kindes zu sein. Mir ist völlig egal, ob die Schwangerschaft drei Monate dauert oder dreißig. Der Zeitpunkt, der mögliche Vater — all das interessiert mich nicht, nur das verdammte Datum. Falls du einen Ausweg geplant hast, versuche ich nicht, dir im Weg zu stehen — *ich will es einfach nur wissen*.« Der letzte Satz war von erschreckender Brutalität.

Und zum ersten Mal begriff Valerie Stewart, daß ihre Unverfrorenheit auf Grenzen stieß. »Der zehnte September«, antwortete sie mit untypischer Ehrlichkeit.

»Danke. Ich finde den Weg hinaus alleine.«

Als sie nicht von der Tür wegtrat, kämpfte Trey kurz gegen seinen mörderischen Drang an, sie zu erwürgen. »Verdammt, Valerie«, knurrte er dann mit einer tiefen, gefährlichen Stimme, kaum lauter als ein Flüstern. »Treib mich nicht zu weit. Geh mir zum Teufel aus dem Weg.«

Er umfaßte ihre Taille und hob sie beiseite. Anschließend drückte er mit einem kräftigen Stoß die Tür auf, trat in die marmorne Diele, schritt rasch über die schwarzen Fliesen und trat, dem Butler zunickend, hinaus in die Nacht. Der zehnte September, dachte er erschöpft und erleichtert und entspannte die Finger, die er unbewußt geballt hatte. Es schneite jetzt heftiger, und große weiche Flocken trieben funkelnd wie Kristalle im Schein der Straßenlaternen und tauchten die Welt in blendendes Weiß. »Nicht lange, nur bis zum zehnten September«, grummelte er und streckte spontan die Zunge heraus, um eine glitzernde Schneeflocke aufzufangen. Es ging ihm besser.

Als er wieder in seinem Zimmer war, blätterte er den Kalender bis zum September durch und umkreiste kühn den Zehnten. »Freiheit ... und Empress«, flüsterte er in die Stille des hohen Raums. Unerklärlicherweise und trotz seiner Trauer um Empress' Abreise fühlte er sich ungeheuer erleichtert. Ein Ende war abzusehen. Sein Opfer würde verdammt gut belohnt werden.


# Kapitel 17

Hinter den reifgeränderten Fenstern des Zugabteils gab es zwar eine schöne Landschaft, aber der Tränenschleier vor Empress' Augen ließ dieses Bild verschwimmen. Sie war verwirrt, todunglücklich und verletzt und wünschte nur, sie wäre allein. Vielleicht konnte sie in der Einsamkeit das schmutzige Gefühl von Verrat bewältigen, konnte alle Zweifel ausräumen, ihr Glück in die Vergangenheit verbannen und Frieden in ihrer Entscheidung finden, gegangen zu sein. Aber sie war nicht allein, die hartnäckigen Fragen der Kinder verlangten Antworten, und zwar Antworten, die nicht von heftigem Schluchzen begleitet wurden.

Warum waren sie gefahren, fragten sie, warum mußten sie

Guys Adelstitel neu beanspruchen, warum brauchten sie überhaupt einen Adelstitel, und warum waren sie weg, ohne sich von Trey zu verabschieden? Wenn Empress das alles erklärte ... zum wiederholten Mal ... erfolgten prompt neue Fragen. Wann würde denn Trey nachkommen, wollten sie wissen, und wie würde er sie in Frankreich finden? War Empress sicher, daß er sie dort finden würde? Wie konnte sie so sicher sein? Sie zwang die aufsteigende Tränenflut zurück, die drohte, sie zu überwältigen. Sie erzählte ihnen von Treys vollem Terminkalender und von wichtigen Umständen, die ihn zwangen, in der Stadt zu bleiben, während sie, zeitbedingt, diesen Zug dringend nehmen mußten.

»Guy ist alt genug, um die Verantwortung für sein Erbe zu übernehmen«, sagte sie, als hätte sie nicht schon vor zehn Minuten genau die gleiche Antwort gegeben. »Falls das Gericht bereit ist, unseren Fall anzuhören. Und Trey ist momentan zu sehr mit den Grenzproblemen der Reservate beschäftigt.«

»Warum konnten wir nicht auf ihn warten?« jammerte Geneviève schon wieder. »Ich weiß wirklich nicht, warum wir nicht auf Trey warten konnten. Emilie sagte gestern noch, daß sie nichts dagegen hätte, für immer in Montana zu bleiben.«

Geneviève blickte hilfesuchend ihre ältere Schwester an. Emilie war sechs Jahre älter und reif genug, um die Logik von Empress' Antworten zu durchschauen. Sie bemerkte auch deren rotgeränderte Augen und schwieg lieber diplomatisch.

»Wir sollten nicht allein reisen«, beharrte Geneviève und überging die mangelnde Unterstützung durch ihre Schwester. »Du hast gesagt, er würde nun immer bei uns bleiben«, warf sie Empress vor.

»Still, Kind, Trey kann jetzt einfach nicht mitkommen«, wiederholte Empress sanft zum zigsten Mal, während sie am liebsten geschrien hätte. »Er kann einfach nicht fort, wenn das Gericht noch tagt ...« *Außerdem wäre es jetzt für ihn unangenehm, sich von seiner frisch getrauten Frau zu trennen,* dachte sie entmutigt.

Eduard, dessen Gesicht vom vielen Weinen geschwollen war, litt am meisten unter Treys Abwesenheit. Seit sie den Zug bestiegen hatten, weigerte er sich zu essen und war quengelig. Immer wenn Empress ihn trösten wollte, schob er sie beiseite und schluchzte: »Trey ... haben ... Trey finden.«

»Wir machen eine wunderschöne Reise, Eduard«, tröstete Empress ihn. »Wie in dem Bilderbuch. Mit einem Schiff ... und Guy wird Graf werden ... weißt du, was ein Graf ist?«

»Will nicht!« tobte Eduard mit hochrotem Gesicht. »Kein Schiff. Will Trey!«

»Wann fahren wir denn zurück?« fragte Emilie sehnsüchtig. Ihre dunklen Augen spiegelten die unausgesprochene Verwirrung über die überstürzte Abreise.

»Ich weiß es nicht«, sagte Empress leise seufzend. Dieses ›Wann‹ war ihr unheimlich, weil es eine unendliche Ewigkeit bedeutete, falls Trey sich wirklich mehr für seine neue Frau interessierte. »Vielleicht ...«

»Ich hasse dich!« schrie Eduard, untröstlich in seinem Kummer. Tränen rannen über sein Gesicht. »Du Dumme!«

Und Guy, der Empress' Unglück bemerkte und dem Valeries unerwarteter Besuch noch deutlich vor Augen stand, versuchte unbeholfen, den unglücklichen Eduard abzulenken. »Du bekommst in unserem neuen Haus ein eigenes Zimmer ... ein ganz großes, keinen Speicherboden, den du mit uns teilen mußt.«

»Treys Haus ist größer«, erwiderte der Kleine wütend. »Will Trey.«

»Du kannst ein Pony ganz für dich allein haben. Das würde dir doch gefallen, oder?«

»Will kein Pony«, schluchzte Eduard. »Will Trey.«

Empress drehte sich schier das Herz um vor Mitgefühl mit Eduard. Wir alle wollen Trey wiederhaben, dachte sie unglücklich.

Die Endgültigkeit ihrer Abreise wurde von jedem Rattern der Zugräder betont, und sie ballte vor Schmerz die Hände im Schoß.

»Ich kaufe dir beim nächsten Halt Süßigkeiten«, schmeichelte Guy nun, aber Eduard, der auf dem Sitz kniete und die Nase ans Fenster preßte, schüttelte bloß widerspenstig den Kopf. »Ich wette, sie haben lilaweiße Bonbons«, versuchte Guy es noch mal.

»Rosa.« Eduards gedämpfte Antwort beschlug die Glasscheibe.

»Oh, du willst also rosaweiße Bonbons?« entgegnete Guy mit gespielter Überraschung. »Ich frage mich, wieviele Pennys ich noch habe, um rosaweiße Bonbons für dich zu kaufen.« Damit wühlte er geräuschvoll in seinen Taschen nach Kleingeld. Die Aussicht auf seine Lieblingssüßigkeit war für Eduard zu verlockend, egal, wie grausam das Leben mit ihm umging, und einen Moment später kuschelte er sich auf Guys Schoß und zählte die Pennys.

Der gute Guy, immer hilfsbereit, immer tröstend, ohne ungehalten zu werden! Was würde Empress ohne ihn anfangen? Sie lehnte den Kopf gegen das weiche Kopfpolster, schloß die Augen, kämpfte mit den Tränen und betete um Tapferkeit in den kommenden Zeiten.

Zusätzlich zu der emotionalen Belastung durch die Trennung von Trey und das Leid der Kinder, war Empress häufig von Schwindel und Übelkeit geplagt. Seit Valeries Besuch hatte sie keinen Appetit mehr, und das rhythmische Schaukeln des Zuges verschlimmerte diese Empfindlichkeit. Als sie in New York die geräumige Suite an Bord des Schiffes bezogen hatten, wurde es mit der Übelkeit auch nicht besser. Keine Speise wollte ihr schmecken, ihre helle Haut wirkte leicht grünlich, und sie nahm an, an Seekrankheit zu leiden. Doch acht Tage später, als sie, wieder festen Boden unter den Füßen, in ihrem Hotel in Le Havre im Bett lag, ein Tablett mit unberührtem Essen auf dem Nachttisch stand und ihr Magen immer noch keine Ruhe gab, erkannte sie mit sinkendem Mut, daß weder die Zugbewegungen noch die Seekrankheit dafür verantwortlich waren, noch körperliche Erschöpfung oder ihr seelischer Schmerz.

Sie würde Trey zum zweiten Mal in diesem Jahr zum Vater machen. Oder gab es außer Valerie und ihr noch weitere Schwangere? Wie viele geschwängerte Geliebte hatte Mon-

tanas begehrenswertester Junggeselle bisher gehabt, fragte
sie sich bekümmert. Falls man den Gerüchten glauben wollte, war er sicherlich auf dem Weg zu einem Rekord. Beim
Gedanken an all diese allzu willigen Frauen flammte die
Wut erneut in ihr hoch.

Doch dann dachte sie wieder an all die schönen Stunden,
die sie mit ihm verbracht hatte. Trey Braddock-Black nutzte
niemanden aus — er gab in gleichem Maße Lachen und
Freude und warme Zuneigung zurück, was sie trotz Valeries
schäbigen Eröffnungen im Herzen bewahrte. Als der an-
fängliche Schock über die Schwangerschaft nachließ, nahm
eine leise Freude von ihr Besitz, die sich in den nächsten Tagen verstärkte und zu kindlichem Triumph verfestigte: Sie
trug Treys Kind! In ihr wuchs sein Baby, das sie stets an ihn
erinnern würde. »Hallo, mein Kleines«, hauchte sie zärtlich,
»willkommen.« Trey war immer noch bei ihr ... ein Teil von
ihm.

Zusätzlich zu ihrem stillen Glück, daß sie und Trey ein
Kind erwarteten, verlangte eine ganze Flut von dringenden
Problemen ihre unmittelbare Aufmerksamkeit. Als Allein-
stehende schwanger zu sein war sowieso schon skandalös —
und besonders unpraktisch vor ihrem unmittelbar bevorstehenden Wiedereintritt in Frankreichs Gesellschaft. Kaum
ein vielversprechender Anfang für ihr neues Leben in den
Adelskreisen, aus denen ihre Familie vor fünf Jahren geflohen war. Mit leiser Belustigung schaute sie in den Spiegel:
Comtesse de Jordan war wieder da — jung, alleinstehend
und schwanger.

Ihre gegenwärtige Lage war allerdings sehr viel weniger
bedrohlich als die Hungersnot, die die Kinder und sie im
letzten Winter nur knapp überlebt hatten. Mit Treys Geld
und einer fantasievollen Geschichte würden die Mängel ihrer Lage rasch ausgeglichen. Nachdem sie eine Weile alles
genau überlegt und ihre Fantasie eingesetzt hatte, erfand
Empress den nötigen Ehemann und ließ ihn bequemerweise
sterben. Die Grausamkeit dieses Schicksals erleichterte sie
sich durch ein beträchtliches Erbe, das der verstorbene Ge-
mahl ihr hinterlassen hatte.

Doch sowohl diese Geschichte als auch ihre Schwangerschaft mußte sie den Kindern plausibel machen. Sie tat es mit der schon bewährten Mischung aus Wahrheit und Fiktion. Gespannt hielt sie den Atem an, als sie auf die Reaktion der Geschwister wartete.

»Hurra!« rief Guy begeistert und strahlte von einem Ohr zum anderen. »Ich bekomme einen Absarokee-Neffen. Dann bin ich mit Trey verwandt!«

»Es könnte ein Mädchen sein«, warf Geneviève ein. »Pressy, ich will eine Kusine.«

Empress begann zu lächeln und spürte, wie ihre Unsicherheit verschwand. »Ich versuche mein Bestes, Schatz, aber garantieren kann ich weder einen Jungen noch ein Mädchen.«

»Da siehst du es, Guy«, rief Geneviève triumphierend.

»Du kannst ja im Moment ruhig Witwe sein, denn Trey kommt im Sommer ohnehin, um dich zu heiraten«, erklärte Emilie zuversichtlich. »Dann hat alles seine Ordnung.« Emilie war mit ihren vierzehn Jahren mit Sitten und Etiketten aufs beste vertraut. »Ich möchte auch, daß es ein Mädchen wird, weil Eduard immer so klebrige Hände hat und Guy ständig über Waffen und Pferde redet. Ein kleines Mädchen wäre viel netter.«

»Trey kommt wieder, Trey kommt wieder ...«, quietschte Eduard glücklich vor sich hin, weil er nur den Teil der Unterhaltung aufgeschnappt hatte, in dem es um Trey ging. Babys interessierten ihn nicht die Spur. »Trey haben und ein Pony«, erklärte er fröhlich und sicher, daß sein Schicksal sich positiv gewendet hatte.

Als Empress Eduard so vergnügt vor sich hinplappern hörte, wünschte sie sich den gleichen Optimismus. Wäre es nicht wunderbar, wenn Trey tatsächlich käme? Wenn er seine Ehe und alle anderen Frauen, seine Familie und seine Arbeit vergäß, um einer Frau um die halbe Welt nachzureisen, die er eines Abends aus einer Laune heraus in einem Bordell gekauft hatte? Doch da sie sich Treys Vergangenheit bewußter war als Eduard, teilte sie dessen Vertrauen auf Treys Rückkehr zu ihr nicht; die lange Reihe von Frauen, die er

279

geliebt und verlassen hatte, war auf immer in ihre Gedanken eingegraben — und das bildete eine tausend Meter hohe Schutzmauer gegen Optimismus.

Empress hatte keine Ahnung, was aus ihrer Lieblingskusine Adelaide geworden war, schickte ihr aber trotzdem aus Le Havre ein Telegramm und wartete dort auf eine Antwort. Sie wußte, wieviel in fünf Jahren passiert sein konnte. Adelaide lebte vielleicht gar nicht mehr in Frankreich, wenn sie einen ihrer ungarischen Vettern geheiratet hatte, in die sie mit fünfzehn verliebt gewesen war; vielleicht war sie auch nach der Osterwoche in Nizza geblieben oder fand es unangenehm, die Freundschaft zu einer Familie zu erneuern, die geflohen war und die möglicherweise noch unter dem Schatten der Ungnade stand. Doch früh am nächsten Morgen schon traf Adelaides Antwort ein: Sie lebte in Paris und war nun als Ehefrau des Prinzen Valentin de Chantel eine Königliche Hoheit! Sie wartete mit großer Freude darauf, sie alle wiederzusehen.

Mit Umarmungen, Küssen und zahllosen aufgeregten Fragen begrüßte sie Adelaide in einer extravaganten Weißfuchsstola auf dem Bahnhof. Begleitet war sie von einer ganzen Schar von Dienern, dem Stationsvorsteher und unterwürfigen Beamten. Ein Lächeln hier, eine gezielte Geste dort — Ihre Königliche Hoheit wies das Personal und die Beamten an, alle rasch in Kutschen zu verfrachten, die sie in Adelaides sogenanntes ›bescheidenes Bijou‹ fuhren.

Es war auf der Ile de la Cité versteckt, dieses kostbare kleine Schmuckstück, überladen mit Schnitzereien und Ornamenten, und bildete die perfekte mittelalterliche Kulisse für den merkwürdigen Kunstgeschmack von Adelaide und ihrem Mann. Sämtliche vierundfünfzig Zimmer wurden Empress und ihrer Familie großzügig zur Verfügung gestellt.

Sehr spät an diesem Abend, als Empress und ihre Kusine zum ersten Mal alleine waren, fragte Adelaide mit einer Stimme, die vor Erwartung atemlos klang und bei der ihre dunklen Locken, eher kunstvoll als modisch im griechischen Stil aufgetürmt, von den lebhaften Bewegungen nur so zitterten: »Jetzt mußt du mir alles erzählen! Valentin kümmert sich schon darum, daß du deinen Besitz zurückbekommst. Um diese langweiligen Angelegenheiten brauchst du dir keine Sorgen zu machen.« Sie wedelte wegwerfend mit den beringten Händen. »Papa hat überall nach euch suchen lassen ...« Dabei runzelte sie die Kinderstirn, und ihre Miene nahm einen ernsthaften Zug an. »Aber es war, als wäret ihr vom Erdboden verschluckt. Doch genug von dieser Tragödie«, fuhr sie mit ihrer üblichen Sprunghaftigkeit fort, als wären das Duell und die schrecklichen Jahre des Exils nie Wirklichkeit gewesen.

Empress saß am Kamin ihrer Kusine gegenüber und fragte sich flüchtig, was passiert wäre, wenn das Duell wirklich nie stattgefunden hätte. Ob ihr Leben auch so behütet verlaufen wäre, umgeben von Komfort und Privilegien wie Adelaides? Wo würde sie mit zwanzig nun wohnen und mit wem? Alles müßige Fragen. Dann dachte sie an das Leben, das sie in Frankreich genossen hätte und wie es wäre, Trey niemals kennengelernt zu haben. Hier war die Entscheidung leicht, denn im Vergleich zu Adelaides frivolem Leben war Trey Braddock-Black reine Energie, hitzige Leidenschaft und eine Lust, die sie in dem behüteten Kokon von Adelaides Bijou niemals kennengelernt hätte.

»Erzähl mir von deinem Mann«, raunte Adelaide neugierig. »Sah er ebensogut aus wie mein Valentin?« Doch dann wirkte sie unvermittelt erschrocken. »Oh, meine Liebe, es ist zu grausam«, sagte sie tröstend, aber dann beugte sie sich verschwörerisch vor wie so oft in ihrer Kindheit, wenn sie spät abends, wenn die Kindermädchen schon schliefen, Geheimnisse ausgetauscht hatten, und drängte: »Aber erzählen mußt du es mir trotzdem.«

Als Empress mit untergeschlagenen Beinen in Adelaides gemütlichem Bodouir saß, an ihrer heißen Schokolade nippte und den raschen, leicht gelispelten Fragen der Kusine lauschte, wurde sie von Wellen der Erinnerung überflutet.

Es schien einen Moment so, als sei sie nie fortgegangen, als habe sie sich nie um die nächste Mahlzeit sorgen müssen oder am Grab der Eltern geweint, als hätte sie nie in Lilys Salon gestanden oder wäre nie von Treys Armen umschlungen worden. Sie war wieder fünfzehn, und Adelaide befahl: »Erzähl mir jetzt alles ganz genau.«

Empress' Herz wurde bei diesen Erinnerungen und Adelaides bedingungsloser Zuneigung leichter. Zum ersten Mal, seit sie Trey begegnet war, konnte sie sich jemandem anvertrauen und von ihren heißen Gefühlen und der unglaublichen Freude sprechen, die er ihr geschenkt hatte. »Nachdem Mama und Papa gestorben waren, habe ich zufällig einen Mann kennengelernt, und ja ...«, fügte sie leise hinzu, um Adelaides gefesselte Aufmerksamkeit zu befriedigen, »ja, er sah sehr gut aus ... schöner noch als Valentin.«

»Nein!« hauchte Adelaide und blitzte sie aus dunklen Augen begeistert an.

»Doch, und sein Haar war rabenschwarz.«

Innerhalb einer Woche sorgte Prinz de Chantel auf Bitten seiner angebeteten Frau dafür, daß Simoult, ein Anwalt von bestem Ruf, sich um die Wiedereinsetzung von Guys Rechten kümmerte. Einen Monat später wurde die Sache für die Jordans entschieden, aber nicht nur, weil Simoult so brillant war, sondern weil der einflußreiche und königliche Prinz de Chantel es so wünschte. Gleichermaßen wichtig war die Tatsache, daß der Herzog von Rochefort gestorben war und seinen bitteren Haß wegen des Todes seines Sohns mit ins Grab genommen hatte. Vor fünf Jahren hatte er grimmig und entschlossen Graf de Jordan vor Gericht stellen lassen, obwohl Duelle, selbst fatal verlaufene, in Frankreich an der Tagesordnung waren. Unerbittlich hatte er dafür gesorgt, daß der Graf auch verurteilt wurde.

Rückblickend wurde klar, daß jeder Aspekt dieses Gerichtsverfahrens von ihm beeinflußt war, und Simoult brauchte nur dafür zu sorgen, daß die Bestechungen und die skrupellosen Machenschaften des Herzogs ans Licht gebracht wurden.

Das Gerichtsverfahren dauerte genau vier Wochen: Petitionen und Dokumente mußten unterschrieben, Erklärungen aufgesetzt und bestätigt werden — doch dann siegte schließlich die Gerechtigkeit, und den Erben des Grafen de

Jordan wurden ihre rechtmäßige Position, ihr Vermögen und ihre Anwesen wieder zuerkannt.

Die Familie war wieder überall willkommen, und Empress, die kürzlich verwitwet war und ihr erstes Kind erwartete, wurde von allen ehemaligen Freunden mit großem Mitgefühl begrüßt.

Sie fand zwar einen gewissen Trost in all den Freundlichkeiten, aber die alten Freundschaften füllten nur einen Teil der Leere, die Trey hinterlassen hatte. Wie rücksichtsvoll und wohlmeinend die Freunde auch waren, sie wünschte sich tagtäglich, wieder bei Trey zu sein.

Aber Wünsche und Wirklichkeit lagen für sie etliche Kontinente weit auseinander, denn sie war nicht nur durch die räumliche Distanz von ihm getrennt, sondern auch durch Täuschung und Betrug. Empress hatte zwar versprochen, Trey ihre Adresse mitzuteilen, sobald sie einen festen Wohnsitz hatte, aber diesen Impuls unterdrückte sie wegen der Schwangerschaft. Sie hatte stundenlang gegrübelt, ob sie Trey schreiben sollte, aber die Vernunft behielt die Oberhand über ihre stürmischen Gefühle. So sehr sie auch schreiben wollte: »Komm ... komm zu mir ... komm sofort ... ich liebe dich, nichts anderes spielt eine Rolle«, waren auch andere Dinge zu berücksichtigen: Treys Gefühle zum Beispiel.

Die Gefühle des jungen Braddock-Black für die Frauen in seinem Leben waren zwar heftig, aber vorübergehend. Nach allem, was sie wußte, hatte er in der Hitze der Leidenschaft schon ein Dutzend Frauen gebeten, ihn zu heiraten.

Ein Heiratsantrag von einem Mann, der für seine offensichtlichen Exzesse bekannt ist, war daher kaum mehr als ein weiterer unbeherrschter Impuls, genau wie seine übertriebenen Angebote, ihr Kleider und Pelze zu schenken.

Leichte Zuneigung wuchs sich bei Trey rasch zu einem ungezügelten Rausch aus, aber dieses Delirium ging genauso schnell vorbei — bei allen bisherigen Frauen und allen übrigen Bedürfnisen.

Wie konnte sie sich bei ihm als eine weitere schwangere Geliebte melden? Die Reaktion des temperamentvollen Trey

Braddock-Blacks auf Frauen, die ihn bezichtigten, der Vater ihres Kindes zu sein, war allgemein bekannt: er stritt es ab. Sie würde nie seine wütende Reaktion auf Valeries Schwangerschaft und die folgende Erpressung vergessen. Er hatte sich in der Falle gefühlt, gereizt von der Verantwortung, hartnäckig entschlossen, nicht zum Vater zu werden, und während sie ihm damals vielleicht geglaubt hatte, daß er nicht der Vater von Valeries Kind war, wurde diese Überzeugung nun stark erschüttert.

Wie sinnlos es daher wäre, wie demütigend, wenn sie ihm schriebe und ihn von der Schwangerschaft unterrichtete. Außerdem war es egal, ob er sie heiraten wollte oder nicht, denn er war ja bereits verheiratet und zwar mit einem Ehevertrag, so fest wie Eisenfesseln. Rückblickend fragte sie sich manchmal, ob Valerie bei einem Mann von Treys Ruf einfach nur vorsorglich und vernünftig war. Selbst als frischgebackener Ehemann hatte er seine Zeit zwischen der Stadt und der Ranch aufgeteilt, gleichzeitig mit Empress geschlafen und sein Ehebett genossen.

Doch manchmal gab sich Empress ihrer sehnsüchtigen Hoffnung hin, ignorierte die Ehefrau, zahllose Fehltritte und seine Neigung, schwangere Geliebte im Stich zu lassen. Dann träumte sie, als ob sie eine Märchenprinzessin wäre: Wenn er mich wirklich liebt, wird er zu mir kommen … trotz aller Hindernisse, trotz aller Komplikationen wird er Drachen und Schurken und seinen Stolz überwinden. Das war höchst romantisch und sehr unwahrscheinlich, wie sie im nächsten Moment realistisch einschätzte, wenn sie von ihrer Wolke plumpste.

So kurz ihre Beziehung in seinem höchst aktiven Liebesleben auch gewesen war, sie hatte lange genug gedauert, um ein Kind zu zeugen. Am heftigsten brannte in ihr, außer ihrem verletzten Stolz, die Wut über ihre Unfähigkeit, seinen geübten Charme zu durchschauen. Wie naiv sie gewesen war, sich in einen solchen Frauenhelden zu verlieben! Wie dumm von ihr, so leicht nachgegeben zu haben! Es ärgerte sie, nur eine unter vielen zu sein.

Daher hatte sie entschieden, Trey aus ihren Gedanken zu

verbannen und ihre Identität als eine Jordan neu aufzubauen. In diesem Sommer war sie damit beschäftigt, das Stadthaus mit eigenen Dienern auszustatten und den Rosengarten ihrer Mutter in seiner ursprünglichen Pracht wiederherzustellen. Sie ließ das alte Kinderzimmer für ihr Baby herrichten und floh, wann immer sie konnte, in die Abgeschiedenheit des Anwesens in Chantilly. Frieden fand sie zwar dort auch nicht, nicht mit den Erinnerungen an Trey, aber zumindest herrschten dort Ruhe und Einsamkeit.

Doch da in diesem Sommer in Paris die Weltausstellung und die Hundertjahrfeier für die Revolution stattfanden, hielten die Kinder es nicht lange auf dem Landsitz aus, ein Phänomen, das für die meisten Provinzbewohner Frankreichs typisch ist. Die Stadt quoll über vor Besuchern. Der Eiffelturm, dessen Bau fünfzehn Millionen stabile Francs verschlungen hatte, wurde von vielen als Verschandelung der Stadt verdammt. Durch seinen ungewöhnlichen Stil lockte er jedoch viele Besucher an, und das Bauwerk wurde über Nacht berühmt. Touristen besuchten ihn, Künstler malten ihn und frischverheiratete Paare ließen sich vor ihm fotografieren. Selbstmörder und Erfinder von Flugmaschinen stürzten sich von ihm herab — niemand konnte diesem ersten Monument der modernen Ingenieurskunst gegenüber gleichgültig sein.

Wissenschaftliche Ausstellungen, die dem Fortschritt huldigten, füllten mehrere Gebäude, unter anderem auch die kolossale Halle der Industrie. Gauguin stellte seine Gemälde im Café Volponi aus. Man errichtete eine Kairoer Straßenszene mit importierten Ägyptern, die den *dans de verre* vorführten.

Eine javanische Tanzgruppe wurde zur Hauptattraktion von Paris. Thomas Edison besuchte seinen eigenen Pavillon, einen der größten auf dem Gelände, und kaufte die allegorische Statue *Die Elektrizitäts-Fee* für sein neues Labor in West Orange. Diese geflügelte Frau aus feinstem Carraramarmor, die auf einer Gaswolke hockt, umgeben von einer Voltbatterie, Telegrafenschlüssel und Telefon, und eine leuchtende Birne schwenkt, verkörperte vielleicht am besten die strah-

285

lenden Exzesse und die Überschwenglichkeit der *Belle Epoque*.

Anfangs nahm Empress der Kinder wegen an den Festlichkeiten teil und folgte tagtäglich zahllosen Einladungen von Freunden. Aber am Ende des Sommers konnte sie ihren Zustand als Vorwand angeben, die endlose Runde von Aktivitäten zu unterbrechen: die Konzerte, Teegesellschaften, Pferderennen, und täglichen Ausritte im Bois erschienen ihr öd und leer. Es folgte der Funken der Freude. Jeden Tag dachte sie Dinge wie: Trey würde darüber lachen, sich über eine solche Kleinlichkeit ärgern oder auf seine charmante Art etwas als entzückend bezeichnen, das er in Wirklichkeit sterbenslangweilig fand. Sie maß all ihre Vergnügen an seinem Geschmack, so, wie sie sich daran erinnerte. Doch dann rief sie sich zur Ordnung und lauschte höflich und liebenswürdig auch den fadesten Erörterungen. Sie konnte nicht Geisel einer Erinnerung bleiben — egal, wie verführerisch sie auch war.

Aber es war ein lehrreicher Prozeß, zu entdecken, wie ein einziger Mensch in ihrer Welt die Sonnenwärme reduzieren konnte. Sie fühlte sich allein in einer kalten, unwirtlichen Landschaft, zu weit fort von den wärmenden Sonnenstrahlen.

Ihre Sonne war in Montana.

Glücklicherweise hielten sie die Kinder mit ihrer Lebhaftigkeit auf Trab. Sie gaben ihr keine Gelegenheit, in Melancholie zu versinken. Sie mußte sich um sie kümmern und die Kinder gediehen dabei prächtig.

Im ersten Monat nach Empress' Abreise fragte Trey regelmäßig nach Post. Als aber kein Brief eintraf, gab er seine Bemühungen auf. Statt dessen stürzte er sich in die Ausbildung der jungen Pferde, stand früh auf und arbeitete mit den Tieren bis spät abends. Ungewöhnlich geduldig verbrachte er lange Stunden an der Longe, führte junge Pferde immer wieder über die Übungshindernisse, schmeichelte den ungestümen Wallachen Gehorsam ab und beherrschte Hengste mit Sanftheit statt mit Kraft — in staubigen, heißen Stunden

286

intensiver, konzentrierter Arbeit. Aber jeder in seiner Nähe merkte, daß er Kummer hatte. Er war oft mit den Gedanken woanders, sprach wenig und ging allen Fragen nach Empress aus dem Weg. Er hatte seit Wochen keinen Tropfen Alkohol getrunken — ungewöhnlich für einen Mann, der viele Stunden in Kneipen bei Kartenspiel und Whisky verbracht hatte. »Muß im Training bleiben«, scherzte er, wenn die Männer ihn am Ende eines Tages aufforderten, mit ihnen ein Blatt zu spielen. Er gab sich nicht einmal die Mühe einer Entschuldigung, wenn man ihn fragte, ob er sie nicht in Lilys Salon begleiten würde. »Nein, danke«, sagte er dann, und seine Stimme klang so ablehnend, daß seine Freunde betrübt über seinen Schmerz den Blick abwandten.

Im Juli schickte Guy aus eigenem Antrieb einen Brief an Trey, in dem er ihm mitteilte, er sei nun ein Graf. Pressy habe sich um alles gekümmert. Der Eiffelturm sei *manifique*, und alle Kinder schickten ihre Grüße. Sie fügten jeder ein paar Zeilen hinzu, und selbst Eduard krakelte etwas, das bedeuten sollte: »Alles Liebe«. Guy begriff zwar Empress' ausdrückliche Anweisung nicht, keine Verbindung zu Trey aufzunehmen. Sie war seit ihrer Abreise aus Montana nicht mehr wie früher, und dieser Brief war einer der zahlreichen Versuche, die Freundschaft zwischen der Schwester und Trey wieder aufzufrischen.

Leider hatte der Brief genau die gegenteilige Wirkung. Als Trey den Poststempel sah, schlug ihm das Herz bis zum Hals. Aber die Handschrift war groß und rundlich, nicht klein und ordentlich, wie er sie erwartet hatte. Als er zu Ende gelesen hatte, wurde er peinigend an Empress' Worte im vergangenen Winter erinnert: »Ich glaube, sie lieben dich mehr als ich.« Sicher vermißten sie ihn mehr als sie. Empress hatte nicht die Zeit gefunden, eine einzige Zeile zu schreiben.

Bitter fiel ihm die Ironie seines Schicksals auf: Nach allen Beziehungen und Frauen, denen er umsichtig aus dem Weg gegangen war, hatte er sich in eine Frau verliebt, die zum gleichen Rückzug fähig war, den er zur Kunstform perfektioniert hatte.

Zum ersten Mal in seinem Leben dachte er an die Möglichkeit einer himmlischen ausgleichenden Gerechtigkeit. Keine zehn Minuten nach Lesen von Guys Brief sattelte Trey Rally und machte sich in rasendem Galopp auf dem Weg nach Helena. Nach einer Meile hielt er an und wartete in der heißen Sonne auf Blue und Fox, bis die atemlos zu ihm aufschlossen. Kühl teilte er ihnen mit, er sei weder an Leibwächtern noch an Freunden interessiert. Seine Augen waren wie blaues Eis, sein Mund eine grimmige Linie. »Ich brauche keine Kindermädchen«, schnappte er. »Jake Poltrain ist bei Li Sing Koo und nicht in der Lage, irgend jemandem gefährlich zu werden.« Dann seufzte er, und sein Zorn legte sich ein wenig. »Tut mir einen Gefallen«, sagte er mit einem reumütigen Grinsen. »Gebt mir ein paar Tage, um auf meine Weise die Hölle zu suchen ... Ich verspreche, euch eine Einladung zu schicken, wenn ich meine, daß ihr etwas Faszinierendes verpaßt.«

»Bist du sicher?« fragte Blue.

Trey nickte.

Blue und Fox blickten einander an und zuckten dann die Schultern. Mitgefühl und Verständnis lagen in ihren dunklen Augen, als Blue sagte: »Wenn du uns brauchst ...«

»Rufe ich an«, beendete Trey leise den Satz und hob grüßend die Hand. Dann wirbelte er Rally herum und ritt in einer mächtigen Staubwolke über die trockene Straße davon.

Li Sing Koo, diskret wie eh und je, schob Trey persönlich in einen großen, seidenverhangenen Raum. »Wünschen Sie Gesellschaft?« fragte er höflich und mit ausdrucksloser Miene.

Trey sah ihn verständnislos an.

»Gesellschaft. Wünschen Sie eine Begleiterin?«

»Nein.« Das war eine unmißverständliche Ablehnung. Doch dann überlegte Trey es sich offensichtlich, und zog das staubige Hemd aus den ledernen Reithosen.

»Vielleicht später.« Er setzte sich auf das prächtige Sofa. Das polierte Holz war dunkelrot gebeizt; die geschwungenen Lehnen mit den Einlegearbeiten ließen es wie eine kunstvoll ausgeschmückte Höhle erscheinen. Die Seidenkissen waren so dicht bestickt, daß das Muster dreidimensional wirkte. Trey zog seine Stiefel aus und ließ sich in die grellbunt gestickten Seidenblüten fallen. Seine dunkle Haut und sein Haar hoben die leuchtenden Blüten stärker hervor, seine fransengesäumten Lederhosen bildeten einen scharfen Kontrast zu dem luxuriösen Stoff. Als er nach einer vergoldeten Pfeife griff, blitzte die Goldkette seines Talismans auf. Er war durcheinander und melancholisch. Als er Koo immer noch an der Tür wahrnahm, schüttelte er den Kopf und sagte höflich: »Danke, Koo«, was einem Rausschmiß gleichkam.

Koo schloß leise die Tür hinter sich und Trey griff nach der reich verzierten Pfeife auf dem niedrigen Tisch neben ihm. Er wollte vergessen, seine Empörung im Rausch lindern. Seit Monaten hatte er seinen Impuls beherrscht, Empress wegen der Qualen zu bestrafen, die sie ihm zugefügt hatte. Es war Zeit, seinen Schmerz zu betäuben, zu verdrängen.

So kam es, daß Trey und Jake Poltrain beide in Li Sing Koos luxuriösen Privatgemächern flüchtigen Frieden und vorübergehende Erleichterung von brennender Wut zu finden suchten. Jake Poltrain lebte für seinen Traum von Treys Tod, und Trey verfluchte Empress als flatterhafte Schlampe, die nur hinter seinem Geld hergewesen war. Als Valerie ihr eingeredet hatte, er würde sie ganz sicher nicht heiraten, war sie gegangen. Das schien rückblickend sonnenklar und war die einzige überzeugende Erklärung dafür, daß sie ihm nicht geschrieben hatte.

Er blieb tagelang in dieser luxuriösen Opiumhöhle. Abgesehen von den goldenen, stillen Träumen wechselten Haß — und Vergeltung ab. Er wollte Empress bestrafen, roh, bösartig und voller Gewalt. Mit Entsetzen wurde er gewahr, daß er diese Bestrafung genießen würde.

Zum ersten Mal wurde ihm die Schattenseite seines Wesens bewußt, ein destruktiver, irrationaler Zwang, nur noch Rache zu wollen. Das Opium half ihm jedoch stets, diese grausamen Gefühle zu überdecken und die Trennlinien zwischen Gut und Böse in seiner Seele zu verwischen und auszulöschen. Aber die Droge löste nie die Konflikte, sondern vernebelte die Tatsachen bis zur nächsten Pfeife.

Eine ganze Woche verging so in dieser ungestörten Abgeschiedenheit einer vorgegaukelten Welt.

Hazard akzeptierte den Wunsch seines Sohnes nach Alleinsein und entließ die üblichen Leibwächter. Aber nachdem Jake Poltrain sich ebenfalls bei Koo aufhielt, mußte für Treys Sicherheit gesorgt werden. Li Sing Koo sollte Ersatz für Blue und Fox suchen; Trey sei vor allem Schaden zu bewahren — so lautete Hazards Befehl. Deshalb war ständig ein Wachposten vor Treys Tür plaziert.

Doch eines Abends, bei einer Meinungsverschiedenheit zwischen zwei chinesischen Rivalen über eine schöne junge Prostituierte, schlug einer von Koos Kunden eine Streitaxt in den Kopf seines Gegners. Der perfekt ausgeführte Schlag spaltete den Schädel des Mannes wie Butter. Das blutige Gemetzel zog alle, die sich im Haus aufhielten, an den Schauplatz — auch Treys Leibwächter.

In dem üppig ausgestatteten, seidenverhangenen Raum waren Tag und Nacht miteinander verschmolzen, und Trey hatte keine Ahnung von dem blutigen Schauspiel ein Stockwerk unter ihm. Er schwebte durch verschwommene Träume. Die Welt um ihn existierte nicht für ihn. Er hatte in der vergangenen Woche an Gewicht verloren, seine Hände waren unsicher, seine hellen Augen glänzten fiebrig, die dunklen Schatten darunter betonten sein schmales Gesicht. Er döste zwischen Wachen und Schlaf in den weichen Kissen, sein schlanker Körper spärlich mit schwarzen Seidenhosen bekleidet. Er war vor kurzem von mehreren freundlichen Damen gebadet worden. Sein schwarzes Haar lag noch feucht auf den Schultern, und seine Haut duftete nach dem Parfüm des Badewassers. Er fühlte sich angenehm entspannt, ungestört von den schwarzen Dämonen, und hatte Visionen von einer Gebirgslandschaft im Frühling.

Bei den nur gedämpft vernehmbaren Schreien regte sich Trey, und seine Lider hoben sich träge. Ein seltsames Gefühl hatte sich in seine pastellfarbene, sonnenbeschienene Landschaft geschlichen. Er lauschte einen Moment lang, hörte aber weiter nichts. Doch dann spürte er deutlich einen harten, kalten Druck in den Frieden seiner Träume eindringen. Träge ging er mehrere Möglichkeiten durch und schloß immer mehr Empfindungen aus, bis er glaubte, sehr klug die Stelle ausgemacht zu haben. »*Mein Ohr*«, dachte er losgelöst von der Wirklichkeit. Dann öffnete er mühsam die Augen und begriff endlich die wahre Situation.

*Scheiße.*

Über ihm ragte Jake Poltrain auf. Seine eng zusammenstehenden Augen sprühten vor Haß. Er preßte einen Revolverlauf gegen Treys Schläfe. *Ein klassischer Alptraum*, dachte Trey voll Ironie.

»Jetzt bist du dran«, knurrte Jake, aber die Anstrengung, seine Hand ruhig zu halten, trieb ihm den Schweiß auf die Stirn. »Wie leicht das ist«, murmelte er, Euphorie in der Stimme. Er war einfach durch die unverschlossene Tür spaziert, hatte den Teppich überquert, war zum Diwan getreten und hatte den Lauf an Treys Schläfe angesetzt — sein erster Glücksfall in all seinem Umgang mit den Braddock-Blacks. Und diese Gelegenheit wollte er nicht ungenutzt verstreichen lassen. »Anschließend werde ich dir die Haut abziehen und mir daraus ein Paar Stiefel machen.«[11] Jakes Lächeln war boshaft und schadenfroh. »Jetzt kannst du mal sehen, ob die Millionen deines Daddys dich retten können, du Halbblut.«

Trey lachte, ein leises, träges Kichern, das seinen hageren Körper erschütterte und bei dem seine Lider wieder herabfielen. Irgendwie fand er die ganze Situation lächerlich, wie ein Melodrama auf der Bühne. Jake fehlte nur der gezwirbelte Schnurrbart und ein schurkisches Grinsen, dachte Trey amüsiert, aber mit seinen winzigen Schweinsäuglein und den dicken Fettrollen um die Hüften brauchte er das eigentlich nicht.

Er kicherte wieder, weil er sich vorstellte, wie Jake mit einem echten Schweinskopf aussehen würde.

Jake zitterte vor Wut über Treys offensichtliche Ungerührtheit, drückte die Pistole härter gegen Treys Schädel und zischte: »Öffne die Augen, verdammt.«

Es vergingen mehrere Sekunden, bis Treys Lachen verebbte und er dem Befehl folgte, Momente, in denen Jake Poltrain eine Sturzflut an Flüchen von sich gab, die alle mit Treys Hautfarbe zu tun hatten. Er hatte erwartet, daß Trey ihn anflehen und ihm schmeicheln würde, eine Szene, die er sich unendlich oft in buntesten Farben ausgemalt hatte, in tausend verschiedenen Variationen. Der Hund lacht ja, dachte er, verwirrt von Treys Reaktion. Er durfte doch nicht lachen! Er sollte um sein Leben betteln, Jakes opiumverhangenes Gehirn schaffte es nicht mehr, die Grenzen zwischen Fantasie und Realität auszumachen.

Als Trey endlich die schweren Lider hob und seine glänzenden Augen langsam Jakes verzerrte Züge erfaßten, spürte er verschwommen den kalten Stahl an seiner Schläfe und fragte sich flüchtig, ob man bei einem Kopfschuß Schmerzen empfand. Dann lächelte er über eine so unwichtige Sache und sagte: »Entspann dich, Jake, es ist nicht allzuschwer, einen Mann zu erschießen. Du nimmst alles viel zu ernst ... alles viel zu verdammt ernst, das ist dein Problem ...«

Dann tauchten seine Gedanken wieder in angenehmere Gefilde. »Koo hier, der weiß, wie man das Leben nicht so ernst nimmt, stimmt's, Jake?«

»Koo ist Abschaum, genau wie ihr Rothäute«, schnappte Jake.

»Aber Jake, so spricht man doch nicht über seinen Gastgeber«, ermahnte Trey ihn freundlich. »Koo schenkt dir seit Tagen schon goldene Träume und schöne Frauen.«

»Du Hund«, geiferte Jake.

»Tut mir leid, wenn du mich nicht leiden kannst«, murmelte Trey. Seine Augen waren halbgeschlossen, und ein leises Lächeln spielte um seine Mundwinkel.

Jake teilte Treys Sinn für Humor nicht, denn sein Haß war so lebendig, daß er ihn nie verließ. Ob er unter Drogen stand oder nicht, Jake dachte nur daran, Trey umzubringen und die Familie der Braddock-Blacks damit auszulöschen. Zu lange schon sperrten sie sich gegen die Erweiterung seiner Ranch, zu lange schon stand ihm Hazard unnachgiebig und unangreifbar im Weg. Und wenn Hazard dem Tod auch immer wieder entging, so war sein Sohn doch angreifbarer — das war er immer gewesen, mit seiner jugendlichen, gleichgültigen Haltung gegenüber dem Tod. Jetzt hatte er sein Ziel endlich erreicht. »Ich bringe dich um«, keifte er. »Ich bringe dich um ...« Seine Litanei war bar jeder Vernunft und normalen Reaktion.

»Aber nur, wenn du zu dattern aufhörst, Jake«, kicherte Trey und rollte sich auf die Seite, wie, um wieder einzunicken.

Ein krampfhaftes Beben durchfuhr Jake, als er den muskulösen, ihm achtlos zugewandten Rücken vor sich sah. Warum flehte dieser Bastard nicht um sein Leben? Wo blieben seine Lust und die Befriedigung, wenn Trey sich nicht vor ihm demütigte? Mit listigem Lächeln dachte er nun an diese versteigerte Frau bei Lily, die, wie es hieß, Trey im Stich gelassen hatte. Dieser arrogante Braddock-Black war vielleicht gegen Angst gefeit, aber verletzte Eitelkeit würde ihn vielleicht aufmuntern. »Wenn ich die Hure damals gekauft hätte, wäre sie nicht verschwunden«, stieß Jake nun mit meckerndem Lachen hervor. »Ich hätte sie vernünftig eingesperrt.« Er gewann Spaß an dem Thema. »Nur ein Narr schenkt einer Hure die Freiheit. Man kann Huren nämlich nicht trauen, weißt du ... die vögeln einfach jeden.«

Als Trey zurückrollte, spürte Jake eine plötzliche, belebende Welle der Freude. Die hellen, silbrigen Augen waren nicht mehr träge halbgeschlossen, noch wirkten sie belustigt. Sie waren böse vor Wut, wie Jake sofort erfreut über seine Strategie und in Erwartung seiner lang erhofften Rache bemerkte. Endlich hatte er Blut geleckt. »Ich hätte sie ans Bett gefesselt und dafür gesorgt, daß sie mir zu Gefallen war«, fuhr er fort, um Salz in die Wunde zu streuen. »Ihr Rothäute seid noch blöder als ich gedacht habe.«

Adrenalin begann, Treys Körper zu durchschießen. Zum ersten Mal sah er nun die Waffe wenige Zentimeter von sich entfernt und konzentrierte sich darauf. Die Gewalt seiner Gefühle sengte die Lethargie fort, und sein Verstand tauchte Stück für Stück wieder auf. Die Pistole zittert, bemerkte er nun mit gespannter Aufmerksamkeit. Als sei er aus einem zehnjährigen Schlaf erwacht, erkannte er den schwankenden Körper seines Feindes. Jake Poltrain hatte unbewußt eine Grenze überschritten und verbotenes Gebiet betreten.

Treys Gefühle für Empress, wie unerklärlich auch immer, waren sein persönlicher Besitz, und niemandem, besonders nicht Jake Poltrain, war es gestattet, diesen Besitz zu entweihen. Nun beherrschten wilde Gefühle Treys Gedanken, keine kalte Vernunft, und die Vorstellung, wie Jake Poltrain Empress berührte und sie sich zu eigen machte, war für ihn unerträglich. Treys Bedürfnis nach Rache, der zwingende Impuls, zu strafen, mit dem er seit Tagen schon rang, bekam ein neues Ziel. Rasch überlegte er, ob er in seiner von Opium beeinflußten Trägheit in der Lage sein würde, einer Kugel auszuweichen. Treys Blick fuhr wieder hoch zu der zitternden Hand, die den 45er hielt, und dann erschien in seinem schmalen, bronzenen Gesicht die Spur eines Lächelns. Er hatte eine verdammt gute Chance.

»Du konntest sie also nicht halten«, höhnte Jake. Sein Gesicht war von Rache und Triumph gerötet. Sein schwerer Atem durchdrang das stille Zimmer. »Falls ich sie treffe, nachdem du dich hier verabschiedet hast, küsse ich sie an ihrer süßesten Stelle, um sie an dich zu erinnern.« Falls es möglich war, vor Erfolg zu strahlen, hätte Jake den gesamten Raum hell erleuchtet.

Trey erkannte, was Jake mit ihm vorhatte, war sich der Irrationalität seines eigenen Tuns bewußt und begriff sogar, daß Jakes Hetze bloße Worte waren und ignoriert werden konnten, falls seine Gefühle es zuließen.

Aber das taten sie nicht ... weil Empress entgegen alle Vernunft immer noch *sein* Besitz war. »Drück ab, Jake«, forderte Trey leise, »wenn du sie willst, weil das der einzige Weg ist, ihr jemals nahe zu kommen.« In dem dämmrigen Raum stand Empress plötzlich zwischen ihnen: lebendig und echt, ein Traumbild, üppig, verlockend, auf einen Kuß wartend. Sie trat einen Schritt näher. »Neiiiiin!« schrie Trey instinktiv, rollte sich vom Sofa und stürzte sich auf Jake.

Jake Poltrain stellte sich immer nur sicheren Situationen. Mit einem Revolver auf einen unbewaffneten Mann dicht vor ihm zu zielen, bot genau die Sicherheit, die er bevorzugte. Auf etwas anderes war er nicht vorbereitet. Er war von Treys Waghalsigkeit verwirrt, und sein vom Opium benebelter Verstand versuchte zu reagieren. Doch seine Reflexe waren zu langsam, und das gab Trey den halben Herzschlag Vorsprung, den er brauchte, ehe Jake abdrückte.

Als Trey sprang und an Jakes Beinen riß, blitzte die Pistole auf. Jake taumelte unter Treys Gewicht zurück, geriet aus dem Gleichgewicht und ließ den Revolver fallen. Jake versuchte, nach der Waffe zu greifen, die unter einen niedrigen, lackierten Stuhl gerutscht war, aber Trey ignorierte sie. Er ignorierte, daß das Blut ihm in einem dünnen Rinnsal übers Gesicht zu laufen begann, ignorierte Waffe und Wunde und verfolgte nur wie unter Zwang sein Ziel. Er reagierte völlig instinktiv und archaisch in seinem Entschluß, dafür zu sorgen, daß Jake Poltrain niemals seine Hand an Empress legte. Wie ein Wahnsinniger, von einem einzigen barbarischen Impuls besessen, stürzte sich Trey auf Jake.

Jake wehrte sich heftig, drehte und wand sich schützend und kämpfte wild mit den Armen und Beinen. Unter normalen Umständen hätte er den Gegner abgeschüttelt, da er erheblich schwerer war und Trey an Gewicht verloren hatte. Sie rollten über den Teppich, einen Blutstreifen hinterlassend, während Trey Jakes Fäuste und Tritt abwehrte oder mit einem Stöhnen hinnahm. Er war praktisch ungeschützt, da er nur die Seidenhosen trug und das Blut sein linkes Auge behinderte, aber wie besessen versuchte er, Jakes massigen Hals zu packen. Er griff nach ihm, verfehlte ihn, nahm hämmernde Hiebe und gewaltige Tritte hin.

Jake schüttelte seinen Angreifer ab, stieß ihn zur Seite und bearbeitete ihn mit gemeinen Schlägen.

Aber Trey ließ nicht nach. Seine langknochigen Hände suchten wie mächtige Klauen gnadenlos die Beute. Endlich schlossen sie sich trotz des ungeheuren Widerstands um Jakes Hals und konnten nicht mehr abgeschüttelt werden, egal wie panisch Jake sich wehrte. Die Finger verzahnten sich ineinander und drückten unaufhaltsam zu wie eine Maschine, die einmal in Gang gesetzt ist. Treys Blut tropfte in steter Regelmäßigkeit auf das Gesicht unter ihm, eine makabre Begleitung zum Sterben. Jakes Gesicht lief erst rot, dann blau und schließlich gräßlich lila an. Seine erstickten Laute röchelten dumpf durch den seidenverhangenen Raum. Trey war losgelöst von allen Sinneseindrücken und vom Leben selbst, das unter seinen Händen verlöschte. Nur der machtvolle, blutige Akt des Tötens war für ihn real, das notwenige Erledigen von Jake Poltrain.

Er war nicht mehr bei Sinnen — falls er das je gewesen war, seit das Opium seine Wirkung gezeigt hatte. Nun war ihm außerdem schwindelig vom Blutverlust, aber er preßte nach wie vor Jakes Kehle zu, bis seine Arme vor Anstrengung unkontrolliert zitterten. Selbst dann noch hielt er den Würgegriff bei — besessen von dem blindwütigen Wunsch, dafür zu sorgen, daß Empress niemals von Jake berührt würde.

Vielleicht war es der Duft der Räucherstäbchen, der aus der Kohlenpfanne zu ihm drang, der ihn veranlaßte, den Griff zu lockern. Egal, welche Botschaft in sein Gehirn vordrang, er ließ los und erhob sich langsam, indem er jeden Muskel einzeln streckte. Dann trat er über Jake Poltrains Leiche hinweg und fiel schwer in die Kissen.

Er blieb in den weichen Polstern liegen, bis der Schwindel verging, und wischte sich dann am Vorhang hinter sich das Blut aus dem Gesicht. Nun konnte er wieder sehen, und er überlegte kurz, vor den Spiegel zu treten, um seine Wunden zu begutachten. Doch dann beschloß er, lieber Empress zu sehen, wie sie ihn freudig willkommen hieß. Er stützte sich auf einen Ellbogen. Sein Atem ging nun wieder ruhiger. Langsam und mühsam legte er das klebrige Harz in die kleine Schale, zündete es an und nahm den ersten Zug aus der langstieligen Pfeife. Dann lehnte er sich in die Seidenkissen zurück und ließ die Droge ihre Wunder vollbringen, sah das vertraute goldene Schimmern, und dann winkte ihm Empress zu. Diesmal war sie weiter entfernt, halb auf einem verschneiten Berg, aber Krokusse schoben sich bereits durch die frostigen Eiskristalle. Sie lächelte ihn an und rief seinen Namen. Er griff wieder nach der Pfeife, um sie näher heranzuholen.

Koo kümmerte sich stets selbst um seine wichtigsten Kunden, um zu sehen, daß sie wohlversorgt und zufrieden waren. Als der verstümmelte Leichnam aus dem Salon weggeschafft worden und die Ordnung wieder hergestellt war, nahm er seinen normalen Rundgang wieder auf. Entsetzt bemerkte er nun die unbewachte Tür, als er sich Treys Zimmer näherte. Dann sah er beunruhigt, daß sie halb geöffnet war, und begann im Geiste bereits die Katastrophe abzuschätzen. Hazards Anweisung war eindeutig gewesen: Sein Sohn sollte alles bekommen, was er wünschte, und dürfe keinen einzigen Moment unbewacht bleiben.

Wie weit würde Hazards Rache gehen? dachte Koo unbehaglich, als er die Tür aufstieß und sich in den Raum schob. Auf den ersten Blick war klar, daß Jake Poltrain tot war, und voll Angst betrachtete er Treys blutverschmierten, zurückgelehnten Körper. Es dauerte einen Moment, bis er das schwache Heben und Senken der Brust in dem dämmrigen Raum erkennen konnte. Vorsichtig näherte sich Koo dem Diwan. Immerhin war Trey noch am Leben. Rasch verließ er den Raum, verschloß sorgfältig die Tür hinter sich und schickte einen Diener in höchster Eile zum Arzt.

Eine Stunde später, nachdem man Trey gewaschen und verbunden hatte und der Arzt Koo zum zehnten Mal versichert hatte, daß Treys Wunde nur ein Streifschuß war und in keiner Weise bedrohlich, schickte der Chinese eine Nachricht an Hazard. Dann bewachte er den Raum bis zu dessen Ankunft persönlich.

Hazard rannte, dicht gefolgt von Blue und Fox, im Sturmschritt die Treppe herauf. »Wie geht es ihm?« schnauzte er Koo an. Er war auf das Schlimmste gefaßt, seit er die wirre Nachricht von Koos Diener bekommen hatte, in der von dem Arzt, einer Schießerei und Jake Poltrain die Rede gewesen war.

»Es geht ihm gut«, antwortete Koo rasch. »Sehr gut.« Seine eilige Versicherung sollte ihn vor Hazards ungestümer Reaktion schützen. »Jake Poltrain liegt als Leiche da drinnen, aber außer dem Arzt und mir selbst hat niemand den Raum betreten«, fügte er nach einem kurzen Blick in Hazards Gesicht rasch hinzu. Im stillen dankte Koo seinen Ahnen, daß sie ihn wieder einmal vor Unglück beschützt hatten. Hazards finstere Miene hätte ihm sämtliche Dämonen der Hölle auf den Hals hetzen können.

Wortlos schob sich Hazard an Koo vorbei, betrat den Raum und schloß die Tür hinter sich. Er war naß vom Regen. Sein Tweedjackett roch nach schottischem Moorland. Das Haar fiel ihm glatt und glänzend auf die Schultern. Er fegte es ungeduldig hinter die Ohren und kniff in dem dunklen Raum die Augen zusammen. Sein Herz klopfte immer noch vor Angst, die ihn während der ganzen Zugfahrt begleitet hatte. Als sie Helena erreichten, war der Wassertank der Lokomotive rotglühend gewesen. Koos Worte hatten diese Furcht besänftigt. Sein Sohn war nicht tot. Dafür sprach er nun ein stummes Gebet zu *Ah-badt-dadt-deah.*

Beim leisen Geräusch der Türklinke öffnete Trey die Augen. Er erblickte seinen Vater und sagte lächelnd: »Hallo, Vater.«

Hazard war einen Moment lang erschrocken über Treys Aussehen, doch als er sprach, verriet seine Stimme diese Sorge nicht: »Wie geht es dir?« fragte er, den Leichnam auf dem Boden ignorierend und überwältigt vor Erleichterung, daß Trey noch lebte. Sein Sohn war sichtlich dünner, und die markanten Wangenknochen betonten das intensive Glänzen der Augen im Schein der Kohlenpfanne. Er lehnte träge und barfuß in den Kissen, als habe er nicht vor kurzer Zeit um sein Leben kämpfen müssen, ungerührt von dem Leichnam in nur einem Meter Entfernung. »Wie geht es dir?« wiederholte Hazard leise.

»Gut«, antwortete Trey. Ein abwesendes Lächeln umspielte seine Mundwinkel. »Möchtest du auch etwas von diesem süßen Vergessen probieren?«

Hazard schüttelte den Kopf. Sein Haar glänzte bei der Bewegung auf. »Deine Muter möchte dich gern sehen. Sie hat sich Sorgen gemacht.« Hazard hatte sich nun schon tagelang gegen Blazes brennenden Wunsch gewehrt, sich einzumischen. »Sie würde dich gern wieder zu Hause sehen.«

Trey rollte sich träge herum und griff nach der Zeitung unter dem lackierten Sofa. »Ich bin noch zu retten«, nuschelte er, indem er sich wieder bequem hinbettete.

»Ich weiß«, erwiderte sein Vater ruhig und erfahren. Opiumhöllen gab es seit Menschengedenken in allen möglichen Variationen, von der übelsten bis zur luxuriösesten Höhle. Sie versorgten alle, denen an Flucht und Vergnügen gelegen war. Hazard hatte letzten Winter mit der Gruppe um den Prinzen von Wales in Paris gelebt, wo die Nächte stets in einem luxuriösen Opiumpalast endeten — ein spielerisches Vergnügen für die Reichen der Welt. »Deine Mutter hat Angst um dich«, endete er leise.

»Hier«, sagte Trey und hielt ihm die Seite hin. »Ich habe mir eine Woche gegönnt, um alle schwarzen Dämonen loszuwerden.« Und um Empress zu sehen, dachte er, in den Opiumträumen, in denen sie so echt wirkte. Es schien dann, als könne er ihr seidiges Haar und ihre warme Haut berühren. Diese Gefühle boten ihm einen gewissen Trost, der seine Wut milderte. »Ich wollte morgen wieder heimkommen.«

Hazard nahm die Zeitung entgegen und blickte auf die unterstrichenen Zeilen in dem Buchstabengewirr, ehe er sie auf ein nahes Tischchen legte. »Ich glaube, ein Tag früher würde deine Mutter unendlich beruhigen.« In seiner gelassenen, tiefen Stimme schwang Autorität mit, obwohl er seine Worte diplomatisch gewählt hatte. »Außerdem«, fügte er hinzu, während seine dunklen Augen kurz über Jakes Leichnam zuckten, »haben wir das Problem ... hier etwas loswerden zu müssen.«

»Er hat auf mich gezielt.« Dieser sparsame Satz war gleichzeitig Erklärung und Rechtfertigung.

»Das war offensichtlich ein Fehler«, erwiderte Hazard trocken.

»Es bringt aber das Adrenalin in Schwung«, meinte Trey und richtete sich zum Sitzen auf. Dann dehnte er die langen Finger, blickte zu seinem Vater hoch und sagte leise: »Ich hatte keine andere Wahl ... er wollte mich umbringen, ganz einfach ermorden.«

»Ich hätte vermutlich das gleiche getan, und zwar blutrünstiger«, gab Hazard zurück. Sein dunkler Blick ruhte auf seinem einzigen Kind. Trey lebte, und dafür hätte er seine Seele verkauft und ein Dutzend Jake Poltrains getötet.

»Ich habe noch nie einen Menschen mit bloßen Händen erdrosselt . . .«

Trey flüsterte jetzt nur noch, nun, da es vorbei war, nun, da der wilde, unbezähmbare Zorn gewichen war.

Das Leben ist heutzutage viel komplizierter, seufzte Hazard bei sich, weil er den Widerwillen in Treys Stimme hörte. Viel komplizierter als zu seiner Zeit. In jenen Tagen galt es als Ehrensache, Rache an jemandem wie Jake Poltrain zu üben.

»Manche Männer leben länger als nötig«, murmelte Hazard. In seinen Augen erlaubte es das Gesetz des weißen Mannes zu oft, daß Menschen weiterlebten, die es nicht verdienten.

»Er hat widerliche Dinge über Empress gesagt«, erklärte Trey, und vor seinem inneren Auge tauchten Bilder von Empress und Jake auf. Er atmete tief durch, um seine Nerven zu beruhigen.

»Du vermißt sie.« Das war keine Frage.

Treys Lippen verzogen sich zu einem schmalen Lächeln. »Mehr als ich erwartet habe. Ich habe noch nie vorher eine Frau vermißt.«

Hazard betrachtete die Auswirkungen dieser Woche auf Trey: Die verbundene Wunde an seinem Kopf, das Blut, das man vergessen hatte, von seinen Füßen zu waschen, und sagte sehr leise: »Wenn dir an meinem väterlichen Rat etwas liegt . . .«

Trey zuckte die Achseln — nicht trotzig, sondern resigniert. »Warum nicht? Die letzten Tage waren für mich nicht gerade ein rauschender Erfolg.«

»Du solltest ihr hinterherfahren. Ich habe deine Mutter auch verfolgt.«

»Das ist nicht das gleiche«, erwiderte Trey und schüttelte heftig den Kopf, ehe der Schmerz ihn an die Wunde erinnerte. »Mutter ist fortgefahren, weil sie dich für tot hielt. Das ist verständlich. Empress hingegen sah bloß, wie die Millionen der Braddock-Blacks außer Reichweite verschwanden. Da ging es wohl kaum um Liebe, Vater.«

»Valerie ist eine gerissene, boshafte Frau«, erinnerte ihn Hazard. »Das hast du wohl hoffentlich in Betracht gezogen.«

»Selbstverständlich«, entgegnete Trey müde. »Abgesehen

von tausend anderen Möglichkeiten … aber keine davon erklärt, warum Empress nicht geschrieben hat. Sie hätte nur einen einzigen Tag zu warten brauchen, bis ich vom Gericht wieder da war. Das ist doch nicht zuviel verlangt.« Wieder zuckte er die Achseln. »Sie wollte mein Geld. Was kann ich dazu sagen? Und Valerie hat ihr klargemacht, daß sie mit Zähnen und Klauen dafür kämpfen wird, es zu behalten. Daher beschloß Empress Jordan, eine immens praktisch veranlagte Frau, sich nach einem lukrativeren Weidegrund umzusehen. Man sollte niemals«, fügte Trey mit eisigem Zynismus hinzu, »den Nistinstinkt einer Frau unterschätzen.«

Daß Frauen hinter seinem Geld her waren, war für ihn nichts Neues. Er hatte sich schon vor langer Zeit mit der aphrodisiakischen Wirkung eines Vermögens abgefunden. Aber bei Empress schien es alles anders gewesen zu sein. Aber wie anders? dachte er grimmig in der nächsten Sekunde. Hölle, sie brauchte Geld, und zwar viel dringender als die meisten reichen jungen Damen, mit denen er sich gewöhnlich abgab.

»Danke, Vater«, sagte er dann höflich, sich schließlich mit dem Unvermeidlichen abfindend, »für deine Sorge, aber ich habe mir das alles gründlich überlegt.« Er seufzte. »Es gibt keine andere Erklärung für ihr Schweigen.«

Hazards erster Impuls als Vater war es, zu sagen: »Willst du, daß ich sie dir wiederbringe?« Bei den Absarokee hatte es immerhin lange als Tradition gegolten, Frauen zur Ehe zu entführen. Aber er unterdrückte diesen Impuls als anachronistisch, obwohl er als Mann der Tat dieses Vorgehen vernünftig gefunden hätte. Zumindest wäre dann ein für alle Mal die Frage nach ihrem Schweigen beantwortet. Aber im Laufe der Jahre hatte er gelernt, sich an die sogenannten zivilisierten Sitten anzupassen, und eine Entführung als Form der Brautwerbung würde vermutlich mißbilligt. Außerdem wußte er, daß er sich auch als liebender Vater nicht in die Belange seines erwachsenen Sohnes einmischen durfte.

Er legte seinem Sohn eine Hand auf die Schulter. »Komm nach Hause«, sagte er sanft. »Deine Mutter wartet auf dich.«

Als sie ein paar Minuten später das Zimmer verließen,

trug Trey seine ledernen Reithosen und ein Leinenhemd. Höflich dankte er Koo, der unten in der Halle auf ihn wartete.

Hazard sagte jedoch mit kühlem Blick und verschlossener Miene: »Würden Sie bitte so freundlich sein und dafür sorgen, daß alles da oben erledigt wird. Dafür wäre ich sehr dankbar.«

Koo nickte unterwürfig und begriff, daß er einen Preis dafür nennen konnte, ohne dafür auf Widerstand zu stoßen, daß aber von ihm Schweigen erwartet würde. Er war ein ausgesprochen taktvoller, kluger Mensch und antwortete beflissen: »Betrachten Sie die Angelegenheit als erledigt, Mr. Black.«

Am folgenden Tag reiste Trey mit seiner Familie ins Sommerlager seiner Vorfahren. Oben in den Bergen, umgeben von seinen Freunden, die ihn drängten und aufforderten, an den Jagden, den Pferderennen und den ausgelassenen Festen des Sommers teilzunehmen, blieb ihm keine Zeit zum Grübeln. Nach einer Woche fastete er ein paar Tage allein auf dem Bärenberg und bat ›Das kleine Volk‹, ihm helfen, zu vergessen und ihm Trost zu spenden.

Am dritten Tag hatte er lebhafte Visionen voller symbolischer Bilder. Er sah Empress' Geschwister auf riesigen, rotschwänzigen Falken reiten, die sich vor seinen Augen in Bergponys verwandelten. Empress selbst trug Cowboykleider und saß ihm am Lagerfeuer gegenüber. Aber es steckten funkelnde Brillanten in ihren Ohren, und als er die Hand nach ihr ausstreckte, um sie zu berühren, löste sie sich auf und wurde durch Valerie ersetzt. ›Das kleine Volk‹ nahm ihn bei der Hand und tröstete ihn, als er vor Kummer aufbrüllte. Sie besänftigten seinen Groll und stärkten seine Kräfte. In mythischen Gewändern durchzogen sie seine Träume, erinnerten ihn an sein Erbe und seinen Glauben. Endlich begriff Trey durch seine Visionen und das Leben auf dem Bärenberg in der brennenden Hitze des Tages und der kalten Schönheit der sternenerhellten Nächte, daß ein Mensch nur durch innere Werte kostbar wurde. Langsam wuchsen Vergessen und Verständnis.

Am fünften Tag kehrte Trey geläutert vom Berg zurück und wurde von seinem Stamm und seiner Familie mit offenen Armen aufgenommen. Er fand das Vergessen von Empress zwar nicht leichter, aber er betrachtete die Zeit als heilsame Kraft. Den ganzen Sommer blieb er in den Bergen und half seinen zwei Halbbrüdern beim Hüten der Pferdeherden des Vaters, die man auf die kühleren Bergweiden getrieben hatte. Nur mit seinen Reithosen bekleidet und mit fliegendem langem Haar gewann er sämtliche Rennen auf Rally, wie jeden Sommer. Und die Siege bereiteten ihm Freude. Er verbrachte allerdings mehr Zeit als gewöhnlich mit Rally, doch sein Clan begriff, daß er sich das Herz nach einer Frau verzehrte und Einsamkeit brauchte.

Am Ende des Sommers war Trey körperlich und seelisch gekräftigt. Er war noch nie in besserer körperlicher Verfassung gewesen. Für die Außenwelt hatte der junge, schöne, wohlhabende Mann alles, was man sich wünschen konnte — außer der Frau, die er heiraten wollte.

# Kapitel 18

Mitte September wurde Trey vorzeitig nach Hause gerufen, weil Valerie eine Tochter zur Welt gebracht hatte. Das Kind war eindeutig ein Halbblut, und Valerie weigerte sich vom ersten Augenblick an, sie zu berühren. Sie rief sofort die Ranch an und teilte ihnen mit, sie ließe das Kind sofort hinüberbringen. Nach mehreren Anrufen machte man eine Amme ausfindig, und als das namenlose Kind eintraf, hatte Blaze schon die Kinderstube hergerichtet.

Am folgenden Tag kam Trey aus dem Sommerlager zurück. Als er einen ersten Blick auf den winzigen Säugling warf, der in seiner rose ausgekleideten Wiege lag, war er auf der Stelle verzaubert. Die Kleine starrte ihn aus riesigen Augen an, gurgelte und krähte, und als sie ihn unsicher anlächelte, war Trey von der starken Ausstrahlung des Kindes hingerissen.

»Sie ist sehr aufgeweckt«, sagte Blaze, die neben Trey stand. »Die meisten Babys lächeln erst viel später.«

»Du klingst ganz wie eine stolze Großmutter«, neckte Trey sie.

»Sie braucht uns«, erwiderte Blaze leise und deutete damit taktvoll an, daß die Stewarts das Kind ablehnten.

»Sie hat mich, das kann ich dir versichern. So eine kleine Herzensbrecherin.« Trey strich ihr zärtlich über den weichen Haarflaum. »Hat sie schon einen Namen?«

»Nein, noch nicht . . . wir wollten warten, bis du wieder hier warst.«

»Hat Valerie nicht . . .?«

Blaze schüttelte den Kopf.

»Die verfluchte Schlampe«, murmelte Trey.

»Ihre Persönlichkeit hat gewisse unangenehme Züge«, stimmte Blaze sarkastisch zu, lächelte dann aber spontan, als das Baby seine rosenknospenartigen Lippen schmatzend bewegte wie ein kleiner, hungriger Vogel.

»Sie hat schon wieder Hunger«, sagte sie. »Ist sie nicht süß?«

»Meinst du . . . ich meine . . . soll ich . . .?« Trey versagte die Stimme, weil die Versorgung von Säuglingen ganz und gar nicht in seinen Erfahrungsbereich fiel.

Aber in den kommenden Tagen und Wochen verbrachte er viele Stunden in der Kinderstube und lernte, sich um seine kleine Pflegetochter zu kümmern.

Man nannte sie Belle, weil Hazard auf diesem Namen bestand.

»Wir stimmen nur zu, weil du ein herrschsüchtiger Tyrann bist«, zog Blaze ihn auf, als man die Namensgebung besprach.

»Das ist richtig, Mutter«, hatte Trey grienend bestätigt. »Du weißt doch, wie er schmollt, wenn etwas nicht nach seiner Nase geht.«

»Sehr lustig«, hatte Hazard mit gespielter Entrüstung gesagt. »Belle ist doch ein schöner Name.«

»Wenn man ein Bühnenstar ist«, hatte Blaze gemeint.

»Oder eine Rodeoreiterin«, hatte Trey feixend hinzugefügt.

»Ihr beiden könnt den zweiten Namen bestimmen«, hatte Hazard ungerührt vorgeschlagen. Ihm waren solche Frotzeleien vertraut.

»Wie großzügig von dir«, hatte Trey mit hochgezogenen Brauen gegrinst.

»Großzügigkeit ist einer der herausragendsten Eigenschaften deines Vaters.«

Hazard hatte sich tatsächlich durchgesetzt, wogegen Blaze und ihr Sohn allerdings nichts hatten. Der Name Belle klang zwar dramatisch, aber gleichzeitig zärtlich und liebevoll. Obendrein versprach die Kleine, sehr hübsch zu werden. Dieses ungewollte Kind, das Treys Leben, Empress' Zukunft und Valeries Bankkonto so drastisch beeinflußt hatte, wurde nun zum absoluten Mittelpunkt der Aufmerksamkeit aller Ranchbewohner.

Hazard ließ ein fünfzigteiliges Silberbesteck anfertigen, in das ihr Name eingraviert war, und ein stämmiges kleines Pony wurde für ihren ersten Ausritt trainiert. Blaze ließ die Kinderstube neu herrichten und aus Paris eine königliche Erstausstattung schicken, während Trey sich allmählich in den Feinheiten auskannte, ob man Haferbrei oder Apfelmus als erste feste Speise in einen Babymund löffeln durfte. Und Belle Julia (nach Treys Lieblingsgedicht von Herrick) wuchs und gedieh.

Die acht Monate seines ehelichen Knebelvertrages waren vorbei, als Belle einen Monat alt war, und genau an diesem Tag ersuchte Trey Valerie um die Scheidung.

Er besuchte sie spät an einem Nachmittag. Den Zeitpunkt zwischen dem Tee und dem Abendessen wählte er absichtlich, weil Valerie dann vermutlich zu Hause sein würde.

Sie trug noch ihr Nachmittagsgewand, ein hellrosa Chiffonkleid mit einer fließenden Spitzenborte, die einen schmeichelnden Hintergrund für ihre dunkle Schönheit bildete. Sie blickte gelassen hoch, als Trey hereinkam. »Das ist wohl kein normaler Besuch?« stellte sie gedehnt fest und neigte den Kopf leicht zur Seite, um ihn zu betrachten. Trey trug seine staubigen Arbeitskleider: Eine Lederjacke und -weste über einem schweißdurchtränkten Baumwollhemd.

305

Seine Stiefel und Hosenbeine waren von feinem hellgrauem Staub überzogen.

»Wir legen in der Tracyvillegrube neue Leitungen«, sagte er, während er sie in ihrer eleganten Pose auf dem Damastsofa musterte. »Manche Leute arbeiten für ihr Geld.«

»Andere aber nicht«, erwiderte sie mit heiterem Lächeln.

»Wie üblich stimmen wir überein«, gab Trey trocken zurück. Er blieb am Eingang zum Salon stehen, weil er nicht die geringste Absicht hatte, länger als nötig zu bleiben.

»Du bist immer so abweisend, Trey, mein Liebling. Ich weiß, daß du eigentlich ganz anders sein kannst ... setz dich doch und entspann dich. Laß uns über die alten Zeiten sprechen«, flötete sie und machte eine anmutige Handbewegung zu einem nahen Sessel.

Ihre Verlogenheit reizte seine Nerven. »Ich will eine Scheidung«, sagte er unverblümt. An geheuchelten gesellschaftlichen Formen war er nicht interessiert.

»Nein.« Ihre Stimme klang milde, ihr Gesichtausdruck war friedlich. Sie griff nach einem Glas Sherry, das in der Sonne funkelnd auf einem kleinen, geschmacklosen Tisch stand, der einem Schwan nachgebildet war.

»Nein? Du mußt dir den Tod wünschen«, gab er leise zurück. Er dachte, ein mächtiger Hieb mit diesem Schwanenhals, und all seine Probleme wären gelöst.

»Ich genieße es, Mrs. Braddock-Black zu sein.« Sie nippte an ihrem Sherry und sagte mit einer Haltung, die ihn zunehmend in Rage brachte: »Möchtest du ein Glas? Es ist sehr guter Portugieser.«

»Ich trinke keinen Sherry, und wenn ich Sherry tränke, dann niemals mit dir«, erwiderte Trey mit mühsamer Selbstbeherrschung. Eine Weigerung hatte er nicht erwartet. »Du hast die Abmachung unterzeichnet.« Seine Worte waren von arktischer Kälte.

»Die habe ich zerrissen.«

»Sei doch nicht dumm«, schnappte er zurück. »Wir haben natürlich eine Kopie.«

Ihr Lächeln spiegelte reinste Unschuld. »Dann werde ich behaupten, es sei eine Fälschung.«

Gütiger Gott, dachte er angeekelt. »Du gibst nie auf, nicht wahr?«

Da veränderte sich ihr Lächeln, und einen Moment lang zeigte sich ihr Zorn. »Es ist zu schön, um es einfach aufzugeben«, sagte sie gedehnt, »nein ... ich glaube, das tue ich nicht.«

Wie befriedigend es wäre, blitzte es durch seine Gedanken, ihr das Lächeln aus dem Gesicht zu prügeln. Er spürte, wie sich sein Rücken unter dem durchgeschwitzten Hemd versteifte. »Ich habe deine Gier stets unterschätzt«, gab er zu. Seine Silberaugen glitzerten wie Eis.

»Dann bin ich also im Vorteil«, nickte sie zufrieden.

»Das ist hier kein Spiel, Valerie.«

»Aber sicher, mein Schatz.« In ihrer kehligen Stimme lag eine Spur Herausforderung. Trey hatte stets das Wilde in ihr angesprochen. Er erinnerte sie oft, und besonders jetzt, so staubüberkrustet und in Leder gekleidet, an ein Tier — an ein großes, dunkles Raubtier — ein erregendes Tier ... das ihr nicht mehr gehörte. Und ihn zu demütigen machte ihr Spaß.

»Wenn wir über Spielchen reden, überlassen wir sie lieber den Anwälten«, entschied Trey nun. »Ich spreche dich wieder, wenn wir die Vorrunden hinter uns gebracht haben.«

Damit ging er.


Hazard hatte am nächsten Tag eine Unterredung mit Stewart und erinnerte ihn daran, welche Dokumente sie noch vor der Hochzeit unterzeichnet hatten.

Duncan wich ihm aus.

Wie ärgerlich, dachte Hazard, von diesem dicklichen, alternden Mann hingehalten zu werden.

»Ich werde Ihre Zeit nicht lange in Anspruch nehmen, Duncan«, fuhr er fort. »Warum entscheiden Sie und Ihre Tochter nicht, was Sie brauchen, um, sagen wir, Montana zu verlassen. Lassen Sie die Zahlen von Ihrem Steuerberater durchgeben, und wir sprechen uns wieder.«

Die erste Runde begann. Duncan und Valerie hatten voller Gier gefunden, sich beim ersten Mal zu billig verkauft zu haben. Ein wenig Druck würde nicht schaden.

Hazard wollte keine Probleme mit Belle, daher machte er den Stewarts Zugeständnisse . . . bis zu einem gewissen Punkt jedenfalls.

»Bring sie um«, sagte Trey eines Morgens voll Abscheu, und Hazard blickte von einem Brief auf, den er gerade noch einmal durchgelesen hatte. Darin wurde vorgeschlagen, daß Duncan zum rechtmäßigen Vormund von Valeries Kind ernannt würde.

»Wunschdenken«, fügte Trey seufzend auf den Blick seines Vaters hinzu. »Scheint so, als würden sich die Verhandlungen eine Weile hinziehen.«

Hazard lehnte sich in seinem Stuhl zurück und zog eine leichte Grimasse. »Das fürchte ich auch, aber Leute wie die Stewarts sind käuflich — es geht nur um den richtigen Preis.«

»Das sehe ich auch so, aber ich hasse diese Feilscherei. Wie geht es Belle heute morgen?«

»Mutter und ich haben uns gestritten, wer sie beim Frühstück füttern darf. Ich habe gewonnen«, sagte er mit amüsiertem Zwinkern. »Belle genoß die Aufmerksamkeit und hat uns den Haferbrei wieder geschenkt . . .«

Mit seiner Hand zeigte er auf den Flecken auf seinem Hemd.

»Und meine heiße Schokolade im Becher mochte sie lieber als das Fläschchen. Es geht ihr großartig.« Egal, wie trüb seine Stimmung war, Belle gelang es immer, ein Lächeln auf seine Züge zu zaubern.

»Ich freue mich zu hören, daß unsere kleine Sarah Bernhardt euch beide so erfreut«, erwiderte Hazard grinsend. »Sie tut deiner Mutter gut . . . wir haben schon lange kein Baby mehr im Haus gehabt.«

»Ich glaube aber nicht, daß wir die Ballettschuhe schon brauchen. Und dein Pony übrigens auch nicht«, bemerkte Trey mit funkelnden Augen.

»Hab' Geduld mit uns«, erwiderte sein Vater gelassen. »Es ist so lange her, seit wir ein so kleines Kind im Haus hatten, das wir verwöhnen konnten. Als Daisy zu uns kam, nachdem ...« Er hielt inne und dachte an seine beiden Töchter, die er so jung verloren hatte, und daß er eigentlich nie gelernt hatte, ohne sie zu leben. Als er fortfuhr, klang seine Stimme weicher: »War sie fast schon erwachsen.«

Trey kannte die Verzweiflung seines Vaters. Er erinnerte sich an die Trauer seiner Kindheit und wie er seinen Vater zum ersten Mal hatte weinen gesehen. Das hatte sich unauslöschlich in sein Gedächtnis eingegraben. »Mutter hat die volle Verantwortung, und ich füge mich ihr«, lächelte er.

»Obendrein muß ich mich mächtig bei ihr einschmeicheln, Vater. Und wenn es zum echten Kampf kommen sollte, würde ich nicht darauf wetten, daß ich gewinne.«

»Eigenwilligkeit ist eine der charmantesten Eigenschaften deiner Mutter«, meinte Hazard liebevoll. »Und ich stimme mit dir überein, daß sie es mit einer ganzen Armee aufnehmen kann.«

»Aber immerhin sind diese ganze Aufregung und die Probleme es wert, daß wir Belle haben ... nicht, daß ich das Valerie jemals verraten würde.« Trey streckte sich, um die Versteifungen im Nacken und Rücken zu lockern. Seine Frustration verschwand, als seine Gedanken sich um Belle drehten. »Valerie hat keine Ahnung, daß sie mir eine ganze Reihe von unbekannten Fähigkeiten eröffnet hat«, sagte er fröhlich und ließ sich tiefer in den Sessel gegenüber seinem Vater sinken. »Ich weiß jetzt nicht nur, wie man Windeln wechselt und Babys füttert, sondern man denke auch an die Ausweitung meiner üblichen Konversation. Statt einfach nur zu fragen: ›Wie geht es den Kindern?‹ und in angemessenen Abständen zu nicken, kann ich nun Erfahrungen austauschen und Rat anbieten.« Er grinste. »Was würden die Arabella McGinnises dieser Welt wohl dazu sagen?«

»Was sie zu jedem Thema zu sagen haben«, erwiderte Hazard trocken. »Wie faszinierend. Gefallen Ihnen meine neuen Ohrringe?«

»Oder mein neues Kleid, meine neue Schneiderin, meine neue Frisur ... vergiß das nicht — und auch nicht, daß ich ihnen jemals zugehört habe.« Er blickte zu seinem Vater auf. »Du und Mutter, ihr unterhaltet euch richtig, nicht wahr?«

»Immer.« Hazards Stimme klang weich. »Sie ist meine beste Freundin.«

»Im Gegensatz zu meiner Frau«, erwiderte Trey sarkastisch, »die Freundschaft als ein Mittel zu einem höheren Scheck betrachtet und deren mütterliche Gefühle der Sorge ihres Vaters um die Stämme in den Reservaten gleichkommen. Denk daran, daß ich die volle Vormundschaft verlange«, erinnerte er seinen Vater mit Abscheu in der Stimme. »Es ist mir völlig egal, wieviel es mich kostet.«

»So, wie es aussieht«, gab Hazard eher konzentriert als feindselig zurück, »wollen sie die gesamte Grube am Lost Creek.«

»Eine Kugel wäre billiger«, knurrte Trey.

»Das wäre bedenkenswert«, antwortete sein Vater und zog die dunklen Brauen hoch.

Zwei Wochen später stellte sich heraus, daß jemand mit weniger Skrupeln Duncan Stewarts unwürdigem Leben ein Ende gesetzt hatte. Als Vertragshändler für die Indianerreservate, der den Agenten Vorräte verkaufte, war er zusammen mit seinen Kollegen des weitreichenden Betrugs angeklagt worden. Hemmungslos hatten sie nach einem großangelegten Plan sowohl Weiße als auch Indianer betrogen. Fünfzig Indianer waren im Juli an verdorbenen Nahrungsmitteln gestorben, zweihundert im vergangenen Winter in den Schwarzerde-Reservaten verhungert, weil sie nicht angemessen versorgt wurden, obwohl die Unterlagen der Regierung eindeutig ergaben, daß eine ausreichende Menge geliefert und auch bezahlt worden war. Es war üblich geworden, der Regierung den vollen Preis für die Lieferungen abzuverlangen und nur einen kleinen Anteil der Waren abzuliefern, um den Hauptanteil mit einem hübschen Gewinn zu verkaufen. Die Regierung hatte im Laufe der Jahre verschiedene Methoden der Versorgung ausprobiert, um die Korruption auszuschalten. Präsident Grant hatte die Quäker beauftragt, andere Zuständige die Militärbehörden oder Missionare anderer Glaubensrichtungen. Die verschiedenen Agenten und Vertragshändler hatten gewechselt, aber trotzdem waren die Riesenprofite zu verlockend, zu leicht zu erzielen, die Strafen zu unbedeutend, um die menschliche Gier nach Reichtum auszuschalten.

Als man Duncan fand, war er skalpiert und sein Mund mit fauligem Fleisch vollgestopft. Auf den ersten Blick wirkte sein Mord wie eine weitere Tat der Indianer, aber sowohl Hazard als auch Trey fiel auf, wie unfachmännisch die Skalpierung vorgenommen war, und sie folgten der gerichtlichen Untersuchung mit mehr als dem üblichen Interesse. Nach einer oberflächlichen Untersuchung gab der Sheriff es auf, nach dem Mörder zu suchen. Das Leben in den Grenzgebieten war gefährlich, und Duncan hatte sich zu seinen Lebzeiten viele Feinde geschaffen. Er war der Typ Mann, der seine Verbündeten verriet, um seine eigene Haut zu retten, und da die Untersuchungen diesmal über die örtliche Gerichtsbarkeit hinausgingen, hatte wohl jemand Angst bekommen, er würde reden.

Von der langen Liste von Duncans Feinden mußte der Mörder wohl jemand gewesen sein, dem er vertraute, schloß der Sheriff, da er aus nächster Nähe in den Hinterkopf geschossen worden war. Draußen im freien Gelände, wo man seine Leiche gefunden hatte, konnte sich niemand unentdeckt so dicht nähern, und Duncan hätte nie einen Indianer auf Schußweite an sich herangelassen, ohne selbst eine Waffe auf ihn zu richten.

Duncan war zumindest realistisch, wenn schon nichts anderes. Die Pulverspuren und der Schuß von hinten ließen auf jemanden schließen, der dicht hinter ihm geritten war.

Unter dem Vorwand, ihr Beileid auszusprechen, besuchte Arabella McGinnis eines Nachmittags Valerie kurz nach der Beerdigung. Sie waren nie befreundet gewesen, sondern eher Rivalinnen, weil sie beide wohlhabend und eitel waren und sich um denselben Ehekandidaten bemüht hatten. Treys Weigerung, den ehelichen Pflichten nachzugehen, hatte Arabellas Eifersucht auf Valeries Coup nur leicht gemildert. Um Mrs. Braddock-Black zu sein, hätte Arabella gern einen Mord begangen. Nun wollte sie einschätzen, inwieweit Treys Ehe durch den Tod von Valeries Vater beeinflußt würde.

Als Arabella den kleinen Salon auf der Rückseite des Hauses betrat, den Valerie mit bewußter Unhöflichkeit ausgesucht hatte, um sie zu empfangen, gurrt sie: »Was für ein charmanter Raum, Valerie. Dein Stil ist deutlich zu erkennen. Sind das wirklich Skulpturen von Blackmoor? Wie entzückend!« Sie wirbelte theatralisch und in angeblicher Wertschätzung durch den Raum und ließ ihr lindgrünes Seidenkostüm dabei geräuschvoll über den Teppich schleifen. »Aber du bist in diesen Zeiten der Trauer ganz allein, meine Liebe? ... Ohne deinen Mann, der dir Unterstützung gibt? Ich könnte mir vorstellen, daß du Trey zum Trost bei dir haben möchtest, wo doch dein lieber Vater so dramatisch verschieden ist.« Ihre Boshaftigkeit war geradezu greifbar. Valerie war weder in Trauer noch wirkte sie erschüttert, noch bestand irgendeine Möglichkeit, daß ihr Gatte sie trösten würde — alles Umstände, derer sich beide Frauen klar waren. Die einzige Unbekannte in der Unterhaltung war, wer als erste zuschlagen würde und wie schlimm dann die Wunde ausfiel.

»Immerhin habe ich einen Ehemann, Liebste«, schnurrte Valerie als Antwort. »Hast du schon einen deiner Bewerber zur Sache gebracht?«

»Papa meint, ich sei noch viel zu jung, um an eine Ehe zu denken.« Dabei warf Arabella ihre goldenen Locken anmutig zurück. »Findest du die Ehe denn zufriedenstellend?« fragte sie lauernd.

»Ich finde die Ehe einfach wunderbar ...«, Valerie hielt inne, um diese Tatsache zu betonen, »... wunderbar lukrativ. Möchtest du Tee oder lieber deinen üblichen Bourbon?« fragte sie boshaft. Sie erwiderte Arabellas Herausforderung Punkt für Punkt.

»Ein Glas von *Treys* Bourbon wäre köstlich«, erwiderte Arabella geschickt, weil jeder in der Stadt wußte, daß Trey seit der Hochzeit keine zwanzig Minuten in Valeries Gesellschaft verbracht hatte.

»Er trinkt Brandy.«

»Bei mir hat er immer Bourbon getrunken.«

»Jeder trinkt Bourbon bei dir«, erklärte Valerie und klingelte nach einem Diener. »Da du nichts anderes anzubieten hast.«

»Kentucky-Bourbon ist aber ausgezeichnet.« Ross McGinnis war stolz auf seine Herkunft aus Kentucky und ebenso stolz auf die Privatabfüllung des Familienbourbons.

»Ich kann das leider nicht bestätigen«, entgegnete Valerie herablassend. »Mein Vater hat seinen Alkohol immer importiert.« Dann bedeutete sie dem Diener, der den Raum betreten hatte: »Bourbon für Miss McGinnis und Sherry für mich.« Während der Mann die Gläser füllte, zogen die beiden Frauen die Krallen ein und sprachen über triviale Dinge, wie das Wetter, das Chorsingen, die Vorstellung des *Mittsommernachtstraums,* den die Amateurschauspieler Helenas kürzlich aufgeführt hatten.

Sobald sich die Tür hinter dem Diener geschlossen hatte, warf Arabella einen verstohlenen Blick hinter ihm her und sagte: »Was für ein nett aussehender junger Mann, den du da engagiert hast.« Ihre Stimme klang bewundernd. »Er sieht mir nicht bekannt aus. Ist er auch importiert?«

»Er ist in der Tat neu, aber mein Butler ist für die Einstellungen verantwortlich«, erwiderte Valerie herablassend. »Da mußt du schon ihn fragen.«

Aber Arabella hatte gesehen, wie Valeries Blick langsam über die gutgewachsene Figur des Mannes geglitten war, als dieser sich verbeugte und entfernte. Leider war ihr von ihrem Platz aus die interessantere Reaktion auf Valeries Blicke entgangen. Der gutaussehende junge Mann mit dem rötlich-braunen Haar, der zu gebräunt wirkte, um schon lange ein Diener in abgeschlossenen Räumen zu sein, hatte ihr zugezwinkert und ihr Lächeln erwidert. »Wie heißt er?« Arabellas Frage wirkte ebenso gleichgültig wie die ausdruckslose Verneinung Valeries.

»Thomas.«

»Hat er auch einen Nachnamen?«

»Ich bin sicher«, sagte Valerie achselzuckend. »Er hört aber auch auf Tom«, fügte sie mit maliziösem Lächeln hinzu.

»Er hat so wunderbar große Hände«, murmelte Arabella bewundernd.

»Ja, nicht wahr? Ich muß ihn ständig ermahnen, vorsichtig zu sein ...« Valerie hielt bewußt inne. »Ich meine, mit dem Porzellan und dem Glas. Möchtest du, daß ich ihn zurückrufe, damit er ... dir nachschenkt?«

»Das fände ich nett«, erwiderte Arabella ohne zu zögern und beschloß, sich in Zukunft in die Entscheidungen der Mutter über Einstellungen von Personal einzumischen.

Als Thomas erneut den Raum betrat, vollzog er seine Pflichten mit wenig versteckter Heiterkeit. Sein Lächeln grenzte an Unverschämtheit, seine Verbeugung war ein wenig zu betont, und als er »Ma'am«, sagte, klang es so arrogant, daß es schon wieder charmant wirkte.

»Er ist aber ein bißchen frech«, meinte Arabella, als er wieder gegangen war.

»Ich habe gern Diener mit einer gewissen ... Lebhaftigkeit«, klärte Valerie sie auf, »Und Tom ist wunderbar vital.«

»Wie angenehm.«

»Ja, nicht wahr?« erwiderte Valerie mit schelmischem Lächeln.

Arabella gewann aus diesem schelmischen Lächeln genügend Informationen, um einen ganzen Monat an Einladungen zu bestreiten.

Toms vollständiger Name lautete Thomas Kitredge Braddock; seine Bräune hatte er beim Segeln mit seiner Jacht vor Nantucket, Australien, Macao und Cowes erlangt. Blaze Braddock-Black hatte ihren unbekannten Halbbruder erst vor zwei Wochen kennengelernt, als Timms ihn ankündigte und er sie mit einem »Hallo Schwester« herzlich umarmt hatte. Er war ein halbes Jahr nach dem Tod von Blazes Vater zur Welt gekommen und hatte erst vor kurzem erfahren, daß er eine Halbschwester hatte. Billy Braddocks separates Testament für seine Geliebte hatte dem Sohn, den er niemals kennenlernte, jeden Luxus erlaubt.

Seine Mutter hatte ihm erst vor einem Monat bei einem Treffen in San Francisco die Wahrheit über seinen Vater mitgeteilt.

»Nenn mich Kit«, hatte er gesagt und Blaze auf die Wange geküßt. »Das tun alle.« Dann streckte er Hazard die Hand hin. »Ich hatte bisher noch keinen Schwager. Ich hoffe, Sie haben nichts dagegen.« Und sein Lächeln, als er sich wieder Blaze zuwandte, trieb ihr die Tränen in die Augen. Es war, als lächelte ihr Vater sie an.

»Du bist auch mein erster«, erwiderte Hazard freundlich. »Willkommen in der Familie.«

Im Verlauf der langen Stunden des Kennenlernens an diesem ersten Abend hatte Kit sich bereit erklärt, sich bei Valerie als Spion einzuschleichen. »Das wird ein Spaß werden«, hatte er gesagt, dieser junge Mann, der auf Abenteuer aus war und gerade von einer dreijährigen ausgiebigen Reise um die Welt zurückgekehrt war.

»Das Glücksspiel und die Frauen in Macao«, hatte er ihnen erzählt, »haben mein Interesse am längsten gefesselt.« Er war sechs Monate dort geblieben. »Man wußte nie, ob man den Spieltisch mit seinem Gewinn lebendig verlassen würde«, hatte er erklärt und grinsend hinzugefügt: »Das hält einen ganz schön wach. Verzeih, Schwester«, hatte er sich dann entschuldigt, »aber so auf des Messers Schneide zu leben …«, dabei hatte er leicht die Brauen hochgezogen, »… gibt den folgenden Stunden mit den Damen einen unwiderstehlichen Reiz.«

»Bei mir brauchst du dich nicht zu entschuldigen«, gluckste Blaze, »nachdem ich mir schon seit Jahren Sorgen mache, welcher zornige Vater unserem Trey eine Kugel in den Rücken jagt. Ich fürchte, er teilt dein Interesse für wilde Abenteuer.« Sie fing den raschen Blickwechsel zwischen Trey und Hazard auf und fügte grienend hinzu: »Sicher glaubt ihr beiden nicht, daß ich diese zensierten Geschichten immer geglaubt habe?«

Hazard und Trey fragten sich sofort besorgt, wieviel sie tatsächlich wußte.

»Wie ist denn diese Frau, die du heiraten mußtest?« fragte Kit.

»Wenn du auf Abenteuer aus bist …« gab Trey zweideutig zurück.

»Klingt interessant. Ich brauche also nur ein Auge auf sie zu halten, bis die Verhandlungen abgeschlossen sind?«

315

»Du bist aber zu nichts verpflichtet«, warf Blaze ein.

»Wirklich, Kit«, sagte Hazard nun aus den Tiefen seines Lieblingsledersessels. Sein Brandyglas spiegelte das Licht. »Valerie wird ohnehin bald zustimmen. Du brauchst dich eigentlich nicht einzumischen.«

»Sieht sie denn gut aus?«

Ein weiterer Blick wechselte zwischen Hazard und Trey.

»Hängt von deinem Geschmack ab«, gab Hazard neutral zurück.

»Sie ist ziemlich attraktiv«, sagte Blaze. »Bei mir braucht ihr nicht diskret zu sein«, wies sie Hazard zurecht. »Mir ist Valeries Typ sehr wohl bekannt. Vermutlich hat sie dir einen unsittlichen Antrag gemacht«, endete sie ungerührt.

Hazard verschluckte sich an seinem Brandy.

»Siehst du, Kit«, sagte Blaze, »Valerie macht dir bestimmt Spaß.«

Arabellas Besuch bildete nur ein weiteres kleines Ärgernis während ihrer unkonventionellen Ehe mit Trey. Doch dann wurde Valerie in den folgenden Tagen mehrfach auf Thomas angesprochen, und auf jede Anfrage erfolgte unterdrücktes Kichern. Der Tod ihres Vaters hatte ihren Wunsch bestärkt, die Verhandlungen mit den Braddock-Blacks zum Abschluß zu bringen. Nun bekräftigte Arabellas Intrige diese Neigung noch.

Sie schalt sich kurz, nicht vernünftiger gewesen zu sein, wischte aber den Anflug von Angst sofort wieder zur Seite. Thomas konnte man sicher bequem abfinden und verschwinden lassen, falls das nötig war, und inzwischen — sie lächelte befriedigt — war er ganz gewiß ein hübscher, kräftiger junger Bursche. Mit einem Blick zur Uhr beschloß sie, es könne nicht schaden, zum Dinner bei den Bruckhills zu spät zu kommen, und klingelte nach Thomas.

Eine Stunde später, als die Zofe ihr Haar frisierte, bemerkte sie, daß ihre Wangen nach der süßen Stunde mit Thomas immer noch rosig überhaucht waren. »Heute abend brauche ich kein Rouge«, sagte sie erfreut, »und wenn du noch einmal an meinen Haaren ziepst, entlasse ich dich fristlos.«

Valerie war zwar eine leidenschaftliche Frau, aber das stand der praktischen Seite ihres Charakters nie im Wege. Während sie also zusah, wie die Zofe furchtsam mit ihrem Haar umging und jede Locke an ihren Platz steckte, beschloß sie, in aller Vernunft an die Zukunft zu denken. Da ihr Vater nun nicht mehr lebte, ihre Figur wiederhergestellt war und sie ihr unerwünschtes Kind losgeworden war, winkten weitere Horizonte. Sie stellte sich in allen Einzelheiten ihren Auftritt in der New Yorker Gesellschaft vor: Mit Straußenfedern, die in ihrem dunklen Haar wunderbar zur Wirkung kämen, mit einem Paar der schönen Braddock-Black-Saphire, und natürlich in einem Kleid in passendem Blauton ... Blau brachte ihre Augen immer am besten zur Geltung. Es gab dort auch keine Regeln, daß man seinen fähigsten Diener nicht mitbringen dürfe ...

Valerie bestand darauf, mit Trey direkt zu verhandeln — weder mit Anwälten noch anderen Vermittlern, weil sie das sadistische Vergnügen genießen wollte, wenn er ihren Forderungen nachgeben mußte. Was Valerie seltsamerweise am meisten ärgerte, war Treys Verweigerung seiner ehelichen Pflichten. Männer waren stets von ihrer Schönheit angezogen worden. Zuerst hatte Treys Ablehnung sie herausgefordert, war aber letztendlich doch darüber empört. Es war natürlich sein Fehler, daß ihre Pläne so zunichte gemacht wurden, und dafür würde er teuer bezahlen. Die Tatsache, daß Trey sich um ihre Tochter kümmerte, milderte diese Rachegefühle nicht. Ohne die Spur eines Gewissens hatte sie das Kind wegen seiner dunklen Haut aus ihrem Leben verbannt.

Trey war in einem praktischen Ranchhaus großgeworden, egal, wie groß es war. Es hatte helle, große Räume, die von Libertys in London eingerichtet waren; dazu hatten sich ein paar Lieblingsmöbel der Mutter gesellt. Valeries Haus hatte er immer protzig gefunden — wie auch die Besitzerin, dachte er gereizt, als er den Salon betrat.

Valerie saß auf einem fransengesäumten Brokatstuhl, den Rücken dem hellen Tageslicht zugewandt, das durch dichte Spitzenvorhänge gedämpft wurde. Er mußte sich um mehrere schwere Mahagonimöbel und anderen Zierat herumbe-

mühen, an dick gepolsterten Stühlen und einem ausladenden Podesttischchen mit Klauenfüßen vorbei, auf dem die
unvermeidliche Japanvase mit einer Pfauenfeder stand. Die
orangefarbenen Tigerlilien in einem hohen Silberkrug neben
Valeries Sessel erinnerten ihn an Valeries Raubtiernatur.
Darauf war er vorbereitet. Aber heute wirkte sie in ihrem bebänderten Seidenmusselin wie eine demütige Naive.

Sie erwiderte sein Nicken, und er setzte sich auf einen der
ausladenden Sessel.

Die Verhandlungen begannen in einer Atmosphäre von
vorsichtiger Zurückhaltung und Kühle.

»Die Saison in New York hat gerade angefangen, daher wäre es nett, wenn wir heute zum Abschluß kämen«, sagte Valerie, als sei der Wahnsinn, den sie heraufbeschworen hatte,
normal, als würde Trey nicht das Kind eines anderen aufzie-
hen, als müsse er sich um ihre Belange Sorgen machen. »Ich
möchte nicht allzuviele Veranstaltungen dort verpassen.«

»Deiner Tochter geht es gut«, entgegnete Trey milde. Er
trug heute seinen schmucklosen Lederanzug, als wollte er in
Valeries überladenem Salon sein indianisches Erbe betonen.

»Kinder interessieren mich nicht.«

»Schade, daß dir das nicht eher aufgefallen ist«, gab Grey
trocken zurück.

»Ich bin sicher, die Kinderstube auf der Ranch kann ein
Kind besser versorgen.«

»Die Kinderstube kann das nicht. Glücklicherweise gibt es
aber meine Mutter und die Kinderfrauen.« Er wollte ihr
nicht den Vorteil einräumen, zu erkennen, wieviel ihm Belle
inzwischen bedeutete. Bei Valerie wäre das nur eine weitere
Aufforderung, ihn auszubeuten, ein Druckmittel, mit dem
sie ihn an seine Grenzen treiben konnte. Er behielt sich für
einen solchen Fall Kit als Reserve vor.

»Wenn es dir dabei besser geht«, sagte Valerie, und ihr
Tonfall strafte die Bemerkung Lügen, »können wir Belle bei
den Verhandlungen als meine Verpflichtung betrachten.«

»Wie großzügig von dir, Valerie. Das ist wirklich rührend.«

Er lehnte sich auf dem dick gepolsterten Sessel zurück
und streckte die Beine von sich.

Angesichts dieser Herausforderung und seiner entspannten Haltung, wurde sie zum ersten Mal wütend. »Du hättest dich eben wie ein Ehemann benehmen sollen, Liebling«, giftete sie.

»Ich bin kein gute Schauspieler, Valerie«, erwiderte er mit der gleichen honigsüßen Boshaftigkeit, die sonst durch ihre Stimme gurrte. Nur seine Brauen hatten sich dabei gehoben.

»Leider«, sagte sie verächtlich und in dem spontanen Entschluß, aufs Ganze zu gehen, »wird dich das eine Stange kosten.«

»Alles, was nur im Entferntesten mit dir zu tun hat, kostet eine Stange«, sagte Trey mit schrägem Lächeln. »Ich bin dagegen gefeit.«

»Wirst du, wenn wir geschieden sind, dieser Frau hinterherrennen, die du gekauft hast?« fragte sie mit gespielter Unschuld, die ihren Groll darüber verbarg, daß Trey diese Frau offensichtlich liebte. Seit sie verschwunden war, hatte er weibliche Gesellschaft gemieden, was Valerie nicht nur ungewöhnlich fand, sondern auch ärgerlich. Noch nie hatte sich ihr ein Mann verweigert. Was hatte die kleine Schlampe, das sie nicht hatte? »Es gehen Gerüchte um, daß sie dich entmannt hat«, spuckte sie rachsüchtig aus.

Ein Muskel zuckte an Treys markantem Kinn, aber seine Stimme klang unbeteiligt, als er antwortete: »Du bist nicht in der Lage, ein solches Gerücht zu bestätigen, möchte ich meinen. Und ich sehe nicht ein, warum es irgend jemanden etwas angeht, was ich nach meiner Scheidung anfange.« Seine Stimme senkte sich zum Murmeln; seine hellen Augen wirkten undurchdringlich. »Ich möchte jedoch vorschlagen, daß nach der Scheidung ein anderer Teil des Landes für dich gesünder wäre.«

»Willst du mir drohen?«

»Würde ich jemals eine Frau bedrohen? Beachte bitte ...«, fuhr er fort und betastete den Fransensaum seines Ärmels, »daß ich ›Frau‹ sagte und nicht ›Dame‹.«

»Dein Ruf hält vermutlich keine zwei Morde in der Stewart-Familie aus.« Ihre Miene verriet keinerlei Furcht, nur Nachdenklichkeit. »Und ein Gentleman bist du auch nicht.«

»Mein Ruf ist vermutlich deine geringste Sorge, wenn du erst unter der Erde liegst, Valerie.« Er malmte mit den Kiefern. »Und letzteres habe ich nie behauptet.«

»Hast du Daddy umgebracht?« fragte sie wie nebenbei und eher neugierig statt betroffen.

Trey, der Valerie direkt gegenüber saß, starrte sie einen Moment lang an, als wolle er herausfinden, ob sie tatsächlich so unbeteiligt war wie ihr Tonfall. Sie hätte ebensogut fragen können, ob das Klima draußen heute angenehm sei, so wenig Gefühl zeigte sich in ihren perfekten Zügen. »Das war nicht nötig«, erwiderte er. »Dein Vater hatte unzählige Feinde, die vor mir an der Reihe waren. Er hat im Laufe der Jahre eine Menge Leute betrogen. Da wir nun mit den Nettigkeiten fertig sind«, fuhr er mit glattzüngiger Boshaftigkeit fort, »nenn doch einfach deinen Preis, damit wir endlich anfangen können.«

Ein leichtes Zucken der gerüschten Schultern, nichts weiter. Dann entgegnete sie: »Ich denke, wir sollten damit beginnen, indem wir die allgemeine Situation durchleuchten und definieren. In Fragen des Besitzes, wie bei diesem Haus, das auf meinen Namen eingetragen ist, besteht ein eindeutiger Anspruch.«

»Valerie«, sagte Trey unbeeindruckt. »Wir haben vierundzwanzig Familienanwälte. Wenn ich möchte, daß jemand wie ein Anwalt redet, brauche ich nur ins Büro zu gehen ... oder beim Tee Daisy, meiner Halbschwester, zuzuhören. Kommen wir zur Sache ...« Eine dunkle Augenbraue zuckte hoch. »Du weißt schon: Geld.«

»Ich will ein Haus auf der Park Avenue.« Anpassung im rechten Augenblick war schon immer ihre stärkste Seite gewesen.

»Da haben wir sie schon — die Valerie, die wir alle gut kennen und lieben. Ich hoffe nur«, fuhr er mit gespielter Heiterkeit fort, »daß ich zu diesen Verhandlungen keine Fachkenntnisse über Blaupausen und Konstruktionspläne brauche.«

»Ich brauche eine Kutsche mit vier Pferden und livrierten Dienern«, erklärte sie kühn und ebenso unverschämt. »Und Personal.«

»An welchen Möbelstil denken wir? Nichts zu Teures, hoffe ich«, erwiderte Trey sarkastisch. Dann richtete er sich mit einer einzigen geschmeidigen Bewegung auf und sagte bissig: »Gütiger Gott, Valerie, mir ist doch egal, wie du lebst oder wie teuer der Lebensstil ist, der dir vorschwebt. Du solltest das als Warnung betrachten, wenn du nur halb so clever bist, wie du tust: Mir ist egal, ob du überhaupt lebst. Nenn deinen gottverdammten Preis.«

Auch diese Drohung schluckte sie wie alles andere und beschloß, ihren Standpunkt zu behaupten und die höchste Summe zu nennen, an die sie jemals gedacht hatte. Offensive Taktiken waren ihre Stärke, und aus diesem Grund begann sie mit einer unerhörten Summe. Trey würde ihr weniger anbieten, sie würde ein Stück nachgeben. Er würde zögernd erhöhen, und schließlich würden sie sich irgendwo in der Mitte einig. Sie holte ein wenig Luft und nannte ihren Preis.

Trey blickte sie schweigend an. Seine Hände ruhten auf seinen Knien, seine Miene war undurchdringlich. »Das ist eine Menge Geld«, sagte er dann sehr leise. »Soll ich dich vielleicht anbetteln?«

Einen schwindelerregenden Moment lang rasten ihre Gedanken vor Triumph, nur weil sie Trey vor sich auf den Knien sah. Aber sofort überlagerten praktische Motive diese ungeschäftsmäßigen Rachegefühle, und sie überlegte statt dessen, um wieviel sie nachgeben sollte. Sollte sie ihn daran erinnern, daß sie ja aus der Stadt verschwinden würde? Sollte sie sich behaupten?

»Antworte«, sagte er sanft. »Möchtest du, daß ich dir für diese Scheidung die Füße küsse?« Da begann in Treys Vorstellung Kit Braddock aus den Kulissen auf die Bühnenmitte zu treten ...

In Trey Stimme schwang eine so tödliche Bedrohung, daß Valerie ihn zum ersten Mal seit Beginn der Verhandlungen ansah, ihn wirklich ansah.

»Nein«, sagte sie vernünftig genug, nachdem sie seinen Gesichtsausdruck realisiert hatte.

»Das«, murmelte er, »war die richtige Antwort.« Damit

nahm er einen Blankoscheck aus der Hemdtasche und sagte: »Du bekommst es, Valerie, aber falls du *irgend jemanden* aus meiner Familie jemals wieder ansprichst, werde ich dich umbringen. Das meine ich ernst. Ich hätte übrigens das starke Bedürfnis, das hier an Ort und Stelle zu erledigen. Überleg doch mal, wieviel Geld ich sparen würde.« Seine hellen Augen waren von so mörderischer Kälte, daß eine Welle der Furcht ihren vorherigen Triumph kurz überspülte.

Ohne auf ihre Antwort zu warten schrieb er den Scheck in Zahlen und Worten aus und reichte ihr das Papier über den Tisch. Dann richtete er sich auf und reckte die Schultern unter dem glatten Leder, und Valerie zuckte zusammen. »Ich wäre noch viel höher gegangen.« Ein amüsiertes Lächeln überflog sein gutgeschnittenes Gesicht. Das Geld war ihm egal. Er wollte, daß sie ohne Klagen und öffentliche Streitereien aus seinem Leben verschwand. »*Bon voyage*, Valerie.«

Sie hatte den Scheck an sich gerissen. Ihre Gedanken waren ihr deutlich anzusehen.

»Wenn du den zerreißt, bekommst du keinen neuen.« Seine Stimme klang so absolut, als stünden sechzehn Generationen von Indianerhäuptlingen hinter ihm. Er hatte die Grenze des Erträglichen erreicht.

Und Valerie erkannte eine unumstößliche Tatsache, wenn sie ihr begegnete. Sie faltete den Scheck und steckte ihn in den Ausschnitt. »Ich hoffe, daß du sie nie wiederfindest.« spie sie ihm voller Haß ins Gesicht.

»Und ich hoffe, New York ist vernünftig genug, die Zugbrücke hochzuziehen, wenn sie dich kommen sehen, mein Schatz.«

Er ging zur Tür und fühlte sich zum ersten Mal seit Monaten wieder frei: »Übrigens«, sagte er, sich mit satanischem Grinsen umdrehend: »Thomas meinte, du seist die gierigste, willigste Schlampe, die ihm je begegnet sei. Aber ich hatte ihn vorgewarnt.«

Trey und Kit saßen an jenem Abend, nachdem alle anderen ins Bett gegangen waren, noch bei einem Brandy zusammen und stießen auf Treys Befreiung an. Die Scheidung, hatte Hazard ihm mitgeteilt, würde von Freunden geregelt und in wenigen Wochen durchgesetzt.

»Auf die Freiheit und das Streben nach Glück«, erklärte Kit überschwenglich.

»Auf die Scheidung«, sagte Trey leise, »und auf freie, offene Räume.« Vor Valerie hatte er nie Grenzen gekannt, und stumm schwor er sich, das nie wieder zuzulassen.

»In Macao gibt es weiten offenen Raum ... alles ist dort offen. Vierundzwanzig Stunden am Tag. Das würde dir gefallen ... für ungetrübtes Vergnügen. Anschließend nehme ich dich mit auf die Krokodiljagd in Neuguinea.«

»Ist das genau so gefährlich, wie mit Valerie ins Bett zu steigen?« fragte Trey sarkastisch.

»Eigentlich nicht«, grinste Kit. »Man darf bei der Krokodiljagd ein Gewehr mitnehmen. In Valeries Arena ist man völlig schutzlos, und sie gibt einem im Bett gern Befehle.«

Er zog spöttisch die Brauen hoch.

»Das versucht sie zumindest«, feixte Trey kenntnisreich.

»Auf freundliche Frauen«, prostete Kit zuversichtlich.

»Auf die Scheidung.«

»Bemerke ich heute abend bei dir eine leichte Melancholie?« fragte Kit süffisant und mit funkelnden grünen Augen.

»Ich glaube, es hat einen gewissen Einfluß auf die Stimmung, wenn man endlich aus einem Gefängnis entlassen wird.«

Doch im Verlauf des Abends nahm Treys Melancholie eher zu, statt zu verschwinden.

»Du solltest nicht so viel grübeln«, mahnte ihn Kit, »jedenfalls nicht heute abend.«

Trey versuchte, die Düsternis aus seinen Gedanken zu vertreiben. Wenn Empress auf ihn gewartet hätte, wäre es heute ein freudiger Anlaß gewesen. »Alles ist vergeblich«, sagte er so leise, daß Kit Mühe hatte, ihn zu verstehen.

»Hast du schon mal erlebt, daß die Vorfreude immer viel stärker ist als die Freude beim eigentlichen Ereignis?« Er zuckte die Achseln und leerte sein Glas.

»Ist dir schon mal eine Frau davongelaufen?« Diese Frage

323

war zwar direkt, aber Kits Stimme klang neutral, und seine Haltung blieb gelassen.

Trey musterte Kits ausgestreckte Gestalt im Sessel, und er dachte einen Moment nach, ehe er »Nein« antwortete. Dann füllte er sein Glas nach. »Dir vielleicht?«

»Nein.«

Trey lachte. »Siehst du.« Er ließ sich tiefer in den Sessel sinken und lehnte den Kopf zurück. »Es geht nicht ums Verlassen«, sagte er erklärend. »So egoistisch bin ich nicht. Es ist die Frau, die mich verfolgt.«

»Warum?« In Kits Frage mischten sich Neugier und Mitgefühl.

»Wenn ich das wüßte, ginge es mir besser. Sie war . . .«, Trey seufzte leise, ». . . alles — heiß und kalt, weich und hart und so wunderbar lebendig . . .« Seine Stimme brach, und dann ließ er kurz die Zähne in einer Grimasse aufblitzen. »Eine Abenteuerin, die selbst Valerie beschämt hätte.«

»Valerie hat ein gewisses Talent«, gestand Kit zu. »Das muß man zugeben. Aber du bist noch nicht in Macao gewesen. Die Frauen dort sind . . .«, er grinste, ». . . fantasievoll, voller Inspirationen. Du solltest mit mir dorthin fahren. Meine Jacht liegt in San Francisco. Wie kann man sie besser vergessen . . . wie hieß sie noch?«

»Empress.«

Kit zog die Brauen hoch. »Kein bescheidener Name.«

»Er paßt zu ihr«, sagte Trey, »dieser Schlampe.«


# Kapitel 19

Empress verbrachte den Herbst in ziemlicher Abgeschiedenheit in Paris und war nur für die engsten Freunde zu sprechen, während sie auf die Geburt ihres Kindes wartete. Als sich der Zeitpunkt näherte, drehten sich ihre Gedanken immer stärker um Trey. Es war vielleicht natürlich für eine Mutter, sagte sie sich, für den Vater ihres Kindes emotional empfänglicher zu sein. Sie hatte den ganzen Sommer Mühe gehabt, die Bilder von dem hochgewachsenen, dunkelhaarigen Halbblut aus ihren Gedanken zu vertreiben, hatte bewußt an allen Zerstreuungen der Gesellschaft teilgenommen, gelächelt, bis ihre Mundwinkel schmerzten, gezielt an Dinners, Einkaufspartien und Tanzveranstaltungen teilgenommen, bei denen sämtliche Männer ihr den Hof machten. Die Zeit und die Beschäftigungen würden ihre heftige Sehnsucht allmählich stillen, hoffte sie, sie von den übermächtigen Erinnerungen ablenken, bis Trey kaum mehr war als ein blasses Bild.

Diese These, daß die Zeit alles heilt, war aber verflucht unzuverlässig, denn trotz der verstreichenden Monate beherrschte Trey wie ein düsterer Schatz ihre Gedanken, gut versteckt und kostbar. Es war ihre erste Lektion in Sachen Liebe. Wie unvergeßlich der Mann aber war, Empress blieb unerschütterlich in ihrem Entschluß, daß er von dem Kind, das sie trug, nichts erfahren dürfe. Er war nicht zu ihr gekommen. Wenn er sie liebte, wäre er gekommen, aber das hatte er nicht getan, und sie wußte den Grund dafür. So ruhelos, ohne Ziel und verwöhnt wie er war, hatte er eine Neue gefunden. Vor ihrem inneren Auge tauchte Valeries verführerische Gestalt auf, überlagert von einer endlosen Reihe anderer Frauen, die alle willig und verliebt waren. Er verdiente es nicht, von seinem Kind zu erfahren, tobte sie, und dann zuckte ein schlimmerer Gedanke, schwarz und bitter an der Wut vorbei: Es wäre ihm egal, falls er es erfuhr.

Empress saß im vertrauten Rosengarten des elterlichen Besitzes in der warmen Herbstsonne, wie so oft in der Vergangenheit, die Luft schwer vom Duft der Rosen. Sie fragte sich, ob all die Jahre im Ausland, die Schwierigkeiten und die starken Erinnerungen an Trey ein bloßer Traum waren. Hier auf der gemeißelten Steinbank, die entstanden war, als der Sonnenkönig Frankreich regierte und die Grafen de Jordan bereits sieben Herrschern gedient hatten, schien es, als habe sie den stillen, ummauerten Garten mit seiner Fontäne und den sorgfältig geharkten Pfaden nie verlassen. Als würden ihre Eltern dort im Salon sitzen, und sie hätte keine anderen Sorgen, außer, daß sie sich für die Farbe des Bandes an ihrer Haube entscheiden mußte. Wenn alles ein Sprung in unwirkliche Fantasie gewesen war, dann würde sie bald aufwachen und wieder fünfzehn sein.

Doch bei dem nächsten Herzschlag trat sie das Baby, und die Wirklichkeit kam zurück. Sie war nicht mehr das kleine naive Mädchen. Sie war nicht mehr im Entferntesten das junge Ding, das darauf wartete, daß Mama und Papa durch die Flügeltüren heraustraten. Die Verantwortung für ihre Familie hatte ihre Kindheit unvermittelt beendet, und Trey Braddock-Black hatte dafür gesorgt, daß sie rasch zur Frau reifte. Eigentlich müßte sie ihn hassen, und das tat sie auch, weil er ihr nicht gefolgt war wie ein liebeskranker Verehrer. Aber sie liebte ihn auch, und diese Liebe und der Haß existierten nebeneinander, vermischt wie ein schlangengleiches Muster ohne Anfang und ohne Ende. In all den Monaten seit ihrer Abreise aus Montana hatte sie nicht den Hauptpfaden finden können, der das Muster auflösen und ihr Frieden bringen würde.

Er liebt mich nicht genug, um hinter mir herzufahren, dachte sie mit einem leisen Seufzer. Obwohl sie begriff, wie naiv die Erwartung war, sie sei anders als die anderen Frauen in seinem Leben, hatte sie dennoch darauf gehofft. Sie hatte gehofft, daß er merken würde, daß er ohne sie nicht leben konnte. Diese poetische Vorstellung schien im nächsten Moment lächerlich, als würde Trey Braddock-Blacks Leben ihretwegen zum Stillstand kommen. ›Konnte nicht ohne sie leben‹, war ein Poesiealbumspruch. Eine Illusion wie andere Märchen ... fragiler Zauber angesichts der Realität.

Was er wohl jetzt trieb? fragte sie sich, da er offensichtlich sehr gut ohne sie auskam. Füllte er die Räume seiner neuesten Geliebten oder sogar seiner Frau mit deren Lieblingsblumen, oder kaufte er ihr schöne Kleider? Welchen Pelz würde er für seine neueste Liebschaft aussuchen? Während Empress' melancholische Träumereien ihre Gedanken immer stärker beherrschten ...

... war Trey im Gegensatz zu ihren düsteren Bildern allein. Er lag im goldenen Herbstgras auf einer Lichtung und hatte nur Rally bei sich. Sein Pferd graste und blickte gelegentlich auf, als würde es zuhören, während Trey über Empress sprach. Er lag auf einen Ellbogen gestützt, der Oberkörper nackt, hatte die Mokassins abgestreift und aalte sich schlank und bronzefarben in der überraschend warmen Sonne. »Hier hätte es ihr gefallen«, sagte er mit einem Blick über die kleine Lichtung zum plätschernden Bach hin. »Es ist wie auf der Farm auf dem Winterberg.« Dann fiel ihm wieder ein, daß Guy inzwischen Graf war und die grobe Holzhütte auf dem Winterberg vermutlich am liebsten vergaß. »Doch dann wiederum, Rally«, sagte er leise, »glaube ich nicht, daß Empress Jordan diese Schichtheit schätzen würde. Sie sucht jetzt bessere Weidegründe und einen höheren Platz auf der Adelsliste und allen glänzenden Schmuck dieser Welt . . .«

Empress' Erinnerungen und Gedanken wurden durch einen plötzlichen durchdringenden Schrei Eduards unterbrochen, worauf sie beunruhigt aufblickte. Aber als er auf sie zurannte, zeigte sich ein strahlendes Lächeln auf seinem Gesicht. Sie erwiderte das Lächeln ihres kleinen Bruders, der mit seinen dicken kleinen Kinderbeinen unsicher auf die Terrasse kletterte, sie war froh, daß er so glücklich aussah, denn sie war nicht die einzige, die Trey vermißte. Eduard schlief immer noch mit den Schneeschuhen, die unbedingt aus Montana hergebracht werden mußten.

Da überflutete sie unverhofft eine starke Welle der Sehnsucht, und sie seufzte trotz des sonnigen Tages. »Warum bist du nicht zu uns gekommen, Trey?« Heute vermißte sie ihn besonders, vermißte seine Umarmung, seine Wärme, sein strahlendes Lächeln, seine heißblütige Begierde.

»Kater Tom hat Kätzchen bekommen!« quiekte Eduard begeistert. Seine kurzen Beinchen mühten sich über die letzten Meter. »Kätzchen haben. Streicheln!«

Offensichtlich hatte man Kater Tom den falschen Namen gegeben, dachte Empress belustigt, als Eduard bei ihr anlangte und seine kleine Hand in ihre legte, um sie mit sich zu ziehen. »Komm mit!« bettelte er, und seine Augen glänzten vor Aufregung.

Treys schimmerndes Bild wurde von klebrigen Händchen und unüberhörbaren kindlichen Forderungen verdrängt.

Einen Monat später, lange nach Mitternacht, schüttelte der bekannte Arzt, der alle königlichen Geburten beaufsichtigt hatte, traurig den Kopf und sagte zu Adelaide: »Ich kann nichts weiter für sie tun.« Der große Raum war erstickend heiß, und der Geruch von der Geburt und die düstere Stunde kurz vor dem Morgengrauen erfüllten ihn auf eine Weise, als seien die Schatten aus allen dunklen Ecken gekrochen und hätten alles mit Düsternis umhüllt.

Empress lag seit anderthalb Tagen in den Wehen: sechsunddreißig Stunden schwindelerregender Schmerzen und Krämpfe — das Baby lag falsch. Der Arzt hatte nichts weiter gesagt als: »Die Natur wird schon alles richtig stellen«, bis vor wenigen Augenblicken Empress' Puls gefährlich langsam geworden war und ihr Schreien, das in den vergangenen Stunden zum Wimmern geworden war, gänzlich aufhörte.

»Unfähiger Narr!« zischte Adelaide wütend. »Sie Idiot! Ich sorge dafür, daß sie ruiniert werden, Sie Schwindler!« fluchte sie hinter ihm her und schalt sich, so lange gewartet zu haben, ehe sie ihn hinauswarf. Er war zwar bei ihren beiden Geburten zugegen gewesen, aber sie waren normal verlaufen, und erst jetzt wurde seine Inkompetenz deutlich.

Voll Entsetzen ließ sie nach Beatrix schicken. Sie bellte den Diener an, ihre alte Kinderfrau schleunigst herbeizuholen. Beatrix war für sie eher eine Mutter gewesen als ihre richtige, und wenn etwas schwierig oder gefährlich wurde, rief sie stets nach ihr.

Kaum zwanzig Minuten später wurde die alte Amme ins Zimmer geführt, und Adelaide brach in Tränen aus. »Ich hätte dich viel früher holen sollen«, schluchzte sie, als sie sich in die Arme der Alten warf, die sie aufgezogen hatte.

Beatrix klopfte ihr beruhigend auf den Rücken und sagte dann mit der sanften Stimme, die schon all ihre Kindheitsängste stets erfolgreich vertrieben hatte: »Still, *mon Bébé.* Ich bin jetzt hier, und du mußt tapfer sein.« Dann ließ sie ihr erwachsenes Baby los, murmelte: »Komm mit«, und tupfte

Adelaide auf die Nasenspitze, wie immer, um sie zum Gehorsam zu bewegen. »Wasch dir die Hände und hilf mir.« Ohne auf eine Antwort zu warten, öffnete Beatrix die Fenster, ließ frische Luft herein und trat dann zum Porzellanwaschbecken in der Zimmerecke und begann, ihre Hände abzuschrubben. »Wir brauchen keinen modischen Arzt, um dieses Baby auf die Welt zu bringen. Meine Mama und Grandmére haben schon Kinder auf die Welt gebracht, ehe es solche Ärzte überhaupt gab.«

»Gott sei Dank«, sagte Adelaide mit einem erleichterten Seufzer. Ihre Schuldgefühle schwanden allmählich, und sie fühlte sich zuversichtlicher.

»Danke nicht Gott«, sagte die alte Bauersfrau mit typischem Pragmatismus und trocknete ihre Hände. »Ich kann helfen, aber wenn du beten willst, dann bete dafür, daß die junge Frau nicht reißt. Wir müssen das Kind umdrehen.«

Es war ein harter, anstrengender, schrecklich langsamer Prozeß, in dem Beatrix das Kind allmählich im Uhrzeigersinn drehte und Adelaide nervös den Anweisungen folgte, es zu halten oder zu schieben, wenn die Alte es befahl. »Nein! Nein!« keifte sie einmal, als Adelaides Druck leicht nachließ und das Baby zurückglitt. Adelaide brach in Tränen aus, als sie noch einmal von vorn anfangen mußten.

»Wisch die Tränen ab, Kind. Wir fangen noch einmal an«, sagte Beatrix ruhig, obwohl sie allmählich um Empress Angst bekam. Ihr Puls war unregelmäßig und schwach, und die Wehen ließen nach. Selbst wenn sie das Baby drehen konnten, hatte sie vielleicht nicht mehr die Kraft, die Geburt zu vollenden.

»Diesmal«, mahnte Beatrix, »hältst du es ganz fest.«

Eine Stunde später waren beide schweißüberströmt und das Kind Millimeter für Millimeter überzeugt worden, die Geburt auf natürliche Weise zu beginnen. Glücklicherweise war Empress bei diesem Vorgang fast bewußtlos gewesen, doch als die Wehen das Kind nun nach unten zwangen, öffnete sie flatternd und unruhig die Lider, als wüßte sie, wie wenig Zeit ihr noch blieb. Sie war kaum bei Bewußtsein und in einem seltsamen Zustand zwischen Lethargie und Agonie. Und doch schob sich eine starke Unruhe über ihre Erschöpfung und den Schmerz. Ein wütendes Gesicht, das selbst in seinem Zorn schön war, tauchte wie ein Racheengel vor ihr auf.

»Trey!« schrie sie und richtete sich auf, als habe sie einen Geist gesehen. »Sagt nur Trey nichts!« flüsterte sie, sank zurück in die Kissen und schloß die Augen vor der furchterregenden Erscheinung.

Sie war nicht bei Sinnen, dachte Adelaide und streichelte tröstend ihre Schultern. »Trey war der Kosename ihres Mannes«, erklärte sie rasch, als Beatrix von der Geburt aufblickte. »Er ist vor sechs Monaten in Amerika verstorben.«

»Das arme Kind«, murmelte Beatrix und stützte einen kleinen dunklen Kopf, als Empress' Kind das Licht der Welt erblickte.

»Wir müssen dafür sorgen, daß deine Mama überlebt«, gurrte sie leise und half geschickt und zärtlich dem kleinen Körper hinaus, »damit du kein Waisenkind wirst.«

Der kleine Junge hatte eine dunkle Haut und war kräftig und gesund. Sein Haar war flaumig und dunkel, als es trockengerieben war, und seine Augen wirkten wie riesige, funkelnde Edelsteine, die sein Erbe der nordamerikanischen Ebenen deutlich verrieten.

»Sein Vater war Amerikaner«, sagte Beatrix, als sie das Kind anblickte. »Einer aus der frühen Generation, möchte ich meinen.«

Adelaide blickte den stämmigen Kleinen an und entdeckte keinerlei Ähnlichkeit mit seiner zarten, blonden Mutter. »Sie sagte, er habe gut ausgesehen und rabenschwarzes Haar gehabt.«

»Hat sie auch gesagt, daß er ein Indianer war?«

»Nein«, antwortete Adelaide leise.

»Nun, das war er aber«, sagte Beatrix offen und ohne Vorurteile. »Und er hätte sich über seinen starken, gesunden Sohn gefreut.« Sie wandte sich zu Empress, die bleich und reglos wie tot dalag. Beatrix reichte das Kind Adelaide und zog ein kleines Fläschchen aus dem Weidenkorb, den sie mitgebracht hatte. Mit großer Geduld zwang sie eine schwarze Flüssigkeit löffelweise in Empress' Mund, bis sie zufrieden war, daß diese genug geschluckt hatte. »Jetzt wird sie nicht verbluten«, sagte sie zufrieden. »Und das Baby wird kein Waise.«

Als Empress ein paar Minuten später erwachte, hatte Beatrix das Kind bereits gebadet und in eine schneeweiße Decke gehüllt. »Gib ihn mir«, flüsterte Empress, noch ehe sie völlig wieder bei Sinnen war.

»Woher weißt du, daß es ein Er ist?« neckte sie Adelaide. Sie strahlte vor Freude. Sie hatte wirklich geholfen, ein Kind auf die Welt zu bringen und war sehr stolz auf diese Leistung.

»Was für eine alberne Frage«, dachte Empress mit einer seltsamen Sicherheit, die sich allen rationalen Gedanken entzog. »Ich will ihn halten«, drängte sie, obwohl ihre Stimme kaum lauter klang als ein Wispern.

Beatrix brachte den Sohn zu ihr und legte ihn neben sie. Empress mühte sich auf einen Ellbogen, um ihn zu betrachten. Tränen rollten ihr über die Wangen. Das winzige Kind blickte sie aus Treys Augen an. Wie konnte er ihm nur so ähnlich sehen? staunte sie. Dann streichelte sie zärtlich über den dunklen Samt seiner flaumigen Brauen. »Ich liebe dich«, flüsterte sie und nahm ihn in die Arme.

Nach einer schwer umkämpften Kampagne für eine neue Verfassung und die Abschaffung von Bundesbeamten war Montana im November der Union beigetreten. Es folgten die üblichen Beschuldigungen der Bestechung und der Korruption, und beide Parteien beanspruchten auf Grund der angefochtenen Stimmen die Sitze, trafen sich in getrennten Hallen und wählten ihre Spitzenmänner für den Senat. Das Thema wurde schließlich im Dezember vom Senatskomitee für Wahlberechtigung entschieden. Man empfahl, die Republikaner Sanders und Power statt die demokratischen Kandidaten Clark und Maginnis einzusetzen. Nach dem Kauf und der Manipulation der Wählerstimmen hatte die umstrittene Wahl die nationale Arena der Manipulationen betreten. Und da die gegenwärtige Regierung republikanisch ausgerichtet war, herrschte Übereinstimmung über die Einsetzung der republikanischen Kandidaten. So wurde mit dem Willen des Volkes in einem Staat umgegangen, der vornehmlich demokratisch ausgerichtet war.

An einem kalten Dezembermorgen trat Trey mit Belle auf dem Arm ins Frühstückszimmer.

»Was hast du mit ihr vor?« fragte Blaze mit mütterlicher Sorge, die andeutete, daß er, was immer es war, es sich besser anders überlegen solle.

Trey war gegen diese Art von Sorge völlig unempfindlich und erwiderte heiter: »Was meinst du, Mutter ... ich gehe auf meinen üblichen Morgenritt.« Er trug seine Lederkleidung mit der Fellkapuze und die pelzgefütterten Mokassins gegen die Winterkälte. Belle war in einen fellgefütterten Tragesack gehüllt.

»Ist dir klar, wie kalt es ist?« Blaze blickte Hazard um Unterstützung suchend an, aber dieser lächelte bloß und sagte: »Der Wind kommt aus Nordwest.«

»Du bist mir eine schöne Hilfe«, beschwerte sich Blaze.

»Mutter, Belle hat Spaß an Ausritten, und außerdem ist nichts von ihr zu sehen außer den Augen. Siehst du?« Er zeigte ihr das gut vermummte Kind in dem Fellsack. »Gieß mir bitte eine Tasse Schokolade ein, die ich auf dem Weg zum Stall trinken kann.«

»Du bist zu hart«, knurrte Blaze, folgte aber seiner Bitte.

»Und wenn sie friert?«

»Sie trägt mehr Pelze als ein Eisbär, und ich bin nicht hart. Sie hat mir gesagt, sie hätte Lust auf einen Ausritt.«

Grinsend nahm er die Tasse entgegen und machte sich auf den Weg zu den Ställen.

»Hast du dich schon entschieden, ob du mit uns nach Washington kommst?« fragte Hazard seinen Sohn und setzte die Kaffeetasse ab. »Lowell hat mich neulich danach gefragt, und ich habe gesagt, ich wüßte es noch nicht.« Da Montana nun ein Bundesstaat war, hatten die Delegierten das Stimmrecht, und jeder, der in Washington ein Interesse zu verfolgen hatte, würde zur Legislaturperiode dort sein.

Trey wandte sich um. »Kann sein. Wann fahrt ihr?«

»Nach Weihnachten. Sieht so aus, als würde die Klage gegen die Montana-Gesellschaft fallengelassen. Daher besteht keine Eile, um zur erwarteten Verhandlung da zu sein. Sanders hat offensichtlich den Innenminister überredet, sich einzumischen.«

»Wie immer. Das muß einen hübschen Batzen gekostet haben«, grummelte Trey. Dunkle Schatten der Unzufriedenheit hatten ihn seit Empress' Abreise verfolgt, verstärkt durch eine weitere unverschämte Plünderung der Schätze Montanas.

Die Montana-Gesellschaft hatte einen Großteil der Baumbestände des Landes an sich gerissen — aber auf illegale Weise. »Ich weiß nicht, ob ich den Intrigen Washingtons gewachsen bin«, sagte er mit einer Grimasse. »Und wenn ich nicht mitkomme?«

»Wirst du Belle vermissen«, sagte Blaze lächelnd.

»In welchem Fall ich natürlich mit euch komme«, erwiderte Trey. Ein Lächeln breitete sich auf seinem Gesicht aus.

»Du warst immer schon ein vernünftiger Junge«, sagte seine Mutter zärtlich.

»Belle tut ihm so gut«, sagte Hazard, nachdem Trey den Raum verlassen hatte. »Sie lenkt seine Gedanken von Empress ab.«

»Ich weiß, aber ich wünschte, er würde heute mit ihr in der warmen Kinderstube spielen. Es ist so kalt, und Belle ist erst drei Monate alt.«

»Als Trey drei Monate alt war«, erinnerte Hazard sie sanft, »haben wir draußen bei der Grube gezeltet.« Er lächelte. »Und Trey hat es überlebt.«

Blaze erwiderte sein Lächeln reumütig. »Du hast natürlich recht ... ich mache mir immer zu viel Sorgen.«

»Dein Problem ist es, daß du den Jungen vergötterst — und Belle ebenfalls.« Seine Stimme klang zärtlich, nicht kritisch. In seinen dunklen Augen lag nachsichtige Toleranz.

»Du aber auch, Jon«, gab sie zurück. »Der einzige Unterschied ist, daß du nicht so viel darüber sprichst.« Blaze wußte, daß Hazard für seinen Sohn durch die Hölle gehen wür-

333

de. Er sorgte stets dafür, daß es Trey an nichts mangelte, und behandelte ihn mit einer Großzügigkeit, die von keiner Kritik getrübt war.

»Er ist auch gut geraten«, sagte Hazard mit Stolz in der Stimme. »Dank deiner mütterlichen Fähigkeiten.«

»Und dank deiner Zuwendung mögen ihn alle auf der Ranch und in den Gruben gut leiden. Ganz zu schweigen davon, wie der Clan ihn anbetet.«

»Er kennt sich in den Gruben und auf der Ranch ebensogut aus wie ich. Das respektieren die Männer«, nickte Hazard. »Und was sein *Kon-ning* als Häuptling und als Sohn eines Häuplings angeht, so braucht er nur alle Rennen zu gewinnen und Pferde von den Überfällen mitzubringen, und sein Ruf als ein Mann, der alles weiß und alles kann, ist beim Clan gesichert.«

»Jon«, schalt Blaze, »du hast mir versprochen, daß diese Überfälle vorbei wären. Du weißt, wie die Behörden darüber denken.«

»Es sind doch nur kleine Scharmützel, Liebling«, beruhigte er sie. Aber seine Stimme klang freudig erregt, denn die Überfälle waren die letzten, unbeschnittenen Reste ihrer Freiheit, wie Abenteuerspiele für ein wildes Kind. »Du kannst nicht von uns erwarten, daß wir uns über Nacht ändern. Das liegt uns einfach im Blut. Erinnerst du dich noch«, sagte er mit schmeichelnder Stimme, »an den ersten Palomino, den ich dir brachte?«

Als sei es erst gestern gewesen, sah sie Hazard im Morgennebel und vor dem goldenen Sonnenaufgang. »Ich erinnere mich an die Blumen um deinen Hals«, erwiderte sie bewegt.

»Du hast an diesem Morgen mein Herz erfüllt, *bia cara*, und ich wollte jedes Pferd der Ebenen für dich stehlen.« Ihre Blicke trafen sich, und ihr besonderer Zauber, der nur für sie allein bestand, glänzte lebendig und dauerhaft zwischen ihnen auf.

»Es ist so, als sei es erst gestern gewesen, Jon.«

»Ja, nicht wahr …? Als seien die Jahre und die Kinder irgendwie so an uns vorbeigerauscht und wir hätten es kaum bemerkt.«

»Es waren doch gute Jahre, nicht wahr?« murmelte Blaze, »trotz ...« Sie schluckte, um die Tränen zurückzuhalten, die ihr bei der Erinnerung an die Kinder stets in die Augen traten.

Hazard war aufgestanden, noch ehe die ersten Tränen herabrollten, und nahm sie in die Arme. »Weine nicht, *bia cara*«, flüsterte er in ihr Haar und drückte sie eng an seine Brust. Seine Augen glänzten vor Mitgefühl. »Wir hatten sie lange bei uns. Denk doch an das Glück, das wir teilten ... und an alle guten Dinge.« Er trat zum Fenster und blieb dort mit ihr in den Armen stehen. Er starrte auf ihr Land, das sich weit über die Berge erstreckte. Die strahlende Wintersonne ließ Blazes Haar aufflammen und beleuchtete die kühnen Züge Hazards, blitzte in den Tränen auf, die sich in Blazes Wimpern gefangen hatten, und ließen die glitzernden Goldstrahlen in ihrem Brokatschal aufschimmern.

»Trotz der Trauer sind es wunderbare Jahre gewesen«, sagte Hazard leise und richtete seine dunklen Augen wieder auf seine Frau. »Du bist meine beste Freundin, weißt du«, gestand er, »meine allerbeste Freundin. Und außerdem ...«, flüsterte er und fuhr leicht mit den Lippen über ihre Wange, »... bist du meine Leidenschaft.« Sein Tonfall wechselte, wurde weniger ernst und leicht belustigt. »Außerdem bist du meine Lieblingspartnerin beim Schach«, griente er, »und meine diplomatischste Kritikerin. Wenn du im Ballsaal und kostbarem Schmuck die Treppe herabkommst, kann ich immer wieder vor Bewunderung kaum atmen. Aber ...«, sagte er mit Liebe im Blick und in der Stimme, »ich liebe dich am meisten, so wie du jetzt aussiehst, im Morgenlicht. Du bist stets meine Sonne, mein Mond und meine Sterne gewesen ...«

Blaze hob den Kopf von Hazards Schulter und küßte ihn in die Kuhle, wo sein kantiges Kinn in den Hals überging. »Ich will nur dich allein auf der ganzen Welt.« Ihre schimmernden, feuchten Augen verrieten ihre Anbetung. »Wir haben soviel Glück gehabt«, hauchte sie und legte die feingliedrige blasse Hand auf seine bronzenen Wangen.

Er küßte sie sanft und zeigte dann sein strahlendes, rasches Lächeln, dem sie niemals überdrüssig wurde. »Wir haben soviel Glück!« sagte er.

Kit kehrte zu Weihnachten zu seiner Mutter zurück, die Braddock-Blacks verbrachten das Fest auf der Ranch und machten sich kurz nach Neujahr auf den Weg nach Washington. Sie waren kaum drei Wochen dort, als ein zweiter Brief von Guy eintraf, den man ihnen von der Ranch nachgeschickt hatte.

Die Nachrichten waren kaum aufregend und auch etwas veraltet. Guy erwähnte den Regen, wie sehr Eduard gewachsen war, seine Dressurlektionen, was die Mädchen so trieben und wie sie Trey vermißten. Gegen Ende dieser Aufzählung blieb Trey allerdings plötzlich der Atem in der Kehle stecken. Guys Satz lautete: »Pressy geht es wieder besser. Letzten Monat ist sie fast gestorben.«

Als ihm einfiel, wieder Luft zu holen, stieg Angst ebenso heftig wie die Abneigung in ihm auf. Sie sollte nicht ohne sein Wissen krank sein oder in Todesgefahr schweben. Es war für ihn wichtig, zu wissen, daß sie irgendwo auf dieser Welt lebendig war. Es war für ihn ausgesprochen wichtig, beschloß er in der nächsten Sekunde. Wenn sie gestorben wäre, hätte er vor der grausamen Endgültigkeit gestanden, sie nie wiederzusehen, nie wieder. Sie hätte niemals zu ihm zurückkehren können. Sie würde nicht irgendwo in der Welt lachen oder einfach hinter der nächsten Ecke warten oder durch den Regen laufen, auch wenn dieser Regen tausend Meilen weit entfernt fiel. Zum ersten Mal seit Monaten verwarf er alle Bedenken und weigerte sich, rationale Motive und Überlegungen abzuwägen. Sie war fast gestorben, fuhr es ihm immer wieder durch den Kopf. Ungestüm erhob er sich, mit einer einzigen, wilden Bewegung, so daß sein Stuhl nach hinten kippte. Er würde nach Frankreich fahren! Die schrille Angst legte sich, und eine machtvolle Freude durchwallte sein Blut.

Ob Empress ihn sehen wollte oder nicht, er wollte sie sehen. Er wollte sehen, ob sie anders aussah in diesem kosmopolitischen Paris, ob ihre grünen Augen immer noch so offen funkelten, wenn sie lächelte. Er wollte versuchen, zu verstehen, und vielleicht die Wahrheit aus ihren Augen ablesen. Vielleicht war es nicht klug, sie aufzusuchen, aber er fand in seiner neuen Ablehnung aller Vernunft ein gewisses Vergnügen. Und falls er nichts anderes erreichte, so würde die Reise seine Rastlosigkeit beschwichtigen. Seine Erklärung den Eltern gegenüber war hastig und von ununterdrückbarer Freude. »Ich habe es Belle als erste gesagt«, verriet er, als er das Arbeitszimmer betrat, in dem Blaze und Hazard einander gegenüber am Schreibtisch saßen. »Ich werde nicht lange fort sein, habe ich erklärt, obwohl sie vermutlich nicht alles versteht. Ich frage mich, ob ich sie mitnehme«, überlegte er und ließ sich in einen Sessel neben dem seiner Mutter fallen. »Bei deinen Vorstellungen von Erstrechten würde das allerdings einen heftigen Kampf bedeuten«, meinte er grinsend, »und da ich ein pflichtbewußter Sohn bin ...«, hier sahen die Eltern einander ungläubig an, »... überlasse ich die Entscheidung dir.«

Blaze und Hazard betrachteten ihren Sohn mit gefurchten Stirnfalten, und Hazard zuckte die Achseln.

»Schatz«, meinte Blaze, »das klingt alles etwas wirr. Wohin fährst du denn?«

»Empress ist fast gestorben«, erwiderte Trey mit einer für seine Eltern unverständlichen Fröhlichkeit.

»Wie hast du das denn herausgefunden?« wollte Hazard wissen, dem die Heiterkeit seines Sohnes nicht entging.

»Guy hat mir geschrieben und es mit allen anderen Nachrichten kurz erwähnt. Ich kenne die Einzelheiten nicht, aber ich habe beschlossen, nach Paris zu fahren. Dort könnte ich Erik wieder treffen, und die Herzogin de Soissons hat in den letzten sechs Monaten mindestens sechs Einladungen geschickt.«

»Wie geht es Estée?« fragte Blaze, die von dem Interesse der *duchesse* an ihrem Sohn wußte.

Trey zuckte nachlässig die Achseln. »Ich denke, gut. Du kennst ja Estée ... elegant, mit einem offenen Salon, leidenschaftlich wie immer. Ihre neueste Leidenschaft ist der Expressionismus. Der Impressionismus, so heißt es in allen

Einzelheiten in ihren Briefen, sei passé. Vielleicht lasse ich mich von ihr durch die Ateliers führen und kaufe ein paar neue Bilder.«

»Wann reist du ab?« fragte Hazard mit unerschütterlicher Ruhe, die er sich bei Treys spontanen Unternehmungen angewöhnt hatte.

»In einer Stunde«, sagte Trey und erhob sich rasch. »Ich schicke euch ein Telegramm aus Paris. Erinnert Belle daran, daß ich nicht lange fortbleibe. *Ciau*!«

Er war schon halbwegs durch die Tür, ehe Blaze fragen konnte: »Brauchst du noch irgend etwas, mein Lieber?«

»Brauchen?« wiederholte Trey abwesend, als er sich umdrehte. Die Vorstellung, Empress wiederzusehen, hatte alle weltlichen Bedürfnisse ausgeschaltet. »Nein danke, Mutter. Ich habe alles«, antwortete er mit einem strahlenden Lächeln.

Als sich die Tür hinter ihm geschlossen hatte, knurrte Hazard nach einem Moment: »Ist auch höchste Zeit.«

»Wie meinst du das?« fragte Blaze lächelnd.

»Höchste Zeit, daß dieser hartnäckige Narr hinter ihr herrennt. Ich bin ja fast schon selbst losgefahren, um sie zu holen, damit diese elende Traurigkeit endlich aufhört.«

»Er ist ebenso störrisch wie du, mein Lieber.«

»Störrischer«, antwortete Hazard mit verschmitztem Grinsen. »Er ist so widerspenstig wie du.«

Das konnte Blaze nicht bestreiten. Ihres eigenwilligen Temperaments war sie sich wohl bewußt. »Aber trotzdem ein Schatz«, meinte sie mit bedingungsloser mütterlicher Liebe.

Hazard lachte. »Natürlich, *bia cara*. Er ist ebenso perfekt wie seine Mutter.«


Die Reise dauerte sechs Tage, in denen die Ungeduld ständig zunahm, sechs Tage der logischen Gedanken und unvernünftigen Emotionen. Trey ermahnte sich, nicht zu viel zu erwarten, um Enttäuschungen zu vermeiden, und hielt sich gerade eben davon ab, unangemeldet in Empress' Haus zu platzen. Da sie ihm nicht geschrieben hatte, rief er sich unzählige Male in Erinnerung, hatten sich ihre Gefühle offensichtlich nicht geändert. Er wollte einfach nur sehen, ob es ihr gut ging — ein altruistischer, wohlwollender Impuls. Hartnäckig unterdrückte er die unterschwellige Vorfreude.


# Kapitel 20


Zwei Monate waren vergangen, seit Max auf die Welt gekommen war, Monate, in denen sich Empress völlig ihrem kleinen Sohn gewidmet hatte. Wohl ein Dutzend Mal hatte sie einen Brief an Trey begonnen, um ihm die Geburt des Kleinen mitzuteilen. Er hieß Maximlian Laurent Saint-Just de Jordan. Die Ähnlichkeit mit Trey war so auffallend, daß er wie eine Kleinstausgabe von ihm aussah. Max hatte Treys helle Augen und dessen seidiges schwarzes Haar, und als er zum ersten Mal lächelte, da schwappten ihre Erinnerungen so stark zurück wie eine mächtige Flutwelle: Er hatte das Lächeln seines Vaters, das langsam begann und dann unvermittelt in aller Wärme aufstrahlte wie eine Sonne am Morgen.

Aber diese angefangenen Briefe wurden stets zerrissen, denn die Worte schienen nie angemessen. Sie versuchte es freundlich, kühl und objektiv, ja, sie versuchte sogar, sich in der dritten Person auszudrücken. Sie dachte an eine schlichte Mitteilung. Sie wollte ihm sagen, daß er einen Sohn hatte und wie glücklich sie darüber war, von ihm ein Kind zu haben. Aber irgendwie erschienen die Sätze bei jedem Versuch holpriger, wie eine Bittschrift. Und sie erinnerte sich dann in aller Schärfe an seinen Groll über Valeries Schwangerschaft und die vielen Frauen mit den wütenden Vätern, denen er entkommen war.

Konnte man denn so oft versucht haben, ihn hereinzulegen? Oder war es für einen Mann einfach leichter, Indiskretionen zu übergehen? Es schien für ihn sehr leicht, zu sagen: »Das ist nicht mein Kind«, so als würden diese Worte das Gewissen beruhigen, und er konnte sein Leben ungestört weiterleben. Daher schickte sie ihre Briefe nicht ab. Sie weigerte sich, ihn zu bitten, seinen Sohn aus Pflichtgefühl zu lieben.

In der letzten Zeit empfing Empress wieder Besucher, eine pragmatische Entscheidung, die weniger ihren Wünschen entsprach als Adelaides Drängen.

In den ersten Monaten nach ihrer Rückkehr nach Paris hatte Adelaide dafür gesorgt, daß Empress mit Einladungen geradezu überschüttet wurde. Und obwohl sie als Witwe noch im Trauerjahr war, hatte sie eine Reihe ergebener, aber ungebetener Verehrer.

Die Männer waren bezaubert und hingerissen von der schönen Frau, die sie noch als dürre, schlaksige Jugendliche in Erinnerung hatten. Empress war inzwischen vollendet herangereift, nicht mehr unbeholfen, und strahlte eine seltene Schönheit aus, die in ihrer Zartheit an Botticellis Meisterwerke erinnerte. Ihr honigfarbenes Haar blieb auch dann noch ungebändigt und wild, wenn sie versuchte, es zu den strengen Frisuren zu kämmen, die ihrer Witwenschaft angemessen waren. Und wenn ihr bewußt gewesen wäre, wie verführerisch sie in Schwarz aussah — das ihren goldenen Teint und das helle Haar vorzüglich zur Geltung brachte —, hätte sie begriffen, warum sie von so vielen Männern geradezu belagert wurde.

Ihre grünen Augen, beschattet von den dichten, schwarzen Wimpern, wirkten verlockend, wenn sie jemanden ansah, und ihre Verehrer nannten sie insgeheim die ›Grüne Göttin‹.

Aber noch provokativer als alles andere wirkte ihre gelassene Gleichmütigkeit, und das verblüffte Staunen, das die meisten Komplimente bei ihr hervorriefen. Egal wie ihre Gefühle von den einzelnen Männern gedeutet wurden, es herrschte Übereinstimmung, wie schön die Grüne Göttin war. Sie war eine gut gebaute Frau, eine üppige, goldene Sultanin, die man wegen ihres rätselhaften Wunsches nach Alleinsein um so heftiger begehrte. Man wußte zwar von ihrer Witwenschaft und akzeptierte ihre Schwangerschaft, aber die jungen Männer hofften alle insgeheim, daß sie nach Ende der abgeschiedenen Phase von ihr erwählt würden. Die Angebote, wie genau diese Abgeschiedenheit zu beenden sei, beinhalteten alles — das Indiskrete und das Ehrenhafte. Als ehemalige Comtesse de Jordan bekam Empress

340

trotz ihrer Ehe mit einem Amerikaner zahlreiche ehrlich gemeinte, respektable Heiratsanträge. In den wohlhabenden Adelskreisen, in denen sie sich bewegte, war sie zudem Empfängerin von einigen interessanten, aber weniger dauerhaften Angeboten.

Doch auf alles reagierte sie mit der gleichen Höflichkeit. Sie würde nach dem Trauerjahr die Angebote ernsthaft erwägen. Man schloß Wetten ab über die Favoriten im Wettbewerb um die Gunst der Grünen Göttin, und Duc de Vec und Prinz Hippolyte de Morne stritten sich um den ersten Rang.

Das Angebot des Duc de Vecs war, wie jeder wußte, durch seinen Ehestand begrenzt, aber das hatte seinen Ruf als größten Frauenheld von Paris bisher kaum beeinträchtigt. Reichtum, gutes Aussehen und ein sehr offener, sinnlicher Charme statteten den Herzog mit großen Vorteilen für seine weibliche Gefolgschaft aus.

Prinz Hippolyte, viel jünger und für eine Romanze empfänglicher, geriet so sehr unter den Bann von Empress, daß er Sonnette schmiedete und sogar in Betracht zog, den unablässigen Forderungen seiner Mutter, endlich zu heiraten, nachzugeben.

Die Werbung um Empress setzte sich fort, bis sie sich zur Geburt ihres Kindes zurückzog, und da sie jetzt wieder Gesellschaft empfing — noch schöner als zuvor, falls das möglich war —, war ihr Salon voll der bestaussehendsten Männer, die sich alle bei ihr einschmeicheln wollten. Es waren zwar schon Monate verstrichen, aber noch kein ganzes Jahr, doch die Hoffnung grünet immerdar, wie es so schön heißt. Und alle Männer nährten insgeheim den Ehrgeiz, daß Empress ihrem Werben nachgeben und die restlichen Monate der Trauer einfach vergessen würde.

Mit dieser aufgeladenen Atmosphäre der Rivalität wurde Trey keine zwei Stunden nach seiner Ankunft in Paris konfrontiert.

Bei der sechstägigen Reise hatte Treys Stimmung heftig zwischen Glück und grüblerischem Groll geschwankt. Als er Guys Brief noch einmal las — was er inzwischen so häufig

getan hatte, daß er ihn auswendig kannte —, konnte er nur
an seine Freude denken, daß er Empress gesund wiedersehen würde. Im Gegensatz dazu — und diese Gefühle tauchten in der Regel nach mehreren Brandys auf — schob seine
Bitterkeit dieses reine Glück beiseite. Empress hatte versprochen, ihm zu schreiben, verdammt, dachte er dann zornig,
und das hatte sie nicht getan. War sie tief im Herzen nur auf
sein Geld aus, ehrgeizig, voranzukommen und von Valerie
leicht überzeugt worden, daß sie ihn nie als Ehemann haben
würde? War sie deshalb geflüchtet? Rückblickend und durch
mehrere Schnäpse bestärkt, spekulierte er, daß Empress'
unbezähmbarer Geist einen sehr geschäftstüchtigen Charakter spiegelte. Ihre Entscheidung, nach Helena zu reiten und
sich zu verkaufen, war gewiß eine praktische Idee gewesen:
Ihr Angebot, sein Leben zu retten, war vermutlich durch die
Angst ausgelöst worden, sein Scheck würde im Fall seines
Todes nicht eingelöst. Selbst die Begegnung mit Valerie hatte
Empress unverletzt überstanden. Sie war eher wütend gewesen als traurig.

Und in Treys düsteren Gedanken schien Empress bei weitem die pragmatischste Frau, die er je gekannt hatte. Selbst
in dieser vom Nützlichkeitsdenken beherrschten Gesellschaft der Grenzlande ließen sich weiße Frauen nicht in einem Bordell versteigern. Ihre Erklärung an jenem Abend auf
der Ranch, als sie davon sprach, in Frankreich auf ihn zu
warten, schien ihm rückblickend kühl und zurückhaltend,
ohne die emotionalen Tränen, die man bei der Diskussion
einer so langen Trennung erwarten würde.

Es war Spätnachmittag, und er nahm sich gerade eben die
Zeit, sein Hotelzimmer zu beziehen, zu baden und sich dreimal umzuziehen, ehe er sich für konservatives Schwarz entschied. Handschuhe? Nein. Geld? Er stopfte sich ein paar
hohe Banknoten in die Tasche, überprüfte noch mal mit dem
Hotelbesitzer Guys Adresse und durchquerte rasch die Ho-
telhalle zu seiner wartenden Kutsche.

Auf die Pracht des Palais Jordan war er nicht vorbereitet.
Als er die Schwelle überschritt und in das vergoldete Foyer

mit dem Marmorboden trat, war er ebensowenig darauf vorbereitet, wie auf den hochmütigen Butler, der nicht Empress Jordan ankündigte, sondern Mrs. Terrance Miles. Seine spontane Reaktion auf die Nachricht von ihrer Eheschließung war Feindseligkeit, doch dann schloß er bitter, daß er das hätte ahnen müssen. Hatte Guy ihm nicht gleich in seinem ersten Brief mitgeteilt, daß Pressy sich um alles kümmerte?

Als sich die Türen zum Salon öffneten und der Butler seinen Namen ankündigte, war er absolut unvorbereitet auf diese ungeheure Anzahl von Männern, die Empress umscharten, während sie wie eine Königin in deren Mitte saß und hof hielt. Seine Reaktion auf den Duft von weißem Flieder hieß allerdings intuitive, sofortige Sehnsucht. Auch mit verbundenen Augen hätte er gewußt, daß sie sich in diesem Raum befand.

Empress war total überrascht und starrte ihn mit offenem Mund an. Alles Blut war ihr aus dem Gesicht gewichen. Er ist da, war der erste Gedanke, der sie wie ein Blitz durchfuhr.

Dann breitete sich ein seltsames Schweigen aus, weil jeder Empress' Blässe bemerkte und dann rasch zur offenen Tür blickte, um den gutaussehenden Mann zu betrachten. Mit seiner natürlichen Anmut wirkte er inmitten der Höflinge noch exotischer als sonst, trotz seines makellos geschnittenen Anzugs. Er war groß, gutgewachsen, hatte glänzendes langes Haar, so schwarz wie Rabenflügel, das im Licht bläulich schimmerte, und eine so bronzefarbene Haut, daß in jedem Kopf sofort ein Bild des unzivilisierten Wilden Westens auftauchte. Der schwarze Cut, den er über einer grünlila Weste trug, betonte seine männliche Ausstrahlung. Und als er in die unvermittelte Stille hinein lächelte, wirkten seine hochgezogenen Mundwinkel wölfisch. Seine hellen Augen wurden raubtierhaft zusammengekniffen, und in dem faszinierten Schweigen war sein angeborener Hochmut deutlich spürbar. Es war, als sei jeder in seiner Bewegung erstarrt. Die Empress umgebenden Männer wirkten wie benommen und aus dem Gleichgewicht gebracht. Und der sichtliche Schock bei ihr wirkte bei einer Frau, die für ihre Haltung bekannt war, doppelt überraschend.

Der auffallende dunkelhäutige Mann im Eingang strahlte ein Selbstbewußtsein und eine Macht aus, die den Raum wie ein Sturmwind durchfuhr. Er wußte nicht, was er erwartet hatte, wenn er Empress zum ersten Mal wiedersehen würde, aber das hier hatte er nicht erwartet — diese, wie drückte man es aus? — diese Horden von hoffenden Männern. Ihn überkam eine unbezähmbare Eifersucht. Es war nun klar, warum sie sich nicht die Mühe gegeben hatte, ihm zu schreiben, dachte Trey, während seine durchdringenden Augen die Männerschar überflogen, von denen er einige als Estées Freunde erkannte. Sie waren groß und klein, muskulös und schlank, alt und jung, einige in Reitjacketts, als seien sie gerade vom Ausritt in den *Bois* zurückgekommen, andere in der vorgeschriebenen Nachmittagskleidung.

Aber alle waren sie reich.

Das begriff er sofort.

Doch während er das alles registrierte, überfluteten mächtige Gefühle seine Vernunft, und sein einziger Gedanke war, daß zu viele Männer die Frau umscharten, die er instinktiv als die seine betrachtete — trotz ihres neuen Namens und des neuen Ehemannes. Mühsam widerstand er dem Impuls, seine Finger zu Fäusten zu ballen und eine Prügelei anzufangen. Er stand immerhin in einem Pariser Salon.

Seine Stimme klang daher nicht wütend, als er endlich das Wort ergriff, sondern selbstbewußt und überaus höflich. Nur ein leichter Western-Akzent färbte sein perfektes Französisch. Wie viele wohlhabende junge Männer hatte man ihn alljährlich für einige Zeit nach Europa geschickt. »Guten Tag, Mademoiselle Jordan«, sagte er, bewußt ihren Mädchennamen wählend, und überging die Möglichkeit, daß einer der Anwesenden hier ihr Gatte sein könnte. »Sie sehen ...« Er hielt inne und überflog mit einem unverschämten Blick ihre Gestalt. Falls sie wirklich im letzten Monat fast gestorben war, so wirkte sie nun wie die Verkörperung von Gesundheit. Sie sah wunderschön aus. »... großartig gesund aus.« Die Worte sprach er langsam und sinnlich gedehnt aus, wobei seine Augen über ihr Dekollete wanderten und mit Kennerblick feststellten, daß ihre Brüste größer geworden wa-

344

ren. Falls ihr Gatte tatsächlich zugegen war, entschied er, mußte er die ... Gesellschaft seiner Frau sehr genießen.

Treys unverschämte Worte und Anzüglichkeiten jagten einen rosigen Hauch über Empress' Wangen. Der Schock seines Auftauchens beschwor zudem die unsinnigsten Gefühle herauf. Ihre erste, instinktive Welle der Freude war sofort durch die Angst um Max verdrängt worden, und nach Treys herausfordernden Sätzen und seiner Weigerung, ihren neuen Namen auszusprechen, stieg Ablehnung in ihr hoch.

Typisch Trey, dachte sie mit wachsender Wut, einfach so wieder in ihr Leben zu treten: mit seiner unerschütterlichen Sicherheit, seinen höflichen Manieren, mit den beleidigenden Anspielungen, daß er irgendwelche Besitzansprüche auf sie hätte. Ob er noch verheiratet war? War seine Frau in Montana geblieben oder mit ihm unterwegs und wartete in irgendeiner Hotelsuite? War er möglicherweise geschieden? Warum kam er so unvermutet jetzt, nach so vielen Monaten? Alles nicht zu beantwortende Fragen, und sie war nicht in der Stimmung, sich damit zu befassen, nachdem sie sehr langsam und allmählich ihre Gefühle wieder unter Kontrolle gebracht hatte.

Zu lange hatte sie sich gegen die brennende Sehnsucht gewehrt und sich bemüht, die starken, quälenden Erinnerungen an Trey auf ein erträgliches Maß zu reduzieren. Aufgebracht beschloß sie, es nicht zuzulassen, daß er lässig wieder in ihr Leben trat und ihre schwer errungene Ruhe störte.

Auch dem Duc de Vec gefiel der besitzergreifende Ton dieses Fremdlings nicht. Erst vor kurzem hatte Empress angefangen, auf seinen weltmännischen Charme mit einer Belustigung zu reagieren, die er charmant und ermutigend fand. Seine Erfahrung nach waren junge Witwen die allerbesten Geliebten, und seit der Geburt ihres Kindes war die Gräfin von verführerischer Üppigkeit. Es gingen Gerüchte um, daß sie das Kind selbst stillte. Das war in den Salons von Faubourg St. Germain etwas Unerhörtes, aber typisch für die erstaunliche Unabhängigkeit, die er an ihr so faszinierend fand. Sie war wohl auch in anderen Aspekten des Lebens recht unkonventionell, und er hatte bereits ein Halsband mit

Feuerrubinen als Erinnerungsstück an ihren ersten gemeinsamen Abend ausgewählt. Dieser dunkelhäutige Mann, dem das Haar über den Kragen fiel und sie herauszufordern schien, ärgerte ihn. Er wandte sich zu Empress, die neben ihm auf einem Petit-Point-Sofa saß, und sagte leise, aber gleichzeitig gelassen und eindringlich:

»Soll ich dem Schurken die Tür weisen?«

Die Stimme des Ducs unterbrach Empress' inneren Aufruhr, und sie wandte erleichtert den Blick von Treys machtvoll männlicher Ausstrahlung ab. »Das ist nicht nötig, Etienne.« Es machte ihr Mut, daß sie mit normaler Stimme sprechen konnte, obwohl ihr Herz unkontrolliert pochte. »Mr. Braddock-Black und ich sind alte Freunde, und ich bin seine Vertraulichkeiten durchaus gewöhnt.«

»Das könnten Sie ohnehin nicht«, erwiderte Trey milde lächelnd, der das Angebot, ihn rauszuwerfen, gehört hatte. Ungerührt trat er näher auf die Gruppe von Männern zu, die um Empress saßen.

Der Duc, der für sein hitziges Temperament berüchtigt war, sprang sogleich auf die Füße. Abneigung zeichnete sich deutlich auf seinem Gesicht ab. Seine Geschicklichkeit mit Pistolen und Degen war ausgezeichnet und todbringend. Doch ehe er diesen unverschämten Halbwilden herausfordern konnte, berührte Empress seine Hand und murmelte leise: »Nicht, Etienne.«

Treys Blick fuhr zu Empress' schmaler Hand auf dem Arm des Duc, dann zum widerwilligen Gesicht des Herzogs, unter dessen Bräune eine leichte Röte zu erkennen war. »Gehorchen Sie ihr, Etienne?« fragte Trey süffisant. Es machte ihn wütend, wie sich dieser Mann für Empress einsetzte und so dicht neben ihr saß. Es war ihm völlig egal, wer er war oder warum er auf dem Ehrenplatz neben Empress auf dem kleinen Sofa saß. Dieser große, schlanke Mann in seinem teuer geschnittenen Tweed-Sacko war ein Rivale, der in sein persönliches Territorium eingedrungen war. Spontaneität beherrschte nun Treys Verhalten, keine Vernunft.

»Benimm dich, Trey, du bist hier nicht bei Lily«, ermahnte ihn Empress beißend. Ihre grünen Augen blitzten vor Zorn.

»Sieht mir ganz so aus, als wäre ich bei Lily«, spöttelte Trey mit schmalen Lippen.

Empress holte einmal tief und beruhigend Luft, ehe sie sehr leise sagte: »Bei deinem Geschmack für Ausschweifungen bin ich sicher, daß du den Unterschied kaum bemerken würdest.«

»Da hast du natürlich recht, ich habe es einfach nie gelernt«, erwiderte er ebenso leise. Sein heller Blick spazierte frech auf ihr auf und ab. »Du kennst ja den alten Spruch: ›In der Nacht sind alle Katzen ...‹«

Die Erwähnung von Lily hatte natürlich für den Duc keinerlei Bedeutung, aber das bevorstehende Ende von Treys Bemerkung ließ ihn vor Zorn einen Schritt vortreten.

Empress umklammerte rasch seinen Arm fester und mahnte eindringlich: »Bitte, Etienne.« Sie wollte hier keinen Skandal, nur weil Trey anmaßend war und Etienne sie verteidigte. »Bitte, um meinetwillen ...«, wiederholte sie mit absichtlich dunkler Stimme.

Der Duc begriff das intime Versprechen in Empress' Ton, trat zurück und ließ sich geschmeidig wieder neben ihr nieder. Mit diesem Emporkömmling würde er später abrechnen, schwor er sich und plazierte den Arm über die Sofalehne, so daß seine Hand besitzergreifend auf Empress' nackter Schulter zu ruhen kam.

»Vielleicht können wir über unsere Freundschaft mit der Comtesse zu einem anderen Zeitpunkt sprechen«, sagte er zuvorkommend, aber mit eiskaltem Blick. »In aller Ungestörtheit. Werden Sie sich lange in Paris aufhalten?«

»Solange, wie es sein muß«, erwiderte Trey mit liebenswürdigem Lächeln. Seine Stimme aber klang zu sanft, und in seinem Blick lag eine todverheißende Provokation.

»Um Himmels willen«, rief Empress, die plötzlich ungeduldig wurde, weil diese streitsüchtigen Männer mit ihr umgingen wie mit einer Kriegstrophäe. »Hört ihr jetzt endlich auf, euch anzufeinden wie zwei wilde Stiere? Es wird stets meine Entscheidung bleiben ...«, fügte sie dann in der verblüffend offenen Art hinzu, die sie sich nach Meinung aller wohl in Amerika angewöhnt hatte, »wann und für wen ich

347

da bin. Es ist also weder Ihre noch deine.« Dabei warf sie beiden Männern einen entschiedenen Blick zu.

»Hört, hört«, meinte Prinz de Morne darauf beeindruckt, den Empress' offene Art stets entzückte. Sie bildete einen zauberhaften Kontrast zu den anderen Damen des Adels, die sich immer mit allem einverstanden erklärten, was die jeweiligen Männer gaben. »Bitte, liebe Madame, schließen Sie mich auch in Ihre entgültige Entscheidung ein.«

Empress warf Hippolyte einen dankbaren Blick für den frivolen Tonfall zu, der die gespannte Atmosphäre etwas aufheiterte. Mit Anerkennung in der Stimme und im Blick sagte sie: »Lieber Hippolyte, Sie sind bei weitem der amüsanteste meiner Freunde, und dafür danke ich Ihnen, denn ich verabscheue die Langeweile.«

»Es ist mir eine Ehre«, erwiderte der junge Prinz mit einer eleganten Verbeugung, »mein Leben der Vertreibung Ihrer Langeweile zu widmen.«

Der Duc blickte bestürzt. »Machen Sie ihm nur keinen Mut, Empress, sonst werden wir alle vor Langeweile sterben«, beendete er trocken.

»Ich brauche etwas zu trinken«, meldete sich Trey nun wieder zu Wort, gereizt durch Hippolytes übertriebene Komplimente, und machte sich wie unbeteiligt auf die Suche nach einem aufbauenden Getränk. Als er die Bar entdeckte, ging er kommentarlos hin und dachte dabei zähneknirschend: Meine Güte, sie sind hinter ihr her wie ein Rudel geifernder Wölfe. Und typisch, Empress wird spielend leicht damit fertig. Er goß sich ein großes Glas Brandy ein. Ihre Fähigkeit, im Spiel der Liebe mit gleicher Münze zurückzuzahlen, faszinierte ihn am stärksten. In diesem Treibhaus rivalisierender Männer, die alle um Empress herumscharwenzelten, hatten sich seine Gefühle in verdrossene Empörung gewandelt. Er konnte das sich ihm darbietende Bild von einer flirtenden Frau, vielen Männern, einem abwesenden oder gar einverständlichen Gatten nur auf eine einzige Weise deuten. Wie in Montana ging Empress offensichtlich zu den Meistbietenden. Glücklicherweise beschloß er zynisch, hatte er genügend Geld, um ihr eine weitere Zeitspanne abzukaufen.

Er setzte sich in einen zierlichen Sessel, der für ihn zu klein war, und schlug die langen Beine übereinander. Seine Stiefel mit den hohen Absätzen bildeten in diesem Rokoko-Interieur mit Schäferszenen und Pastellfarben einen scharfen Gegensatz. Doch Trey blieb das gesamte Ritual der Teestunde hindurch, denn Empress erlaubte es Etienne nicht, ihm die Tür zu weisen, so sehr ihr das auch gefallen hätte. Trey war viel zu unberechenbar. Außerdem würde sie sich von ihm nicht einschüchtern lassen.

Trey trank seinen Brandy und trug gelegentlich mit einer schneidenden Bemerkung zur allgemeinen Unterhaltung bei, in der es vornehmlich um vergangene, gegenwärtige und künftige gesellschaftliche Anlässe ging. Heute ärgerte ihn alles — auch das Gerede über aristokratische Zerstreuungen. Doch Empress schien sehr gut hierher zu passen, so als hätte sie nie in Cowboyhosen und abgetragenem Flanellhemd und mit strähnigem Haar in Lilys Bar gestanden. Im Gegensatz zu der seidigen Mähne, an die er sich erinnerte, war ihr Haar heute streng und ordentlich zu Locken aufgesteckt und mit einer Perl- und Brillantspange zusammengehalten. Ihr Kleid aus mitternachtsschwarzem Samt, das sich vorn über einer cremefarbenen Spitzenrüsche öffnete, wirkte kostbar. Trey hatte eine gewisse Ahnung, was Kleider aus den berühmten Modehäusern kosteten. Offensichtlich hatte Empress keinerlei finanzielle Schwierigkeiten mehr, denn mit seinen 37.500 Dollar konnte sie nicht in diesem großen Stil leben. Das verdroß ihn noch mehr.

Er beobachtete sie im Kreis ihrer schmeichelnden Bewunderer, fröhlich wie ein Vogel, lächelnd und gewandt: Ihre dichten Wimpern, die sich beim Reden zuweilen anzüglich und vielversprechend senkten, ihr tirillierendes Lachen, das sie so besonders wirken ließ — ganz im Einvernehmen mit sich selbst. Und wie sie saß — nein, wie sie elegant dort lehnte! Sie hatte das Gewicht lässig auf eine Armlehne gelagert, damit die Brüste provokativ aus dem Dekolleté quellen konnten. Jeder Mann in diesem Salon hätte sie am liebsten sofort ins Schlafzimmer geführt.

Empress gab ihr Bestes.

Sie bildete einen verlockenden, zu verführerischen Anblick.

Wenn nur seine Wut nicht außer Kontrolle geriet ...

Einmal richtete der Duc de Vec bei einem Thema, in dem es um die verschiedenen Jagdmöglichkeiten nahe Paris ging, das Wort an ihn. »Interessiert Sie das? Langweilen wir Sie, Mr. Braddock-Black?«

Trey rückte seine Smaragdmanschettenknöpfe zurecht. Es war in seinen Augen unfair, wenn dreißig Männer auf Pferden und zwei Dutzend Hunden einem einzigen Fuchs hinterherjagten. Er hob seinen silbrigen Blick: »Ich war in meinem ganzen Leben noch nie so fasziniert«, erwiderte er mit strahlendem Lächeln. »Die Gesellschaft von Mademoiselle de Jordan«, fuhr er charmant fort, »ist wie immer das Paradies. Die Jagd hingegen ist nicht mein Spezialgebiet, daher verzeihen Sie mir bitte, wenn meine Aufmerksamkeit abschweift.« Das war eine herausfordernde Bemerkung von einem Mann, der jedes Jahr wochenlang für seinen Clan auf die Jagd ging. Er griff nach der Brandyflasche, die er bequemerweise gleich mitgenommen hatte, füllte sein Glas, prostete dem Duc und Empress spöttisch zu und leerte das Glas in einem Zug.

Im Laufe des Nachmittags leerte sich auch die Flasche, aber Treys weltmännisches Benehmen blieb gewahrt, von gelegentlichen beißenden Kommentaren einmal abgesehen, die immer frauenfeindlicher wurden.

Empress nahm sie allerdings alle zur Kenntnis.

Und reagierte scharf darauf.

Jedes Mal entschuldigte sich Trey dann — und trank weiter.

De Vec war ein Bild der Zurückhaltung, wurde aber trotz seiner entspannten Haltung dicht neben Empress immer stiller. Er trank nur sein Quellwasser, das er sich stets von seinem Jagdschlößchen in Logiealmond in Schottland kommen ließ.

Wem riß wohl als erster der Geduldsfaden? fragten sich alle, und die unterschwellige Erwartung wurde immer spürbarer.

Da keiner einen möglichen Aufruf verpassen wollte, blieben Empress' Gäste alle länger. Sie mußte jedoch ihr Kind stillen, was bestimmte, festgesetzte Termine erforderte. Als der Nachmittag sich hinzog und sich niemand verabschieden wollte, wurde Empress immer ruhiger. Sie wußte, daß Max nun bald aufwachen würde. Mit einem Blick auf die Sèvres-Uhr auf dem Kaminsims gab sie schließlich vor, am frühen Abend eine Verabredung zu haben, worauf sich die höflicheren Gäste erhoben und verabschiedeten. Trey gab mit keiner Geste zu verstehen, daß er gehen wollte. Als der Duc seine Absicht kundtat, länger als Trey zu bleiben, versprach Empress ihm leise, ihn am Abend in der Oper zu treffen.

»Sind Sie sicher, daß alles in Ordnung ist?« fragte er. Er haßte es, sie mit diesem unhöflichen Wilden aus Amerika allein zu lassen, der fast eine ganze Flasche Brandy getrunken hatte.

»Ich bin sicher, Etienne, danke. Danke auch noch mal für Tunis.«

Seine Aufmerksamkeit für Details und seine liebevolle Fürsorge machten nur einen Teil seines bezaubernden Charmes aus: Als der Duc erfahren hatte, daß Empress ein besseres Reitpferd brauchte, wurde noch am selben Tag eines aus seinem Stall bei ihr abgegeben. »Das Vergnügen ist ganz meinerseits, meine Liebe.« Damit verbeugte er sich elegant. »Bis heute abend. Sie sind ganz sicher?« fragte er noch einmal mit einem kurzen, prüfenden Blick auf Trey.

Empress nickte lächelnd.

Der Duc warf ihr ein rasches Abschiedslächeln zu und verschwand.

»Was«, fragte Trey, als sich die Tür hinter dem Duc geschlossen hatte, »ist Tunis?«

Seine Frage ärgerte sie. Das ging ihn nichts an. Die Tatsache, daß er zu lange blieb, ärgerte sie ebenfalls. Die anderen Männer waren immerhin höflich genug, zu gehen — was sie ihm nicht verschwieg.

»Tunis geht dich nichts an, und du bist schon über deine Zeit hinaus geblieben. Hast du denn überhaupt keine Manieren?«

»Ich bin nur neugierig wegen des seltsamen Namens«, ant-

351

wortete er ungerührt von ihrer Kritik. »Und Manieren habe ich noch nie gehabt. Ich dachte, das wüßtest du. Hat dein Beau dir vielleicht einen schwarzen Sklaven geschenkt? Dazu bist du doch nicht der Typ.« Jedes Wort bildete eine Provokation, jede Frage war schlecht verdeckte Beleidigung.

»Oh, meine Güte«, rief sie genervt, »falls du es unbedingt wissen mußt, Tunis ist kein Sklave. Tunis ist eine kleine Stute, die mir Etienne geschenkt hat. Sie wurde in Nordafrika trainiert, daher der Name. Und um deine Neugier vollends zu befriedigen, sie wurde außerdem in der Spanischen Reitschule ausgebildet. Sie hat eine bemerkenswerte sanfte Gangart. Sie hat mehrere Meisterschaften im Dressurreiten gewonnen und kann bis zwanzig zählen«, endete Empress.

Trey rührt keinen einzigen Muskel, nur eine Braue hatte er zynisch hochgezogen.

»Das scheint ja eine gehörige Verbesserung zu deinem Bergpony Clover zu sein, ich muß schon sagen. Du hast es weit gebracht«, stellte er unbeeindruckt fest. Sein Blick wanderte durch den luxuriösen Salon, und der Alkohol machte seine Stimme schleppend. »Aber geschickt warst du ja immer schon. Sind die Preise hier höher?«

Empress versteinerte, und die Wut, die sich den ganzen Nachmittag über in ihr zusammengebraut hatte, kam schließlich zum Ausbruch. »Ich brauche kein Geld mehr«, fauchte sie. »Würdest du jetzt bitte gehen.«

»Falls«, sagte Trey freundlich, ihre offene Ablehnung völlig ignorierend und mit Blick auf die kostbaren Barockperlen um ihren Hals, »du weiterhin in solcher Pracht lebst, wirst du bald wieder was brauchen.«

»Ich weiß nicht, warum ich dir das überhaupt erkläre. Aber dies hier gehört alles Guy. Sein Erbe ist zusammen mit dem Titel wieder an uns zurückgefallen. Wir haben Geld.« Ihre Worte klangen kalt und herablassend.

»Und *du* hast auch Geld?« bohrte Trey nach. Sein Lächeln war angespannt. Nach einem endlosen Nachmittag, an dem er zugesehen hatte, wie charmant Empress andere Männer behandelte, war er nicht in der Stimmung, fortgeschickt zu werden.

»Genug«, sagte sie knapp.

»Ich hoffe, es reicht, um dem Ruf entgegenzuwirken, den du mit deinem männlichen Harem hier ohne Zweifel aufbaust.« Trey hatte zwar sein Leben lang die Regeln der Gesellschaft mißachtet, aber er war sich bewußt, daß einer Frau solche Freiheiten nicht kritiklos zugestanden wurden.

»Es reicht«, wiederholte Empress mühsam beherrscht. Sie war entschlossen, Trey denken zu lassen, was er wollte, und hatte nicht die geringste Absicht, ihn über ihr einsames Leben aufzuklären. Das würde seine Arroganz nur fördern.

Eine Arroganz, wie sie zugeben mußte, die gerechtfertigt war. Er war der Typ, dem alle Frauen mit Blicken folgten und den Männer wiederholt und ärgerlich ansahen. Seine Züge waren markanter als die von anderen Männern, und wenn sein silbriger Blick auf ihr ruhte wie jetzt, dann war es kaum möglich, die starke Energie zu mißachten. Trey war wie ein lauerndes Raubtier, das ständig auf dem Sprung lag.

Der Katalog seiner makellosen Eigenschaften, mit denen er so überreich ausgestattet war, war ungerecht lang.

Doch Trey war nicht nur das reine Entzücken, die reine Schönheit und Erregung — er war zu überheblich. Er bot ihr nur das, was er allen Frauen bot, und sie war dumm genug gewesen, mehr zu erwarten. Sie hätte sich weniger von seinem Charme einwickeln lassen sollen.

»Ich will dich«, sagte er mit aller Gemütsruhe, und sie zuckte sowohl über die Worte selbst wie auch über die Anmaßung zusammen. Er war der verwöhnte Sohn eines reichen Mannes, der frech alles, was in den letzten Monaten vorgefallen war, übersprang. Das war Trey Braddock-Black — mit einem Vater und einer Mutter, die beide Millionäre waren, mit Minen und Gestüten und einem leider ungeheuer attraktiven Gesicht. Sie hätte nicht so erschrocken reagieren sollen. Sie hätte es wissen sollen.

»Es tut mir leid«, erwiderte Empress gefaßt und kämpfte gegen die starke emotionale Reaktion an, die diese Worte in ihr ausgelöst hatten. »Das steht völlig außer Frage.« Aber sein glutvoller Blick und die erregenden Worte berührten sie, wie nur er es konnte, und Sehnsucht durchzuckte ihre

Sinne. Ihre von Milch prallen Brüste reagierten auf dieses Beben, und sie erhob sich unvermittelt mit dem Entschluß, sich Treys sinnlicher Verlockung zu entziehen. Es schmeichelte ihr nicht, daß er sie wollte. Sie holte tief Luft, um das erregende Gefühl zu dämpfen, das wider besseres Wissen in ihr wuchs, und sagte so gelassen wie möglich: »Würdest du jetzt bitte gehen. Ich muß mich umziehen. Ich gehe heute abend in die Oper. *Thais*.«

Schweigen.

»*Thais* ist meine Lieblingsoper, und du lädtst mich nicht ein?« Treys Lächeln wirkte umwerfend.

»Nein«, antwortete sie entschieden. Sie versuchte angestrengt, ihren Atem zu beruhigen, aber das war schwer, wenn Trey in ihrem Salon saß, dicht genug, um sie berühren zu können. Ihre Finger krampften sich in den Samt ihres Rockes. »Schade.«

»Ich bin sicher, du wirst dich anderswo ebensogut amüsieren. Hast du übrigens ...«, fragte sie mit, wie sie hoffte, unpersönlicher Stimme, »deine Frau dabei?«

»Glücklicherweise«, erwiderte er höflich, »habe ich keine Frau.«

Bei dieser Unverschämtheit flammte Wut in ihr hoch. »Muß man da gratulieren?«

»Aber sicher.« Sein Lächeln bildete eine vielversprechende Aufforderung.

»Dann betrachte dies als Einladung«, sagte sie knapp, trat zur Tür und öffnete sie. Wie typisch für Trey, eine unerwünschte Frau so rasch loszuwerden. Sein Tonfall war ausdruckslos gewesen, sein Lächeln gelassen, als sei das Loswerden einer unerwünschten Frau bloß ein vorübergehendes Ärgernis.

»Wo ist Mr. Miles?« fragte er nun interessiert. Er erhob sich. Seine Frage klang beiläufig und ganz offenkundig ohne Sorge, ob es tatsächlich einen Mr. Miles gab.

»Glücklicherweise gibt es keinen Mr. Miles«, erwiderte Empress.

Seine dunklen Augen hoben sich fragend. »Was soll das Spiel?« wollte er wissen. Für einen weitgereisten Mann war der Grund offensichtlich, aber er war nach ihren Flirtereien an diesem Nachmittag ausgesprochen schlechter Laune und bestand darauf, die ganze Wahrheit zu erfahren.

Empress zögerte, nicht aus Verlegenheit über ihre Lage, sondern mit der Absicht, Max vor Trey geheim zu halten. »Ich ziehe es vor, als Witwe betrachtet zu werden, daher ...«

»Ah, die lustige Witwe«, unterbrach er sie geringschätzig und erinnerte sich nur zu deutlich an ihre lebhafte Sexualität. »Ich sehe, wie das deinem ... freundlichen Wesen entspricht.« Er klang belustigt; sein Blick aber war kalt.

»Warum mußt du eigentlich aus jeder Bemerkung eine sexuelle Anspielung machen?« gab sie zurück und schloß die Tür, damit die Diener ihre Unterhaltung nicht mithörten.

»Ich sollte andere Assoziationen haben«, erwiderte er mit Samtstimme, »nachdem ich heute nachmittag so offene, unmißverständliche Lust gesehen habe.« Seine dicht bewimperten Lider senkten sich anerkennend. »Ich bewundere deine Fähigkeit, freundlich zu sein«, fuhr er trocken fort. »Niemand ist hier mit getrübter Hoffnung gegangen.« Ihre Haltung, verdammt, war perfekt. Sie war anmutig, gastfreundlich, mit Andeutungen sowohl von Lebhaftigkeit und, wenn sie einen durch die dichten Wimpern ansah, auch Ermutigung.

»Rede nicht so abfällig mit mir«, forderte Empress und stampfte vor Wut über seine Scheinheiligkeit mit dem Fuß auf. »Du, der als unangefochtener Zuchthengst den ganzen Westen beherrscht hat.»

»Bei einem Mann ist das etwas anderes.«

Das war keine höfliche Zurechtweisung, sondern eine gemeine Herausforderung. Typisch. »Und wieso soll das anders sein?« fragte Empress mit eisiger Stimme.

Treys Klischee in Verbindung mit seiner verflucht arroganten Heuchelei brachte ihre Wut wieder zum Kochen. Ob sie eine Jungfrau war oder sexuell aktiv spielte keine Rolle; es war sogar unwichtig, daß sie seit dem Verlassen Montanas allein gelebt hatte. Wichtig war nur, dachte sie aufgebracht, daß sie die Entscheidung dazu traf. Weder die Gesellschaft, noch er oder irgendein Fremder auf der Straße.

»Uns gesteht man einfach mehr Freiheiten zu.« Seine Stimme war eine einzige Kriegserklärung.

»Wie schön für dich. Ich habe hingegen entdeckt«, entgegnete sie mit scharfer Stimme und hob leicht das Kinn, »daß meine Freiheit genausoweit reicht.«

Er hatte in einigem Abstand von ihr neben dem Sessel gestanden, aus dem er sich erhoben hatte, und trat nun mit jenem weichen, geschmeidigen Gang auf sie zu, der, wie sie oft gedacht hatte, selbst in welkem Laub geräuschlos sein würde. Er blieb zu dicht vor ihr stehen, um noch höflich zu wirken, und ragte hoch über ihr auf. Die Wut hatte er mühsam gezügelt bei dem Gedanken, daß Empress mit irgendeinem dieser Männer hier schlief. Mit überquellender Sanftheit sagte er nun: »Um ganz brutal offen zu sein, mein Liebling, als Frau hat eine solche Freiheit oft körperliche Folgen.«

Empress drehte sich der Magen um. Wußte er über Max Bescheid? War dieser plötzliche Schlagabtausch ein überzogenes Katz-und-Maus-Spiel? Warum wirkte er soviel größer als sie ihn in Erinnerung hatte? »Wann bist du in Paris angekommen?« lenkte sie versuchsweise ab, zu ängstlich, sich womöglich mit Trey über den Sohn streiten zu müssen. Er neigte sich leicht in einer angedeuteten Verbeugung, und die Saphirknöpfe an seine Weste funkelten auf, als wollten sie sie an seinen Reichtum erinnern. »Heute nachmittag«, antwortete er. »Darf ich später heute abend nach der Oper vorbeikommen und ein wenig von deiner Freiheit kosten?« Sein Tonfall war so korrekt, als würde eine Anstandsdame neben ihnen sitzen. Doch die Betonung der Worte und sein spöttischer Blick straften seine Haltung Lügen.

Er wußte nichts über Max, glaubte sie nun, und blickte in die höhnischen, verzehrenden Augen. Hinter dem Spott lag jedoch zuviel Sinnlichkeit. Er war halt einfach nur an der Befriedigung seiner sexuellen Gelüste interessiert. »Ich fürchte, ich habe heute abend keine Zeit.« Die Andeutung in ihrer Stimme und Miene verrieten, daß sie niemals Zeit haben würde.

»Dann vielleicht morgen?« schlug er freundlich vor, weder von Inhalt noch Tonfall ihrer Ablehnung beeindruckt.

»Nein«, antwortete sie ausdruckslos. Erwartete er, daß sie ihm nach allem, was er getan hatte, in die Arme sank?

»Hast du einen vollen Terminkalender?« fragte er mit diesem hintergründigen Charme, den sie den ganzen Nachmittag über beobachtet hatte. »Ich bin bereit, dir einen gehörigen Teil Zeit abzukaufen. Wie stehen die Preise hier in Paris?« fragte er. »Da du nicht mehr barfuß auf den Markt gehst.«

Ihr Gesicht errötete bis zu den Haarwurzeln, und sie holte in heißer, mörderischer Wut tief Luft. »Ich finde deine Einladung natürlich sehr verlockend«, erwiderte sie giftig. »Leider«, fügte sie ätzend hinzu, »kannst du dir sie nicht leisten.«

Er sah sie überracht an und lächelte. »Ich kann jede Hure des ganzen Kontinents kaufen, Schatz«, sagte er dann sehr herzlich. »Und das weißt du genau.«

»Ich wünsche Ihnen einen angenehmen Aufenthalt, Mr. Braddock-Black«, sagte sie. Wenn sie ein Mann gewesen wäre, hätte sie ihn jetzt umgebracht. Sie riß die Tür auf und floh vor der lächelnden Herzlosigkeit und dem überwältigenden Drang, ihm mit den Fingern das Gesicht zu zerkratzen, bis das beleidigende Lächeln erlosch. Sie floh ins nächste Zimmer, schlug die Tür hinter sich zu und lehnte sich zitternd vor Wut an das polierte Kirschbaumholz. Falls sie eine Waffe gehabt hätte, hätte sie sie benutzt und seine Gemeinheit und Scheinheiligkeit ein für alle Male aus der Welt geschafft. Wie konnte er es wagen, einen solchen Maßstab an ihr Verhalten anzulegen! Wie konnte er es wagen, sie für die gleichen Aktivitäten eine Hure zu nennen, die er als männliches Vorrecht betrachtete. »Zum Teufel, Trey!« fluchte sie verhalten. »Zur Hölle mit dir!«

Die hohe Standuhr in der Ecke schlug und erinnerte sie, daß Max wohl inzwischen quengelig war, weil seine Essenszeit lange schon überschritten war. Sie zwang ihre Gedanken von Trey fort, zwang sich, die Wut und die Erregung unter Kontrolle zu bringen. Sie legte die Hände auf die heißen Wangen, holte langsam und tief mehrmals Luft — und hatte erneut diesen provokativ lächelnden Teufel vor Augen, diesen einzigartigen, so verführerischen und faszinierenden

Mann. Verächtlich warf sie den Kopf in den Nacken, vertrieb dieses Bild mit aller Macht und stieß sich vom Türrahmen ab. Immerhin war, wie sie befriedigt dachte, ihre Weigerung eindeutig.

Diesen magnetischen Mr. Braddock-Black hatte sie zum letzten Mal gesehen.


# Kapitel 21

Am nächsten Morgen war er wieder da.

Er rollte sich mit Eduard auf dem Boden des Eßzimmers, während Guy, Geneviève und Emilie an ihm zerrten und lauthals ebenfalls seine Zuwendung beanspruchten. Buntes Papier und Bänder lagen zerknüllt und zerrissen auf dem goldenen Täbris-Teppich neben kostbaren Geschenken: Schmuck und Kleider, Stofftiere und Puppen, Malsachen und Bücher und ein Sattel von Hermès, der für Guy sein mußte. All das spiegelte Treys übliche Großzügigkeit den Kindern gegenüber wider. Emilies blonde Locken saßen unter einem teuren neuen Hut, und Genevièves schlanken Hals umgaben gleich drei Reihen hellrosa Perlen — die winzigsten und makellosesten, die sie je gesehen hatte. Guy hatte Trey am Ärmel gefaßt und verlangte, er müsse unverzüglich mit ihm zu den Ställen gehen. »Du mußt einfach, Trey! Laß Eduard jetzt. Ich bin an der Reihe.«

»Er kann dein altes Pferd doch später noch ansehen«, mischte sich Emilie wegwerfend ein, und die Veilchen auf ihrem lavendelfarbenen Seidenhut zitterten vor Entrüstung. »Zuerst muß er sich mein neues Ballkleid ansehen. Es ist mein *allererstes*, Trey«, verriet sie stolz und zog an seiner Hand. »Es ist aus glänzendem Batist über weißer Seide, und ich sehe darin aus wie ...«

»Wie eine Märchenprinzessin«, ergänzte Trey lachend. Dabei richtete er sich in dem Durcheinander auf, und Eduard kuschelte sich glücklich in seinen Schoß.

»Das stimmt! Das stimmt wirklich!« bestätigte sie begeistert. Ihre Freude erinnerte ihn auf herzzerreißende Weise an Empress. So hatte sie bestimmt als Vierzehnjährige ausgesehen: blond, mit rosigen Wangen und funkelnden Augen. »Pressy sagte, ich könne mein Haar aufstecken, weil es eine Familienfeier ist und ...«

Da wurde die Tür leise aber nachdrücklich zugeschlagen, und alle drehten sich um zu Empress, die starr am Eingang stand. Sie trug ein streng geschnittenes Morgenkleid aus Wildseide, und Trey fiel wieder auf, wie viel voller ihre Brüste geworden waren. Vielleicht war es ein Trick des Schneiders, um ihre Weiblichkeit noch zu betonen. Auf jeden Fall war es sehr wirksam, und schon regte sich leise Begierde in ihm.

»Sieh doch mal, wer hier ist!« rief Guy.

»Ist das nicht großartig? Trey ist auf Urlaub und besucht uns.« Geneviève machte vor Freude einen Hüpfer. »Sieh doch mal, mein neuer Hut! Trey sagt, er sei *très chic!*« sagte Emilie mit einem erwachsenen Tonfall, der aber in dem Lachanfall einer Vierzehnjährigen endete.

Strahlendes Lächeln zeigte sich auf allen jungen Gesichtern, und sie jubelten, während sie Trey umringten. Aber was Empress am meisten rührte, waren Eduards Ärmchen, die Trey eng umschlangen. Alle Kinder hatten Trey vermißt und unaufhörlich von ihm gesprochen, bis es Empress in einem Wutanfall verboten hatte. »Ich will nicht, daß dieser Mann in meiner Gegenwart noch einmal erwähnt wird. Ist das klar!« hatte sie mit harter Stimme gefordert, und die Kinder hatten unter ihrem aufgebrachten Blick die Augen gesenkt. Doch Eduard, der zu klein war, um diesen Befehl zu verstehen, hatte weiterhin unverdrossen nach Trey gefragt. Jetzt klammerte er sich entschlossen an ihn, und seine großen Babyaugen betrachteten Empress vorsichtig. Sie spürte, wie ihr die Tränen kamen.

»Guten Morgen. Du schläfst hier in Paris aber lange«, sagte Trey mit neutraler Stimme. Seine langgliedrige Hand ruhte leicht auf Eduards Bauch.

»Oh, Pressy steht hier nie früh auf, nicht wahr?« warf Guy ein, der sein Bestes versuchte, die Strenge aus dem Gesicht

359

seiner Schwester zu vertreiben. Seine Stimme klang ernst und hilfsbereit.

»Das liegt vermutlich an deinen langen Nächten«, bemerkte Trey, und das half ihr, die Tränen zu unterdrücken. Empress wollte diesem Mann keine Rechenschaft über ihre Gewohnheiten ablegen, der selbst außerhalb aller Konventionen lebte. Sie schlief morgens jetzt meistens lange, weil sie nachts oft aufstehen und Max stillen mußte und ihn erst gerade zurück in sein Bettchen gelegt hatte. »Du hingegen bist früh auf den Beinen«, schnappte sie. »Hat dir Paris gestern abend nichts Amüsantes geboten?«

»Doch«, erwiderte er friedfertig. »Ich war noch gar nicht im Bett — das heißt, nicht zum Schlafen«, verbesserte er sich mit einer Grimasse.

Lodernde Wut durchraste Empress, als sie die Zeichen von Schlaflosigkeit in seinem Gesicht entdeckte. Natürlich, er trug ja noch seine Abendgarderobe, bemerkte sie verspätet. Verdammt sei er. Doch dann zwang sie ihre Stimme zu einer Ruhe, die sie nicht empfand: »Ich hoffe, du wurdest angemessen unterhalten.«

»Sehr gut, vielen Dank.« Er strahlte unverschämte Heiterkeit aus. »Und du?«

»Ich finde meine Nächte immer recht aufregend«, erwiderte sie anzüglich.

Die silbrigen Tiefen seiner Augen glühten auf vor unbezähmbarem Zorn, weil ihn seine Besitzansprüche wieder überwältigten.

»Und das kann in Zukunft noch stärker werden.«

Sein Kinn ruhte nun auf Eduards dunklem Lockenkopf, seine Haltung wirkte gelassen, aber seine Worte waren von heiserer Resonanz, und der sengende Blick jagte Empress einen Schauder den Rücken herab, einen Schauder, der sich launischerweise in eine seltsam bebende Wärme verwandelte. Sie preßte die Handflächen gegen die solide Tür in ihrem Rücken, als könnte das glatte, kühle Mahagoniholz ihren Körper gegen diese Bedrohung schützen.

»Trey muß unbedingt mein Ballkleid sehen«, unterbrach Emilie. Sie war sich des stummen, erhitzten Dialogs zwischen den beiden Erwachsenen nicht bewußt; sie richteten nun notgedrungen die Aufmerksamkeit auf das junge Mädchen.

Mit einer Haltung, bei der seine gute Erziehung durchblitzte, antwortete Trey, noch ehe Empress ihre Stimme wiederfinden konnte: »Gut, Prinzessin, bring es her und zeig es mir. Und wenn du mir verrätst, was deine Lieblingsedelsteine sind, kaufe ich dir für die große Gesellschaft eine Halskette. Junge Damen brauchen Schmuck für den ersten richtigen Ball.« Empress sah, wie sein Charme seine volle Wirkung entfaltete, und einen Moment lang funkelte die Erinnerung an eine stürmische Winternacht auf, als er sie gefragt hatte, welches ihre Lieblingsblumen seien.

»Oh, Trey, wirklich? Kaufst du mir Brillanten?« fragte Emilie außer sich vor Freude und beugte sich vor, so daß ihre Augen auf gleicher Höhe mit Treys waren. Dann hauchte sie hingerissen: »Wirklich?«

»Emilie, benimm dich«, bellte Empress, als sie sah, wie Trey amüsiert nickte. »Natürlich kauft er dir keine Brillanten«, lehnte sie gereizt und kurz vor einem Wutausbruch ab. Trey wickelte sie alle mit seiner Großzügigkeit ein. Alle liebten ihn! Verdammt!

»Trey hat es aber versprochen«, wehrte Emilie sich trotzig. »Und ich will Brillanten.«

»Lauf los, Prinzeßchen, und hol dein Kleid«, schlug Trey nun versöhnlich vor. »Deine Schwester und ich besprechen das mit dem Schmuck.« Und er warf Emilie einen verschwörerischen Blick zu.

»Das werden wir ganz sicher nicht«, erklärte Empress steif, als Emilie, nach einem hingerissen Lächeln zu Trey und in einer Wolke aus raschelnden Röcken zur Tür rannte. Einen Moment lang überlegte Empress, ob sie Emilie zurückhalten sollte, um diesen Streit ein für alle Male aus der Welt zu schaffen.

»Nicht vor den Kindern«, ermahnte Trey sie sanft und mit entspanntem Lächeln.

Sein Blick glitt seitlich zu Guy und Geneviève, und seine Finger zausten Eduards Haar. Es war, als hätte er ihre

361

Gedanken gelesen. »Wenn ihr beiden Eduard jetzt für die Ausfahrt fertigmacht«, schlug er Guy und Geneviève vor, »meine Kutsche steht draußen und bringt uns alle in den Zoo.«

Noch ehe Empress protestieren konnte, war Eduard aus Treys Schoß gesprungen und brüllte: »Elefanten! Elefanten! Elefanten!« — mit einer Stimme, die den gesamten Raum erfüllte.

»Du weißt ja, wer am liebsten mit der Kutsche fährt, Pressy«, sagte Guy aufgeregt. Seine Stimme klang so glücklich! »Sollen wir ...«

»Macht schon, wenn ihr mitwollt«, unterbrach Empress Guy rasch, noch ehe dieser Max und die Tatsache erwähnen konnte, daß der Kleine liebend gerne mit der Kutsche fuhr. Verlegen wandte sie sich zu Trey und sagte: »Ich helfe ihnen beim Anziehen ... Mäntel und so«, fügte sie hastig hinzu und scheuchte die Kinder aus dem Raum.

Bei ihrer plötzlichen Nachgiebigkeit und der leichten Verlegenheit regte sich ein vager Verdacht in Trey. Aber er wehrte ihn mit einem Achselzucken ab und war zufrieden, daß die Kinder mitkamen.

Zehn Schritte weiter auf dem Gang fing Empress Guy am Arm ab, riß ihn herum und zischte: »Erwähn auf gar keinen Fall Max!« Dann warf sie einen scharfen Blick zu Geneviève, die bei Guys unterdrücktem Schrei stehengeblieben war, als Empress Finger sich in seinen Arm gekrallt hatte. »Keine Widerworte. Tu, was ich dir sage. Und sag es auch Emilie. Ich erklärte es euch später.«

Sie starrten sie an, überrascht von der Wut in ihrer Stimme, verblüfft über den seltsamen Befehl. Ihre Stimme klang wie damals, als sie ihnen verboten hatte, über Trey zu sprechen. Beide Kinder wußten, daß sie hier nicht widersprechen durften. »Eduard könnte ...«, begann Guy, aber Empress schüttelte den Kopf.

»Was immer er sagt, ergibt keinen Sinn, aber ignoriert es um Himmels willen, wenn er Max erwähnt.«

»Keine Sorge, Pressy, wenn du es nicht willst, tun wir das auch nicht«, antwortete Guy. Er würde sie und Max stets schützen, falls das nötig war. Seine Loyalität galt zwar der Schwester, aber er sehnte sich als Junge auch nach einem Vorbild wie Trey und wollte, daß dieser bei ihnen blieb. Er betete den Mann geradezu an, der in seinem verknitterten Abendanzug auf dem Boden des Eßzimmers herumrollte, und hoffte, daß das, was zwischen den beiden Erwachsenen nicht stimmte, seine eigene Freundschaft zu Trey nicht beeinträchtigen würde. »Ich sage Emilie Bescheid«, versprach er. »Keine Sorge, Pressy. Keiner wird Max erwähnen.«

»Hast du verstanden, Geneviève?« fragte Empress knapp. Mit ihren blauen Augen, aufgerissen so groß wie Untertassen, begriff sie absolut nicht, warum Max nicht erwähnt werden durfte oder warum Empress bei der Erwähnung von Treys Namen ständig vor einem Tobsuchtsanfall stand. Sie nickte nur stumm.

»Schnell, zieht euch die Mäntel an.«

Sie lehnte sich an eine Wand, als sie davoneilten, und schloß die Augen. Es würde nicht klappen, dachte sie ängstlich. Irgendwie würde ihnen Max' Name versehentlich entwischen. Wie konnte man auch von kleinen Kindern erwarten, zu schweigen? Himmel, was sollte sie nur tun? Gestern hatte sie noch geglaubt, Trey sei aus ihrem Leben verschwunden, daß sie ihn erfolgreich abgewehrt hatte. Sie hätte wissen müssen, wie hartnäckig und selbstsicher er war, daß er immer tat, was ihm gefiel — daß Trey Braddock-Black stets seinen eigenen Regeln folgte.

Nervös glättete sie sich das Haar und überprüfte, ob sie nach dem Stillen von Max auch alle Knöpfe an ihrem Kleid geschlossen hatte, richtete sich auf und trat wieder vor den Mann, der ihr Leben ruinieren konnte — und es fast schon geschafft hatte. Sie trat zurück in den sonnigen Raum und fand Trey immer noch bequem auf dem Boden liegend. Wie typisch, dachte sie wütend — als könne er kein Härchen krümmen. Völlig ungerührt davon, daß er einen Sohn hatte, daß er Chaos in ihr Leben und ihre neue Existenz brachte, die sie so sorgfältig aufgebaut hatte. Er hatte keinen Gedanken daran verschwendet, daß die meisten Menschen es unhöflich fänden, so früh am Morgen einen Besuch zu machen.

363

»Ich möchte nicht, daß du Emilie Brillanten kaufst«, informierte ihn Empress knapp, statt ihm zu sagen, was sie wirklich empfand — daß er sie ärgerte und, noch beunruhigender, seltsam nervös machte. »Und ...«, sie wies mit einer Armbewegung auf die am Boden verstreuten Geschenke, »... all dies hier.«

Treys dunkel bewimperte Lider hoben sich, die einzige Bewegung in seiner hingestreckten Gestalt. Diesen Tonfall kannte er. »Warum nicht? Ich mag sie doch gut leiden.« Er klang sehr friedlich. Es war ihm wohl zu früh für einen Streit. Vielleicht war er auch zu müde, oder es war ihm im Zusammenhang mit den Kindern völlig egal, was sie dachte. Er ignorierte ihren zurechtweisenden Ton und hatte mit einem Mal das Gefühl, daß er schon der Kinder wegen viel früher hätte nach Paris kommen sollen. Sie schwieg einen Moment verblüfft und wußte dann, daß seine Antwort sie wütend machte — seine Art, mit der er in Wirklichkeit sagte: »Ich will aber«, und sie in die unangenehme Position drängte, sagen zu müssen: »Das kannst du aber nicht.« Darauf würde er natürlich antworten: »Ich kann alles, wenn ich will.«

Wie selbstverständlich er in ihr Haus eingedrungen war! Sie knirschte mit den Zähnen. Und der ungeheure Einfluß, den er auf die Kinder hatte! Empress weigerte sich aber, zu erkennen, was sie am meisten ärgerte. Es war weder seine offene Zuneigung zu den Kindern noch die Geschenke zu so früher Stunde, sondern die dunklen Schatten unter seinen Augen und der Zustand seines Abendanzugs ... als habe er sich in aller Eile angezogen. Sein Jackettkragen war nach innen geklappt, die weiße Krawatte baumelte locker herab, das gestärkte Hemd war praktisch offen, und mehrere der juwelenbesetzten Knöpfe fehlten. Außerdem roch er intensiv nach Moschus und Ambra[12] — die neueste Mode in Paris. Wenn man es einatmete, sollte es zugleich anregend und aphrodisiakisch wirken, was Trey sicher sehr schätzte. Als ihr Blick an seinem schlanken Körper herabglitt, bemerkte sie zum ersten Mal das Funkeln an den Absätzen seiner Stiefel, stummer Beweis, wie nahe er sich an einem paillettenbestickten Kleid aufgehalten hatte.

Natürlich waren seine Aktivitäten von der ersten unverschämten Bemerkung über seine Schlaflosigkeit vorhersehbar gewesen: Er war die ganze Nacht aufgewesen und hatte seine Sinne befriedigt ... mit einer Frau. Wie konnte er es wagen, direkt hierherzukommen von dieser . . . Orgie. »Mußt du hier in Paris unbedingt Cowboystiefel tragen?« zischte sie, was ihr einen erstaunten Blick eintrug.

»Ich habe nur Stiefel oder Mokassins«, antwortete er und ignorierte ihren gereizten Ton. »Ob in Paris oder anderswo.« Er beherrschte sich, zu knurren, daß sein Schuhwerk sie nichts anging. Sie wollte einen Streit — und er nicht.

»War sie amüsant?« platzte Empress nun doch heraus. Sie konnte sich nicht mehr beherrschen. Sie mußte die Wahrheit erfahren, was er getrieben hatte. Darüber hinaus fand sie es unerträglich, daß er selbst mit den Schatten unter den Augen und dem unordentlichen Anzug noch blendend aussah. Sie trat ein paar Schritte näher und deutete pikiert auf die Spitzen seiner Stiefel.

Zum ersten Mal bemerkte Trey den Silberglitter auf dem schwarzen Leder und erinnerte sich an die Umstände, wie er in Berührung mit dem Diamantstaub gekommen war.

Die Duchesse de Soisson hatte irgendwie erfahren, daß Trey sich in Paris aufhielt — vermutlich von einem der Besucher in Empress' Salon —, und als sie anrief, um ihn zu ihrer Soiree einzuladen, hatte er zuerst höflich abgelehnt, weil er über Empress' herrische Ablehnung verärgert war. Er war allerdings nicht nur verärgert — er war aufgebracht über ihre Beliebtheit und außer sich über das geifernde Rudel der Verehrer. Für Estées anspruchsvollen Freundeskreis war er einfach nicht in der Stimmung.

»Aber *chéri*, wir brauchen deine Wildheit«, hatte sie ihn mit ihrer heiseren Stimme gelockt.

»Die steht heute abend nicht zur Verfügung«, hatte er geknurrt. Er war grüblerisch und übelgelaunt.

»Und deinen süßen Charme«, hatte sie ihm zugeredet und war auf seine Empfindlichkeit eingegangen. »Du kannst auf meinem neuen Bösendorfer spielen. Ich habe ihn in die Bibliothek gestellt, daher kannst du im Zimmer allein vor dich hinbrummen, wenn du willst, und Liszt auf Kaiserin Eugénies Flügel spielen. Wenn dich nur ein einziger Mensch dabei stört, lasse ich ihn köpfen.«

Trey lachte. »Du bist wie immer die perfekte Gastgeberin, Estée. Aber ich warne dich, ich bin heute abend in keiner guten Verfassung.«

Die Herzogin kannte Trey sehr gut und bezweifelte, ob irgend etwas ihm wirklich die Stimmung verderben könnte. Aber sie wollte mit ihm nicht diskutieren. Estée mit ihrem ausgeprägten Taktgefühl hatte deshalb auch jede Menge Freunde.

Er kam spät und versuchte sich rasch einen Weg durch die Menge in die Bibliothek zu bahnen.

Die Herzogin, die gerade aufmerksam dem Marquis de Bellemont zuhörte, der ihr die letzten Unverschämtheiten des sozialistischen Pöbels aufzählte, sah ihn, winkte ihm diskret zu und wies auf die Bibliothek.

Das kostbare Instrument mit seinen vergoldeten, gedrechselten Beinen und Einlegearbeiten aus vierzehn verschiedenen Hölzern zog im gedämpften Gaslicht den Blick auf sich wie ein exotisches Tier, ein ganz besonderes Schmuckstück in dem getäfelten, mit Büchern gefüllten Raum. Dank Estées üblicher Aufmerksamkeit stand auch sein Lieblingsbrandy bereit.

Noch im Stehen ließ er die Finger über die Tasten gleiten, goß sich das Glas voll Brandy und setzte sich dann zum Spielen. Er wußte, daß Estée später folgen würde, wußte auch, daß sie ein paar Freunde mitbringen würde. Aber sie würde ihm das versprochene Alleinsein gönnen. Nach wenigen Augenblicken hatte er alles vergessen — alles, außer der verzweifelten Traurigkeit in Liszts Moll-Etüden, die wie vertonte Gedichte wirkten. Seine langgliedrigen Finger glitten mühelos über die Tasten und spielten Liszt mit einer so gebändigten Kraft, bis er die Intensität der Musik in den Fingerspitzen spürte, in jedem Nervenende, in seiner Seele.

Etliche Zeit später blickte er auf und bemerkte, daß der Raum sich gefüllt hatte. Dicht bei ihm standen Frauen, die ihn einladend anlächelten. Er war berühmt für sein gutes

Aussehen und seine Ungezähmtheit, und sämtliche aben-
teuerlustigen Frauen hofften, er habe die Wildheit nicht abgelegt. Früher hätte er Spaß an der Vielzahl dieser Verspre-
chungen gehabt. Seit Empress war diese Lust jedoch verschwunden. Er verstreute nur noch seine Anspielungen und
den unwiderstehlichen Charme.

Bei einem letzten Glas mit Estée und deren Mann war die
junge Comtesse Treversi in den Raum getreten. Sie war eine
gertenschlanke Frau mit glutvollen Augen, schwarzen Lok-
ken und olivfarbener Haut. Zierlich wie eine Waldnymphe
war sie in ihrem schwarzen Tüllkleid, besetzt mit Tausenden
von Pailletten, auf ihn zugelaufen, hatte sich neben ihn gesetzt und ihn angelächelt. Er hatte höflich das Lächeln erwidert und die Unterhaltung mit dem Duc de Soisson fortgesetzt. Einen Moment später hatte sie ihn am Arm berührt
und ihm leise etwas ins Ohr geflüstert.

Er hatte den Kopf geschüttelt. Aber sie hatte sich dichter
an ihn geschmiegt und etwas höchst Anstößiges geflüstert.
Sie war frischverheiratet, und das hatte ihn erregt. Daher
überlegte er es sich anders, trank sein Glas leer und bot ihr
an, sie nach Hause zu begleiten. Aber als er sie später in ihrem Boudoir küßte, fiel ihm plötzlich auf, daß sie zu groß
war, daß ihr Haar die falsche Farbe hatte und er an der
feuchten Wärme ihrer Lippen kein Vergnügen empfand. Es
bedurfte mehr als seiner üblichen Diplomatie, um sich aus
dieser Situation zu befreien, denn ihr Mann war sehr alt
und langweilig und sie das Gegenteil. Seine Kutsche hatte
er nach Hause geschickt, weil er wie immer an die Nachtru-
he seines Kutschers gedacht hatte. Als er sich dann anders
entschied, hatte er keine Fahrmöglichkeit. Die Comtesse, erregt, nackt und wütend, war nicht in der Stimmung gewesen, ihm ihre Kutsche zu leihen, und obwohl er sie so gut
wie möglich besänftigte, schmollte sie immer noch, als er
ging.

Sein Verhalten war höchst unverschämt gewesen. Er wür-
de ihr wohl etwas Teures von Chaumet schicken — und eine
Entschuldigung, hatte er überlegt, als er im kühlen grauen
Morgenlicht auf die verlassene Straße trat.

Aus einer Laune heraus beschloß er, hinüber zu Empress zu gehen, ein kurzer Weg, da die alteingesessenen Adelsfamilien alle in St. Germain lebten. Das frühe Morgenlicht von Paris gefiel ihm, denn es hatte den gleichen zarten Korallenton wie auf dem Bärenberg. Außerdem fand er Frieden in der Einsamkeit der schlafenden Stadt. Als ihm unterwegs zum Palais Jordan einfiel, es könnte zu früh für einen Besuch sein, machte er einen Umweg, um Geschenke für die Kinder einzukaufen. Er döste in einer Mietkutsche, bis die Läden öffneten, und füllte den Wagen dann mit Geschenken, indem er durch mehrere Läden spazierte und mit dem Finger draufzeigte. Mit Geschenken beladen, fröhlich und leicht schwindelig von der durchwachten Nacht wollte er nun die Kinder besuchen ... das war nur höflich. Empress interessierte ihn nicht.

Da ihre Unterhaltung an diesem Morgen nicht sehr erquicklich gewesen war, entschloß sich Trey zu der provokativen Antwort: »Die Dame hat mich so sehr amüsiert, daß ich die ganze Nacht nicht geschlafen habe. Wie rechtfertigst du eigentlich die Männer vor den Kindern?« setzte er im nächsten Atemzug hinzu. Beide parierten die Hiebe des anderen, beide waren blind vor Eifersucht und Zorn, beide wollten Rache für die unglücklichen Monate.

»Ich kam um Mitternacht aus der Oper zurück.«

»Ah — und da schliefen die Kinder schon?«

»Sehr klug«, gab sie zurück, ging zum Fenster und blickte hinaus, als sei er nicht im Raum.

Die lustige Witwe hatte also spät gestern abend noch Männerbesuch, dachte er. Sein Blick tastete ihre schlanke Gestalt ab, die sich vor dem Licht abzeichnete. Warum war das eine solche Überraschung? Wenn jemand ihr Hurendasein begriff, dann er. Wie konnte sie aber nur so frisch und unschuldig wie eine Frühlingsblume aussehen in ihrer Wildseide, mit dem hellen, lockigen Haar, so frisch wie gegossenes Gold — und dennoch abends so perfekt die Kurtisane spielen? Er spürte den starken Drang, seine Hände um ihre schmale Taille zu legen und sie an sich zu ziehen, damit er ihre Wärme an seinem Körper spüren und sein Gesicht in dem nach Flieder duftenden Haar vergraben konnte. Er täuschte sich nicht länger damit, daß die Kinder den einzigen Grund für seinen Besuch bildeten. Und voll Eifersucht auf alle Männer in ihrem Leben sagte er einem gebieterischen Ton, den er noch nie zuvor bei einer Frau eingesetzt hatte: »Ich werde nicht länger warten.«

Sie wirbelte herum und gab nicht vor, das Gesagte mißverstanden zu haben. Wutschnaubend starrte sie ihn wegen seiner Überheblichkeit an. Diese verdammte Selbstsicherheit! »Du kannst mich zu nichts zwingen!«

Er lächelte: »Das brauche ich auch gar nicht.«

Sein Selbstbewußtsein, sein unordentlicher Aufzug und seine unbekümmerte Sinnlichkeit reizten sie bis aufs Blut. Aber sie wußte, wenn sie ganz ehrlich mit sich war, daß er recht hatte. Das ärgerte sie am allermeisten. Wie konnte er — mit seinem unverschämten, sengenden Blick aus diesen silbrigen Augen — ihr soviel Begierde entlocken, daß ihr die Knie weich wurden und sie tief in sich das köstliche Beben spürte, während alle stattlichen Männer, die ihr den Hof machten, nicht einmal ein leichtes Flattern auslösten? Er bot ihr nichts weiter als vorübergehende Lust, dann würde er ihr Herz brechen. Dafür haßte sie ihn. »Mir wäre es sehr lieb, wenn du nicht mehr herkommen würdest«, sagte Empress abgestoßen von seiner Arroganz und wütend über die eigene Reaktion.

»Darüber müßt ihr aber abstimmen«, sagte er hellsichtig. »Ich denke, die Kinder kommen gerade.«

Empress war das Blut ins Gesicht gestiegen. »Verdammt, Trey«, sagte sie. Sie hätte am liebsten geschrien und ihm in sein arrogantes Gesicht gespuckt. »Du kannst dich doch nicht einfach so wieder in ihr Leben drängen!«

Er schenkte ihr ein warmes, nachsichtiges Lächeln. »Paß nur auf«, sagte er ganz ohne Zorn und erhob sich in einer einzigen geschmeidigen Bewegung vom Boden auf die Füße.

# Kapitel 22

Als Trey und die Kinder gegangen waren, verbrachte Empress diese Stunden allein und in großer Unruhe. Sie fragte sich ständig, ob Trey durch eine achtlose Bemerkung von einem der Kinder von Max erfahren würde. Nicht, daß es ihn überhaupt berühren würde, dachte sie beim nächsten angstvollen Herzschlag. Würde er unversehens hereinstürzen und etwas völlig Überzogenes von ihr verlangen? Würde er drohen, Max als uneheliches Kind zu bezeichnen? Natürlich würde er so etwas nicht tun, entschied sie im nächsten Moment. Sie brauchte sich keine Sorgen zu machen. Falls man Arabella McGinnis glauben konnte, so würde Trey Braddock-Black sich keinen Deut um sein Kind scheren.

Jedes Mal, wenn sich an diesem Nachmittag die Tür zum Salon öffnete, um einen neuen Besucher einzulassen, wurde sie nervöser. Sie befürchtete, daß Trey sich erneut unter ihre Freunde mischen und mit einem einzigen Wort ihr gesamtes Leben zum Skandal machen würde. Wenn er hier verkündete, daß er sie in einem Bordell gekauft hatte oder auch nur mit seinem gezielten Sarkasmus andeutete, daß sie sich zur Versteigerung angeboten hatte, würde sie die Schande nicht überleben. Dieses entsetzliche Szenarium machte ihr während des oberflächlichen Geplauders ständig zu schaffen. Und sobald sie es mit der gesellschaftlichen Etikette vereinbaren konnte, schickte sie alle Besucher unter dem Vorwand fort, sie habe Kopfschmerzen.

Als Trey sehr viel später hinter den Kindern den Salon betrat, gerade als die Sonne unterging, fragte er verblüfft mit einem Blick durch den stillen Raum: »Nanu — gibt es heute keinen Harem?«

Empress saß gerade neben dem Kamin und sah die Einladungen durch, die heute angekommen waren, aber beim Laut seiner Stimme zitterten ihre Hände, und sie legte vorsichtshalber die Karten beiseite. »Die Teegesellschaft war um sechs Uhr vorbei«, sagte sie, seine Anspielung übergehend.

»So nennst du das also?« antwortete er abschätzig. Er kannte die Teezeiten, hatte sich aber heute extra nicht gezeigt. Nun zerrte Eduard an seiner Hand und verlangte dringend seine Aufmerksamkeit. Trey beugte sich zu ihm, um sich von dem Kleinen etwas ins Ohr flüstern zu lassen. Guy, Emilie und Geneviève scharten sich mit fröhlichen, atemlosen Berichten um Empress. In allen Einzelheiten beschrieben sie die Tiere im Zoo und zeigten die neuesten Geschenke. Sie erklärten mit Stimmen, die quietschend vor Aufregung klangen, wie sie im Louvre eine Staffelei aufstellen durften. Um Guys Leidenschaft für Pferde zu befriedigen, hatten sie Delacroix' arabische Schlachtszenen kopiert. »Du solltest mal sehen, wie gut Trey Pferde zeichnen kann«, erklärte Guy, und dann wurde die Litanei von Treys Vorzügen von den Kindern nacheinander aufgezählt. Empress hörte geduldig zu, bis ein Moment Stille eintrat, weil sie Luft schöpfen mußten. Diese Gelegenheit nahm sie wahr, um die Beweihräucherung von Trey zu unterbrechen und die Kinder daran zu erinnern, daß bald Abendessenszeit sei.

»Bedankt euch bei Trey«, wies sie die Kinder an, »und geht nach oben, um euch vor dem Essen umzukleiden.«

Unter lebhaften Diskussionen und Anregungen für den morgigen Tag bedankten sich die Kinder überschwenglich, ehe sie mit dem Ruf fortrannten: »Bis morgen um zehn. Vergiß es ja nicht!«

Als der Lärm endlich nachließ, überwand sich Empress heroisch, ihm der Kinder wegen zu danken. »Ich danke dir, daß du so nett zu den Kindern bist.«

»Es ist mir ein Vergnügen«, erwiderte er höflich.

»Du findest den Weg hinaus sicher allein«, sagte sie kühl, weil sie sich vor dem Essen der Kinder noch um Max kümmern mußte. Sie fragte sich, wie sie es schaffen sollte, Max' Mahlzeiten und die normalen Besucher mit Trey zu vereinbaren, falls er länger in Paris blieb.

»Werde ich nicht zum Essen eingeladen?« fragte Trey nun hinterhältig. Er fand, es stand ihr besser, wenn das Haar offen war, sie die Brosche unter dem Kinn vergaß und dann das züchtige blaue Seidenkleid ablegte, das sie heute trug und wohl als erste Verteidigungsbarriere gegen Trey ausgewählt hatte.

»Nein«, antwortete Empress kurz. Trey hatte sie in der Hand, wenn es um das Glück der Kinder ging; sie konnte es ihnen nicht verweigern, wenn sie ihn so sehr mochten. Aber diese Vertrautheit erstreckte sich nicht auf sie selbst. Trey Braddock-Black war ein prinzipienloser, verwöhnter, zu reicher junger Mann, und ihr mühsam errungener Sieg über ihre Gefühle für ihn war noch zu frisch, um sich unnötigerweise seinem konzentrierten Charme auszusetzen.

»Scheint, als müßte ich allein essen.« Die Botschaft in seinem Blick hatte allerdings nichts mit Essen zu tun. Empress warf einen angestrengten Blick auf ihre Hände, um diese berauschende Wirkung zu dämpfen, und sah ihn dann wieder an.

»Wenn ich großzügiger wäre«, sagte sie, »würde ich dir mein Mitgefühl ausdrücken. Doch das bin ich nicht. Vielleicht ist deine Gefährtin von gestern nacht zu haben.« Sie stand auf und reckte das Kinn vor, so daß ihre Blicke sich trafen. »Guten Abend, Trey«, sagte sie dann.

»Wie oft willst du mich eigentlich noch aus deinem Haus hinauswerfen?« fragte er, so, als hätte sie nichts gesagt. Als sie aufstand, war er plötzlich viel zu dicht vor ihr. Eindringlich musterte er sie. Sie holte tief Luft, ehe sie antwortete: »Solange wie möglich.«

Da lächelte er sein berühmtes Lächeln — verlockend und anzüglich. »Immerhin bist du vernünftig genug, zu erkennen, daß das nicht ewig dauern wird.« Seine Stimme war leise und rauh und untergrub ihre Entschiedenheit auf katastrophale Weise. »Denk auch daran, daß du die Kinder nicht ständig um dich haben kannst ...«

»Scher dich fort!« befahl sie, beherrschte aber den Impuls, mit einem kommandierenden Finger zur Tür zu weisen wie eine schlechte Schauspielerin. »Verlaß mein Haus«, wiederholte sie nachdrücklich, aber ihre Stimme bebte leicht bei den letzten beiden Worten, und die Röte in ihren Wangen rührte nicht vom Zorn her. Selbst in seiner gelassenen Haltung und in dem ganz normalen gedeckten Tweedanzug strahlte Trey seine berüchtigte Intensität aus, die ebenso fesselnd war wie eine silberne Flamme. Wie konnte dieses glühende Versprechen von Lust sich ohne Worte oder Bewegungen mitteilen?

Er war sich ihrer Erregung freudig bewußt, verbeugte sich sarkastisch und murmelte: »*Au revoir*, Liebling.« Sein dunkles, seidiges Haar hing bei seinem Kopfnicken so dicht vor ihr, daß sie es hätte berühren können, und sie mußte all ihre Willenskraft aufbieten, um es nicht zu streicheln. »Ich komme wieder.«

Als sich die Tür leise hinter ihm geschlossen hatte, sank Empress in den Sessel zurück und blieb mehrere Minuten reglos sitzen, um ihre Erregung unter Kontrolle zu bringen. Noch lange später pulsierte ihr Herz verstärkt durch den ganzen Körper. Verflucht sei seine magnetische Anziehungskraft und sein unverschämter Charme! Ach, vermutlich hatte sie nur zu lange allein gelebt, überlegte sie nun hilfesuchend.

Das war es. Es war einfach nur eine Reaktion ihres Körpers. Mit Trey hatte das nichts zu tun. Sie brauchte nur ein paar Augenblicke der Entspannung, und ihre Ruhe würde wieder hergestellt.

Aber Ruhe oder gar Ausgeglichenheit wollten sich nicht einstellen. Trey besetzte eigenwillig ihre pulsierenden Gefühle und verschwand erst, als sie von den Dienern in ihrer Versunkenheit gestört wurde, die sich im Eßzimmer zu schaffen machten. Diese Aktivität erinnerte sie plötzlich daran, daß Max auf sie wartete. Sie eilte nach oben und ging rasch über den Gang in Erwartung unglücklichen Greinens. Aber in dem getäfelten Korridor war alles still. Vermutlich hatte die Kinderfrau den Kleinen mit Zuckerwasser besänftigt, was gelegentlich geschah, wenn Empress zu spät kam. »Tut mir leid«, begann Empress mit ihrer Entschuldigung, als sie die bunt ausgestattete Kinderstube betrat. »Es waren Gäste da, und ich ...«

Die Worte blieben ihr in der Kehle stecken.

Vor der Tapete mit dem Tiermuster und buntem Spielzeug stand Trey, Max auf dem Arm.

»Was machst du denn hier?« krächzte Empress, als sie ihre Stimme wiedergefunden hatte. Er hob den Blick von dem

373

Baby auf seinem Arm, und sie sah überrascht, daß er geweint hatte.

»Ich erzähle meinem Sohn von Montana«, sagte er mit gefühlserstickter Stimme. Er war so voller Dankbarkeit über dieses unverhoffte Geschenk, daß er sich vornahm, ihr alles zu verzeihen.

»Er ist nicht dein Sohn.« Dieser Satz war unbeholfen und kalt, aber mit größter Ablehnung ausgesprochen.

Trey blickte auf Max herab, der fröhlich in seinen Armen krähte, und betrachtete die nicht zu verleugnende Ähnlichkeit mit seinen eigenen Gesichtszügen. Er sah Empress kopfschüttelnd wieder an und sagte leise: »Natürlich ist er das.«

»Beweise es.«

Darauf folgte entsetztes Schweigen.

Er holte tief Luft. Seine Augen sprühten vor Wut, und die zärtliche Vergebung war vergessen. »Du kaltherzige Hure.« Seine Stimme klang leise, um seinen Sohn nicht zu ängstigen, klirrte aber voll unversöhnlicher Drohung. »Du wolltest mir meinen Sohn vorenthalten.«

»Ich dachte, du wärest mit all deinen Freundinnen beschäftigt — und deinem anderen Kind.« Die Vorwürfe standen im Raum wie ein Berg, der die Sonne verdüstert.

»Ich bin dir für mein Leben keine Rechenschaft schuldig, und was Valeries Kind angeht, so stammt es nicht von mir.« Dieser Berg wurde mühelos durch seinen gleichgültigen Tonfall weggeschoben. Die Vorwürfe zerplatzten an ihm wie Seifenblasen. Er erinnerte sich an seine Unabhängigkeit und stritt die Vaterschaft von Valeries Kind ab, so wie sie es von Anfang an gehört hatte.

»Und was ist mit den anderen?« erwiderte sie hitzig, weil sie sich weigerte, diese anmaßende Erklärung zu akzeptieren.

Er runzelte verständnislos die Stirn. »Welche anderen?«

»Deine anderen Kinder.« Sie ging aufgebracht über den geblümten Teppich auf ihn zu. Ihr dunkelblaues Kleid fegte über die Moosrosen und Girlanden des Aubusson. Er konnte sie doch nicht alle einfach abstreiten, dachte sie zornig. Die Überraschung war aus seinem Blick gewichen, und ihre

374

Autorität wirkte wenig bedrohlich, weil sie ihm nur bis zur Schulter reichte. Er wußte außerdem in jedem Fall, daß sie im Unrecht war. »Ich habe keine«, sagte er entschieden.

»Arabella sagt aber, du hättest mehrere Kinder«, informierte ihn Empress in spitzem Ton, der ihn noch mehr reizte.

»Selbst auf das Risiko hin, daß ich deine Expertenmeinung widerlege, hat Arabella keinen Zugang zu Informationen über meine persönlichen Beziehungen und befindet sich nicht in einer Position, irgend etwas über meine angeblichen Kinder zu wissen.« Seine Stimme klang nun sehr kühl und distanziert.

»Ich wußte, daß du alles abstreiten würdest«, warf Empress ihm bitter vor. »Genau wie du Valeries abstreitest.«

»Aber nicht deins«, trumpfte er auf. »Schau mal«, fuhr er dann mit einem erschöpften Seufzer fort. Dabei hob er eine Hand ans Gesicht. »Dieses Baby ist von mir. Und jeder, der Augen hat, weiß, daß die anderen es nicht sind. Du kannst diese Haut und dieses Haar nicht verwechseln, und du weißt das ganz genau.«

»Ich weiß nichts dergleichen«, erwiderte Empress störrisch, obwohl ihr Sohn der lebendige Beweis für seine Behauptung war. In diesem Moment wollte sie ihm seine selbstgefällige, ungezügelte Freiheit streitig machen und ihn ebenso tief verletzen wie er sie verletzt hatte. »Ich kenne dich kaum«, zischte sie, »abgesehen von deinen Fähigkeiten im Bett.«

Er betrachtete sie mit abschätzigem Blick von den Füßen in den Hausschuhen bis zu ihrem Scheitel. »Und Sie, Mademoiselle, kenne ich noch viel weniger«, erwiderte er eisig, »nachdem ich Sie bei einer Ihrer Teegesellschaften beobachtet habe. Ziehen die Bewerber vielleicht Lose, oder suchen Sie den glücklichen Sieger jeden Abend persönlich aus?« Sein Mund verzog sich zu einem sarkastischen Lächeln. »Es muß anstrengend sein, sie alle bei Laune zu halten.«

»Das sind alles Freunde von mir, obwohl ich sicher bin, daß du diesen Begriff nicht verstehst«, erwiderte sie mit hochrotem Gesicht. »Man kann mit Männern aus vielen *verschiedenen* Gründen befreundet sein.«

Faszinierende Wortwahl, dachte Trey bitter. Aber sehr professionell, obwohl ihre dramatische Beleidigung etwas überzogen wirkt. »Oh, ich weiß, was Freundschaft ist, mein Liebling. Ich war doch einst dein Freund.« Seine Stimme senkte sich zu einem gedämpften, gefährlichen Murmeln. »Und ich weiß noch genau, wie sehr dir unsere Freundschaft gefiel — in jeder Hinsicht.«

»Das stimmt nicht!« Zutiefst getroffen stritt sie seine Annahmen über ihre Verehrer ab.

»Dann mußt du eine wunderbare Schauspielerin sein, Liebling, denn du schienst damals stets Spaß zu haben«, säuselte er.

»Du arroganter Hund!«

»*Au contraire*, Mademoiselle. Nur ein weiterer damütiger Bewerber um deine Gunst.« Jetzt kam wieder seine arrogante Herausforderung zum Vorschein. »Und außerdem der Vater deines Kindes — zählt das etwa nicht bei der Gunstverteilung?« Sein Gesicht spiegelte keinerlei Höflichkeit mehr. »Falls das so ist ... möchte ich jetzt meinen Anteil. Oder ist das zu kurzfristig?«

Empress starrte ihn völlig verblüfft an, und es dauerte einen kurzen Augenblick, bis sie die Sprache wieder fand.

»Raus!« befahl sie.

Trey betrachtete zärtlich seinen Sohn. »Nein.« Ein schlichtes Wort, das unpassenderweise entzückt klang.

»Ich rufe die Diener!« drohte Empress.

Er zuckte mit einer Braue. »Mach nur«, sagte er. Noch nie in seinem Leben war Trey von einem Diener eingeschüchtert worden.

»Ich rufe die Gendarmerie!«

»Mach nur«, wiederholte er. »Ich glaube, die Rechte eines Vaters sind in Frankreich die gleichen.«

»Verdammt!« schrie sie schließlich ohne Rücksicht auf lauschende Diener oder Max. Sie fühlte sich so in die Enge getrieben, daß ihre Wut ein Ventil finden mußte.

Treys Miene war undurchdringlich. »Dieses Gefühl, meine liebe Empress«, sagte er sehr leise, »ist ganz meinerseits.«

Max' kleines Gesicht hatte sich beim Schrei seiner Mutter

376

verzogen, und nachdem er dreimal kurz aufgejammert hatte, brach er nun in ohrenbetäubendes Gebrüll aus.

»Er braucht etwas zu essen«, sagte Empress nervös und trat einen Schritt näher, voll Angst, daß Trey Max nach seiner Bemerkung über die väterlichen Rechte vielleicht nicht hergeben würde. Sie streckte fordernd die Arme nach dem Sohn aus. Einen kurzen Moment zögerte Trey, doch dann drückte er einen leichten Kuß auf die Stirn seines Sohnes und reichte ihn Empress.

»Wenn du uns jetzt bitte entschuldigen würdest ...«, sagte Empress betont. Sie fühlte sich mit Max auf den Armen wieder sicherer.

Trey setzte sich auf einen nahen Sessel und ignorierte ihren unverblümten Rausschmiß. »Ich brauche keine Entschuldigung«, antwortete er mit ungerührter Stimme. »Das ist mein erstes Kind, ob du das glaubst oder nicht. Wie heißt er?«

Empress wog rasch ab, ob sie weiter mit ihm streiten sollte, und beschloß dann, daß diese Information nicht schaden könne. »Er heißt Max«, sagte sie und verzichtete auf die restlichen Namen.

»Wie bist du darauf gekommen?« Er lehnte sich bequem zurück und verschränkte die Beine. Seinen zerknitterten Abendanzug hatte er gegen ein graues Tweedjackett und wildlederne Reithosen getauscht, da Guy darauf bestanden hatte, daß er dessen schwarzen Wallach ausprobierte. Er sah in dieser unauffälligen Kleidung sehr englisch aus — abgesehen natürlich von seinem spektakulär langen Haar.

»Ein Familienname«, erwiderte Empress knapp und setzte sich in einen Schaukelstuhl ihm gegenüber. Sie hätte Max lieber nicht vor Treys Augen gestillt, aber ein Blick auf seine hingestreckte Gestalt überzeugte sie, daß er sich dort so unverrückbar niedergelassen hatte wie ein Berg. Da sie ihn nicht einfach erschießen konnte, gab es keinen anderen Ausweg, als unsicher das Kleid aufzuknöpfen. »Was hast du der Kinderfrau erzählt?« fragte sie. Die Anwesenheit der Amme in der Kinderstube hätte der Situation eine gewisse Würde verliehen, abgesehen davon, daß es eine Ablenkung von Treys unverschämten Blicken wäre. Sie legte Max an die

Brust und zwang sich zu relativer Gelassenheit, als habe sie ihren Sohn jeden Tag seines Lebens vor Trey gestillt.

Trey gab nicht gleich eine Antwort, und so hielt Empress den Blick gesenkt, weil sie wußte, daß er sie ansah, wußte, daß sein Blick wie gefesselt auf ihrer prallen Brust ruhte.

Als er antwortete, klang er abgelenkt. »In den fünf Minuten, ehe du auf der Bildfläche auftauchtest, habe ich sie in kleine Stücke zerhackt und aus dem Fenster geworfen.« Seine Stimme klang sanft. »Ich habe sie fortgeschickt.« Er hatte einen Sohn, dachte er. *Mein Sohn.* Er kostete diese reinen, wunderbaren Worte aus, ließ sie auf der Zunge zergehen.

Empress blickte auf, überrascht über seinen sanften Tonfall. »Und ist sie gegangen?« Nanny war eine Schottin, die sich selbst vor Trey nicht fürchten würde.

Er hob seine dunklen Brauen einen Millimeter indigniert über diese dumme Frage und ließ sich tiefer in den weichen Sessel sinken. Seine hellen Augen waren auf Mutter und Kind geheftet. Sie gehörten beide ihm. Es war eine mächtige Gefühlsregung und hatte nichts mit dem Verstand zu tun. Er mußte sich an den Armlehnen festhalten, um nicht aufzuspringen und sie beide an sich zu reißen.

Stille senkte sich plötzlich über den Raum, abgesehen von dem leisen Glucksen und Schmatzen von Max, und Empress sah stur auf ihren Sohn, um Treys verunsichernden Blicken zu entgehen. Wie konnte er so unvermittelt wieder in ihr Leben treten? Aber wie er da so still und entspannt vor ihr saß, schien es, als habe er das jeden Tag getan. Schlimmer war, daß seine machtvolle Ausstrahlung wie lautes Klopfen an einer Tür um Mitternacht wirkte: beharrlich, zwingend, unmöglich zu ignorieren. Er war der Mann, der ihre Erotik durch einen einzigen Blick aktivieren und erregen konnte. Gegen diese Gefühle kämpfte sie allerdings an, indem sie sich daran erinnerte, daß sie nur eine in einer langen Reihe von ähnlich verzauberten Frauen war. Diese Sinnlichkeit war Treys Kennzeichen, war ihm wie eine zweite Natur, ebenso mühelos wie das Atmen selbst. Aber er war zu anstrengend für sie, zu sprunghaft. Sie würde sich Treys Leidenschaft nie mehr so schwach und hilflos hingeben. Niemals.

»Ich will nicht, daß du mit anderen Männern zusammen bist«, sagte Trey unvermittelt in die Stille, so daß die Worte wie Fragmente in der Luft zu stehen blieben.

Nach dem ersten, unterdrückten Schreck über diese Bemerkung schloß Empress rasch die Augen. Hilflosigkeit überkam sie — und Hoffnung. Hoffnung, die von Sehnsucht gefärbt war über die Worte, die mit so zärtlichem Unterton ausgesprochen worden waren und sie an warme Körper und weiche Betten denken ließen. »Ich wollte auch nicht, daß du mit anderen Frauen zusammen bist«, erwiderte sie und hob die dunklen Wimpern. Ihre Stimme bebte von dem inneren Kampf gegen ihn. Doch sie wurde fester, als sie an das letzte Gespräch mit Valerie dachte. »Aber das war ja egal«, fügte sie verletzt hinzu. »Nicht wahr?«

»Ich bin mit keiner zusammengewesen«, sagte er sanft. Er sagte nicht, welche qualvollen Tage er ihretwegen in der Welt des Opiums verbracht hatte, daß er ihretwegen einen Mann getötet, weibliche Gesellschaft gemieden und die Comtesse heute morgen verlassen hatte ... alles ihretwegen.

»Ich glaube dir nicht.« Mühsam paßte sie sich an seinen beherrschten Tonfall an, aber ein einfaches Abstreiten reichte nicht aus ... es war zu spät. Zu viele tränenreiche Nächte mit Visionen von Trey und anderen Frauen verhinderten, diese Worte zu akzeptieren.

»Wann wurde das Kind geboren?« fragte sie, um ihn ganz bewußt an seine Untreue zu erinnern.

»Am vierzehnten September. Es ist ein Mädchen«, fügte er hinzu, ehe sie fragen konnte. »Valerie hat mir die Vormundschaft übertragen. Sie wollte sie nicht. Ihre Haut war zu dunkel.« Er sprach ohne Groll, aber diese schlichten Fakten waren schockierend.

»Wo ist sie?« Das Baby mußte von ihm sein, dachte Empress mit sinkendem Herzen, wenn er sich um sie kümmerte. Trey würde das nicht für das Kind eines anderen tun.

»Meine Eltern haben sie bei sich in Washington, und wenn es nach Mutter ginge, wird Belle die erste Präsidentin der Vereinigten Staaten.« Sein Lächeln wirkte nun liebevoll und weich. Der Zynismus war verschwunden, die Wärme schien echt, und als er sagte: »Belle und Max können zusammen aufwachsen«, und da seine Stimme voller Freude war, mußte Empress sämtliche Willenskraft aufwenden, um seinem strahlenden Lächeln zu widerstehen.

»Daraus wird nichts«, entgegnete sie so heftig, daß Max reflexartig Arme und Beine hochreckte und kurz aufjammerte, ehe er weitersaugte.

Empress' scharfe Ablehnung war völlig unverständlich, und Trey antwortete sofort. »Doch!« Nichts hatte ihm in seinem Leben so sehr gefallen wie der Anblick von seinem Sohn und Empress.

»Nein!« Sie wollte jetzt nicht mit ihm streiten oder diskutieren, wie sehr sein Ruf als notorischer Frauenheld verhinderte, daß sie ihn begehrte. Sie wollte nicht Leidenschaft gegen Sicherheit abwägen oder Leidenschaften und Liebe messen. Selbst die stärkste Liebe welkte ohne Ehrlichkeit und Treue, und zu Treue war Trey nicht fähig. Das war er nie gewesen und wollte es auch gar nicht, dachte sie schmerzerfüllt.

»Geh weg von hier!« befahl sie ihm wütend. »Ich will, daß du gehst und nie wieder zurückkommst«, fügte sie nachdrücklich hinzu, als würden diese Worte Schutz gegen ihre aufrührerischen Gefühle sein.

Diese grobe Zurückweisung erinnerte ihn daran, daß Empress Jordan sich in ihrem neuen Leben eingerichtet hatte, und obwohl sie einen gemeinsamen Sohn hatten, teilten sie offensichtlich nicht die Erinnerung an ihre gemeinsamen Wochen. »Ich will meinen Sohn«, erwiderte Trey unverblümt. Sie konnte anderen Männern den Vorzug geben, aber er würde sich nicht seinen Sohn nehmen lassen.

»Ich werde bis zu meinem letzten Franc dagegen kämpfen. Er gehört mir!«

»Er gehört uns!« sagte er mit malmenden Kiefern. Ihm war mit fünfzehn einmal ein ausgezeichnetes Rennpferd gestohlen worden, nach einem der mörderischen Rennen zwischen den Schwarzfuß-Indianern und den Absarokee. Nachdem alle anderen die Suche in der Januarkälte aufgegeben hatten, hatte er allein weitergefahndet und das Pferd vierhundert Meilen weit bis nach Kanada verfolgt. Und er hatte es gefunden. Wenn Empress das gewußt hätte, wäre ihre Antwort sicher anders ausgefallen.

»Niemals«, sagte sie.

»Niemals?« lachte Trey höhnisch. »Findest du nicht, daß es dazu ein wenig zu spät ist, Liebling?« Falls Empress verkaufen wollte, war er mehr als gewillt, dem zuzustimmen. Er hatte nie an seiner Macht gezweifelt, das zu bekommen, was er wollte. Aber bei Mademoiselle Jordans Geschäftssinn konnte man sicher zu einer angenehmeren Lösung kommen. »Also, meine Liebe«, begann er sanft, »du warst schon immer gut im Verhandeln, und nachdem ich die versammelte Mannschaft der ... wie könnte man diese Lüstlinge höflich bezeichnen, mit denen du dich umgibst?«

»Das solltest du doch wissen«, erwiderte Empress mit beißender Freundlichkeit. »Wenn es um Lust geht, hast du alle Gefühle wohl an die tausendmal durchprobiert, möchte ich meinen.«

»Laß uns doch die Beschimpfungen vermeiden, Schatz.« Die Wut in seiner Stimme war gezügelt. Diese Fähigkeit hatte er bei der Durchsetzung von neuen Gesetzen erlangt. »Sagen wir einfach: deine Freunde, und daß sie alle von deiner hinreißenden Offenheit bezaubert sind, die auch ich immer schon an dir so bewundert habe? Ich bitte dich nur darum, mich in diesen Kreis einzubeziehen und mir angemessene Zeit mit meinem Sohn zuzugestehen. Für dieses Privileg bin ich gerne bereit zu zahlen. Sicher wird auch eine so käufliche Natur wie deine die praktischen Aspekte einer solchen Vereinbarung akzeptieren. Es muß doch schließlich viel kosten, ein solches Haus zu unterhalten?«

»Und wenn ich einverstanden bin?« knirschte sie.

»Nun, da die ganze Welt dich als eine freundliche Witwe kennt, würde ich sagen, dehnst du die Freundlichkeit einfach auch auf einen alten Freund aus. Leg doch den kleinen Max in seine Wiege, denn er ist offensichtlich eingeschlafen, schließ die Tür ab, und wir probieren das schmale Bett der Amme aus. Nun brauche ich nur noch zu fragen«, sagte er mit charmantem Spott, »ob du Dollar willst oder Francs.«

Seine Unterstellungen gingen über alles Maß hinaus. »Ich schlage vor, daß du deine Lust . . .«, Empress zitterte vor Zorn und konnte kaum sprechen, »... zu einer anderen Frau trägst.«

Er lächelte sie blitzend an. »Aber ich will dich.«

»Dann stell dich hinten an, lieber Trey.« Ihre Boshaftigkeit funkelte ebenso eiskalt wie sein aufgeblitztes Lächeln. »Es scheint große Nachfrage nach mir zu bestehen.«

»Aus gutem Grund«, antwortete er. Anzüglich wanderte sein Blick an ihrem Körper herab und dann wieder hoch, um unverschämt auf ihren prallen, nackten Brüsten zu verweilen.

»Du hast dich nicht verändert!« schnappte sie.

»Nun ... du auch nicht, außer«, murmelte er, »diesen äußerst üppigen Brüsten. Das Mutterdasein steht dir, meine Liebe.«

»Du kannst hinsehen, wie du willst«, sagte sie mißmutig und legte bewußt das schlafende Kind in den Schoß, so daß Trey sie ungehindert anschauen konnte, »aber das ist auch alles, was du bekommst.« Falls er wirklich dachte, daß sie käuflich war, wollte sie ihm deutlich klarmachen, daß sie nicht für ihn zu haben war.

»Fordere mich nicht heraus, Empress.« Er schätzte den Abstand zwischen ihnen ab. »Ich habe noch nie verloren. Denk daran.«

»Es gibt für alles ein erstes Mal«, erwiderte sie honigsüß. Sie hatte Spaß an ihrer Position der Stärke mit dem kleinen Sohn als Bollwerk, war aber von Treys Selbstbewußtsein und Sicherheit irritiert.

»Ich erinnere mich an unser erstes Mal«, sagte Trey und wurde von einer spontanen Röte belohnt, die selbst die blasse Haut ihrer prallen Brüste färbte. Dann bedeckte sie sich, als würde eine Schicht Seide die hochschlagende Hitze auslöschen, die seine Worte in ihrer Magengrube ausgelöst hatten. Sein Anblick damals war ihr auf immer ins Gedächtnis geprägt — wie seine leuchtenden Augen sie bei diesem ersten Anblick begehrt hatten, als sie bei Lily aus der Badewanne gestiegen war. Nie zuvor hatte sie erlebt, wie eine Zofe mit weniger Gestik und mehr Autorität entlassen worden war.

Er wußte, was sie vorhatte, als sie sich vor ihm entblößte, hielt seine Gefühle aber streng unter Kontrolle. Er hatte auch ihre hastige unsichere Geste gesehen, noch ehe sie das Oberteil des Kleides hochzog, und seine Erfahrung sagte ihm, daß die Dame die gleiche, starke Sehnsucht spürte wie er. Dachte sie wirklich, sie könnte ihn jetzt loswerden?

Die Männer in ihrem Leben ärgerten ihn mehr als er zugeben wollte. Er wollte sie mehr, als ihm lieb war. Doch Empress Jordan war eine hartgesottenere Geschäftsfrau, als er gedacht hatte. Als sie nun wegwerfend sagte: »Das ist lange her«, erhob er sich mit einer raschen Bewegung und der Absicht, die Stärke seiner Position zu verdeutlichen.

Als er auf sie zutrat, erzitterte sie, weil seine hochaufragende Gestalt bedrohlich wirkte und seine Miene undurchdringlich war. Aber seine Stimme klang sanft. »So lange doch auch wieder nicht, oder?« Nun stand er neben ihr und strich ihr über die Schulter. Langsam glitt die Hand abwärts, bis seine Finger ihre eine Brust umspannten. Das Gewicht seiner Hand lag einen Moment lang so schwer auf ihr wie eine Demonstration seines Besitzrechts. Sie mußte sich gegen solche Macht zur Wehr setzen. Aber ihr verräterischer Körper ergab sich seufzend dem beherrschenden Druck, und sie schloß die Augen, um das Gefühl zu genießen. »Trotz aller Männer, die vor mir an der Reihe sind«, flüsterte Trey nun, die dünne Seide streichelnd. Er spürte die warme Nachgiebigkeit der Brust darunter, sah zufrieden, wie sie die Augen schloß und Röte ihren Hals überzog. »Darauf will ich nämlich nicht warten. Ich komme in dein Haus«, sein Daumen umfuhr ihre Brustwarze, die sich dunkel unter der Seide abzeichnete, »in dein Zimmer.«

Ein Tropfen Milch drang durch den Stoff, und Empress stöhnte auf, ein leiser, erstickter Laut. Dann öffnete sie mühsam die Augen, um seiner samtigen Stimme zu folgen, die ebenso köstlich war wie die pulsierende Hitze in ihrer Mitte . . . »In deinen Körper . . .« Er berührte den verräterischen Flecken und Empress entfuhr ein gedämpftes Wimmern, weil sich unter der federleichten Berührung in ihr eine ungeheuere Lust ausbreitete. »Sei gewarnt.« Seine Hand glitt höher, bis sie auf der pulsierenden Ader unterhalb ihres Ohrs ruhte. Dann spreizte er die Finger, grub sich in ihr weiches Haar und hielt sanft ihren Kopf. »Bitte verzeih, daß ich keine hübscheren Worte benutze«, flüsterte er. Dann verstärkte sich sein Griff, damit sie ihm ihr Gesicht zuwandte. »Aber ich will dich ficken.«

Er lächelte — kaum mehr als ein leises Verziehen der Mundwinkel — und gab ihr Haar frei. Mit einer Fingerkuppe berührte er ihre Unterlippe. »Du kannst deine Tür abschließen, wenn du willst, Empress, mein Liebling. Ich komme trotzdem herein.«

Sie blieb vor Erregung und Schock sitzen, als er sich umdrehte und den Raum verließ.

# Kapitel 23

In den folgenden Tagen war er ständig da: beim Mittagessen, oder um die Kinder zu einem Ausflug abzuholen, und jedesmal, wenn sie sich nur umdrehte, tauchte er in der Kinderstube auf, wo er sich offensichtlich einschmeichelte. Er schien sich in jeden Aspekt ihres Lebens zu mischen. *Verdammt!* Aber sie hätte es brutal gefunden, wenn sie den Kindern diese Freuden verweigert hätte, die er ihnen bereitete. Sie hatten seit der Abfahrt aus Montana nicht mehr so fröhlich gewirkt.

Guy lernte von ihm zusätzlich zur klassischen Dressur die Reitkünste der Absarokee, und als sie eines Tages in die Reitbahn kam, um seine Leistungen zu bewundern, da blieb ihr fast das Herz stehen: Guy balancierte auf einem galoppierenden Pferd, die Arme ausgebreitet und gefährlich hin- und herschwankend — so erschien es ihr zumindest, als er an ihr vorbeidonnerte. Sie unterdrückte einen Schrei. Jede Sekunde rechnete sie damit, daß er stürzen würde. Als Guy sie erblickte, winkte er ihr fröhlich zu, und starr vor Angst winkte sie zurück. Ihr Herz pochte erst wieder regelmäßiger, als er zurück in den Sattel fiel und auf Trey zutrabte, der ihn unterwies. Dann beobachtete Empress, wie ihr Bruder erregt und gestikulierend mit ihm sprach. Es hatte den Anschein, als wolle er von ihm etwas. Trey bestieg einen schlanken Fuchs, hörte eine Weile wortlos zu und nickte dann einmal. Offensichtlich hatte Trey Guys Überredungskünsten nachgegeben, denn einen Moment später wirbelte Guy sein Pferd herum und rief: »Guck mal, Pressy. Guck genau zu!«

Empress umklammerte schreckensbleich den Zaun, als Guy und Trey an die entgegengesetzten Seiten der Reitbahn ritten, langsam wendeten und dann aufeinander zuritten. Zuerst trabten sie, dann fielen sie in Galopp und trieben zur Mitte hin die Pferde zu vollem Tempo an, während sie sie direkt aufeinander zulenkten. Bei gestrecktem Galopp standen beide nun auf, balancierten sich aus, schätzten die Entfernungen und das Tempo genau ab und sprangen im gleichen Moment los, um die Pferde zu tauschen, als der Rappe und der Fuchs aneinander vorbeirasten.

Guy schaffte dies mit der Entschiedenheit eines Jungen und leicht unbeholfenem Schwung, während Trey das erstaunliche Manöver ausführte, als habe er nur den Sitz in einem Salon gewechselt. Seine Bewegungen waren wie immer sparsam, anmutig und mühelos. Empress fiel wieder ein, daß hinter dem Bild des verwöhnten jungen Mannes der Sohn eines Häuptling steckte, der in den gleichen Traditionen ausgebildet war wie sein Vater.

Guy trabte auf sie zu und hielt sein Pferd am Zaun an. Dann rief er überschwenglich: »Hast du schon mal etwas so Tolles gesehen? Ich habe nur zwei Tage gebraucht, um es zu lernen. Trey sagte, er würde mir auch noch zeigen, wie man in vollem Galopp abspringt und wieder aufsitzt!« Guy strahlte von einem Ohr zum anderen, sein Gesicht und sein Reitanzug waren von Schmutz bespritzt. Trey in seinen schlichten Wildlederreithosen und den reich bestickten Mokassins schloß stumm hinter Guy auf. Er wirkte entspannt, seine bronzenen Hände ruhten leicht auf dem Pferdehals, sein Gesicht wirkte ausdruckslos — abgesehen von dem amüsierten Funkeln in den Augen. »Ist Trey nicht der beste Lehrer in der ganzen Welt? Das hätte ich bei Laclerc nie ge-

lernt, nicht in einer Million Jahren!« sprudelte Guy weiter.
Und als Empress nicht sofort darauf einging, drängte er sie:
»Ist er nicht toll, Pressy? Du weißt ja, daß er das ist. Er ist
der allerbeste Lehrer!«

Empress war gezwungen, ihm beizupflichten. »Ja«, sagte
sie, aber so, als würde ein Automat sprechen.

Der schlanke Reiter lächelte die schöne, in Luchspelze ge-
hüllte Frau an.

Aber beide Erwachsenen dachten an eine andere Art der
Schulung.

Gegen Ende dieser Woche erkannte Max Trey, sobald dieser
in die Kinderstube trat, und seine Augen, die denen seines
Vaters so sehr ähnelten, leuchteten dann auf. Umgehend begannen seine dicken kurzen Ärmchen und Beinchen zu zap-
peln wie kleine Kolben, bis Trey ihn aufhob und sagte: »Sag
deinem Papa guten Tag!« Dann strahlte der Kleine ihn stets
wie auf ein Stichwort hin an und gurgelte und krähte fröhlich. Das Lächeln, das ihm sein Vater dafür schenkte, war
stolz und entzückt. Selbst die Kinderfrau hatte sich Treys
Charme ergeben, nachdem sie herausgefunden hatte, daß er
einmal eine Woche lang in der Nähe ihres Heimatdorfes in
Schottland Lachse geangelt hatte.

Empress fand es entsetzlich, wenn er und Nanny sich gegenseitig Gedichte von Robert Burns aufsagten. Als sie einmal verärgert fragte, warum Trey so vertraut mit der Dicht-
kunst des Schotten sei, hatte er milde geantwortet: »Die
Antwort würde dir nicht gefallen. Es ging da um eine kleine
Dorfschule in einem Bergtal, und einer Lehrerin, die . . .«

»Daran bin ich sicherlich nicht interessiert!« unterbrach
ihn Empress wütend und fragte sich, ob es wohl eine einzige Frau auf der Welt gab, die dem warmen, glänzenden Funkeln in seinen Augen widerstehen könnte.

Max wurde bei den Aktivitäten mit den Kindern nun stets
mitgenommen, und egal, was man unternahm, Max lag in
einem von Treys Armen und Eduard im anderen.

Aber am Samstag — als die Kinderfrau ihren freien Nachmittag hatte — waren die Kinder alle auf ihren Zimmern,

und Trey ruhte sich nach dem Toben in der Kinderstube aus, während Empress Max stillte. Trey saß jetzt immer im selben Sessel, wenn er Max besuchte. Er räkelte sich bequem mit aufgerollten Hemdsärmeln und offenem Kragen dort. Gelegentlich trafen sich ihre Blicke, und Empress wandte ihren immer als erste ab, weil sie die Sehnsucht in Treys Augen erkannte. Aber er unternahm nichts, um sie zu berühren und trug diesen inneren Kampf allein aus.

»Was soll ich nur mit dir anfangen«, sagte er in die dämmrige Stille. Die Worte entfuhren ihm unfreiwillig, ein nachdenklicher Satz. Darauf lächelte er rasch und wischte die herausgeschlüpften Worte mit einem Achselzucken beiseite.

»Alles, was du willst«, hätte Empress am liebsten gesagt, aber das tat sie nicht, obwohl ihre eigene Sehnsucht heftig von seiner machtvollen Ausstrahlung angefacht wurde. Trey ruhte halb verborgen in den lavendelblauen Abendschatten neben dem Feuer, sein Kopf war zurückgelehnt, die Hände lagen locker auf den gepolsterten Armlehnen. Es wäre himmlisch, dachte sie, wenn diese schlanken Hände sie jetzt zärtlich streichelten. Aber Treys achtlose Worte hatten ja eher mit einem körperlichen Bedürfnis zu tun, und sie wäre dumm, mehr hineinzulesen. Sie würde später nur Tränen der Reue vergießen. Daher antwortete sie so friedlich sie nur konnte: »Wenn du willst, kannst du mich in ein paar Minuten zum Essen begleiten. Max ist eingeschlafen.«

Das war die erste Einladung, die Empress seit seiner Ankunft aussprach. Er ermahnte sich, nicht zu viel hineinzulegen, und nahm sie an.

Man speiste an diesem Abend *en famille,* und es ging laut und fröhlich zu, doch gleichermaßen mit einer gefährlichen Unterströmung von Leidenschaft. Im sanften Schein der Gaslampe des Speisesaals, der in Scharlachrot und Mahagoni ausgestattet war — von einem Jordan, der die Pastelltöne des Rokoko leid war —, wirkte alles sehr intim und fast klösterlich, so als seien Trey und die Jordans hier vom Rest der Welt abgeschnitten. Die Schatten waren in diesem Raum tiefer, der Teppich von noch dunklerem Rot, und die schweren, strengen Mahagonimöbel verschmolzen mit der Dämmerung. Nur der Tisch, die lebhaften Kinder drumherum und die beiden stillen Erwachsenen wurden von dem Lüster beschienen. Es war, als würde auf einer sehr kleinen Bühne ein Spiel aufgeführt.

Die Kinder lachten und neckten einander wie üblich, aber Trey war stiller als sonst, wenngleich freundlich. Er wirkte allerdings abgelenkt, wenn sie versuchten, ihn in ihre Späße einzubeziehen. Er aß nur unlustig, lehnte den ersten Gang ab und ließ den zweiten ebenfalls unberührt. Er probierte vom Kalbsbraten, aber bedeutete dem Diener, den Teller nach nur wenigen Bissen wieder abzuräumen. Empress hatte vollständig den Appetit verloren, denn ihr Herz klopfte so laut in ihrer Brust, daß sie sicher war, man könne es trotz des Lärms der Kinder hören. Sie saßen viel zu dicht nebeneinander an dem polierten Tisch. Wenn sie aufblickte, sah sie ihn, nun wieder im korrekten Anzug mit Krawatte und Rock, und stets ein wenig die Stirn runzelnd, wenn er nicht gerade auf die Kinder einging. Er saß zurückgelehnt und versuchte, den Blick von Empress fernzuhalten. Das Essen mit den Kindern erinnerte beide schmerzhaft an die Tage in der eingeschneiten Hütte auf dem Winterberg.

Guy mußte Trey zweimal fragen, ob er die Karten für den Zirkus bekommen habe, und als Trey endlich die Frage hörte, nickte er bloß bestätigend, weil seine Gedanken vom rosigen Hauch auf Empress' Wangen gefesselt waren. Die beiden Farbtupfer auf ihren Wangenknochen — von perfektem Rosa und völlig symmetrisch — sahen aus, als hätte sie jemand aufgepinselt. So errötete sie immer, wenn sie sich liebten, erinnerte er sich, und rückte unruhig auf seinem Stuhl hin und her, weil seine Erektion anschwoll.

»Dessert, Sir?«

Trey blickte auf und schüttelte automatisch den Kopf.

»Trey, du mußt den Nachtisch probieren«, sagte Emilie.

»Ich hatte schon gegessen, als ich herkam.«

»Nein, das stimmt nicht. Du warst doch hier bei uns.«

Dann fiel ihm ein, daß er tatsächlich nichts gegessen hatte. Er hatte gestern abend mit Satie im *Chat Noir* zu viel getrunken, wo die Party der Herzogin den Abend beschloß, und ihm war den ganzen Tag nicht nach Essen zumute gewesen.

»Es ist aber *Mousse au Chocolat,* Trey!« beharrte Emilie. Die Perlohrringe, die er ihr kürzlich gekauft hatte, tanzten an ihren Ohren.

Daher nickte er, und der Diener servierte vorsichtig eine kleine Portion. Trey nahm einen Löffel davon und sagte: »Wunderbar!« zu der strahlenden, erwartungsvollen Emilie und fragte sich, was er gerade probiert hatte. Es hätte ebensogut gekochte Baumrinde gewesen sein können, er hätte es nicht bemerkt.

Empress achtete weniger darauf, möglicherweise die Gefühle der Kinder zu verletzen, und gab sich nicht einmal den Anschein, essen zu wollen. Sie sagte einfach nur: »Ich habe keinen Hunger«, und versuchte, Trey so gut wie möglich zu ignorieren.

Es war die längste Mahlzeit seines Lebens.

Empress überlegte, ob sie die Kinder einfach anfahren und »Geht sofort ins Bett!« schreien sollte, aber schwindelig vor Nervosität erkannte sie, daß sie keine Ahnung hatte, was sie tun würde, wenn sie mit Trey allein blieb.

*Nimm dich zusammen,* dachte sie und lächelte Geneviève an, die gerade eine Geschichte erzählt hatte und nun zufrieden griente. »Geneviève hat einen wunderbaren Sinn für Humor«, sagte Empress nun, blickte aber nur in verdutzte Gesichter.

»Ich habe Trey gerade von meinem Kanarienvogel erzählt, auf den Guy getreten ist!« sagte Geneviève vorwurfsvoll. »Er sollte das beichten und wird dann dafür bestraft und . . .«

»Wie oft habe ich dir schon gesagt, daß es ein Versehen war. Es war nicht meine Schuld!« protestierte Guy.

»War es doch!«

»War es nicht!«

»War es doch!«

»Oh, du liebe Güte«, murmelte Empress.

Trey warf einen Blick auf die Uhr und bedeutete einem Diener, sein Weinglas nachzuschenken.

Eduard wurde nach dem Essen als erster ins Bett geschickt, und im Laufe der nächsten zwei Stunden zogen die anderen Kinder sich eines nach dem anderen zurück. Alle bestanden darauf, daß Trey ihnen Gute Nacht sagte.

Als das letzte Kind endlich verschwunden war, blieben Empress und Trey vor Guys Tür stehen. Ein unbehagliches Schweigen breitete sich aus. Nun waren sie allein, und kein Kindergeschrei und Fragen lenkten sie mehr von der eigenen unbezähmbaren Begierde ab. Empress schaute auf und sah Trey einen blitzartigen Moment lang in die Augen, doch dann senkte sie den Blick sofort wieder, weil sie die Lust in ihren glühenden Tiefen genau erkannt hatte. »Ich ... sehe besser nach ... ob Max ... noch einmal ...«, stammelte sie. Es war gefährlich für sie, so dicht bei Trey zu stehen, in der intimen, dämmrigen Stille des Treppenhauses.

Sie flüchtete den langen Korridor entlang und betete, daß Trey sich höflich verabschieden und sie von ihren eigenen Gefühlen retten würde. Aber als sie sich vergewissert hatte, daß Max wie auch seine Kinderfrau friedlich schliefen, schloß sie die Tür hinter sich und stand erneut vor Trey in dem getäfelten Gang.

»Schläft er?« fragte er und trat auf sie zu.

Sie nickte, weil sie nicht genügend Atemluft zu einer Antwort fand.

«Und Nanny?«

»Schläft auch«, flüsterte sie — eher ein Hauch als ein Wort.

»Dann schlafen alle.« Seine silbrigen Augen waren im Halbdunkel deutlich zu erkennen. Seine breiten Schultern wirkten in den Halbschatten des Ganges plötzlich viel mächtiger. Seine Gestalt wurde durch ihre Unsicherheit für sie noch bedrohlicher. »Du gehst heute abend nicht aus?« fragte er so leise, daß es wie ein Flüstern klang.

Empress schluckte einmal, ehe sie es verneinte und sich nervös von seinen leuchtenden Augen und seiner betäubenden Kraft abzuwenden suchte. In allen ihren Sinnen toste die Anspannung und Erwartung, und sie begann, das Muster im Teppich zu zählen, in dem panischen Bemühen, sich ihm nicht in die Arme zu werfen.

390

»Wo ist dein Zimmer?« fragte er leise.

»Nein!« schrie sie und drehte ihm den Rücken zu.

Aber Trey bemerkte ihr Zittern und ihre Unruhe, die deutlich hinter ihrer Abwehr zu spüren waren, und wußte, wie wenig dieses Nein bedeutete. »Du hast doch einen freien Abend«, murmelte er. Er ließ den Satz bewußt unbeendet und voller Andeutungen.

»Nein, bitte«, hauchte Empress, wobei das zweite Nein entschieden leiser war als das erste und ihr ›Bitte‹ eher wie ein Flehen klang als eine Weigerung.

Trey hatte Erfahrung mit der Reaktion von Frauen, die aus einer Laune heraus Nein sagen, wenn sie eigentlich Ja meinen, und streckte die Arme nach ihr aus. Als er sie berührte, blitzten seine Ringe im gedämpften Licht auf; sie regte sich nicht. Seine schlanken Finger umfaßten zärtlich ihre Schultern, und sie erbebte so heftig, daß ihr Atem in der Luft zu stehen schien. Er drehte sie um und zog sie entschieden an sich. Der Duft von weißem Flieder vermischte sich mit dem Duft der Bergtannen, den Treys Kleider ausströmten. Ihr Körper gab nun unter seinen Händen nach: Unbewußt hob sie das Gesicht zu einem Kuß.

Beide wehrten sich erfolglos dagegen, daß die tiefe Leidenschaft ihre Sinne überwältigte, und in dem Schwebezustand, ehe ihre Lippen sich berührten, flüsterte Empress: »Bitte, geh.«

»Ja«, antwortete er. Der Schwung seiner gesenkten Wimpern wirkte wie ebenholzfarbene Seide. Dann berührte er ihre Lippen.

Einen flüchtigen Moment lang war es ein zarter, schmetterlingshaft leichter Kuß, aber dann schlang Empress die Arme um seinen Hals. Seine Hände glitten auf ihre Hüften, und er riß sie so heftig und mit solcher Leidenschaft an sich, daß sie aufschrie. Er ignorierte diesen Schrei, weil er nur noch ihren heißen, süßen Mund kosten wollte, sich in die hingebungsvoll geöffneten Lippen drängen und ihren Körper an seinen pressen wollte, bis ihr weicher, seidiger Leib mit seinem verschmolz. Nur wenige Momente später löste er seinen Mund abrupt von ihren Lippen, als habe seine Geduld ihre Grenzen gefunden, und er fragte: »Welches Zimmer?« Die Worte ertönten knapp und drängend, sein Mund rieb weich über ihre Wange, seine Hand schob ihre Finger hinab zu seiner steif erhobenen Männlichkeit.

Sie erbebte, als sie den ungeheuren, pulsierenden Schaft spürte, und ebenso unmißverständlich wie seine abrupte Forderung spürte sie, wie ihr Körper sich schmelzend öffnete.

Ungeduldig zwang er sie die wenigen Schritte zurück, bis sie zwischen ihm und der Wandtäfelung gefangen stand. Er wartete nicht mehr auf eine Antwort, denn sein unzügelbares Bedürfnis schoß nun rasch wie Quecksilber hoch. Er schob ihre Hand beiseite, griff in die Seide und hob den Rock hoch. Er war von der monatelangen Enthaltsamkeit völlig überfordert und wie im Rausch. Das Schlafzimmer würde er später finden.

»Du solltest gehen«, stöhnte Empress, erschüttert von ihrer wachsenden Lust. Sie spürte die kühle Luft an ihren Beinen und war sich mit sinkendem Mut seiner starken Hände bewußt, die an ihren Schenkeln hochglitten.

»Ich weiß«, antwortete er zärtlich und brummig zugleich und bauschte die smaragdgrüne Seide ihres Kleids zusammen, indem er den Rock mitsamt den Unterröcken rasch hochhob. Dann fuhren seine Finger in den Schlüpferbund. »Es dauert nicht lange.«

»Du Schuft«, flüsterte sie bei dieser offensichtlichen Gier und wurde aus ihrer sehnsüchtigen Hingabe und quälenden Lust wieder zurück in die Wirklichkeit gerissen.

»Du auch, Empress Jordan, die du mir das alles angetan hast«, knurrte er und zerrte an den Bändern ihres Schlüpfers.

»Nein, Trey, bitte«, jammerte sie voller Angst über seine Absicht und wehrte sich gegen seine schier unüberwindliche Kraft. »Nicht hier. Wenn die Diener ... die Kinder ...«

Da hielt er plötzlich inne, als habe sie ihn geschlagen. Das Wort *Kinder* drang trotz seines rasenden Fiebers zu ihm durch ... aber nur einen kurzen Moment. Er war jenseits aller Vernunft, geleitet von nur einer brennenden Begierde, die alle Logik ausschloß. »Wo dann?« fragte er mit rauher Stimme, die vor Dringlichkeit bebte. Seine Hand brannte wie Feuer durch den zarten Batist ihrer Unterwäsche. »Dort«, antwortete Empress. Sie begriff seine rücksichtslose Gier, denn sie war kaum imstande, die eigene heiße Lust zu bezähmen, obwohl sie die erforderlichen Worte der Ablehnung ausgesprochen hatte. Sie stand am Abgrund ihrer eigenen Begierde, betrachtete von dort aus alle Möglichkeiten und Prinzipien und deutete auf ihr Zimmer — damit sie ihn wieder in sich spüren konnte, damit sie die ungeheure Sehnsucht nach diesem treulosen, schönen und völlig egoistischen Mann stillen konnte, der ihr das Gefühl gab, in Flammen zu stehen.

Er hob sie mit einer raschen, ausholenden Bewegung auf die Arme und eilte auf ihr Zimmer zu. Die Tür stieß er mit einem Tritt auf, ohne auf den Lärm zu achten, und trat sie mit ebensolcher Kraft zu. Rasch fuhr sein Blick durch den Raum auf der Suche nach dem Bett, obwohl er ein Bett in seinem gegenwärtigen Zustand sicher nicht brauchte. Er ließ Empress unsanft auf die weißen Satindecken des gold- und bernsteinfarbenen, muschelartigen Lagers fallen. Dann riß er ihr die Schuhe ab und warf sie ohne einen Blick fort. Er schob das Kleid und die Unterröcke mit angespannter Ungeduld beiseite und zog ihr in atemloser Stille den Schlüpfer aus. Darauf knöpfte er mit einer einzigen Bewegung seine Hose auf. Der pulsierende Drang in seinem Körper dröhnte in seinen Ohren. Ohne jedes Vorspiel oder auch nur Vorsicht auf Empress drang er in sie ein.

Völlig selbstversunken war er nach wenigen Sekunden fertig, so als sei sie kaum mehr als ein bequemes Gefäß für seine Lust. Er zog sich ebenso rasch wieder aus ihr zurück, wie er in sie eingedrungen war. Dann rollte er sich von ihr herab, immer noch wütend, immer noch frustriert, immer noch voller Lust, aber nicht befriedigt. Er gab Empress die Schuld für das Chaos seiner Gefühle, für das tobende Bedürfnis in ihm, für seine heiße, heftige Sehnsucht, die gewaltsam an seinem Verstand nagte. So hatte er noch nie auf eine Frau reagiert. Niemals. Und er schickte einen Fluch an die mit Engeln bemalte Decke, als seien die Putti dort für seine Unzufriedenheit verantwortlich.

Empress lag zusammengerollt auf der Seite mit dem Rücken zu Trey und schluchzte vor Unglück und Selbstmitleid. Trotz allem Zynismus und Sarkasmus der vergangenen zwei Wochen und aller heftigen Anklagen hatte sie niemals so etwas erwartet: Eine kalte, unpersönliche Paarung ohne ein Fünkchen Gefühl, so distanziert, als seien sie einander völlig fremd oder, schlimmer noch, Feinde. Sie kannte diesen Mann nicht mehr und konnte sich nun nicht mehr mit bunten Träumen hinwegtäuschen oder sich an die Erinnerungen an ihre Zeit mit ihm klammern. Der Mann neben ihr war anders: grob und mitleidlos, ein Fremder, und sie hatte nicht die geringste Absicht, an diesem Krieg weiter teilzunehmen.

Sie richtete sich auf und glitt vom Bett, um der Katastrophe zu entkommen, aber Treys Hände hielten sie fest, ehe sie sich entziehen konnte, umschlossen ihre Handgelenke wie eine Fessel und rissen sie zurück.

»Ich bin noch nicht fertig.« Er lag halb zurückgelehnt da. Sein Gesicht spiegelte das Durcheinander seiner Emotionen — Emotionen, die völlig unvernünftig waren, was er mit dem bißchen Verstand, den er noch besaß, hinter diesem Wahnsinn erkannte.

»Bitte Trey, nicht so«, flehte Empress.

Sie sah, wie er versuchte, seine Reaktionen zu zügeln, es aber nicht schaffte. »Warum nicht?« fragte er leise und gereizt. »Du hast doch einen freien Abend.« Seine Finger taten ihr weh, sein Gesicht war hart. »Denk einfach, ich bin dein Samstagsliebhaber. Biete mir deine populäre, großzügige … Gastfreundschaft an. Ich bin doch nicht anders als andere Männer.«

»Es gibt keine anderen Männer«, flüsterte Empress, weil sie an keinen Täuschungen mehr interessiert war und nur noch versuchte, zu diesem kalten Mann durchzudringen, der ihre Hände so schmerzhaft fest hielt.

»Du lügst«, gab er grob zurück.

»Frag sie doch«, bot Empress an, die sich von diesem Schlachtfeld der Mißverständnisse zurückziehen wollte.

»Sehr komisch. Soll ich sie einzeln fragen, ob sie mit dir schlafen, oder, um Zeit zu sparen, alle zusammen? Mein

Kompliment, Schatz, zu deiner kühnen Verteidigung ... du kennst dich gut aus, wenn es um Herausforderungen geht.« Er zwinkerte ihr zu und setzte sein strahlendstes, zynischstes Lächeln auf.

»Die schlichte Wahrheit«, sagte Empress ausdruckslos, »... ist, daß du der einzige Mann bist, mit dem ich jemals geschlafen habe.«

»Was für eine charmante Lüge«, gab Trey mit ausgesuchter Höflichkeit und ungerührt von der Ehrlichkeit ihrer Worte zurück. Sein eigenes Bild von der lustigen Witwe in Paris sah entschieden anders aus. Man wurde nicht umsonst mit dem Spitznamen Grüne Göttin bedacht. »Hat dein unschuldiges Leugnen sonst immer Erfolg?« fügte er beißend hinzu.

»Was willst du von mir?« fragte Empress erschöpft. Ihre Gefühle waren zerstört, ihre Erwartungen und Träume lagen in Trümmern, nur wegen dieses einen Mannes, von dem sie angenommen hatte, daß auch er etwas für sie empfände.

»Als erstes möchte ich dich eine ganze Woche lang ausgiebig ficken ... und dann denke ich weiter nach. Wie klingt das für dich?«

»Klingt nach Trey Braddock-Black — Deckhengst von Weltrang«, erwiderte Empress scharf. »Mir liegt auch nicht daran, dir zu Willen zu sein«, fügte sie hitzig hinzu und versuchte, sich aus seinem schmerzhaften Griff zu befreien.

Er regte sich nicht, und ihr Kampf gegen eine solche Kraft war völlig wirkungslos. »Ich bin nicht sicher, ob deine Hingabe dazu überhaupt nötig ist«, sagte er. Seine hellen Augen tasteten ihre daliegende Gestalt ab, und seine Stimme klang ebenso explosiv wie ihre. »Vielleicht ist es genauso interessant, wenn ich dich zwei Wochen lang an mein Bett fessele und prüfe, ob ich mich noch an alles erinnern kann, was dir früher gefiel.«

»Tut mir leid, dich da enttäuschen zu müssen«, knirschte sie. Nun stand sie trotzig, mit wirrem Haar, auf Strümpfem und in ihrem zerknitterten Kleid vor ihm. »Aber wegen Max ist meine Zeit begrenzt.«

»Man braucht dich doch nicht loszubinden, um Max zu stillen.«

»Du Bestie! Wir sind hier nicht im Hinterland von Montana, wo dein Wort Gesetz ist!« Ihre Stimme zitterte vor Wut. »Die Jordans sind seit Karl dem Großen von Adel, lange ehe dein Volk überhaupt ein Pferd gesehen hat und noch zu Fuß jagte!«

Da versteinerte er, kein Muskel rührte sich, und sein Gesicht wirkte wie eine Maske. »Es ist mir egal«, sagte er — jedes Wort so starr wie seine Haltung, »ob es die Jordans schon vor der Sintflut gab.« Ein Muskel oberhalb seiner Wangenknochen zuckte und unterbrach die perfekte Reglosigkeit. Seine Stimme war leise und schneidend. »Mir ist es auch egal, ob sie schon tausend Jahre vor uns Pferde ritten, wenn ich dich heute abend entführen will, dann tue ich das. Hast du verstanden? Eine Amme für Max ist kaum ein Problem. Sei nicht naiv, was meine Fähigkeiten und Mittel angeht.« Er hatte ihre Handgelenke gegriffen und zerdrückte sie schier.

Empress wich das Blut aus dem Gesicht. Sie erinnerte sich nur zu gut an seine ungezähmte Wildheit. Hier stand kein Gentleman, der seinen Fall sachlich vortrug. Ihr fielen sämtliche anderen Begleiterscheinungen der Braddock-Blackschen Macht wieder ein: die persönlichen Leibwächter, die kleine Armee der Clansbrüder, der Privatzug und -bahnhof, ihr Einfluß auf die Politik und ihr grenzenloser Reichtum. Sie erinnerte sich auch an das eine Mal auf der Ranch, als sie Trey gefragt hatte, was er mit seinem Leben anfangen wolle, und er gesagt hatte: »Meine Hälfte von Montana regieren.«

»Wirklich?« Ihre riesigen grünen Augen hoben sich funkelnd in dem blassen Gesicht. »Würdest du mich tatsächlich gefangennehmen?«

»Vielleicht«, erwiderte er ausdruckslos. »Komm her, um es zu besprechen.«

»Ich verachte dich!« Jedes Wort spuckte sie kalt und verächtlich aus.

»Diese Situation ist sowieso der glatte Wahnsinn«, erklärte er gleichmütig. »Daher ist es egal, solange ich deiner zauberhaften Gesellschaft gewiß sein kann.«

»Die wäre nie mehr freiwillig«, geiferte sie. Ihre Bitterkeit war nun grenzenlos.

»Schauen wir mal, ob wir das ändern können.« Er entblößte seine Zähne zu einem Raubtierlächeln, und als er an ihrem Handgelenk riß, stolperte sie schaudernd vor. Dieser harte, feindselige Mann jagte ihr Angst ein. »Zieh dich aus«, befahl er herrisch. »Ich habe dich seit Monaten nicht mehr gesehen.«

Sie zögerte, aber sein Gesichtsausdruck war finster und gefährlich und verbot jeglichen Widerspruch. Seine Finger gaben sie langsam frei, als wolle er ihren Gehorsam prüfen.

Unsicher und leicht schwankend stand sie vor ihm und blickte ihn unter den gesenkten Wimpern her an. Ihre grünen Augen wirkten mit ihrem verdammenswerten kapriziösen Funkeln ängstlich. Die Verlockung der Unschuld, darin lag die Verführung, dachte er ... und diese bebende Unschuld wollte er. Er begriff nun absolut, warum man sie unter Männern in den Clubs stets die Grüne Göttin nannte.

»Ich warte.« Er lehnte lauernd an dem geschnitzten, vergoldeten Kopfende des Betts und fuhr sich mit beiden Händen durch sein langes Haar.

Empress griff nach den kleinen Perlmuttknöpfen ihres Kleides.

»Laß zuerst dein Haar herab«, befahl er, weil er wollte, daß sie so aussah, wie er sich an sie erinnerte, ohne die modische Pariser Frisur mit den hochgesteckten Locken. »Ich möchte dein Haar berühren.«

Sie griff nach einem Schildpattkamm und zog ihn aus der Frisur. Ihre Miene wirkte nach diesem Befehl aufrührerisch, und die Angst war durch ihre Wut wie ausgelöscht. Verächtlich schnappte sie: »Ja, Sir, darf es noch etwas mehr sein, Hoheit?«

»Es wird eine Menge mehr sein, Liebling, ehe du hier fertig bist«, murmelte er träge und mit einem wölfischen Blick seiner silbrigen Augen. »Wir werden deine Fügsamkeit und meine Fantasie auf die Probe stellen ... alles zu seiner Zeit.«

»Ich weigere mich«, zischte sie. Die Augen funkelten grüne Blitze über seine hochmütige Arroganz. »So behandelt zu werden wie ...«

»Wie eine Hure?« fragte er spöttisch.

»Genau! Und das lasse ich mir nicht gefallen!« Sie hielt den juwelenbesetzten Kamm wie eine Waffe.

»Ich meine, diese Rolle steht dir sehr gut, Mrs. Miles. Sicher bin ich nicht der erste aus deinem Harem, den es nach einer bestimmten Fantasie verlangt. Ich fasse nur mal gerne dein Haar an«, bemerkte er beiläufig. »Außerdem«, er hob seine Stimme, daß sie wie Eis klirrte, »... bin ich an deinen Meinungen oder Empfindlichkeiten nicht interessiert, nur an der Verfügbarkeit deines Körpers. Ich warte ... Südfrankreich wartet ... oder Nordafrika, wenn du es lieber exotisch hast.«

Sie warf den Kamm auf ihn, aber er fing ihn bloß auf und lächelte. »Es liegt völlig an dir«, sagte er sanft und spöttisch, »meine liebe Mrs. Miles.«

Er sah zu, wie sie zornig das Haar herabließ, fing lächelnd alle Kämme auf, die sie auf ihn schleuderte, und legte sie ordentlich auf dem Nachttisch ab. Sie hatte einen Moment lang Mühe mit den kleinen Knöpfen an den Manschetten, aber dann glitt das Kleid an ihr herunter, und sie ließ das glänzende Gewand mit bewußter Nachlässigkeit auf dem Boden liegen. Treys Blick folgte dem Fall der grünen Seide, die sich zu ihren Füßen bauschte. »Hast du wirklich vor, dieses unwürdige Spiel weiterzuverfolgen?« fragte sie, als sie in Hemd und Unterrock vor ihm stand.

»Ich habe es lieber ruhiger ... oder wenigstens neutral, um ehrlich zu sein.« Dann zuckte er die Achseln. »Aber du bist in Paris weniger kooperativ geworden.« Weil die anderen Männer dir Flausen in den Kopf gesetzt haben, dachte er wütend.

»Und Paris hat in dir den verdammten Tyrannen zum Vorschein gebracht«, erwiderte sie beißend.

»Ach, meine Liebe«, seufzte er spöttisch. »Wir beiden mit unseren enttäuschten Hoffnungen im Paradies. Sehen wir mal, welche getrübten Hoffnungen wir aus dieser Unzufriedenheit retten können. Ich persönlich«, fuhr er mit sarkastischem Lächeln fort, »fand immer schon, daß ein guter Fick meine Desillusionierungen im sonstigen Leben wettmacht.«

»Eines Tages«, schwor sie, »werde ich für diese verfluchte Unterwerfung Rache nehmen.«

Hast du doch schon, wollte er sagen. Du hast zehn Monate meines Lebens zur Hölle gemacht. »Wenn du fertig bist, Gottes Racheengel zu spielen, könntest du zur nächsten Rolle übergehen?« fragte er statt dessen milde. »Zieh dich ganz aus.«

Die Unterröcke fielen rasch hintereinander zu Boden, während Trey zusah. Seine steigernde Erregung war kaum ein Maßstab für seinen verletzten Stolz. Seine Erektion schwoll bei jedem Kleidungsstück an. Schließlich trug sie nur noch ihre Strümpfe und das Hemd. Mit einer herrischen Geste bedeutete er ihr, sich vollends zu entkleiden, und einen Moment später stand sie nackt vor ihm.

»Bist du jetzt zufrieden?« fragte Empress scharf. Sie warf den letzten Strumpf beiseite, und das helle Haar flutete um ihre Schultern. Ihre grünen Augen funkelten.

»Kaum.« Seine Antwort wurde von einem kurzen Hochziehen der Brauen begleitet. »Sicher hast du eine Ahnung von der faszinierenden Abfolge der Ereignisse bei Liebesspielen, meine Süße. Die Zufriedenheit erfolgt viel später. Aber ich sehe«, fuhr er im gleichen unverschämten Tonfall fort, »daß du dich langsam erwärmst. Endlich wieder kooperativ ...«

»Das bin ich nicht!« zischte sie. Sein Spott reizte sie maßlos.

»Aber was ist das dann?« Er hob eine schlanke, gebräunte Hand und machte eine vage Bewegung.

Beschämt spürte Empress, wie die Milch aus ihren Brüsten tröpfelte und auf die zerknitterten Kleider zu ihren Füßen fiel. Ihre Sinne waren von ihrer zornigen Abwehr gegen Treys barbarisches Verhalten unbeindruckt. »Ich bin nicht interessiert«, behauptete sie hartnäckig.

»Gut«, erwiderte er gelassen. »Dann betrachten wir das Ganze wie ein Geschäft.«

»In Ordnung«, antwortete sie und warf den Kopf in den Nacken. Sie bemühte sich nun um die gleiche Unverfrorenheit wie er.

Gebieterisch streckte er die Hand aus. »Hierher. Sofort!« Stirnrunzelnd trat sie einen Schritt vor und legte ihre Hand in seine. Er setzte sich auf und schwang die Beine über den Bettrand, um sie an sich zu ziehen. »Wir dürfen doch nicht zulassen, daß du meinen Anzug ruinierst«, murmelte er, während seine schlanken Finger zwei Milchtropfen aus ihren Brüsten auffingen. Sie war entsetzt über die verräterische Reaktion ihres Körpers und spürte, wie ihr verlegene Röte in die Wangen schoß.

Auch Trey sah den rosigen Hauch und bemerkte zuckersüß: »Was für eine wunderbare Schauspielerin du bist ... nach allem, was wir hinter uns haben, spielst du immer noch die Tugendhafte ...« Doch sie erregte ihn, diese gespielte Naivität, und das ärgerte ihn gleichzeitig, wenn er daran dachte, wie viele Männer diese bezaubernde Unschuld genossen hatten.

»Wieviel mehr muß ich ertragen?« fragte sie gepreßt. »Was willst du?«

»Ich habe doch noch gar nicht angefangen«, erwiderte er sehr leise mit einem Blick auf ihr ebenmäßiges, wütendes Gesicht. Wenn sie sich getraut hätte, hätte sie ihn fortgestoßen, als er den Kopf senkte und sich über ihre Brust beugte. Seine Lippen schlossen sich weich über der aufgerichteten Brustwarze, seine Zunge flatterte über die Spitze des immer härter werdenden Hügels, hielt verlockend einen Moment inne, während Empress auf den vollen Druck seines Mundes wartete. Und dann erfolgte er — hart, fest und saugend —, und die Milch floß. Ihr wurden die Knie weich, und jede Lustzelle ihres Körpers war empfangsbereit geöffnet. Seine Hände griffen nach ihr, um sie zu stützen, umklammerten ihre Hüften und hielten sie, während er sie küßte und saugte und an ihr knabberte, und sie dachte: »Es ist zu lange her ... zu lange ... zu lange ...« Sie durfte nicht so heftig reagieren, wirklich nicht, dachte Empress im nächsten Moment. Verzweifelt wehrte sie sich gegen den süßen Schwindel. Er war alles, was sie an einem Mann haßte: arrogant, selbstsüchtig, unverschämt. Aber eine pochende Lust durchrann ihren Körper, trommelte, dröhnte, schoß durch

400

jeden Nerv, löschte ihren Verstand aus, verachtete alle vernünftigen Gedanken und wollte nur noch ausschweifende, überschwengliche Befriedigung. Dann spürte sie eine verräterische Feuchtigkeit nicht nur von den Brüsten, sondern auch von der Magengrube ausgehend. Eine heiße, tropisch dampfende Hitze, die sämtliches Denkvermögen ausschaltete, alle offensichtlichen Fehler in Treys Charakter ignorierte und atemlos darauf wartete, daß sich das Entzücken weiter steigerte.

Sanft und geschickt und mit lustvoll berechneter Langsamkeit saugte Trey an beiden Brüsten, während sich die Hitze, die in ihrer Leibesmitte entflammt war, nach außen strahlte, bis ein rosiger Hauch ihren gesamten Körper überzog und die Begierde wie eine wilde, gewaltsame Fackel hell in ihr aufloderte.

»Ich glaube«, murmelte Trey mit einer heiseren Stimme, die vor übertriebener Höflichkeit geradezu troff, »wir haben die Gleichgültigkeit vertrieben ... nicht wahr?«

Sie hatte die Augen halb geschlossen und atmete nur kurz und stoßweise. Sie wehrte sich gegen die Überheblichkeit in seiner Stimme. »Nein«, flüsterte sie hartnäckig.

Er zuckte die Achseln, berührte ihre Brustwarzen nacheinander mit den Fingerspitzen und murmelte beiläufig: »Vermutlich könnten wir nun über die unterschiedliche Bedeutung von Gleichgültigkeit streiten, aber ich möchte nicht ungalant sein, wenn du so freundlich reagierst.« Er umfuhr eine Brustwarze mit einem Finger. »Aber auf eines können wir uns sicher einigen: Jetzt kannst du immerhin nicht mehr ...«, er preßte die Nippel etwas fester, »... meinen Anzug beflecken.« Dann legte er die warmen Hände über ihre Brüste, während sie von stürmischen Gefühlen heimgesucht da stand, versuchte, ihren Atem zu beruhigen und die pulsierende Begierde zu unterdrücken. Er spreizte die Finger über den üppigen Hügeln, als umfasse er seinen Besitz. Ihre Brüste waren immer schon voll gewesen, aber nun waren sie geradezu schwellend üppig. Unter der hellen Haut zeichneten sich mattblau die Adern ab, als spanne das Gewicht die zarte Haut bis zur Durchsichtigkeit.

Wie eine kleine, verderbte Fruchtbarkeitsgöttin, dachte er, so lockte und winkte Empress. Berühre mich, und ich schenke dir Freuden, schien sie zu locken, saug an mir, und ich nähre dich. Seine warmen Handflächen glitten über die weichen Rundungen, fuhren an den Rippen abwärts zur schmalen Taille, malten die glatten Kurven ihrer Hüften nach bis zur prachtvollen Gabelung ihrer Schenkel. Als er über die glatte, heiße Haut strich und das blonde, seidige Haar berührte, spürte er, wie sie sich gegen den Druck seiner Hand lehnte. Da brach er seine gelassene Einschätzung ihres Körpers ab, und seine Leidenschaft flammte hoch wie ihre. Die Göttin bot ihm noch mehr Freuden und Nahrung, sie bot ihm das prachtvoll heiße Zentrum ihres Körpers dar, das er so sehr begehrte, bis er einen pulsierenden Schmerz am Rückgrat spürte. Er ließ seine schlanken Finger in ihre feuchten Falten gleiten, in den luxuriösen Hafen, der ihn quälend lockte, streichelte die samtige Weichheit und sah ihr dabei ins Gesicht. Er glitt höher, bis er den kostbaren, pochenden Kern ihrer Lust berührte und hörte, wie sie glückselig aufseufzte.

Empress fühlte sich nun von aller Realität entrückt und spürte nur noch Treys sanft streichelnde Finger. Wie ein Schnurren klangen ihre tiefen, kehligen Laute und sie verfluchte ihn, weil er sie so gut kannte. Sie müßte eigentlich kalt und gleichgültig bleiben und sich nicht nach dem heißen Streicheln seiner Finger verzehren, durfte sich eigentlich nicht so sehnlichst wünschen, daß Trey sie liebte, und nicht das Gefühl haben, vor Lust sterben zu wollen.

»Bitte ... Trey ... ich kann nicht mehr warten ...«, hauchte sie. »Bitte ... bitte ...«

Sie stand tatsächlich kurz vor ihrem Höhepunkt, bemerkte er genüßlich. Er hatte seinen Himmel auf Erden gefunden, und nach Monaten im Exil stand er jetzt kurz davor, in Empress' lustvollen Paradiesgarten einzudringen. Die lange, frustrierende Wartezeit war vorbei.

Er zog seine Finger heraus und rückte von Empress fort, um sich gegen das Kopfende zu lehnen. Trotz Empress' vorheriger Ablehnung war sie erregt, geradezu vor Lust wahnsinnig, und seine eigene Begierde war seit dem ersten Blick auf sie zwei Stunden nach seiner Ankunft in Paris immer dringender geworden. Die Zeit der unnatürlichen Trennung war vorbei. Er hatte vor, seine maßlose Begierde nach der schönen Frau zu stillen, die ihn verlassen hatte, der alle heißblütigen Aristokraten von Paris zu Füßen lagen, die sich weigerte, zuzugeben, daß sie ihn wollte, aber ihn heute nacht trotz ihrer Abwehr und Wut befriedigen würde, weil sie in Flammen stand, genauso wie er sich an sie erinnerte. »Komm her«, sagte er heiser. »Komm und setz dich auf mich.«

Die Leidenschaft rang in Empress danach, freigesetzt zu werden — im Kopf wie im Körper, auf der heißen, erregten Haut, in den Nervenenden und in den zum Zerreißen gespannten Lustzentren. Aber der Stolz hielt sie zurück, und sie starrte ihn reglos mit wilden, stürmischen Augen an.

»Wenn du mir jetzt nicht gehorchst«, drohte Trey sehr leise, »dann findest du dich in dem charmantesten Gefängnis wieder, das ich dir einrichten kann. Gute Manieren sind nicht meine stärkste Seite.« Dann überflog er anerkennend die prachtvolle Frau vor ihm, so unbeugsam und trotzig. Ihre zarte Schönheit stand in krassem Gegensatz zu ihrer fesselnden, unbezähmbaren Sexualität.

Ihr Blick, nun offen feindselig, traf auf seinen.

»Es ist deine Entscheidung«, sagte er leise.

Da wandte sie sich zu ihm, rückte dorthin, wo er mit seiner prachtvollen Erektion an das vergoldete Kopfende gelehnt lag. Er war noch voll bekleidet. Nur seine Hose war aufgeknöpft. Es war seine bewußte Absicht, ihre Unterwürfigkeit durch den Kontrast seiner vollen Bekleidung zu ihrer Nacktheit zu betonen. Es war wie bei den nachmittäglichen Besuchen der Jockey-Club-Mitglieder in den Bordellen, ehe man zum Rennplatz ging — wenn es nicht nötig war, sich für die kurzen Begegnungen mit den Kurtisanen zu entkleiden und man nur ein Minimum entblößen mußte. Es war nicht einmal nötig, ins Bett zu steigen, wenn die Bügelfalten wichtiger waren.

»Ich bin sicher, daß du damit vertraut bist ... Ich weiß es«, fügte er hinzu, während seine hellen Augen über ihren üppigen Körper glitten, der sich zögernd neben ihn kniete. »Dieses gespielte Zögern ist nicht nötig.« Da lag er, wenige Zentimeter von ihr entfernt, und bot ihr keinerlei Hilfe, sondern lockerte nur die Krawatte und ließ seine Goldkette kurz aufblitzen.

»Du scheinheiliger Heuchler!« zischte Empress und hob die Hand, um ihn zu schlagen.

Seine Reflexe waren ausgezeichnet. Er ließ es zu, daß ihre versuchte Rache fast gelang, und seine Finger schlossen sich hart erst dann um ihr Handgelenk, als ihre Fingerspitzen gerade seine Wangen streiften. »Machen wir das Ganze nicht zu schwer«, sagte er leise und griff fester zu. »Ich bitte dich ja nicht, Spaß daran zu haben. Du sollst es nur tun ... sonst bringe ich dich fort, und du stehst mir draußen auf dem Land zur vollen Verfügung.« Er hielt ihre Hand zwischen ihnen, ohne nachzugeben. Ihr ganzer Körper war nun aggressiv verspannt. »Du bist einfach nicht stark genug«, flüsterte er. Ihre Miene war wild entschlossen, als wolle sie ihn anspringen, sobald er sie freigab. »Ich hoffe, wir verstehen einander. Ich will dir schließlich nicht wehtun«, fügte er mit ausgesuchter Höflichkeit hinzu.

»Der Mann, der sich Frauen aufzwingt, bekommt wohl Skrupel«, giftete Empress.

»Liebste«, murmelte Trey nachsichtig, »das einzige, was ich dir dem Anblick deines erregten Körpers nach zu urteilen aufzwinge, ist ... daß du noch warten mußt.«

Ihre freie Hand schoß unkontrolliert vor, aber Trey, dessen Höflichkeit nun verschwand und durch Wut ersetzt wurde, fing sie ab, ehe sie sein Gesicht erreichte. »Ich werde diesen melodramatischen Widerstand bald leid«, knurrte er. »Entscheide dich endlich ... Südfrankreich, Nordafrika oder dieses bequeme Bett.«

Ihre Augen kamen auf gleiche Höhe, als sie neben ihm kniete. Trey hielt ihre beide Hände umfangen, und einen knisternden Moment lang wehrte sie sich dagegen, sich zu fügen.

Dann senkte sie den Blick.

Und er gab langsam ihre Handgelenke frei.

Doch trotz all seiner angeblichen Gleichgültigkeit umfingen seine Hände ihre Hüften, als sie sich langsam auf ihn herabsenkte, und als sie seinen harten, langen Schaft vollständig in sich aufgenommen hatte und er ihre Hitze um sich spürte, da schloß er kurz die Augen und stöhnte tief in der Kehle. Dieser Laut war Empress ebenso vertraut wie ihr eigener bebender Seufzer.

Mühelos hob er sie an und senkte sie bewußt langsam wieder herab, hob sie wieder, bis sie diesen Rhythmus selbst übernahm und sich im gleichen maßvollen Tempo erhob und senkte. Ihre Schenkel rieben sich am Tuch seiner Hose, die vollen Brüste streiften über sein Jackett, während sie seinen Wünschen nachgab. Als die gelockerte Krawatte ihre Brüste berührte, spürte sie bebend den kühlen Stoff im Gegensatz zur warmen Reibung an Schenkeln und Busen, wo die Wolle an ihrer Haut rieb.

Empress hatte nicht die geringste Absicht gehabt, auf Treys berechnende Tyrannei zu reagieren, aber ihr verräterischer Körper, der so lange allein gelebt hatte, gestand schamlos seine Absicht ein und löste sich nach wenigen flüchtigen Momenten völlig pflichtvergessen in leidenschaftliche, pochende Lust auf.

Trey hatte beabsichtigt, sich nicht zu rühren und Empress das vollziehen zu lassen, was sie als lustige Witwe von Paris wohl ständig tat. Aber er kam sehr rasch zum Höhepunkt, weil seine Leidenschaft durch ihren stürmischen, heißblütigen Hunger so erregt und angetrieben wurde. Er hielt sie fest mit beiden Händen auf den Hüften und hob sich ungeduldig, um ihrer Wildheit zu begegnen, schob sich zur selben Zeit hoch, wenn er ihre Hüften fest nach unten preßte, so daß sie schrie, weil ein berauschendes Gefühl ihren Körper durchflutete. Bei diesem gutturalen Schrei spürte Trey, wie er in ihr so sehr anschwoll, daß es einen kurzen Moment schmerzte. Die gewaltsame Intensität verschloß ihm den Mund, bis ihn eine Sekunde später glühendheiße Lavaströme der Lust überspülten. Fiebrig trieb er sich erneut in sie hinein, und im nächsten Augenblick stürzte sie sich in den wirbelnden Abgrund. Er begegnete ihr mit der gleichen ungezügelten, hämmernden Wildheit. Unfreiwillig hob er die Hände, um sich in der Seide ihrer wirren Strähnen zu verfangen und preßte sie so eng an sich, daß er spürte, wie sie beim Orgasmus zuckend mit ihm verschmolz. Ein krampfhaftes Beben ergriff ihn, als es vorbei war und Empress mit einem tiefen Seufzer auf seiner Schulter zusammenbrach.

Er vergrub sein Gesicht in dem wolkenweichen Haar und hielt sie so eng umfangen, bis ihre köstliche Süße weniger stark pochte. Die Liebe mit ihr war, als wäre er endlich heimgekommen, dachte er einen glückseligen Moment lang.

Empress hörte Treys Herz schlagen wie ein heftiges Echo ihres eigenen, als sie auf seiner Schulter lag. Dann küßte sie ihn dankbar in die Halsbeuge. Sie hatte die ungeheure, grenzenlose Intensität vergessen, die sie mit sich riß wie eine Flutwelle, und auch die zärtliche, vertraute Wärme, wenn er sie so hielt wie jetzt. Seine Hände streichelten sanft ihren Rücken, und sie wollte plötzlich seine Haut an ihrer spüren.

Er spürte ihre Finger an seinem Hals, und im nächsten Augenblick wurde seine Krawatte mit einer einzigen, raschen Bewegung herabgerissen. Als ihre Finger zu den Knöpfen seiner Weste glitten, wirkten sie ungestüm und drängend. Es hatte nichts mit weiblicher Sanftheit oder furchtsamer Ungeschicklichkeit zu tun, und jede empfindsame Zelle seines Körpers reagierte auf diese unruhige, fordernde Hast. Seine Leidenschaft entfachte sich aufs neue, als habe er nicht gerade erst einen gewaltigen Orgasmus erlebt. »Ich will dich«, flüsterte sie und berührte seine Lippen mit der Zungenspitze.

»Du hast mich doch«, hauchte er und bewegte sich langsam und vielsagend in ihr, damit sie spürte, wie prachtvoll und unaufhaltsam er schon wieder erregt wurde.

Sie hatte sein Hemd aufgeknöpft, und die Hände glitten hinein, um seinen muskulösen Brustkorb zu streicheln. »Zieh dich aus.« Ihre Stimme klang weich und verführerisch, und die langsame, gleitende Drehung ihrer Hüften war so provokativ und verlockend, daß alle früheren Frauen seines Lebens automatisch in die Kategorie der unerfahrenen Neulinge herabgestuft wurden.

Und als er aus Prinzip Nein auf ihre Aufforderung antwortete, weil er es eigentlich nicht mochte, wenn Frauen im Bett den Ton angaben, flüsterte Empress: »Ja«, beugte sich tief herab, ließ die Zunge über seine samtige Ohrmuschel gleiten und raunte dabei einen zwingenden Grund, warum er es sich anders überlegen sollte. Er half ihr, ihm die Kleider in fiebriger Hast abzustreifen. Diesmal erfolgte keine Werbung. Beide hatten zu lange einander entbehrt, beide waren vorwurfsvoll unter der aufwühlenden Leidenschaft, die alles andere wie ein Flammenmeer überwältigte, das über ausgedörrtes Grasland tost. Das dritte Mal war ebenso selbstsüchtig wie zuvor. Weder konnte er genug von ihr bekommen noch sie von ihm, und als sie zum vierten Mal ansetzten, war es, als würde eine verzweifelte Macht beide überwältigen. Er rollte sie unter sich, als ahne er, daß sie ihn verlassen würde — er konnte sie außer im Tod nie wieder freigeben. Und mit wahnsinniger, schwindelerregender Dringlichkeit brachte er sie beide mit hartnäckiger, nur gerade eben gezügelter Gewaltsamkeit zu einem erneuten Höhepunkt und behielt sie dort mit seiner geübten Praxis lange, quälende Augenblicke voll unaussprechlicher Lust. Auf dem Höhepunkt dieses unermeßlich gleißenden Gefühls biß er sie in die Schulter — ein leichter Biß in die duftende, rosige, bebende Haut.

Sie hob sich ihm in brennender Begierde entgegen und grub die Zähne in die dunkle Haut unterhalb seines Ohrs. Als ihre Haare ihr zwischen die Lippen fielen, schob sie sie mit einer ungeduldigen Bewegung beiseite. Sie biß ihn hungrig mit unbezähmbarer Wildheit. Er spürte, wie sein nächster Orgasmus begann. Bei der folgenden Explosion rangen beide nach Atem und blieben anschließend stumm und benommen liegen. Es war, als seien ihre Körper endgültig miteinander verschmolzen.

Als Empress schließlich die Augen öffnete, hatte Trey seine immer noch geschlossen, sein Atem ging immer noch keuchend. Er lag auf ihr, aber leicht auf die Ellbogen gestützt, um sie vor seinem vollen Gewicht zu schützen. Ihre zarten Hände ruhten auf seinen starken Schultern, und sie spürte eine unendliche Zufriedenheit, eine Zufriedenheit, die in Wellen ihre Haut überlief und in ihre Seele drang. Wie hatte sie jemals denken können, sie könne ohne ihn leben?

Wie kann sie nur, dachte er, so viel Leidenschaft bei so vielen Männern aufbringen? Da ertönte eine lallende Männerstimme vom Korridor her: »Ich sage doch, verdammt, ich muß sie sehen!«

Die Antwort des Butlers war nur in ihrer Ablehnung verständlich, denn seine gesenkte Stimme drang nicht so deutlich durch wie die klare Forderung des betrunkenen Besuchers.

Trey erstarrte und hielt den Atem an, als die Geräusche der Auseinandersetzung die stille Nacht durchdrangen. Ohne leiser zu werden wurde der hartnäckige Mann nach unten gedrängt, und die Stimmen erstarben. Wortlos löste sich Trey aus Empress' Armen und rollte sich fort von ihr. Bei diesem schweigenden Rückzug flüsterte Empress: »Geh nicht fort«, — eine leise, aufrichtige Bitte, die ihn an den ersten Abend bei Lily erinnerte, als sie ihn bewegt hatte, zu bleiben. Aber die Worte klangen in seinem plötzlich aufflackernden Zorn selbstsüchtig, und ihr Blick war für ihn, als er sie ansah, wie sie weich und völlig hingegeben nur kurz von ihm entfernt dalag ... nur einladend.

Er war angeekelt von ihrer Hurenhaftigkeit. Eifersucht war ihm ein fremdes Gefühl. Kein Wunder, dachte er, daß sie so angebetet wurde. Nur wenige Frauen waren so explosiv und empfänglich, so spontan, so unmittelbar — so orgasmisch wie eine Nymphomanin. »Du hast einen Besucher«, sagte er distanziert. »Und ich habe eine Verabredung.« Er stand auf und trat zu dem kleinen Waschbecken in der Ecke, benetzte ein Tuch und wischte sich den Schweiß und die Spuren des Liebesaktes vom Körper.

»Ich weiß nicht, wer das war«, flüsterte Empress. Treys Ablehnung war deutlich an seinem zusammengepreßten Mund und seiner steifen Haltung zu erkennen. »Aber er ist gegangen. Bitte bleib!« Das entbehrte jeden Stolz, dachte sie traurig, jede Scham. Ihre Leidenschaft für diesen Mann war größer als ihre Selbstachtung.

Trey hob seine Kleider vom Boden auf und blickte Empress wortlos an. Er schmeckte sie noch in seinem Mund, und seine Lust auf sie war ebenso scharf wie der süße Geschmack, der wie eine köstliche Erinnerung verharrte. Er mußte alle Selbstbeherrschung aufbieten, um zu sagen: »Ich kann nicht.«

»Ich wünschte, du würdest bleiben«, sagte sie leise, hin- und hergerissen zwischen dem Kampf um sein Interesse und der Demut einer Bitte.

Er schloß kurz die Augen, um seine starken Gefühle abzuwehren, und atmete tief ein, ehe seine leuchtenden Augen sich wieder öffneten und er sein Hemd weiter zuknöpfte. »Ich habe der Herzogin de Soisson versprochen«, sagte er dann tonlos, »bei ihrem Ball zu erscheinen.« Ehe Empress' betrunkener Besucher den Abend störte, hatte er die Verabredung allerdings vergessen gehabt.

»Können wir darüber reden?« fragte Empress und setzte sich in den Decken auf. Eindringlich richtete sie ihren verwirrten Blick auf den Mann, der sich rasch ankleidete.

»Es hat keinen Sinn, zu diskutieren«, erwiderte er mit rauher Stimme und streckte das Hemd in die Hose, »obwohl ich Ihnen aufrichtig danke, Mademoiselle Jordan, für ihre Zeit.« Er hätte ebensogut mit einer Marktfrau reden können, so kalt klang seine Stimme. Er fuhr sich mit den Fingern durch das lange Haar, griff nach seinem Jackett und nahm die schmale Brieftasche heraus, die lang genug war für französische Banknoten. Er entnahm ihr mehrere hohe Scheine und warf sie auf die Kommode. »Schick mir eine Rechnung, falls das nicht genug ist. Mit den Kosten für Muttermilch bin ich nicht vertraut, aber so wie ich dich kenne, hat sie sicher ihren Preis.« Dann zuckte ein Hauch Zärtlichkeit über seine verspannten Züge, ehe er hinzufügte: »Meine Anwälte werden sich mit dir wegen meines Sohnes in Verbindung setzen. Und ich schlage vor, daß du kooperierst.« Sein Blick wurde nun stahlhart, und seine Stimme nahm eine schneidende Schärfe an, als er leise sagte: »Eine Warnung in aller Freundlichkeit — falls du vorhast, mir meinen Sohn vorzuenthalten, werde ich dich vernichten . . .«

Empress wurde bei dieser mörderischen Drohung hinter den leisen Worten totenblaß und wich instinktiv zurück, als könne Treys gefährliche Stimme allein ihr schon schaden.

Trey war vernichtet von ihrer flammenden Leidenschaft und deren Wirkung auf ihn und wollte Empress nicht mehr sehen, wie sie in ihrer betroffenen Schönheit auf dem Bett saß. Er würde sie nie wieder ansehen, weil er sie immer noch wollte, nie von ihr genug haben würde und sein Stolz — durch Generationen von Absarokee-Häuptlingen hindurch hochentwickelt — ließ es nicht zu, hinter der beliebtesten Witwe von Paris herzulaufen. Doch die Sünde des Stolzes diente noch einem anderen Zweck. Er hielt seine Stimme unter Kontrolle, als er ihr Aufwiedersehen sagte.

Beide verbrachten keine angenehme Nacht. Trey beschloß gequält, nach Amerika zurückzukehren und verbrachte nach dem Packen den Rest der Nacht damit, in seinem Zimmer auf- und abzulaufen. Empress fand keinen Schlaf mehr, denn ihr Herz blutete und lag in Scherben. Die Wut in seiner Stimme war tödlich gewesen ... voller Kälte.

Als der Morgen dämmerte, war sie leergeweint, und alle Lebenskraft schien aus ihr gewichen zu sein.

Trey prostete dem Sonnenaufgang zynisch mit einem Brandy zu.

## Kapitel 24

Sobald es einigermaßen hell war, rief Trey die Concièrge und trug ihr auf, Fahrkarten für den Dampfer nach New York zu besorgen. Da er sich einmal entschlossen hatte, zurückzufahren, hoffte er natürlich auf die erste, beste Verbindung gleich am Morgen. Doch der früheste Zeitpunkt war ein Tag später. Zwar bedankte er sich höflich bei dem Diener, fluchte aber lauthals, sobald sich die Tür hinter ihm geschlossen hatte, und schenkte sich einen weiteren Brandy ein, um seine trübe Stimmung aufzuhellen. Seine Reise nach Paris war ein großer Fehler gewesen — abgesehen von der wunderbaren Tatsache, daß er nun von seinem Sohn wußte. Den bitteren Nachgeschmack beim Gedanken an Empress glich Max mehr als nur wieder aus. Auch Empress' Geschwister waren ihm wichtig, und er würde dafür sorgen, daß sie ihn besuchen konnten. Doch nach der letzten Nacht würde wohl mehr als eine bloße Bitte um einen Besuch nötig sein. Glücklicherweise konnte man allerdings mit höheren Geldsummen bei Empress immer die gewünschten Resultate erzielen ... daran sollte es nicht scheitern. Immerhin war sie berechenbar, dachte er verächtlich. Wie bequem.

Nachdem er seinen Brandy ausgetrunken hatte, ging er aus, um seinen Eltern zu telegrafieren und sie von seiner Rückkehr zu informieren. Nach den üblichen Verzögerungen mit der Bürokratie war es schon später Vormittag, als er zurück durch die schmiedeeisernen Tore des *Athénée* trat. In der Halle herrschte reges Treiben. Sam Chester, ein alter Schulfreund, stach in seiner Abendgarderobe aus dem Menschengewühl heraus, was auch für Trey galt, den einzigen Indianer in dieser Mischung aus soignierten Geschäftsleuten und Adligen. Sam, offensichtlich nicht ganz nüchtern, brüllte ihm quer durch die Halle seine Begrüßung zu, und Trey lächelte etwas angestrengt, angesichts der neugierig hin- und herschießenden Blicke. Dann beschloß er jedoch, daß Sam genau der richtige für ihn wäre, um ihn von seinen Gedanken an Empress abzulenken.

Nachdem alle Fragen ausreichend und in der üblichen lakonischen Art von Männern beantwortet waren, die kein Interesse an der jeweiligen Vergangenheit, Zukunft oder gar gegenwärtigen Gefühlswelt hatten, verzogen sich Trey und Sam in den Jockey-Club, um den Tag dort zu verbringen. In einer stillen Ecke des Clubraums sprachen sie über Pferde und Frauen, und verglichen dann die Vorzüge der verschiedenen Cognacsorten.

Die Sonne schien warm durch die hohen Fenster, und der Cognac, den Trey auf seine Lieblingsweise mit einer gezuckerten Zitronenscheibe genoß, schmeckte noch wärmer. Er besänftige und schliff die scharfen Kanten seiner Unzufriedenheit und Desillusionierung. Während des Gesprächs mit Sam wurde Trey an seine sorgenfreien Tage auf dem College erinnert, als Vergnügen und Spiele vorherrschten, es keine Probleme gab und nichts Ernsthafteres als die Mißbilligung eines Lehrers die heiteren Tage trübte. War das erst ein paar Jahre her? Er fühlte sich heute so müde wie ein Hundertjähriger.

»Hast du von dem Duell über die Herzogin de Montre gehört?« Sams sandfarbenes Haar stand mit einer elektrischen Vitalität nach allen Seiten ab, die seiner Lebensfreude entsprach.

Auf der Schule hatten Trey und er viele Streiche ausgeheckt; sie waren waghalsiger als die meisten anderen und hatten mit ihren impulsiven Persönlichkeiten im jeweils anderen einen verwandten Geist erkannt. Sams Augen blitzten jetzt angesichts des wunderbaren Skandals eines jungen Offiziers, der wegen einer fünfzehn Jahre älteren Frau ein Duell ausgefochten hatte.

Trey lächelte über Sams unbezähmbares Interesse an allen möglichen Aufregungen und sagte: »Wer hat nicht davon gehört?«

»Ich kann mir nicht vorstellen, daß jemand für sie kämpft. Sie ist doch so alt!« Sam betrachtete alle Frauen über dreißig als Greisinnen.

Trey griente ihn über den Rand seines Glases hinweg an. »Ich sah sie bei den Dunettes und glaubte, daß die meisten Männer dir hier widersprechen würden. Du würdest ja noch nicht mal kämpfen, falls du deine eigene Frau in flagranti erwischtest.«

Sam feixte. »Das stimmt ... ich glaube nicht, daß man sich bei all den Frauen auf dieser Welt über eine einzige allzusehr aufregen sollte.«

Vor der Bekanntschaft mit Empress hätte Trey dieser Meinung seines Freundes aus vollem Herzen zugestimmt, aber die Umstände hatten sich für ihn geändert. Er war jedoch momentan nicht in der Stimmung, von seiner Leidenschaft für eine von den neusten Pariser *horizontales* zu sprechen. »Es scheint jede Menge williger Frauen zu geben«, lenkte er ab.

»Ja, wie eh und je«, stimmte Sam wegwerfend zu. Er sah gesund und gut aus, hatte einen athletischen Körperbau und war durch seinen Vater enorm vermögend. So wußte Sam über weibliche Hingabe ausreichend Bescheid. »Guiley mußte nach Belgien fliehen«, erklärte er, wieder zum Klatsch zurückkehrend.

»Aber nicht auf lange«, bemerkte Trey und schenkte sich noch ein Glas ein. »Das ist doch nur eine Formsache.«

»Ihr Mann hat anschließend hier jeden eingeladen und mit Geschichten von seiner jungen Geliebten gelangweilt«, informierte Sam weiter. »Kennst du die kleine Tänzerin von der *Comédie Française?*«

Trey nickte. Wer kannte nicht den jüngsten Star der Truppe.

»Dem Montre ist seine Frau völlig egal, genau wie allen anderen Ehemännern. Du bist ja nicht verheiratet, oder?« fragte Sam dann hastig, da er Trey seit zwei Jahren nicht mehr gesehen hatte.

»Nein«, antwortete Trey knapp und zurückhaltend.

»Habe ich mir gedacht . . . du bist nicht der Typ dafür, oder?« meinte Sam grinsend. »Aber falls du jemals heiratest, würdest du für deine Gattin ein Duell ausfechten?« Dieser europäische Brauch schien für Sam eine anachronistische Kuriosität, besonders bei seiner allgemeinen Abneigung gegenüber Frauen — außer im Bett.

Trey dachte an die Wut, die er empfunden hatte, als er an Empress' Bewunderer dachte, und wie er alle Männer umbringen wollte, die sie jemals berührt hatten. Er schluckte schwer, ehe er zum Reden ansetzte, und sagte dann sehr langsam: »Ich weiß es nicht.«

Es war die Eiseskälte in seiner Stimme, die bei Sam durch den Cognacnebel hindurch die Erinnerung an die Gerüchte über Trey wieder auftauchen ließ. »Jesus, ich hatte es vergessen«, platzte er heraus. Es hatte einmal nach einer langen trunkenen Nacht in Montmartre ein Duell gegeben, als kaum einer nüchtern genug war, um den Abstand festzulegen — außer Trey natürlich. Seine Hand war fest und zuverlässig gewesen. Nur seine glitzernden Augen hatten unge-

wöhnlich hell gefunkelt. Der Mann war gestorben. Es war
nicht um eine Frau gegangen, wie er sich vage erinnerte,
aber es war eine Frau im Spiel gewesen.

»Ich habe versucht, ihn zu verfehlen«, sagte Trey unbeteiligt. Seine dunklen Brauen waren leicht gefurcht. »Der verdammte Narr blieb einfach nicht still genug stehen.«

Im Laufe des Tages bestand Sam immer entschiedener darauf, daß Trey ihn zur Gesellschaft bei LeNotre begleitete, die
an diesem Abend stattfand. »Das kannst du nicht versäumen,
Trey. Der hat den besten Weinkeller in ganz Frankreich.«

Das schien für Trey in seinem gegenwärtigen Zustand ein
überzeugender Grund, die Gesellschaft zu besuchen. »Na
gut, Sam, es ist doch schließlich mein letzter Abend in Paris.«

»Ja, da mußt du mitgehen«, beschloß Sam. »An deinem
letzten Abend hier brauchst du einen anständigen Drink
und eine Frau.«

»Warum auch nicht?« seufzte Trey. Mit Empress war es vorbei ... endgültig. Er würde sie niemals teilen können, und
sie war nicht der Typ Frau, die mit nur einem Mann zufrieden war. Was für eine Ironie, dachte er sehnsüchtig. Wie oft
hatte er höflich eine Frau abgelehnt und sein Leben lieber
ohne Einschränkungen gelebt. Nun war er einer Frau begegnet, die das gleiche wollte ... es gab auch für sie keine Grenzen. Plötzlich fühlte er sich erschöpft und ausgebrannt.

Empress hatte zwar schon vor mehreren Wochen zuge-
sagt, an der Gesellschaft bei LeNotre teilzunehmen, aber
nun schickte sie eine Nachricht an Etienne, der sie begleiten
wollte, daß sie bedauerlicherweise wegen Kopfschmerzen
nicht kommen könne. Ihr Kummer war an diesem Morgen
unerträglich, und sie litt so sehr, daß sie nicht wußte, ob sie
jemals wieder zu Lächeln und freundlichem Geplauder fähig sein würde. Beim bloßen Gedanken an Essen wurde ihr
übel, und ihr Hals war jedesmal wie zugeschnürt, wenn sie
an Treys eisige Augen dachte. Nur Adelaides aufmerksames
Angebot, die Kinder für den Tag zu sich zu nehmen, rettete
sie vor der gefürchteten Vorstellung, ihnen Treys Abreise erklären zu müssen.

414

Nachdem Empress den Vormittag abwechselnd mit Selbstmitleid und Wut über Treys Beleidigungen und Verachtung
verbracht hatte, beschloß sie, daß ihr beides nicht viel nütz-
te. Sie hatte in den letzten Monaten bereits so viele Tränen
über Trey Braddock-Black vergossen, daß die gesamte französische Flotte darauf schwimmen konnte. Es war Zeit, ihr
Leben weiterzuleben. Als Etienne sich daher weigerte, das
höfliche: »Madame ist nicht anwesend« zu akzeptieren und:
»Danke, Bartlett, Sie tun ja nur Ihre Pflicht«, sagte, ihm Hut
und Handschuhe reichte und dann in Empress' Salon trat,
um mit jungenhaftem Grinsen zu erklären: »Du kannst doch
nicht krank sein. Ich will dich heute abend ausführen« — da
begrüßte Empress ihn mit echter Freude.

Im Verlauf seines Besuchs heiterte er sie mit seinem
trockenen Humor auf, lenkte sie mit lustigen Anekdoten ab
und gab ihr das Gefühl, als Frau angebetet und als Freundin
geschätzt zu sein. Nach der vergangenen Nacht war sie für
seinen bezaubernden Charme höchst empfänglich, und sie
stimmte zu, als er vorschlug, sie gegen neun Uhr abzuholen.

Inzwischen ließ er ihr zehn Dutzend rote Rosen *Madame
Isaac Pereire* schicken, eine brandneue Züchtung, um ihre
Stimmung zu heben. Als die dunkelroten Schönheiten mit
ihrem betäubenden Duft ins Foyer gebracht wurden, ging es
ihr schon viel besser. Und Etiennes liebevolle Galanterie tat
ihr übriges dazu.

Der beiliegende Brief war in scherzendem Ton gehalten,
vermischt mit einem unwiderstehlichen Charme, der amü-
sierte und keinen offenen Anspruch darstellte. In seiner
kühnen Handschrift schrieb er, daß er sie statt mit einem So-
nett so schwindlig mit den Rosen zu machen hoffte, daß sie
ihn erhörte. Selbst dieses eindeutige Angebot wirkte freundschaftlich und heiter. Es war wie ein Vorschlag, eine angenehme Zeit miteinander zu verbringen. Als Empress diese
Zeilen las, beschloß sie unvermittelt, Etienne wäre wohl die
vernünftigste, angenehmste und befriedigendste Weise,
Trey zu vergessen. Sie hatte sich ihre Leidenschaft weit über
jedes vernünftige Maß hinaus aufgespart, wogegen Trey ihr
gestern abend kaltblütig demonstriert hatte, wie wenig Ge-

fühle er für sie besaß. Das Geld vom gestrigen Abend hatte sie verbrannt, nachdem sie in einem Tobsuchtsanfall erfolglos versucht hatte, es zu zerreißen. Unterbrochen von hektischem Schluckauf, hatte sie ihre Parfümflaschen beiseite gefegt, bis sie endlich die Nagelschere gefunden hatte. Dann hatte sie die Banknoten genommen, die sie bereits zerknüllt hatte, sich auf den Boden gesetzt und die großen Scheine in winzigste Stücke geschnitten. Jeder Schnitt der kleinen Schere war ein Stich in Treys kaltes, schwarzes Herz. Dann hatte sie mit loderndem Haß die Papierfetzen aufgesammelt, sie in den Kamin geworfen und das Feuer bis zum Morgen hell auflodern lassen. Heute abend, beschloß sie, mit Etiennes Brief in den Händen, während der Rosenduft durch das gesamte Haus zog, würde sie ihr langes Alleinsein beenden und ihre falsche Treue einem Mann gegenüber aufgeben, der von diesem Gefühl keine Ahnung hatte. Etienne bot ihr Sicherheit ohne die Melancholie eines gebrochenen Herzens — und er war amüsant. Außerdem würde er die lästigen Verehrer in Schach halten, die sich kaum vertreiben ließen. Zu einer ernsten Liebesbeziehung und einer engen Bindung war sie jedoch nicht bereit, auch nicht zu Zärtlichkeiten und Verpflichtungen, die zu einer Ehe gehörten. Momentan wollte sie nur die Erinnerung an Trey verdrängen, und Etienne war, wenn man den Gerüchten glauben wollte, ein geschickter und verführerischer Liebhaber und würde Trey aus ihren Gedanken vertreiben.

So schien für Empress die Zukunft fein säuberlich geplant und geordnet. Etienne sah blendend aus, als er in seiner Abendgarderobe ankam, und wurde wieder einmal seinem Ruf gerecht, der bestaussehende Mann in den Pariser Adelskreisen zu sein. Er schenkte den Kindern Beachtung, ehe sie gingen, war freundlich zu ihr, als sie in der Sonderanfertigung seiner Kutsche zum Ball fuhren, die genügend Raum für seine langen Beine ließ, war ein aufmerksamer Begleiter bei LeNotre, ein guter Unterhalter und Tanzpartner. Er war wirklich sehr amüsant, stellte Empress fest, als sie mehrmals mit echtem Vergnügen lachte — etwas, das sie nach der vergangenen Nacht für unmöglich gehalten hatte.

Um ihre gewandelte Einstellung anzudeuten, hatte Empress die angebliche Trauer abgelegt und trug heute abend ein hellrotes Seidenkleid, das mit schwarzer Spitze und meterlangen silbernen Bändern besetzt war — ein elegantes, extravagantes Abendkleid, das zu ihrer aufgeräumten Stimmung und Etiennes Rosen paßte. Einige der duftenden Blüten zierten ihr Haar, andere hatte sie verführerisch in den tiefen Ausschnitt gesteckt. Als sie an Etiennes Arm in den Ballsaal trat, breitete sich ein plötzliches Schweigen aus. Allen war sofort bewußt, daß der Duc de Vec bei der Wette im Club den Preis davongetragen hatte. Die ehemalige Comtesse de Jordan hatte das trauernde Schwarz abgelegt und war atemberaubend schön; ihr helles Haar und die makellose Haut wurden von dem Rotton perfekt zur Geltung gebracht. Die dekorative Spitze verlieh ihr eine verführerische Anzüglichkeit, und ihre rauschhafte Fröhlichkeit verstärkte den sündig-romantischen Kontrast im Vergleich zur dunklen, glatten Sinnlichkeit des Herzogs.

»Na, das Mädchen hat das Familienvermögen wieder im Griff — und wenn sie de Vecs Zuwendung behält, kann ihr nichts mehr passieren. Er gilt als sehr großzügig.« Die Sprecherin betrachtete Empress durch ein feinziseliertes Lorgnon. »Sie wirkt in dem prächtigen Kleid ebenso auffällig wie damals ihr Vater in seiner Aufmachung, und am Arm de Vecs blüht sie richtig auf ... aber das Blut verrät sich stets«, meinte ihre Begleiterin, die ebenfalls ein Glas vor die Augen hielt. »Wer sonst außer Maximilian Jordan hätte die Verlobte des Sohns des englischen Botschafters entführt? Obwohl alle mit der Tochter dieses englischen Grafen flirteten und Tändeleien anfingen — sie war immerhin damals das schönste Mädchen in ganz Paris«, fuhr sie fort und betrachtete Empress mit dem kritischen Blick einer älteren Frau, die seit Jahrzehnten kenntnisreich die schönen jungen Mädchen begutachtete. »Alle anderen waren vernünftig genug, es beim bloßen Flirt zu belassen, und haben es Max überlassen, das zu begehren, was er nicht durfte«, endete sie nach Art der Alten, die über die Vergangenheit reden, als sei es die Gegenwart.

»Heloise hat ihn so verwöhnt.«

»Er war auch ihr einziges Kind.« Da beide älteren Damen Empress' Großmutter gekannt hatten, erklärte dieser kurze Satz alles, und sie nickten ernst und feierlich.

»Selbst das Duell mit Rochefort war waghalsig. Kein Mensch bei rechtem Verstand hätte sich mit einem Rochefort angelegt. Er war gnadenlos. Keiner, außer Max … und alles für seine geliebte Frau.«

Beide Lorgnons wurden gleichzeitig erhoben und betrachteten Maximilian de Jordans bezaubernde Tochter in den Armen des Duc de Vec, die so dicht an ihnen vorbeitanzten, daß sie den Duft der Rosen auffingen.

»Sie ist noch schöner als ihre Mutter.« War das gehässig oder ein Kompliment? Der Tonfall klang brüsk, der Satz endete mit einem Naserümpfen. Oder war es Nostalgie, die den Tonfall zweideutig machte?

»Sie hat die Augen von Max … eine spektakuläre Farbe.«

»Max hat diese zauberhaften Augen jahrelang gut genutzt.« In dem Moment erinnerten sich beide an den Glanz des dritten Kaiserreichs, als sie beide noch jung genug waren, um an all den Vergnügungen teilzunehmen.

»Bis er sich Hals über Kopf in die *Belle Anglaise* verliebte«, lautete die seufzende Erinnerung.

»Wie ernst meint es de Vec?« Ihre Aufmerksamkeit konzentrierte sich nun wieder auf die Gegenwart und das auffallend schöne Paar, das an ihnen vorbeitanzte.

»Er ist interessierter als sonst. Isabella war sehr kurzangebunden heute abend, als ich erwähnte, daß ihr Mann heute abend wohl lieber tanzt als sich an den Spieltisch zu setzen wie sonst.«

»Du hast recht. Er tanzt sonst nie.«

»Ach, ich tanze so gerne.« Empress lächelte zu ihrem Partner hoch. »Du bist ein wunderbarer Tänzer.«

Sein Lächeln wirkte nachsichtig, und seine schwerlidrigen Augen betrachteten amüsiert ihre offensichtliche Freude. »Und ich tanze so gerne mit dir.« Sie strahlte so hell wie die Morgensonne und war so schön, daß er sie gerne geküßt hätte. Die Rosen waren eine gute Entscheidung gewesen, und die Farbe paßte ausgezeichnet zu ihrem Haar und ihrem Teint.

»Ob deine Frau etwas dagegen hat?« fragte Empress vorsichtig, weil sie nun zum zehnten Mal miteinander tanzten und ihr erst gerade eben klargeworden war, daß Isabelle ebenfalls hier bei LeNotre war. Als Etienne angeboten hatte, sie hierher zu begleiten, hatte sie angenommen, Isabelle sei auf dem Land oder anderswo verabredet. Sie begriff zwar, daß Etiennes Ehe aus rein dynastischen Gründen bestand, aber sie war sich nicht sicher, welche Regeln zu befolgen waren, wenn er und seine Frau an derselben Gesellschaft teilnahmen.

»Gegen was?« fragte der Herzog geistesabwesend, weil sich seine Aufmerksamkeit auf ein hochgewachsenes, dunkles Halbblut konzentrierte, der gerade aus dem Spielzimmer trat.

»Daß ich mit dir tanze.«

Er blickte auf sie herab. So naiv konnte sie doch nicht sein, nicht bei ihrer offenen Persönlichkeit, die er so bezaubernd fand. »Isabelle und ich kennen die gesellschaftlichen Regeln. Ich bin sicher, daß sie nichts dagegen hat.« Seine Antwort war neutral gehalten, falls Empress die Frage wirklich ernst gemeint hatte. Er und Isabelle kannten sich in den Anstandsregeln bis zur Perfektion aus: Er bezahlte ihre Rechnungen, sie erzog die Kinder, und wenn sie persönlich mit ihm sprechen wollte, schickte sie einen Brief durch den Diener, und er traf dann mit ihr eine Verabredung. Alles ging sehr zivilisiert zu.

Der Braddock-Black-Club starrte zu ihnen herüber, wie er über Empress' blonde Locken hinweg bemerkte. Nein ... nun wurde er von einer Frau abgelenkt, die ihm mit einem Fächer auf die Schulter klopfte. Ah, Clothilde Chimay. Ohne Zweifel eine gute Ablenkung. Vielleicht ließ sich der Amerikaner bezirzen.

Im Verlauf des angenehmen Abends wurde Empress immer überzeugter, die richtige Entscheidung getroffen zu haben. Sie hatte außerordentlichen Spaß auf diesem Ball. Etienne war nicht nur ein ausgezeichneter Tänzer, sondern auch sehr unterhaltsam, so daß sie noch kein einziges Mal an Trey gedacht hatte. Wie leicht alles werden würde, freute sie sich, und schalt sich flüchtig, die Vorzüge eines so faszinierenden Mannes wie Etienne nicht früher erkannt zu haben.

Ihre Heiterkeit wurde allerdings bald darauf schwer beeinträchtigt, als sie Treys dunklen Kopf erblickte, der sich aufmerksam einer schönen Frau zuneigte. Sie hatte so helles Haar wie Löwenzahnflaum und gewagt nackte Schultern, die er leicht umfing, während er sie anlächelte. Empress wurde kurz übel angesichts der Intimität dieses Lächelns und der vertrauten Haltung seiner Hände, machte einen falschen Schritt, geriet ungeschickt aus dem Takt und trat Etienne auf die Zehen. Sie lächelte ihn entschuldigend an und zwang den Blick fort von dem anstößigen Bild, das er mit Clothilde Chimay abgab, der begehrtesten jungen Erbin ganz Europas. Ihre Anziehung bestand nicht nur in finanzieller Hinsicht, obwohl Gerüchte umgingen, daß ihre Familie den Französisch-Preußischen Krieg finanziert haben sollte. Sie wurde stets als Tochter einer baltischen Prinzessin beschrieben, was nicht nur ihr helles Haar erklären sollte, sondern auch ihre Ungezügeltheit.

Ein leichter Schauder durchbebte sie, als sie sich Trey und Clothilde im Bett vorstellte, und sobald der Tanz endete, bat sie um Champagner. »Zwei Gläser, bitte«, sagte sie mit gepreßtem Lächeln. Als Etienne damit zurückkehrte, stürzte sie sie sehr undamenhaft hinunter.

»Ich hoffe nicht, daß du dir Mut für die kommenden Stunden mit mir antrinkst«, sagte der Herzog mit einem anzüglichen Lächeln, das entwaffnend wirken sollte.

Empress errötete bei der Anspielung. Sie konnte ihm nicht verraten, daß sie hoffnungslos eifersüchtig auf Clothilde Chimay sei wegen eines Mannes, der, abgesehen von fleischlicher Lust, keinerlei Gefühle für sie hatte. »Nein, natürlich nicht. Das Tanzen macht mich durstig, das ist alles«, log sie.

»Dann möchtest du vielleicht noch eins?« fragte er bereitwillig und mit der Absicht, sie zu entspannen, um noch vor Ablauf der Nacht zu seinem eigentlichen Ziel zu gelangen.

»Ja, bitte.« Auch dieses Glas wurde eilends geleert.

Sehr spät, als sie sich gerade zum Gehen bereit machten, trat Trey zu Empress und dem Herzog. Er war sich den ganzen Abend über Empress' Anwesenheit bewußt gewesen, genau wie sie auf ihn geachtet hatte. Trotz seiner entschiedenen Absicht, sie zu ignorieren, konnte er doch nicht nach Amerika abreisen, ohne ihr ein letztes Mal Lebwohl zu sagen. Er hatte nicht damit gerechnet, daß es ihm so wichtig sein würde. Aber so war es nun einmal ... der Gedanke, sie vielleicht nie wiederzusehen.

»Guten Abend«, sagte Trey zu beiden, den Blick auf Empress gerichtet.

Unterhalb seines Ohrs war der Biß zu sehen, ein perfektes Oval aus Zahnabdrücken, gerötet und dunkler als seine bronzene Haut. Der Duc sah es ebenfalls und fragte sich, in was die betreffende Dame wohl sonst noch hineingebissen hatte. Empress errötete wütend beim Anblick dieses Mals der Leidenschaft.

»Ich wußte nicht, daß Sie ein Freund LeNotres sind«, sagte der Herzog.

»Das bin ich nicht.« Trey nahm den Blick nicht von Empress.

»Ich hörte, Sie waren heute im Jockey-Club«, sagte Etienne. »LeNotre ist der Vorsitzende. Vielleicht sind Sie ihm dort begegnet.«

»Nein«, sagte Trey.

Empress zerdrückte ihren Straußenfederfächer, damit ihre Hände nicht so zitterten.

Nachdenklich betrachtete der Herzog Treys und Empress' erstarrte Haltung und die Sehnsucht in ihren Blicken. Es war ein Fehler, ein solches Verlangen so deutlich zu zeigen. Diese achtlose Jugend. Man lernte wohl erst später dazu.

»Ich fahre morgen früh ab«, sagte Trey nun. An seinem Kinn zuckte ein Muskel. »Daher wollte ich mich jetzt verabschieden. Sag den Kindern, ich werde ihnen schreiben.« Seine Stimme klang leise und ausdruckslos.

Empress merkte, wie ihr Herz bei diesem endgültigen Abschied einen Schlag aussetzte, aber sie hatte keine andere Wahl, als höflich und ebenso ruhig zu antworten wie er.

»*Bon voyage*, also. Die Kinder freuen sich bestimmt, von dir zu hören.« Unter Aufbietung aller Kraft verhinderte sie, daß ihre Stimme brach.

Heute abend war also der Duc an der Reihe, dachte Trey bitter und spürte, wie ihm die Eifersucht wie Galle in den Mund stieg. Er schluckte und schenkte dem Herzog mit einer leichten Verbeugung sein müheloses Lächeln, das so viele Menschen bezauberte. »*Au revoir*«, sagte er.

Empress konnte sein Lächeln nicht erwidern, weil sie weniger Erfahrung mit Höflichkeitsfloskeln hatte, die Gefühle nur andeuten sollten. »*Au revoir*«, flüsterte sie und sah ihm nach, als er sich entfernte. Die hellhaarige, schöne Clothilde wartete auf ihn. Dann legte Etienne ihr das Samtcape um die Schultern. Gott, es tat so weh, ihn zu lieben.

»Ich glaube, ich brauche etwas zu trinken«, erklärte sie.

Zu allem entschlossen stieg Empres in Etiennes Kutsche, und als er ihr einen Arm um die Schultern legte und sie an sich zog, schmiegte sie sich an seinen starken Körper. Heute nacht brauchte sie ihn, weil sie verzweifelt alle sinnlichen Vorstellungen von Trey verscheuchen mußte, die ihr den Verstand raubten. Sie mußte sich von der mächtigen Herrschaft befreien, die er über ihre Gefühle hatte. Etiennes Lippen waren warm und weich, als er sie leicht küßte, aber als seine Umarmung enger wurde und sein Kuß fordernder, überkam sie plötzliche Panik. Sie erschauerte leicht und wich unbewußt zurück.

Der Herzog erkannte ihr Zaudern sofort. »Du bist zu schön«, murmelte er sanft. »Verzeih mir, *ma petite*, dich zu drängen.«

Empress entschuldigte sich stammelnd und verlegen über ihre jungfräuliche Reaktion. »Nein, Etienne … es ist … meine Schuld.«

»Ist es das erste Mal seit dem Tod deines Mannes?« Seine Hand lag warm auf ihrer Schulter. Seine Stimme klang beruhigend. Empress nickte stumm. Trey war zwar nicht ihr Gatte, aber es wäre das erste Mal mit einem anderen Mann.

»Komm, meine Süße, die ganze Nacht liegt vor uns. Wir

haben keine Eile.« Anders als Trey, dachte sie, dessen Drängen ihrem stets gleichkam. Er zog sie an die Brust und sagte, den Kopf zurücklehnend: »Sag mir, wie dir der Ball bei Le-Notre gefallen hat. Zumindest sein Küchenchef ist superb.« Der Herzog fragte sich, ob ihr Mann im Bett brutal gewesen war und diese Scheu vor dem Liebesakt hervorgerufen wurde. Vielleicht war sie aber einfach nur schüchtern. Beides konnte man mit Geduld und Geschick ausgleichen, und über beides verfügte er.

Empress lächelte ihn an und flüsterte: »Danke, Etienne, daß du so verständnisvoll bist ... ja, ich habe großen Spaß gehabt.« Vielleicht würde sie nie mehr die stürmische, unbezähmbare Leidenschaft erleben wie mit Trey. Aber Etienne bot ihr eine Zärtlichkeit, mit der sie zufrieden sein würde. Als sie in seine milden, liebevollen Augen blickte, die allerdings vor ungezügelter Sinnlichkeit glitzerten, begriff sie, daß er ihr mehr als nur Zärtlichkeit bot. Was natürlich zu seinem Ruf als Liebhaber beitrug und erklärte, warum so viele Frauen von seinem Charme hingerissen waren.

Als Empress und der Herzog ins Foyer traten, an den Rosensträußen vorbeigingen und die Marmortreppe hinaufgingen, flüsterten sie, um die Diener nicht zu wecken. Als sie ihr Boudoir betraten, lachte Empress gerade über Etiennes komischen Bericht über die steife Prinzessin, die ihn nach dem Befinden seiner Mutter gefragt und Empress dabei die ganze Zeit über eisern angefunkelt hatte.

»Du warst sehr galant«, sagte sie und reckte sich, um ihn leicht auf die Wange zu küssen, »als du sagtest, daß deine Mutter und ich gute Freundinnen seien.«

»Sie würde dich anhimmeln. Mutter liebt das Vergnügen noch mehr als ich und hätte nichts dagegen, ihr ganzes Leben in ihren Blumengärten zu verbringen«, antwortete Etienne mit einem raschen, lebhaften Lächeln.

»Dann muß ich sie unbedingt eines Tages kennenlernen«, erklärte Empress fröhlich. Leichtherzig und beschwingt freute sie sich nun über Etiennes Zuwendung und war sicher, daß er der perfekte Gefährte sein würde, um sie zu unterhalten und abzulenken. Zum ersten Mal in ihrem Leben empfand sie ein verführerisches Gefühl von Macht, eine neue Weltgewandtheit, die sie teilweise Adelaide verdankte. Ihre Kusine hatte sie nun schon seit Wochen, seit der Geburt von Max gedrängt, sich einen Liebhaber zu nehmen. Und dank Adelaide brauchte sie auch keine weitere Schwangerschaft zu befürchten, denn sie hatte nun die griechischen Schwämmchen, die nach Rat der Kusine sehr wirksam waren. »Wirklich, meine Liebe«, hatte Adelaide gesagt, »schau dich doch nur um. Siehst du irgend jemanden mit mehr als zwei Kindern? Valentin hat seinen Erben, und ich habe meine süße Stephanie, die ich niedlich anziehen kann, und damit habe ich meine Pflicht getan. Valentin stimmt mir zu. Er findet mich schlank einfach attraktiver, und ich bin der gleichen Meinung. Wie würde es außerdem aussehen, wenn die Frauen jedesmal, wenn sie einen Liebhaber nehmen, dem Gatten einen Bastard präsentierten? Es gibt Frauen, die so was tun, aber nur diejenigen, die sich dummerweise in den Geliebten auch noch verlieben.« Heute abend hatte Empress daher die Absicht, die modische Welt der Liebschaften und *amour* zu betreten, aber die Augen offen zu behalten und das Herz in die Ferien zu schicken.

Sie löste sich mit ein paar Tanzschritten und in bester Laune vom Herzog, band ihr Cape los und warf es aufs Bett. Dann wandte sie sich mit einem fröhlichen Lächeln Etienne wieder zu. Doch einen Moment später, als er sie behutsam umarmte und küßte, überfiel sie eine schaurige Panik. Sie empfand nichts. Es hätte ebenso Guy sein können, der ihr einen Gutenachtkuß gab, so wenig riefen Etiennes warme Lippen hervor. Lieber Gott, dachte sie verzweifelt, würde sie das alles wirklich und wahrhaftig ohne jede Lust mitmachen müssen? Würden sich die heißen Gefühle und die aufwühlende Leidenschaft, die sich bei ihr schon regten, wenn Trey sie nur ansah oder berührte — jene überwältigenden Gefühle, würden sie sich später entwickeln, wenn Etienne sie liebte?

Ihre Hände, die auf Etiennes Brust lagen, zitterten, weil sie von einer verstörenden Unentschlossenheit und größtem Unbehagen erfüllt wurde. Es war eine absolut kindische

Vorstellung, Streichorchester und Erdbeben zu erwarten, dachte sie dann, und es war höchste Zeit, daß sie erwachsen würde. Gestern abend hätte sie doch mit brutaler Deutlichkeit lernen müssen, daß nur ein einziges Gefühl ausreichte, um den Liebesakt zu vollziehen. Die perfekte Verschmelzung von Liebe, Leidenschaft, Zärtlichkeit, Gefühl und Fürsorge war ein Märchentraum. In der vergangenen Nacht hatte Lust allein ausgereicht. Heute abend würde sie lernen, die ganze Sache nüchtern zu betrachten. Nur Dummerchen erkannten die unmißverständliche Realität nicht. Der Mann, der sie nun umarmte, war über die Maßen charmant und galant. Wer konnte besser die Erinnerungen an Trey auslöschen und ihr neue Freuden schenken?

Im nächsten Augenblick neigte sich Etiennes dunkler Kopf, sein Mund wanderte auf ihrem Hals entlang, und sie spürte nur noch unüberwindliche Abneigung. Ich bin dazu nicht bereit, dachte sie entsetzt: Ich kann nicht ... kann nicht ... und begann atemlos, sich gegen ihn zu wehren.

»Hab' keine Angst, *ma petite*«, murmelte er und zog sie an sich. Seine Hände streichelten sie wie ein verängstigendes Kind. Der Herzog verließ sich auf seine Erfahrung. Er wußte, daß er sie erregen konnte. Es reizte ihn nach so vielen geübten Frauen, eine so ungekünstelte Tugend vorzufinden. Wie verlockend diese schlichte, aufrichtige Zurückhaltung war! Zum ersten Mal seit Jahren spürte er mehr als nur mäßige Erregung. »Es wird nicht wehtun, mein Liebling«, sagte er und umfaßte ihr Gesicht. »Küß mich«, murmelte er, »dann zeige ich dir ...«

»Monsieur le Duc, dürfte ich um einen Moment Ihrer Aufmerksamkeit bitten?« Die vertraute Stimme, tödlich ruhig, ließ Empress versteinern. Die Hände des Ducs fielen herab, und sie drehte sich um und suchte verstört nach dem Sprecher. Trey saß in dem Sessel am Fenster. Nun stand er langsam auf und trat aus dem Schatten in den schwachen Schein des Feuers. Ein leichtes Lächeln lag auf seinen Zügen, das Abendjackett war aufgeknöpft und die Krawatte gelockert. Seine kostbaren Brillant- und Lapislazuli-Knöpfe glitzerten, und er wirkte ruhig. Aber hinter den kultiviert ausgesprochenen Worten klang seine Stimme unmißverständlich eisig. Tödliche Bedrohung lag in der Luft. Sie belauerten einander, und dann lächelte Trey wieder und verbeugte sich — eine sarkastische Geste. Empress konnte in diesem Moment nur einen einzigen Gedanken fassen: Wie kommt es, daß er immer so verdammt gut aussieht?

Der Herzog schätzte ihre Mienen ab, die schweigsame Erwartung, Treys Worte und seine gewagte, unwillkommene Anwesenheit. Er spürte genau, daß der junge Mann sein Temperament nur mühsam zügelte. Dieser Verehrer war entschlossen, was sein Gesicht nun auch widerspiegelte, aus dem alle gespielte Zuvorkommenheit gelöscht war. Das bedeutete Krieg wegen einer Frau. Er erinnerte sich an Gefühle, die er seit Jahren nicht mehr empfunden und bis zu diesem Moment vergessen hatte. Von einem Mitgefühl beseelt, das er nur selten zeigte, und der angeborenen Diplomatie, die die de Vecs nach Meinung aller zur Kunst perfektioniert hatten, stellte er sich gelassen dieser Herausforderung. »Natürlich, Mr. Braddock-Black«, entgegnete er höflich. »Ziehen Sie die Bibliothek vor oder meine Kutsche?«

Als Trey brüsk »Die Bibliothek« sagte, ohne den Blick von Empress zu wenden, wandte sich Etienne zu ihr und sagte galant: »Bitte, entschuldige mich einen kleinen Moment.«

»Trey!« rief Empress erstickt. Sie war endlich wieder bei Sinnen. Etiennes Worte hatten sie in die Gegenwart zurückgeholt. »Verdammt ...«, zischte sie. »Wer zum Teufel denkst du, der du bist, in mein Schlafzimmer einzubrechen?«

»Ein Freund«, gab Trey zynisch zur Antwort. »Ein sehr guter Freund«, fügte er mit Betonung hinzu.

»Etienne!« flehte Empress nun. Das durfte doch nicht wahr sein. Wenn Trey dachte, er könne sich nun als Tugendwächter bei ihr aufspielen — oder Etienne herausrufen oder sich sonst irgendwie in ihr Leben mischen — dann verflucht, hatte er dazu keinerlei Recht! »Du verflixter, arroganter Bastard«, knirschte sie und funkelte Trey in wildem Zorn an.

»Still, Liebling«, sagte Trey nur trocken. »Etienne wird sonst von deinen schrecklichen Tobsuchtsanfällen in die Flucht geschlagen.«

»Oder von deiner ungebetenen Gegenwart!« giftete sie.

»Das werden wir sehen ... würdest du uns bitte jetzt entschuldigen?« bat er mit stirnrunzelnder Höflichkeit.

Es war Etienne, der sie beruhigte. »Ich komme zurück, sobald Mr. Braddock-Black und ich die Angelegenheit geregelt haben.« Er wirkte so ungerührt, als erlebe er solche Schlafzimmerszenen tagtäglich.

Bald darauf standen die beiden hochgewachsenen, dunkelhaarigen Männer einander gegenüber in der Bibliothek — beide in teurer Abendgarderobe, der Herzog noch in seinem schwarzen Cape. Beide blickten gleichermaßen eisig.

»Ich könnte Sie umbringen«, knurrte Trey leise.

»Versuchen Sie es doch«, erwiderte der Herzog, band die geflochtene Kordel am Hals auf und ließ das Cape auf einen Sessel fallen.

Trey betrachtete den schlanken Mann abschätzig, der ihm mit bedächtiger, ausdrucksloser Stimme geantwortet hatte, und erkannte den Angehörigen einer alten, mächtigen Familie vor sich. Er war vielleicht fünfzehn Jahre älter als er aber schlank und fit, offensichtlich von anderem Training als bloßen Frivolitäten. »Ich bin der Vater ihres Kindes«, sagte Trey mit unmißverständlicher Herausforderung.

»Das wußte ich im selben Moment, als Sie in Empress' Salon traten, an Ihrem ersten Tag in Paris. Die Ähnlichkeit mit Ihrem Sohn ist ...«, hier erfolgte eine winzige Pause, »... exotisch und unverkennbar.« Der Duc hatte von Treys Ruf als Frauenheld gehört. Bei früheren Besuchen hatte er offensichtlich mit jeder aristokratischen Frau in Paris geschlafen. Ihn überraschte allerdings dieser gefährliche Ton, als er von Empress' Sohn sprach. Sicher würde einem Mann, der so viele Frauen hatte, ein Kind gleichgültig sein. »Es reicht aber nicht, der Vater zu sein«, sprach der Herzog weiter. »Jedes Kind hat einen Vater. Was mich interessiert, ist, ob Empress Sie will. Ehrlich gesagt scheint es mir in den vergangenen zwei Wochen recht deutlich, daß das nicht der Fall ist. Vielleicht«, fuhr er mit einem angedeuteten Lächeln fort, »haben Sie sie noch nicht gänzlich überzeugen können.«

Der Herzog war ein aufmerksamer Beobachter. Er hatte der Abschiedsszene genau zugesehen, die an diesem Abend zwischen Empress und Trey stattgefunden hatte, und Anzeichen von herzzerreißender, unerwiderte Liebe entdeckt. Das war für ihn eine Überraschung gewesen. Fast hätte er die Werbung um die schöne Mrs. Miles da aufgegeben. Und wenn er weniger egoistisch gewesen wäre, wäre er gegangen. Aber er hatte nach dem bewegenden Abschied der jungen Leute nüchtern den Schluß gezogen, daß Empress eine Schulter zum Ausweinen brauchte und schließlich ... auch anderes. Und all das war er gern bereit, ihr zur Verfügung zu stellen.

Trey dachte an seine brutale Unterwerfung von Empress in der vergangenen Nacht und zuckte innerlich zusammen. Verdammt, es lag vermutlich wirklich an ihm selbst. Aber sofort entschied er, nicht alle Schuld auf sich zu nehmen. Es war Empress' Fehler, ihn mit ihrer verdammten Flatterhaftigkeit und den Scharen von Bewunderern in den Wahnsinn zu treiben. »Oh, Hölle«, fluchte er leise. Sein Problem war einer Lösung kein Stück nähergerückt. Die vernünftigen Worte des Herzogs machten ihm zu schaffen. Und das stundenlange Trinken war für klare und rationale Gedanken keineswegs förderlich. Er war aus einem hitzigen Impuls heraus hier aufgetaucht und nun unentschieden. Er wußte nur, daß er Empress ganz allein für sich haben wollte. Und dieses Gefühl war heute und unter diesen Umständen nichts Besonderes: Das gleiche hatte er an dem Abend, als er sie zum ersten Mal sah, gedacht. »Ich brauche einen Drink«, sagte er leise mit einem abgrundtiefen Seufzer und ging auf einen Tisch zu, auf dem eine Karaffe mit Brandy stand. Er entfernte den Glasstöpsel, setzte die Flasche an und tat einen tiefen Zug. Erst spülte er sich den Mund mit dem Schnaps aus, dann schluckte er den Cognac, ehe er sich wieder dem Herzog zuwandte, der ihm amüsiert zugesehen hatte. Dann sagte er trocken: »Vielleicht brauchen wir uns heute abend ja noch nicht umzubringen. Wollen Sie einen Schluck?«

Einen Moment später hatten sich beide an einen kostbaren

Lesetisch gesetzt und starrten einander über den Rand der Cognacschwenker an.

»Ich muß mich entschuldigen«, sagte Trey. »Ich fühle mich wie ein Idiot. Ich weiß nicht, was das an ihr ist.« Dann lächelte er und fügte hinzu: »Die Liste ist ziemlich lang, aber ich will Sie damit nicht langweilen. Das haben Sie sicher alles schon selbst herausgefunden. Sie ist eine sehr ungewöhnliche Frau.«

»Sie ist die einzige Frau, deretwegen ich in Erwägung gezogen hätte, Isabelle zu verlassen«, sagte der Duc de Vec belustigt. »Und ich habe im Laufe der Jahre viele Frauen gekannt.« Er zuckte auf typisch französische Weise die Achseln. »Wir führen aus familiären Gründen eine Vernunftehe. Das ist hier nicht ungewöhnlich. Aber ich habe nie eine andere Frau für etwas Dauerhaftes in Betracht gezogen ... außer Empress. Sie entzündet einem das Feuer im Blut.«

»Und in der Seele«, ergänzte Trey mit spürbarem Unbehagen.

»Ah«, machte der Herzog und lächelte in seinen Brandyschwenker. »So sah es heute abend auf dem Ball auch aus.«

»Ich hätte Sie fast erschossen, als Sie in Empress' Schlafzimmer kamen.«

»Das verstehe ich. Ich habe einmal einen jungen Mann so erschossen — aber nicht aus Liebe, sondern aus Eifersucht. Da war ich noch sehr jung.«

»Ich bin auf jeden Mann eifersüchtig, der sie nur ansieht. Und davon gibt es zu viele«, schloß Trey bitter, setzte sein Glas an und leerte es.

»Das wird bei schönen Frauen wie Empress immer so sein.« Die Worte des Herzogs bekräftigten Treys Schlußfolgerung, die ihm aber nicht gefiel. »*Merde*«, fluchte er leise in das leere Glas.

Ob dies ein philosophischer Ausruf über die Ungerechtigkeit des Lebens war oder eine praktische Bemerkung über das leere Glas, wußte der Herzog nicht zu sagen, aber eines wußte er: Empress würde in dieser Nacht nicht bei ihm Trost suchen, wenn dieser wilde Exliebhaber hier herumlungerte. Daher stand er auf und sagte mit einem Blick auf den verzweifelten jungen Mann: »Danke für den Drink. Bitte übermitteln Sie Empress mein Bedauern.« Etienne war ein rationaler Mann und über das Ungestüm der Jugend hinaus, wenn es um Liebe ging. Empress würde morgen auch noch da sein, und wenn nicht ... man starb schließlich nicht an der Liebe.

»Bedauern?« fragte Trey sarkastisch und sah ihn mit bohrendem Blick an. »Empfinden wir das nicht alle bei ihr?«

Der Herzog benahm sich zwar mustergültig, aber er war nicht sonderlich gutmütig, und seine eigenen Gefühle gegenüber Empress waren wenigen philanthropisch als fleischlich. Er wollte in diesem Augenblick nicht diesem desillusionierten jungen Burschen als väterlicher Beichtvater dienen, daher lächelte er nur statt einer Antwort. Dieses Problem mußten sie ohne seinen Beistand lösen.

Trey bemerkte es kaum, als der Herzog ging.

Empress lief in ihrem Zimmer auf und ab, als die Männer gegangen waren, und fragte sich, aufgrund welcher ungeheuren Narretei Trey sie jetzt wieder entehrte. Sie wütete gegen seine unglaubliche Einmischung an diesem Abend und wurde über diese Anmaßung immer zorniger. Schließlich setzte sie sich in einen Sessel am Fenster, trommelte mit den Fingern auf die Lehnen und starrte in die schwarze Nacht. Sie versuchte, sich die Unterhaltung in der Bibliothek vorzustellen. Die Umstände waren beunruhigend. Sie sah ihr ganzes Leben durch einen Skandal ruiniert, und nervös richtete sie ihre Gedanken auf weniger katastrophale Möglichkeiten. Dann stand sie ungeduldig wieder auf, nahm ihren Umhang vom Bett und hing ihn in einem Anfall von Ordnungswahn in den Schrank, als würde diese Geste auch ihr Leben ordnen.

Als sie sich in dem großen Schrankspiegel betrachtete, glättete sie ihr Haar mit zitternden Fingern und schnitt dann eine Grimasse. Diese verdammten Männer. Sicher war Etienne bald wieder da. Es war beunruhigend, so allein gelassen zu werden und daß man sie in ihrem eigenen Schlafzimmer überfallen hatte, war absolut verdammenswert.

Treys Zügellosigkeit kannte wirklich keine Grenzen. Rastlos ließ sie sich auf einem vergoldeten Sessel nieder und begann wieder zu trommeln — diesmal an der Fensterscheibe.

Wie lange ging diese ›Unterhaltung‹ noch? fragte sie sich, langsam in Panik geratend. Wenige Sekunden später war sie wieder auf den Beinen. Es hatte zu regnen begonnen, bemerkte sie unvermittelt, und als die kleine Uhr auf dem Kaminsims schlug, sah sie erschrocken, wie spät es war. Warum, fragte sie sich hitzig, sollte sie eigentlich wie ein unartiges Kind warten? Es war immerhin *ihr* Haus, und sie war eine erwachsene Frau und schon lange unabhängig genug, ihre eigenen Entscheidungen zu treffen. Außerdem war sie keine verdammte Sklavin, die der herrschsüchtige Trey Braddock-Black herumkommandieren konnte. Aufgebracht stürmte sie zur Tür, riß sie auf, raffte ihre Seidenröcke zusammen und rannte die Treppe hinunter zur Bibliothek. Sie lebte doch nicht im Mittelalter! Sie würde nicht länger unterwürfig oben warten, während zwei Männer sich über sie unterhielten wie über eine Ware. Sie tobte innerlich vor Wut, als sie die Tür zur Bibliothek aufstieß und kampfbereit in den Raum rauschte. »Falls du denkst, du könntest mich herumkommandieren, Trey«, begann sie hitzig, bemerkte aber nach mehreren Schritten die absolute Stille. Sie blieb stehen und suchte mit Blicken den dämmrigen Raum ab. Sie entdeckte Trey alleine am Lesetisch. »Wo ist Etienne?« wollte sie wissen.

»Gegangen«, antwortete er leise.

»Hast du ihn bedroht?« fragte sie empört, aber dann fiel ihr sein seltsamer Tonfall und seine untypische Stimmung auf. »Warum?« fragte sie leise. All ihre Nerven waren geschärft, als warte sie auf einen Bericht, der die nächste Katastrophe ankündigte. Trey seufzte. »Ich weiß es nicht.« Er hatte den ganzen Tag getrunken. Er rieb sich mit beiden Händen die Stirn, als versuche er, seine Gedanken zu ordnen, und fuhr dann abwesend mit den Fingern durch sein langes, seidiges Haar. Anschließend blickte er sie müde an. »Ja, doch, ich weiß es.« Und nach einem weiteren tiefen Atemzug stieß sie hervor: »Weil ich ihn umgebracht hätte, falls er dich angefaßt hätte.«

»Das kannst du doch nicht machen«, hielt Empress ihm sachlich vor. »Nicht jedesmal, wenn ich einen Mann mit nach Hause bringe.«

Trey lehnte sich in dem kostbaren Armsessel nach hinten und legte den Kopf gegen die geschnitzte Lehne. »Das weiß ich doch auch«, murmelte er mit einer schiefen Grimasse. Sie war alles, was er brauchte, und die schreckliche Wahrheit lautete ... daß nur sie das Leben für ihn lebenswert gestaltete. Er erhob sich unvermittelt aus dem Sessel, schob ihn mit einer heftigen Geste beiseite und ging von ihr fort zum Fenster, das auf den regengepeitschten Garten hinausging. Es roch stark nach Brandy, als er den Raum durchquerte, begleitet von einem Hauch Ambra.

»Du bist betrunken«, sagte sie leise.

Er zuckte die Achseln, und seine breiten Schultern in dem schwarzen Abendanzug zeichneten sich deutlich vor dem dunklen, glänzenden Glas ab. »Vielleicht«, murmelte er. »Vermutlich. Es ist ohnehin egal.« Dann blieb er reglos vor dem Fenster stehen und blickte hinaus, als gäbe es da draußen etwas Spannendes zu sehen.

»Was willst du eigentlich? Ich meine, hier und heute abend?« Empress legte ihre Hände auf den Intarsientisch, um sie zu beruhigen. Ihr Herz schlug vor Aufregung Stakkato — wie das eines jungen, unbedarften Mädchens.

»Alles, was ich nicht sollte«, knurrte er in die schwarze Nacht. Sein Stolz wollte eine Beichte über alle Männer, eine Ableugnung, eine Entschuldigung ... Er drehte sich um, und der Schein des Feuers beleuchtete sein Gesicht von unten. Tiefe Augenringe zeugten von seiner Erschöpfung. »Es ist unerträglich«, flüsterte er, »dich mit anderen Männern zu sehen. Meine Gefühle sind ...« Er verstummte und fuhr dann leise fort: »Es macht mir angst.« Zum ersten Mal erlebte Empress ihn ohne jegliche Arroganz.

Da begann ihr Herz in einem freudigen Rhythmus der Hoffnung zu klopfen. Aber sie hatte immer noch Angst vor Treys Vergangenheit, seine Glückskindmentalität, vor seinen verwöhnten Ansprüchen, denen nichts auf Dauer reichte. »Ich kenne das Gefühl«, sagte sie. »Von Valerie, von Arabella, von Clothilde heute abend bei LeNotre ... bei allen«, endete sie leise.

Da fuhr sein Kopf hoch wie der eines Wolfes, der eine Fährte wittert, und seine Kraft, seine Energie, die so typisch für ihn waren und ihn so beneidenswert machten, kamen zurück. Endlich war er sich seiner eigenen Gefühle sicher, und ihre Worte wirkten wie eine frische Witterung auf eine Gefährtin, süß von Versprechen, duftend vor Hoffnung — die Antwort, die er ersehnt hatte. Sie sah, wie er tief Luft holte. »Könntest du ...«, fragte er nun, und sie sah den Schatten eines neckenden Lächelns, das er so wirksam einsetzte. »Könntest du ... deinen Harem aufgeben?«

»Wenn du weniger zynisch wärest, hättest du mir schon früher geglaubt.« Ihr zaghaftes Lächeln war halb verführerisch, halb vertrauensvoll — so, wie er es am liebsten sah. »Es hat nie einen anderen Mann gegeben.«

»Und der Herzog?« erinnerte er sie, die Stirn furchend.

»Meine Antwort auf deinen Abschied heute abend ... und die blonde Clothilde«, klärte sie ihn eifersüchtig auf.

»Sie ist nicht wie du«, gab er zu. »Ich bin auf halbem Weg zu ihrem Haus aus der Kutsche gesprungen und habe einen Mietwagen hierher genommen.«

Er war zu ihr gekommen. Endlich! Als sie schon alle Hoffnung aufgegeben hatte. Selbst wenn nicht alle ihre Träume in dieser Welt in Erfüllung gingen, zumindest der wichtigste traf nun ein: er war hier. »Ist das Liebe?« Sie sprach das Wort als erste aus, weil sie weniger Angst hatte als er, ihre Gefühle zuzugeben, zu hoffen wagte, auch wenn seine Stirn sich noch nicht wieder geglättet hatte.

Da verschwanden die Falten, und in seinem Blick tauchte eine Zärtlichkeit auf, die seine Mutter wohl von ihm kannte, als er noch sehr klein war. »Wenn das keine Liebe ist, dann würde ich dieses verfluchte Unglück niemandem an den Hals wünschen«, gab er mit einer Innigkeit zu, die sie noch nie bei ihm gehört hatte.

»Willst du deinen Sohn?« fragte sie. Nach all den unbeantworteten Fragen um Trey und Kinder und Vaterschaft mußte sie wissen, ob sein Anspruch auf Max mit Besitzdenken zu

433

tun hatte oder mit echter Zuneigung. Sie hatte gesehen, wie mühelos er seinen Charme in den verschiedensten Situationen einsetzen konnte, und war nicht sicher, was echt war und was nicht. Außerdem waren ihre mütterlichen Gefühle ebenso stark wie ihre Gefühle für Trey.

»Fast so sehr wie dich«, antwortete er. Sein Herz war in seinem Blick zu erkennen, und dann versuchte er, seine Gefühle genauer auszudrücken. »Genauso, wie dich . . . oh, Hölle, nein, es ist anders . . . aber irgendwie genauso . . .«, endete er verständnislos, schüttelte leicht den Kopf und streckte die Hand aus, um sanft ihre Wange zu streicheln. »Ich will euch beide . . . ganz verzweifelt.«

Dann holte er tief Luft, dieser vom Schicksal so begünstigte junge Mann, dem es noch nie an etwas gemangelt hatte, bis er Empress begegnete, und fragte sehr leise: »Willst du mich?«

»Jetzt?« Bei dieser scherzhaften, siegesgewissen Frage glitzerte es in ihren grünen Augen auf, und ihr Gesicht leuchtete vor Glück.

Sein Blick schweifte über die Möbel, fand ein passendes Sofa, und dann erwiderte er mit einem strahlenden Lächeln: »Das wäre sehr nett.«

»Ich warne dich. Ich bin so verliebt, daß ich vielleicht unter diesem Ansturm in tausend Stücke zerbreche . . .«

»Dann schließe ich lieber ab«, meinte er zärtlich lächelnd. »Es könnte ausschweifend werden.« Aber hinter seinem Scherz lag Ernst, denn er wollte sie auf tausend Jahre und noch länger in den Armen halten. Noch dazu war sie heute abend gekleidet wie eine Königin: in Seide, Spitzen und Bänder, mit schimmernden Brillanten in den Ohren und am Hals und nach den de Vecschen Rosen duftend, die ihr eigenes Parfüm überdeckten. Aber er liebte sie ebensosehr in ihrem Cowboyaufzug oder ohne Kleider. Stumm klang es voller Staunen in ihm nach: »*Sie liebt mich.*

»Gibst du deinen Harem auch auf?« fragte Empress leise und folgte ihm, als er zur Tür ging und sie abschloß. Sie wollte mit ihrer üblichen, uneingeschränkten Direktheit eine Antwort, nur eine einzige. Trey als erfahrener Mann wußte, was sie hören wollte, und diesmal meinte er es ernst. Er wandte sich zu ihr. Sie blickte in seine silberflimmernden Augen, so schön wie Mondlicht, musterte seine markanten Wangenknochen — sein Lächeln auf den feingeschwungenen Lippen.

Er ist schön wie die Sünde, dachte sie. Immer noch. Auf immer.

Da breitete er die Arme aus, und sie schlang ihre Hände um seine Taille, hielt ihn ganz fest, wiederholte aber hartnäckig: »Sag es.« Sie wollte sicher sein, wollte seine unsterbliche Liebe.

»Es gibt keinen Harem«, sagte er mit seiner dunklen Stimme. »Der ist schon vor langer Zeit verschwunden.«

»Du riechst aber immer noch nach Ambra.« Ihre Stimme verriet leises Mißtrauen, und Verdacht lag in ihren grünen Augen. Sie wußte, wozu man Ambra benutzte ... um die Sinnlichkeit zu erregen und alle Gefühle zu verstärken.

»Es ist ein Spielzeug«, erwiderte er wegwerfend. Warm lagen seine Hände auf ihrem seidenbedeckten Rücken. »Die Damen lieben es. Es gibt ihnen das Gefühl, verrucht zu sein, sonst nichts.« Ambra stand bei allen Gesellschaften für die abenteuerlicheren Damen und Herren zur Verfügung. Das gleiche galt für Opium, für diejenigen, die eine intensivere Flucht wünschten. Opium lehnte Trey allerdings stets höflich ab.

»Und was machst du mit den zuvorkommenden Damen?« drängte Empress, die eifersüchtig auf jede Frau war, die nur in seine Richtung blickte.

Er zuckte die Achseln und wünschte sich, daß er ihr begreiflich machen könnte, wie wenig ihm daran lag. »Wir lachen«, sagte er, »und dann ... nichts weiter. Jemand sagt etwas Lustiges, und dann lachen alle wieder. Schatz, du weißt ja gar nicht, wie banal dieses frivole Leben ist. Von nun an ...«, sagte er und nahm ihr Gesicht in beide Hände, »bist du mein Ambra.« Er vergrub sein Gesicht in ihrem duftenden Haar, sog den Duft tief ein und raunte: »Du bist mein Ambra ... mein Rauschmittel ... mein Aphrodisiakum.« Dann hob er leicht den Kopf, rieb sein Gesicht an ihrem, ließ die Wange über ihre glatte Haut fahren, und seine feine, gerade Nase malte ihr Kinn nach. Dann holte er erneut tief Luft. »Du bist mein Wirklichkeit gewordener Opiumtraum.« Er küßte sie leidenschaftlich.

Als sie seine warmen Lippen und die köstlichen kleinen Schauder spürte, die einsetzten, als der Kuß von Zärtlichkeit zu lustvoller Intensität und zur vertrauten, brennenden Ekstase überwechselte, die sie so liebte, fragte sie sich in einer winzigen Ecke ihres Gehirns, ob er Clothilde heute abend auch so geküßt hatte. Warum waren ihr die anderen Frauen immer noch wichtig? Warum mußte sie es wissen, wenn alles, was sie in dieser Welt verlangte, in ihren Armen lag? Wäre es nicht viel vernünftiger, es nicht zu wissen? Aber sie war nicht vernünftig, war es nie gewesen. Sie wollte weitere Klarheit als nur eine abfällige Bemerkung über die anderen Frauen in seinem Leben. Als sie sich daher von dem Wunder seines Kusses leicht zurückzog und Trey ihre geschwungene Braue mit seiner Zunge nachfuhr, fragte sie entschlossen: »Trey, ich möchte alles über diese großzügigen Damen erfahren.« Ihre Stimme klang ernst, und er wußte, was sie wissen wollte.

Nun klang seine Stimme nicht mehr scherzend, sondern sehr ernst. Es erinnerte sie an seinen Ton, wenn er über die Kämpfe bei der gesetzgebenden Versammlung sprach. »Ich habe mit niemandem geschlafen«, sagte er leise. »Mein Ehrenwort, so seltsam das vielleicht klingt. Das kann«, fügte er entschuldigend hinzu, »der Grund für mein unglückliches Benehmen gestern abend gewesen sein. Es tut mir leid«, sagte er leise, »wenn ich dir wehgetan habe. Doch auch du hast teilweise Schuld, weil du mich mit dieser speichelleckenden Männerhorde um dich her fast verrückt gemacht hast.«

»Du bist ja eifersüchtig«, jubelte Empress. Ein warmes Glühen der Zufriedenheit breitete sich allmählich in ihren Sinnen aus.

»Und besitzergreifend«, knurrte er und hielt sie fester.

»Wenn du nächstes Mal eine Frau so ansiehst wie Clothilde heute abend, dann zeige ich dir, was es heißt, besitzergreifend zu sein.« Empress schob kämpferisch ihr Kinn vor.

»Du warst immer schon schwierig.«

»Und du unmöglich.«

»Was für eine charmante Kombination — die Schwierige mit dem Unmöglichen.« Er grinste schurkisch. »Immerhin wird das nicht langweilig.«

»Stimmt das wirklich?« fragte sie dann völlig zusammenhanglos. Sie bekam zwar kurz Gewissensbisse von ihrer hartnäckigen Fragerei, aber sie mußte einfach alle Zweifel ausräumen.

»Was denn?« fragte er unschuldig. Da wurde sie noch mißtrauischer. Er mußte doch genau wissen, was sie meinte.

»Daß du mit keiner Frau geschlafen hast«, sagte sie schmollend, weil er sie nun mit vor Belustigung funkelnden Augen anstrahlte. Sein dunkles Haar war viel zu schön für einen Mann — manche Frauen würden dafür ihre Seele verkaufen, dachte sie. Und wenn eine andere Frau mit ihren Fingern durch diese Haare gefahren war — gestern, vorige Woche oder sonst irgendwann — dann würde sie sie auf der Stelle umbringen. Wie kam man nur jemals mit einer so unvernünftigen Eifersucht zurecht, ohne gleich ins Gefängnis zu wandern?

»Und du?« fragte er viel zu herausfordernd. Sie war ihm da wohl um Längen voraus.

»Ist das eine Prüfung?« fragte sie zärtlich.

Sofort verschwand jegliche Heiterkeit aus seinem Blick. Seine Stimme klang eindeutig angespannt. »Ja«, sagte er. »Das ist es.«

»Bekommt man auch für Teilantworten einen Punkt?« fragte sie mit schelmischem, fast bühnenreifen Lächeln.

»Es ist nur eine Antwort erlaubt«, knurrte er tief in der Kehle, und seine Hände griffen fester um ihre Taille.

»Ach, du liebe Güte«, sagte sie, und als er seine dunklen Brauen gefährlich runzelte, wisperte sie: »Ich habe mit niemandem geschlafen.« Dann zog sie eine Grimasse.

Er lachte befreit auf und küßte sie auf die Nase. »Ich bete dich an.«

»Aber nur, solange ich die einzige bleibe.«

»Das bist du und wirst es immer sein. Ist das jetzt klar,

oder willst du noch ein paar eidesstattliche Erklärungen von meinen Eltern, daß ich seit Monaten nicht mehr aus war?«

»Wo wir gerade von Eltern sprechen, ich möchte wirklich nicht schwieriger als nötig sein, wo alles so wunderbar und himmlisch ist ...« Ihr war fast schwindelig vor Glück, aber sie wußte, daß sie jetzt alles klären mußte, was ihr auf dem Herzen lag. »Doch ich sage es dir besser gleich: Ich möchte nicht auf der Ranch leben. Nur weil wir verheiratet sind, heißt das noch lange nicht, daß ich automatisch dem Brad-dock-Black-Reich einverleibt werde.« Das Leben auf der Ranch war ihr zu hektisch. Sie waren zwar alle die Freund-lichkeit selbst, aber es waren ständig Anwälte zugegen und Steuerberater, und drei Telefonleitungen klingelten ständig, wenn verschiedenste Firmen, Minen oder Politiker Geld, Anweisungen oder Ratschläge brauchten. Sie war egoistisch. Sie wollte Trey für sich, zumindest einen Teil der Zeit.

»Wer hat denn etwas von heiraten gesagt?« fragte Trey mit zuckersüßem Erstaunen und sah zum ersten Mal in seinem Leben, daß es tatsächlich stimmte, daß einem vor Verblüf-fung der Mund offenstand.

Als Empress ihren wieder zuklappte, lächelte sie sonnig und gurrte: »Soll ich den Herzog zurückrufen?«

Trey prustete. »Was hältst du von einer Hochzeit morgen früh um zehn?« Sein Lächeln hätte die finsterste Nacht er-hellt.

»Klingt fantastisch.« In ihrer Stimme schwangen Triumph und Sicherheit mit.

»Das habe ich mir gedacht.«

»Du arroganter Mann! Glaubst du, jede Frau würde dich heiraten?«

»Das wär mir egal«, antwortete er bescheiden, »solange die lustige Witwe mich nimmt, bin ich ganz zufrieden.«

»Ich liebe dich«, flüsterte sie.

»Du bist mein Leben, mein Kätzchen. Jetzt und immer-dar«, erwiderte er leise und küßte sie so zärtlich, als sei es das erste Mal. »Komm nach Hause«, raunte er. Warm wehte sein Atem über ihre Lippen. »Komm mit mir heim.« Seine feinnervigen Hände strichen ihr übers Haar.

»In die Berge?«

Er nickte. »Blue hat vor ein paar Tagen telegrafiert. In den geschützten Ecken der Winterberge kommen schon die Krokusse hervor. Clover vermißt dich.« Seine Hände wanderten über ihren Rücken. Sein Lächeln galt nur noch ihr.

»Frühling«, hauchte Empress und erinnerte sich an den großartigen, majestätischen Frieden dort, an die Versprechen, die Trey ihr in der nächtlichen Abgeschiedenheit des Heubetts gemacht hatte.

»Auf dem Winterberg. Unser erster, genau wie ich dir versprochen habe.« Seine Stimme klang rauh vor Liebe, und seine eigenen Erinnerungen an das Bergtal erfüllte ihn mit Sehnsucht. Wie viel sie besaßen, wie zerbrechlich ihr Glück war ... wie sie fast alles um ein Haar verloren hatten.

»Wird es wie damals sein?«

Er wußte, was sie meinte. »Wie damals ... nur besser.« Dann lächelte er verschmitzt. »Ich baue dir ein Haus.«

»Mit einem Balkon?« Ihre Stimme klang aufgeregt.

Er nickte lächelnd.

»Und mit Türmchen?«

Er küßte ihre Schläfen. »Mit vielen Kinderzimmern.« Dann fügte er rasch und ein bißchen ängstlich hinzu: »Ob sie wohl gern zurückkommen?«

Empress lachte. »Ich mußte sie doch praktisch fortschleppen.«

»Gut. Also viele Kinderzimmer.«

»Und eines für Max«, strahlte sie.

»Und für unser kleines blondes Mädchen«, vollendete er mit vor Rührung vibrierender Stimme. Seine Augen leuchteten vor Glück.

Dann vergruben sich seine Finger in ihren Locken, und er beugte sich herab und küßte sie voll Liebe, Ehrfucht und Zärtlichkeit — wobei es nicht nur allein blieb.

Die Tür zur Bibliothek blieb bis kurz vor zehn am nächsten Morgen verschlossen.

# Epilog

Sie kamen zu den Frühjahrsrennen heim, und beim ersten Schnee waren alle Türmchen, Balkone und Kinderzimmer errichtet. Im folgenden Frühling wurde das erste Kind getauft, das auf dem Winterberg zur Welt gekommen war: Solange Braddock-Black, Sonny genannt.

Und ihre Patentante Daisy fuhr nach Paris, um das Jordansche Erbteil ihres Patenkindes zu sichern.

Durch einen Zufall begegnete Daisy dem Duc de Vec. Ihre gegenseitige Abneigung war sofort spürbar. Sie war selbstbeherrscht, distanziert und gegen Schmeicheleien und Charme immun — alles Züge, die den seinen ähnlich waren.

Es war nur natürlich, daß sie einander abstoßend fanden.

Aber Daisy war auch exotisch und wunderschön — und klug. Er wiederum hatte noch nie eine Anwältin von nahem erlebt.

Natürlich reagierte sie nicht auf seine Weltgewandtheit.

Eine Herausforderung, dachte er.

Eine Herausforderung, die man ins Bett bekommen mußte.

Daraus wurde mehr. Es entwickelte sich zwischen ihnen eine brennende, wilde Leidenschaft.

# Anmerkungen

**1.** Chinesische Frauen wurden mit gefälschten Papieren, die sie als Ehefrauen von in Amerika ansässigen Chinesen ausgaben, in die USA gebracht und dann auf Auktionen verkauft. Auch chinesische Männer verkauften sich oft an amerikanische Firmen, die Arbeiter suchten. Der Preis eines jungen, kräftigen Mannes lag zwischen $ 400 und $ 1000; Männer konnten jedoch ihre Papiere und ihre Freiheit durch jahrelange Arbeit zurückkaufen. Der höhere Preis für Frauen ($ 2000 bis $ 10 000) bedeutete, daß sie auf Lebenszeit Prostituierte oder Sklavinnen waren. Die Lebensgeschichte eines jungen Mädchens namens Lalu, das mit 17 Jahren auf einer Auktion in San Francisco an einen chinesischen Saloonbesitzer in Idaho verkauft wurde, ist typisch. Glücklicherweise nahm ihr Leben eine bessere Wendung als das vieler anderer. Lalu war der Preis in einem hochkarätigen Pokerspiel. Der Spieler, der sie gewann, nahm sie zu sich und heiratete sie. Sie starb 1933 im Alter von 80 Jahren.

**2.** Nicht selten wurden junge Mädchen von armen Familien in China verkauft, damit die Familie überleben konnte. Frauen wurden so erzogen, daß sie dies akzeptierten (wenigsten theoretisch); eine der vier Tugenden einer Frau war, daß sie ihr Schicksal klaglos erlitt. Während einer Hungersnot wurde Lalu, die in Anmerkung 1. erwähnte Frau, für zwei Säckchen Sojabohnen von einem Bandenführer eingehandelt. Dieser wiederum verkaufte sie in Shanghai an eine Bordellwirtin, die ein profitables Geschäft mit amerikanischen Käufern betrieb.

**3.** Ein Auszug aus der Biografie des Reporters Martin Hutchens erläutert, wie man mit Namen umging. Er war im November 1889 in Helena, Montana, angekommen, hatte eine Unterkunft in einer anständigen Pension gefunden und ging dann in einen der besten Saloons, wo die Kronleuchter recht gute Kopien von Renaissancemeistern beleuchteten. Als er den Salon betrat, stritt ein Betrunkener mit dem Barmann. Der Gast, wütend, weil er gebeten worden war, die Bar zu verlassen, zog seinen Colt, zielte unsicher auf den Barmann und schoß. Er verfehlte sein Ziel. Der Barmann entriß ihm die Pistole, zielte nun auf ihren Besitzer und schoß ihn rücksichtsvoll nur in die Schulter. Der junge Reporter schaute sich um. Niemand außer dem Verletzten war zu sehen. Alle, die vorher an der Bar gestanden hatten, lagen entweder auf dem Boden oder unter den Tischen. Ein vornehm aussehender Mann in einem gutsitzenden Anzug wischte sich den Staub ab und bemerkte freundlich: »Junger Mann, wie sie herkommen, geschieht so etwas wohl nicht, sonst hätten sie Schutz gesucht wie alle anderen.«

Martin Hutchens mußte ihm recht geben. Die beiden begannen eine Unterhaltung, und Martin stellte dem Mann eine, wie er dachte, völlig normale Frage: »Und aus welchem Teil des Landes kommen Sie, mein Herr?«

Das freundliche Gesicht des vornehm aussehenden Mannes wurde eisig: »Westlich vom Red River stellt man keine persönlichen Fragen.« *Keine Fragen.*

Martin Hutchens erkannte: »An meinem ersten Tag im Westen lernte ich zwei äußerst bedeutende Dinge.«

In seinen Erinnerungen an die Anfänge der Northern Pacific Eisenbahn in Montana beschreibt Walter Cameron dieses Phänomen so: »Es war mein erster Tag in Miles City, und ich suchte Arbeit. Ein Mann erzählte mir, daß eine Gruppe von Schienenlegern in einem Wäldchen am Ende der High Street lagerte und daß sie Fuhrmänner suchten. Also ging ich ins Lager und suchte den Vorarbeiter, den jeder nur ›Tex‹ nannte und der, wie ich annahm, aus Texas stammte. Damals war es üblich zu fragen: »Wie soll ich dich nennen?« statt: »Wie heißt du!« Im Laufe der Zeit traf ich viele Männer, die ihre eigenen Gründe hatten, Decknamen zu benutzen und ihre wirkliche Identität zu verheimlichen.

**4.** Die Agenten, die meistens aus politischen Gründen ernannt waren und aus dem Osten kamen, waren für die Indianer verantwortlich. Es ist jedoch geschichtlich erwiesen, daß sie die Indianer um Geschenke und Geldzahlungen betrogen, die denen rechtlich zustanden. Martin Maginnis, ein langjähriger Kongreßabgeordneter, beschreibt die Mehrzahl der Agenten, die er kannte, so: »Sie bringen ein Faß Zucker zu einem Indianerstamm und bekommen eine Quittung für zehn Fässer. Für einen Sack Mehl unterzeichnen die Indianer eine Quittung für fünfzig Säcke. Der Agent treibt dreihundert Rinder viermal durch den Pferch, er bekommt eine Quittung für zwölfhundert Rinder, gibt einen Teil an die Indianer, einen Teil an die Weißen und stiehlt dann so viele wie möglich zurück.«

Die Indianer wußten genau, daß sie betrogen wurden und daß ihr Agent, der Vertreter der mächtigen Regierung, mit der sie Verträge abgeschlossen hatten, ein Dieb war. Daran konnten sie allerdings nicht viel ändern.

In Montana waren die Winter besonders hart, und jedes Jahr erfroren und verhungerten viele Indianer in den Reservaten. Die Büffel waren verschwunden, das Weideland reichte nicht aus, und so wurde eisiges Wetter zur Katastrophe. ›Der Hungerwinter der Pikuni‹, von J.K. Howard ist nur eine Geschichte unter vielen:

»Ein paar Tage nach Weihnachten 1883 bildete sich über den nördlichen und östlichen Rockies, dort wo heute der Glacier Park liegt, ein leuchtender, glitzernder Nebel. Wie besessen beteten die Pikuni-Schwarzfußindianer den Kältemacher Aisoyimstan an, er möge sie nicht heimsuchen. Sie baten ihren Agenten um Extra-Rationen. Die Rationen waren jedoch sehr niedrig, denn der Agent hatte, um einen guten Eindruck zu machen, berichtet, daß die Schwarzfußindianer sich nun fast selbst versorgen könnten.

Das Thermometer fiel bis zu -40 Grad und blieb dort viele Sonnen

442

lang. Alles stand still, und die Schwarzfußindianer verkrochen sich hungernd in ihre Wigwams. Ein Tag war wie der andere; die Sonne war ein blasses Licht in einer farblosen Leere und ging tief im Süden unter. Manchmal wurde es etwas wärmer, und dann schneite es stundenlang.

Schließlich zogen die Jäger aus, um Wild zu jagen; reiten konnten sie nicht mehr, denn alle Pferde waren entweder gestorben oder für ihr Fleisch getötet worden. Und als kein Wild mehr zu finden war, da brachten die Jäger Kiefern- und Tannenrinde zurück, Gewebe, das sie von Büffelschädeln gekratzt hatten, oder Rinderhufe, die die Wölfe zurückgelassen hatten — oder gar Ratten, die sie aus ihren Verstecken in den Felsen herausgelockt hatten.

Der Agent hatte die Indianer im Stich gelassen. Als es ihnen am schlechtesten ging, kam ein Neuer und tat sein Bestes. Die Nachricht von ihrem Leid erreichte bald die Städte in Montana, und eine Rettungsaktion wurde organisiert. George Bird, ein berühmter Naturforscher und Freund der Schwarzfußindianer, übte Einfluß auf die Regierung aus. Fluchende Kutscher kämpften sich mit schwerbeladenen Fuhrwerken voller Nahrungsmittel durch die Schneewehen zu dem Reservat. Sie fanden die Überlebenden wahnsinnig vor Hunger und Schmerz zwischen den Leichen ihrer Angehörigen; sie fanden Kojoten und Wölfe, die in den Wigwams um die herumliegenden Leichen kämpften; sie fanden sechshundert Tote — ein Viertel des Stammes war verhungert.

Auch der folgende Winter war bitter. Doch in einer Lokalzeitung stand im Januar 1885 über die Tragödie nur die Zeile: ›Es wird berichtet, daß viele Pikuni-Indianer erfroren sind.‹«

**5.** Das Goldene Zeitalter zeichnete sich durch Korruption, krassen Materialismus und enge Verbindungen zwischen Wirtschaft und Politik aus. Montana unterschied sich da nicht von anderen Staaten und Territorien. Zum Beispiel führte die Frage, welche Stadt Hauptstadt werden sollte, zu einem brutalen Machtkampf zwischen Helena und Anaconda. Anaconda war mit Haut und Haaren in Besitz von Dalys Kupfergesellschaft, während Dalys Rivale Clark Helena unterstützte. Helena gewann. Später gab Clark vor einem Wahlberechtigungsausschuß des amerikanischen Senats zu, daß er im Kampf um die Hauptstadt $ 100.000 ausgegeben habe. Das große Geschworenengericht in Helena gab den Anschein, Clarks Bestechungen zu untersuchen. Vor ihm bezeugte John R. Toole, Marcus Dalys politischer Statthalter, die Ausgabe von $ 500.000. Der ehemalige Gouverneur Hauser gab in seiner Aussage vor dem Senatskomitee in Washington Dalys Ausgabe jedoch als $ 1 Million an. Angesichts der enormen Geldsummen, die Daly später in Form von Bergbauverträgen an seine Anhänger austeilte, muß er rund $ 2,5 Millionen in diesem Wahlkampf verbraucht haben. Clark und seine Freunde hatten über $ 400.000 ausgegeben. Da nicht mehr als 50.000 Menschen an der Wahl der Hauptstadt beteiligt waren, kostete jede Stimme ungefähr $ 38.

Ein anderer interessanter Fall, der die Macht des Geldes illustriert, ist Clarks Versuch, einen Sitz im Senat zu erlangen. Clarks Sohn, sein politischer Berater, soll vor der Wahl gesagt haben: »Entweder schicken wir den Alten in den Senat oder ins Armenhaus.« C.P. Connolly berichtet, daß diese Einstellung in Helena zu einer Serie von erstaunlichen Bestechungen führte. Sie fanden so oft und in aller Öffentlichkeit statt, daß die Bevölkerung dieses Benehmen als beinah normal hinnahm. Hatte ein Abgeordneter Schwächen in Charakter oder Lebensumständen, so fanden Clarks Handlanger sie heraus. Innerhalb von 18 Tagen wurden siebenundvierzig Stimmen für insgesamt $ 431.000 gekauft. Die Preise lagen zwischen $ 5.000 und $ 25.000. Dreizehn Senatoren hatte man erfolglos mit insgesamt $ 200.000 bestechen wollen. Clark, ein Demokrat, schaffte es, 11 von 15 republikanischen Stimmen im Senat zu kaufen. Wenn man neuen und erhöhten Bankkonten, abgezahlten Hypotheken, plötzlich verschwundenen Schulden, neuen Geschäftsinitiativen und Landkäufen nachgeht, findet man hochinteressante Spuren.

**6.** Bis 1888 war alles Land nördlich vom Missouri sowie ein großer Teil des Landes südlich vom Yellowstone Indianerreservat. An der Freigabe dieser Gebiete für weiße Siedler arbeitete die Regierung ohne Unterlaß. Charles Broadwater, Samuel Hauser, William Clark und Marc Daly, die ›Großen Vier‹ der Demokraten von Montana, hatten großen Einfluß auf die Territorialpolitik. Martin Maginnis, seit zwölf Jahren Gebietsdelegierter, wurde als Broadwater-Hauser-Mann angesehen. Beide hielten nicht mit ihren Forderungen an Maginnis zurück. Broadwater machte ihm 1881 klar, wo die neue Reservatgrenze liegen sollte. Die Instruktionen kamen mit einer Landkarte, die eindeutig zeigte, welches Gebiet für weiße Siedler freigegeben werden sollte. Broadwater schrieb: »Ich erwarte, daß meine Wünsche erfüllt werden, sonst kann ich Sie beim besten Willen bei der nächsten Wahl nicht unterstützen.«

In seiner Botschaft an die 15. Gesetzgebende Versammlung (1886) bestand Gouverneur Hauser darauf, daß Montanas Indianer viel besser in den Indianergebieten (Oklahoma) leben könnten, da das Klima doch für die Landwirtschaft dort viel besser sei. »Wenn die Indianer sich durch Landwirtschaft ohne staatliche Unterstützung versorgen und zivilisiert leben wollen, dann wäre Land weiter südlich, das regelmäßig Regen hat, viel besser für sie.« Hausers Großherzigkeit war rührend.

Am 1. Mai 1888 verabschiedete der Kongreß ein Gesetz, das die bisher größte Verkleinerung der nördlichen Reservate ermöglichte. Im Dezember 1890 wurde auch das südliche Crow Reservat verkleinert. Fast 10 Millionen Hektar Land wurden freigegeben.

Bis 1909 wurden Indianerreservate ständig verkleinert, um die Mächtigen zu befriedigen. J.K. Howard berichtet von dem Fall um den Sohn von James J. Hill, Louis. Louis brachte Delegierte in einem Sonderzug zu einem landwirtschaftlichen Kongreß in Billings. Unterwegs hielten sie an, um sich Land anzusehen, das für einen Indianerstamm bestimmt war. Dann schickten sie ein Telegramm an Innenminister Ballinger und verlangten, daß dieses Land für Siedler freigegeben werde. Drei Monate später war das Land frei. Was die Indianer von diesem Abkommen hielten, wird nicht berichtet.

**7.** Viele Viehzüchter zäunten große Landgebiete mit Stacheldraht ein, auch wenn das Land gerade erst freigegeben war und noch niemandem gehörte. Um diesen ungesetzlichen Praktiken Einhalt zu gebieten, erklärte der Präsident des Allgemeinen Landvermessungsamtes in einem Rundbrief: »Das Einzäunen großer Flächen, die die erlaubte Größe überschreiten, ist innerhalb freigegebener Gebiete verboten.« Diese recht schwache Maßnahme wurde 1885 erweitert. Ein Gesetz erklärte das Einzäunen öffentlichen Landes, auf das der Einzäunende kein Recht hatte, als gesetzwidrig. Im Jahre 1887 waren in Montana bereits 100.000 Hektar Weideland, auf das niemand ein Recht hatte, eingezäunt. Auch führende Fleischfirmen waren daran beteiligt. Von den vielen Streitigkeiten um Weideland und Wasserrechte kamen nur wenige vor Gericht.

Ein interessantes Beispiel wird 1894 in der Zeitschrift *Montana* beschrieben. Der Fall kam nie vor Gericht und wurde privat geregelt. Die Geschichte stammte von B.D. Phillips Sohn, und es ist durchaus möglich, daß die enge Verwandtschaft seine Objektivität beeinträchtigte.

»Im Jahre 1894 fand B.D. Philipps ein großes Heufeld zwischen Malta und den Little Rocky Mountains im nördlichen Zentralmontana. Obwohl es dort schon einige Siedler gab, gefiel meinem Vater das weite offene Weideland. Er war überzeugt, daß niemand dieses Land beanspruchen würde, denn es war für den Ackerbau nicht geeignet. Zweimal hatte er schon umziehen müssen, weil er Weideland an Bauern verloren hatte, und das wollte er nicht noch einmal erleben. Nach und nach verkauften die Siedler ihre Rechte an ihn. Ein Mann, der sich schon häufig mit den anderen Siedlern angelegt hatte, geriet nun auch an meinen Vater. B.D. hatte gerade einen Bach eingedämmt, um sein Land zu bewässern, als der Mann heranritt. Er verlangte, daß mein Vater das Wasser wieder in den Bach laufen lasse, weil er es dort brauche. Vater sagte ihm, ›Ich habe das Recht, das Wasser zu nutzen, aber sobald ich fertig bin, lasse ich es wieder in den Bach.‹ Zwei Tage später beschwerte sich der Rancher: ›Habe ich dir nicht gesagt, du sollst das Wasser wieder in den Bach leiten?‹ Mein Vater antwortete: ›Wenn du mir weiterhin auf die Nerven gehst, lasse ich den Bachlauf austrocknen, und dann kriegst du gar nichts.‹ Kurze Zeit später erfuhren wir von einem Freund, daß der Rancher und seine Söhne unsere ganze Familie bei der nächsten Gelegenheit ermorden wollten. Eine solche Drohung konnte mein Vater nicht hinnehmen. Daher packte er am nächsten Morgen sein Gewehr und ritt zu diesen Nachbarn. Als er die Tür auftrat, saß die Familie am Frühstückstisch. Er hielt sie mit dem Gewehr in Schach und sagte: ›Eßt euer Frühstück auf, denn das ist eure letzte Mahlzeit.‹

Er warf ihnen vor, daß sie uns ermorden wollten, und von ihren Reaktionen her war klar, daß es stimmte. Dann sagte Vater: ›Das Gebiet hier ist nicht groß genug für uns beide, und ich ziehe nicht weg.‹

Der Rancher erklärte sich schnell bereit, sein Land an B.D. zu verkaufen und die Gegend zu verlassen. Der Vertrag wurde ausgehandelt. Im Weggehen sagte mein Vater: ›Das gilt alles nur, wenn ihr bis um zwei Uhr weg seid.‹

445

Laut Vater waren der Störenfried und seine Familie bereits um ein Uhr mit ihren Wagen unterwegs. Phillips vergrößert weiterhin seinen Besitz.«

Bei dem letzten Satz ist man überzeugt, daß er das getan hat. Solche Berichte wurden oft für Historische Gesellschaften oder in Memoiren verfaßt und spiegelten nur einen Standpunkt. Wenn man die Geschichte liest, fragt man sich: Warum verkauften alle Siedler ihr Land an B.D.? Warum hatte der Siedler, der zum Schluß übrigblieb, Streit mit allen? Warum staute B.D. plötzlich den Bach, nachdem er alle bis auf einen Siedler losgeworden war? Warum konfrontierte B.D. allein den Nachbarn und seine Söhne, die ihn umbringen wollten? Vermutlich wurden in dieser Geschichte einige Einzelheiten ausgelassen.

Zahlreiche Berichte machen klar, daß man seinen Besitz mit Gewalt und Gesetzlosigkeit beschützte. Es bedarf einer gewissen Objektivität, die ›Erinnerungen der Pioniere‹ zu interpretieren.

**8.** Im Februar 1889 wurde das Gesetz geändert, das Frauen nicht erlaubte, die Jurisprudenz auszuüben. Weihnachten 1889 bestand Ella Knowles ohne Schwierigkeiten die Anwaltsprüfung. Sie war die erste Frau, die in Montana als Rechtsanwältin zugelassen wurde. Einer ihrer Prüfer schrieb in sein Tagebuch: »Prüfte heute Fräulein Knowles in ihrem Zulassungsexamen und war überrascht, wie belesen sie war. Sie war besser als alle, die ich je geprüft habe.« 1890 waren nur 50 Frauen im ganzen Land als Anwältinnen zugelassen. 1910 gab es 558 Anwältinnen und Richterinnen; Frauen hielten nur 0,5% aller juristischen Positionen.

**9.** Die Geschichte, wie Trey Empress den Berg herunterträgt, beruht auf einer wahren Begebenheit. Thomas Faval, seine Frau und sein Partner Charboneau waren von einer Pelzgesellschaft beauftragt worden, im Winter Fallen zu stellen. Obwohl Charboneau als tückisch bekannt war, konnte der junge Faval, der dringend Arbeit brauchte, den Auftrag nicht ablehnen. Sie nahmen ein paar Vorräte mit: es wurde jedoch erwartet, daß sie sich hauptsächlich durch Wild ernährten. Kurz nachdem sie ihr Winterlager eingerichtet hatten, fiel in einer Woche über ein Meter Schnee, und alle Tiere verschwanden aus der Gegend. Als es zu schneien aufhörte, warteten sie darauf, daß das Wild wieder zurückkam, aber nichts geschah. Kurz vor Weihnachten machte sich Charboneau auf den Weg zum Fort, um Vorräte zu holen. Sie hatten nichts mehr zu essen. Mit dem Hundeschlitten sollte die Reise zehn Tage dauern. Charboneau kam aber nicht zurück, und so mußten sich Faval und seine Frau vom Hunger geschwächt selber auf den Weg machen. Schon nach einem Tag konnte Marie nicht mehr laufen, und Faval mußte sie tragen. Von Wild war immer noch keine Spur zu sehen, doch Faval gab die Hoffnung nicht auf, etwas zu finden. Es war, als wären alle Lebewesen von der Erde verschwunden. Am sechsten Tag wurde Marie völlig apathisch, aber Faval wußte, daß das Fort nicht weit war. Er war sicher, daß sie am folgenden Abend dort eintreffen würden, falls sie die Kraft für weitere vierundzwanzig Stunden aufbrächten. Bei Sonnenuntergang am nächsten Abend stolperte Faval ins Fort und legte seine Frau auf ein Bett. Sie öffnete die Augen, lächelte ihn an und starb.

»Wieso seid ihr denn da draußen verhungert?« fragte ihn der Verwalter. »Als Charboneau hier ankam, sagte er, es ginge euch gut.« Und nun erfuhr Faval, daß Charboneau einfach gesagt hatte, er wäre im Winterlager überflüssig. Faval wurde so wütend, daß er kaum sprechen konnte. »Wo ist er jetzt?« flüsterte er mit gebrochener Stimme. Als er erfuhr, daß Charboneau nebenan Karten spielte, raste Faval in das Zimmer und erdrosselte ihn.

**10.** Die Zeitungskommentare über Indianerangelegenheiten waren oft kurz und bündig. Am 27. November 1884 berichtet der *Cottonwood Correspondent:* »Die Crow Indianer stehlen in Musselshell Pferde.« Zehn Tage später steht im *Mineral Argus* der nächste Teil des ›Berichtes‹ — eine Zeile: »Am Cottonwood Creek gibt es sieben gute Indianer.« Die Viehzüchter hatten die sieben Indianer an den Pyramidenpappeln in der Nähe von Musselshell aufgehängt.

**11.** Ein Brief an den Redakteur der Zeitschrift *Montana* enthält Informationen über George Parrotti, einen Räuber, der in mehreren Gemälden von Charles M. Russel zu sehen ist. Die ungewöhnlichen Fakten werden nüchtern und objektiv geschildert: »George Parrotti, ein Eisenbahnräuber und Mörder, wurde um 19.30 Uhr am 22. März 1881 in Rawlins, Wyoming, gelyncht. Seine Haut wurde gegerbt und dann verarbeitet. Man machte daraus eine Arzttasche, Streichriemen für Rasiermesser, ein paar Damenhandschuhe und einen Tabaksbeutel. Die Schuhe sind heute im Rawlins Museum zu sehen. Ein Teil des Schädels ist im Union Pacific Museum in Omaha, Nebraska, ausgestellt. Zwei zukünftige Gouverneure, Osborne und Chatterton, waren Zeugen des Vorfalls.

Nun zu den Informationen über Big Nose George. Bei einem Prozeß in Rawlins, Wyoming, hatte ich das Glück, Dr. Lilian Heath kennenzulernen. Sie erzählte mir auf Tonband, daß ihre Mutter in Rawlins eine Pension betrieb. Einer der Gäste war Dr. Osborne, für den Lilian als Krankenschwester arbeitete. Sie wußte alles über Big Nose Georges Ende. Als man ihn vom Baum abschnitt, war Dr. Heath anwesend. Die Leiche wurde in die Arztpraxis gebracht, wo ihm die Haut abgezogen und gegerbt wurde. Sie berichtete, daß Dr. Osborne Georges Gehirn in Formaldehyd einlegte, um die Gehirnwindungen zu untersuchen. Dr. Osborne gab Dr. Heath den oberen Teil des Schädels, den sie manchmal zum Aufhalten der Tür benutzte, manchmal als Blumentopf.

Die feineren Elemente der Zivilisation waren von der Gesellschaft im Wilden Westen wohl noch nicht übernommen worden.«

**12.** Ambra ist eine harzige Substanz, die im Darm des Pottwals produziert wird und an den Stränden von Afrika, China, Indien, Irland und den Bahamas angeschwemmt wird. Sein Moschusaroma wird bei der Herstellung von Parfüm, Seife und anderen Toilettenartikeln verwendet. Nimmt man es ein, normalerweise durch Einatmen, soll es eine aphrodisiakische Wirkung haben und Erregung erzeugen. Die feineren Kreise dieser Epoche waren von allem Orientalischen fasziniert, von exotischen Pflanzen und Ritualen bis zu erotischen Darstellungen, die zu Nachahmungen verlockten.

# Liebe Leserin,

Romane zu schreiben macht mir viel Spaß. Es ist wie ein Traum, der wahr wird. Nicht, daß ich mir das Schreiben zum Ziel gesetzt hätte. Wie Alice im Wunderland bin ich da einfach hineingefallen.

Den Hintergrund einer Geschichte zu erforschen ist für mich eine der schönsten Aufgaben. Meistens finde ich genug Material für ein Dutzend Bücher. Bei meinen Forschungen bilden sich aus der zunächst formlosen Idee meine Romanfiguren und meine neue erfundene Wirklichkeit heraus. Sobald ich schreibe, werden meine Gestalten lebendig; sie sprechen, und ich schreibe schnell auf, was sie sagen. Ich hoffe, daß Trey, Empress, Hazard und Blaze Sie für ein paar Stunden in die Welt des neunzehnten Jahrhunderts in Montana versetzt haben. Ich möchte Sie unterhalten, vielleicht die Gefühle Gleichgesinnter berühren und auf meine Art die Vergangenheit zum Leben erwecken. Und ich möchte die Menschheit an die Schönheit und Macht der Liebe erinnern.

*Susan Johnson*